栄花物語新攷

思想・時間・機構

渡瀬茂著

和泉書院

目　次

第二章　物語の全体性と歴史叙述の部分性……………………………………一二三

第五章　ことばと文体……四四三

本書における栄花物語本文の引用はすべて、日本古典文学大系本『栄花物語』上下（松村博司・山中裕校注　岩波書店　S三九・S四〇）による。ただし、漢字は現在通行のものに改めた。また表記を適宜改めたところがある。

第一章　編年的時間

第一節　編年的時間の思想性と機能性

日本紀略という書物は、一見して一体の書物のようにして提供されているが、子細に見るときにはその細部にかならずしも統一されているとはいえないような違いが見受けられる[1]。それはこの書物の成立や伝来にもかかわる問題なのだが、それだけではなく、日本の歴史書が平安時代を通じて変化した、その様相を見ることもできる。そこには、中国的な歴史叙述を日本がどのように受容し、また受容しなかったのかという問題をも見ることができるのである。

日本紀略は漢文史書として、前半は六国史の抄録であり、後半は六国史が扱った時代に継ぐ時期に関する貴重な記録と目されている。いずれにしてもその全編を通じて漢文史書の規範に則った書物として、当然ながら中国的な史書の体裁にしたがっていると考えられている。編年体の史書であるから、記事は年次および月次・日次の秩序にしたがって配列されているのであり、各記事に付された日次や月次が編集の秩序の根幹を成しているのも漢文史書の通例に則ったことなのである。その記載法はほとんど普遍的なものと言ってもよく、現代人が歴史を記したり、あるいは日記を記したりするときの方法とさほど変わりはない。年初の記事から例を記すと、

乙巳天平神護元年春正月癸巳朔。御㆓南宮前殿㆒受㆑朝。（称徳紀）

壬戌延暦元年正月己巳。任官。（桓武紀）

のようになる。この二つの記載はいずれも年と月と日を記して、編年体の時間の上に位置づけられている。ところがこの二つをよく比べると、称徳紀の記載では年次と月次の記載のあいだに「春」の一文字がしるされているのに、

桓武紀の場合にはその一文字が記されていないことに気付くのである。旧暦正月は春であるから、その春が記されていたとしても誤りがあるわけではなく、編年の時間に記事を定位するということに関してはどちらもその機能を果たしていることには変わりなさそうに見える。したがってこの「春」の一文字の有無は編年体史書のあり方として、何ほどの違いもなさそうに思える。しかし、この「春」の記載の有無は恣意的なものでなく、日本紀略の中でも巻によって様相ははっきりと異なっている。

称徳紀に「春」の記載を見るのは、日本紀略が依拠した続日本紀に「春」が記載されていたのをそのまま引き継いでいるからである。日本紀略のうち、六国史に基づく光孝紀以前の部分は概ねこの原則に順うのに、光仁・桓武・平城紀はこの「春」の記載を見ない。この部分が依拠した続日本紀・日本後紀では「春」が記載されているのだから、意図的に「春」を削ったのだと考えざるを得ない。この現象は

秋七月丙申。御㆓馬埒殿㆒観㆓相撲㆒。（日本後紀桓武紀延暦十五年）

七月丙申。御㆓馬埒殿㆒観㆓相撲㆒。（日本紀略桓武紀延暦十五年）

のように、「春」以外でも見られる。六国史では、正月と同様に四月・七月・十月の月次の前に四時の記載を置くことを原則にしている。日本紀略でもこの原則は引き継がれるが、光仁・桓武・平城の三天皇紀ではすべて四時の記載は削られているのである。

この現象は成立の問題にも関わるが、漢文史書の背後の思想性を考えれば、一つの文字の有無の問題はそう単純ではない。四時の記載は六国史の原則であったが、日本紀略ではその記載の有無は一様ではないのである。日本紀略と同時期か、より遅れて成立したと考えられる漢文史書、たとえば扶桑略記にも本朝世紀にも四時の記載は見られない。四時の記載が行われなくなるという史書の形式の推移があり、日本紀略はその推移の境目に立っていると見えるのである。

一方、中国の正史本紀を見ると、漢書にはじまり、二十世紀の清史稿に至るまで、多くの場合に四時の記載を行っている。金史のように不統一なものもあるが、四時の記載をまったく行わないのは史記と新唐書のみである。また、代表的な編年体史書である資治通鑑でも四時は記載される。韓愈の順宗実録にも見られる。中国では四時を記載することが概ね定式化されていたと思える。そしてこの四時が五行の構成の重要な要素であることを想起するなら、史書における四時の記載の思想性を問わなければならない。まず、中国の史書における四時の記載の様相を見てみよう。(2)

中国史書の様相

中国の編年体史書は魯の春秋に始まる。その春秋において既に、四時と月次をともに表記する記載を見ることができる。春秋の冒頭を、春秋左氏伝の経文によって示そう。冒頭の隠公元年より三年にいたる記事である。

元年春、王正月。三月、公及邾儀父盟于蔑。夏五月、鄭伯克段于鄢。秋七月、天王使宰咺来帰恵公、仲子之賵。九月、及宋人盟于宿。冬十有二月、祭伯来。公子益師卒。

二年春、公会戎于潜。夏五月、莒人入向。无駭帥師入極。秋八月庚辰、公及戎盟于唐。九月、紀裂繻来逆女。冬十月、伯姫帰于紀。紀子帛、莒子盟于密。十有二月乙卯、夫人子氏薨。鄭人伐衛。

三年春王二月、己巳、日有食之。三月庚戌、天王崩。夏四月辛卯、君氏卒。秋、武氏子来求賻。八月庚辰、宋公和卒。冬十有二月、斉侯、鄭伯盟于石門。癸未、葬宋穆公。(3)

月の記載とあわせて、四時が記載されていることが確認できる。編年体史書のもっとも早い時期から、史書は四時の記載をともなっていたのである。

このような春秋の編年体の形式については早くから意識的にとらえられており、文選におさめられた杜預の春秋左氏伝集解序に次のように述べられている。

春秋者、魯史記之名也。記事者、以事繫日、以日繫月、以月繫時、以時繫年、所以紀遠近、別同異也。故史之所記、必表年以首事。(4)

記事を年紀によって記すことの効果を「時間が隔たっているかどうか、記事が同じことなのかどうかを明らかにする」と述べている。時間の秩序にしたがって歴史の出来事を配列することによって、時間軸上に記事が配置されるという編年体の時間の本質にかかわる性格を述べているのであり、すなわち編年体の時間が史書において果たす機能について述べているのである。

しかし、この文章で注意すべきなのは、日をもって月にかけ、その月を年にかけるのではなくて、「時」にかけるとしている点である。「時」とは四時、すなわち春夏秋冬のことであるから、春秋の時間に関する記載は日月と季節、そして年の四つの項目で記されるといっているのである。これは時間に関して、年月日の三項目で編年上に定位することを当然のこととする考え方とは少々異なっている。実際に、春秋では「元年春王正月」「夏五月」「秋七月」といったように、年次のあとに月次が直接続くのではなく、年次・四時・月次という記載法をとっている。日次については春秋は記すこと多くないが、杜預の指摘するように春秋の編年体の年紀の記載が年次・四時・月次・日次であることは確かである。ただし、春秋の年紀の記載は年次と四時が基本であり、月次・日次は副次的である。必要に応じて月次・日次も記すが、必ずしも必要なものではない。年次と四時があれば十分である。春秋では四時の記載には必然性があったと見える。

この春秋にはじまる四時の記載がその後の史書に引き継がれるのはどうしてだろうか。多くの史書で四時が記載され、その影響は朝鮮半島の三国史記や高麗史、そして日本の六国史にも及ぶ。しかしこれらの史書においては、編年の機能から見るかぎり、四時の記載の必要性は見出せない。日次がわかっても月次はわからないし、月次がわかっても年次はわからない。したがってある一つの記事を編年の時間軸に位置づけるためには年月日の組み合わせは必要である。しかし、月次がわかれば四時はわかる。機能という面から見れば、四時は不用といわざるをえない。にもかかわらず四時が記載されることの意義を考えなければならない。そのためには、中国史書の画期となった漢代の様相を見なければならない。

ところで、漢代になって成立した史書として史記が重要なものであることはいうまでもない。史記は紀伝体の史書として、形式的に編年体の史書とは異なっているかのように説かれることもある。しかし紀伝体の本紀は、少なくとも年紀の立てられる部分については編年体の年代記であり、編年体の史書と基本的に異なることはない。その史記孝文本紀から一例を挙げてみよう。

三年十月丁酉晦、日有食之。十一月、上曰：「前日遣列侯之国、或辞未行。丞相朕之所重、其為朕率列侯之国。」絳侯勃免丞相就国、以太尉潁陰侯嬰為丞相。罷太尉官、属丞相。四月、城陽王章薨。淮南王長与従者魏敬殺辟陽侯審食其。

ここで記されているのは日蝕記事・人事・事件であり、編年体年代記に一般的な記事と言ってよいだろう。文帝三年はいまだ武帝の改暦の前で、秦の暦に従って十月に一年が始まるが、その十月にしても、また四月にしても「冬」「夏」と四時を冠することはない。史記でも四時の記載がないわけではないが、それは記事の月次が記されない場合である。史記では四時と月次の記載は相補的であって、組み合わせて使うものとはされていない。史記は春秋を継ぐものと、他ならぬ司馬談と遷の親子自身によって認識されていたが(5)、だからといって春秋の四時および月次記載の形式が踏襲されてはいないのである。

ところが、漢書の場合にはこの形式に変化が見られる。史記の例と同じ時期についての部分を引いてみよう。

三年冬十月丁酉晦、日有食之。十一月丁卯晦、日有蝕之。詔曰：「前日詔遣列侯之国、辞未行。丞相朕之所重、其為朕率列侯之国。」遂免丞相勃、遣就国。十二月、太尉潁陰侯灌嬰為丞相。罷太尉官、属丞相。夏四月、城陽王章薨。淮南王長殺辟陽侯審食其。（文帝紀）

この部分は史記との文章の一致も大きく、漢書によって補われた記述も見られるにしても、史料の多くを史記に負い、その表現まで踏襲していることが明らかである。ところが、月次の記載に関しては、「冬十月」「夏四月」と、季節の最初の月すなわち時首については、四時の記載を冠している。これは春秋の形式に沿うものであり、またこれ以降の中国正史本紀の形式となってゆくものである。そしてこの形式は、日本の六国史の形式とも一致する。また、この形式は紀伝体ではなく編年体史書である東漢観記にも用いられ、漢書に基づいて編纂された編年体史書である荀悦の漢紀(6)でも当然ながら踏襲される。中国の史書において、月次に四時を冠する形式は春秋より始まり、漢書において定式となったとみてよいだろう。

四時と中国暦法

このように、中国の史書において、史記のような例外があったにしても、また春秋の時代と漢書の時代で定式化の度合いに違いがあるにしても、四時と月次が併記される形式が編年体年代記において見られるのである。

それならば中国において、四時と月次の記載として表れる季節と月とはどのような関係にあるのだろうか。中国の暦法(7)は太陰太陽暦であり、その暦法は日本にも伝えられた。太陰太陽暦とは太陰と太陽の両方が基準になる暦であるが、季節は太陽の運行に基づく一年の区分けであり、月は言うまでもなく太陰すなわち月の運行による時間の区切りである。漢代には一年が約三六五・二五日であることは知られていたが、その一年の日数が一箇月の長さの整数倍でないことも当然知られていたし、その間の矛盾をどう解決するかが暦にとっての大問題であった。月の運行に合わせた十二箇月と一太陽年との誤差を調整するために二十四節気が用いられ、立春等の季節の区切りもその中に含まれる。二十四節気そのものも漢代に整えられるのだが、その二十四節気の中気を含まない月を閏月として太陽と月の運行の誤差を修正するのであるから、太陰暦と太陽暦の要素を併せ持つ暦である。そこでは一箇月は月の運行に基づくが、季節は太陽の動きに基づき、月の区切りと季節の区切りが一致することは少ない。従って、たとえば一月・二月・三月の三箇月が春の月となっていても、それはこの三箇月がそれぞれに雨水・春分・穀雨を含むということであって、この三箇月のすべての日が春に属しているというわけではない。季節と月は相互に相対的であって、無関係ではないが一方が他方によって決定される関係ではない。このことを別の表現で言えば、太陰に基づく暦月と節気に基づく節月が一致しないということである。これは私たちが生活している太陽暦の時間とは大きく異なっている。

このような季節と月の関係は単に暦の運用上の問題にとどまらない。古代中国、ことに漢代の儒学は陰陽五行思想と深く関わるが、その五行思想にあっては四時は五行の運用に組み込まれていたのだから、季節は単に自然の現象にとどまらず、天と人との関係にも関わる現象であり(8)、普遍的な世界の運行に関わるものであり、四時は天に属するものだったのである。従って、政治が天に則って行われるべきものであると考えられる以上、政治は季節の運行に従わねばならなかった。そのあり方を整理して漢代に成立するのが礼記月例であり、また政治が四時に従う以上、国の制度も四時に従うべきだという考え方の反映として、周礼の理念も成立するのである。またそのような思想の日本への余波として、清原夏野らによる「春生秋殺、刑名与天地倶興」のようなことば(9)を見出すこともできる。

一方、月次をどう扱うかは、三正の議論にも表れるように、王朝によって異なっていた。したがって人や国がどのような暦を用いるのかということがきわめて政治的な側面を持つことは、「正朔を奉ずる」というような言葉にも表れる。そのような違いが象徴的に表れるのが春秋の冒頭「元年春王正月」の記載であった。「正月」という月次は「王」に属するものなのである。これはもちろん正月だけでない。春秋において、暦による月次の記載は「王」すなわち周王の暦に従うのだということが示される。これを春秋公羊伝は

元年春王正月、元年者何。君之始年也。春者何。歳之始也。王者孰謂。謂文王也。曷為先言王而后言正月。王正月也。何言乎王正月。大一統也。

として、「元年」を魯の隠公の元年、「春」を年の初めとし、一方の「王正月」については「大一統」すなわち統一を尊ぶものとしている。齋木哲郎[10]によれば、漢代の大儒者董仲舒は「春王正月」は王を天と人との間に置くことの表現であると説いたという。四時は天に属し、一方の月次は人の時間に属すると考えられるのである。

このような季節と暦の月の関係が端的に表れているのが後世の武周の正月である。夏・殷・周の正月の違いを想定する三正の論をふまえて、周正にもとづいて武后は夏正の十一月を正月とした。十余年後夏正に復したが、則天武后の暦が定着していたら、正月は冬の月になっていたろう。わたしたちは「春正月」が当然のことと思い、また年初が立春の前後に来ることを自明のことと考えがちであるが、それは必ずしも絶対のことではなかったのである。

このように漢代の学術と思想において四時と月次は別のものであり、異なった理念を表すのだが、白虎通の編者として後漢の儒学に関わりの深い班固[11]は漢書において、四時を月次に冠する形式を用いる。その班固は春秋について、漢書律暦志のなかで劉歆に依拠しながら

夫暦春秋者、天時也、列人事而因以天時。伝曰：「民受天地之中以生、所謂命也。是故有礼誼動作威儀之則以定命也、能者養以之福、不能者敗以取禍。」故列十二公二百四十二年之事、以陰陽之中制其礼。故春為陽中、万物以生：秋為陰中、万物以成。是以事挙其中、礼取其和、暦数以閏正天地之中、以作事厚生、皆所以定命也。

と述べている。ここでの春秋は書名であると同時に「暦春秋」というように、暦の上での春秋をも指す（そもそも「暦」と「歴」は同じ字であり、この個所も本によっては「歴」と表記している）。そして春秋は天の時であるという。人事を連ねるのに、天の時によるのだという。それに続く記述から、この春秋についての劉歆の考えが陰陽思想に基づいていることも見て取れる。四時が天の時であるのに対して、月次が政治に基づく時間秩序であることが読みとれる。しかも礼記月例に示されるように、政治は四季の運行の秩序に順わなければならないというのが儒学の理想であった。このような季節と政治についての認識のもとに、月次に四時を冠する形式が、漢書では採られたのである。

しかしそれは、無原則に編年体の部分のすべての月次に四時の記載を冠するのではない。本紀において皇帝が天命により正当な王者として在位する場合にのみ、四時と月次の組み合わせによる記載を用いることを原則としている。呂后の本紀（高后紀第三）においてもこの形式が守られるのは、呂后が皇帝ではないとは言っても臨朝称制し、正当な皇帝に準ずる存在と認めたからなのだろう。一方、高祖の本紀（高帝紀第一上）においても、秦の二世皇帝の在位期間に関しては、高祖の即位前紀として、その最初に「秦二世元年秋七月」とあるのみで、その後、二世皇帝の死に至るまで、月次に四時を組み合わせることはしていない。そして二世皇帝の死後、秦王子嬰（漢書は三世皇帝と扱わない）が皇帝璽などを持って高祖に降ったところから「元年冬十月」とし、それ以降月次に四時を冠する。この年劉邦は漢王になるとはいえ、皇帝を称するのはまだ数年後であるが、班固はこの時点より高祖が正当な王者となったと認めるのであろう。十月は年の初めであるから、高祖の治世が始まるにもふさわしかったのでもあろう。

また、漢書は前漢末より後漢の成立に至る王莽の新王朝の期間についても叙述している。しかしそれは当然ながら本紀には記されず、三巻からなる王莽伝として列伝のほぼ末尾、漢書成立の経緯を語る叙伝の前に置かれている。

このうち王莽伝の上はその形式も列伝として、王后伝と併せて王氏の隆盛より王莽の帝位簒奪に至る過程を描き出している。一方王莽伝の中・下の二巻は、その内実は王莽の新王朝の年代記であって、その形式も編年体の史書である。従って新王朝の元号も添えて年次と月次が記されていて、紀伝体本紀のように読めるものになっている。しかしその月次には「始建国元年正月朔」のように四時の記載が加えられることがなく、その点が本紀とは異なっている。唯一、始建国二年の「冬十二月、雷。」という例があるが、これは前年の「冬、雷、桐華。」の例と同様に、政治の正しくないことによる災異であったから、「冬」であることを欠かせなかったのだと考えられよう。

一方、荀悦の漢紀は多く漢書によると言いながら、以上に述べた高祖初年の扱い方には若干の違いが見られる。漢書が秦二世皇帝の「秦二年十月」とあるところを「沛公二年冬十月」とする。そして漢書が「元年冬十月」としたところは「漢元年冬十月」としている。子嬰の降伏によって漢王朝が成立したと見ると同時に、高祖自身はすでにその前から正当な王者であったと言うかのようである。荀悦の高祖についての見方は班固とは少々異なっていたようである。

また、漢紀が王莽の時代をどのように扱っているかと見ると、漢書のように王莽の元号を用いることすらせず、光武帝即位の年まで一五年間を通して年を数えている。「八年春二月大雨雪深者二丈」のような災異に関する記述を除いて月次に四時を冠しないのは言うまでもない。さらに始建国二年について「二年莽之九月」という記載を見るのは注目に値する。この新王朝の時期の暦が王莽のものであり、正当なものでないことを意図的に表していると理解できる。

このようにして、四時の記載が編年体史書において正統性の表現として必須のものとなったから、この歴史を記録する史官にとっても四時の記録が求められるようになった。唐代において、各皇帝の記録である実録のもとになる起居注を記録する起居郎の職務として、唐六典が

起居郎掌録天子之動作法度、以修記事之史。凡記事之制、以事繋日、以日繋月、以月繋時、以時繋年。必時書其朔日甲乙、以紀暦数、典礼文物、以考制度、遷拝旌賞、以勧善、誅伐黜免、以徴悪。季終則授之于国史焉。[12]

と述べているのも、月次が直ちに年次に属するのではなく、間に季節の記録が入らなければならないという原則によるものなのである。しかもこの表現は杜預の左伝注序によっているのだから、史書における春秋の規範としての性格はここでも確認できるのである。

日本史書の変容

以上のように、中国の漢文史書の歴史を見るならば、四時の記載は太陰太陽暦の本質に由来し、中国の編年体史書にとっては重要な形式であったとともに、王者の正当性にかかわる記述法でもあった。中国のもっとも古い編年体史書に由来し、後漢の時代に、その儒学をめぐる思想状況に基づきながら、形式として確立されたと見える。そして、この形式は中国正史の編年体年代記たる本紀においても、二十世紀に至るまで守られていた。近代に至るまでこの形式が守り続けられたということは驚くべきことである。

また付け加えるならば、先述のように高麗の時代に編集された朝鮮半島の史書三国史記でも、李氏朝鮮で編纂された高麗史[13]でも、やはり月次に四時を加える形式をとっているのも、当然のことであったと言えよう。

一方、日本においてはどうであろうか。これまで見たように、六国史においては、十世紀初頭の日本三代実録にいたるまでこの形式は守られていた。一方、日本紀略の六国史該当部分において、この形式を用いるかどうかは判断が分かれている。日本紀略の成立は一般的に十一世紀半ば頃と考えられているが、すくなくとも問題の三天皇紀の成立の頃には、これを不要と見る考え方が存在したとは言えよう。しかし、ある時期において、四時の記載を必要とする考え方と不要とする考え方が併行し、もしくは相接して存在したとだけは言えそうである。そしてやがて、四時の記載は不要なものとして行われなくなっていった。もとより六国史においても、中国的な編年体の時間の思想性が明確に意識されていたのか、それとも形式的に中国的な形式にしたがったに過ぎないのかは判断が難しい。三代実録などの卒伝で四時が記載されるのを見ていると、六国史編纂の末期には形式的に中国的形式に順おうとしたに過ぎないのではないかとも思える。その六国史編纂の時代を過ぎ、四時の記載を不要なものと見るようになった。それは編年的時間から思想性が見失われ、機能性に純化してゆく過程であった。

ところで、中国における編年体の形式を支える思想が陰陽五行思想であったということは、その時間が循環的なものであったということである。五行相生であるにしても、五行相勝であるにしても、五行が順次入れ替わり、循環することによって時間が進行する。また干支も十干と十二支の六十の組み合わせが循環し、日なら六十日で、年なら六十年でもとに戻る。編年体の時間が陰陽五行の思想に支えられていたのだから、その思想性が失われるということは、循環的な時間が失われ、時間は数字が一つずつの加算によって増加してゆく直線的なものになっていくということである。そのような時間のありかたの変化として、四時の記載とならんで注目されるのは日次の表現の方法である。

日次を干支によって記すのは殷代にさかのぼる[14]。この記載法は史書においても用いられ、春秋でも漢書でもそうであったことは、さきに挙げた例にも見て取れる。このような中国史書の影響下にあって、日本書紀をはじめとする六国史においても、文徳実録までは同様であった。ところが三代実録では

秋七月癸未朔四日丙戌。廣瀬龍田祭。（光孝紀仁和元年）

のように、日次は日子をまず記し、それに干支を添える形式を採っている[15]。これは六国史のうち、それまでの五つの史書には見られなかった形式である。日本紀略の宇多紀以降も、日次の記載は日子に干支を添えるという、三代

実録と同じ形式を採っている。ことに宇多・醍醐・朱雀の三天皇紀では、日次を日子と干支を併記する三代実録の形式を原則としているとは見えるが、

戊子六年正月十四日。月蝕十五分之四。（醍醐紀延長年間）

のように、干支の欠けた記事が少なくない。一方、四時の記載は六国史には見られるが、宇多紀以降の日本紀略では記されないのだから、総じて文徳実録以前の六国史から三代実録へ、そして村上紀以降の日本紀略から宇多・醍醐・朱雀の三天皇紀へと、時間は循環的な性格を減却し、直線的な時間が強くなっていると言える。その中でも宇多紀以降三天皇紀は干支を添えず、日子のみで日次を記すことがあり、四時の記載も持たないのだから、循環的な時間の表現は希薄である。この三天皇紀は全体として叙述が粗雑である。粗雑だからこそ、前例に囚われない、時間に関する実際の意識が反映されているのではないかとも疑える。すでに干支は日次を記述するうえで重要なものとは考えられず、日子による記述が日次の記述の中心となっている。このような日次の記載は中国史書の日次の記載とは大きく異なったものなのである。

では、日次を干支で記述するのと、日子で記述するのとでは何が違うのだろうか。日次を干支で記した場合、その日が一ケ月のうちの何番目の日にあたるのかは、その一番目の日の干支が明らかにならないとわからない。干支の一巡は一ケ月の約二九・五日とも、四分暦一太陽年の三六五・二五日とも整数倍の関係でなく、年や月によって最初の日の干支が一定しないことは、先にも述べたように漢代において重大な問題であった(16)。もっとも日本書紀のように、朔つまり新月の日の干支が記されていれば、それを基準として干支のみによっても日次はわかる。続日本紀のように、一日に「朔」以外の出来事がない場合には記事をたてないと基準の日次すらわからなくなる。いずれにしてもその日が月の何番目の日かは一目瞭然とはいえない。それに比べて三代実録のように日子で日次を記せば、何番目の日かは明瞭である。機能性ということでは、こちらのほうがはるかに機能的であるといえよう。にもかか

わらず、機能性に劣る干支による日次記載が用いられるのは、中国的な循環的時間の表現であり、中国的時間の思想性に深く結びついている。その循環的時間の表現から、より機能的な時間の記載に移行したと見える。しかもこれ以降の史書においてもこの記載の形式は時間表現の主流となる。四時の記載の有無とあわせて、日次を日子によって表現するかどうかという問題にも、中国的な時間がその思想性を失い、機能性を強化していった過程が見てとれるのである。

以上のような日本の漢文史書の年紀の記載の変遷は、元来春秋以来の中国の年紀表現の持っていた思想性と機能性のうち、陰陽五行思想にかかわる思想性を次第に見失い、それにしたがって四時の記載の意義が感じられなくなったことによっていたと言える。それは、史書の表現がつねに君主の支配の正統性を示さなければならない中国の史書のあり方が、日本では必要とされなかったことも関係しているだろう。必要でないものが記されなくなるのは、当然のことであった。一方、年紀の記載は記事を時間軸に沿って配列するという強力な機能を持っていたが、この機能は歴史を叙述するうえで欠かせないものであった。もしこの機能を用いないなら、史書は説話集となってしまう。じっさいに、中国でも編年体の形式によらない、国語や戦国策のような史書も一方では存在した。しかし歴史の時間軸に沿った流れをつかむためには編年体の形式は欠かせない。中国でも編年体の機能は重要な役割を果たしたが、日本でもこの機能は史書を叙述するうえで重要であり続けた。つまり、日本においては編年体の時間の機能は働き続け、その思想性は失いながら、機能性はかえって重要であることをやめなかったと言えるのである。

漢文史書の日本的展開

ところで、ここに漢文史書とは異なった分野での、気になる指摘がある。田中新一は『平安朝文学に見る二元的四季観』[17]と題する著書において、古今和歌集冒頭歌をはじめとする和歌および仮名文学を問題にしつつ、「節月」と「暦月」の二重性を指摘している。これは古今集冒頭歌に端的に示されるような、太陰太陽暦の時間的秩序の二重性によるものである。そして、平安後期を通じて、太陽暦的な「節月」への関心が失われ、太陰暦的な「暦月」への関心のみが残ってゆくことを指摘している。

編年体漢文史書においても、太陽暦による四時の記載が失われ、太陰暦による月次の記載のみが残される。中国的思想性は忘れられ、その機能性のみが利用される状況に立ち至ったと見える。それは田中が指摘する、和歌・和文における季節と月をめぐる状況と併行するものだったと見えるのである。

中国の編年体の形式は、暦学とも結びつき、陰陽五行思想を背景とした思想性をはらんだものだった。太陽の自然の動きに根ざしながら、円環的な五行思想に裏打ちされた春夏秋冬の時間と、太陰の動きに根ざしながら政治の権威に依拠する月次の時間の二重性をもった時間構造は編年体の史書にも反映されていた。このような暦と歴史の時間の二重性は、平安時代の、特に後期に忘れられていったようである。それと併行し、中国で暦がはらんでいた太陽と太陰との矛盾とその解決への努力は日本では定着せず、暦は形式的な存在となっていった。貞観年間より八世紀余も改暦が行われず、放置された狂いは二日にも達したという[18]。そもそも精緻な天体観測の技術が定着しないのでは、矛盾を矛盾と認識することさえなかったとも言えよう。暦は固定的な形式となり、それに従って四時の記載は不用のものと目されるにいたった。歴史事実を歴史の時間の上に定位するには、年次と月次・日次があれば十分であり、その季節は必要ならば月次を見ればわかることである。その考えの背景には四時と月次の関係を相対的なものと考える思想は失われている。不用な記述に筆を割く必要がなければ、記されないのは当然であろう。それはいわば、漢文史書の日本化であったといえる。日本紀略の三天皇紀に見られる現象は、中国的な時間認識が日本化される過程の一こまだったのである。そこでは、年紀記載に刻印された陰陽五行思想の時間秩序のしるしは削り取られ、時間軸上に記事を配列するという編年体の時間の働きだけが残された。編年体の時間の思想性は失われ、機能性のみが残り、その機能を発揮しているのである。

以上のようにして、日本の漢文史書は中国の史書を模範として出発しながら、その編年的時間のありかたを変容させていった。しかしそれは編年的時間の機能をより明確にすることにつながったので、中国的な時間表現のありかたを、少なくとも形式的に墨守した六国史が途絶したのちに、かえって少なからぬ私撰漢文史書を生み出すことになった。また日本語による史書も編年的時間によって記述されている。機能性に徹した編年的時間が日本の歴史叙述に果たした役割は大きい。そして、そこでは四時の記載を見ることはない。

しかし、近世に入ると、四時の記載を厳格に表記し、中国的な史書の形式による漢文史書が復活する。林家の本朝通鑑は形式を資治通鑑に倣ったものだというが、そこでは四時は記載されている。大日本史も四時を記載する。中国の史書の形式を意識していることは明白である。その背景にあるのはどのような思想性なのだろうか。ことに林羅山の本朝編年は、本朝通鑑の草稿だと言われるが、春秋の伝を意識しているのではないかと思わせるものがある。「神武」の「辛酉元年王即位」に「書法辛酉書支干也元年記始也王即位謹国統之正也」とあるが、「元年記始也」は公羊伝の「元年者何。君之始年也」を想起させる。またことに「王即位謹国統之正也」と述べて、神武天皇の正統性を強調するのは、公羊伝で春秋に隠公の即位を記さないことが問題になっていることと対照的である。公羊伝は即位の記述のないことを、隠公が賢人ではあっても正統の君主でなかったことの表現としている。これと比較するならば、即位の記述が正統性の表現であるということが理解できる。羅山の文集には公羊伝跋もあり、羅山が公羊伝・穀梁伝に加点していることがわかる。このような林家の活動を濱久雄は公羊学研究の立場から評価している。そして鵞峰を引用するが、そこでは日本の儒学で公羊伝・穀梁伝が多く省みられなかったことが指摘されている。ここにも、暦にしろ史書にしろ、漢代に築かれたさまざまなものを持ち込みながら、その思想の根幹が日本には根付かなかったのではないかという疑いが生じるのである。

日本紀略という十一世紀ごろと考えられている編年体史書の年紀表現における「春」の文字の有無にこだわって考えて来たが、その背後には中国と日本、また朝鮮半島という東アジアの史書を支える思想と、その喪失を見ることが出来た。漢民族の思考に深く根ざした循環的思想と正統性の表現が、ついに日本の史書には根付かなかったのだと見える。その点で、日本紀略は東アジア辺境の末流史書とも評することができる。そのかわりに、編年体の機能性を純化させた日本人は、そのことによって多くの史書を生み出した。これをどのように評価すべきなのか。しかも近世に至って中国的形式の復活を見ることができる。

日本の史書における編年体の、中国思想とのかかわりは単純ではなかった。平安時代において、その思想性はひとたび見失われたのだと言える。では、編年的時間は機能性に徹したのみであったのか。編年的時間によってわが民族はどのような世界を書き記したのか。その一端をさぐることが、本書の課題である。

注

(1) 日本紀略内部の不統一性については、平野博之「日本紀略の日本後紀薨卒記事の抄録について(上)」(下関市立大学論集二四―三 S五六)を参照されたい。また本書第一章第二節をも参照されたい。
(2) 中国における四時と五行思想とのかかわりについては島邦男『五行思想と禮記月令の研究』(汲古書院 S四六)に詳しい。
(3) 李夢生『左伝訳注』(上海古籍出版社 一九九八)経文による。
(4) 全釈漢文大系『文選六』(小尾郊一訳注 集英社 S五一)による。
(5) 吉本道雅『史記を探る その成り立ちと中国史学の確立』第四章「『史記』と『春秋』」(東方書店 一九九六)参照。

（6）漢紀については稲葉一郎『中国の歴史思想』第三章「歴史叙述の発展」（創文社　一九九九）参照。

（7）中国の暦法をめぐっては岡田芳朗『アジアの暦』（大修館書店　二〇〇二）が簡にして要を得ている。また水上静夫『暦の漢字学』（雄山閣　二〇〇〇）をも参照。また、暦法と陰陽五行思想の関連については飯島忠夫著作集（第一書房）、なかんずく『天文暦法と陰陽五行説』（第一書房　S五四　復刻原本S一四）を参照。

（8）この問題については、齋木哲郎『秦漢儒教の研究』（汲古書院　H一六）に詳しい。齋木は「天が天地自然と理解され、春夏秋冬の四時の循環に天の実体が確認されると、天の意志はそのような循環のサイクルに法って実現が図られなければならないことが、提唱されるようになってきた」（第四章第二節）、また漢代儒学に重要な役割を果たした董仲舒に即して「かくて四時は単なる自然の移り変わりではなく君主権の強大とその永続性を意味し」（第六章第二節）と言っている。また影山輝國「董仲舒に至る災異思想の系譜」（実践国文学三四号　一九八八・一〇）をも参照されたい。日本における天の受容については水口幹記『日本古代漢籍受容の史的研究』第一部第五章（汲古書院　H一七）を参照されたい。

（9）令義解序文（新訂増補国史大系「令義解」吉川弘文館）。本朝文粋によればこの文章は小野篁の筆になる。なお、「春生秋殺」の句は管子版法解を典拠とするようである。管子は春秋末の管仲に仮託されるが、実はその四時説が戦国末より漢初にかけての五行思想に関わることについては注（2）書を参照されたい。

（10）注（8）齋木書第三章「董仲舒の思想と儒教の国教化」第四節・山田琢『春秋学の研究』「一、董仲舒と春秋学」「二、漢代における春秋公羊伝学説の展開」（明徳出版社　S六二）参照。

（11）班固に関しては福井重雅『漢代儒教の史的研究』第三篇「班固『漢書』の研究」（汲古書院　H一七）に詳しい。班固に厳しい評価を与える福井は「この〝王権神授説〟や〝天命決定論〟にも似た帝王観は、司馬談父子にはなく、班彪父子にいたってはじめて出現した観念であった」という。また注（6）稲葉書をも参照。

（12）インターネットに公開された京大図書館本により、池田温「中国の史書と続日本紀」（新日本古典文学大系『続日本紀三』岩波書店　一九九二）を参考に句読点を施した。

（13）高麗史は紀伝体の史書であるが、元来紀伝体の中心となるべき「本紀」をもたない。高麗王朝の編年史は「本紀」ではなく「世家」に記されている。もっとも「世家」と名づけられているが、その実質は本紀であり、そこでは月次とあわせて四時の記載も行われている。にもかかわらず「世家」と名づけるのは宗主国との関係に基づくものであって、そこには中国との関係について日本とは異なった歴史を歩んだ国のありかたが反映されている。東アジアにおける史書の多様な問題の一つを見ることができる。『高麗史』全四巻（国書刊行会　S五二）参照。

(14) 水上静夫『干支の漢字学』（大修館書店　一九九八）参照。

(15) 三代実録における日子の記載については坂本太郎『六国史』（吉川弘文館　S四五）を参照。坂本は「日を記すのに干支だけでなく、日子をも併記するのは、六国史中この書だけの特色であって、それは中国の起居注の法にならったのであるけれど」というが、なぜ三代実録のみがこのような形式を採ったのかには触れていない。またこの問題については笹山晴生「続日本紀と古代の史書」（新日本古典文学大系『続日本紀一』岩波書店　一九八九）をも参照。

(16) 注（2）島書第五章「漢代の五行説」第一節参照。

(17) 田中新一『平安朝文学に見る二元的四季観』（風間書房　H二）

(18) 渡邊敏夫『暦入門』第五章第六節「日本暦」（雄山閣　H六）。なお中国における太陽年の基準は冬至であるが、これが日本では年中行事として定着しなかったことについて、劉暁峰『古代日本における中国年中行事の受容』第四章「日本冬至考」（桂書房　二〇〇二）に論があり、問題提起として興味深い。

(19) 野口武彦『江戸の歴史家』第三章「林家史学の功罪―『本朝通鑑』の成立をめぐって―」（筑摩書房　一九七九）を参照。

(20) 『林羅山文集下巻』（ぺりかん社　S五四）

(21) 『林羅山文集下巻』「公羊伝跋　穀梁伝附」。なお、羅山点の公羊伝および穀梁伝の版本影印は『和刻本経書集成正文之部　2』（汲古書院　S五〇）に収められている。

(22) 濱久雄『公羊学の成立と展開』序論第四節「わが国における公羊学研究」（国書刊行会　H四）

〔付記〕六国史および日本紀略は新訂増補国史大系本によった。史記および漢書は中華書局版に、漢紀は『両漢紀』上（張烈点校　中華書局　二〇〇二）、公羊伝は『春秋公羊伝全訳』（梅桐生訳注　貴州人民出版社）によった。文字・句読点は本邦において現在用いられるものに改めた。

第二節　日本紀略内部の異質性について

日本紀略は周知のように、神武天皇より後一条天皇までの一貫した史書の体裁をなしている。日本書紀神代の巻をそのまま付した部分は後人の所為として措くとして、欠けることなく歴代の歴史を記す史書であると理解されている。そのうち光孝天皇紀までは六国史の抄録であるから、日本後紀の散逸部分を除いては、六国史に拠ればいいが、日本後紀散逸部分および宇多天皇紀以降は貴重な史料として扱われ、平安朝の歴史や文学を研究する上での扱いは決して軽くない。しかしその成立および編者については外部史料によっても内部の徴証によっても具体的なことは知り得ず、不明とするほかはない。ただし、六国史部分を含めて、その形式は編年体の漢文史書の形態をとるために、一見して一貫した編集を想定させることになる。伴信友は前半と後半を別の書物ではないかと考えたが、田口鼎軒による宇多紀の公刊によって一体性が確認されたかに見える。(1)

日本紀略の伝本に関しては、神代より後一条紀にいたるまでの全巻揃いの本は現在まで知られておらず、その多くは何らかの欠巻部分を持ち、もしくは少数の巻が残っているに過ぎない。(2)ことに宇多紀はながらく伝本が知られず、その出現が期待されたのは、日本紀略が一貫した史書であって、宇多紀が存在すべきものと考えられたからであろう。その事情は新訂増補国史大系本の凡例に

日本紀略は、醍醐天皇より一条天皇に至る九天皇紀、早く山崎知雄翁の校訂本刊行せられしも、六国史時代は僅に文武天皇紀以後のもの、間、伝写せられたるに過ぎざりしが、もと南都興福寺一乗院に伝へられし久邇宮家御旧蔵本世に知らるゝに及び始めて完璧となれり。この鈔本は孝謙天皇紀を逸したるのみにて、六国史を通

じて闕文なきのみならず、その中、宇多天皇紀を存して醍醐天皇紀に接続せるは、久しくこの紀の闕逸を嘆ぜし学界の渇望始めて医するを得たりといふべし。

と述べられている。このような捉え方の背景には、日本紀略を神武紀よりの統一された編集によって成立した史書であるとする前提があるのだが、それはまた全巻が同一の編者によって編集されたものであるということを前提としているのでもある。しかしその一方で、この史書の編集がかならずしも同一の編者による統一されたものでないかもしれないという示唆も繰り返されている。すなわち、この史書がその部分によって編者が異なっていたのではないかという指摘である。坂本太郎は前篇・後篇の成立の先後を論じるが、(3) 全体が一時になったとはいいがたいということが前提となっての論であろう。日本紀略について精力的に六国史との比較を行った柳宏吉は「日本紀略の宝算の記し方」(4) において

それら今伝わっていない書紀一本からの抄出を想定するならば、紀略も類聚国史のようにあとの部分の追加を考えて、最後の条は十一世紀前半の後一条天皇であるが、書紀の部分の抄出は書紀一本の残存からして、もっと早かったのではなかったかという点を検討することも、むだではなかろうと思う。

と述べ、また「日本紀略の続日本紀抄録について」においても「一度になったものとも決められまい」(5) と言っている。日本紀略が一時に統一された編集で成立したものではないのではないかという疑いを禁じ得ないということなのである。そして、この疑問についての考察をさらに深めたのが平野博之である。後述するように、平野は日本紀略前篇のうち光仁・桓武・平城の三天皇紀を前後の部分と比較して、その異質性を指摘しているが、本節においては平野と別に、月日次の記載に着目して平野説を傍証し、併せて日本紀略の他の部分についてもその異質性を検討したいのである。

月日次の記載から見た光仁・桓武・平城紀

さて、日本紀略の記述を具体的に検討して、その内部における異質性を指摘したのは平野の論文「日本紀略の日本後紀薨卒記事の抄録について（上）」[6]である。平野は光仁・桓武・平城の三天皇紀を取り上げ、その六国史からの抄録のあり方を他の天皇紀と比較することによって、その異質性をあきらかにした。即ち、三天皇紀（国史大系本の第一二、一三篇）の薨卒記事の扱いが他の部分と異なっていることを挙げた上で、その違いの原因を考え、「この二篇が後人の追加でもない限り紀略前篇全体を律する国史抄録の基本原則には従っていることが予想される。」として、記事全体のあり方を検討し、「柳宏吉氏の紀略の続紀抄録を検討された貴重な成果」である「紀略の国史抄録の基本原則」にはこの三天皇紀も従っていると結論づけている。しかし、その一方で、日本紀略が六国史の記事の分量をどの程度に抄録しているのかを数字で示し、前後の部分が二〇パーセント程度に抄録されているのに対し、問題の部分は一三パーセント強に過ぎず、前後の部分に比べてより省略の度合いが強いことを指摘している。[7]しかし、この平野の研究を、日本紀略編者についての複数説として、単独説に対するものと理解するむきもある。しかし、平野の結論は

こうした紀略のあり方をどう考えたらよいであろうか。全体としての基本原則はあるものの、同一人物が書紀以下順次抄録作業を行ったにしては、あまりにも調子に変化があり、時としてあたかも別人になったかのような感を抱かせる。柳氏が複数の人々からなるある宮司あるいはある官職を想定しておられるのはさすがで敬服するところである。あえて一つの憶測をのべれば、紀略は天皇紀によって構成される各篇を単位としていくつかの小人数のグループによって六国史の抄録を行った。全体の基本方針はあったが、それはそれぞれのグ

ループの間で、時には個々の抄録者の間で多少のズレが生じるような大まかなものであり、且つ抄録の力量においても個々人の間で自ら優劣があった。その上、全体の監修者というべき者は前後の不統一について改めて細かい調整を行わなかったというものである。ただこのように想定すると、個々人の抄録作業があまりにも細分化されるという逆な不自然さが生じ抄録の調子の変化をすべて人の相違に求める考え方にも不安がある。

と述べていて、その主張は単純でなく、躊躇も感じられる。平野の研究が未完のものであるらしいこととも相まって、その結論は容易に下せるものでもなかったようである。ただ平野の主張として明確なのは、三天皇紀が六国史抄録の部分のなかで異質な性格を持つということなのである。

平野が三天皇紀について問題にしたのは、薨去記事の扱い方の違い、および、その六国史からの抄録の比率であった。ところが、問題の三天皇紀の他の部分からの異質性はこれだけではない。編年体の漢文史書であるから、日本紀略には年次および月次・日次の記載がある。年次および月日次の記載があり、その記載の後に記事が記されるという形式である。これらの形式は当然ながら中国の史書に倣ったものであり、史書の基本的な形式としてのみならず、私たちが日々にしるす日記の形式としても、現代まで生きている。時間の流れに従ってものごとの記述を整理するにあたっての普遍的な形式であって、日本紀略もそれに従ったのだと言えそうである。もっともこれは日本紀略が積極的にこの形式を採ったのだと考えるべきでなく、六国史がすでにこのような形式を採っていたのであり、日本紀略はその形式を踏襲したのであって、六国史の形式が漢文史書の通例に従ったことの結果であると言えよう。該当する日次の記事は当然抄出の結果として簡略化されている事が普通であるし、また時に記事そのものが省略された結果、六国史にあった日次の記載そのものが日本紀略では省かれていることもある。これは抄録の結果として、当然のことである。

月日次の記載が日本紀略で踏襲されている実際の例として、六国史における月日次記載の最初のものである神武

紀を挙げてみると、日本書紀に

是年也太歳甲寅。其年冬十月丁巳朔辛酉。天皇親帥諸皇子舟師東征。至速吸之門。

とあるのが、日本紀略では

是年太歳甲寅。冬十月丁巳朔辛酉。天皇親帥諸皇子。舟師東征。至速吸之門。

となっている。細部で違いはあるが、年次および月日次の記載の基本は踏襲されているといってよい。

以下続日本紀以降の五史の場合も示すために、若干の例を挙げよう。

称徳天皇

六国史	日本紀略
〔続日本紀〕	〔日本紀略前篇十一〕
天平神護元年〔乙巳〕春正月癸巳朔。御㆓南宮前㆒殿受㆑朝。	乙巳天平神護元年春正月癸巳朔。御㆓南宮前殿㆒受㆑朝。
○二月癸亥(壬戌朔二)。……	○二月癸亥(壬戌朔二)。……
○三月癸巳(壬辰朔二)。勅。……	○三月癸巳(壬辰朔二)。勅。……
○夏四月乙丑(壬戌朔四)。……	○夏四月乙丑(壬戌朔四)。……
○五月丙辰(辛卯朔廿六)。……	○五月丙辰(辛卯朔廿六)。……
○六月辛酉朔。……。甲斐国飢。賑㆓給之㆒。	○六月辛酉朔。甲斐国飢。賑㆓給之㆒。
○秋七月(辛卯朔八)。戊戌。……	○秋七月甲辰(辛卯朔十四)。……
○八月庚申朔。従三位和気王坐㆓謀反㆒誅。	○八月庚申朔。従三位和気王坐㆓謀反㆒誅。

光仁天皇

〔続日本紀〕
○宝亀〔庚戌〕元年冬十月己丑朔。即㆓天皇位於大極殿㆒。改㆓元宝亀㆒。
○十一月己未朔。……。甲子《六》。……
○十二月乙未《乙丑朔 七》。……
○二年〔?〕春正月己未朔。御㆓大極殿㆒受㆑朝。
○二月庚寅《戊子朔三》。……。庚子《十三》。車駕幸㆓交野㆒。
○三月戊午朔。……
○閏三月戊子朔。……
○夏四月壬午《丁巳朔廿六》。……
○五月戊子《丙戌朔三》。……。己亥《十四》。……

〔日本紀略前篇十二〕
○十月己丑朔。即㆓天皇位於大極殿㆒。改㆓元宝亀㆒。
○十一月己未朔。甲子《六》。……
○十二月乙未《己丑朔 七》。……
○癸丑二年正月己未朔。御㆓大極殿㆒受㆑朝。
○二月庚子《戊子朔十三》。車駕幸㆓交野㆒。
○三月戊午朔。……
○閏三月戊子朔。任官。
○五月己亥《丙戌朔十四》。任官。

桓武天皇

〔続日本紀〕
延暦元年春正月己巳《甲寅朔十六》。……
○閏正月甲子《甲申朔》。……
○二月丙辰《甲寅朔三》。……。庚申《七》。任官。
○三月辛卯《癸未朔九》。……
○夏四月庚申《癸丑朔八》。……。癸亥《十一》。……

〔日本紀略前篇十三〕
壬戌延暦元年正月己巳《甲寅朔十六》。任官。
○閏正月甲子《甲申朔》。……
○二月庚申《甲寅朔七》。任官。
○三月辛卯《癸未朔九》。……
○四月癸亥《癸丑朔十一》。……

〔日本後紀〕
（延暦十五年）秋七月丙申《庚寅朔七》。御㆓馬埒殿㆒観㆓相撲㆒。

〔日本紀略前篇十三〕
七月丙申《庚寅朔七》。御㆓馬埒殿㆒観㆓相撲㆒。

○八月己未朔。日有レ蝕之。
○九月己丑朔。……
○冬十月 戊午朔二 己未。……

平城天皇

〔日本後紀〕
大同元年五月辛巳 十八。即二位於大極殿一。……
○六月癸巳朔。……
○閏六月 壬戌朔八 己巳。勅。……
○秋七月壬辰朔。……

嵯峨天皇

〔日本後紀〕
（弘仁元年）九月戊戌朔。……
○冬十月 戊辰朔二 己巳。……
○十一月 丁酉朔 甲寅 十八。雷。
○十二月 丁卯朔 庚午 四。……

仁明天皇

〔続日本後紀〕
承和元年春正月壬子朔。……
○二月壬午朔。日有レ蝕之。
○三月壬子朔。「丁酉……」（壬子、原作丙申、拠宮本傍朱書改）

○八月己未朔。日有レ蝕。
○九月己丑朔。……
○十月 戊午朔二 己未。……

〔日本紀略前篇十三〕
（大同元年五月）辛巳 十八。即二位大極殿一云々。……
○六月 癸巳朔七 己亥。……
○七月壬辰朔。……

〔日本紀略前篇十四〕
（弘仁元年）九月戊戌朔。……
○冬十月 戊辰朔二 己巳。……
○十一月 丁酉朔 甲寅 十八。雷。
○十二月 丁卯朔 庚午 四。……

〔日本紀略前篇十五〕
甲寅 承和元年春正月壬子朔。……
○二月壬午朔。日有レ蝕之。
○三月 壬子朔十五 丙寅。（三月、今推補）

○夏四月辛巳朔。…… ○五月[辛亥朔]乙卯（五）。……（辛亥朔、拠宮本傍朱書改） ○六月[庚辰朔]甲午（十五）。……（庚辰朔、今例補）	○夏四月辛巳朔。…… ○五月乙卯（辛亥朔五）。…… ○六月甲午（庚辰朔十五）。……
文徳天皇 〔日本文徳天皇実録〕 （辛未）仁寿元年春正月甲戌朔。…… ○二月乙巳（甲辰朔二）。地震。 ○三月癸酉朔。日有ㇾ蝕之。 ○夏四月癸卯朔。……。丙午（六）。地震。	〔日本紀略前篇十六〕 仁寿元年春正月甲戌朔。…… ○二月乙巳（甲辰朔二）。地震。 ○三月癸酉朔。日有ㇾ蝕之。 ○夏四月癸卯朔丙午（六）。地震。
光孝天皇 〔日本三代実録〕 三年春正月乙亥朔。廃朝。雨也。…… ○二月乙巳朔。……。二日丙午。…… ○三月乙亥朔。……。三日丁丑。御斎焼燈如ㇾ常。 ○夏四月甲辰朔。日有ㇾ蝕之。	〔日本紀略前篇二〇〕 （仁和三年） （丁未）三年春正月乙亥朔。廃朝。雨也。…… ○二月乙巳朔二日丙午。任官。 ○三月乙亥朔三日丁丑。御燈。 ○夏四月甲辰朔。日蝕。

さて、以上に列挙した例は当然予想できる結果であったと言えるだろう。しかしこの例を子細に見るとき、六国史の年次・月日次の記載を日本紀略に抄出するに当たって、扱い方が一様でないことに気づくのである。たとえば続日本紀称徳天皇紀に「天平神護元年春正月」とある場合、元号・年次・四時・月次の四項目が記されている。ま

た「夏四月」と、ここでも四時と月次が組み合わされて記されている。そして日本紀略称徳紀でも、この記載法は引き継がれている。この現象は、右に挙げた例のうち、日本後紀嵯峨紀についても、また続日本後紀でも日本文徳天皇実録でも日本三代実録でも見られる現象である。ところが、続日本紀と日本後紀による光仁・桓武・平城の日本紀略三天皇紀では、この現象が見られない。年次と月次の間に四時の記載が行われないのである。たとえば続日本紀に「延暦元年春正月」とあるのを、日本紀略桓武紀は「延暦元年正月」と記していて、「春」の記載がない。同じ日本紀略の中で、年次・月日次の記載をそのまま六国史から写し取る抄録の方法の一方で、四時の記載を削る記載法がこの三天皇の紀では行われているわけである。ある程度まとまって四時の記載を欠く例は清和天皇紀の貞観年中にも見られるが、天皇紀全体にわたって四時の記載が削られる例はほかに見られない。

そもそも、編年体の漢文史書においては、年次・月次と干支で示される日次によってその時間的位置づけが示される。ただし、これを子細に見るならば、月次については私たちが月次を示す場合と若干の相違があることに気づく。月名が示されるだけでなく、年次と月次の間に春夏秋冬の四時が記されるのが通例である。たとえばさきに挙げた神武天皇紀の最初の年月日次の記載の例で言えば、月次「十月」に季節を示す「冬」が加えられているのである。各月のうち、その年の四時の最初の月に春夏秋冬が記載されるわけで、たとえば「春正月」「秋七月」というように記される。また、七月の記事がなければ「秋八月」というように記されることもある。このような記載が概ね欠かさず記されているのが、六国史の通例なのである。

このような四時の記載は六国史を日本紀略に抄出するときにも、三天皇紀を除いては踏襲されているわけである。この踏襲のありかたは巻によっても異なり、四時の記載が欠けている個所もあるが、一方で巻によってはこの記載法の踏襲が惰性として行われたのでないことは、たとえば持統天皇紀の元年を見るとわかる。日本書紀においては、この年の記事は正月・三月・四月・五月・六月・七月・八月と続く。そして「春正月」「夏四月」「秋七月」と、それぞれの時首すなわち季節の最初の月に四時の表現が加えられているのである。ところが、日本紀略は日本書紀を抄出するにあたって、四月・六月・七月の記事をすべて採らなかった。従って、「夏四月」「秋七月」の記事は消えることになったのだが、そのために夏と秋の最初の記事となった五月と八月について、「夏五月」「秋八月」と記載しているのである。これは、各季節の最初の月に記事がない場合には、二番目・三番目の月に四時の記載を加えるという原則を日本紀略の抄出者が十分に意識していたからなのである。たんに六国史に記載されていたから、そのまま引き写したというのではないことがわかるのである。

　ところが、問題の三天皇紀においては、この四時の記載が欠けている。しかもそれがこの三天皇の紀においては徹底的に行われていることから、この記載法が意図的なものであったと考えざるを得ない。六国史に記載されていたものをそのまま引き写すのではなく、わざわざその四時の「春」「夏」「秋」「冬」の文字だけを削ってゆくことを、意図的に行うということがあったのである。六国史からの抄出の方針について、この三天皇の紀においては、他の部分と明らかな方針の違いがあったのである。持統紀においては、四時の記載をどのように理解するかはともかくとして、編年体の歴史叙述において必要なものと考えられていたと見ることはできよう。しかも、各季節の最初の月に冠すべきものであって、仮に最初の月についての記事がなく、最初の月の名が記載されない場合には、次の月に四時を冠すべきものと理解されていたのであるから、形式的に必要なものと理解されていたことは確かであろう。一方、問題の三天皇紀においては徹底的に省かれているのであ

日本書紀	日本紀略
元年春正月丙寅朔。……	丁亥元年春正月丙寅朔。……
○三月乙丑朔己卯。……。甲申。	○三月乙丑朔甲申。……
○夏四月甲午朔癸卯。	○夏五月甲子朔乙酉。
○五月甲子朔乙酉。……	○秋八月壬辰朔丙申。……
○六月癸巳朔庚申。赦二罪人一	
○秋七月癸亥朔甲子。……	
○八月壬辰朔丙申。……	

るから、その必要性が認められていなかったことも確かであろう。編年体の形式について、三天皇紀は日本紀略の他の部分に対して明白な違いがあったと言えるのである。

六国史で四時が記載されることじたいは中国の歴史書に倣ったものである。この形式自体は春秋にさかのぼり、これを漢書の本紀が踏襲したことによって、編年の歴史叙述の定式になったと理解できる。紀伝体の正史のうち、本紀の部分は編年に記事が叙述されるが、即位前紀を除く部分は月次に四時の記載が加えられるのが通例になっている。中国正史で明確に本紀でこの形式を採らないのは史記と新唐書のみで、二十世紀に編纂された清史稿に至るまでこの形式は用いられている。また六国史の模範となったとも考えられる漢紀や後漢紀もこの形式を用いている。通史として知られる資治通鑑も同様である。漢書以降の中国編年史書のこのようなあり方を考えるなら、六国史が四時の記載を行っていたことは中国史書を模範とした日本の漢文史書のあり方として十分に理解できることである。日本紀略が六国史の抄録にあたって四時の記載を踏襲したのは、このような中国史書との関係を理解してのことだったか、それとも六国史にあるものを惰性として保存したものかは何ともいえない。持統紀のような例がある一方で、不用意に脱落させたのかと思える個所もあり、一概に言えないところがある。

そのなかで、光仁・桓武・平城の三天皇紀が一貫して四時の記載を削っていることは特徴的である。四時の記載を不用のものと見る考え方がなければ、このような現象はおこらないであろう。単に不用意に脱落させたという消極的な現象とは見ることができず、意識的な削除として、積極的な姿勢を見ることができるのである。平野が指摘した現象とも併せて、この三天皇紀はあまりにも、他の部分と異なっていると見えるのである。

平野はこの三天皇紀の現象について、統一された編纂のもとでの編集者の違いかと考え、なおかつそう言い切ることに躊躇していた。この三天皇紀は、現状では前後の天皇紀と矛盾なく接続し、一体の作品と見える。しかしその内部において、統一された編纂と矛盾するものを無視できない。あるいは、別個に編纂されたのではないか。そのような疑いを禁じ得ないのである。

日本紀略に特徴的な現象として桓武紀の百川伝と種継関係記事が挙げられるが、このように考えてくると、これを日本紀略全体に通じる特徴と考えることができるのかも疑問となってくる。ことに種継関係記事は、日本紀略が依拠した続日本紀の形態が今日の続日本紀と異なっていたという判断の根拠とされている。現行の続日本紀では種継関係記事が削られているため、日本紀略が依拠した続日本紀はこのような削除が行われる前の形態であったと考えられているのである。しかし、三天皇紀についてはこのようなことが言えるとしても、ただちにこれを三天皇紀以外の部分にまで及ぼしていいのかも、考えなければならない問題なのである。

宇多紀以降の月日次記載

月次の記載に関して、六国史抄録部分のなかでも以上のように違いがあったのだが、では六国史抄録でない宇多紀以降では月次の記載はどのようになっているのだろうか。まずそれを以下に示そう。

宇多天皇
〔日本紀略前篇二〇〕
（仁和三年）
○九月一日辛未。……
○十月五日乙巳。……○十一月二日辛未。……
○閏十一月五日甲辰。……
戊申仁和四年正月一日己亥。……

醍醐天皇
〔日本紀略後篇一〕
戊午昌泰元年正月八日戊寅。……（久本宮本无、久本宮本林本等下文或欠干支今一々不注之）
○二月八日戊申。……
○三月一日庚午。日蝕。
○四月十三日壬子。……

○五月七日乙亥。地鳴三度。其声似雷。
(延長)戊子六年正月十四日。月蝕十五分之四。
○二月一日丁丑。日蝕十五分之半。
○三月廿九日乙亥。……
○四月。
○五月。
○六月廿一日。……
○七月十三日。……
○八月一日癸酉。日蝕十五分之十一。
○閏八月六日。……
○九月
○十月。
○十一月。
○十二月五日。……

朱雀天皇
(日本紀略後篇二)
辛卯 承平元年正月一日庚申。……
○二月三日辛卯。……

○三月二日庚申。子刻。地震。
○四月十七日乙巳。……
丁酉 七年正月二日乙卯。日蝕。……
○二月一日甲申。太宰府献白雉。
○三月一日甲寅。雪雹雨下。
○四月。
○五月。
○六月。
○七月十三日癸亥。……
(天慶)丙午九年正月一日癸巳。小朝拝節会如例。
○二月一日壬戌。日蝕。
○三月一日壬辰。
○四月一日辛酉。
○五月一日庚寅。……
○六月
○七月十日戊戌。……
○八月十七日乙亥。……
○十二月三日己未。……

以上を一覧して明白なとおり、宇多紀以降では月次の記載に四時が加えられることはないのである。四時の記載ということに関していえば、宇多紀以降の部分は、光仁以下三天皇の紀と一致し、その他の六国史抄録部分とは異なるということになる。このことから、三天皇紀の編集と宇多紀以降の編集との間の関連性を考えたくなるのだが、それほど問題は単純に扱えない。三天皇紀と宇多紀以降の紀との間には相違点も見いだせるのだが、それが編集の方針に起因するものなのか、それとも依拠した史料の違いによるものなのかは容易には判断できないからである。光孝紀までの部分が六国史の抄録によるのに対して、宇多紀以降に関しては依拠した史料が現存せず、光孝紀以前のように六国史と比較するようなことができない。宇多・醍醐・朱雀の部分に関しては、相当に編集が進んでいた新国史に基づいて編纂されたと考えられているが、この前提の当否も含めて考えなければならない。

さて、宇多紀以降の部分の月日次の記載を見るに、朱雀天皇の天慶九年の正月から三月までのころを境にして、その前後で違いが見られる。すなわち、この境目の以降の部分では日次に干支を添え、各月の一日に記事がなくても項目を立てて月日次と干支を記載する。ところがこの境目以前の部分、すなわち朱雀紀の天慶八年以前および宇多紀・醍醐紀では干支の記載は欠けている場合が少なからず存在し、当初から記載の方針が明確ではなかったのではないかと疑われる。また境目以降の部分のように一日の記事がなくても項目を立てるようなこともしていない。記事のない月がしばしば見られ、その場合月次のみを記すが、これも欠けている場合も多く、方針は徹底されていない。したがって宇多紀以降の部分については、この境目の前後で分けて考えることにしよう。

まず、より問題の少ない、境目以降の部分の問題を考えたい。この部分で日次に干支が加えられていることは六国史抄録の部分と共通している。四時の記載がないことについては光仁以下三天皇の紀と共通しているので、一概に六国史抄録部分と異なるとは言えない。日次を干支のみでなく、日子を加えるのは、三代実録と共通する。ところが三代実録抄録の部分とこの部分とでは「朔」の記載の有無が異なっている。一日に記事がない場合に三代実録抄録の部分では、光孝紀の仁和三年の「六月癸卯朔八日甲戌……」のように記すが、同様の場合として朱雀紀の天慶九年より例を挙げると、「三月一日壬辰三日甲午……」というように記している。各月の一日に記事がなくても項目を立てるのは日本書紀・続日本後紀と三代実録の特徴だが、ともにその場合は「朔」を記載する。単純に三代実録の形式に倣ったのではないのである。

ところで、朱雀紀の天慶九年という個所が境目になっていることであるが、この天慶九年は朱雀天皇の退位の歳である。このとしの四月二十日に村上天皇に譲位している。一方村上紀の天慶九年は九ケ月以上の期間であるにもかかわらず、四月の受禅と同月「廿八日即位」「十一月十九日大嘗会」の記事しかない。これは村上紀よりあとの天皇紀にはない、異様に簡潔な記述である。あるいは元来村上紀冒頭にあった記事が未雀紀末尾に移されるような操作があったのではないかという疑いも生じる。元来は宇多・醍醐・朱雀の紀と村上紀以降とのあいだに大きな違いがあり、それが操作を加えられることによって現状のようになったのではないかと疑われるのである。

さて朱雀紀天慶八年以前の部分であるが、この部分では干支の記載も一貫せず、形式的に統一を欠いていることはさきに述べた。また記事の欠けている月があることも述べたが、醍醐紀の延喜十年十月・十一月・十二月や朱雀紀の天慶四年九月・十月のように二ケ月以上にわたって記事の欠けた部分もある。これは宇多・醍醐・朱雀紀の記事がきわめて簡単であることに関わっている。村上紀以降では一年が新訂増補国史大系本で二頁以上を費やすのに対し、この三天皇の紀では一年に約一頁しか割かれていないことにも示されている。全体として、日本紀略のなかでも際だって粗雑という印象を禁じ得ないのである。

宇多紀の天文記事

ところで、日本紀略のうち宇多・醍醐紀は新国史に基づくと考えられている。朱雀紀についても新国史に基づくと考える見解もあるが、説が分かれるのでここでは宇多・醍醐紀について考えよう。この二つの紀が新国史に基づくとすれば、それは四十巻本の新国史という大部の書物の抄録ということになる。日本紀略が六国史抄録部分とそれ以後とを通じて一貫した編集になるものであれば、この二天皇紀は六国史抄録部分と似た形態であったろう。はたして、現在の二天皇紀をそのように考えることができるだろうか。

日本紀略と新国史の関係を実証的に論じたのは平田俊春である。[8] 平田は日本紀略と新国史逸文を比較対照して「こうして『日本紀略』の宇多、醍醐両天皇紀の記事の主要な史料として『新国史』が利用されていることが知られる」と結論付けている。一方平田は日本紀略と外記日記逸文をも比較して、宇多・醍醐紀をも含めて「『外記日記』が『日本紀略』の材料となっていることを証している」とも述べている。平田によれば日本紀略は新国史と外記日記の両方を史料としたことになる。しかし新国史自体が外記日記を主要な史料として編纂されたであろうから、日本紀略が外記日記逸文と一致する場合も、その一致は新国史を介してのものであったのではないかと疑える。逆に新国史との一致が、ともに外記日記を史料としたための間接的な一致なのではないかとも疑えるのである。

この問題を考えるに当たって気になるのは醍醐天皇の寛平九年十二月三日の条である。新国史の逸文は平田の著書に収集・記載されているが、新国史の月日次がどのような形式になっていたのかは逸文からも明確には知ることは難しい。引用にあたって年月日がわかりやすく書き換えられている可能性があるからである。そのなかで、この醍醐紀の条は

　新国史曰、寛平九年冬十二月壬寅朔、甲辰、奉㆑授㆓五畿七道諸神三百四十社各位一階㆒。

とある。わざわざ引用にあたってこのように書き換えるとは思えないから、これが新国史本来の形式だったのではないかと思える。新国史は六国史同様に四時を記し、また朔を記し、日次は干支のみで記したかと考えられる。これは六国史のうち日本書紀や続日本後紀の形式に一致し、六国史を引き継ぐ記載法として順当であると言える。これに対し日本紀略の該当個所は

　十二月三日甲辰、奉㆑授㆓五畿七道諸神三百四十社各位一階㆒。

とある。記事の文章は一致するが、月日次の記載は同一でない。もしこの部分が新国史に依拠するのだとすると、

四時を省くとともに、干支のみの日次の記載に日子を日本紀略が補ったことになる。また、朔の記載も削ったということになる。これは六国史抄録の部分でも行われなかった複雑な作業である。外記日記の形式は日記として、具注暦とも通じる、日次を日子で記す形態であったらしいことは逸文によりかわる。日本紀略醍醐紀の月日次の記載と同じ形式である。新国史に依拠して複雑な作業を行ったと考えるよりも、外記日記を利用してその月日次をそのまま記したと考えるほうが自然であるといえよう。

では、宇多紀や醍醐紀が外記日記のみを史料としているのかというと、それを疑わせる現象が宇多紀に見られる。天文の現象は漢文史書の題材として重要なものであるが、寛平三年の次のような天文記事が宇多紀より抽出できる。

三月〇廿九日己卯。亥剋。客星有二東惑星東方一相去一許寸。〇五月二日庚戌。亥剋。熒惑入二大微一犯二右執法一五尺。〇三日辛亥。熒惑犯二右執法一四尺。〇四日壬子。熒惑犯二右執法一三尺。〇七日乙卯。熒惑犯二右執法一一尺。〇八日丙辰。熒惑犯二右執法一五寸。〇九日丁巳。熒惑掩二食右執法一。〇十八日丙寅。熒惑未レ出二大微一入二瑞門中一。犯二左執法一五尺。又填星入レ自二左掖門一送遅。而熒惑相及五尺。唯填星在二軌道一。無レ所二犯食一。

惑星記事は六国史にも見られるが、日々の微細な変化を記した例は見られない。また、醍醐紀以降の場合もそうである。この現象については既に細井浩志の研究[9]があるが、それによればこのような現象は宇多紀のすべてにわたるものとはいえないようである。実際、このように微細な記録は寛平二年から六年の部分にのみ見られるのであり、同じ宇多紀でも仁和三年十一月の

十一月〇廿一日庚寅。丑時。月行入二犯軒轅上一。〇廿九日戊戌。先レ是。始レ自二九月十九日戊子一。鎮星逆行。至二于廿七日丁酉一。留二守軒轅大星一。今月十五日甲申。去退二寸許。其後未レ去。于レ今歴六十余日。

という土星に関する記録は六国史の通例と同様に、変化を日々記すのではなく、一個所にまとめて記すという形に

なっている。このような現象について細井は

恐らく『新国史』、あるいは『新国史』から二次的・三次的に作成したプレ『紀略』の段階でこの個所が欠失していて、そのために誰かによって記事の補充が行われたのだと思われる。

と述べている。寛平二年から六年にかけての部分のうち、天文関係の記事だけが欠けるとは考えられないから、外記日記もしくは新国史のような基本的な依拠史料に大規模な欠失部分があったと考えるのが自然であろう。

では、このように微細な天文の記録のもととなった史料はどのようなものだろうか。細井は「天文密奏の案文」というが、日を追って惑星の動きを、しかも「何寸」という天球上の距離を記録しているのは、奏上のための整理された表現というよりも、日々の定時の天文の観測を伝えるものと感じられる。たとえば寛平四年の七日から十二月にかけての記事として次のような天文記事を抽出できる。


七月〇廿五日丁卯。熒惑変レ色黒。犯二輿鬼一一尺五寸。廿六七日如レ此。

〇八月一日壬午。熒惑色黒。入二輿鬼中食質星一。二日如レ此。

〇四日乙亥。虹霓見二紫宸殿巽角一。寅時。火出レ自二輿鬼一。

〇廿九日庚子。火退二輿鬼一去二軒轅一五尺。

九月〇四日乙巳。火犯二軒轅一二尺。〇九日庚戌。……今日火遂入二軒轅一犯二火星一一尺。

〇廿三日甲子。火犯二軒轅女御星一・尺。（国史大系本頭書「尺、此上脱字」）〇廿四日同レ之。〇十月三日甲戌。

火犯二霊台一五尺。四五九日如レ此。

十一月〇二十六日丙寅。月近二火食星一三尺。〇廿七日同レ之。

十二月〇五日乙亥。熒惑出レ自二大微左掖門一。


とあるが、この場合に「火」と述べられている星が熒惑であることは前後の熒惑の動きとの連続性を考えても明ら

かである。(10) しかし日本紀略において熒惑を「火」と呼ぶ例はここだけである。六国史についても同様である。熒惑は五行で火に配され、その結果として現在もこの星を火星と呼ぶくらいであるから、熒惑が「火」と呼ばれるのはおかしいことではない。しかし、「火」は「熒惑」に比べて略称の趣が強い。日々の観測の記録を記すにあたって、たとえば担当者の違いによってこのように正式名称と略称が並ぶことはいかにもあり得そうである。

延喜式（巻第十六陰陽寮）に陰陽寮の職務に関して、

凡天文博士。常守観候。毎レ有二変異一。日記進レ寮。寮頭即共勘知。密封奏聞。其日記者。加二署封一送二中務省一。令レ附二内記一。凡大陽虧者。暦博士預正月一日申二送寮一。寮前レ蝕八日以前申二送於省一。

と規定されている。天文博士は天体の異変に際して日記を陰陽寮に提出し、陰陽頭による密奏にあわせ、日記は中務省の内記に送付されるというのである。これによって天文博士の日記が記されていたことが知りえるのだが、その日記は天体の動きについての記録であったはずである。あるいは、ここで問題となる日本紀略の記事の史料はこの天文博士の日記でもあったかとも思える。そして、寛平七年以降の宇多紀に惑星記事が見いだせないことも考えると、この史料は数年分の残簡だったのではないかとも思えるのである。さきに触れた醍醐紀や朱雀紀の数ケ月単位で記事がないという現象などもあわせると、宇多紀より朱雀紀までの、月日次の形式や記事の粗略さを特徴とする部分は、それだけで史書が編纂できるような史料が十分でなく、他の史料の残簡をも利用しなければならなかったのではないかと疑える。これは村上紀以降の、もっぱら外記日記を用いて編纂されたらしい様相とは異なっている。日本紀略後半のうち、村上紀以降（あるいは朱雀紀天慶九年以降）は形式面でも、またその内容面でも、それ以前とは少なからず異なっているのである。

宇多紀末尾の問題

ところで、月日次の形式から宇多・醍醐・朱雀の三天皇紀をひとまとまりにして考えたのだが、このまとまりを疑わせる現象がある。通常、天皇の紀はその天皇の退位もしくは崩御で終わる。それに加えて後継者の即位が記される。ただし、崩御した場合はその記述のあとに葬送などの記事が続くし、退位の場合もその後しばらくの動静がしるされることは珍しくない。重篤の病で退位し、その後すぐに崩御した場合の記述は在位のまま崩御した場合と大差ない。これは六国史の場合も、また日本紀略の六国史抄録の部分以外でも同様である。その例外として挙げることのできるのが日本後紀平城紀で、薬子の寵愛とそこから起こる騒乱、そして平城帝の出家にいたるまで、数年の推移が略述されている。これは、あたかも平安・平城の二都並立するかのごとき嵯峨朝初期の様相に起因する叙述であろう。日本紀略も日本後紀からこの叙述を引き継いでいる。

ところが、宇多紀の巻末には宇多帝の退位後の出家・受戒から、崩御に至るまでが順を追って記されている。しかもそれは約三〇年に及ぶ出来事である。宇多院は醍醐朝を生き抜き、その崩御は孫の朱雀の時代のことである。したがって、宇多紀の末尾は朱雀朝に至るという現象を引き起こしている。これは六国史および日本紀略の通例と大きく異なる特異な叙述である。宇多紀末尾は漢文史書の終わり方というよりは、あたかも人物の一代記の終末であるかのような終わり方をしている。宇多紀と醍醐紀が漢文史書として自然に接続するために予想される形式とは異なっているのである。

このような終わり方が宇多紀の当初からのものだったとしたら、宇多紀と醍醐紀が一貫して一体の史書として編纂されたという前提と矛盾し、宇多紀は単独のものとして編纂されたのではないかという疑いを引き起こす。しかし、宇多紀末尾は当初からのものというよりは、後に付加されたものかと考えられる。それはこの部分の記述が醍醐紀・朱雀紀の宇多院関係記事と表現まで一致する例が多いからである。それを対照して示そう。

宇多紀末尾	醍醐紀・朱雀紀
丁巳九年 ○七月三日丙子。卯二剋。皇太子於㆓清涼殿㆒加㆓元服㆒。年十三。」午剋。天皇御㆓紫宸殿㆒。譲㆓位於皇太子敦仁親王㆒。宣制如㆓常儀㆒。遜位之後、遷㆓御弘徽殿㆒。于時春秋卅一。在位十二年。 昌泰二年十月廿四日。太上皇落飾入道。卅三。仁和寺灌頂堂。権大僧都益信奉㆑授㆓三帰十善戒㆒。御名金剛覚。今上欲㆑幸㆓仁和寺㆒。而太上皇令㆘中納言源朝臣希㆒馳奏㆖曰。山家道狭。将㆑妨㆓鸞輿㆒者。仍停㆓行幸㆒矣。○十一月廿一日辛亥。太上法皇御㆓東大寺㆒。以㆓来廿四日㆒為㆓受戒㆒也。仍差㆓勅使参議藤原朝臣定国㆒。以㆓大蔵省調布五百段。銭百貫文㆒。修㆓諷誦㆒。○廿四日甲寅。於㆓東大寺㆒。登壇受戒。僧侶交㆑袖。観者如㆑堵。令㆘㆓右大弁式部大輔紀朝臣長谷雄㆒作㆗戒牒状㆖。○廿五日乙卯。詔停㆓太上天皇之尊号㆒。	昌泰二年十月 ○十五日。太上皇於㆓東大寺㆒灌頂。 ○廿日。太上皇又謝㆓尊号㆒。 ○廿四日甲申。太上皇落髪入道。権大僧都益信奉㆑授㆓三帰十善戒㆒。御名金剛覚。今上欲㆑幸㆓仁和寺㆒。而上皇令㆘中納言源朝臣希㆒馳奏㆖曰。山家道狭。将㆑妨㆓鸞輿㆒者。仍停㆑之。即日。請㆑停㆓尊号㆒。其詞曰。前年譲位者。為㆓社稷㆒也。今日出家者。為㆓菩提㆒也。云々。同日。天皇上表。不㆑許㆓上皇之命㆒。 十一月○廿四日甲寅。太上《宇多》法皇於㆓東大寺㆒。登壇受戒。春秋卅三。 令㆘㆓右大弁式部大輔紀朝臣長谷雄㆒作㆗戒牒文㆖。○廿五日乙卯。詔停㆓朱《宇多》雀院太上天皇之尊号㆒。

延喜十年九月日。法皇登二天台山一。於二座主増命房一。受二灌頂一。其次。廻心之御受戒。々壇現二紫金之光一。天子聞レ之。遣レ使授二増命法眼和尚位一。

承平元年七月五日庚寅。公家修二諷誦於七个寺一。依二法皇御病困篤一也。○十九日甲辰。戌時。法皇崩二于仁和寺南御室一。御年六十五。逃位之後卅五年矣。○廿日乙巳。宇多院々司左中弁紀朝臣淑光。参二左衛門陣一。付二外記一奏二遺詔一云。任二葬司一。行二葬料一。置二国忌一。列二荷前一事。并自余庶事。物皆停止者。○廿一日丙午。勅遣二固関使一。○廿五日庚戌。依二法皇遺制一。止二諸司諸国挙哀素服一。天皇服二錫紵一三日。○廿八日癸丑。開関。○九月五日己丑。夜奉レ改二葬法皇於大内山々陵一。○八日壬辰。於二東寺一修二法皇七々御斎会一。公家以二内蔵寮調布三百段一被レ修二諷誦一。

同三年七月十九日。男女親王修二法皇御周忌斎会一。

延喜十年九月
○某日。太上法皇登二天台山一。於二座主増命房一受二灌頂一。其次。廻心之御受戒。々壇現二紫金之光一。天子聞レ之。遣レ使増命授二法眼和尚位一。
承平元年七月
○五日庚寅。法皇御病。修二諷誦於七寺一。○十九日甲辰。戌時。宇多院太上法皇崩二於仁和寺御室一。春秋六十五。○廿日乙巳。院司左中弁紀淑光参二左衛門陣一。付二外記一奏二遺詔一云。任二葬司一。行二葬料一。置二国忌一。列二荷前一事。并自余庶事。物皆停止者。○廿一日丙午。勅遣二固関使一。○廿五日庚戌。依二法皇遺制一。止二諸司諸国挙哀素服一。天皇服二錫紵一。○廿八日癸丑。開関。
○九月五日己丑。夜。奉レ改二葬法皇於大内山陵一。○八日壬辰。於二東寺一修二法皇七々御斎会一。内裏以二内蔵寮調布三百段一修二諷誦一。

一見すれば、宇多紀末尾の叙述は醍醐紀・朱雀紀の叙述を抽出して付加されたのではないかと見える。しかし文章の相違する個所もあるし、最後の「同三年七月十九日。男女親王修二法皇御周忌斎会一。」という記事は朱雀紀に見いだせない。日本紀略以外の史料も用いて付加されたのではないかとも考えられ、明確には断じえない。いずれにしても、宇多紀巻末の記述が宇多紀当初からのものだったとは考えにくく、なんらかの史料により補われたものと考えたいのである。

ところで周知のように宇多紀はその伝来に大きな問題がある。宇多紀は久邇宮家旧蔵本とそれを書写した本しか存在せず、実質的に孤本といってよい状況である。一方醍醐紀以降は一括して行われることが多く、山崎知雄による版本も醍醐紀以降がまとめて出版された。これは光孝紀以前が六国史の抄録として一括して扱えるからである。しかし日本紀略を神武より後一条にいたる一貫した史書として考えるならば、宇多紀の出現は期待される。そしてその期待を満たしたのが久邇宮家旧蔵本であった。しかし、宇多紀末尾の状況を考えると久邇宮家旧蔵本が日本紀略編纂時の面影をそのまま残しているのかは大いに疑える。そもそも久邇宮家旧蔵本には一貫した書名は付されていない。醍醐紀以降は一括されて「扶桑略記」と外題に記されている。宇多紀は三代実録の一部とされている。この扱い方も気にかかるところである。

宇多紀末尾の部分を除けば、宇多紀より朱雀紀までは元来一体の書物であったと見て矛盾はない。もしそうだとしても、のちに宇多紀は醍醐紀・朱雀紀と分割されたかと思われる。そしてさきにも述べたように、朱雀紀は村上紀と強引に結びつけられたのではないかという疑問もある。宇多紀は単独の書物として扱われた時期があったかに見える。延喜聖代観による醍醐朝の重視の歴史観からか、宇多紀が脱落するような契機があったのかもしれないということである。

一方、本節の前半で見たように、六国史抄録部分は、それ以降の部分と少なからぬ違いがある。しかも、その六国史抄録部分のなかでも光仁・桓武・平城の三天皇紀は他の部分といくつかの点で異なっている。日本紀略の前後半には大きな違いがあり、なおかつその内部でも、それぞれに相違点が見いだせるのである。

このように見てくると、日本紀略はいくつかの異なった性格の部分の集合のように見える。もとより編年体の漢文史書という点では共通である。しかしそれは、一体の編集のもとに成立した一貫した史書であると認める積極的な根拠になるのか。国家の記録を主たる史料とし、編年体という普遍的形式によって編纂されれば多かれ少なかれ似た形式にならざるをえないのではないか。簡便な史書の需要はあったろう。六国史では煩雑にすぎるとし、その抄録があってよい。その抄録に欠けた部分があれば、それを補うという人も出てこよう。その場合も既存の部分に内容・形式ともに似てこよう。他方、六国史の編纂が途絶えた部分についても、漢文史書を編集しようという動きはあった。それらの営為は、漢文史書という確立された強固な形式にしたがって編纂するのであるから、自ずから似た形式にならざるをえない。つまり、形式的な類似がただちに編纂の一体性の証明にはならないのである。

現存の伝本で一体のものとして扱われているからと言って、それがただちに一体の成立を保証するわけではないことはいうまでもない。伝来の過程でもこの書物は分割され、自由に必要な部分が取り出されて使用されることがあったようである。日本後紀該当部分がひとまとめになって、「日本後紀」と題されたりする。これは漢文史書のありかたがそれを許す形式だからである。更にいえば、第二章で見るように、史書は部分性を特質としているからである。

一方で近世には、部分的な欠損の状況から、欠けた部分の発見を期待することもあった。それは神武紀から後一条紀まで欠けることなく続くのが本来の形だという想定を前提としている。神武紀からでなく神代からと考えれば、日本書紀から神代を補おうという行為も生まれてくることになる。欠損部分の捜索が行われ、結果として田口鼎軒の手によって、欠けることのない日本紀略を私たちは手に入れた。しかし一方で、伴信友のようにそもそも六国史該当部分と醍醐紀以降を別の書物とする考え方もあった。宇多紀の出現で一体性が確認されたかに見えるが、その実、宇多紀には疑問も多い。

久邇宮家旧蔵本が、日本紀略が一体のものとして扱われたことが現にあったという例証であることは否定できない。しかし、それがこの書物の成立当時からのものであったかどうかは、慎重に扱わなければならない。その類似のなかに見いだせる相違には着目せざるをえないのである。成立についても、伝来の過程についても、もう一度問い直す必要があるといえよう。

注

（1）日本紀略の研究史については平田俊春『私撰国史の批判的研究』第一篇第一章第一節（国書刊行会　S五七）に詳しい。
（2）石井正敏「日本紀略」（『国史大系書目解題下巻』吉川弘文館　二〇〇一）
（3）坂本太郎『六国史』第八の三（吉川弘文館　S四五）
（4）柳宏吉「日本紀略の宝算の記し方」（歴史研究九五　S三六・五）
（5）柳宏吉「日本紀略の続日本紀抄録について」（坂本太郎博士古稀記念会編『続日本古代史論集中巻』吉川弘文館　S四七）
（6）平野博之「日本紀略の日本後紀薨卒記事の抄録について（上）」（下関市立大学論集二四—三　S五六）
（7）注（2）論文
（8）注（1）書第一篇第一章第二節および第三節
（9）細井浩志「『日本紀略』後篇の史料的構造と『新国史』の編纂過程について—天文異変・地震記事による『紀略』後篇の検討—」（史学雑誌一一一—一　二〇〇二）
（10）神田茂編『日本天文史料下』（原書房　S五三　復刻原本S一〇）は「火」についての現象を「惑星現象」に配して「火星軒轅ヲ犯ス」とし、その前の部分を「熒惑輿鬼ヲ犯ス」としている。一見、別の星と扱っているようにも見えるが、その解釈は必ずしも明確でない。依拠史料である日本紀略の表記に従ったに過ぎないと考えたい。なお、九月二十日条の「火星」は文脈から明らかなように、「火」とは別の星で、私たちが火星と呼ぶ星ではない。

〔付記〕日本紀略および六国史・延喜式の引用は新訂増補国史大系本による。なお頭書は必要に応じて、括弧内に細字で示した。

第三節　土左日記の時間と栄花物語

編年的時間と「かくて」

一

栄花物語の形式の本質たる編年体の時間については、既に明らかにされた点も多いが、これを文学史の上にどのように位置づけるかという問題について、本節ではいささかなりとも見通しをたてようと試みたい。

書かれたものの歴史、史書の歴史ないし文学作品の歴史の上で、いかなる位置づけをすべきなのか？　この作品が編年体の形式を採ったことについては、先行する漢文史書、六国史及び新国史にその由来を求むべきかとされる。また、日本紀略や扶桑略記なども通底する問題として、その言語の違いを超える史書の歴史の上に理解できるわけである。その点については言うまでもないのだが、翻って考えてみればこれら日本の漢文史書が規範とした中国の史書の世界においても編年体は優位の形式であった。その点については、さきの節においていささかの検討を行った。

もっとも、この「編年体」という用語についても、いささかの説明が必要である。本来、漢文史書においては（杜預が文選所収の春秋左氏伝集解序において「春秋者、魯史記之名也、記事者、以事繫日、以日繫月、以月繫時、以時繫年、所以紀遠近別同異也、故史之所記、必表年以首事」というように）、継続的な日次・月次の集積が前提となる。しかしこのことばは栄花物語の研究においては、元来これほどの厳密な規定で用いられていない。比較的ゆるやかな規定によって論がなされてきたといえよう。ここでも「編年体」とは基本的にこのような規定を大わくとして守るものとして扱うことに変わりはない。

紀伝体による中国史書のありかたからすれば、伝統的に紀伝体が優位の形式であったかにも思われるが、これは唐代以後の史書が勅撰によって作成された時代のことであっても、それ以前の、つまりはわが平安朝の状況に多くかかわる部分においては通用しないようである。漢代以後六朝にかけて盛んに私に撰ばれた（たとえば司馬遷や班固の労作もまたこの中に含まれる）史書では紀伝体だけが主流の形式なのでなく、編年体も少なくなかった。[1]さらに遡れば、春秋経は編年体史書以外の何ものでもなく、しかもその古典としての重要性は、編年体の規範を与えることとなった。また漢書が（僅かに新しい史料を加えるにしても）ほとんどの材料を提供しながら、編年体の漢紀に編纂しなおされねばならなかったことも、編年体の重要さの一つの例証となろう。

また唐代においては、皇帝の没後にその起居注に基づいて、一代の歴史をしるした実録が編まれたが、[2]これも、現存する韓愈の順宗実録に見られる通り、編年体の形式を採るのだった。しかも、この実録はそのまま六国史中の日本文徳天皇実録や日本三代実録の書名にかかわるように、また朝鮮王朝の実録に見るように、史書の編年体の問題は東アジアにおける漢文文化の普遍的問題なのである。

しかも、紀伝体もまた編年体と対立する形式であるかのようであって、その実、細部においては編年体と無縁ではありえない。「志」はともかくとして「本紀」や「世家」「列伝」はその内部において叙述を進めるのはやはり編年的な時間の、日に日をつらね、月に月を、季節に季節を、年に年をつらねる秩序だったろう。まして「表」は編年的な時間の秩序の視覚化にほかならない。ただ違いとしては、編年の時間の糸が、編年体では基本的に一本であり、それこそが歴史世界のすべてを統べるのに対して、紀伝体では人物や国などの複数性、歴史世界の多極性に応じて、複数設定しうる機構を採ったのだというにすぎない。だから、栄花物語もまた史書として成立しようとするとき、その本質において編年性をはらむのは必然であったし、更に国内の史書の歴史を承けて編年体の形式を採ることも、あまりにも当然であったわけである。

しかし、それだけではこの作品はその成立を見ることはできなかっただろう。なぜならばこの作品は漢文によってではなく、かなによって書きしるされ、はじめてのかな文の史書として成立するのだから、過去における史書の言語に依ることはできず、新しい言葉への可能性が開かれていなければならなかったのである。

二

栄花物語の編年体の時間秩序に特徴的な表現として、

1、「かくて」や「か丶る程に」「かくいふ程に」などの類

2、年号や月日次などの年紀的記載

の二つがことに目立って用いられている。しかもこれらの表現はこの作品にのみ特徴的なのではなく、先行する作品として、うつほ物語やかげろふ日記にも多く用いられている。[3] 一つは長編のつくり物語であり、また一つは女流の日記文学である。歴史叙述とはそれぞれにジャンルを異にするのであるが、そのことは作品間の関連性に目をつぶる理由にはならない。

殊にうつほ物語は、（中野幸一の詳細な研究[4]によって知ることができるように）栄花物語をはるかに凌駕する頻度で「かくて」の類を用い、しかも次のような例も多く見られる。

かくて八月中の十日のほどに、御門花の宴し給ふ。

かかるほどに九月廿日ばかりの夜……

このように「かくて」の類と月日次の記載を併せ用いる例もやはり、栄花物語にも少なからず見られるのだった。もちろん、中野も言うように、これらの表現の相似をもってただちに両作品間の直接の影響関係を認めるには問題もあろうが、栄花物語より見れば確かにうつほ物語はその表現の一面に関して先駆をなすのである。うつほ物語に見られたかな散文の表現の可能性が、栄花物語をも可能ならしめたとだけは認められよう。

とは言え、このような「かくて」の類を契機として展開する両作品の時間そのものはその性格に相当の違いが認められる。栄花物語の場合には時間は編年の秩序としてあらわれ、そこでは記事は基本的に一本の時間軸によって統べられる。注解的な意図をもって叙述の現在における過去が引かれることはあっても、うつほ物語において「俊陰」「藤原の君」「たゞこそ」三巻が鼎立し、その時間が一定部分併行しつつ展開するというような時間のあり方は栄花物語ではあり得ない。この他にもうつほ物語では巻々の間に時間の併行が見られ、また野口元大の考察(5)を見る「さがの院」の仲頼の挿話のように、一巻の中での挿話の包摂による時間の遡行もあるなど、うつほ物語の時間は栄花物語よりははるかに緩く運用されている。このような作品の機構を重層的なものと見るか、あるいは基本的に単純な線条的構造における途中中断回想の方法と見るかはともかくとして、年立における巻々の併行をゆるすうつほ物語の時間は栄花物語の時間とは質を異にするのである。

また、両作品の時間に関しての特徴的な表現「かくて」にしても、子細に見るならばその機能には違いが見られる。野口の考察の対象となった仲頼の挿話の書き出し、

かくて、左近少将源のなかより、左大臣すけなりのおとゞの二郎なり、

や、「たゞこそ」の冒頭、

かくてまた、さがの御ときに、源たゞ（さたイ）つねときこゆるさ大臣おはしけり。

のような例における「かくて」では叙述の進行と話題の転換のために機能してはいても、そこに作品世界の時間の

前進を見ることはできない。これに対し栄花物語の「かくて」は叙述の進行と時間の前進がつねに一体となって作品を進展させる機能を果たしている。栄花物語において「かくて」がこのように機能するのは、これらのことばの背後に作品の叙述と世界の時間をつねに併行させてゆくという、編年体の秩序の本質がひかえているからなのである。一方、このような強固な秩序に束縛されていないうつほ物語ではその表現に類似は多いとしても、その機能はおのずから質を異にしていた。

かげろふ日記の場合はどうであろうか。この作品もまた多くの「かくて」の類を含み、また月次や日次の記載を伴う。のみならず、この作品にもまた次のように、「かくて」と月の記載を併記した例を見いだすこともできる。

かくて十月になりぬ。（天暦八年）

かくて四月になりぬ。十日よりしも、また五月十日ばかりまで、……（天禄元年）

かくて八月になりぬ。二日の夜さり方、……（同）

かくて、また明けぬれば、天禄三年といふめり。

かくて、十月になりぬ。二十日余りの程に、……（天延二年）

しかもかげろふ日記の場合は、うつほ物語の場合のように、作品の二つの部分が時間的に併行するというようなことはないのであるから、その時間は栄花物語の時間の性格により近いとも言えそうである。もちろん栄花物語は物語を称し、また歴史物語とジャンルわけされるので、つくり物語の方に対してより親近性を持つかに見られやすいが、実は日記文学の作品の特質に通う面もその比重は軽くない。この点で栄花物語の時間が物語の作品よりも日記文学の作品に近い性格を持つことも不思議ではないのである。単線状に貫く時間という点で両作品は近い性格を有し、「かくて」の類や年月日の記載もそれに関わり、同様の所以により作品に特徴的な表現となっているかのようである。

しかし、かげろふ日記の場合に果たしてこれらの特徴的表現、殊に月日の記載が真に作品の時間に由来するものかどうか、次のような例を見ると疑問なしとはしない。

七日は方塞がる。（天禄三年二月）

六七日。物忌と聞く。（天禄三年閏二月）

一日の日より四日、例の物忌と開く。（天禄三年三月二十一〜二十四日）

その二十五六日に物忌なり。（天禄三年三月）

暦日上の日付と物忌とが結び付くこと自体はなんら不思議はないのであるが、かげろふ日記の場合には単に方違えや物忌という事実の記載自体が目的であったとは思えない。この作品に頻出する方違えや物忌、障りについての記事は、右の例のように日付と結び合わされたもの以外にも少なくないが、それらの例もふくめて、単に事実としての記録が目的となっているのでないことは言うまでもない。だから、この作品に見られる日付の記載とそれが徴証として示す時間は、そこへ近付いてくることがらを無弁別に採り入れる機構などではなく、主人公が夫の訪れを得た時間とそれを距てる長い時間とに強く結びつくことによってこそ日付は記されていると見える。

この作品では時間は主人公の生活と感情の延長という題材に由来し、その点では各部分の話題はすでに内的に結び付いていて、ただそれを生起した（と思われる）順に従って積み重ねてゆけばよかったわけである。しかも題材は内的にまとめられているのだとしたら、栄花物語のように多様な題材を一本の線にまとめあげるような時間の機構は必要ない。題材をまとめあげるためには「さて」や「かくて」の類で充分であろうが、それがなくても作品の展開は可能である。そして実際かげろふ日記では「かくて」の類は少なく、それと関連してか、「さて」や「かくて」に先行節の内容を承ける副詞的性格が認められ、うつほ物語や栄花物語のように接続詞として機能しているのではないようにも見える。まして月日次の記載は作品の形式としての時間に由来するものとは認められず、作品の内容により即した面に関係するのではないかと思える。要するに、表現に共通したものが認めうるとしても、それをこの三つの作品のそれぞれの全体の上に置いてみると、おのおのの「かくて」の果たす機能には大きな違いが存するると見えるのである。

かげろふ日記と栄花物語は各節の記事を時間軸に沿って配置するという形式において似通い、また「かくて」や月日次の記載という特徴的な表現においても共通であった。しかしかげろふ日記の場合は主人公すなわち作者の生活と感情により内側から統べる力がはたらいているので、時間的形式が唯一の作品統合の力ではなかった。それはかげろふ日記の作者の描くべきものが自己の生活そのもの以外にはありえなかったからである。一方、かげろふ日記の作者のこのような姿勢を一転し、題材を自己の外側にもとめるならば、栄花物語のような歴史叙述となるのだが、しかしその題材は（その範囲を京における天皇家と上級貴族という狭い世界に限定したとしても）、一人物の生活と感情の世界に比べればはるかに広く、雑然としていて、そのため作品世界の内的論理に統一の力をもとめ得ず、編年体の時間軸が唯一の統合の機構として機能しなければならなかったのである。

作品の時間のための指標として、「かくて」の類は機能するのではあったが、見てきたように、栄花物語に先立つ作品における用例を見る限り、「かくて」は決して編年体的時間とそのまま結び付くようなものではなかった。また、筆者は別に、一面栄花物語に大きな影響を与えたと称しうる源氏物語についても、その「かくて」の用法を検討しているが[6]、その表現上の効果の格別であったことはともかくとして、栄花物語的な編年体の時間とそのまま結び付くものでないことは確かであった。

このように見てきた限り、「かくて」という語そのものに編年体的時間を見いだすことはできないであろう。「かくて」は、各作品を通しての最大公約数として、一つの場面を他の場面へとつないでゆく機能を果たすであろう。しかし、それに付加される機能は一つの作品の表現機構の内部で働くことによってはじめて可能となるに過ぎず、この表現機構を離れてそれを保持することのできるものではないのである。ならば、栄花物語における「かくて」の機能もまたこの例外ではあり得ないはずである。栄花物語という一表現機構の内部で、「かくて」は編年体の時間の展開に重要な役割を果たすが、それは決して「かくて」に時間的展開の機能があるわけでなく、「かくて」の本来持つ最大公約数的機能が栄花物語の編年体の時間に支えられた表現機構の中で働くことによってはじめて時間的展開の機能を持つに至ったのだと見るべきだろう。

さて、このように見たとき、栄花物語の「かくて」は（そして他の「かくて」の類もまた同様なのは当然として）決して編年体の時間を保証するものではなく、逆にこの時間によってはじめて、この作品中に「かくて」として特有の機能を持つのである。もちろん、このようにして機能を与えられた「かくて」の類が叙述の具体的展開にあたって重要な働きをすることについては言うまでもないが、この機能は「かくて」に直接由来するものではないのである。そして、このように「かくて」の性格を判断する限りにおいて、栄花物語の編年体的時間の先蹤として、「かくて」の多用を共通点とするうつほ物語やかげろふ日記をとらえることはできない。「かくて」の最大公約数的な機能に関する限りの、表現の機構の共通点を見いだすことは可能かも知れないが、少なくとも編年体的時間という当面の課題に関してはその関係を深いものとみなすことはできないのである。

土左日記の「ある人」について

一

以上のように、「かくて」に編年体的時間の本質に結び付く機能を見いだせないのだとすれば、当然もう一つの編年体的時間の徴象たる月日次の記載を検討しなければならないであろう。そして、年紀・月日次の記載それ自体は編年体的時間との強い結び付きについては言うまでもない。先にも述べたように漢文史書の中になら、編年体の時間と年紀の記載との強い結びつきは恒常的に見いだせる。しかし、今試みようとしている課題はあくまでもかな文学作品の範囲内で考えることであり、かな文字によって、つまりは（中国語ではなく）日本語によって編年体的時間を書き記してゆくうえでの、栄花物語の先行作品を見いだすことである。かなによる年紀・月日次の記載が編年体の時間と強く結び付くような例を栄花物語以前に見いだせないのであれば、栄花物語における編年的時間のかなによる表現の実現は、この作品によって初めて可能とされたと言えようし、この点については先行作品との文学史的関連もないと言うことになるわけである。

ところが、ここに、月日次の記載という徴象をそのことばの上に強く刻印された作品が存在する。土左日記の記載の様相については敢えて説明する必要もあるまいが、このような月日次の記載は、この作品が属するとされる日記文学と称されるジャンルにあっても、実は土左日記にのみ孤立的な現象である。その上、土左日記は、時間の強固な不可逆性についても異論の余地はない。確かに、

かくあるうちに、京にて生まれたりし女児、国にて俄かに失せにしかば、この頃のいでたちいそぎをみれど、何言もいはず。

中垣こそあれ、一つ家のやうなれば、望みて預かれるなり。さるは、便りごとに物も絶えず得させたり。今夜、「かかること」と、声高にものもいはせず。

のような例において、傍線部以外の部分が叙述の現在を描くのに対して、傍線部が過去のことを述べている、というような現象は見られる。しかしこの場合は、叙述の現在に従属し包括される回想の内容なのであって、決してこの出来事をそれ自体叙述の現在の展開の間に、他の出来事と等価のものとして投入しようとしているわけではない。土左日記の時間は基本的に作品世界の時間の展開が叙述の展開と必ず併行してゆくという構造なのであり、しかも

この構造を支えるために月日次の記載が果たしている役割は絶大なものがある。ましてこの月日次の記載が、その原型においてさえ、[7]改行によってその機能を明確にされていたのであれば、なおさらのことである。

では、このように作品内で絶大な役割を果たす土左日記の月日次の記載はどのような機能を果たすのであろうか。もちろん、作品全体を日記の形式に整えるという、もっぱら作品の内部に対してではなく、外部の他の書記作品との関連性において評価すべき機能も果たしているのではあろう。そのことははやくこの作品の冒頭に「男もすなる日記といふものを」と記された時に明言されてしまっていた。十世紀前半の書記言語の共時的な展開の中にあって、この作品が「女文字」によってはいても、「日記」という形式の中に確立されているのだとの徴象の機能を果たすのである。

しかし、この日記の月日次の記載はただ外部の書記作品との関係性のみで説明することによって充分なのだろうか。一方では、その内部に対しても何等かの機能を果たしているのではないかという疑問も当然あって然るべきだろう。そしてこの疑問に答えるためには作品内部に対しての考察が必要となるわけである。

二

周知のように、土左日記の登場人物たちは、安倍仲麿や業平、惟喬親王など過去の存在として扱われる人びとを別にすれば、多くの場合特立された個性を持たず、確かな人物像を保たず、[8]また固有名詞をもって記される例も多くは見られない。ある一家――現代における家族とはその構成を異にし、雑多な人びとを含み込むとしても、いまは「一家」とよんでおこう――の帰京の旅を叙した土左日記であるが、この一家のあるじたる人物からしてが、某国の前国守という以上のことを明示されない。最初に「ある人、県《あがた》の四《よ》年五年《とせいつとせ》はてゝ……」と記されて登場し、十二月廿五日の条には「帰る前《さき》の守」と記されるが、それ以後は「翁人ひとり」「船の長《をさ》しける翁」「船君なる人」

「船君の病者」などと、人物像の最初の曖昧さは変わることがない。というよりも、処々の場面で以上のように異なった呼ばれかたをするのを、読み手の努力によってようやく同一人物と認定しているというのが実際ではなかろうか。(9) そして、他の登場人物の場合も、その扱われかたは、この前国守以上のものではなかった。

この作品の登場人物を前国守の一行と、それ以外の人びとにわけるとして、この後者の場合には確かに「藤原のときざね」「八木のやすのり」「山口のちみね」など、固有名詞をしるされる例もある。しかし、前国守の一家以外の人びとのうちでも「あるじの守」や「破籠《わりこ》もたせてきたる人」など、作品中に重要な扱われかたをし、あるいはうたを詠んだりする人物は、かえって人物名を記されない。殊に「破籠もたせてきたる人」などは「その名などぞや、いま思ひいでむ」とわざわざことわって、その人物名は排除されている。

旅の一行の人びとの側になるとこの様相はさらに深まる。人物名らしきものが「淡路の専女《たうめ》といふ人」のほかに見られぬことも問題なのだが、より重要なのは確かな人物像の結ばれる例が稀なことにある。見送る側の人物たちにくらべてはるかな重みを荷うはずであり、また相当の大家族であろうとも思われるのに、まとまった像を保つかに見える人物としては、前国守と亡児の母、そして淡路の専女ぐらいしかいない。他の登場人物は、児童にしてもおとなにしても、各場面の内側だけで機能づけられ、他の場面に登場する人物との同定の手がかりは得られない。そして、このような扱われかたの典型たる「ある人」にいたっては、他の場面の「ある人」との関係など全くと言ってよいほど知り得ないのである。ちなみにこの「ある」じたいは学校文法的に処理すれば口語文法のように連体詞でなく、動詞「あり」の連体形であり、その点ではあくまでも「その場面にいる人」であるが、具体的に特立されず、他の登場人物との関係が同定できないということでは、現代語の「或る人」に通じるものがある。その点で、この場合の「ある」は、文語動詞の連体形から、口語文法の連体詞に至る一こまにあると言っても良い。

ところで、言うまでもなく、土左日記におけるうたの意義はその量的な面のみならず、作品の本質にかかわる点でも重要なのだが、[10] うたの詠者たちについても以上のような人物の問題は見てとれる。ことに「ある人」のうたが全五九首中一九首に達することは注目に価する。以下、うたの詠者としての「ある人」に着目しながら、この作品の登場人物の問題の一端にふれてみたい（以下、土左日記のうたについてはこの節の末の付表を参照されたい）。

さきに述べたように、「ある人」のうたは一九首なのであるが、他にも何首かについては、「ある人」に準ずる詠者が設定されている。一月十一日条14歌の「……と言ふことを思ひいでゝ、人の詠める」の「ひと」、一月十八日条21歌の「また、ひとの詠める」の「ひと」は、その人物の特定が難しく、個性を欠くという点では、「ある人」の場合とほとんど違いがない。また十二月廿七日条6歌の「ゆく人」、一月九日条12歌の「ふな人」にしても、見送りの人々の側にでなく、旅だつ一家に属することが知り得るのみで、それ以上にこの一行の中の誰と特定できる手がかりを持つわけではない。

さらに、詠者を誰と叙述の上に記されていないうたが八首存在するが、これらの中にも、その詠み手が限定されない点において「ある人」の例と共通の場合が見られる。もちろん八首の中には、作品の筆者たる「をむな」のうたと読んでよいかと思えるものもある。また一月七日条7歌の場合には贈物をよこした人のうたであろうし、二月七日条48歌は文脈より47歌と同様に「船君の病者」のものと読めよう。しかし、十二月廿七日条の場合などは、3歌について「このあひだに、ある人の書きていだせるうた」とあるのにつづき、「また、あるときには」として4歌が記されるのだから、この4歌も「ある人」のものと見なしてもよいのだろう。一方、二月三日条37歌の「これにつけて詠めるうた」、二月五日条41歌の「これかれ苦しければ詠めるうた」の場合には、一応「をむな」のうたと読めるのであるが、だからと言ってその点を努めて明確にしようとする記述は見られない。ことに41歌の場合は、「これかれ、苦しければ詠めるうた」と切るか、「これかれ苦しければ、詠めるうた」と切るかによっても解釈が変わり得る。つまり、うたが登場人物の誰によって詠まれたかを特定する手がかりにとぼしいのであるが、これを無理をして確定しなければならぬのではなく、確定できないこと自体の意義を考えなければならないだろう。

三

さて、「ある人」の実際の例を見てゆきたいのだが、十二月廿七日の条の一場面より始めよう。

かくあるうちに、京にて生まれたりし女児《をむなご》、国にて俄かに失せにしかば、この頃のいでたちいそぎをみれど、何言もいはず。京へかへるに、女児の亡きのみぞ悲しび恋ふる。ある人々もえ耐へず。このあひだに、ある人の書きていだせるうた、

　　みやこへとおもふをもの丶かなしきはかへらぬひとのあればなりけり

また、あるときには、

　　あるものとわすれつ丶なほなきひとをいづらとゝふぞかなしかりける

　といひけるあひだに……

「みやこへと」のうたの詠者が「ある人」なのだが、前述のように「あるものと」のうたについてもそれに準じて読んでよいだろう。「ある人」のうたをしるす作品中最初の場面であり、また亡児追慕のモチーフによる最初の一節でもある。作品のうちに幾度か扱われる亡女児への哀悼の事情はこの一節に説明されているわけである。

ところで、「何言もいはず」「悲しび恋ふる」と記される主格は、叙述の上では「かくあるうち」[11]の一人として以上には明示されていないのだが、この亡児の母親と考えてよいのであろう。しかし、この一節に哀傷のうたを詠むのは、一場面の中心人物たる亡児の母ではなく、この亡児との関係も一切知り得ない「ある人」なのである。最初に女児の死んだことがしるされ、母親の悲歎の様子がつづられるが、個人的であるかに思えるその感情は、周囲の人々へとひろがってゆく。「ある人々」も耐えることができなくなるのである。そして、この「ある人々」のなか

の一人「ある人」が哀傷歌の詠者となる。もともとは登場人物の一個人に属していた心情はこの一場面の人物たち全体へと浸透し、人びとは亡児の母と悲しみを共有し、この人々の中から「ある人」が、いわばその場の全体を代表してうたを詠むのである。亡児の母と「ある人々」は対立するものではないし、まして「ある人々」と「ある人」とは別のものではない。ただ、うたを記すにあたっては一人の人物を詠者として設定しなければならず、そのために「ある人」の登場がもとめられるのである。そして、この「みやこへと」のうたが一場面の人々の心情に他ならず、場面全体が哀悼の情を共有することにより、亡児の母も慰められるのだと言えようか。また、もう一首の哀傷歌「あるものと」の詠者について明記するところのないのも、哀悼の情が一場面全体に属するのだから、不都合はなかったのである。

子供を失うという体験そのものは肉親の個人的なものであるが、そこから引きおこされる感情さえこのように扱われたのである。他の、一行の人びとに一般的な感情については言うまでもない。ことに望郷の念は作品中にくり返し用いられるモチーフである。ここでは、帰京を果たした場面の一節を見てみよう。

夜になして京には入らむとおもへば、急ぎしもせぬほどに、月いでぬ。桂川、月の明きにぞ渡る。人々のいはく「この河、飛鳥川にあらねば、淵瀬さらに変らざりけり。」といひて、ある人の詠めるうた、

ひさかたのつきにおひたるかつらがはそこなるかげもかはらざりけり

また、ある人のいへる、

あまぐものはるかなりつるかつらがはそでをひてゝもわたりぬるかな

また、ある人詠めり。

かつらがはわがこゝろにもかよはねどおなじふかさにながるべらなり

京の嬉しきあまりに、歌もあまりぞ多かる。（二月十六日条）

一行が桂川をわたり、いよいよ入京しようとするのであり、「ある人」を詠者とするうたが、三首つらねられる。そして、うたに述べられた感情が詠者だけのものでなく、その場に居あわせた人びと全体のものであるという関係はここにも見られるだろう。最初に「月」と「桂川」を示して状況を説明した後、桂川の変わらぬ様子が語られるが、三首のうたもまた、「月」「桂川」そして「変らざりけり」という三つのモチーフを中心に組み立てられる。しかも、三首のうたの述べる心情は、「人々」の「この河、飛鳥川にあらねば、淵瀬さらに変らざりけり」とのことばに込められた感慨と共通のものであり、それを端的に示せば「京の嬉しきあまり」と言うことになる。その点では、「人々」の中には、うたの詠者たる「ある人」たちが含まれていると読むことも問題あるまい。この場面においても、「ある人」たちが「人々」を代表してうたを詠むという関係は見てとれるのである。

　ところで、これら二つの例で問題にした「人々」とは、某国の前国守の一家として帰京の旅をともにする一行の人びとだった。この人びとは旅程を、殊に狭い空間に閉じ込められる船の旅をともにし、関心と感情と機知とを共有する。だから、

この折に、在る人々、折ふしにつけて、漢詩《からうた》ども、ときに似つかはしきいふ。（十二月廿七日条）
このすふ人々の口を、押鮎もし思ふやうあらむや　（元日条）
げにと思ひて、人々忘れず　（一月十一日条）
きのふのやうなれば、船いださず。みな人々うれへ歎く。（一月廿日条）
皆人々の船いづ。（一月廿一日条）
皆人々、媼、翁、額に手をあて丶喜ぶこと二つなし。（二月六日条）
いと思ひのほかなる人の言へれば、人々あやしがる。（同）
これを聞きて喜びて、人々をがみたてまつる。（二月十一日条）

「あはれ」とぞ人々いふ。（二月十六日条）

など「人々」の登場する例は少なくないのである。

一方、この一行を見送る側についても次のような例が見られる。

年来よくくらべつる人々なむ、別れがたく思ひて……（十二月廿一日条）

守の館《たち》の人々のなかに、この来たる人々ぞ、心あるやうに言はれほのめく。（十二月廿七条）

人々絶えず訪《とぶら》ひに来。（一月五日条）

この人々ぞこゝろざしある人なりける。この人々の深きこゝろざしは、この海にもおとらざるべし。（一月九日条）

さらに、一首のうたが「人々」を詠者とするという場合さえ見られるのである。

かく別れがたくいひて、かの人々の口網も諸持《もろも》ちにて、この海辺にて、担《にな》ひいだせるうた、

をしとおもふひとやとまるとあしがものうちむれてこそわれはきにけれ

といひてありければ……（十二月廿七日条）

そして、これら「人々」が共通の想いを抱き、その関心を同じ方向に向けるとき、その代表としてうたを詠むのが「ある人」であれば、「ある人」は「人々」より区別される個性や特徴などは必要でなく、かえってそのように人物としての特立を果たす特性は滅却されねばならなかったろう。個性を持たない人物だからこそ「人々」の思いを代表できるのであり、この故にこそ人物像の曖昧さ、個性の欠如の意義があると言えよう。

四

次のような例の場合はどう考えるべきだろうか。やはり「ある人」がうたの詠者となるが、「人々」は登場しな

い。
今宵《こよひ》、月は海にぞ入る。これをみて、業平のきみの、「山の端遁げて入れずもあらなむ。」といふ歌なむ思ほゆる。もし海辺にて詠まゝしかば、「なみ立ちさへて入れずもあらなむ。」とも詠みてましや。いまこのうたを思ひ出で、ある人の詠めりける、

てるつきのながるゝみればあまのがはいづるみなとはうみにざりける

とや。（一月八日条）

業平のうたをふまえての一節であるが、この場合、月の入りの情景に触発されての「これをみて……なむ思ほゆる」という業平歌の想起の主格、あるいは「詠まゝしかば……詠みてましや」という反実仮想の判断の主体は、登場人物の誰に属するのだろうか。もちろん、作品冒頭の一文における執筆の言明を考慮に入れて読むならば、「をむな」のものと読むべきであろし、そう読むことを妨げるものは見られない。「このうたを思ひ出で」たのもまた、叙述の流れから言えば前文までに述べられたのをうけるのだから、「をむな」を主格とするのだと読める。しかし、これにつづく「ある人の詠めりける」と照応させて考えるならば、「思ひ出で」たのは「ある人」でなければならない。ならば、遡って「これをみて」以下すべてが「ある人」の思惟や言動に属するのかと見てみても、そこにも無理が存しよう。ここには「ある人」の、うたの詠者としての便宜的な性格が見られるのだが、また同時に、人物やその視点が一貫しないという作品の性格もあらわれていると言えよう。

しかも、このようなことが可能になるのは、この一場面の設定と描写が強力な個性による視点を通した主観的なものとしては、決して要求されていないからである。つまり、「をむな」を考慮から外すならば、「月は海にぞ入る」という情景も、またそれによって業平のうたが想起されることも、他の視点からの相対化は顧慮されず、客観的なものとして描き出されているのである。そして、このように客観的に描かれた情景と結びついて記されるうた

のための詠者として、「ある人」が設定され得るのも、「ある人」がことさらに個性や特徴を持たず、その故にこそ客観的なものとして描出された情景を己がものとすることができるからである。「人々」の心情や関心がそのまま「ある人」のものであり得たのと同様に、ことさらに特定の視点に託されない情景描写が、そのまま「ある人」の視点によるものとなり得るのである。

このような「ある人」の機能は次の例の場合には一層顕著である。

けふ、海荒らげにて、磯に雪ふり、浪の花さけり。ある人のよめる、

なみとのみひとつにきけどいろみればゆきとはなとにまがひけるかな

（一月廿二日条）

この作品の散文による自然描写は、既に言われているように写実などではあり得ないのだが[12]、殊にこの一節は完く見立ての構図に依っている点で和歌的発想が甚だしい。散文に描かれたものと、「なみとのみ」のうたの述べることの間にほとんど差異はないのだが、しかも一方は誰の視点によるものともされず、他方は「ある人」に託されているのである。

五

以上のように、どのような人物のどのような心情も、またどのような視点を通したどのような情景をも己がものとして、情景描写やうたの場の設定の叙述をうたへと結びつけてゆけるのが「ある人」であった。そして、「ある人」ほどではなくとも、このような性格はこの作品中の他の詠者たちにも見出せるのである。たとえば、「ある女」の場合を取り上げてみよう。

これかれ、かしこく歎く。男たちの心なぐさめに、漢詩《からうた》に、「日を望めば都遠し。」などいふなる言の様を聞きて、ある女のよめる歌、

ひをだにもあまぐもちかくみるものをみやこへとおもふみちのはるけき

また、ある人のよめる、

ふくかぜのたえぬかぎりしたちくればなみぢはいとゞはるけかりけり

（一月廿七日条）

この場合の「ある女」も、性別を明らかにされたという以上には何ほども人物の個性化を果たしているわけではない。「男たち」の「からうた」に対して、女性として「やまとうた」を詠んだと言うにすぎない。しかも「男たち」と対する複数の女性たちがいて、その代表としてうたを詠んだのが「ある女」だとすれば、「人々」と「ある人」の関係に相似のものが見られよう。実際に同じ場面で詠まれたもう一首のうた「ふくかぜの」の詠者は、やはり女性たちの中の一人なのだろうが、「ある人」と設定されている。

また、この作品にうたの詠者として登場する幼童については菊地靖彦によって詳論されているが[13]、要するにそのうたの問題より要請されるのであり、幼童自体の人物形象がもとめられたわけではない。実際に次のような例によれば、この幼童にも「人々」の代表としてうたを詠むという面が見られる。

今し、羽根といふ所にきぬ。稚《わか》き童、この所の名をきゝて、「羽根といふ所は、鳥の羽根のやうにやある。」といふ。まだ幼き童の言《こと》なれば、人々わらふときに、ありける女童《をむな》なむ、このうたを詠める、

まことにてなにきくところはねならばとぶがごとくにみやこへもがな

とぞいへる。男も女も、いかで、とく京へもがなと思ふ心あれば、この歌よしとにはあらねど、げにと思ひて、人々忘れず。

（一月十一日条）

少女がうたを詠む以前には思いもよらなかった感慨と機知との絡みあいかもしれないが、ひとたびことばとして発せられるときには、「人々」もそのうたに共鳴し、心にとどめざるを得なかったのである。

しかし、このように「ある女」や幼童が詠者となる一方では、複数の場面を通じて登場する特立された人物も、

うたの詠者としての姿は見られる。一家の主たる前国守、淡路の専女、そして亡児の母であるが、このうち亡児の母についてはさきに見たように、その悲しみは彼女一人に閉されたものとしては終始しなかった。

前国守の場合には（最初に述べたように、いくつかの場面に登場するのを同一人物と認定することを前提としてだが）、一家の長でありながら優位の像を与えられることなく、かえって「おきな」「病者」などと、劣弱の像がしばしば伴う。うたの詠者としてもしばしば批評の対象となり、「なぞ、徒言《たゞこと》なる」「あやしきうた」などと、しばしば嘲笑を受けることになる。(14)うたの場に登場しても芳しい評価を得られず、ついには「ねたき、言はざらましものを」とくやしがりながら退場することになる。一方、言われているように淡路の専女は前国守の船君と一対の存在であり、その人物像も共通のものがある。「船酔《ふなゑひ》の淡路のしまの大御」として船底に臥すのは、「心地なやむ船君」と同様であり、うたの詠者としても「和歌の下手な無器用な人間」（萩谷朴(15)）なのである。

前国守や淡路の専女はたしかに特立された人物として、独自の個性を保ちながら繰り返し登場するが、その人物像は劣弱のものであり、他の人物たちより貶められる存在として形成されているので、作品世界の中心に立つことはできない。うたの場に参入したとしても標準以下のうた詠みとして扱われることになる。うたの場の中心に立つのはあくまでも幼童や「ある女」であり、「ある人」であるのだ。

六

この土左日記の世界の本質を素人歌人の日常的なうたの場に見出そうとしたのは山口博(16)である。同じ作者による新撰和歌とも対比させながら、山口は次のように言う。

詠歌事情を考慮せぬ『新撰和歌』が玄人の方法であるなら、詠歌事情に興味を示す『土佐日記』は素人の方法である。朱雀朝は『大和物語』の世界となった時代である。素人歌人たちの歌語りへの関心は極度に高められ、その結果『大和物語』を生みだした。そのような通俗的な歌人たちの、歌語りへの興味と一致するものを『土佐日記』は持っている。『大和物語』的な、つまり素人歌人的な通俗的な歌の世界が『土佐日記』である。「詠歌事情」の問題を契機として、土左日記とうた物語との関連が示唆されていると言えよう。

ところで、山口は大和物語と土左日記との間に共通の性格を見出そうとするのだが、そのような共通点とは別に、この両作品には大きな相違点も存在する。土左日記のうたの詠者は、見てきたように、特立された人物像をおおむね拒んでいると言えよう。「ある人」や幼童たちについては言うまでもない。亡児の母の場合も、その人物としての特性は「亡児の母」と言う以上には持たない。一方、船君たる前国守や淡路の専女は特立された人物と見えるが、前述のように、その人物像を劣弱のものとして作品世界の中心人物としないなどの配慮が加えられていた。更に付け加えるならば、詠者たちが人物名をほとんど記されない点も、大和物語との対比のうえで重要である。淡路の専女を別にすれば、この作品の中に固有名詞を明記されるのは、業平などの歴史的人物か、そうでなければ、作品世界の中心より遠く離れ、うたの詠者となることもない脇役たちに限られるのである。

大和物語の場合には、最初に目につくのは、第二章第二節でも論じるように、固有名詞[17]の重要さである。人物はその種々の個性による人物像の形成よりも前にまず、人物名（乃至はそれに准ずる機能を果たすことば）によって他の人物と区別され、また他の章段にその人物が登場するときには同一人物だとの同定を可能にする。たとえば十七段より二十段までの四つの章段にはすべて敦慶親王が登場するのであるが、このうち十七・十八・二十段にはいずれも「故式部卿の宮」と記されるので、同一人物が登場することは知り得る。また十九段の場合には人物名は記されていないが、そのかわりに「おなじ人おなじみこの御もとに」とあるので、前段に引きつづいて「故式部卿の宮」と「二条のみやすどころ」とが登場人物なのだとわかるようになっている。また二十段において敦慶親王とともに登場する女性は「かつらのみこ」と明記されているので、二十六段の登場人物と同一人物と認定される。さらに「かつらのみこ」が直接登場しない四十段の場合にも、「かつらのみこに式部卿宮すみ給ける時」とあって、人物名が時の設定に役立つのであるが、これも一章段の世界が作品外へ閉じられてはいないから可能になるのである。

このように人物名を明記し、各人物を特立されたものとして扱おうとする大和物語は、土左日記とは、うたの詠者に関しては対照的な性格を示している。土左日記の場合には、作品世界はあくまでも閉ざされたものとして、その外側へと関係づけられることを拒む。またその内側でも人物たちは個的な性格は滅却され、他の人物と区別されることをもとめられなかった。一方大和物語では人物は他の人物と明確に区別され、他の章段へ、更に作品外へと関連づけられる可能性を拒んではいなかった。

またこれらの人物たちを詠者とするうたについても、両作品の性格のちがいは反映されている。大和物語では一首のうたはあくまでも一人の人物に属するものであり、うたにこめられた想いもまた詠者一人だけのものであった。ところが土左日記では、うたは一人の詠者のものであっても、その感慨は他の人びとと共通のものであり、人びとの代表として詠者となるような場合が少なくなかったのである。同じように素人歌人の通俗的なうたの場と言っても、その性格は両作品では対照的な違いを見せると言えよう。

では、うた物語のもう一つの代表的作品たる、そして土左日記とその作者を同じくするとの説も見られる伊勢物語(18)の場合はどうだろうか。伊勢物語は大和物語とことなり固有名詞に固執しない(19)。もちろん伊勢物語の中にも「紀の有常」や「惟喬のみこ」など、人物名を明記する例は見られる。また、ひとたび人物名を明さずにおいたものを後に明らかにする「後人注記」のように場合もあり、殊にこの「後人注記」の問題はこの作品の本質にかかわるものとして論ぜられてもいるようである。

しかし、この作品の中心に立ち、「むかし」という時の設定とともに、伊勢物語を伊勢物語たらしめているのは、言うまでもなく「をとこ」である。そしてこの「をとこ」は、六十三段に「在五中将」と見えるのを例外として、人物名を明記されることはない。当然ながらこの「をとこ」を業平ととる読み方もあるし、それには相応の根拠も見出せるのだが、すくなくとも書かれたことばのうえでは、「業平」とも、あるいは大和物語のように「在中将」とも記されてはいない。

またその人物像についても、「をとこ」は一章段の場面がもとめる以上の特性を与えられない。ときに「翁」であったり「右の馬の頭なりける人」だったりもするが、それも章段の範囲内でのみ有効な属性の付加であり、基本的には「をとこ」という人物設定の埒内での変異だった。最小限の特性を与えられた「をとこ」が作品の中心人物であり、ときに場面に応じて何らかの特性が付け加えられることがあっても、その場面での役割が終わればまた「をとこ」という無特性の人物へともどって来る。そして、特性を最小限におさえられている点において、この伊勢物語の「をとこ」は、土左日記の「ある人」に似通っていると見えるのである。

しかし子細に見れば、伊勢物語の「をとこ」は土左日記の「ある人」とはその性格を異にし、それどころか相反する性格をもつとさえ言える。うたの詠者としての「をとこ」の実際の例を見たいが、ここでは三十段を取りあげよう。伊勢物語でも最も簡潔な章段の一つだが、それだけにこの作品における、うたの場としての人間関係の典型が見てとれるだろう。

　むかし、男、はつかなりける女のもとに、
　　あふことは玉の緒ばかりおもほえてつらき心の長く見ゆらむ

「をとこ」と「をんな」が「はつかな」る関係において相対することにより完結する場面である。そして一首のうたが詠まれるが、このうたは「をとこ」の自らの想いが自らのために詠ぜられたものであって、決して土左日記の場合のように、他者と共有し、他者の想いをも代弁するようなものではない。うたはあくまでも詠み手一人のものであって、もう一人の登場人物たる「をんな」のものでさえあり得ない。そして、二人の人物はこのうたを間に置いて正対し、いわば二つの極をなしながら、このうたが一方の極より他方の極へとはたらきかけるのである。人物たちとうたとのこのような構図は、うたを中心として人々が同じ方向に心を向けた土左日記の場合とは全く異なっている。

しかし、伊勢物語の中には次のような例も見ることができる。九段、「東下り」のうち二つの情景である。

……三河の国、八橋といふ所にいたりぬ。……その沢に、かきつばたいとおもしろく咲きたり。それを見て、ある人のいはく、「かきつばたといふ五文字《いつもじ》を句の上《かみ》にすゑて、旅の心をよめ」と言ひければ、よめる、

からころも着つつなれにしつましあればはるばる来ぬる旅をしぞ思ふ

とよめりければ、みな人、乾飯《かれいひ》の上《うへ》に涙おとして、ほとびにけり。……なほ行《ゆ》き行《ゆ》きて、武蔵の国と下つ総の国との中に、いと大きなる河あり。それを隅田河といふ。その河のほとりにむれゐて、思ひやれば、かぎりなく遠くも来にけるかな、と、わびあへるに、渡守、「はや舟に乗れ、日も暮れぬ」と言ふに、乗りて、渡らむとするに、みな人ものわびしくて、京に思ふ人なきにしもあらず。さるをりしも、白き鳥の、はしとあしと赤き、鴫の大きさなる、水の上に遊びつつ魚《いを》を食ふ。京には見えぬ鳥なれば、みな人見知らず。渡守に問ひければ、「これなむ都鳥」と言ふを聞きて、

名にし負はばいざこと問はむ都鳥わが思ふ人ありやなしやと

とよめりければ、舟こぞりて泣きにけり。

三河国八橋と武蔵国隅田川と、東下りの二つの場面に記されたうたはともに、そこに示された感慨は詠者である「をとこ」だけのものであり得ず、その場面に集う人びと、「みな人」に共有される。「みな人ものわびしくて、京に思ふ人なきにしもあらず」ということばからも読み取れるように、境涯を共通のものとする同行の人びとなのだが、それらの人びとを代表して「をとこ」はうたを詠み、うたは共感の涙を催すことになる。うたの述べる想いは

詠者だけのものとはされていず、このようなうたのあり様、そしてうたの場のあり様は土左日記の場合と似通っているると言える。一人の人物のうたが、その場に居あわせた人びとの感情を代表するという関係は、あくまでもうたが詠者一人の想いだけを述べる三十段の場合とはことなり、土左日記の「ある人」を中心とする場面と共通するかと見えるのである。

しかし、この九段が伊勢物語の中に存在できるのは、そこに記されたうたの詠み手を伊勢物語の「をとこ」とするからである。たしかにそのうたに込められた感慨は「をとこ」だけのものでなく、「みな人」に共有されるのだとしても、だからと言ってそのうたの詠者を「をとこ」以外の人物に換えることはできない。土左日記の「ある人」の場合には、他の人物との交換を云々する以前に、他の人物と区別するための契機がそもそも与えられていなかった。一方の伊勢物語では、九段のような場合でさえも、その詠み手の「をとこ」は他の人物から明白に区別され、個性的な存在として特立されているのである。そして、二首のうたが記されて作品中に存在できるのも、この「をとこ」の力によるのである。しかも、この九段の場合に「をとこ」を示すことばが見られるのは冒頭の「むかし、男ありけり。その男、身を……」の部分だけであり、それ以後は主語を明記されないのに、この二首のうたの（またこの段のうち引用に略した二首についても）詠者を「をとこ」と認定し得るのも、この九段だけでなく伊勢物語全体をも統一している「をとこ」の人物像の力による。一見並列的であるかに見えながら、その実、巧みに構築されているこの作品の全体性を支える柱としての役割を、伊勢物語の「をとこ」は果たしているのである。あくまでも一場面の中でのみ機能し、他の場面とは関連づけ得ない土左日記の「ある人」とは明白に異なり、対極的な性格でさえあると言えよう。

伊勢物語の「をとこ」は人物としての特性を明示されること少なく、また他の人物から区別するために固有名詞を与えられもしない。しかしこのような扱い方によって他の人物とまぎれることはなく、かえってこのような限定を拒む性格こそが「をとこ」を他の人物から厳しく特立し、かけがえのない人物像としての個性を与えることとなっている。他の人物からの弁別のための固有名詞を拒み、尋常の方法による人物像の定立を拒む人物がかえって最も個性的な人物であり、しかも百余の章段を貫き通して作品を統一するというのは逆説的であるかも知れないが、それ故にこそこの作品は名声を得ることができたのだろう。

このような伊勢物語にくらべれば土左日記の方法は単純であり、また常識的であったと言える。「ある人」が人物としての特性を与えられないのは、他の人物から明白に区別されることを避けるためであり、個性は滅却されるようにもとめられていた。そして「ある人」がこのような扱いを受けるのは、そのうたが詠まれる場面の性格によっていた。

ところで伊勢物語と土左日記はこのようにその性格に大きな相違があり、それは両作品を同一作者のものと考えるのを否定するかに見える。しかしこの二つの作品がその異なった性格ゆえに互いに補完的関係を結ぶと説くなら、かえって同一作者説を肯定するかにも見えよう。実際には、土左日記とうた物語との詠者の扱い方の比較の試みが可能となるのは、散文によるうたの場の形象化という文学史上の課題においてであって、個々の作家の営為の問題についてはロをはさむことはできない。ただ確めておきたかったのは、土左日記と伊勢物語、そして大和物語の三つの作品が、うたの詠者の設定に関して、各々異なった性格を鼎立させたということなのである。

土左日記と大和物語とは、山口博の言うように、素人歌人の通俗的な歌の世界を描くという点で共通の面を有していたろう。また、大和物語に顕著な、固有名詞への固執という性格は他の二つの作品には見られない。一方、大和物語と伊勢物語とは、各々性格の異なった面を持つにしても、土左日記と対比するときは、そのうたをあくまでも詠者一人のものとして示そうとする点で共通のものであった。しかもこの、土左日記と他の二作品との相違は、うたの場の設定だけにとどまらず、そこに記されるうたそのものにも見られる。

大和物語にしても伊勢物語にしても、その作中歌の全てではないにしても多くの部分は、男女があい対する場での恋うたが占めていたろう。土左日記の場合はこれと対照的に、様ざまなうたを含みながらも、恋のうたは見られないのだが、それは恋のうたにのべられる感情、恋のおもいだけは他者と共有することができないからなのだ。端的に言えば、土左日記の作品世界は恋うたのない世界だった。

屛風歌・土左日記・栄花物語

一

では、土左日記はその作品の内部においていかなる性格を有するのか。土左日記の和歌の詠者の中心をなすのは、「ある人」あるいはそれに類した、人物像としては無個性の人物である。そしてその和歌もまた、特定の個人に帰属が求められるようなものでなく、いわば素人歌人たちの日常的な歌の場におけるものだった。しかもその和歌と場は個々に独立性が強く、必ずしも他の場面との関係が読解を規定するようなものではなかった。

もっとも、折々に見える帰京への想いを述べた歌や例の亡児哀傷の歌などは、確かに相互に関連しあういくつかの場面を構成している。そしてこれらの和歌の連関がこの作品の統一性に何等かの役割を果たしていることを認めることは不可能ではない。さらに、これらをこの作品の主題（乃至はいくつかの主題のうちの重要なもの）と見ることによって、この作品の内容的な統一性をとらえようとする考え方も可能となろう（というよりも、このような考え方がこの作品の理解の大勢をなしていると言えようか）。

しかし実際にはこの作品の中心をなすのは一回的に完結する歌の場なのであり、「ある人」[20]のような詠者設定もまたこの完結性と日常性を保証するために設けられたのであった。それは、いわば屛風歌の世界の延長線上にあるのであり、絵画と和歌の組み合わせ（と言うよりは、資料残存の現状に即して言えば、絵画についての説明文と和歌の組み合わせ）と一家族の生活の描写という表現上の相違はあるものの、基本的には同様の構造が和歌を取り囲んでいると言える。貫之の歌集の大部分を占めるのは屏風歌であり、とりあえず一例を挙げることとする。「新編国歌大観」所収の「貫之集」による。

承平六年春左大臣殿の御おやこ、おなじ所に住み給ひけるへだての障子《さうじ》に松と竹とを書かせ給ひて奉り給ふ

〈三三三〉　おなじ色の松と竹とはたらちねのおやこ久しきためしなりけり

鶴むれたる所

〈三三四〉　鶴のおほくよをへてみゆる浜べこそ千年つもれる所なりけれ

厳密に言うと障子歌であって屏風歌ではないが、基本的には同質と扱ってよいだろう。さて、この三三四番歌には「見ゆる」とあるが、それでは一体何が、誰に見えるのか。「何が」という点についても問題がなくはないが、ことに重要なのは「誰に」という点である。単純に考えれば作者貫之にとも言えそうであるが、果たしてそうなのか。屏風歌の製作過程に関しても、屏風歌作者が実際に絵を見て詠作を行うのかどうかに問題が存するが、それを別にしても、その完成後の享受という点を考えれば、この「見ゆる」の視線の帰属は依頼者にこそあるとも言い得よう。また来客がこの屏風の置かれた間に招き入れられたとすれば、その人にも視線の帰属は許される、ということになる。ここに屏風歌の本来的性格が見られるのである。

絵の示す情景は一回的なものでなく、その情景はいつもそして誰にも開かれている。「見ゆる」の視線もまた、誰に対しても開かれているのだから、この和歌自体も詠者の一回的な詠作という行為を超えて、無制限・不特定の人々の頌賀の声となり得るのである。そして、詠者の一回的な詠作自体は、これら頌賀の声を発する人々の代表と

しての、自らの個性とは無関係の行為であった。

また、次のような屏風歌もある。

馬にのれる女たびよりくる所

〈三二九〉　家路にはいつかゆかんとおもひしを日比しふればちかづきにけり

（「承平五年十二月内裏御屏風の歌、仰によりて奉る」のうち）

「馬」を「舟」にかえるならば、そのまま土左日記の世界に重なってくる。この歌の場合は画中の人物たる「女」の声として詠まれている。その点ではこの歌の場合は詠者は他へと開かれていないかに見える。しかし、それならばこの画題そのものは何か歴史上に限定された事件を扱っているかというと、決してそうではない。馬に乗り旅をするという属性以外何も持たず、またこの一幅の屏風歌の世界の他のものに何の関連性も持たないこの「女」の無個性は、土左日記中の、土佐より京へ舟旅をする「ある人」と何の変わりもない。だからこの歌の場合も、そこに述べられている感慨自体は旅を経験するどのような旅人のものともなり得る互換性を有している。

このような、画中の人物の無個性を、より明確にするのが次のような例である。同じ屏風歌のシリーズのなかより

男あまた池のほとりの藤をみる

〈三二七〉　松がえにさきてかかれる藤浪を今は松山こすかとぞみる

土左日記では浪を雪と花とに見立てたが、ここでは藤の花を浪に見立てている。そしてこの場合には、絵を説明した詞書にも、また歌にも「見る」とある。これは誰が見るのか。詞書の方はその文脈から明らかに「男あまた」であろう。であれば、歌の方はどうなのかというと、それはこの歌の詠者として設定された人物ということになり、この「男あまた」の中の一人と考えるのが最も無理がないであろう。しかし「男あまた」——具体的に何人なのか

は記されていないが、複数であることは確かである——の中の誰なのかということになれば、それは特定できない。と言うよりも、この複数の男たちの中の誰でもよいのであり、どの人物にも可能性があることになる。少なくとも、いま詞書の情報によって知り得る限り、このように考えざるを得ない。そして「男あまた」の中の一人がこの詠者として設定されているとして、この詠者は他の男たちとの間に何か違いがあるのかと言えば、そのようなものはないということになる。この歌の述べる内容は、詠者として設定された一人の男の個性に属するのではなく、そこに集うあまたの男たちの意見を代表してのものなのである。そしてこのように、複数の人々の意見を代表して、歌の詠者と設定される人物の役割は、土左日記中の「ある人」の果たす役割と全く同じである。つまり、土左日記の「ある人」の作中歌の詠者としての設定は、その構造は既に屏風歌の中に胚胎していたのである。

屏風歌の詠者は、時には「鶴のおほく」のように特定の人物に設定されず、また「家路には」のように画中の人物に設定され、そして「松がえに」のように画中に設定されながら不特定であったように、設定のされ方は様々であるが、共通して言えることは、他のどのような人物にもかえられないような独自の性格の人物としては設定されることなく、逆にどのような人物とも交換可能な——と言うことは、すべての享受者の視線へと開かれていると言うことなのだが——ものとして設定されていると言うことなのである。そしてこのような屏風歌の詠者のあり方の延長線上に土左日記のうたの詠者「ある人」は設定されたのである。だから、土左日記は貫之の屏風歌作者としての営為の上に築かれた作品であり、基本的に屏風歌のような断片的な世界の集積として理解しなければならない。

二

ところで、このような性格の土左日記の各部分は、その中心となる人物の他の人物との関係において整理するということは当然できないはずである。実際、「ある人」だけでなく、この作品中で「ある人」よりはより具体的な登場人物にしても、他の人物との関係を知ることはできない。舟君にしても、亡児の母にしても、この例外ではない。だから、登場人物の関係性においてこの作品の統一をはかることは不可能である。人物と人物との関係性の生起と変転と消滅という展開はこの作品にあっては見られない。記者の女性は冒頭の一文をはじめ数ケ所でその姿をあらわすほかは、統一された人物像を示すことはない。また亡児の母にしても、その悲嘆は低徊に徹し、感情の高揚が行為へと転化する局面も見られない。いずれの場合も限られた場面へと限定されたままなのである。

このようにして、土左日記の作品世界は（あるいはその部分たる各記事は）、登場人物の個性に、あるいは他の登場人物との関係性に帰属されようとはせず、すべての者に開かれているのである。しかし、すべてに開かれた場面・記事は相互に関係性が無限定であり、それだけではお互いを結び付けてゆく力は内的に発生し得ない。もちろん、これらの場面を相互に無関係のまま一巻の紙面に記すことは可能であろうが、そこに存するのは単なる個別場面の羅列に過ぎず、作品としてのまとまりを持つものではない。

ところで、屛風歌は一つひとつは相互に関係を持たない場面の集合なのであるが、それでもそれを一組の屛風歌にまとめるために（と言うよりも、屛風自体を一つのシリーズに構成するための機構に従ってのことなのだろうが）、よく知られているように、四季のうつりかわりや月次に構成するのであった。つまり屛風歌の相互の場面の構成のためにも時間的契機は用いられていたのである。もっとも、屛風歌の四季や月次の配列は確かに無関係の複数の場面を一まとまりのシリーズにまとめ得るが、それ以上の一つの作品と称し得べきものにまとめる力は持たない。ところが土左日記の場合には、単なる歌の場面のシリーズなのでなく、一つの作品としてまとめ上げられることがもとめられ、そして現にまとめ上げられているのである。

では、なぜ土左日記は一つの作品でなければならなかったのか。それはうたがその場面に対して持つ多様性、表現としての多様性にあったといわねばならない。確かに、和歌の場面の単なる集積のままでも、多様なうたを含み込むことはできよう。しかしそれでは、うたの場面の多様性は示し得ても、うたにかかわる人々に与えられている表現への可能性の多様は示すことはできない。うたがすべての人に開かれているということは、うたにかかわる誰にもその多様性に触れる可能性が与えられているということでなければならない。ならば、この多様性を示すために一人の人物に多様なうたを託すという（伊勢物語に用いられたような）方法はどうかというと、それは屛風歌の、前述のような性格と矛盾せざるを得ない。このような人物を設定すれば、和歌の詠作自体がこの人物の個性となり、歌人貫之の自己主張とはなりえても、屛風歌の開かれた性格の提示は果たせない。この矛盾をはらんだ問題の解決のために採られた方法は、一人物ではなく一家族、一つの集団を主人公にすえるというものなのである。だから、複数の人物よりなる集団がそのまま一つの世界を引き受け、また、多様な歌題を与えられるために空間的移動という方法が採られたのである。

土左日記の世界の中心となるのは人々の集団なのであり、その中で「ある人」は代表として歌を詠むのだが、その「ある人」は集団の中の任意の人物でよかった。また作中の歌の題材も多様であり、恋歌を除くほとんどあらゆる方面にわたっていた。このようにして、この作品は屛風歌が中心となる貫之の（そして、それは貫之の個性的な営為というのではなく、逆に一時代の和歌の普遍的・典型的な姿をあらわすのだろう）世界の開かれた性格と多様性を示していたのである。

しかし、このような性格の作品だからこそ、登場人物によっても、内的主題によっても、作品の統一はできない。たしかに一つの集団が中心になっているが、場面ごとにその焦点は流動し、そのままでは統一の力にはなり得ない。これは、ある程度限定された詠者たちを中心としながら、結局は歌説話群にとどまっている大和物語の場合を想起すれば理解できることである。まして、歴史上によりどころをもたない無名の集団であればこの問題はより深刻である。そして、このような、そのままでは中心を持たない世界を統一する力として選ばれたのが日記の形式なのである。日次と月次を厳しく律する不可逆の時間が持つ、本来的に拡散的な題材を一つのことばの世界にまとめることのできる力をここに生かそうとする。しかも、紀行と日記は決して同じものではないにしても、日記が紀行を含み込むことによって、題材の多様性にも充分に対応できるのである。

三

このようにして、不可逆の時間は土左日記の作中世界を、殊に和歌を中心とする場面をひとつの世界に統一した。そしてこの統一のために、土左日記の場合は漢文日記の形式をほとんどそのまま持ち込むほかなかったのであり、そのために旅の日々は毎日の日付を欠かすことなく、その必然の結果として、「昨日の同じ所なり」のような表現ももとめられることとなった。その点で、土左日記の不可逆の時間は、ほとんど直接に漢文の表現によっており、漢文の月日次の表現をそのまま和文の世界に持ち込むという様相なのである。十世紀の和文の揺籃と言う点では、当然の現象であったと言えようが、これによって相互に無関係の場面を統一するということを成し遂げたのであり、これは和文の歴史の上でも画期的なことだった。

しかし、このような土左日記はあくまでも和歌という、一回的に分断的な表現に一生涯を従事させた紀貫之のような人にあってこそ必要だったのであり、このような課題を直接引き継ぐことは他の歌人たちには必要でなかった。倫寧女は確かに歌人でもあったろうが、かげろふ日記は彼女の屛風歌作者としての面とほとんど無関係のところに成立している。伊勢集の場合にも変わりはあるまい。まして、私撰・勅撰の歌集や、和漢朗詠集のようなアンソロジーは、多様な世界が多様性へ分断されたままに放置されているのである。

また、土左日記は歌にかかわって伊勢物語および大和物語と鼎立すると見えるが、伊勢物語の場合には主題と主人公の集中により作品はおのずから統一されていた。大和物語は題材たる各部分がそれぞれ閉鎖的であるために、作品総体としての統一性をもとめられることはなかった。そして、同じ「日記」の名を持つかげろふ日記はかえって対照的に集中的な性格をもつなど、本質的に土左日記を受け継ぐ作品は文学史上に成立せず、この作品は文学史上に孤立した、孤高の地位を保つと見えるのである。

ただ、この作品をこのように成立させた不可逆の時間自体は、この作品を通してでなくとも、その母胎となった漢文日記と史書によってつねに保証されていた。つまり、和文に漢文的な不可逆の時間を持ち込むことの可能性はともかくも土左日記によって与えられたのであり、しかも、その後の和文の発展の傍らに漢文による日記と歴史叙述の営為が続いている以上、土左日記の開いた可能性はつねに残されているのであり、ただ忘れられているだけなのだった。

四

ところで、さきに述べたように和歌を通して土左日記と鼎立しながら、その性格を大きく異にする大和物語はその作品世界の人物たちを固有名詞によって特定することにより、歴史への傾斜を見せている。土左日記が徹底して歴史への帰属を拒み、「それの年の……」「ある人、県の四年五年……」のように、歴史上の不確定へと表現を傾け、また伊勢物語が歴史とその対極との間に作品を形成する奇跡をなしとげたのに対し、大和物語は歴史に最も近いところにあったのだろう。この点で大和物語は歌説話集と呼ぶにふさわしい。そしてこののち十一世紀以降になると、このような和歌と関わる題材と、そうでない題材とを問わず、事件を歴史として伝えようとする試みは次第に盛んになってゆくと見える。あるいは古事談や古本説話集に、あるいは今昔物語集にこの流れは見てとれる。ただこれらの説話集は、それぞれの事件は一つの説話としてまとめられ、他の説話との関連は断ち切られている。事件の報告はその一つひとつがそれぞれの完結性に閉じ込められ、相互に開かれない。これはちょうど和歌が歌集に集められた状態と同じである。しかしこのような説話集も、事件を歴史として伝えるという点で歴史叙述にほかならない。

ところで、このような説話集では当然ながら一つの説話は、それ自体一まとまりのものとして伝えられる価値を有するものでなければならない。また歴史的関心も一般的にはそのようなものに向かうのだろう。しかしここに、そのような説話集から漏れるようなものも含め、雑多な題材を一つの世界にまとめ、しかもこれをかな文によって記そうとする意志があったとき、どのような形式によればよいのだろうか。各題材を分断されたまま放置することは一つの世界をめざす以上ゆるされない。しかし主題的に集中することは題材の雑多な性格が拒むだろう。ここで栄花物語は一世紀前の土左日記と同じ方法を採ることとなったのである。

もちろん、この二つの作品の間に直接の関係があるわけではない。ただ、この二つの作品がともに相似する目的を達するために、漢文の世界にかかわって、相似する方法を取り入れることとなったのだとさえ確認できればよいのである。だから、この両者の世界はともに拡散的な題材を扱うとはいっても、土左日記の世界が無名の人々のものだったのに対して、栄花物語の場合は逆に、固有名詞と系譜によって明確に位置づけられた人物たちが中心となる世界だった。題材という点では重大な違いが存するのも確かである。だから、作品が他のさまざまの作品と文学史的に関係するうちの一つの道であるにすぎないのではある。しかしこの道は、時間にかかわる形式という点では、ことに栄花物語にとって重要な道だった。かなによる編年的な時間の可能性がすでにひらかれていたことは確認しておかねばならないのである。

ところで、栄花物語の場合には登場人物は基本的に限られた階層に属する人々で、しかも系譜的に位置づけられていることが原則だったが、この原則から大きくはずれることがあった。つまり和歌の詠者として登場する場合であるが、この場合、その歌は決して詠者一人の思いを表現するのではなく、他の多くの人々の思いを代表して歌を詠むのであった。そしてそこでは、詠者はまったくの無名者、まさに「ある人」のようなものであってさえ登場を許されていたのである。また、歌によるのではなくとも、「世の人」の評言によって事件が価値づけられるような例も栄花物語の中には多く、彼らはほとんど行動しないが、その声は作品のなかに響いている。ところが、本来拡散的な題材であるはずのこのような無名者の歌を作品中に取り入れるためには、やはり編年体の時間が必要であった。

しかも、無名者の歌が他の人々の声を代表するというのは土左日記の世界の中心的な構造だったし、無名者の声を形象化するというのは、土左日記の重要な課題だった。「無名者」の意味するところはその作品の性格によって若干異なってもいようが、特定の人物に帰属しない歌という点では変わりはない。題材的には大きく異なるといっても、栄花物語の世界の中には、土左日記によって可能とされた題材もまた含みこまれていた。違ったジャンルに入れられるために気付きにくいのであるが、このように両作品には二重に相似する点、文学史的なかかわりが存在するのである。そして、このように土左日記的なものさえもその作中に取り込めたのは、まさにこの両作品に共通する力、漢文日記的な、また編年的な時間の力だったのである。

注

（1）金静庵『中国史学史』第四章（鼎文書局　一九七四）参照。また、後藤秋正「紀伝と編年」（『中国の歴史書』尚学図書　一九八二）をも参照。
（2）注（1）書第六章第二節参照。また、斎藤茂「起居注と実録」（『中国の歴史書』）
（3）野村精一「源氏物語の表現空間（一）」（日本文学　S四九・一〇）参照。
（4）中野幸一『うつほ物語の研究』第六章（武蔵野書院　S五六）参照。
（5）野口元大『うつほ物語の研究』の一（笠間書院　S五一）参照。
（6）本書第三章第一節

(7) 土左日記の原型及び原本については池田亀鑑『古典の批判的処置に関する研究』第一部・第三部（岩波書店　S一六）を参照。
(8) 木村正中「土左日記の構造」（明治大学文芸研究一〇　S三八・三）
(9) 野村精一「虚構、または方法について――散文空間論への途――」（国文学解釈と鑑賞　S五四・二）
(10) 土左日記のうたについては、渋谷孝「土佐日記における和歌――その意義と機能――」（文芸研究二九　S三三・七）、大橋清秀「土左日記論」上・下（論究日本文学二三・二四　S三九・九、S四〇・四）などを参照。
(11) 「かくあるうち」の解釈については諸説必ずしも一致しないが、ここでは萩谷朴『土佐日記全注釈』（角川書店　S四二）に拠ることとする。
(12) 近藤一一「土佐日記に於ける自然――その主観性について――」（国語国文学報九　S三四・一）、片桐洋一「松鶴図淵源考――古今集時代研究序説（一）――」（国語国文　S三五・六）などを参照。
(13) 菊地靖彦「土左日記における歌の詠者としての幼童の意味について」（国語と国文学　S四四・一二）。また同氏の『『古今集』以後における貫之』第三章（桜楓社　S五五）をも参照。
(14) 注(11)萩谷書の解説「擬装朧化」の項参照。
(15) 注(11)萩谷書の一月廿六日の項。
(16) 山口博『王朝歌壇の研究――宇多醍醐朱雀朝篇――』第三篇第七章（桜楓社　S四八）
(17) 大和物語の人物呼称については阿部俊子『校本大和物語とその研究』研究の一（三省堂　S四五）を参照。また章段区分についても同書に従った。
(18) 山田清市『伊勢物語の成立と伝本の研究』第二篇第三章（桜楓社　S四七）・同『伊勢物語校本と研究』「伊勢物語の用語法――土佐日記との関係」（桜楓社　S五二）、長谷川政春「伊勢物語成立論序説――紀貫之作者説と内教坊妓女――」（国学院雑誌　S四一・九）、同「伊勢物語の成立とその背景――施基系一統と紀氏の文芸――」（国学院雑誌　S四三・八）など。
(19) 以下、伊勢物語の「をとこ」「後人注記」及び人物名の関連については、三谷邦明「伊勢物語試論――歌物語の方法あるいは〈情念〉と〈所有〉」（文芸と批評二ノ四　S四二・三）、片桐洋一「伊勢物語根本――その虚構と方法

——」（『源氏物語とその周辺』武蔵野書院　S四六）、石田穣二『新版伊勢物語』（角川文庫　S五四）解説などを参照。

(20) 屏風歌の実態については、家永三郎をはじめ、片野達郎・徳原茂実・川村裕子・和多田晴代・藤田百合子・増田繁夫・渡辺秀男らの論著を参照。

(21) 本書第四章第一節

〔付記〕本文引用は鈴木知太郎校注『土左日記』（岩波文庫）および石田穣二訳注『新版伊勢物語』（角川文庫）に拠ったが、一部に改めたところがある。また、ふりがななどは適宜に省略した。

付表　土左日記作中歌詠者一覧（詠者が記されていない場合には、括弧に入れてうたの前後の文章を抄出する）

月日次	通し番号	初句	詠者
十二月			
廿六日	1	みやこいでて	あるじの守
	2	しろたへの	帰る前の守
廿七日	3	みやこへと	ある人
	4	あるものと	（またあるときには）
	5	をしとおもふ	かの人々
	6	さをさせど	ゆく人
一月			
七日	7	あさぢふの	（うたありそのうた）
	8	ゆくさきに	破籠もたせてきたる人
	9	ゆくひとも	ある人の子の童なる
八日	10	てるつきの	ある人
九日	11	おもひやる	（このうたをひとりごとにしてやみぬ）
	12	みわたせば	船人
十一日	13	まことにて	ありけるをむな童
	14	よのなかに	ひと
十三日	15	くもゝみな	（……となむうた詠める）
十五日	16	たてばたつ	めの童
十六日	17	しもだにも	ある人
十七日	18	みなそこの	ある人
	19	かげみれば	ある人
十八日	20	いそふりの	ある人

	21	かぜによる	ひと
	22	たつなみの	船の長しける翁
廿日	23	あをうなばら	仲麿の主
	24	みやこにて	ある人
廿一日	25	わがゝみの	船君なる人
廿二日	26	こぎてゆく	とし九つばかりなるをの童
	27	なみとのみ	ある人
廿六日	28	わたつみの	あるめの童
	29	おひかぜの	淡路の専女といふ人
廿七日	30	ひをだにも	ある女
	31	ふくかぜの	ある人
廿九日	32	おぼつかな	ある女
	33	けふなれど	ある人
	34	としごろを	むかしとさといひけるところに住みける女
二月			
一日	35	たまくしげ	ある人
	36	ひくふねの	船君
三日	37	をゝよりて	（これにつけて詠めるうた）
四日	38	よするなみ	船なる人
	39	わすれがひ	ある人

	40	てをひてゝ	ある女
五日	41	ゆけどなほ	（これかれ苦しければ詠めるうた）
	42	いのりくる	ある童
	43	いまみてぞ	ある人
	44	すみのえに	むかしへ人の母
	45	ちはやふる	ある人
六日	46	いつしかと	淡路のしまの大御
七日	47	きときては	船君の病者
	48	とくとおもふ	（いまひとつ）
九日	49	よのなかに	故在原業平の中将
	50	ちよへたる	けふある人
	51	きみこひて	ある人
	52	なかりしも	昔の子の母
十一日	53	さゞれなみ	ある人
十六日	54	ひさかたの	ある人
	55	あまぐもの	ある人
	56	かつらがは	ある人
	57	むまれしも	（ひそかに心しれる人といへりけるうた）
	58	みしひとの	（またかくなむ）

第四節　栄花物語の「かくて」の機能

栄花物語の叙述の秩序を「編年体」と称するとき、この作品に対して時間の果たしている役割は了解されている。私たちは栄花物語の読書を通して、作品の叙述の秩序を読み取り、了解している。このような了解によってはじめて、作品の正篇三十巻・続篇十巻の巻々は読み通されることが可能となる。そして、このように叙述の秩序が読み取られるとともに、作品の時間も読み取られている。

しかしながら、この作品の時間はどのようにして読み取られるのか。言うまでもなく、作品の時間とは、人物や事件が叙述の文章から直接に読み取られるようにして、読み取ることのできるものではない。また、作品中に見られる、時の流れに関しての草子地的な記述も、作品の時間の質については示唆を与えるに過ぎない。何よりも、一つ一つの場面や記事を読み、このような場面・記事の継起を追ってゆくことによってこそ、作品の時間は読み取ることが可能となる。栄花物語の時間の問題を考えるためにも、まず場面・記事の継起の問題からはじめねばならないのである。

ところで、この作品に対しての源氏物語の影響ということについても多くの声を聞くことができるし(1)、ことに源氏物語の一性格の当然なる継承の結果と見る意見も存在するようだ(2)。そして、この影響の関係の接点の一つとして、時間の問題がかかわっていたのだろうと予見することもできる。しかし、栄花物語が源氏物語よりうけた影響とは、その全面的な継承たり得なかったことも言うまでもない。両作品の間に共通点を求めれば何らかの相似が見られるのは、影響の問題がかたられることに示されるとおり、当然の事だろう。しかし、厳然たる相異の存在することもあまりにも明瞭である。いったい、栄花物語は源氏物語より何をえらびとり、また何をえらびとらなかったのか、あるいは、えらびとれなかったのか。この問題が、栄花物語の時間の、ひいてはこの作品の叙述の基本的な性質を明らかにするのに役立つだろう。そしてまた、栄花物語という作品の与える印象、平板な叙述ということの意義も明らかになるであろう。

「かくて」の類の多用

栄花物語の各記事はどのように始められるのかを問題にしよう。一つの話題、一つの場面、一つの記事を記し終えて次の話題へと移り、新たなる叙述が開かれるときに、記事の冒頭に立つ幾種類かの指標が認められる。そして、この作品にあっては記事の冒頭のあり様は概して、多様ではなかったと言える。

記事冒頭の指標として、その例の多さの顕著なのは、人物の呈示と、年次・月日次の記載など時間軸上の位置の設定である。時の設定としては「寛弘八年六月十三日」のように年月日をすべて記したもの、「八月ばかり」のような例、更に「けふは」のような例も含めてよいだろう。人物の呈示も「一条摂政殿」「みかど東宮」「円融院」等々、その例は極めて多い。

ただし、時の設定と人物の呈示とを記事の冒頭に立てるのはこの作品に特有なことではない。かえって、様々の作品の種々の記事や場面を形成するうえで、ほとんど普遍的に働く指標だといえよう。王朝のかな文学の中でも、うた物語などでは、時の設定と人物の呈示とは最も基本的な冒頭の形式だと言える。(3) さらに、平安朝の作品に限らなくともこのような冒頭形式は遍在する。栄花物語に時の設定と人物の呈示が多く見られるのも、冒頭形式のかかる普遍性に基づく。

記事の冒頭に立つ指標として、人物の呈示や時の設定以外に栄花物語に特徴的なのは、正篇三十巻に数多く見られる「かくて」の類である。つまり「かくて」「かゝる程に」「かくいふ程に」「さて」など、接続詞あるいは同様の機能を果たす語句が、記事の冒頭にしばしば使われている。このような「かくて」「かゝる程に」などの例の多さは、既に松村博司によって、編年体の組織の問題に関連して指摘されているが(4)、松村のこのような指摘を前提としたうえで、ここでは「かくて」の類の記事の冒頭で果たす役割をさぐることより始め、栄花物語の時間秩序の理解を試みてゆきたい。

「かくて」の類が数多く用いられていることは松村によって指摘されているのだが、作品中にどの程度の頻度であらわれるのかを示してみよう。ここではしばらく岩波大系本に拠って、該本で段落を区切り、標目を付された各部分を記事の一単位として数えることにする。まず、「かくて」が正篇三十巻中に一六〇例を数える。次に、「かゝる程に」は九九例で、これは巻によっては「かくて」よりも多い場合もある（巻第一・巻第二・巻第十）。そして一四例の「かくいふ程に」、一三例の「さて」、以上を合わせれば三〇〇例を超える。これに対し正篇三十巻の記事の数は一〇二三であるから、三分の一近くの記事が、これらの語句で始められていることになる。どこで段落を切り、どの部分を一まとまりの記事と見るかは、当然ながら読み手の主観に左右され、絶対の基準など立てられないのであって、これらの数値も一応の目やすに過ぎぬのだが、それでもこれらの語句の果たす役割の重要さは否定すべくもないだろう。

さて、正篇の記事に多く見られる「かくて」や「かゝる程に」などは、どのようにして前後の記事を結び合わせてゆくのだろうか。「かくて」や「かゝる程に」の「かく」が、単純に「このように」と解釈され得るものとして、先行の記事を直接指すのだと考えれば問題は簡単である。実際に、副詞として用いられる「かくて」には先行の叙述を承ける指示機能が濃厚である。しかも、異なった品詞に分類されるにしても本来無関係の語では決してないのだから、接続詞としての「かくて」にもこの様な指示機能を期待してもよいかに思える。そして、こう考えるならば、「かくて」の類は相互に関係の深い記事、一続きの話題の記事の間に立つべきだろう。

ところが栄花物語における実際の用法は多様であって、必ずしも関連の深い記事の間に立つとは限らない。実例として、巻第二十七「ころものたま」の、公任の出家を話題とする一連の記事をとりあげよう。公任出家の記事は、この作品としては比較的多くの分量を割いてしるされ、いくつもの場面を含んでいる。内容も単に事件の概略を報告するにとどまらず、道心の由来の説明より、近親との訣別、長谷への籠居、出家、更に人々への波紋を詳細に描く。そしてこの一連の記事に、「かくて」は「さて」とともに叙述の展開をたすけてゆくのである。大系本に段落と認定されていないために、さきに掲げた数字の中に入れられていないものも含め、ここに列挙してみよう（大系本下二五二〜二五八）。

かくて大納言殿は、候ふ人〳〵……
かくて長谷《ながたに》の御出立をせさせ給……
さて帰らせ給ては、我御乳母の……
さてつく〴〵とおぼし続くるに……
さてあけぬれば、つごもりの……
かくて奥山の御住居も、……
かくてついたち四日のつとめて、……
さて心のどかに御物語など……
かくて帰り給ぬれば、世にやがて……
かゝる程に、三井寺より……

ここに見られる限りでは、「かくて」「かゝる程に」の「かく」、「さて」の「さ」は直接それに先行する部分を指し、隣りあって位置して話題も一連の部分どうしをつなぎ合わせてゆくのだと考えてさしつかえないかに見える。ところが、この一連の叙述の冒頭、公任の道心を説き始めるのは次のような文章であり、ここにも「かくて」は使われている。

かくて四条大納言殿《公任》は、内の大殿ゝ上の御事の後は、よろづ倦じはて給て、つく〴〵と御行《おこなひ》にて過させ給。（下二五一）

この「かくて」は何を承けるのであろうか。この一文に直接先行するのは右頭中将頼基北の方薨去の記事であって、公任出家の記事とは関連を持たない。あるいは、文中に述べられた「内の大殿ゝ上」すなわち息女教通室の死の記事を承けるのだと考えようか、教通室の死が記されたのは、巻々を遠くへだてた巻第二十一「後くゐの大将」なのである。

また、公任出家の一連の記事が終わったあとに来るのも、これも内容に関連の薄い太皇太后彰子出家の記事なのだが、やはり「かくて」によって始められている。

かくて御調度ゞも出で来ぬれば、大宮《上東門》この月のうちにおぼしたゝせ給。（下二六二）

栄花物語では、このように単に先行の記事を承けるのだとするような把握では理解できない「かくて」の用法が、他にも少なくないのである。

源氏物語の「かくて」

栄花物語にこのように数多く用いられ重要な役割を果たす「かくて」の、源氏物語での使用状況を見てみよう。

「かくて」の類はうつほ物語やかげろふ日記でも少なからず用いられるのだが、[5]栄花物語との関係に関心の持たれる源氏物語の場合に、どのような機能を果たしているか見てみたいと思うのである。[6]

『源氏物語大成』の一般語彙索引によって接続詞に分類された「かくて」は（音便形の「かうて」も含め）僅かに一六例、[7]栄花物語正篇に比して十分の一に過ぎない。しかし、その一つ一つは、叙述の文脈の上で果たす役割は決して小さくない。ある意味では安易に使い過ぎるとも評し得る栄花物語とくらべても、かえって、「かくて」が一つの語として果たし得る可能性は最大限に引き出されている。殊に「少女」より「若菜」に至る巻々での「かくて」の用法は、栄花物語の「かくて」を考えるうえで多くのものを示唆してくれる。以下に掲げてみよう。

かくて、后居給ふべきを、「斎宮の女御をこそは、……　（少女）

かくて大学の君、その日の文うつくしう作り給ひて、進士に……　（少女）

かうて野におはしまし着きて、御輿とゞめ、……　（行幸）

かくてその日になりて、三条の宮より忍びやかに御使あり。……　（行幸）

かくて御服など脱ぎ給ひて、「月立たばなほ参り給はむ事……　（藤袴）

かくて西のおとゞに、戌の時に渡り給ふ。宮のおはします……　（梅枝）

かくて六条の院の御いそぎは、二十よ日の程なりけり。　（藤裏葉）

かくて、御参りは、北の方添ひ給ふべきを、常に長々しうは……　（藤裏葉）

かくて二月の十よ日に、朱雀院の姫宮、六条の院へ渡り給ふ。　（若菜上）

かくて、山の帝の御賀ものびて、秋とありしを、八月は大将の……　（若菜下）

これらの例を見るとき、「かくて」の機能が単に文章や場面、記事を接続するにとどまっていないのに気づかされる。もちろん、ここに見られる「かくて」は文章や記事を結び合わせているのだが、その記事の内容にいささかの偏りを見せている。これらの例において、その記事の内容は袴着や立后、婚姻、賀宴、行幸など、公的な行事としての性格の強いものを扱っている。夕霧の進士合格なども例外ではないだろう。また、「若菜下」の例の場合のように、行事の延期について述べる場合も、話題そのものの公的性格に変わりはない。そして注目すべきなのは、このような話題は、栄花物語の中心となる話題と極めて近いものだ、という点である。

ところで、これらの例の場合、「かくて」によって始められる文章に先立つ記事については、二つの場合が主に見られる。まず一つは、先立つ記事もまた、公的な行事、あるいはそれに類する記事の場合である。例えば「少女」の一つめの例の場合。「かくて」で始められるのは秋好の立后の記事であるが、それに先立つのは夕霧の寮試の記事であり、巻頭の朝顔斎院についての小部分のあとより続けられて来た、夕霧の教育についての叙述の一部分である。

また「若菜上」の例では、まず玉鬘による源氏四十の賀の宴の記事があり、その後「かくて」によって話題を転換させて、女三の宮の六条院への移りおよび女三の宮と源氏との結婚の記事が始められる。このように、「かくて」に先立つ記事もまたその話題は公的性格を持ち、しかも前後の記事の内容は直接関係がなく、後の記事が前の記事の発展ではない場合に、両者の転換をはかるために「かくて」は用いられている。

もう一つの用い方としては、「藤袴」の例をあげることができる。「かくて」の前後の記事の内容はともに玉鬘の身の振り方についてであり、物語の論理的展開の上では一つながりのものと読める。その点では、「かくて」の役割は「少女」や「若菜上」の例の場合と異なると言えよう。また、巻の初めより「かくて」に至るまでの叙述は具象的な場面の連続によっている。玉鬘・源氏・夕霧の三人の人物による、具体的な対話のやりとりや心理描写、あるいは「うち笑ひて」「御気色はけざやかなれど」など微妙な表情の描写をとおして、宮仕えの問題が語られてゆく。玉鬘と夕霧の両者の祖母大宮への服喪という状況のもとでの、親しい間柄の人々による具象的な場面が叙述を形成しているのである。

そして、このような叙述を「かくて」が承けるとき、服喪の期間の終了が記され、玉鬘の宮仕えが具体的日程にのぼって来る。それとともに圏外の人々への波紋もしるされるが、その叙述は、帝の「心もとな」さも求婚者たちの「口惜し」さについても概括的かつ説明的である。「かくて」以前の具象的な叙述とは質の異なったものなのである。「かくて」は服喪期間の前後をわけるが、同時に会話や心理描写を中心とする精緻な叙述を、より説明的・概括的な叙述へと、叙述の質を転換する機能も果たしている。

源氏物語の「かくて」の役割は以上のように、違う話題の記事への転換と、質の異なる叙述への転換との二つの面が見られるが、この両面を同時に示すのが「若菜下」の例の場合である。二条院における紫上の病悩、六条院での女三の宮と柏木との出来事、そして源氏による発見というように人々の苦悩がつづられ、さらに朧月夜の出家へと、具象的な場面のつみ重ねによって物語が展開してゆくが、その叙述は「かくて」によって途切れる。次に来るのは公的行事の世界、女三の宮主催の朱雀院五十の賀の延期についての概括的な報告なのである。

また、この「若菜下」の「かくて」の前後では時間の質も異なっている。人と人との関係、そのせめぎあいの緊張のうちに生起する様々な事件の展開そのものが時間として読み取られる世界に対し、「かくて」によって導き出されるのは、人々の営為とは無関係に厳然と流れる客観的な時間である。そしてこの客観的な時間が問題になるのは、賀宴の日程としてであった。ただ、「かくて」以前の世界がこのような時間に影を投げかけるとすれば、「姫宮いたく悩み給」う故の賀宴の遅延なのだった、とは言えよう。

「若菜下」の「かくて」が質の異なった世界をきびしく対照し、その叙述の転換をなしとげたのは「かくて」の機能がもっとも発揮された例だと評することができる。しかも異なった叙述、異なった世界が「かくて」によって対置されるとき、「かくて」以下の一節に一見読み取れる以上の深い意味が籠められていたのだとすれば、「かくて」によって隔てられた二つの叙述は、また最も深いところで結びあわされてもいたわけである。しかし、このような結びつきが可能となったのは、「かくて」が単に先行の記事を承けるのでなく、書きしるされて来た「若菜」の世界と叙述の展開全体を承けるからこそであった。

すべての例が、とは言えないにしても、概して言えば、より関係の薄い記事の間に立ってその質の違いを際立たせ、あるいは話題の転換を果たしながら、その両者を結び合わせてゆくことに源氏物語の文章は「かくて」の機能を見出していた。ことに、「少女」以降「若菜」にいたる巻々ではそのような機能の可能性が最大限に拡張して用いられたと言える。私的な情景と公的な行事、また具象的な描写と概括的な報告とが対置され、交錯しながら叙述が展開してゆき、それら質の異なった記事の間を転換させ、公的な行事に話題が及ぼうとするときに「かくて」の機能は果たされている。そして、「かくて」のこのような機能が可能となったのは、「かくて」に至るまでの作品世界の展開と叙述の進行を総体として受けとめることができるからであった。

ところで、今まで見てきたような働きを示す「かくて」はその数は多くないが、この「かくて」に限らず、先行の記事との間の転換をはかる語句を持たないで叙述の進行する場合が源氏物語では圧倒的に多い。そして、そのような叙述の展開を可能にしたのは、一つの物語としての論理の展開が作品全体を貫いており、一見物語の展開の中心からはずれた一挿話と見えるような記事も、実は作品全体の中に位置づけられるという、栄花物語と比べれば顕著な源氏物語の特質によっている。次章に述べる源氏物語の全体性の性格に由来することだったのである。

一方、栄花物語の場合には作品の展開は決して源氏物語のようなものではない。各個に独立性の強い、前後の記事とは論理的関係を持たぬ記事の羅列がしばしば見られ、たとえ一つの巻の主眼となっている重要な話題があっても、その展開さえ無関係の記事に分断されることが少なくない。要するに、源氏物語では基本的に、各々の記事・場面は他の記事と強い関係を保つのに対し、栄花物語では各記事の独立・孤立の性格が強い。しかも、源氏物語の場合に「かくて」と深いかかわりを持っていた、記事の内容の公的性格ということは、栄花物語の場合は作品の題材の根幹の一つをなしていたろう。このような性格の栄花物語であるだけに、作品世界の進行と叙述の展開を受けとめながら各記事を作品中に位置づけるために、「かくて」を求める必要が強かったのである。

叙述と作品世界の二重性

このように、「かくて」は直接に先行する記事を承けるのでは、必ずしもなかった。それどころか、相互に関係を持たず、あるいは質の異なった記事を対照しながら、その隔たりを越えようとするときに「かくて」が用いられるのだったが、如何にしてこのような機能が可能となるのだろうか。

ところで、先に栄花物語における「かくて」の用例の数値をあげたとき、「かくて」に類するものとしては「かゝる程に」「かくいふ程に」「さて」だけをあげたが、実際には記事の冒頭に接続詞的な役割を果たすと目し得る語句は、その用例の数は少ないにしても他にも見られる。その中でも、ことに注目すべきなのは「はかなくて……になりぬ」の形式であり、しかもこの形式は「かくて」を考える上に示唆を与えること少なくないので、考えてみよう（ちなみに、「はかなく」の語によって始められる記事は正篇に四六例を数えるが、「はかなく年月もすぎて」「はかなく年もくれぬれば」などは第三章第二節で取り上げるので、ここでは除外して、年月日次の記載を含んだものについてのみ論じよう）。

実際の用例としては一一例見られるが、そのうちのいくつかを示してみよう。

はかなくて天元三年庚辰《かのえたつ》の年になりぬ。（巻第二）

はかなく五月五日になりにければ、……（巻第十二）

はかなう六月にもなりぬ。（巻第十四）

はかなくて万寿二年正月になりぬ。（巻第二十四）

ところで、先にこの作品の記事の始め方について述べた時に、「かくて」の類とは別のものとして年月日次の記載を扱ったのであるから、ここでも「かくて」の問題とは別に考えねばならぬかのようだ。しかし、単に年月日次の書きしるされた場合と、「はかなくて……になりぬ」の形式の中に含まれた場合との間には無視できない違いがある。年次・月日次の記載とは時間軸上の一時点への名付けであり、客観化である。そして、この名付け・客観化によって他の時点との関係は明確にされるが（年月日次の記載は暦の体系を前提にしているとは言え）、問題となる時点はあくまでも時間軸上の一点へ限定して位置づけられるに過ぎない。「かくかくの年月日次である」という言い方なのである。これに対し「はかなくて……になりぬ」の形式の場合には、単にこの年月日次によって示される一時点について述べようとするのではない。この年月日次へと至る時の流れが、広がりを持つものとして扱われ、この広がりを持った時間の流れの帰結点として年月日次は示される。この場合、とらえられている時間とは動きなのであって、このような時間の流れの上に、かくかくの年月日次になる、という言い方がなされるのである。単に年月日次のみをしるす場合には、もちろん広がりを持った時間軸が前提となっているにしても、示されるのは、静的な時間軸上の位置づけにすぎない。これに対し、「はかなくて……になりぬ」と言う場合には時間の動的な流れがとらえられている。そして、呈示された年月日次の時点は時の流れの広がり全体にかかわるものとして捉えられている。

ところで、作品の展開を受けとめる「かくて」や「かゝる程に」なども また、当然ながら一記事を時間の動的な流れの上に置くのだが、ここに殊に興味深いのは「かくいふ程に」である。上に問題にした「はかなくて……になりぬ」は確かに、時間の流れという広がりと動きをとらえながら一記事を位置づけるが、そもそもこの「時間の流れ」とは作品世界の進行に属する現象である。「はかなくて……になりぬ」という言い方が述べているのは、あくまでも作品世界についてに過ぎぬのである。このような「はかなくて……になりぬ」と比べてみれば、「かくいふ程に」が二重性を帯びたものだ、ということが理解されよう。以下、そのことを見てみよう。

「かくいふ程に」の「かくいふ」は草子地的な記載である。(8)「かくいふ」と、これは叙述を問題にしているのであって、叙述を通して読みとられる作品世界の側については触れない。この点では、「かくいふ程に」は「かくいふ」の範囲内では、言及を作品世界の側に限定する「はかなくて……になりぬ」とは全く対照的な性格をそなえているかに見える。一方、この「かくいふ」という草子地的な記載を、主たる話題の叙述へと結ぶのが「程に」である。そしてこの「程に」という語句は、「月日過ぎもていく程に」「時々につけて変りゆく程に」などの例をあげ得るように、作品世界での時間の流れをとらえる場合にもっぱら用いられる。また、次のような例もある。巻第二「花山たづぬる中納言」中の伊尹薨去の記事の場合であるが、

かやうに、いかにいかにと一家《ひとゐゑ》おぼし嘆く程に、天禄三年十一月の一日かくれ給ぬ。（上七一）

と、伊尹の死に至るまでの作品世界の時間的な展望が「程に」によって、一家の人々の悲嘆に焦点を合わせながら、とらえられている。「かくいふ程に」の場合も、「かくいふ」が叙述の側に対してのみの把握だったのを、「程に」を加えることにより、受けとめる対象を、叙述によって描き出される作品世界へまで拡大していると見られよう。

このようにして、「かくいふ程に」は一つの記事を、その記述を作品の叙述の展開全体の中へ位置づけるとともに、この記事に語られる事件を作品世界の時間的な流れの上に位置づける役割をも果たす。そして、叙述と作品世界とへの二重の位置づけが可能となるのは、両者の間にとり結ばれた関係——栄花物語の重要な性格たる関係——を前提としているが、同時にこの関係は「かくいふ程に」によって宣明されてもいるのである。

では、叙述と作品世界のあいだの関係とはどのようなものなのか。それは、この作品が「編年体」と称される根

拠として了解されていなければならない関係、つまり、作品の叙述が展開して行く方向と作品世界の時間の進行の方向とが併行すると保証されているという、この作品の時間秩序なのである。もちろん、既にしばしば指摘されているように、栄花物語には他の史料と照らし合わせたときに、編年体の理想的な秩序に齟齬する点も少なくないのではあるが、逆に言えば、編年体としての了解を前提としたそのような議論が成り立つこと自身、この作品が基本的にはこのような関係を裏切っていないことを示すと言ってよい。

そして、「かくいふ程に」が一記事を作品中に位置づけることができたのは、叙述と作品世界との併行しての進展を前提にしてであって、この前提は「かくて」「か丶る程に」の場合にもともとめられている。「かくて」も「か丶る程に」も、一記事を叙述と作品世界との両面において位置づけようとするのだから、両者の関係の保証がもとめられるのも当然だったろう。ただし、「かくて」「か丶る程に」は「かくいふ程に」のように、作品における叙述と作品世界との二重性を析出するような語句を含んでいないという問題はある。「か丶る程に」はそれでも、「程に」というように時の動的な拡がりをとらえる面も持つが、「かくて」に至っては、叙述と作品世界とを析出し区分するような働きは全くない。しかし、このことは「かくて」が両者の併行の関係というこの作品の基本的性格と無関係であると示すのではない。「かくて」が話題を転換し記事の継起をたすけてゆくことのできるのは、やはり叙述と作品世界との二重性が前提となっているからである。しかもこの二重性を相即不離のものとしたまま、決然と新しい記事の開始を告げることのできるのが「かくて」であった。

ところで、栄花物語における叙述と作品世界との二重性についての確認は、作品全体の冒頭の一節にも見ることができる。

世始りて後、この国のみかど六十余代にならせ給にけれど、この次第書きつくすべきにあらず。こちよりての事をぞしるすべき。（上二七）

この一節の文章は、これから始まる作品の内容が、帝王六十余代のうち「こちよりての事」であるという、作品世界の性質を述べることに主旨があるだろう。しかも「書きつくす」「しるす」と、作品の叙述についての言及が見られるのは、この場合も叙述と作品世界との二重性の把握が前提となっている。また、巻第二「花山たづぬる中納言」の結尾の一文、

あさましき事どもつぎ〳〵の巻にあるべし。（上一〇〇）

も、作品世界の内容の「あさましき事ども」について、「つぎ〳〵の巻」における叙述のことを言うのも、かかる二重性の把握が前提となっての記載である。このような草子地的な記載のうちにも——ことに作品冒頭に早くもこのような記載を置かねばならなかったことのうちに、叙述と作品世界との併行の関係というこの作品の時間秩序の重要さの一端は窺うことができよう。

平板さの意義

叙述の展開と作品世界の進行との併行を原則とする時間秩序が栄花物語を貫徹し、作品全体の存立を支えている。またこのような時間秩序の、作品に対しての重要さはおのずから、時間というものを作品のかなたにあって先験的に、厳然と流れるものとして客体視し、その支配下に作品の叙述と世界とが展開されるのだとの了解をもとめる。そして、繰りかえされる「かくて」の類にしても、作品冒頭の一節の文章にしても、作品の時間についてのこのような了解を前提とし、同時に「かくて」の類や冒頭の一節は時間への了解を確認する役割をも果たしている。

一方、このような客観的・先験的な時間への了解を前提とする叙述の秩序は、この時間を、一本の線のように連なり、しるすべき事件の多寡にかかわらず速やかに流れてゆくものとして認識させる。たとえば、作品中にしばし

ば見られる時間への言及にも、このような認識は窺える。

はかなう過る月日につけてもあはれになん。（巻第八　上二四八）

はかなく秋は過ぎて冬にもなりぬれば、内辺りは中宮《妍子》の御方の更衣《ころもがへ》などの有様もものけざやかに、月日の行きかふ程も知られ、めでたかりける。（巻第十　上三二九）

また、このような時間の性格は、暦の体系の持つ性質とも深く結びつくようである。このことは、作品中に正篇四八五、続篇一七二を数える年次・月日次の記載にも見られるし（これを松村博司は「編年意識」のあらわれととらえている[9]）、暦の体系を物としての暦に具体化した次のような一文をも可能にしている。

はかなく十二月《しはす》にもなりぬれば、暦の軸もと近うなりぬるを、あはれにも思ふ程に、十二月の一日聞けば、……（巻第二十七　下二五一）

ところで、源氏物語の時間もまた一面、栄花物語のこのような時間と共通する性格を持つようである。つまり、源氏物語の年立的時間は栄花物語の時間とその質は近い。源氏物語の時間秩成と年立の問題については大朝雄二によって詳細に論じられているが[10]、その論において栄花物語の時間の問題が論証の過程に援用されたのも（ただし大朝は両作品の時間の質の相異を強調するのだけれど）、年次・月日次の記載という現象が、表面的であるにしろないにしろ、両作品の相似点と見出せるからであろう。両作品の時間についての相異をどの程度とらえるにしても、客観的・先験的で暦の体系とも関係深いという性格は、少なくともこの両作品の時間の共通点をなすのである。源氏物語においても、一方向へ着々と進行するものと理解される客観的な時間は重要な役割を果たすのであって、このような時間こそが、その上に語られる公的行事の示す意味の深さをも開いてゆくのだろう。先に問題にした源氏物語中の「かくて」の役割も、このような時間によって可能となる。

ただし、源氏物語の時間とは、決してこのような客観的な時間だけではない。確かにこのような時間が源氏物語を支える大きな力となっていることは否定できないが、その一方に、各々の場面場面の具象的な叙述のうちより生み出される時間を忘れてはなるまい。例えば、清水好子によって闡明された(11)、「桐壺」野分の段に月によって示される時間などは、明らかに年立的な時間とは異質のものである。しかもこのような時間は作品中に、野分の段に限らず、随所に見出せるだろう。このような時間こそが源氏物語の卓越した場面構成を支えていることも確かであって、客観的・先験的と認識されるもう一方の時間に対して、その意義は決して劣るものではない。この両者がともに作品を支えてこそ、源氏物語の緊密な、緊張した作品展開は可能となっている。

栄花物語が作品を支える時間秩序として源氏物語より択びとったのは、この性質の異なった二種の時間の一方なのであって、具象的な場面の時間が源氏物語のごとくに重要な役割を果たすことはない。個々の記事の中ではこのような時間も断片的に見出せても、客観的な時間が作品中に大きな比重において働いている以上、具象的な場面の時間の介入し得る余地は僅かなものだったと言えよう。叙述と作品世界とを併行させつつ、等質のものとして流れる時間こそが栄花物語全体を支配し、その存立を支えているのである。

ところで、源氏物語のように異なった質の時間を劇的に組み合わせてゆくことのできる作品と違って、栄花物語はこのようにただ一種の時間に依りつつ、相互に関係薄くしかも種類の限られた話題をつらねてゆくときに、作品の印象が単調・平板となるのは当然である。しかし、このような時間秩序によって全面的に支えられた作品は、源氏物語のごとくにきびしい論理によって構築されるというようなことをもとめられない。種々の事件のかなたに先験的に流れると認識される時間が作品全体を貫くと了解されているので、孤立した性格の強い記事も、このような時間の線上に懸けつらねられているかのように読み取られてゆくことができる。そして、この線上に懸けつらねるための鈎となるのが、年次・月日次の記載であり、また、記事の冒頭に立つ「かくて」などの接続詞的語句なのだった。様々の記事が、他の記事より内容的に孤立した性格の記事を多く含んで集合する場が、この作品の時間秩序、すなわち歴史叙述の時間であった。そしてこの時間によってこそ、この作品は歴史叙述として存立することができた。この時間によってこそ、たとえば、正篇だけで八三人にも及ぶ人々の死――その中にはただ死の記事のためだけに登場する人物も含まれている――をしるすことができたし、同様にして数多くの行事や誕生の記事をもつらねることもできたのである。[12] このことこそが栄花物語の平板さの意義である。

注

（1）河北騰「栄花物語と源氏物語の関係」（獨協大学教養語学研究一三　S五三・一二）・加納重文「『栄花物語』の物語認識――『源氏物語』の物語論に関係して――」（女子大国文八四　S五三・一二）参照。
（2）山中裕『歴史物語成立序説　源氏物語・栄花物語を中心として』第一章（東京大学出版会　S三七）・清水好子『源氏物語論』第七章の五（塙書房　S四一）・武者小路辰子「源氏物語　その生と死」（日本文学　S三八・二　のちに『源氏物語　生と死と』（武蔵野書院　S六三）所収）など参照。
（3）片桐洋一『伊勢物語の研究』（研究篇）第一篇第一章（明治書院　S四三）
（4）松村博司『栄花物語の研究』第三篇第二章（刀江書院　S三一）
（5）野口元大『古代物語の構造』第四章（有精堂出版　S四四）・三谷邦明「宇津保物語と絵画＝絵ガタリと〈絵解〉の成立＝」（平安朝文学研究一〇　S三九・六）・中野幸一「『うつほ物語』の叙述の方法――長篇物語への試み――」（早稲田大学大学院文学研究科紀要一九　S四八・一二）・野村精一「源氏物語の表現空間（一）」（日本文学　S四九・一〇）・石原昭平「日記文学における時間――日次と月次をめぐって――」（日本文学　S五二・一一）などを参照。中野の論には栄花物語との関係が述べられている。
（6）源氏物語の「かくて」については次の論がある。ただし、扱われているのは副詞の「かくて」である。深沢三千男「「かくて」の重み――幻の巻小見――」（学大国文一七　S四八・一二）
（7）ただし、このうち「宿木」の一例は明らかに副詞としての用法の「かくて」であり、これを除外すれば一五例となる。
（8）栄花物語の草子地的な記載については野村精一「異文と異訓——源氏物語の表現空間（三）」（古代文学論叢第六輯『源氏物語とその影響』武蔵野書院　S五三）参照。
（9）注（4）参照。
（10）大朝雄二『源氏物語正篇の研究』第五章（桜楓社　S五〇）。なお、続篇における年立と時間をめぐる様相の正篇との相違については、大朝の次の論文に論じられている。「源氏物語続篇の年立をめぐって」（論集中古文学『源氏物語の表現と構造』笠間書院　S五四）
（11）清水好子「源氏物語の文体——時間の処理について——」（国文学解釈と鑑賞三一巻三号　S四一・三）。なお、野分の段の時間に関しては木村正中「女流文学の伝統と源氏物語——時間の内在化——」（日本文学　S四〇・六）をも参照。
（12）武者小路辰子「平安京の日々」（有斐閣新書『日本文化史（1）』第三章　S五二）。武者小路注（2）論文をも参照。
〔付記〕源氏物語の引用は角川文庫本（玉上琢弥訳注）によった。

第五節　「ゆくさき」と「ゆくすゑ」

「時間」という場合に「過去」が、ことに歴史叙述にとっては重要であろうが、その一方で、「未来」についても関心を向ける必要がある。たとえば中国の史書において、陰陽五行的な、讖緯的な記事が未来への予兆にかかわり、「過去」における「未来」にかかわるように、歴史叙述はその叙述の現在における「未来」を述べることは少なくない。本節では、「ゆくさき」と「ゆくすゑ」という、「未来」を表す語を通じて、栄花物語の「未来」について、いささかなりとも検討を加えておこうと試みるのである。

「ゆくさき」と「ゆくすゑ」の用例数

「ゆくさき」も「ゆくすゑ」もともに、時間についてだけの語ではないだろうが、複数の語義の中にともに「未来」をなんらかのかたちで含んでいるとだけは認められよう。もちろん「未来」は近代以前においても殊に仏教語彙として用いられたにしても、私たちが一般的に使用する場合には近代的な概念であろうし、一方「ゆくさき」「ゆくすゑ」ともに決して近代的な概念をもっては十全に捉え得ないであろう。しかし、おおよそのところ「未来」をあらわす語として、この二語を問題にしたいのである。

さて、このような「ゆくさき」と「ゆくすゑ」が平安朝の散文による諸作品でどのような数量を用いられているのかを次に示そう。

	用例総数 ゆくさき	用例総数 ゆくすゑ	作中歌中の用例 ゆくさき	作中歌中の用例 ゆくすゑ
土左日記	〇	〇	〇	〇
かげろふ日記	四	六	一	四
紫式部日記	〇	五	〇	〇
和泉式部日記	〇	一	〇	〇
更級日記	一	一	〇	〇
枕草子能因本	一	〇	〇	〇
三巻本	二	二	〇	〇
前田本	二	二	〇	〇
堺　本	一	一	〇	〇
竹取物語	〇	一	〇	〇
伊勢物語	二	〇	〇	〇
大和物語（附載説話ハ除ク）	〇	二	〇	二

	用例総数 ゆくさき	用例総数 ゆくすゑ	作中歌中の用例 ゆくさき	作中歌中の用例 ゆくすゑ
平中物語	二	〇	〇	〇
篁物語	〇	〇	〇	〇
多武峯少将物語	〇	〇	〇	〇
うつほ物語	三一	二八	二	四
落窪物語	四	一	〇	〇
源氏物語	四九	三九	二	四
堤中納言物語	〇	〇	〇	〇
夜の寝覚	一〇	九	〇	〇
浜松中納言物語	九	一〇	一	〇
狭衣物語	〇	四八	〇	二
栄花物語	〇	四一	〇	一〇

以上の数字は刊行されている各作品の索引によって確認した数字であり、その点、各索引において底本とされた本の数字に限定されるわけであるから、異なった本によっては違った数字がでる可能性は充分にあるという限界はあろう。しかしおおよその傾向を知ることはできる。

とは言っても、作品全体の規模が小さく、用例数が少ないものについては、「ゆくさき」と「ゆくすゑ」のどちらが多いかなどということもあまり意義のあることではなかろう。その点、少なくとも両方併せて、一〇語を超える用例を持たない作品の数字を検討することは、あまり有効なこととは言えないだろう。しかし、両方併せて一〇語を超える作品を検討するときには、はっきりと二つの異なったグループに分けることができる。

一方のグループとしてはかげろふ日記・うつほ物語・源氏物語・夜の寝覚・浜松中納言物語をあげることができる。これらの作品の場合には「ゆくさき」と「ゆくすゑ」は、その用例数に極端な違いはない。もちろん、たとえば源氏物語の四九と三九のあいだの一〇の数は決して小さなものではないだろうが、第二のグループの場合と比べるならば、このグループの場合には両方の語の用例数には決定的な違いはないといえるのではなかろうか。

第二のグループ、つまり狭衣物語と栄花物語の場合は用例の実態は全く異なっている。つまり、「ゆくさき」は全く用いられず、「ゆくすゑ」だけが使われているのである。これは第一のグループの場合とは全く異なっている。しかも、夜の寝覚や浜松中納言物語では「ゆくすゑ」と「ゆくさき」は共に用いられていることを考えるならば、語彙の時代的な変化に帰するわけにはゆかない。そしてこの、未来を表す二つの語の中の一方だけを使用する作品のうちに栄花物語が属するということは、やはり考えなければならない現象である。

ところで、この栄花物語の「ゆくすゑ」と、そして「ゆくさき」の不在とを考えるためには、その用例を検討しなければならないのではあるが、そのまえにまずこの二つの語の意味・用例の一般的な違いを点検しておかねばならない。なぜならば、辞書によっては、両者に意味・用法についての違いがあるとうけとめることのできる次のような説明を見るからである。

ゆくさき【行先】①これから行く先。前途……。②将来……。③死に至る時期。余命。

ゆくすゑ【行末】《ずっと先の終着点、遠い将来の成行きなど、確かには分からない不安な前途をいうことが多い。類義語ユクサキは近くて可能性の強いものにいう》①はるかな行先。ずっと先にある目的地。……。②遠い将来。どうなるか見当もつかない先の先の成行き。……。③おぼつかない余命。……。④経歴。身元。素性。（岩波古語辞典）(1)

この説明による限りは「ゆくさき」と「ゆくすゑ」とのあいだにはっきりと、意味・用法の上で違いがあるということになる。しかも、特にどの時代に限定するともされていないのだから、平安朝の作品にもあてはまるはずであろう。ところが、実際に二つの語を用いている作品の用例に当たっても、この説明を受け入れることのできる（かに見える）例がある一方、この説明と齟齬する例も見受けられる。栄花物語の場合は「ゆくさき」の用例がないので比較のしようもないのだが、他の作品のばあいを見てみても、岩波古語辞典のいうような語義の違いを踏まえて使い分けられているとは思えない。一例を源氏物語より挙げてみよう。

行すゑみしかけなるおやはかりをたのもしき物にていつの世に人なみ〳〵になるへき身と思はさりしかと……（明石）

ゆくさきをはるかにいのるわかれちにたえぬはおいの涙なりけり（松風）

「ゆくすゑ」が「短し」と、「ゆくさき」が「遥かなり」と結び付いているのであり、岩波古語辞典の説明と相いれない。また、このような例もある。

（柏木ハ）たかき心さしふかくてやもめにてすくしつゝいたくしつまり思あかれるけしき人にはぬけてさえなともこともなくつゐには世のかためとなるへき人なれは行すゑもたのもしけれと……（若菜上）

中納言なとは年わかくかろ〳〵しきやうなれと行さきとをくて人からもつゐにおほやけの御うしろみともなりぬへきおいさきなんめれはさもおほしよらむになとかこよなからむされと……（若菜上）

女三宮についての一連の文脈のなかでの、しかも相似た立場にあり、相似た判断を受ける二人の青年についての朱雀院の述懐である。その表現も似ているが、「ゆくすゑ」が柏木に、「ゆくさき」が夕霧にと使い分けられている。物語の将来の展開に即して、柏木の未来が不安定なものであり、それを先取りしているのだとでも強弁しないかぎりは、説明のしようがない。

もちろん、これだけの例示で結論の出しようがないが、概して言うと、栄花物語に先立つ言葉の世界で、「ゆくさき」と「ゆくすゑ」の間に、岩波古語辞典の言うような違いがあるとは思えないのである。

では、「ゆくさき」と「ゆくすゑ」のあいだには特に違いはなく、自由に言い替えることのできる、同義同価値の語なのかというと、そう単純に結論づけられない用例の違いもある。つぎの数字は書籍版の新編国歌大観(2)によって検索した、平安朝の勅撰集・私撰集・私家集における「ゆくさき」と「ゆくすゑ」の用例数である。各句索引であり、語彙索引ではないが、一応の傾向を知るには充分であろう。

「ゆくさき」と「ゆくすゑ」の間にはあきらかな違いが見られるであろう。意味の上では、明確な相違点がないかわり、その使用例の数にははっきりとした相違が見られる。万葉集などは別にして、平安朝の和歌集では、「ゆくすゑ」が「ゆくさき」の用例をはるかに引き離しているのである。もちろん、これは各句索引によったものであるのだから、語彙としての用例数そのものではないが、二つの語の用例数の比率をある程度反映しているだろうと考えてよいだろう。

	ゆくさき	ゆくすゑ
古今和歌集	〇	〇
後撰和歌集	三	二
拾遺和歌集	〇	八
後拾遺和歌集	〇	六
金葉和歌集二度本	〇	一
金葉和歌集三奏本	〇	三
詞花和歌集	〇	一

	ゆくさき	ゆくすゑ
千載和歌集	〇	六
新古今和歌集	一	一二
万葉集	一〇	〇
古今和歌六帖	一	一
金玉和歌集	〇	一
玄々集	〇	一
和漢朗詠集	〇	一

	ゆくさき	ゆくすゑ
続詞花和歌集	〇	三
月詣和歌集	〇	四
新撰和歌六帖	二	一
万代集	一	一六
夫木和歌抄	七	三五
猿丸集	一	〇
小町集	〇	一

躬恒集	○	一
伊勢集	一	○
貫之集	二	四
信明集	一	○
朝忠集	○	一
仲文集	一	○
元真集	二	○
斎宮女御集	○	一
元輔集	三	三
兼盛集	○	二
能宣集	○	五
重之集	一	一
小大君集	○	一
一条摂政御集	一	二
恵慶法師集	○	一
好忠集	○	一
相如集	○	一
長能集	○	一
嘉言集	一	○
大弐高遠集	○	二
紫式部集	○	一
和泉式部集	一	一
御堂関白集	○	一
公任集	○	五
赤染衛門集	○	一
定頼集	○	一
伊勢大輔集	○	一
入道右大臣集	○	一
相模集	○	三
四条宮下野集	○	一
成尋阿闍梨母集	○	二
為仲集	○	一
経信集	○	二
顕綱集	○	一
周防内侍集	○	二
在良集	○	一
六条修理大夫集	○	一
散木奇歌集	○	四
雅兼集	○	一
待賢門院堀河集	○	一
成通集	○	一
清輔集	○	三
林葉和歌集	○	二
重家集	○	一
教長集	○	五
林下集	○	一
山家集	○	三
西行法師家集	○	一

つまり、「ゆくさき」と「ゆくすゑ」は（二つの作品を例外として）散文作品ではその用例数に大きな違いはないが、和歌では「ゆくさき」が用いられることは多くなく、もっぱら「ゆくすゑ」が用いられるのだといってよい。この二つの語は散文作品と和歌とでその使われかたに大きな違いがあるわけである。和歌にだけ用いられるわけではないのだから、けっして歌語とはいえないのであろうが、それでも「ゆくすゑ」は「ゆくさき」に比してはるかに和歌的な語であることは確認しておいていいように思われる。

栄花物語の「ゆくすゑ」

さて、このような語である「ゆくすゑ」が栄花物語の中ではどのように使われているか、その具体例を見なければならない。

1 後撰集にもさやうにやとおぼしめしけれど、かれはその時の貫之この方の上手にて、いにしへを引き今を思ひ、行末をかねておもしろく作りたるに、……（巻第一　上三六）

2 「船岡の松の緑も色濃く、行末はるかにめでたかりしことぞや」と語り続くるを聞くも、……（同　五六）

3 又今年もさし続きて同じやうにて生れたまへるにつけても、猶いと行末頼もしげに見えさせ給。（巻第二　七七）

4 たゞ今はこの殿こそ今行末遥げなる御有様に、頼しう見えさせ給めれ。（巻第三　一一七）

5 かひなき身だに行末も知らずまかりなりぬれば、……（巻第五　一六五）

6 行末遥なるべき御有様を覚しつゞけさせ給も、……（同　一七四）

7 此御事の後よりは、只行末のあらまし事のみ覚し続けられて、御心の中にはいと頼しく覚さるべし。（同　一九〇）

8 寛弘五年になりぬれば、夜の程に峯の霞も立ち変り、よろづ行末遥にのどけき空のけしきなるに、……（巻第八　二四九）

9 京極殿のいとゞ行末頼しき松の木立も、めでたうおぼし御覧ず。（同　二五五）

10 長月の九日も昨日暮れて、千代をこめたる籬の菊ども、行末遥に頼しきけしきなるに、……（同　二六〇）

11　いみじき国王の位なりとも、後見もてはやす人なからんは、わりなかるべきわざかな」と、おぼさる丶よりも、行末までの御有様どものおぼし続けられて、まづ人知れずあはれにおぼしめされけり。（同　二六九）

12　東宮のいと若う行末遥なる御程思ひ参らする、いとめでたし。（巻第九　三〇五）

13　おほかたの御有様こそのどかにもおぼしめせど、猶行末尽すまじき御頼しさをぞ、「こ丶らの御中に女宮の交せ給へらましかば、いかにめでたき御かしづきぐさならまし」と、……（同　三一一）

14　誰もわが世の　若ければ　行末遠き　小松原　こ高くならん　枝もあらば（同　三一五）

15　過ぎにし方は言はじ、今行末もいかでか丶る事はと見えたり。（巻第十　三三〇）

16　春日の丶飛火の野守も、万代の春のはじめの若菜を摘み、氷解く風もゆるく吹きて枝を鳴らさず、谷の鶯も行末遥なる声に聞えて耳とまり、船岡の子の日の松も、いつしかと君に引かれて万代を経んと思て、常盤堅盤の緑色深く見え、甕のほとりの竹葉も末の世遥に見え、階の下の薔薇も夏を待ち顔になどして、さま〴〵めでたきに、……（巻第十一　三五二）

17　帝も東宮も、御行末遥におはします御有様につけても、いとめでたし。（巻第十三　四〇〇）

18　己が行末も残少ければ、いかにも〳〵して、いかで後やすくと思ひきこゆるに、（巻第十四　四二〇）

19　今年五十四なり。死ぬとも更に恥あらじ。今行末もかばかりの事はありがたくや（あ）らん。（巻第十五　四四二）

20　親しき疎き分かず、（す）ぎにし方より今行末に至るまで、菩提仏果（を）証し、……（同　四五二）

21　若う盛なる人の行末遠きをば、返したべ」と……（巻第十六　下二五）

22　けうの中のけうの事なり、今行末有難くやと思人多かり。（巻第十七　七四）

23　阿弥陀堂にとの丶御前おはしまして御念仏せさせ給を見奉らせ給にも、このよ丶り行末までも、あはれにも

の頼しく見奉らせ給。（同　七五）

24　池水は流れぬものとき〻しかど行末ながくすみぬべきかな（巻第十九　一一五）

25　影見てぞ行末までも知られけるすむ池水も心あるらし（同　一一六）

26　光そふ月とぞ見ゆる呉竹の行末ながき秋の宮には（同　一一七）

27　御前近き遣水は清くさ〻しく澄みて、「黄河の水の澄み始めけるにや」と、行末遥に見えたり。（巻第二十　一二三）

28　君がため千代八重かさね菊の花行末遠く今日こそは見れ（同　一二六）

29　数ふればまだ行末ぞ遥なる千代を限れる君が齢は（同

30　御匣殿、御年はいと若けれど、御心深くよろづをおぼしたる程も、いとあはれに、行末推し量られさせ給て見えさせ給。（巻第二十一　一三八）

31　さるは御年なども、まだいと若くおはしましけれども、げに同じくはとばかり、行末をかねておぼしめす事、あはれにめでたくとぞなむ。（同　一四三）

32　過ぎにしも今行末も、今日の仏にあひ奉らずなりぬる人、前仏後仏の衆生の心地す。（巻第二十二　一四八）

33　大后の宮、天の下に三笠山と戴かれ給ひ、日の本には、箒木と立ち栄えおはしましてより、行末頼しき事、大原の千年を松の風に吹き伝へ、朝夕に喜しき事、有栖川一度澄める水の心のどけき世に、……（巻第二十三　一六〇）

34　行末にかはらんほどは菊の花下の流をくみてこそ知れ（同　一六三）

35　殿も、行末も遥になべてならぬ御心掟も、たゞ一所の御ゆかりにこそはありつれ。（巻第二十五　二〇一）

36　来し方行末おぼし続けらるゝ事もゆゝしければ、たゞ胸のみ塞りておぼさる。（巻第二十九　二九八）
37　生ひ添はる行末遠き姫松とこ高き蔭と結びつるかな（巻第三十一　三四三）
38　御船の有様は、来し方行末有難げにし尽したり。（巻第三十八　四九八）
39　よろづよの君が御幸に行末の年をば譲る住吉の松（同　五〇二）
40　宮のさしならばせ給へる事をぞ、行末遥に光添ひ出でさせ給へる御有様と、……（巻第三十九　五三三）
41　行末もいとゞ栄へぞまさるべき春日の山の松の梢は」など、古めかしき人の思ひける。（巻第四十　五四七）

このように見てみると、栄花物語中の「ゆくすゑ」は特定の語とともに用いられている場合が多いことに気付かされる。「遥か」「遠し」などは、未来のことを捉える語であれば当然のようにも思えるが、それでも、この作品の中ではこれらの語と「ゆくすゑ」の組み合わせが、不安の表明ではなく、未来への確信の文脈で用いられていることには注意しなければならない。まして、「頼もし」「めでたし」そして「松」とともに用いられているのである。

もっとも、この現象はこの作品に特徴的なものとは言えない。散文の作品でもこのような傾向は見られるであろうが、ことに和歌では「ゆくすゑ」とこれらの語の結び付きはよく見られるものであろう。新編国歌大観によって勅撰集より抜きだしてみるならば、

題知らず

流れいづる涙の河のゆくすゑはつひに近江のうみとたのまん（後撰・恋五　九七二）

今上帥のみことききこえし時、太政大臣の家にわたりおはしましてかへらせ給ふ御おくりものに、御本たてまつるとて

太政大臣

君がためいはふ心のふかければひぢりのみよのあとならへとぞ

御返し

をしへをくことたがはずはゆくすゑの道とほくともあとはまどはじ

（後撰・慶賀哀傷　一三七九）

小野宮太政大臣家にて子の日し侍りけるに、下らふに侍りける時、よみ侍りける

三条太政大臣

ゆくすゑも子の日の松のためしには君がちとせをひかむとぞ思ふ

（拾遺・賀　二九〇）

屏風に

伊勢

はるばると雲井をさして行く船の行末とほくおもほゆるかな

（拾遺・雑賀　一一六〇）

同じ屏風に武蔵野のかたをかきて侍るをよめる

（平兼盛）

むさしのをきりのたえまに見わたせばゆくすゑとをき心地こそすれ

（後拾遺・賀　四二七）

入道摂政わかうはべりけるころ大納言道綱が母にかよひ侍けるに陸奥へまかりくだらんとてみよとおぼしくてむすめのすずりにいれてはべりける

藤原倫寧

きみをのみたのむたびなるこゝろにはゆくすゑとほくおもほゆるかな

返し

入道摂政

われをのみたのむといはばゆくすゑのまつのちよをも君こそはみめ

（後拾遺・別　四七一・四七二）

など、和歌の中でこのような語が「ゆくすゑ」とともに用いられている例をみることができる。この傾向は、もちろん勅撰集に限らず、私家集の中でも多く見られるわけだから、このような語の組み合わせは和歌表現の、そしてここに挙げた例にもあるように賀の歌の中での一つの定形化された表現だったといえよう。そしてこの定形化された表現は実は現代にまで引き継がれているのだから、考えてみれば例を挙げるまでもないものだったかもしれない。

そして、栄花物語のなかでもこのような語の組み合わせは、未来に楽観的な、言い替えれば「賀」の、「ことほぎ」の文脈で使われているのであれば、この作品の中での「ゆくすゑ」は、和歌の中でも殊に頌賀のうたの文脈で使われていたのだと言えよう。「ゆくすゑ」を含む作中歌がすべて賀の歌であるのも当然といえる。1・5・11・18・19・20・21・22・30・32・36など、表現的に、あるいは内容的にこの例外とみなさねばならないものがあるのは確かだが、四一例のうちの多くがこの例と見なせる。そして正続四十巻の最後も「ゆくすゑ」を用いた賀歌で閉じられていさえするのだ。栄花物語の「ゆくすゑ」はおおむね和歌の、ことに賀歌の表現をふまえて使われているのであり、このような和歌表現への傾斜が、例外となるものの場合にも、「ゆくさき」ではなく、より和歌的な「ゆくすゑ」をえらばせるようになったのである。

未来の欠如

このように、栄花物語が「ゆくすゑ」の語を使って未来をとらえるときに、それは和歌表現の定形をふまえたものだったとするならば、この作品の自身の散文の言葉が「ゆくすゑ」の語を通して未来に言及することははなはだ少なかったと言わざるをえないことになる。作品自体の規模から考えて四一例の「ゆくすゑ」は少ないとは決して言えないのだが、この中から前述の、和歌の表現を踏まえた、つまりこの作品の自身の散文の表現から出たのでないものを除くならば、「ゆくすゑ」を通しての未来への発言は少ないのである。もっともこの作品は、その文章は決して全編統一されたものではなく、例えば内容が信仰に傾斜する時には漢文訓読的な表現が多用されることなどを考えれば、この和歌的な表現も決して栄花物語の文章の構成要素から排除できず、この作品の文章のモザイク的構成の一要素として当然認めねばならないのだが、それは、作品通常の、事件を一つひとつ描いて行く散文表現のなかでの「ゆくすゑ」の使われることの少ないのを説明するものとはなりえない。

しかも、多数の和歌的な「ゆくすゑ」の場合は、たしかに言葉としては「未来」について述べているにしても、それはこの言葉が作品世界の未来を見通そうとしているものではないだろう。さきに挙げた源氏物語の場合は、どれも見えにくい未来を見通そうとする意志なくしては出て来ない表現だったろう。ところが栄花物語のこれらの例では「ゆくすゑ」は一見未来について述べているかのようであっても、それは作品の時間の中での未来の保証などではなく、その記事の範囲内、その現在時点でのよろこびとことほぎの雰囲気のための表現なのである。だからこそ、そこでことほぎを受けた人物がその後でどのような暗い運命をたどるとしても、それは作品内部での矛盾とは考えられない。とすれば、この「ゆくすゑ」は、これらの例では、未来に関しての表現というよりも、その現在に関して表現の価値をもったものだったというべきである。

さきに例外とみなせるとしたものはどうであろうか。この中でも1・31の「ゆくすゑをかねて」の例や、15・19・38の「今ゆくすゑもどうしてこのような事があろうか」のたぐい、20・22のような仏教的文脈の中での「過ぎにしも、今ゆくすゑも」などは、やはりその表現は未来ではなく現在に焦点が置かれているのだといえよう。この作品の中で、結局真に未来への見通しを（たとえ明るいものであったとしても、また不透明なものであったとしても）述べているものは、5・11・18と、ごく少数であったといえよう。

この作品において、そもそも未来はどのように扱われているのだろうか。「ゆくすゑ」の語による場合は以上のようであったのだが、それ以外の（そして仏教的な部分でのことは別にしての。なぜ別にするのかは後に述べることになろう）叙述ではどのように扱われていたのだろうか。

この栄花物語においては概して全体として、予定の言及はあっても、未来についての言及は希少であるように見える。例えば入内であるとか、出産であるとか、等々、様々な予定が語られることは多いが、これはせいぜい相前後するいくつかの記事のまとまりの範囲内のことであり、複数の巻に及ぶことは少ない。しかも、現在の状況からほぼ確実に見通せるのであり、現在から遠く離れた未来を指向するものではない。結局、現在を積み重ねてゆくこの作品の方法に矛盾するものではないのである。

もっとも、次のような例もある。

「たび〳〵夢に召し還さるべき様に見給へるに、かく今まで音無侍をなむ。猶さるべう覚し立ちて内に参らせ給へ。御祈をいみじう仕うまつりて、寝て侍し夢にこそ、「男宮生れ給はむ」と思夢見て侍しかば、『此事によりて猶疾く参らせ給へ』と、そゝのかし啓せさせむと思ひ給へられて南、多くは参侍つる也。

（巻第五　上一八四）

や、同じく中関白家に関連する、

「己なくなりなば、いかなるふるまひどもをかし給はんずらん。世の中に侍つる限は、とありともかゝりとも、女御、后と見奉らぬやうはあるべきにあらずと思ひとりて、かしづき奉りつるに、命堪えずなりぬれば、如何し給はんとする。

（巻第八　上二八八）

のように、未来に言及する記事もないのではない。「ゆくすゑ」の例も併せて、未来への不安に最もさらされた中関白家の関係記事に未来への言及が目だつわけだが、これは、作品の歴史叙述を展開させ、構成させる力ではない。一家の不安な立場がこのような発言につながるのは理解できることだが、逆に、この作品世界の進展を支える道長の側に、未来への言及が見られないことが重要である。例えば源氏物語のように、予言や予知夢が作品の展開の大きな力になるようなことは、栄花物語では見られない。同じくいわゆる歴史物語に分類される大鏡の場合には、暗夜に大極殿へ一人赴き、自己の豪胆さを証明する記事や、観相の挿話、道長が伊周の前で弓矢の勝負に託して自己の未来を占ってみせる記事などが書き留められているが、栄花物語の場合にはそのような記事は取り上げられていない。

このように、「ゆくすゑ」の語でさえ未来への言及と見なせないのであれば、この作品は概ね未来への関心が希薄だったと確認してよいだろう。未来への関心のないところには、未来をとらえる言葉は必要ないのであり、ただ現在への関心が、和歌の言葉を通じてのことほぎのかたちをとるときに、「ゆくすゑ」の言葉は使われ、あたかも未来への関心を表明しているかのようにみえるが、所詮それはかたちのうえ、数のうえのことだった。

筆者は別にこの作品における政治的な意志のあつかいかたについて考えたが(3)、そこで述べたこの作品の世界観は人間の意志によって未来に変更を加えうるとは見ないものであった。未来は既に決定されているのであって、人間の意志や行動は所詮それを覆す力を持てない。だから、人間はしかるべく展開する時間の流れに沿って自然のままで生きていればよいのであって、それに逆らって行動することは無駄であるだけでなく、見苦しくさえあるだろう。そして実際にこの作品の主流に立ってゆく人々は、自然の時間の流れに沿って生きて行くように見える。ただ、この流れの中で下降して行く運命を与えられたものだけは、この時間の流れに抵抗せざるをえず、そのために政治的意志を持ち、また未来への関心を持たざるをえない。栄花物語の中で最も強く政治的意志を持った中関白家の人々が未来への言及の例を担うのも、当然のことだったわけである。ところが、望ましい未来を与えられている人々は、敢えて未来への関心を持つ必要はないのがこの作品の世界であった。

しかし、このように、この作品の中心人物たちが未来への関心を持たず、また持つ必要もないのだとしても、作品自体が未来に関心を持たないことへの理由とはならないはずである。考え方によっては、人物たちが政治的意志を、未来への意志をもたないのだとしたら、それだけにかえって作品の叙述こそが未来への見通しを述べねばならないともいえるからである。それなのにこの作品が（比喩的な表現によれば、この作品の語り手が）、未来に言及をしないのは、本来的に未来に無関心で、ただただ現在の世界にだけ目を向けているからなのだろうか。それほどにこの作品は時間という現象に無関心なのだろうか。

実は、このような発問自体が誤ったものなのであろう。きわめて形式的であり、作品の展開を大きく作品の叙述の形式に依存する、そして内容的にダイナミックな展開を持たないこの作品に内容本位の問いかけを向けること自体が空しいことと言わねばならない。そして、この作品が未来への言及をしないのは、未来への関心の有無などということでなく、現に未来を作品の中で与えているからなのである。編年体の叙述は、現在対している記事をそのまま現在と捉え、それ以前の記事を過去と、そしてそれ以後の記事を未来と捉えることを読者に求める。このような形式で作品の機構を整備し、それに沿った叙述を読者に与えている以上、未来は作品の中から読者が読み取るべきものなのである。作品としてはこのようにして未来を与えているのであり、しかもこの作品は歴史の解釈を目指しているのではなく、歴史の呈示を目指しているのだから、未来への言及などは必要なかったわけなのだ。だからこそ、作品自体が未来を読者に示せなくなったところでは、「次〳〵有様どもまた〳〵あるべし。見きゝ給覧人も書きつけ給へかし」と、叙述の未来への言及を欠かせなかったわけである。また「ゆくすゑ」の41の例も、現在における藤原氏の若者へのことほぎであるとしても、これを続篇の末尾と見るときには、何らかの未来への言及の意志をもくみ取れるようである。未来への言及を欠くということは、そのまま未来への無関心に結び付くわけではない。ただ、未来は言葉によってでなく、編年体の機構のもとでの記事の継起として、読者に与えられるのだった。

このように考えてくると、この作品の「時間」とは、現在の記事が未来への展開を内容的にはらむものではなかった。そして、過去の側をふりかえっても、過去から現在への展開のダイナミズムを問題にすることは、記事の上ではなかったのだから、この作品の「時間」とは、作品の記事の内容面に含まれるものではなかったのだといってよいだろう。この作品の「時間」[4]はあくまでも編年体の機構そのもののなかにあり、たとえば、過去からの時間をとらえる「はかなし」の語も編年体の機構による事実の集積・転変が疑似的に作り出す作品の歴史世界へと向けられていた。だから、この作品は複数の記事は時間を表現できるが、単独の記事は時間を表現できなかったのである。あくまでも形式が時間の表現の主体なのだった。

しかもこのように、歴史における未来への言及を作品の内容面に欠くというありかたは、通常の人間の意識に即して考えるとき、かえってありふれたものだったのではなかろうか。もちろん源氏物語作者のように、日常にあってさえ時間や歴史への反省と洞察をはらんでいたかに思える精神も存在したのだろうが、やはりそれは（王朝の精神世界の極点であるのはいうまでもないが）例外的なものだったはずである。大多数の女性たち、女房たちの精神は、現在への関心と、とりあえずの予定や願望、そして思い出の範囲内にあったと言ってよい。それが平均的女房層にとっての時間なのであり、その積み重ねが彼女たちにとっての歴史だったはずである。そして栄花物語は、このような精神のとらえた時間や歴史を言葉によって、また編年体の機構によって疑似的に形象化したものなのである。だから、過去を振り返ってのことば「はかなし」はしばしば発せられるが、過去と未来を貫く時間を大局的・反省的にとらえるような未来への言葉は縁遠いものだった。

このような精神は確かに狭いものかもしれない。ことに歴史に対して、対象への反省的な把握を求める現代の「歴史叙述」観からするとき、栄花物語のような作品は「歴史」の名を冠することさえ拒まれ（実はこれが貶称であること自体不可解なのだが）、「年代記」とよばれることにもなる。しかし、実はその私たち現代人でさえ日常の意識においては現在を歴史の流れの上に置いて反省的に捉えるなどということは稀な、あるいはまったくないことなのではないだろうか。日常的な意識としては王朝の女房たちとさほど違いはない。ただ私たちは過去の歴史に対しては近代的な歴史観を通して解釈することが可能になっている。しかし、栄花物語が本来反省的に歴史を解釈しようとしているのではなく、彼女たちの日常の意識がとらえた世界の集積を目指している以上、現代の「歴史叙述」観による断罪は空しいのである。

信仰の時間

栄花物語の歴史において未来に関しての関心が希薄であり、また未来への言及も少ないことを述べてきたのだが、本節に述べるべきことがらはとりあえず、尽きた。しかし、少なくとも正篇については、この作品における未来への扱い方については、まだ補足して述べておかねばならないことがある。本節ではあくまでも「歴史」の範囲内で未来を考えたのであるが、栄花物語が持つもう一つの面を考慮するならば、この作品も決して未来に対して無関心であるなどとはいえないのである。それどころか、未来への関心はこの作品のうえに、言葉の分量においても、また作品における主題的な深さにおいても、強く刻印されている。ただし、それは私たちが理解するところの未来としては現れず、「来世」として現れているのだから、「歴史」について私たちが考えているときには、「未来」への言及とはしないのであった。しかし、この作品に関わった女性たちにとって、不安な未来、何とか見通しを得たい未来は「来世」として現れるのであり、そのために、道長や公任など、この作品の主要な登場人物も、深く「来世」へ関心を寄せる人物となったのである。この作品における歴史の時間と信仰については別に述べるところ[5]があるのでここでは触れないが、彼女たちは決して自己の未来への不安を持っていないのではなく、また作中に表現しようとしていないのでもない。ただ、未来が「来世」というかたちに結晶する以上、現世での未来は関心の対象とはなりえない。ただ現世において、事実がどのように集積され、変転してゆくのかを見ればよいのである。そして日常的な意識を通して集積したものから得た時間への、歴史への認識は、私たちとことなり、信仰の側へと振り向けられる。つまり、「歴史」の記事の集積に関心は寄せるのだが、「歴史」から読み取ったものを、（大鏡のように）「歴史」の範囲内で反省的に理解しようとはせず、「信仰」の範囲において処理しようとするのである。これは、確かに近代的な「歴史叙述」観からは評価することのできないものなのだが、当時の女性たちの少なくともある部分が持った歴史への意識の現れなのである。ただしこのような、平凡にも見える精神のあり方は理解されず、このような精神の産物であるこの作品も、近代的な「歴史叙述」観によっては、貶められる事は避けられないのであった。

注

（1）『岩波古語辞典』（岩波書店　S五〇）
（2）『新編国歌大観』（角川書店　一九八三〜九二）
（3）本書第四章第四節
（4）本書第三章第二節
（5）注（4）に同じ。

第二章　物語の全体性と歴史叙述の部分性

第一節　作品の部分性と全体性

歴史叙述はしばしば補われる。

たとえばトゥキュディデスのペロポンネソス戦争史が戦争の中途まで叙述して、ついにアテナイの敗北による戦争終結までを記すことなく筆を擱いたあとを、クセノポンのヘレニカが補ったと言われる。トゥキュディデスの筆力とクセノポンの筆力の差が論評されたり、クセノポンの補筆が必ずしもトゥキュディデスの擱筆の個所から正確に始まっているわけではないことが指摘されたりはするが、ヘレニカがペロポンネソス戦争史を補ったことは文学史のうえでは当然の理解とされている。これは編年体による史書が中断の後の時間に沿って補筆されるという、しばしば見られる現象の一例である。

目を東方に転じれば、司馬遷の史記は、実際には、かの「武帝本紀」をはじめとして、少なからぬ巻がその欠落を後世補われたわけであるが、これはその欠落が明白な部分について、概ね作品自体の内部に根拠のある補作であるから、他の、歴史叙述以外の作品の場合と事情に異なるところはない。しかし、この場合とは別に、作品が扱った時間の範囲の外に、作品の形式が対象としうる世界があるのだと意識されたときには、その形式をまねて、新しい叙述がなされるということがしばしば起こってくる。史記の場合には、その世界に続く時間の範囲がついに二千年を超えて、幾多の「正史」が書かれるに至った。そして、この営みでは紀伝体という形式がその正当性の保証となるのである。内容的には私怨と阿諛によって「穢史」の悪名高いと言われる魏書でさえも正史に数えられるのは、勅撰ということもさることながら、紀伝体の形式の力によるものであろう。

ところが一方で、可能な限り時間を遡ったはずの史記でさえも、その対象の前方にまだ時間を残していると感じられたときには、巻第一の前にも補作しようと試みるものが現れる。「五帝」の前に「三皇」の時代があったならば、その記述が補われねばならない。そして実際に司馬貞の手によって「三皇本紀」が補われたわけである。もっともこれは史記自体のなかに根拠があっての補作ではないのだから、作品としての純粋を考えれば適切ともいいがたいので、排除する立場も当然ありうる。たとえば、現在通行のテキストでも、中華書局版では「三皇本紀」はとられていないのに対し、新釈漢文大系版では(注)、疑問を呈し、史記より除くべきものとはされながらも、しかし結局は注記を付されただけで、排除されることなく、その巻頭に載せられているのである。不適切とは認めながらも、その伝来の経緯に押されて、残さざるをえないことに、歴史叙述を補うことの魅力の一端が見てとれるであろう。そして歴史叙述を補うことが、このように魅力的なこととして読者に映るとしたら、その形式が規範として認められる歴史叙述が、その時間の後方にのみならず、前方にも補作されてゆくのは、必然のことなのである。

では、日本ではどうだろうか。後方に補作された例ならば、六国史の続日本紀以降をはじめとして、その例は多いだろう。新国史の存在が信じられるのも、その根拠には同様のものがある。一方で時間を遡って補作された例としては、四鏡の場合が想起される。もっとも、この場合は規範となった形式は内的な叙述の機構ではない。大鏡を紀伝体と称するのはほとんど比喩でしかなく、実際に増鏡などはその形式を模倣してはいない。それよりも大鏡の顕著な特性として、作品の歴史事実としての正確性を人格化された語り手が保証するというシステムに魅力が感じられ、今鏡や増鏡が書き継がれることになった。ところが、大鏡の取り扱った時間の前に、さらに時間の広がりがあることに気づいたときに、これを埋めようという試みに魅力が感じられる。そしてこの場合に、目的は一つの形式について空白に残された部分を叙述で埋めることにあって、新事実の提示をめざすのでもなければ、ほかと異なった史観を示すのでもない。史料自体は扶桑略記から頂いたもので一向に差し支えない。とにかくに、希有な高齢の老人が己の想い出を語るというシステムで歴史を叙述できればよいのである。このようにして、水鏡の著者は空白の時間をおのが筆で埋めた、その満足感は十分に想像できるだろう。水鏡は大鏡を「模倣」したのではなく、大鏡を真に「完成」させたのである。

では、なぜ歴史叙述は補われるのであろうか。

わが国語の「歴史」ということばを考えてみよう。私たちはふだん、あまり区別せずに使っているが、この「歴史」という語を一方では「歴史叙述」の意味で使い、その一方で「歴史の事実」すなわち「史実」の意味で使っている。しかも学問的に厳密であることがもとめられるわけではない日常の場面では、両者はしばしば混同され、「歴史叙述」に書かれたことは、検証を経ることなく「史実」として信じられるという局面にしばしば遭遇する。これはなにも過去のことばかりでなく、現在でもよく見かける現象である。現代のメディアにおける「歴史叙述」である、テレビの「歴史ドラマ」に描かれたことが、そのまま視聴者によって「史実」として理解されることは珍しくない。一定の学問的訓練を受けた者がそのことを正そうとして、徒労に終わることもよく経験する。

しかし、「史実」がほとんど無限大の広大な存在であり、現在享受されている「歴史叙述」がその一部を切り取ったものに過ぎないこともまた了解されている。これは、「史実」としての「歴史」に対して、「歴史叙述」としての「歴史」はつねに「部分」であるということなのである。ここに歴史叙述の本来のありようとしての「部分性」の所以がある。編年的時間に沿って記事を書き連ねてゆく年代記の場合には、その時間の延長に沿って無限に叙述が続けられるべきものだと考えられるようなことが起こる。ペロポンネソス戦争のような開始と終結を持つ現象を扱う場合にも、未知の史実を補うようなことが起こる。中国の紀伝体は漢書以降、一つの王朝の始終をもってひとまとまりとする断代史となったが、これは新たな王朝が出現するごとに新たな史書が編纂されることとなり、のちには前代の王朝の歴史叙述を編纂することが、新たな王朝の責務となった。それはつねに、歴史叙述が「部分」であり、あるいは「部分」の集積であるからなのだ。極端に言えば、歴史叙述には「全体」があり得ないと言うことなのだ。これは本書の課題たる栄花物語にも言えることなのだ。作品はあくまでも「部分」の集積であり、その部分は増殖可能である。そして実際に歴史叙述において増殖が起こった例は、さきにあげた古代ギリシアの歴史書や中国の正史にも見られたわけなのである。

この性格は同じ時代の作品であるつくり物語とは異なっている。竹取物語にしても落窪物語にしても、その首尾は一貫して、ひとまとまりの世界を形成している。作品がまとまった全体を構成し、部分は作品の全体を超え出ることはない。その点では作品は統一的な「全体性」を特徴としている。源氏物語は、ことにその末尾に不審を起こさせるものがあり、その「全体性」を疑わせることもある。しかし、「山路の露」や「雲隠六帖」が源氏物語の一部と扱われないのは、作品の全体性によるのである。

歴史叙述は部分性を特徴とし、つくり物語のような物語は全体性を特徴としている。この視点をふまえて、次節以降に王朝の文学史のいくつかの現象を見てみたい。栄花物語を部分性に拠る作品と見ることができる。一方の源氏物語は全体性を特徴とするが、それでも意図的にその特徴を破っているのではないかと疑える現象もある。全体性の破綻と思われる空虚な叙述が見られる。しかし源氏物語が全体性の作品であるかぎり、そこには作品に由来する根拠がなければならない。これらも含め、栄花物語に至る文学史を考えたいのである。

（注）中華書局版『史記』（一九八二第二版　一九九七縮印版）および新釈漢文大系『史記　一』（吉田賢抗訳注　明治書院　S四八）

第二節　固有名詞と歌物語

巫鈴本大和物語

亭子の御門今はおりさせ給はむとてうちより出たまひなむとあるころこきてんのかへにある人のかきつけゝる
　わかるれとあひも思はぬ百敷を見さらん事のなにかかなしきと有けるを御門御らんしてそのかたはらにかきつけさせ給ける
　身ひとつにあらぬはかりをゝしなへて行かへりてもなとか見さらむとなんありける

御巫本大和物語(1)の初段(2)は以上のような本文を示す。大和物語は平安末期から中世の初頭にかけてその本文に二条家系統と六条家系統が対立し(3)、現行流布の本文はそのほとんどが二条家系統のものであるのに対して、御巫本や鈴鹿本はわずかに六条家系統本文の名残を見せるものとされている。実際ここに示した本文は、通行活字本の本文と比べても違いが諸処にあるが、その最大のものは「わかるれと」の和歌の詠者の記載である。ここではその詠者は「ある人」と記され、この本文を読んだだけではどこの誰とも知れないが、流布本では「伊勢の御」と、はっきりと人名が記されている。異本系巫鈴本と流布本はここに、固有名詞の有無という点において根本的に対立しているのである。巫鈴本は本文の損傷が著しく相当に新しい形態を含むにもかかわらず(4)、この「ある人」は古体を示しているのだろうと言われているが(5)、その当否は本節の末尾で述べるとするとして、固有名詞の有無という現象を手がかりに大和物語という作品の一端を、ひいては歌物語というジャンルの動態の構造を探りたいのである。

ところで、これと似た現象は更に他の章段でも見られる。采女入水を扱った百五十段[6]の一部を御巫本によって引いてみる。

……かくとも御門はえしろしめさゝりけるを事のつゐてありて人のそうしけれはきこしめしていといたうあはれからせ給ひてみゆき此池のほとりにし給ひて人〻に哥よませ給に

わきもこかねくたれかみをさる沢の池の玉もとみるそかなしきとよめるに御門

さる沢の池もつらしなわきもこか玉もかつかは水もひなましとよみ給ひけり……

采女の入水を聞いた「ならの御門」は猿沢池に行幸し、群臣に哀傷の歌を詠ませたところ「わぎもこが」の歌が詠まれ、これに帝も「猿沢の」の歌で和したというのである。しかしこの個所は流布本で一般に知られている形では「わぎもこが」の歌の詠者ははっきり「柿本の人麻呂」となっており、だからこそ「ならの御門」の人物考証が問題になったりもしたのである。ここでも固有名詞に関してその有無が巫鈴本と流布本で対立している。

この人麻呂の人名の記載の有無も、巫鈴本がその祖本の段階で欠落させたのだと考えれば、流布本のようにはっきり記載された形が本来のものと見えるし、逆に巫鈴本のように記載を持たない形を本来のものとし、流布本の記載をかえって増補されたものと見ることもできる。しかし作品の後半部分に関して巫鈴本に近いとされる支子文庫本・勝命本においても「人麻呂」と記されていること、また枕草子「池は」の段の記載、さらに巫鈴本の本文が誤脱の甚だしいことなどを勘案すれば、やはり巫鈴本系統が脱落させたのかとも思えてくる。

ところが、全く相似の現象が次の百五十一段でも見られるとなると、この人名の欠如を偶然の脱落とは考えにくくなる。

おなし御門立田川に紅葉のいとおもしろき御らんしける日

立田川もみちはなかる神なひのみむろの山に時雨ふるらしみかと

たつた河紅葉みたれてなかるめりわたらはにしき中やたえなんとそあそはしける

一首目の歌には作者記載が欠けているが、これも流布本では「人麻呂」と記されているのである。ここでは「たつた河紅葉みたれて」の歌が「御門」のものであることはいいとして、巫鈴本によれば「立田川もみちはなかる」の和歌はいったい誰のものなのか、はたして臣下のものなのか、文脈に素直に沿えばこれも帝のものととれるが、そう解釈すると二首目の和歌にわざわざ「御門」と記す理由が理解しにくくなる。しかも、これを古今和歌集と比べるとその様相は更に複雑になる。古今和歌集にもこの二首は含まれるが、「紅葉みたれて」を「よみ人しらす」としながらも左注に「ならのみかと」の詠歌とする点では諸伝本に一致するようである。ところが「もみちはなかる」の方は多くの伝本で「よみ人しらす」と扱いながらも、左注に「此歌不注人丸歌」[7]と記す伝本のある一方で、平安期の写本元永本では二首とも「奈良帝」の歌とする。そして、大和物語流布本のように「もみちはなかる」を人麻呂とする説もある。平安時代においてこの二首の詠者の所伝も単純ではなかったらしい。

以上、初段・百五十段・百五十一段の三例に共通するのは、流布本が固有名詞を記す個所に巫鈴本がそれを欠くという点である。その場合に、巫鈴本がこれを意図的に削ったものであっても、あるいは巫鈴本の形態が本来のものであったとしてもそれは問わない。ここでは、同じ作品の同じ個所につき固有名詞の有無が分かれるという現象の意義を考えることを目的としたいのである。言語学の用語を援用するなら、テキストの一定の個所において、固有名詞性の有標と無標が異文によって分かれるという現象なのである。そしてそのためには、固有名詞の機能を考えなければならないだろう。

固有名詞の機能

固有名詞、ことに人名の機能は何なのだろうか。ここでは、名付けの行為による特定事物の特立のような日常的言語の機能を言っているのではない。（歴史叙述を含めて）物語の中で果たす機能を問題とするのである。もちろん、（実在か架空かは問わず）対象を指し示す機能を果たしていることは言うまでもない。しかしそのような機能とは別に、作品の全体の構造に関して固有名詞の果たす働きが問われる。作品が一つの世界をかたち作るときに、そこで人や土地が固有名詞でよばれるかどうかが、その世界の構造に関わるのである。

物語や小説でその主人公として、たとえば「彼」と呼ぼうと「K」と呼ぼうと「岸本」と呼ぼうとさほど違いはないかにも見える。その作品の中で繰り返し表れる「彼」や「K」や「岸本」は同じ人物と了解される。しかし、これが主人公ではない副次的な人物の場合は、事情は違ってくる。ある場面の「彼」が他の場面の「彼」と同じ人物であるかどうかは、その表記からはかならずしも明らかではない。文脈からの判断を加えなければ、その判断は難しいだろう。ところが固有名詞の「岸本」の場合には、場面が変換されても人物の同一性は基本的に保たれる。ここに、代名詞と固有名詞との機能の違いの一端は見えている。山崎直樹(8)は固有名詞の機能として「テキストの継続性」をとらえるが、それは談話研究の立場から文と文の関係相互をとらえたのであった。しかしこの「継続性」は作品全体の位相でも機能すると見える。異なった個所に現れる人物を同一のものとしてつないでゆくのである。固有名詞は場面を貫いて人物の統一を図ってゆく機能を強く持つが、代名詞にはそのような機能は固有名詞のように強く与えられてはいない。普通名詞の場合にはときにその範疇の一般性と特殊性にかかわって一概には言えないが、たとえば「男」の場合を考えてみればよい。伊勢物語は強い統一性によって各段の「男」を同一人物と思わせるが、それでも各段の内部では「その男」「かの男」のように指示詞を付けなければ人物の統一性は図れないのである。

しかし、固有名詞のこのような人物統一の機能は必ずしも一作品の内部にとどまるものではない。例えば藤村の「新生」での主人公の名「岸本」は作品を一貫して人物を統一しているが、読者が想起するのはその範囲内だけではないだろう。「桜の実の熟する時」や「春」の「岸本」を想起するし、これらの作品の「岸本」を統一された人物として読むことも、素朴な読解として当然のことなのだ。固有名詞はときに一作品の枠を超えて人物を統一しようと機能するのである。

このような固有名詞の機能を意識的に用いた例として、たとえばバルザックの人物再登場法の場合を考えてみよう。彼の諸作品において同一の人物が（つまり同一の固有名詞が）繰り返し登場するのは周知のことであるが、そのことによって彼の文学世界の構造は特異なものとなっている。一作品の主人公のみならず、副次的な人物も繰り返し他の作品に登場することによって、彼の作品は相互に深く関連付けられている。一篇の小説は閉じられた世界を構成するのではなくて、彼の小説群にたいして開かれているのであり、個々の作品は巨大な「人間喜劇」の一局面をなすに過ぎない。個々の作品はそれぞれの全体性において個々にまとまった世界をなすのでなく、増殖可能な部分の部分性において「人間喜劇」を構成するのである。通常、フィクションの物語はその作品の世界を閉じられたものとして、その全体性において構成するのだから、かれの技法は画期的なものだったが、ここに固有名詞の果たす重要な役割の活用を見ることができる。固有名詞は一個の作品の内部に閉じられて機能するのではない。固有名詞は常に作品を超えて機能する契機を秘め、機会があれば作品をその個々の世界の外へと開いてゆくのである。

しかし、近代のフィクションの世界では野心的な試みであったバルザックの技法も、実は歴史の叙述の世界では当たり前のことであった。歴史叙述は基本的にその作品世界を開かれたものとして構成するが、この作品世界の性格を支えるのは固有名詞による文脈の関連付けであるから、歴史叙述は固有名詞を欠くことはできない。異なった文脈に表れる人名や地名の同一性を確認することによって、歴史家は歴史叙述の文脈の相互関連を確認し、歴史世界の全体を構成してゆく。しかし、固有名詞はまた新たな異なった文脈の導入を常に可能としている。その点では常に歴史叙述は開かれているのである。別の言い方をすれば、作品において部分性は全体性に優越するのである。ほかならぬバルザックが歴史に深い関心を抱き、その人間喜劇の舞台を十九世紀フランスから逸脱し広げようとした時には（たとえば「カトリーヌ・ド・メディシス」のように）その作品が歴史小説とならざるを得なかったことにも、固有名詞と歴史の深い関わりが表れているのである。

　さてここで、大和物語に立ち戻って見よう。大和物語は「歌物語」と分類されるが、その基本には歴史叙述としての性格を強く持っている。たしかに「歌物語」として和歌を中心に各段が構成されるが、その詠歌事情は（ことに第一部は）歴史上の事実として記されている。わたしたちに典型的な歴史書とは異なっていても、そこには歴史への深い関わりがある。すでに北村季吟はそのことに気付き、大和物語追考[9]の中で次のように述べている。

> 此物かたり上古のならの帝の御事人丸業平遍昭等の事とも侍りといへとわきては宇多の帝已来の事を懇にしるさせ給へり此国の記録日本記より続日本記日本後記続日本後記なと世々のふる事を書つたへ次に文徳実録次に三代実録清和陽成光孝の帝の御事迄をかきしるせりされは此やまと物語寛平延喜の比ほひの事をとりわきてしるしのせられたれは実録につくへきこゝろこもりたる物語にや歌物かたりにて侍れはさすかにたゝしく其文なとはいはてやまとふみの名をよせつゝやまと物かたりと其題号にかうふらしめたる心つけすはあるへからす

大和物語を六国史を継ぐものと論じているが（この問題は栄花物語について言われることではないか！）、その正否はともかくとして季吟がこの作品の歴史性に深く着目しているのは、作品の本質を突いていたといえる。大和物語はその根底に歴史性を宿し、固有名詞はその歴史性の基調の上に機能しているのである。

とすれば、この作品の諸本における固有名詞にかかわる異文は歴史性の強さの差に由来していたことになる。流布本は巫鈴本に比して大和物語の歴史性をより徹底化させたものに他ならない。例えば初段において巫鈴本の形態はその和歌をめぐる事象を宇多帝をめぐる私的空間の事柄と扱っているのに対し、流布本はこれを文学史の流れの上に引き据えている。この文学史は現代国文学徒のそれというだけではない。王朝人の理解していた文学史のうえにも、初段は流布本によって強固に定位されたのである。

また、糸井通浩[10]の指摘する例として百二十六段のような場合もある。この段では小野好古を巫鈴本が「大弐」とするのに対し、流布本は「野大弐」としている。もとより「野大弐」のほうが固有名詞性が強いのだが、同時にこの段では好古に関しての敬語の様相も相違している。巫鈴本では好古に敬語が使われないのに対し、流布本では敬語が使われているのである。敬語は社会的定位の徴象であるから、流布本の方が登場人物相互、あるいは言語主体と人物との関係を客観的に位置づけようとしていることになる。それは固有名詞性の強化と方向性を同じくしている。糸井はこの段の巫鈴本のあり方を「敬語なしでも語られうる言語場」の反映と見ているが、一方流布本はより広い社会性を帯びた普遍的歴史世界への定位を指向した表現となっているわけである。

ところで、巫鈴本と流布本との大きな違いとして、次のような現象もある。まず御巫本によって第十八段を引用する。

こ式部卿宮二条のみやす所たえ給ひて後又の年の正月の七日若菜奉り給ける

古郷とあれ行宿の草のはも君かためにそまつはひきける《つみつるイ》

一方、流布本系統を野坂本を底本とする日本古典文学全集本によって示そう。

故式部卿の宮、二条の御息所に絶えたまひて、またの年の正月の七日の日、若菜奉りたまうけるに、

ふるさとと荒れにし宿の草の葉も君がためとぞまづはつみける

とありけり

流布本で和歌のあとに添えられている「とありけり」の部分に相当する表現を御巫本では欠いている。

　御巫本はこの段の叙述において、和歌を時間超越的な存在として提示し(11)、これに詠歌事情の記述を並置しているに過ぎない。和歌と詠歌事情の関係は積極的に表現されていないのである。ところが流布本のほうは「とありけり」（及び接続助詞「に」）がこの和歌と詠歌事情をつなぎあわせ、両者を緊密に関係付けようとしている。時間に拘束されない和歌を時間的な叙述に関係付けようとしているのであり、和歌を歴史的な文脈のうえに説明することを目指している。流布本は和歌と詠歌事情をつなぐ表現を添えることにより、御巫本に比べて「説明的」になっているのである。

　このように和歌の前後に添えられて和歌と詠歌事情の記述をつなぐ表現は、このほかに「とよみたりける」「となむ」と和歌に後接するもの、「かくなむ」のように前接するものなど、いずれも和歌を詠歌事情の記述に結び合わせるが、かかる表現の有無についての異同は巫鈴本と流布本のあいだで四八例に及ぶ。そのうち巫鈴本にあるものが流布本に欠けているのは五例に過ぎず、他はすべて流布本に有するものを巫鈴本が欠いているのであるから、巫鈴本に比べて説明的な流布本の性格がここに表れているといえる。

　大和物語は和歌をその章段の中心に据えながらもその詠歌の事情を歴史の文脈のうえに据えて説明しようとする。そのためには人の名が重要な働きを果たし、また和歌と説明の記述をつなぐために「あり」や「たり」などで特徴付けられて表現が機能していた。この性格は巫鈴本でももとよりその本質とするものだったが、しかもその性格は流布本に比べればやや弱いのであった。言い換えれば流布本は大和物語のかかる本質を巫鈴本よりも強化したものにほかならない。その差は小さいものではあるが、なお流布本は和歌を歴史の記述に関係付け、そのうえに説明しようとする性格を示し、いわば、より大和物語的なのであった。

大和物語の歴史性と伊勢物語の反歴史性

以上のように、大和物語という一作品の異本間で、固有名詞の扱いに違いがあったのだが、もとよりそれは同じ作品の間のことであるのだから、大きなものではなかった。しかしこの固有名詞性の有標と無標との違いも他の歌物語との対比にまで範囲を広げればもっと顕著な現象として表れている。大和物語の百六十一段より百六十六段までは伊勢物語と素材を共通のものとする部分が多いので、両者の性格を比較するのに格好の章段である。まず伊勢物語より五十一段を、天福本系統の本文を底本とする日本古典文学全集本によって示す。

　むかし、男、人の前栽に菊植ゑけるに、

　　植ゑし植ゑば秋なき時や咲かざらむ花こそ散らめ根さへ枯れめや

次に大和物語百六十三段を、これも御巫本によって示す。

　在中将きさいの宮より菊めしければたてまつりけるに

　　うへしうへは秋なき時やさかさらん花こそちらめねさへ枯めやとかき付てたてまつりける

この短い章段の比較からも、顕著な相違をいくつか指摘できる。

まず第一に、固有名詞に関する明記の有無である。「在中将」に対する伊勢物語の記述が「男」[12]であることは改めて言うまでもないが、伊勢物語の「人」にたいして大和物語が「きさいの宮」というのは百六十一段を参照すれば「二条の后」と知れるのだから、ここでも固有名詞性の有標と無標は対立している。しかもこの作品がことにその主人公に関してはほとんど「男」「翁」と普通名詞で示し、官位を添える場合も「中将なりける男」「馬の頭なるおきな」のように官位の固有名詞化を避ける記述が多い。そこに伊勢物語の固有名詞性の無標への意思は読み取れるわけであり、その現象の解釈は議論を要するところであろうが、主人公の匿名への固執は確認できる。それは大和物語が示す固有名詞への固執とは対照的な現象なのである。「同じ男」と主人公を設定する平中物語を中間において、大和物語と伊勢物語は固有名詞の扱いに関して対照的であった。

第二に、この章段の和歌の詠歌事情についての記述の簡繁の差である。ことに、和歌のあとに伊勢物語はなにも記していないのにたいし、大和物語は「とかき付てたてまつりける」と記していることに注意したい。さきに大和物語の異本間で問題にしたのと同様の異同がここに生じている。この場合は巫鈴本と流布本に共通して大和物語は詠歌事情という歴史的文脈上の説明を指向し、一方伊勢物語にはそのような指向は薄弱なのである。糸井通浩のことばを借りれば、大和物語が「実在した人物及びその歌をめぐる行動への関心が極度に高い」のに対して、伊勢物語は「昔男と女のかわす和歌が目指された」のである。(13)

第三は、敬語の使用の相違である。大和物語百六十三段に敬語が使用されているのに対し、伊勢物語五十一段は敬語の使用を見ない。この相違は登場人物の社会的位置づけへの関心の濃淡をしめしているのだから、固有名詞の様相の差と連動する現象といえよう。さきに大和物語の百二十六段で異文間に固有名詞と敬語の様相が連動する例を見たが、ここではその相違が異なった作品間に拡大されて現象しているのである。

両作品の以上のような三つの面での相違をまとめれば、大和物語は和歌の詠歌事情を歴史世界の文脈のうえに据えて説明しようとしているのにたいして、伊勢物語はそのような歴史への関心が希薄なのだと言える。伊勢物語はかえって和歌の世界を実在の歴史の世界から切り放そうとし、歴史から無縁なところで純粋化しようとしたといえそうである。

しかし、本当にそうなのか？

勢語古注と固有名詞

現行の伊勢物語は、定家本系統と種々の異本とを問わず初冠の段に始まる一代記の形式を持っている。一代記の形式そのものは歴史と直接結び付くわけではないが、それでも登場人物の「男」「翁」を一個の人物像にまとめあげる機能を果たしているだろう。そしてそのことは作品の性格を全体性へ指向させる。しかし、この人物像が特定の人名に結び付くのにはさしたる径庭は存在しない。伊勢物語は主人公の名を隠して歴史からの断絶を装いながらも、すでにその内部に歴史への契機を秘めている。ただし、平安時代には狩使本(14)のように現行の初冠本の段序とは大きく異なった本が存在したようであり、それは一代記の形をとらなかったようであるから、現在は確かめようもないが、歴史への関わりにも初冠本とは差があったかもしれない。

ともあれこの作品は全体の構造から見ても必ずしも反歴史的であるばかりでもないようで、そこには歴史に関して矛盾した性格を蔵しているようだが、それは個々の章段にも表れている。まず比較のために大和物語を引こう。御巫本百六十一段。

在中将と二条のきさいの宮のまた御門にもつかうまつり給はてたゝ人にておはしける時よはひたてまつりてひしきもといふ物をたてまつり給ひて

思ひあらはむくらの宿にねもしなんひしき物には袖をしつゝも

御返しは人わすれにけり

次に伊勢物語の三段。

むかし、男ありけり。懸想じける女のもとに、ひじき藻といふものをやるとて、

思ひあらばむぐらの宿に寝もしなむひじきものには袖をしつつも
二条の后の、まだ帝にも仕うまつりたまはで、ただ人にておはしましける時のことなり。

ここで注目すべきなのは伊勢物語の二重構造である。伊勢物語のこの段前半と大和物語との関係は、さきに挙げた伊勢物語五十一段の例に併行する。ところが伊勢物語の三段後半の、いわゆる「後人注記」の部分は大和物語の文章と表現まで酷似し、固有名詞性の有標を示している。ここに伊勢物語の歴史性の一端は表れているのであって、それはこの部分を後補と理解するか、あるいは本来のものとするかの立場の違いを問わない。この「注記」の部分を後人により補われたのだとするなら、この作品にはそのような営為を誘発するような要素を持っていたことになり、それは伊勢物語の匿名性のかげにほの見える歴史への傾きだったのである。[15] ましてこれが本来のものであったとすれば、この歴史性は当初より顕在化されていたことになる。当初において顕在であったか潜在であったかはともかくとして、この作品に歴史性の契機が込められている、この「後人注記」はその証なのである。

もっとも、伊勢物語は明確に固有名詞を記して歴史性をあらわにする大和物語とは性格を異にし、主要人物を匿名として歴史と反歴史のあいだに緊張を保つのだから、「後人補注」のような記述はあくまでも例外的なのであった。そして、この作品は大和物語のように固有名詞の記されない人物を固有名詞に置き換えたような本文も現れなかったようであるが、それはこの作品の固有名詞性の無標の記述が積極的な表現であって、伊勢物語という作品の価値の根幹をなすものであったことが理解されていたからであろう。人物の匿名性の意義が、伊勢物語の固有名詞性の無標を有標に転じた形の本文を許さなかったのである。[16]

とはいっても伊勢物語はその内部に歴史性をはらんでいたのだから、時代が中世に近づき歴史への嗜好が強まるにつれて、人名の匿名から顕示への誘惑は強まったはずである。[17] 実際、この作品が歴史と固有名詞の誘惑から無縁でなかったのは伊勢物語古注のありかたに端的に見られる。たとえば、広島大学蔵の定家流伊勢物語千金莫伝[18]の翻刻を見るに、その冒頭に「業平系図」を記し、続いて業平の官歴・時代の対応する五代の天皇名を記し、その後に伊勢物語に取り上げられた一二人の女性の名を（異伝を二種）記す。まさにその巻頭は固有名詞の列挙であり、これによって業平の存在を歴史の上に確定させようとしていると見える。またその注釈においても、伊勢物語本文に固有名詞を記されない人物について、その名を努めて記すのは勢語古注のあり方として周知のことである。ここに短い例を一つ挙げよう。四十四段である。

昔、あかたへ行人に、むまのはなむけせんとて、よひて、うとき人にあらさりけれは、さかつきさゝせて、女のさうそくかつけんとす。

出て行君か為にとぬきけれは我さへもなくなりぬへき哉

此哥は、有か中におもしろけれは、心止てよます。はらにあちわひて。

あかたへ行人とは、遠方へ行人。此は、紀有常か甲斐守にて下りける時の事なり。うとき人にしあらさりければとは、しうとなれは云。うときとは他人。又、外人と書。家童子は、家主なり。業平か妻、有常か娘なり。

主の男とは、業平なり。……

主人公の「主の男」を業平とするのはもとより、「あかたへ行人」「家童子」（「家童子」は本文では脱文となっている）についてもその名を記し、さらにこの「むまのはなむけ」が紀有常の甲斐国への下向に際してのものだとして歴史にこの章段を位置づける。人名と地名の固有名詞が明記されているのである。このような方法で伊勢物語の各章段に注が付されるのだから、注釈の方向は明らかに歴史に向かい、固有名詞の重視へと向かっているわけである。そこに記されている固有名詞、ひいてはその歴史理解が現代のそれとは異なっているとしても、ここに記されている事柄が彼らにとっての歴史であったことは否定できない。

ところで、この千金莫伝は（引用の四十八段に見られるごとく）伊勢物語の本文をそのまま掲出しているのだから、この書物を注釈の面より捉えれば勢語注釈書であるが、本文よりみれば伊勢物語そのものに他ならない。千金莫伝は注釈書であると同時に作品そのものでもあるという二面性をはらんでいる。しかもその本文の読解は注釈部分に規制されてきわめて歴史性の強いものに成らざるを得ない。

このような勢語古注が行間注となって、いわば作品の付属物となった状態を考えるなら、そこにはまぎれもなく伊勢物語そのものでありながら、その読解をきわめて歴史性の強いものと規制された形態が表れる。本来は歴史性を敢えてそぎ落とし固有名詞性を匿名性へと無標化したこの作品にとって、固有名詞性と歴史性を強固に付与した形態は、伊勢物語のはらんでいた歴史と反歴史の矛盾した性格のうち一方を極度に肥大化させた本文形態のはずなのである。片桐洋一の言うように、そのような伝本は多く(19)、そのような本の一例として、武者小路本のような形態の意義は深い。

武者小路本伊勢物語(20)はその特異な漢字表記を注目されたが、この漢字表記も福井貞助(21)のいうように注釈の本行化に他ならないだろう。本文と一筆と目される(22)行間注もふくめ、武者小路本は古注を取り込んで、古注的な読解を求めるのだが、その一例としてここでも四十四段を引こう(23)。

四十四昔県《アカタ》へゆく人ニ《行平大和領家手下也》むまのはなむけせんとてよひてうとき人にしあらさりけれは家童子《小野小町》に杯《サカツキ》さゝせて女ノ装束《サウソク》かつけむとすあるしの男哥よみてものこしにゆひつけさす
(八十二)いてゝゆく君かためにとぬきけれは我さへもなくなりぬへきかな
この哥はあるかなかにおもしろけれは心とゝめてこきあしはひはらに《はらにあちはひて定》ありて

武者小路本の行間注は千金莫伝などとは内容の異なっていることが多く、ここでも例えば「家童子」が有常の娘ではなく小野小町であるなど、注釈内容は異なっている。しかしここでは注釈内容の相違よりも、固有名詞をふくめて読解を歴史の上に位置づけようとする注釈の性格の、千金莫伝のような注釈書との相似に注意したい。人名と地名によって匿名の人物をめぐる事件を歴史上に位置づけているのである。

しかも武者小路本は巻頭に業平の略伝と系図を置くが、これも千金莫伝と相似の現象であったし、しかもこれは勢語伝本では珍しいものと言われる[24]。冒頭より歴史のうえに主人公を位置づけ、さらに行間注によって歴史に定位してゆく読解を導く武者小路本のありかたは、伊勢物語の伝本のなかにあっても歴史性の強いものなのであった。それは、表紙を開き最初の丁から物語の「昔男」の世界が始まる通行本の形態と比べてみればわかる顕著な相違であった。ここに、伊勢物語の矛盾する性格のうちの歴史性を強化された姿を見ることができるのである[25]。

そして、このように平安から鎌倉にかけての伊勢物語が歴史性の強調の方へ向かって展開したことは、狩使本の消滅と無関係でなかったかもしれない。先に触れたように現行の伊勢物語は一代記の形式をとることによって歴史に親近する契機を有していた。狩使本はどうも一代記の形式とは異なった編集のされ方をしていたようなので、（所詮推測に過ぎないが）現行本よりも歴史性の乏しいものであったかと疑える。とすれば王朝末期から中世前期にかけての歴史主義の時代に消滅の道をたどったのも納得のできることだったかもしれない。

歌物語を伊勢物語の定家本や大和物語の流布本のみに限って見るときには、その生成は十世紀に完結したものとして静的なものと捉えることになってしまう。しかしその諸本や注釈にまで範囲を広げて、固有名詞性の有標と無標を変数として見るときには、王朝から中世へと流れる動態として把握することになる。大和物語の場合は流布本と巫鈴本の対立の背景に大和物語本来の歴史性の表現に差があった。一方、伊勢物語は歴史と反歴史の矛盾をその作品の本質としてはらんでいたが、王朝から中世に向かって歴史性が強調されていったと見える。伝本としての武者小路本と注釈書千金莫伝に共通して、そのような姿を見ることができた。

つまり、この動態のなかで問われているのは歴史と反歴史の相克なのである。そして時代は中世へ向かって歴史性を強化する方へと向かっていた。この歴史への嗜好は歴史物語や軍記など他のジャンルの動向と軌を一にするものだった。実際これらのジャンルでは固有名詞への耽溺は通常のことであった。また源氏物語や古今和歌集の注釈もなんらかの形で歴史に深くかかわっていた(26)。大和物語百五十段と内容的に関係を言われる七大寺巡礼私記所載の采女伝承なども、中世古今和歌集古注の本説における歴史的根拠の探求の方法に近い(27)。成立と享受を通じての歌物語の展開もその根底をなしたのは、歴史の魅力への嗜好だったのである。このように考えれば初段の「ある人」と「伊勢の御」の問題も、工藤重矩のいうように(28)「ある人」が「伊勢の御」と改められたと認めてよいだろう。たしかに「ある人」を「伊勢の御」と改める誘引となったのは歴史性の魅力、固有名詞の誘惑だったのである。

そして、実は私たち自身の身を振り返っても、伊勢物語の「男」を語りながらつい業平のことを語ってしまっていることがしばしばある。王朝人や中世人をとらえた歴史への心の傾きは私たちの中にもあり、歴史の魅力に抗することは存外に難しいのである。

注

（1）引用は高橋正治『大和物語の研究　系統別本文篇　下』（臨川書店　S六三）による。また天理図書館善本叢書『竹取物語・大和物語』（八木書店　S五一）を参照。

（2）初段についてはことに工藤重矩「大和物語初段の解釈」（中古文学三〇　S五七・一〇）を参照。

（3）阿部俊子『校本大和物語とその研究増補版』のうちの「大和物語の伝本の研究」（三省堂　S二九）・高橋正治『大和物語』のうちの「大和物語諸本概説」（塙書房　S三七）参照。なお六条家系統と目されるものに支子文庫本・勝命本があるが、いずれも零本あるいは前後半部で系統を異にするなど問題がある。久曽神昇・山本寿恵子『勝命本大和物語と研究』（未刊国文資料刊行会　S三二）・今井源衛『支子文庫本大和物語』（在九州国文資料影印叢書刊行会　S五六）参照。

（4）高橋正治「別本大和物語の成立に就いて――構成論を基礎とした試論――」（国語と国文学　S二八・二）・新間水緒「御巫本・鈴鹿本大和物語の本文改変について――敬語を手がかりとして――」（大谷大文芸論叢三〇　S六三・

一〇）・柳田忠則『大和物語の研究』第二章第二節（翰林書房　一九九四）参照。
（5）注（2）論文参照。また注（3）高橋正治書第五章。
（6）阿蘇瑞枝「拾遺和歌集の人麻呂歌―人麻呂の伝承と享受（二）―」（共立女子短期大学部文科紀要一七　S四八・一〇）参照。
（7）大久間喜一郎「古今和歌集における人麻呂」（明治大学人文科学論集五　S三二・一二）は言う。「この左註は他と異り漢文体であつて、如何にも備忘録的でもあり、不審紙的な註でもある。恐らくこれこそ後人の註記であると思われる」。
（8）山崎直樹「テキストの継続性と固有名詞」（早稲田大学大学院文学研究科紀要別冊一四　S六三・一）
（9）本多伊平『北村季吟　大和物語抄　付大和物語別勘 大和物語追考』（和泉書院　S五八）による。
（10）糸井通浩『鈴鹿本大和物語　愛媛大学附属図書館蔵』解説（和泉書院　S五六）
（11）拙著『王朝助動詞機能論　あなたなる場・枠構造・遠近法』Ⅱの1（和泉書院　二〇一三）参照。
（12）「男」はじめ匿名性の意義についてはことに三谷邦明『物語文学の方法Ⅰ』第二部第三・四章（有精堂出版　一九八九）の論を参照。
（13）注（10）書
（14）狩使本については田口守（「伊勢物語狩使本の形態について」（平安文学研究三二　S三九・六）など）・渡辺泰宏（「伊勢物語小式部内侍本考――その形態と成立に関する試論――」（武蔵大学人文学会雑誌一四の一　S五七・一〇）など）・田口尚幸（「狩使本伊勢物語について――その断片資料に見る新しさ――」（中古文学四六　H二・一二）など）・林美朗（「狩使本伊勢物語をめぐる諸問題について」（中古文学四八　H三・一二）など）らの一連の研究参照。また片桐洋一『伊勢物語の新研究』第四篇第一章（明治書院　S六二）・同「定家本を超えて――「伊勢物語」の成立に関する臆見二題――」（百舌鳥国文七　S六二・一〇）参照。
（15）阿部方行「勢語・二条の后物語の注記ははたして後人注か――伊勢物語論序説――」（言語と文芸一〇六　H二・九）参照。
（16）これには例外がないわけではなく、六十三段に「在五中将」とみえるほか、百十七段の拡張された異文には「在原業平」の実名が見える。

(17) 伊勢物語の古注については『伊勢物語の研究』（明治書院　S四三）・『伊勢物語の新研究』（明治書院　S六二）など片桐洋一の研究の意義は絶大である。また、三谷邦明「奸計する伊勢物語――ジャンルの争闘あるいは古注的読みの復権――」（『物語文学の言説』有精堂出版　一九九二）参照。

(18) 妹尾好信・辻野正人・森下要治「定家流伊勢物語千金莫伝（広島大学蔵）」（広島平安文学研究会翻刻平安文学資料稿第三期第一巻　H七）

(19) 片桐洋一『伊勢物語の新研究』第二篇第四章（明治書院　S六二）

(20) むしやこうじみのる「古鈔「伊勢物語」の一本について」（国文学解釈と鑑賞二一巻一一号　S三一・一一）参照。

(21) 福井貞助『伊勢物語生成論』第二章第五節（有精堂出版　S四〇）

(22) 大津有一『伊勢物語に就きての研究補遺篇・索引篇・図録篇』所収「武者小路本翻刻」注記（有精堂出版　S三六）参照。

(23) 注(22)書翻刻による。

(24) 注(22)書研究補遺篇第四章参照。

(25) 注(20)論文は言う。「……うるさいまでな考証で現実の世界にひきもどしていることのうちには、古代末期以来あらわれている虚構性の否定という動きにつらなるものがあるようです。ここにも、文学史における中世的な精神が反映しているといえます」。

(26) 源語古注の准拠についてはことに清水好子『源氏物語論』（塙書房　S四一）参照。古今注については片桐洋一『中世古今集注釈書解題二』（赤尾照文堂　S四八）・同「中世古今集注釈書と説話――『毘沙門堂本古今集注』を中心に――」（『説話論集第三集』清文堂出版　一九九三）・山本登朗「注釈としての説話――伊勢物語・古今集古注の人物世界――」（同）など参照。

(27) 益田勝実「説話におけるフィクションとフィクションの物語」（国語と国文学　S三四・四）参照。また注(12)書第二部第五章参照。

(28) 注(2)論文

第三節　物語の辺境
――竹河の時間における全体性の頽落――

竹河の時間

周知のように、「竹河」の巻は源氏物語の全体の上で占める位置づけについて多大の問題を負っている。(1) 場合によってはこの巻は、作品の上で占めるべき正当な位置をもたないかにさえ考えられるのである。(2) なによりも、他の巻とは大きく異なった叙述の平板さ、また語彙の問題、さらに、この作品の他の場所では見られないような和歌の羅列。しかも、巻の冒頭に、その叙述自体によって、この巻が作品の中での異伝であることを明記してしまっているかにも見えるわけである。

そして、このような「竹河」の叙述にはしばしば栄花物語との相似を思わせるものがある。たとえば、「竹河」の次のような文章を見てみよう。

四月に女宮生まれたまひぬ。ことにけざやかなるもののはえもなきやうなれど、院の御気色に従ひて、右の大殿よりはじめて、御産養したまふ所どころ多かり。尚侍の君つともちてうつくしみたまふに、とう参りたまふべきよしのみあれば、五十日のほどに参りたまひぬ。女一の宮一ところおはしますに、いとめづらしううつくしうておはすれば、いといみじう思したり。いとど、ただこなたにのみおはします。女御方の人々、いとかからでありぬべき世かなとただならず言ひ思へり。

玉鬘の大君が冷泉の女宮を出産した内容であるが、その様子を具体的に描写するのではなく、父冷泉や玉鬘方の反応を簡単に述べ、対立する人々の反発も添えるという書き方である。これを、栄花物語巻第二の冷泉院皇子居貞親王誕生の記事と比べて見よう。

> さて三月ばかりに、いとめでたきおとこみこ《三条院是也》生れ給へり。院いともの狂しき御心にも、例ざまにおはします時はいと嬉しきことにおぼしめして、よろづに知り扱ひきこえさせ給けり。太政大臣聞しめして、「あはれめでたしや、東三条の大将は、院の二宮え奉りて思たらんけしき思ふこそめでたけれ」など、いとおこがましげにおぼしの給ふを、大将殿は、「怪しう、あやにくなる心つい給へる人にこそ」と安からずおぼしける。（上七五）

もちろん、細部では違いがあるのは当然であるが、生まれた子の肉親と、それを喜ばない人々の反発に簡単に触れるという構成は共通のものと言えよう。源氏物語の叙述としては、たしかに中途半端なものと感じられる。

また、「竹河」末尾に近く、人々の昇進を述べる個所に「よろこびしたまへる人々、この御族より外には人なきころほひになんありける」と、源氏の血統の優位を明言する記述が見られるが、このように、ある一族の繁栄を単純に称揚する記述は栄花物語にしばしば見られるものである。たとえば、巻第一の伊尹が摂政になった記事に「この御有様につけても、九条殿の御有様のみぞ猶いとめでたかりける」（上六一）と師輔の血統を強調する記述などが想起されよう。言わずもがなの称揚はかえって叙述の底の浅さを感じさせるとも言えよう。

このように、「竹河」後半の叙述は、源氏物語の中での異質を感じさせるだけでなく、栄花物語との近似を感じさせるものがあるが、その最大の原因は以上のような個々の叙述だけではなく、場面と場面、記述と記述の展開のしかたにもある。源氏物語を貫く時間と展開の生成が影をひそめ、叙述は単調に進み、時間は編年史のそれに近づいていると見えるのである。部分がそれ自体で閉じたものとなり、それが並べられて行くという編年史の時間に近いものが感じられるのである。

実際、しばしば編年史の記事の標象となる表現も見られる。

〇七月より孕みたまひにけり。

〇その年返りて、……

〇四月に女宮生まれたまひぬ。

〇かくて、心やすく内裏住みも……

〇年ごろありて、……

のように、時間の推移を示す表現が連ねられている。たしかに、このような表現は源氏物語の他の部分でも効果的に使われているのだが、さほど長いともいえない部分に重ねて使われるのは、この作品としては異例である。しかも、言葉のうえで似ているというだけでなく、各部分と部分との連ねられ方も、源氏物語の他の部分のような緊密なものではなく、時間の展開にそって単調に連ねられてゆく、栄花物語に近いものとなっているのである。この作品の他の部分では、部分と部分とは緊密に結び合わされ、あるいは対比され、作品の全体的な構成に組み上げられていたが、「竹河」ではそのような緊張は失われ、各部分は単に並置されているだけなのだから、その叙述は単調な、漫然としたものに感じられるのだが、この特徴はまさに栄花物語のものでもあったのだ。

つまり、この「竹河」の巻では、その叙述の時間に関しても、他の巻々とは異質な様相を見せているわけなのだ。端的にいえば、巻の叙述が進展するとともに前半の物語の時間が変容し、後半にいたって物語の時間とは異質な時間が支配するようになってしまうのである。そこでは、人と人との葛藤が生み出す物語の動的な時間は機能せず、時間は事件（というよりは、その物語的緊張の欠如は「記事」と称したほうがよいかもしれない）の羅列として現れ、歴史叙述における編年体の時間に近似して行く。いわば、「竹河」の時間は物語の時間から歴史叙述の時間へと頽落してゆくわけなのだ。

では、このような特異性をもつ「竹河」とはどのような巻なのだろうか。

没落する家族

「竹河」の巻は、源氏没後、髭黒をも失った玉鬘家の状況をのべてゆく。(3) もちろん玉鬘は頭中将（巻の現時点では故致仕太政大臣）の娘であるが、玉鬘十帖のいきさつから源氏とは深い縁に結ばれていた。だから、直接の源氏の血縁ではないにしても、源氏の子孫たちの動向を描く匂宮三帖に描かれたとしても、それは当然のことなのである。その巻は、まず最初に次のような草子地的な叙述で始められる。

これは、源氏の御族にも離れたまへりし後大殿わたりにありける悪御達の、落ちとまり残れるが問はず語りしおきたるは、紫のゆかりにも似ざめれど、かの女どもの言ひけるは、「源氏の御末々にひが事どものまじりて聞ゆるは、我よりも年の数つもりほけたりける人のひが言にや」などあやしがる、いづれかはまことならむ。

この草子地は、「竹河」の巻の特殊性を作品のことば自体が認めるものとして、この巻を論じるにあたって、つねに問題になるのだが、ここでは、その冒頭の言及に注意したい。光源氏家の一族から見れば――つまりこの巻の中心の世界からは疎遠になってしまった一家の物語であるという。第三部冒頭の作品世界の中でのこの巻の位置づけが明らかにされている。この巻に語られる世界が作品の中心からずいぶんと離れたところに位置づけられてしまっていることを示唆しているのである。

この巻の実際の叙述は、この一家の系譜記述より始まる。

尚侍の御腹に、故殿の御子は男三人、女二人なむおはしけるを、さまざまにかしづきたてむことを思しおきて、年月の過ぐるも心もとながりたまひしほどに、あへなく亡せたまひにしかば、いつしかと急ぎ思しし御宮仕も

> おこたりぬ。

「紅梅」の冒頭に按察大納言家の系譜記述が述べられるのと同じ事である。男子三人・女子二人。男子は将来の官途が問題であるし、女子にとっての問題は結婚であろう。ことに女子は、大臣の娘として入内をめざすのか、権門の貴公子との結婚をとるのか、いずれにしろこの結婚に一家の浮沈がかかっているというのが当時の貴族社会の常態である。実際に髭黒は生前に娘の入内を願っていたと記されている。だから、一つの家の物語の冒頭に、登場人物の関係の見取図を提供するものとして、このような系譜記述は物語と歴史叙述に共通して見られるものなのである。ただし、そこから人物間のどのような交渉・葛藤が生じて行くのかには、物語と歴史叙述とでおのずから違いがあるだろう。じつは、まだこの書き出しの系譜記述において、一つの家の物語を描くのか、一つの家の歴史を描くのかも明らかではない。

しかし、これに続いて、姫君たちの身の振り方に叙述が及ぶにつれ、物語的な展開への展望が語られてゆく。

> 男君たちは御元服などして、おのおの大人びたまひにしかば、殿おはせで後、心もとなくあはれなることもあれど、おのづからなり出でたまふべかめり。姫君たちをいかにもてなしたてまつらむと思し乱る。

玉鬘の悩みというかたちを通して、まず姫君たちの将来が問題だと語られる。いまだ将来の定まらない姫君達が、ヒロインとして設定されたわけである。そして、これに対して、「かたちいとようおはする聞こえありて、心かけ申したまふ人多かり。」と、このヒロインたちの周りに若者達が集いそうな展開となる。いささか平板とはいえ、一応は物語の状況設定がなされたのである。

そして、ヒーローとなりうる若者の登場。

> 六条院の御末に、朱雀院の宮の御腹に生まれたまへりし君、冷泉院に御子のやうに思しかしづく四位侍従、そのころ十四五ばかりにて、いときびはに幼かるべきほどよりは、心おきておとなおとなしく、めやすく、人に

まさりたる生ひ先しるくものしたまふを、尚侍の君は、婿にても見まほしく思したり。

薫の登場する叙述である。しかも、ここに薫が登場することは当然なのだ。この匂宮三帖があくまでも宇治十帖の序章である以上は、そこには薫や匂宮が登場しなければならない。宇治十帖の主役たちがここでも主役を果たすべきなのだ。そして「竹河」の場合には薫がこの役割を果たしている。

ただし、薫が登場するためには、その場所にはしかるべき必然性がなければならない。「橋姫」の冒頭に、本来はその必然性を欠くはずの八宮の宇治山荘に薫を導くために、信仰という契機を設定する手間をかけねばならなかったことを想起すればこの事情は理解できよう。その点、「竹河」の舞台としての玉鬘家は、源氏との深い縁の点からも、また髭黒の寡婦としての社会的位置においても、薫を登場させる場としては、問題はなかったはずである。やはり物語が物語である以上は、若い男女の出会いの場より始められなければならない。薫がヒロインたちと結ばれるにしても結ばれないにしても、彼らの交流が物語の展開を保証して行くはずなのだ。それが物語の本来のあり方だろう。ここでも、物語本来の設定が用意されているかに見えるのである。

だが、物語は物語として展開しない。若者たちの恋は成り立たず、人と人との葛藤も生まれない。その点で「竹河」は「匂宮」「紅梅」と軌を一にしている。「匂宮」も「紅梅」も、若い娘のいる家へ若い貴公子が参入することにより、恋の展開が予想されたが、実際にはそれはいずれの巻でも実現されなかった。そしてこの「竹河」もまた他の二巻と同様の展開となったのだ。

だとすれば、この巻は先行の二つの巻と同様に物語の予感の巻として、不完全燃焼のままで短い巻として終わって当然なのだ。ところが、比較的に短い「匂宮」「紅梅」の二巻と異なって、「竹河」はそうとうに長大である。巻の半ばで恋の燃焼の挫折がはっきりした後もこの巻はさらに続いてゆくのである。年代記を思わせる単調さで巻はさらに続いてゆく。しかも、「竹河」後半に述べられた内容は、その後の巻にはまったくつながってゆかない。その内容は単調であるだけでなく、空疎でさえある。そして、語られる内容の空疎なわりには、この巻は長大なのである。

では、この巻の後半には何が描かれているのか。それは端的に言えば、故髭黒家つまり玉鬘家の没落に向かう歴史なのだ。玉鬘家の未来は二人の娘にかかっていたはずだが、どちらも未来を約束する方向には進まない。大君は冷泉院に参るが、それは「ただ人にはかけてあるまじきものに故殿の思しおきてたりしものを、院に参りたまはむだに、行く末のはえばえしからぬ」と、帝への入内のような華やかさに欠けると評判されていた。しかも弘徽殿女御との軋轢などにより、結局は「御息所、安げなき世のむつかしさに、里がちになりたまひにけり。尚侍の君、思ひしやうにはあらぬ御ありさまを口惜しと思す」という結果になる状況である。他の女御たちとうまくゆかず、里に籠りがちというのでは見通しは暗いと言わねばならない。しかもその状況の好転はついに語られはしないのであった。

一方、中君は一応「内裏の君は、なかなかいまめかしう心やすげにもてなして、世にもゆゑあり、心にくきおぼえにてさぶらひたまふ。」と、状況は順調であるかのように述べられているが、そもそも明石の中宮に遠慮しての、尚侍としての「公ざま」の入内であり、天皇の妻として微妙な存在であるうえに、作品世界における中宮の重みからいっても、未来は明るいとは言えまい。

また、男君たちも、その出世は遅れている。

見苦しの君たちの、世の中を心のままにおごりて。つかさくらひをば何とも思はず過ぐしいますがらふや。故殿おはせましかば、ここなる人々も、かかるすさびごとにぞ、心は乱らまし」とうち泣きたまふ。右兵衛督、右大弁にて、みな非参議なるを愁《うれ》はしと思へり。

と、玉鬘が息子たちの官途の遅れを嘆く記事が巻の末尾近くに語れている。一家が没落へと次第に歩んでいることを示唆して巻は閉じられるのだ。しかもその没落は、宇治の八宮のように明白な政治的事件にまきこまれての没落ではない。日々の生活の間に徐々に忍びよる没落が始まっているのである。

一つの家の勃興・隆盛があるとすれば、その一方に幾十、幾百の家の衰退没落がある。しかもその没落の多くは、劇的に起こるのではなく、日常的に進行してゆく。「竹河」の巻は、玉鬘家の歴史を通じてこの日常的な没落を描いたのである。「竹河」の巻の作品に於ける意義はこれに尽きてしまうが、ならばなぜこのような没落が描かれねばならなかったのかが問題になろう。このような「竹河」の巻の問題を考える延長線上に、この巻の時間と文体との、形式の特性の淵源も明らかになるだろう。

匂宮三帖

源氏物語は一つの家の勃興を描いた。光源氏を始祖とするこの家は、魅惑的な主人公を家長として頂き、勃興し、隆盛を極めた。この作品はそもそも光源氏が一つの家を起こしてから、摂理に従ってその死を受け入れるまでを描く（確かに、その死自体は描かれないが、幻影の「雲隠」へ至る巻々が源氏の死に収斂していることは疑いがない）。この作品は一人の人物の、一人の英雄の生涯を描いたが、それは同時に一つの家の歴史であった。そして、この光源氏家の歴史は同時に、この家を中心とする貴族社会の秩序の歴史でもあった。この世界は、源氏という主人公の死後、どのようにその秩序を変化させ、あるいは再編させてゆくのか。

すくなくとも、彼の死後、その息夕霧に継承された光源氏家が衰退と没落に至ることはない。光源氏家が源氏の死後に更なる栄光の未来を迎えることは、既に源氏の生前に約束されている。「夕霧」より「御法」を経て「幻」に至る巻は、源氏の死へといたる巻であると同時に、夕霧が父の権威を継承し、既に光源氏家の新たなる家長となっていることを示してもいた。そして、彼の多くの子女はそのまま彼に与えられた政治力の豊かさそのものであった。[4]

しかし、その夕霧の世界も第三部の世界とはなりえない。いや、京の都の世界全体が第三部の世界とはなりえないのだ。京の世界を描いた匂宮三帖では作品の展開は停滞し、京の世界と対峙し、もう一つの中心となる宇治が見いだされて初めて、第三部の世界は動き出すのである。

薫と匂宮との、源氏の世界を（家をでなく）引き継ぐ第三世代の若者達には、物語の主人公としての彼らの生きるべき世界は最初から与えられてはいないのである。その点では、彼らは光源氏よりも不幸である。源氏の場合には、彼が生まれ落ちたその世界そのものが政治と愛憎の緊張にさらされた物語の世界であった。対峙し、緊張し、動揺する世界の中心に投げ出された源氏は、その原初の緊張が生み出すものによって、ついにその生涯を貫かれていた。それは、第一部と第二部に、我々がまざまざと読み取れるものである。第一部の終末に大団円を迎えたかに見えた作品をもう一度揺り動かした端緒も、そもそも作品の冒頭に記憶を立ち戻らせるものであったではないか。――薫や匂宮には、そのようなものがない。彼らはまず自分達が、それぞれの人物像の特性によって生き生きと生きることのできる世界を、自分の力によって見つけ出さねばならなかったのである。そして、それは宇治の地に見いだされた。しかし、なぜそれは京の都では見いだせないのか。その様相もまた、描かれねばならないのである。

匂宮三帖は三つの家を通して、源氏死後の貴族社会の様相を描いている。「匂宮」では夕霧家を描き、「紅梅」ではかつての頭中将家の後継たる紅梅大納言家を扱う。そして「竹河」の巻では髭黒没後の玉鬘の一家を描くわけである。しかも、この三つの巻はそれぞれに、その巻頭は新しく物語を始める形式を備えている。「匂宮」の冒頭はもちろん、「紅梅」の「そのころ、按察大納言と聞こゆるは、故致仕の大臣の二郎なり」と、「橋姫」の冒頭とも似て、物語を新たに語り始める形式だし、「竹河」では語り手を設定する草子地で始められている。これは一見うつほ物語の冒頭の三つの巻がそれぞれ作品冒頭の形式をそなえているのと似ているのだが、うつほ物語の場合に三つの巻がみな、その後の作品世界へと引き継がれてゆくものをはらんでいるのと違って、匂宮三帖では作品世界の展開は、その巻のなかで空しく終わってしまうのである。いわば、世界は設定されながら、展開しないのである。

「匂宮」の巻は確かにその叙述の中心は、薫と匂宮の二人の人物像の紹介にある。源氏の死後新たに作品世界を担う若者を紹介するのだが、その一方で、第二部より引き続き登場する人物の現況も確認されなければならない。だから、源氏の妻たちや、明石の后、冷泉院の現況が描かれるのは当然ではある。ただし、源氏の妻たちは既に過去の存在であり、作品の未来を動かして行く存在ではない。明石の后にしても、冷泉院にしても、それぞれに落ち着くべきところに落ち着き、作品の表舞台に主役として登場することは期待できない。もし、第一部に光源氏の青春を描いた方法を踏襲するなら、この若者たちを取り巻いて、政治と婚姻の二重の束縛によって取り込もうとする貴族権門こそは、薫や匂宮に働きかけてゆく役割を果たさねばならない。

実際、「匂宮」の巻においてこの若者たちに働きかける貴族政治家として登場するのは、当然ながら源氏の後継者として、第一の勢力家と目される夕霧である。しかし、夕霧の働きかけも、結果的には作品世界を動かす力とはならず、徒労に終わりそうな気配で巻は終わるのである。

「匂宮」の巻で描かれた権門夕霧家が、前代の栄光を充分に引き継ぎ、更に発展させてゆくことも期待できる勢力であったのに対し、「紅梅」の紅梅大納言家は、未来に対しての展望を欠き、現状維持を余儀なくされている勢力である。もともと紅梅大納言家は前代の頭中将家であり、「絵合」以来、光源氏家の下風に立ち、第二の勢力にとどまっていた。しかし、第二の勢力であるために、つねに源氏との間に緊張を維持し、作品世界を動かす役割を果たしてきただろう。光源氏没後の政治＝婚姻の状況を描くにあたって紅梅大納言家が登場するのは当然なのである。そして、大納言家の政略――匂宮獲得の努力が述べられるが、その努力はなかなか結実しない。匂宮の関心は大納言家の娘にではなく、宮の御方に向かい、真木柱は苦慮することになる。一家の主婦の苦慮という形で、大納言家の陥りかけている袋小路が述べられているのであり、紅梅大納言家もまた作品世界の新しい局面を開くことはできない。舞台としての夕霧家も紅梅大納言家も、その状況はもどかしいままに終わっていた。

匂宮三帖は、「匂宮」の一流の権門夕霧家、「紅梅」における二流の勢力家紅梅大納言家と、巻を追って源氏没後の貴族権門の政治＝婚姻の状況を追ってきた。未来への地歩を固めつつある家と、それを固めきれないでいる家とが描かれたわけである。次に描かれるのは、当然、没落へと徐々に向かって行く家である。「竹河」の巻が何を描くのかは、既に匂宮三帖の枠組みの中で決定されていて、個別「竹河」の巻だけの問題ではない。それどころか、権力中枢への道と、現状の維持と、そして日常的な没落というように、巻序を追って取り上げられた延長線上に非日常的な急激な没落を経験した一家の状況が据えられるのだとしたら、「竹河」の描くべきものは第三部全体の中に位置づけられているのだということにもなろう。

匂宮三帖と「橋姫」との四つの巻は、それぞれに、しかも巻序を追って、明と暗との両極端を挟んでの貴族の家の様相を概観したのであった。しかも、ともかくも京にあって生活を送っている家は、その状況の如何にかかわらず、新しい世界の動きを生み出す力はないのであった。そして、没落の果てに京を去り、郊外に生活する八宮の一家に筆が及んで初めて物語の世界は真に動き出す。

つまり、匂宮三帖は宇治十帖への道なのであるが、第二部までの作品世界の中心であった京の貴族社会がそれだけではもう作品の世界にはなりえないことを示しているのである。たんに、舞台が内裏ではなく、夕霧や紅梅大納言・玉鬘など一貴族の居宅だからというのではない。第二部の中心であった六条院がその機能を失っていることは「匂宮」に明らかなのだ。個別家々ではなく、京の都全体が中心の機能を喪失している。

そして、動きを生み出せない世界、動きの伴わない状況は、当然動きに欠けた文章によって描かれねばならないだろう。しかし、この動きに欠けた世界は、その動きの欠如自体によって価値を持つのである。その叙述の中に意味が見いだせないにしても、その意味の欠如自体が価値を持ち、第三部の世界が京ではなく宇治でなければならなかった理由を解きあかしているのである。都は既に作品世界の全円的な中心ではありえない。宇治と対になってはじめて空間的位置づけを得、楕円形の作品世界の二つの中心の一つとなるのだ。だから、宇治というもう一つの中心が作品世界に導入されて以後は、都も物語の舞台としてもう一度生気を取り戻すだろう。しかしそれ以前には、都は生気の欠けた世界であるより他ないのである。そして、言葉が作品世界の前提である以上は、作品世界が宇治と都の二項の対照のもとによみがえったときには、その言葉もこの作品の本来の生気を取り戻すわけなのだ。

物語的全体性の頽落

このように、匂宮三帖は、それ自体は作品の動態の中で機能せず、全体の中で意味を持つことができないのであった。どの巻も作品世界の新たなる展開を開くことはできなかった。しかし、意味を持つことがない、空しい叙述であること自体によって、作品の中で機能を果たしているのである。京の都には物語の展開を保証する力がないことを、京の都が物語の中心にはなりえないことを、それぞれに置かれた状況を異にする三つの家を通して確認したのである。だから、これらの巻は作品の全体の展開の中に意味を持つことができない、そのこと自体に巻の価値を見いださねばならないわけなのだ。一読してわかるように、この作品をささえる力である作品の全体性への緊張は、これらの巻では失われている。全体性への緊張の欠如がこれらの巻を特徴づけるのだが、しかもこの欠如自体がこれらの巻の価値を保証するのであった。

ただし、そもそもこの作品の言葉と世界は全体へとまとめあげられた構成の中に常に展開をはらむものであったはずだ。（5）ところが、以上のように、この三つの巻は作品の全体性の中ではぐれてしまっていることに巻の特性があった。だから、この作品のなかでも異例の巻であるこの匂宮三帖は、その言葉も、他の巻々と異なった平板なものであるのは当然のことなのである。作品を全体へとまとめあげようとする緊密な言葉では、これらの巻を書くことができない。ことに、「竹河」の後半で玉鬘家の没落を描くためには、期待に反して淡々としか進まない単調な世界を描くことがもとめられる。部分と部分が羅列された単調な時間が描かれねばならない。作品世界は各部分が緊密な全体性のもとにまとめあげられてはならず、部分は部分のままで単純に並べられなければならないわけなのだ。

このような単調な世界を描くには物語の全体性に依拠したことばではなく、部分性の優位に依拠した言葉でなければならない。作品世界が部分をまとめあげる全体性の頽落へと向かわねばならないのだから、その言葉もまた全体性を保つことは許されない。それは、源氏物語をここまで書き綴ってきた言葉であってはならない。作品はここに新しい言葉を見いださねばならない局面にたっている。それ以前に日本語が持たなかった言葉なのであるが、では、それはどのような言葉であったのか。

「竹河」の世界は発展性を欠いた記事が、没落する一家の歴史として描かれねばならない。そのための言葉は、内的に緊密な展開を持たない記事であっても、それを繋ぎあわせることのできる言葉でなくてはならない。そして、それは歴史叙述のための言葉、年代記の言葉なのである。

「竹河」もまた源氏物語の一帖である以上は、歴史叙述ではありえないのだが、それでも、その言葉は歴史叙述の言葉の性格にきわめて近いところに立っているのである。この物語の辺境ともいうべき「竹河」の世界においては、この作品の本来の時間と文体は働かず、時間と文体は物語の対極の歴史叙述のそれへと接近し、作品世界とその言葉は全体性の優位から部分性の優位へと頽落したのである。

源氏物語において、日本語は物語の辺境に歴史叙述のことばを発見していた。この作品は第三部に至って物語世界の中に空虚な時間の流れる辺境を用意せねばならなかった。物語の中心として展開を保証できる場からはずれた、生気を失った世界を描くことが需められていた。巻の冒頭に「源氏の御族にも離れたまへりし」「落ちとまり残れる」と記したのもこの巻の世界が辺境であることを確認しているのだった。しかも、物語の辺境を描くためには物語本来の求心的な文体では不可能だったのである。だから、この巻では非求心的な文体が見いだされるのだが、この文体は歴史叙述の開放的・部分的なことばに通じるものであった。栄花物語を待つことなく、歴史叙述のことばと時間はこの巻に見いだされていたのである。

もちろん、源氏物語は今までも歴史の世界に踏み込んでいないのではない。(6) それどころか、この作品はさまざまなかたちで歴史の世界に深く踏み込んでいた。ただし、そのどのような局面においても、作品の叙述は全体的な見通しによって支えられ、叙述は個々の局面においてどんなに深く歴史の領域に踏み込むとしても、その全体性において、物語であることを見失うことはなかった。ところが、「竹河」においては、作品世界の全体から脱落してゆく一家を描こうとした。対象はあらかじめ作品の全体性から乖離してゆくように設定されているのである。だから、この物語の辺境においては物語の本源的性格たる全体性は機能しようがない。叙述の性格は部分性へと頽落する。ここに、この作品は「竹河」の巻において、物語の全体的統一性がささえる魅力から見放された、退屈な年代記の世界を垣間見せるのである。

注

（1）池田和臣「匂宮・紅梅・竹河三帖の成立」（『講座　源氏物語の世界第七集』有斐閣　S五八）にまとめられている。
また三谷邦明『物語文学の方法Ⅱ』第十六・十七章（有精堂出版　一九八九）参照。

（2）石田穣二「匂宮・紅梅・竹河の三帖」（『源氏物語論集』（桜楓社　S四六）所収）
（3）鬼束隆昭「異説・別伝・紀伝体――竹河巻をめぐって――」（日本文学　S五〇・一一）
（4）拙稿「「夕霧」末尾の系譜記述をめぐって」（研究と資料　第11輯　S五九・七）参照。
（5）本書第二章第四節
（6）清水好子『源氏物語論』（塙書房　S四一）

〔付記〕源氏物語本文は阿部秋生校訂『完本源氏物語』によった。

第四節　蜻蛉後半の虚無
——精神の頽廃と時間の停滞——

前節において、源氏物語における全体性の頽落について見たのだが、作品の第三部において、同様に作品の緊密な全体性が破綻していると見受けられる個所がある。この場合は、その文体が歴史叙述に近づくという「竹河」のような現象は見られないが、物語の全体性と歴史叙述の部分性にかかわって、その状況を見ておく必要はあるだろう。それはかえって、源氏物語における全体性の意義を証立てるものだからである。

源氏物語は現に書かれている言葉が相同の大きさの内容を語っているのでないということは忘れてはならないだろう。しばしば、極めて重大な事柄がごく短い表現で語られ、あるいは全く書かれていないことさえもある。たとえば源氏の藤壺との最初の密通はまったく書かれていない。そのために、かつては存在した巻が失われたのではないかと考えられたりもしたのだが、現在ではおおむね、そのような記述はそもそも存しなかったということで了解されているだろう。しかも、書かれていない事件を読解の念頭に置かなければこの作品は理解できないのである。また、藤壺が源氏を愛していたのかどうかということについて、愛していたという記述が作品中にあらわに存在しないということもときに判断材料として提示されるのだが、作品のこのような性格を考えてみれば、記述の有無は容易に判断の決着には結び付かないだろう。この作品は重大なことをこそさりげない筆致で描き、読解を読者の技量にまかせてきた、そのような作品であった。

ところが、作品も終末に近づいた巻々では、以上のような性格と逆に、長大な記述がかならずしもそれに見合うだけの内容を描いてはいない局面があらわれてくる。作品の他の部分と関連させられない叙述の長さがそのままそこに述べられた内容の価値の空虚さを表現している、そのような叙述が見られるのである。(前の節に述べたように)たとえば、「竹河」の後半に、上流貴族社会から脱落し、没落しかかっている家族の日々を描くためにこの作品は退屈な、発展性のない叙述を長々と連ねたのだが、それもまたこの作品の技法の一つだった。退屈で発展性のないという面ばかりに目をうばわれるならば、そのような叙述は無意味のものに思われ、作品のなかでの正当な位置さえも疑われるのだが、空虚な叙述はそれ自体で空虚な世界を描いているのであり、空虚の所以は与えられているのであった。作品の全体性は頽落し、時間は停滞するのであった。

「蜻蛉」後半もまたそのような叙述なのであった。ただ、「竹河」が第三部初頭の貴族社会概観のなかで没落する家族の政治的曠野を描いたのに対して、ここでは、空虚な時間の空虚な叙述を通して描かれていのは薫の内面の曠野なのだということが大きな違いなのであった。では、薫の内面の曠野とはいかなるものだったのか。「蜻蛉」における薫の内面の荒廃は浮舟を失ったことによると考えてよかろうが、さらにさかのぼると(浮舟が大君の形代であったことに端的に示されるように)大君を失ったことに由来すると考えてよい。自身も

昔の人ものしたまはましかば、いかにもいかにも外ざまに心を分けましや。時の帝の御むすめを賜ふとも、得たてまつらざらまし。また、さ思ふ人ありと聞こしめしながらは、かかることもなからましを、なほ心憂く、わが心乱りたまひける橋姫かな　(蜻蛉)

と考えている。だから、「蜻蛉」後半を考えるためにもまず薫と大君との葛藤へと遡らねばならない。「橋姫」へと遡らねばならないのである。

大君

「橋姫」で、最初に二人が言葉をかわしたときに、薫はこのようなことを言っている。

世の常のすきずきしき筋には思しめし放つべくや。さやうの方は、わざとすすむる人はべりともなびくべうもあらぬ心強さになん。おのづから聞こしめしあはするやうもはべりなん。つれづれとのみ過ぐしはべる世の物語も、聞こえさせどころに頼みきこえさせ、また、かく世離れてながめさせたまふらん心の紛らはしには、さしもおどろかせたまふばかり聞こえ馴れはべらば、いかに思ふさまにはべらむ」など多くのたまへば、つつましく答へにくくて、起こしつる老人の出で来たるにぞ譲りたまふ。

私は、世の中の一般の男たちのように好色の面には全く関心がない、ただ、世の物語を通わすような交際ができればよいと言っている。いわば、肉体は求めず、ただ言葉を、心をもとめているのだと言っているのである。もちろん、そうは言っても実際にはただの求愛ととれるのであり、だからこそ大君は答えることもできずにいる。だれが求愛のはじめから「すきずきしき筋」だなどと言うだろうか。たしかに言葉は額面通りに受け取れない。

しかし、この言葉を発しているのが薫だということを考えれば、この内容を単なる修辞だとも思えない。この人物の造形から考えれば、この言葉も相当にかれの本音が含まれているように思えるのである。そもそもこの宇治の山荘に出入りするようになったのも、仏の道の友を求めてのことであった。もとより、「すずきしき筋」とは正反対の理由によってのことだったのであり、大君もそれを知らないわけではない。彼は最初から高貴に精神的な人物として形象されており、それは周りの登場人物にも了解されている。ただ、この言葉を好色のものと疑うわけではなくても、女性としてのつつましさによって、やはりこの求めには答ることはできなかったのである。

しかし、この後の二人を取り巻く状況の展開は二人の間の障壁を次第にとりはらい、漸く薫の求めは現実のものとなったかに見える局面がやってくる。

御心地にも、さこそいへ、やうやう心静まりて、よろづ思ひ知られたまへば、昔ざまにても、かうまで遥けき野辺をわけ入りたまへる心ざしなども思ひ知りたまふべし、すこしゐざり寄りたまへり。思すらんさま、またのたまひ契りしことなど、いとこまやかになつかしう言ひて、うたて男々しきけはひなどは見えたまはぬ人なれば、け疎くすずろはしくなどはあらねど、知らぬ人にかく声を聞かせたてまつりすずろに頼み顔なることなどもありつる日ごろを思ひつづくるもさすがに苦しうて、つつましけれどほのかに一言など答へきこえたまふさまの、げによろづ思ひほれたまへるけはひなれば、いとあはれと聞きたてまつりたまふ。（椎本）

こんなに身近に人と話すことの恥ずかしさはそれとして、男くささを感じさせぬ薫の真情こもる態度に、君は思わずに前へ寄ってしまう。たしかに、世の常の男性とは異なったものを大君は薫に感じ取り、心に親しみを感じている。この一文に先立つ会話のやり取りも親密である。二人の間には心の通い合いが成り立っているといってよかろう。最初の時に薫が求めたような交際はここで言葉の通りに成り立っているのだといってもよい。もしこのような間柄を持続して行くならば、二人のあいだに恒常的な友情は成り立っていたかもしれない。ここに、精神の蜜月は兆していたのである。至福の瞬間はあったのである。

ただし、このような間柄をどのようなものと考えるかで二人のあいだに違いが生まれ、このような幸せな時間は失われて行く。薫は考える。これだけ心が通い合うのだから、結婚へと発展していってよいはずだと。しかし、大君にとっては結婚は考慮の外である。既に、この文章の少し前に、匂宮の手紙を見ての思いとして、このように記されている。

この宮などをば、軽らかに、おしなべてのさまにも思ひきこえたまはず、なげの走り書いたまへる御筆づかひ言の葉も、をかしきさまになまめきたまへる御けはひを、あまたは見知りたまはねど、これこそはめでたきなめれと見たまひながら、そのゆゑゆゑしく情ある方に言をまぜきこえむもつきなき身のありさまどもなれば、何か、ただかかる山伏だちて過ぐしてむと思す。（椎本）

自分にとって、都人との交際・結婚を似げなきものとして拒もうとする考えの強固さは、このあとの大君の物語を見ても確かである。

匂宮の場合にはその精神と肉体は一致していて、分離することなど思いもよらない。薫の場合には精神が肉体から乖離しそうでいて、微妙に引きとどめられていて、最後まで明確にならない。彼は肉体と精神を切り放し、肉体を捨てると言いながら捨てることができない。この精神と肉体のあやうい関係が、人にその情の真面目さを信じさせることになるのだが、このあやうさはどこまでもついてまわる。大君に薫のことを「うたて男々しきけはひなどは見えたまはぬ人」と思わせたのもこの薫のあり方である。しかし、薫が大君に求めたのは精神と肉体の両方であり、しかも自分では心をこそ求めたのだとの錯覚がある。だから、彼は大君の拒否を理解できない。一方、大君における肉体と精神の関係はその極端な対立においてラディカルである。彼女は徹底的に肉体を拒もうとする。しかも、薫が求愛することには、いやおうなしに大君に自己の肉体の自覚をせまることになった。現在の肉体に未来の肉体の形象を重ね合わせて肉体を拒もうとする。もちろんここでの大君の判断には彼女の置かれた社会的・生活的困難が係わっている。しかし、そもそも日々の糧を需めるのは肉体だったではないか。生活は精神にも肉体にも無関係のものではないが、精神よりも、肉体こそより深く結び付いている。生活を精神の領域にとどめる異常な努力がとだえた瞬間に、生活は肉体の課題となってゆく。生活を意識するならば、自己の肉体を問わざるを得ないのである。

盛り過ぎたるさまどもに、あざやかなる花の色々、似つかはしからぬをさし縫ひつつ、ありつかずとつくろひたる姿どもの、罪ゆるされたるもなきを見わたされたまひて、姫宮、「我もやうやう盛り過ぬる身ぞかし。鏡を見れば、痩せ痩せになりもてゆく。おのがじしは、この人どもも、我あしとやは思へる。後手は知らず顔に、額髪をひきかけつつ色どりたる顔づくりをよくしてうちふるまふめり。わが身にては、まだいとあれがほどにはあらず、目も鼻もなほしとおぼゆるは心のなしにやあらむ」とうしろめたう、見出だして臥したまへり。「恥づかしげならむ人に見えむことは、いよいよかたはらいたく、いま一二年あらば衰えまさりなむ。はかなげなる身のありさまを」と御手つきの細やかにか弱くあはれなるをさし出でても、世の中を思ひつづけたまふ。（総角）

肉体を現在のものとして見ないで、時間の推移の上において考えるならば、このような考えしか出てきようもないのだろう。美しい容貌もいつかは衰えて行くしかない。必ずしも仏教の知識の上に出てきたのでもない、大君の人物形象からくる必然の考え方だったろうが、肉体は否定されるしかない。しかも、寸前の文に

いみじくをかしげに盛りと見えて、ひきつくろひたまへるさまは、ましてたぐひあらじはやとおぼゆ。さばかりよき人を多く見たまふ御目にだに、容貌よりはじめて、多く近まさりしたりと思さるれば、……

と書かれている美貌ではあるはずなのだ。この肉体を拒んでゆくとすれば、結局は死んで行くほかはないのだから、死を前にし、肉体をほとんど拒みきった病床では、彼女は薫を拒みはしない。大君は薫に看取らながら死んで行く。

薫は大君の心を求め、ほとんど通じ合った時間を持ち、肉体を求め、ついに彼女の精神も肉体も得ることはできずに終わった。これは、宇治十帖前半の帰結であった。

浮舟

後半に、大君の代わりとして浮舟が登場するときに、薫が浮舟に求めたのは何だったのか。最初に中君が浮舟のことを教えたところでは、「あやしきまで昔人の御けはひに通ひたりしかば……」と、「けはひ」を問題にしている（宿木）。かならずしも容貌のことだけではない。心とかたちを合わせた全体を問題にしているように受け止められる。ところが、薫が宇治で浮舟を垣間見るところでは、

つつましげに下るるを見れば、まづ、頭つき様体細やかにあてなるほどは、いとよくもの思ひ出でられぬべし。扇をつとさし隠したれば、顔は見えぬほど心もとなくて、胸うちつぶれつつ見たまふ。（宿木）

あるいは

尼君を恥ぢらひて、そばみたるかたはらめ、これよりはいとよく見ゆ。まことにいとよしあるまみのほど、髪ざしのわたり、かれをも、くはしくつくづくとしも見たまはざりし御顔なれど、これを見るにつけて、ただそれと思ひ出でらるるに、例の、涙落ちぬ。尼君の答へうちする声けはひ、宮の御方にもいとよく似たりと聞こゆ。あはれなりける人かな、かかりけるものを、今まで尋ねも知らで過ぐしけることよ、これより口惜しからん際の品ならんゆかりなどにてだに、かばかり通ひきこえたらん人を得てはおろかに思ふまじき心地するに、まして、これは、知られたてまつらざりけれど、まことに故宮の御子にこそはありけれと見なしたまひては、限りなくあはれにうれしくおぼえたまふ。（宿木）

と、その関心はもっぱら容貌にあり、人柄のことは問題にならない。彼がもとめていたのは大君を偲ぶよすがとなる肉体の形象なのであって、大君に代わって心を通い合わせる相手ではなかった。それは、「東屋」で浮舟を引き

取ってからの彼女への扱いでも知られよう。浮舟は薫にとって大君の身代りに過ぎなかったである。

宇治十帖の後半に入って、薫のもとめるものに分裂が始まっている。もともと大君に心を求め、親密な通い合いの時間を持ったことのある薫であれば、心の通い合いのない関係は実際には彼を満足させることはない。しかも、大君のようにラディカルでない彼は容貌の相似を浮舟に求めた。肉体の相似をもとめたのだった。しかし、浮舟がどれほど大君に似ていたとしても、浮舟は浮舟であって大君ではない以上、浮舟を個の人間として愛するほかないのに、薫にはそれは思いもよらないことなのだ。しかも、一面に薫は大君との精神の交流の再現を求めているのだから、薫は浮舟を愛さない。浮舟の心が匂宮に傾くのは当然のことだったのだ。

薫は大君に精神のふれ合いを求め、にもかかわらず肉体を求め、大君を失ってからは浮舟に肉体を求め精神のふれ合いを求めず、浮舟を失った。次第に、しかし確実に彼は頽廃して行ったのであり、その果てに「蜻蛉」の巻はある。

薫

「蜻蛉」の後半には二種の女性が扱われている。その一は、宮仕に出た女性たちである。薫は彼女たちに引かれるものはありながら、世俗から脱却できない性格はそれにブレーキをかけている。その二は彼の手の届かない高貴の女性、つまり女一の宮である。
小宰相の君について薫は
見し人よりも、これは心にくき気添ひてもあるかな。などてかく出で立ちけん。さるものにて、我も置いたらましものをと、なぜ宮仕などしているんだろうと考えている。宮仕という社会的なありかたが、薫の小宰相の君への心を規制している。これは、宮の君の場合にも同じなのだが、宮仕という彼女たちの社会的なありかたが、この女性たちへ向かわせる力を明らかに削いでいるのである。しかも、小宰相は明石の中宮が

まめ人の、さすがに人に心とどめて物語するこそ、心地おくれたらむ人は苦しけれ。心のほども見ゆらんかし。小宰相などはいとうしろやすし。

と評している人物なのだからその人柄の優れていることは折り紙付きなのである。にもかかわらず、薫が女性とどのように交際するかという態度に、彼女が女房であるということがかかわってくる。そして、この発想は、「東屋」の冒頭に「筑波山を分け見まほしき御心はありながら、端山の繁りまであながちに思入らむも、いと人聞き軽々しうかたはらいたかるべきほどなれば……」と、浮舟の出自を気にしていて、躊躇していたことを思いださせる。大君を求めたときに、彼女が没落した皇族の子であることを問題にしなかったのに比べれば、薫はその精神の純粋性を失い、世俗の価値に強く偏っているのである。しかも、この価値観が結局は浮舟を軽んずることに結び付き、浮舟を失うことに結びついていったのに、その自己の責任に気付かない。後に「夢浮橋」のなかで、浮舟にあてた手紙に「さまざまに罪重き御心」と書く無神経さに結び付いて行くものなのだ。だから、小宰相はその社会的あり方の面において浮舟の似姿であり、宇治十帖の冒頭に提示された薫の精神の高貴さの頽廃の様相を告げ知らせているわけなのだ。

しかし、薫の社会的階層へのこだわりは、もう一人の女性、女一の宮によって打ち返される。階層へのこだわりによって浮舟や小宰相を愛することのできない彼は、女一の宮によって自己の階層を意識させられることになり、苦しめられることになった。女一の宮への関心はそれ以前にも記され、薫の隠されたコンプレクスを示唆していたのだが、ここではっきりと彼の苦悩の一因として登場している。「わが母宮も劣りたまふべき人かは」「明石の浦

は心にくかりける所かな」と彼は心に思い続けることになるのである。

だが、女一の宮の形象の意義はこれだけにとどまらない。女一の宮の垣間見の場面はこの作品の中でもことに官能的な場面であるが、その官能性自体を考えなければならないだろう。なぜならば、この一場面とそれに続く一連の彼の行動に、本来すぐれて精神的な人物と設定されたこの人物の、この局面での肉体の相があらわになるからなのだ。

氷《ひ》を物の蓋に置きて割るとて、もて騒ぐ人々、大人三人ばかり、童とゐたり。唐衣も汗衫も着ず、みなうちとけたれば、御前とは見たまはぬに、白き薄物の御衣着たまへる人の、手に氷を持ちながら、かくあらそふを少し笑みたまへる御顔、言はむ方なくうつくしげなり。いと暑さのたへがたき日なれば、こちたき御髪の、苦しう思さるるにやあらむ、すこしこなたになびかして引かれたるほど、たとへんものなし。ここらよき人を見集むれど、似るべくもあらざりけりとおぼゆ。御前なる人は、まことに土などの心地ぞするを、思ひしづめて見れば、黄なる生絹の単衣、薄色なる裳着たる人の、扇うち使ひたるほど、用意あらむはや、とふと見えて、「なかなかものあつかひに、いと苦しげなり。ただささながら見たまへかし」とて、笑ひたるまみ愛敬づきたり。声聞くにぞ、この心ざしの人とは知りぬる。心づよく割りて、手ごとに持たり。頭にうち置き、胸にさし当てなど、さまあしうする人もあるべし。こと人は紙に包みて、御前にもかくてまゐらせたれど、いとうつくしき御手をさしやりたまひて、拭はせたまふ。「いな、持たらじ。雫むつかし」とのたまふ、御声いとほのかに聞くも、限りなくうれし。

この場面で女一の宮が発する言葉は、ただ「持つのいや。雫、きもちわるい」の一言。あれほど大君と多くの言葉を重ねた薫が、今はこれだけの空虚な内容の言葉に魅きつけられているのだ。そして、薄物を着たくつろいだ姿。薫を魅了する女一の宮は、決して精神の交友の対象としては現れていない。彼が聞いた一言はなんら精神を反映しない。薫は結局女一宮の肉体の形象に魅了されたにすぎないのであろうか。

そして、このように女一宮に強い印象を受けた薫は、自邸にもどったあと、妻の女二の宮に薄物を着せようとする。もちろん女一の宮の印象の再現を求めたのである。そこでは、人物の官能の形象が衣服の形象へ換喩的に逸脱して行く。官能は倒錯的様相を示しているのであり、印象は肉体とその換喩的延長に固着しているのである。一般的に性欲についての議論はこれをフェティシズムと呼ぶ。

このような薫の現在は、もとよりかつての、大君を愛した薫とは異なっているし、だからといって精神と肉体の乖離する宿命が解消されていない以上彼は（おそらくこの巻の局面では自分でも願っているのだろうが）匂宮にもなれはしない。薫は匂宮であることを願っているが、それはもとよりあり得ることではない。ここに、大君にたいして精神の交友をもとめたかつての薫は存在せず、彼は精神の平静に安らぎを求めることはできない。大君を失ったあとに、大君が与えることのできたものを実は求めておらず、大君と無縁だったものをもとめている。しかも、大君の精神のあり方こそが宇治十帖の前半の主題と展開を証したのだから、薫という人物に即して言えば、作品世界は宇治十帖の主題から最も離れたところに来てしまっているのだ。実のところ、既に浮舟が登場したときから、作品の主題は浮舟という一人の少女に担われていたのであり、浮舟が消えた以上は、この巻が宇治十帖の精神性と無縁な位置に立つのは当然のことなのである。作品は主題を失い、中心点を失い、登場人物はその中で頽廃し、彷徨するしかない。しかも、薫はその中で自分の失ったものを真に気付くことはないが、読者はそれを知ることができる。それこそが「蜻蛉」、ことにその後半の意義だったのである。

だから、巻の最後の局面では、もう薫は登場人物のだれとも向き合っていない。作品を展開させる人物像は薫からはもう生まれてこない。そのことを巻の末尾の薫をめぐる作品世界の状況は象徴している。もともと真面目な交際相手と思っていない女房たちに囲まれて、とりとめのない言葉を交わしている。ただそれだけのことに巻末の多くの紙数が割かれている。彼は女郎花の花の中をさまよっているに過ぎないのである。ここに、作品の進展力は失われ、時間は停滞し、世界は頽廃の極に達する。ただ、宮の君を通して宇治の姫君たちのことが想起され、薫の失ったものの価値が確認されて巻は閉じる。

しかし、巻が改まれば浮舟が再登場し、精神の苦悩と諦念の物語が始まる。宇治十帖の精神性は再び復活し、物語は展開する。なぜならば、宇治十帖の後半は浮舟のための巻々だったからである。いや、そもそも宇治十帖の主題をよく引き受けた主人公は、大君・中君や浮舟、宇治の姉妹たちであり、決して薫ではなかったからなのだ。

〔付記〕引用本文は阿部秋生校訂『完本源氏物語』によった。

第五節　源氏物語の反歴史性と栄花物語

栄花物語の成立にあたって、ことに源氏物語の開いたかな散文の表現能力の大きな進展があずかっていたことは否定しようもないだろう。これはなにも栄花物語だけでなく、源氏物語以後に成立してきたかな散文圏の全作品に言えることである。しかし、このような源氏物語の全文学史的な影響を別にして、この作品が個別に歴史叙述として源氏物語からどのような影響を受けているのかを検証してみなければならない。

河海抄の物語論

一

源氏物語において、歴史はどのようにかかわるのか、それを端的に見せてくれたのは河海抄——厳密にいうならば、玉上琢弥や石田穣二、清水好子らの河海抄に関する研究[1]——であろう。もちろん、源氏物語内部においても「螢」における「日本紀などはかたそばぞかし」のような発言もあるのだが、そしてこの発言も重大なものなのだが、この発言自体は源氏物語が歴史叙述に背を向けているかのごとき印象を与えるものだし、作者の日記によってこの作者が史書にも通じている人だと知りえても、かえってこの発言は歴史叙述的な限界を乗り越えようとしたのだとの宣言とも受け取れるようになっている。

しかし、河海抄を通して源氏物語を見る時には、この作品が深く歴史に根ざし、准拠の主対象とされた醍醐朝の史料はもとより、中国の史書、あるいは書経のごとき経書にまでおよぶことが知り得るのである。しかも、このような河海抄の准拠説の研究の展開の上に栄花物語への言及が行われるのだとすれば、栄花物語研究の立場よりしても、無関心でいられないのだ。栄花物語研究に即して源氏物語の准拠研究を展望するならば、どのような源氏物語像が見えるのか、そのあたりから見てゆきたい。ことに、准拠の研究の上に栄花物語に言及し、この作品と源氏物語との関係を深くとらえた清水好子の論を追うことによって、本節の問題を考えてゆきたい。

二

清水好子の『源氏物語論』は周知のように、河海抄をはじめとする准拠説に基づいてこの作品の全体像へとせまる論著として、王朝の歴史の問題に関心を持たざるを得ないものには衝撃的といってよい印象と敬意の念をもとめる著述であるが、また、この書物は栄花物語研究者にはほとんど「栄花物語論」としても読めるものである。これほど徹底的に、そしてその作品の総体において源氏物語と栄花物語の関係を、しかも文学史的に論じた論考は、栄花物語の研究史上多くはない。この研究は、源氏物語における准拠の意義を説き、准拠説を通してこの作品を読むときに見えて来る源氏物語の作品像をわれわれに開示するのだが、その最後の章に「源氏物語執筆の意義」を論じている。そこでは、源氏物語の歴史への傾きが語られるのであり、「思うに、あえていうならば、作者はいっそのこと、歴史が書きたかったのかもしれない」とまで述べている。そしてそのような源氏物語論の延長線上に、「栄花物語への道」の節が述べられる。もっとも、栄花物語が「日本的」とされるのに対して、源氏物語には「儒教的な理想主義」を見るのであるから、もちろん栄花物語が源氏物語の忠実な後継でないことは明らかなのだが、少なくとも源氏物語から栄花物語へと太い文学史の流れが存するのだと理解してよいだろう。源氏物語から栄花物語への影響が、単なる表現技法や修辞の面だけでなく、著述にあたっての歴史への意思、ほとんど思想のレベルにおけるつながりとしてとらえられている。

ただし、『源氏物語論』後の論文「源氏物語における準拠[2]」では、准拠自体についての清水の見解もやや変化が見られるかと読める。つまり、源氏物語の歴史への傾きは、作品の虚構をこそ強調するためのものであったとされているようである。これは、源氏物語における「歴史」と「虚構」という、そもそも作品の「螢」の巻自体にも由来し、現在にまで及ぶ論議の一端に准拠論が結びつけられたものである。

ともあれ、清水の准拠論は河海抄などが明らかにした准拠の考証を一個の作品論へとまとめあげたことに意義がある。古注における准拠はそれ自体は源氏物語本文の個々の条に対する考証注釈の姿勢を崩さない。たしかに河海抄の料簡には、「作ものかたりのならひ大綱は其人のおもかけあれとも行迹にをきてはあなかちに事ことにかれを摸する事なし」のように准拠のありかたをまとめる叙述は見られるのだが、そこから作品の全体像を解きあかそうとするとは見えない。河海抄は基本的に個々の条を様々な資料（あるいは、必ずしも数多くもない類書[3]）によって注釈し、そこより何を導き出すかは読者の側にまかされているといってよい。これは准拠だけでなく、河海抄の他の種類の注記にも言えることであろう。しかし、源氏物語においては、このような個々の条の注解も作品の全体像へと結び付いてゆくはずなのではないか。このような疑問へのあざやかな答えが清水の准拠論であった。

このような源氏物語論は、この作品がもとめる、読解の全体像への指向を印象づけずにはおかない。確かに河海抄の注記は、注釈書の通例に則っての、個々の条への分断された注記である。しかしこの注記を通じて、作品の全体像を指向する明白なイメージが見えて来る。そのイメージにゆれはあっても、あるいは論じる人による違いがあっても、なんらかのかたちでの、全体像への指向が欠けていては、准拠を論じ、あるいはさらに河海抄を越えて准拠を探しもとめることは空しい。それどころか、准拠の方法は、史料を用いての、歴史の考証と相似の方法であるのだから、全体への指向を欠いての作業は本文の個々の部分に没入したまま作品とは遠いところに退廃し、危険ですらあるだろう。ほとんど、源氏物語を単に一つの歴史資料として読むに過ぎなくなってしまうのである。それだけに、河海抄をはじめとする注釈書の個々の注記を通して作品の全体像を提示した清水の准拠論の意義は絶大である。

そして、准拠をふまえての源氏物語論のこのようなありかたは、この作品の特性を教えてくれる。この作品は、たとえその注釈が本文の部分に対するものであったとしても、じつは作品の全体像を指向させずにいない。それほどにこの作品においては作品の全体性の意味は大きい。と同時に、河海抄の注記が准拠であって、単なる史書の注解でないことに、源氏物語の歴史叙述からの距離も教えてくれる。河海抄の注記は、形の上では個々の部分への注記のかたちをとる。しかしその注記を通して作品の全体を見なければならない。そこには源氏物語という作品が、その全体像を読解にたいして求めずにおかない性格、歴史叙述の作品には見られない性格があらわれているのである。

三

しかし、河海抄をはじめとする准拠の意義を、以上のように清水の研究を通して見たときに、ことに河海抄にかんして、なお若干の疑問が残る。たしかに河海抄において源氏物語の本文に対する、史書による注記は数多く、本文に対して歴史の世界にもとづく背景を展開するのである。しかし、前述のように、河海抄の注記自体に、作品全体への意義が述べられているわけではない。河海抄自体は語らない意義をその注記から読み取ることに、清水の研究の意義はあるのだが、ならば河海抄自体は源氏物語の全体像をどのようにとらえているのか、あるいは、そもそも作品の全体像は河海抄の関心の内にあったのか。はたして、河海抄は源氏物語の全体性ということを認めるのだろうか。もし河海抄が作品の全体性ということを否定し、その上で准拠の指摘を行っているのなら、結局は河海抄は源氏物語を「史書」として読んでいるに過ぎなくなる。その場合には、准拠説自体は現在の研究に有効であるとしても、准拠説を河海抄から切り離して、我々の研究の中に位置づけることも求められるだろう。

また、河海抄の注記を、その全体を通じて見たときの准拠の注の偏りも気になるところである。「桐壺」より「夢浮橋」に至るまで均質に歴史的な注記をほどこしているのではない。歴史的な注記が、いわゆる第一部に多く、後の巻にゆくに従って少なくなってゆくことについては、やはり清水も指摘している。「源氏物語における準拠」では、准拠自体についての清水の見解もやや変化が見られるかと読めるわけだが、その中では「第二部以下で急速に準拠の項目が少なくなるのは物語が皇位継承とは関係のない、権力者の家庭内の事情に移るからである。だから、河海抄が若菜上巻の朱雀院御悩、出家、女三の宮裳着等に吏部王記を引いて、史上の朱雀院の生涯と照合しているものの、物語の読解に役立つ迫力ある注釈になっていない。……」と述べられてあり、単に数量的に少なくなるだけでなく、作品全体の読解に対しても有効性が減じているとしているのである。

ならば、もし河海抄の源氏物語論に対する意義が准拠にこそあるのだとすれば、河海抄の価値はほとんど第一部で尽きてしまうことになる。あとは、単なる引歌の指摘や語句の注解の羅列に過ぎなくなるのか。第一部が深く「歴史」に根ざしていたのに対して、それ以降「歴史」より離れ「虚構」へ作品世界が傾いてゆくのなら、河海抄にとって「虚構」は関心の外のことなのか。

源氏物語をその全体性にもとづく「虚構」の作品として見る立場は、河海抄をはじめとする准拠の論の意義を闡明するとしても、それはやはり近代のものであることには違いなく、ならば、中世人は源氏物語の全体と虚構をどのようにとらえていたのか、しばらく、河海抄自体の記述を見てゆきたい。

四

河海抄の源氏物語にたいする見解が読み取れるのは「夢浮橋」冒頭である。ここで、河海抄作者は次のように述べる(4)（といっても、果たしてこの見解が作者のオリジナルのものかというと、この時代の通例でその保証はないわけで、逆に他の注釈書の類にも相似した見解が書かれていることから見て、オリジナルのものではなかった可能性も強いだろう。ともかくも作者が肯定的態度で自分の著書に書いているとみて、その叙述を追ってゆくことにする）。本文は角川書店刊の『紫明抄・河海抄』（玉上琢弥編・山本利達・石田穣二校訂）によるが、〔 〕内に記された注記は引用部分より省略し、必要に応じて説明のなかに言及した。また天理図書館善本叢書の伝兼良筆本影印も参照した(5)。

此物語の巻々名桐壺より手習にいたるまては或詞の字をとりてなつけ或哥の心をもちて号せりしかるを此巻を夢浮橋と題する事詞にもみえす哥にもなし古来の不審也

河海抄は各巻のはじめに必ず巻名の由来を解きあかし、これはそれ以後の注釈書に概ね踏襲されてゆくのであるが、その場合必ず本文の叙述または作中の和歌に根拠が見いだせるのであった。「詞」または「哥」を引くことにより、巻の名の根拠を説明できるのであった。ところが作品最後の巻においてはそれができない。文中の和歌にも散文部分にも「夢の浮橋」の語は見出せないのだ。それを注釈は古来の不審であるという。単純な問題のようであるが、実は河海抄の物語論にとっては重大な問題提起なのである。「詞」にも「哥」にも根拠が見出せないのであれば、なにか外に根拠がなければならない。それは後に作品全体へかかわって明らかにされるのだが、しばらくは細かな分析が続けられてゆく。

もし夢のうきはしと旨　　是よりはしまれる歟夢のわたりのうきはしとある哥につきていへる歟或説にいはく手習君薫大将のふみをみるまてもなくて返したるによりてふみゝぬかゆへにうきはしといふ歟此巻に夢とい

ふ詞五ケ所にあり又大将の哥におもはぬ山にふみまとふかなとあるもまとふはさとる義也さたかならぬ心によせて夢といへる歟云々　此義浅薄也かのふみをひらき見てありしなからの御手にてかみのかなとれいの世つかぬまてしみたりといへり

この部分は、角川書店版の底本に脱落があるようである。引用の最初の部分について、真如蔵本にもとづいて〔もし以下真本凡夢の浮橋といふ詞是よりはしまれり〕と注記が付されている。また、伝兼良筆本では、「凡夢のうきはしとつゝけたる事是よりはしまれり」とある。さて内容であるが、まず、今までに言われていた説を否定することから始める。これらの説はともかく作品の本文に根拠を求めようとする。「夢」という語はこの巻の本文中に五個所あるという。そして、「浮橋」については、浮舟が薫の手紙をみなかったから、「踏みみぬ」で「浮橋」なのだと、掛詞に即して理解しようとする。しかし、それは浅はかな考え方なのだ。現に本文中に、浮舟は薫の文を見たとあるではないか。

大かた此物語のおこり心さしまたく言をかさり色にふけるにあらすたゝ無常迅速のことはりをあらはし盛者必衰のおもむきをしらしめんかため也

ここより、河海抄自体の説を展開しようとするが、その最初に源氏物語の主題をいきなり提示する。その論証の姿勢は、「夢浮橋」までの巻における注記のありかたとはまったく異なり、方法的には逆のものである。いままでは、ともかくも本文の個々の部分に基づき、その部分における語句が巻全体の名となるのだということを前提にして論証をおこなっていた。もちろん「夢浮橋」ではそれが不可能だから、このような議論をなさねばならないのだが、ここでは、「夢浮橋」一巻の範囲を越えて、作品全体に根拠を求めようとするのである。

さて、以上は伝兼良筆本にも見られる叙述であり、このあとも仏典や古事記、さらに本覚賛のようなものまで引いて議論を進めているが、その議論のあとに続く以下の記述は伝兼良筆本にはみえない。中書本にはなく、覆勘本にのみ見られるもののようである。

此巻名師説如此又以愚案加潤色了但再三案之真実の義は夢の一字の外に別の心なしうきはしは夢にひかれて出来詞也几当流の義は諸事やすきをもて正説とする故也されは本哥の世中は夢のわたりのうきはしかうちわたしつゝ物をこそ思へといへるも浮橋に別の義なし定家卿の春の夜の夢のうきはしと絶しての哥も同心也

以上に述べたのは我が師の説であり、また自分が手を加え補ったものである。しかし、万事簡明を旨とする立場により更に考察をめぐらせば……として、新たな説を述べる。その内容は、「やすきをもて正説とする」立場にふさわしく、極めて簡潔である。巻の名の意義も、結局のところ「夢」の一字につき、「浮橋」には意味はないのである。しかも、巻の名の意義が「夢」の一字に極まるのであれば、源氏物語一部の主題もまた、「夢」にあるのだということになる。実際に次のように述べられるのである。

所詮作者の本意を推するに此物語ははしめにいふかことくに其趣荘子寓言に一同せり而彼荘周は胡蝶夢に死生の変をあかせり是物化の謂也且有大覚而後知其大夢ともいへり漢家の寓言も百年の夢に化し和国の寓言も一部の夢にきはまる也華厳経には知一切仏及与我心皆悉如夢と説り　古人云生死涅槃如昨夢天堂地獄逍遥自在文

源氏物語の主題は、結局は荘子の胡蝶の夢の故事と同じなのである。すでに「料簡」において「そのをもむき荘子の寓言におなしき物歟」と言っているが、ここにこの「料簡」の記述を詳説しているのである。我が国の寓言たる源氏物語も、その作品一部の意義をつきつめれば「夢」の一字にゆきつく。これが河海抄の作品論なのである。荘子が蝶となって遊んだ夢の世界が「夢」なのか、それとも今日覚めているこの現実が「夢」なのか、その答えが簡単でないように、源氏物語の五十四帖にわたる物語も、また一場の夢に過ぎないのだ、そこに、作者の本意をみるべきなのだというのが、河海抄の物語論なのである。そしてこの物語論は、最後に荘子より、胡蝶の夢の寓言と、もう一個所、夢に関しての部分が引用されて、この「夢浮橋」の序は終わっている。

五

河海抄は注釈書としての性格上、個々の作業は作品本文の各部分を部分として対象化してゆくことになる。そして河海抄にとって、歴史資料を駆使しての注釈は大きな武器の一つであった。その事自体は否定しようがない。河海抄自体はこの方法の正当性を、作品が時代を「史実」になずらえていることにもとめている。作品が歴史の世界に准拠されている以上、個々の部分へ史料を引き当ててゆく注記の方法は意味のあるもののはずだ。

そして、このような注記の方法がこの作品の全体像を解きあかすのではないかという予期に答えを与えてくれたのが、清水好子の『源氏物語論』なのである。准拠はこの作品の部分における「歴史性」を明かしてくれるのだが、清水の著述はこの作品がその全体においても、やはり「歴史性」を強く保持した作品であることを教えてくれる。

しかし、河海抄自体はこの准拠を通して作品の全体像を理解しようとはしない。准拠は河海抄においては、あくまでも源氏物語がどのような時代になずらえて書かれているかという問題に限られて論じられるのであって、そこから作品全体を問う議論へは発展してゆかない。その点では、『源氏物語論』とは大きく異なっている。

では、河海抄は源氏物語の全体の主題に無関心なのかというと、決してそうではないのであった。さきに見たように、「夢浮橋」の序に作品の全体像への河海抄の理解が展開されているのであったが、そこでは作品の全体の主題を「夢」の一字へとつきつめてゆくのだった。五十四帖の作品がわずか一語の「夢」へとまとめられている、その論理は現代人には理解しにくい、中世人のものであるかもしれないが、ともかくもその全体への意思は強烈なものである。そして、あくまでも准拠に焦点をあてつつ論をすすめた『源氏物語論』の射程がもっぱら第一部にとどまったのに対して、准拠がとらえた「歴史的」な叙述までもまとめて、一切を「夢」ととらえることにより、河海抄は源氏物語を完全にその全体性によってとらえているのである。そして、清水がもっぱら作品の全体像を、部分における歴史性の延長線上にとらえようとしたのに対して、河海抄はかえってその歴史性の対極に、部分の歴史性を乗り越えることによって、その全体像を結ぼうとしている。

清水の『源氏物語論』も、河海抄もその部分のレベルでは准拠に着目し、作品の「歴史性」をとらえるのだが、その全体への射程は河海抄のほうが徹底したものであり、またそれだけに、現代人の発想からは違和感を禁じえないものであった。しかし、ここで注意したいのは、このように源氏物語の部分における歴史性に着目した研究が、いずれもその作品の全体の姿に論を進めねばならなかったということである。個別部分の究明では終わらず、この部分の延長線上にさぐるにしても、また逆にその対極につきつめてゆくにしても、源氏物語をあつかうことによって、その全体像へと関心を広げてゆかざるをえない。ここに、源氏物語という作品の持つ、その全体像の意義、作品の全体性の重みが表れている。

しかも、この全体の意義を考えるとき、清水の論は作品の「歴史性」から「虚構性」へとその意義は進展していった。河海抄の場合には、「歴史性」を掘り起こした個々の注釈をすべて、一気に乗り越えることによって「夢」という全体性へ到達したのだった。いずれも、叙述の「歴史性」から抜け出す方向に動くことによって作品の全体がとらえられている。ここに、作品の全体としての性格が、「歴史」としての性格と矛盾している様相が見てとれるだろう。作品の全体としての性格が強調されれば、それはとりもなおさず、「反歴史」的な性格の強調ともうけとれるのである。

しかし、源氏物語の物語論において物語の全体性が歴史性とこのように矛盾するのだとして、この物語の性格は歴史叙述とはどのようにかかわるのか。また、歴史叙述としての性格はどのようなものなのか。物語としての性格が作品の全体への指向と深く結び付くのだとして、歴史叙述のばあいには、作品の全体との関係はどのようなものなのか。本節の課題である栄花物語の歴史叙述としての問題にたち帰るためには、以上にみたような物語の論をふまえて、物語と歴史叙述の性格の違いについて、歴史叙述の特質に即して考えなければならない。

物語の全体性と歴史叙述の部分性について

一

文学研究者にとっても、また歴史学者にとっても、「歴史」と「物語」とは異なった、対立する概念であって一向に差障りはないし、現実にしばしば対立的な概念として扱われている。しかし、それならば物語と歴史は、どのような点で異なっているのか。この問題についての最も単純な解答は、歴史叙述が「史実」を踏まえているのにたいして、物語は基本的に「虚構」に基づいているのだというものである。しかし、たとえば本節において既に述べたことのなかでも、源氏物語が部分的に歴史性をもつことは准拠によって明らかなのであり、一方、ときに歴史叙述の「虚構」も言われるのである以上、史実への忠実度だけでは物語と歴史叙述の決定的な違いとはならない。両者の違いは、単に史実に則っている部分が、相対的に歴史叙述の側に多いから、というのでは明確な答えにはならない。もっと決定的な解答があるはずなのだ。それは何かを、まず歴史叙述の特質より見てみる。

通常は歴史叙述は「史実」に忠実であることを基本的な性格とすると考えられる。ところが、歴史叙述を少しでも反省的に考えて見れば、客観的な「史実」などは存在しないことは明白なのだ。これはもちろん、対象とする世界から私たちが時間的・空間的に遠く隔たってしまっているから、というのではない。そもそも、現在私たちが目前にしている事実でさえ、客観的なものではありえないのは、わかりきったことなのだ。「事実」は主体の対象への主体的かかわりのなかにしかありえない。あるいは、言い替えれば「事実」とは、我々が日常その意識において対象としてとらえるものとの関係性をその対象に投影させたものだと言えよう。そして、「史実」もまた、この

「事実」の一種に過ぎない。ただし、「史実」は「事実」のなかでも、どのような特色があるのか。まず第一の特色は、ハイデガーの言葉を借りれば、「おのれの存在の根拠において時間的に存在するゆえにのみ、この存在者は歴史的に実存するのであり、また実存しうる」そのような我々が、「通俗的了解内容」として「存在者を過去になったものとして了解する」ということ、つまり、対象が歴史的でありえるのは、一に我々の時間性と主体性によっているということである。第二の特色は、対象がまさに基本的に言語であり、またつまりはその言語に対する我々の解釈である、ということである。だから、我々が一定の言語のまとまりにたいして（それがいわゆる一次的「史料」であるか、二次的歴史叙述であるかは問題ではない）それを過去となったものより由来していると認定した「事実」が「史実」なのだ、ということになる。

さて以上のように、「事実」とは主体と対象との関係のありかたの一つにしかすぎないのであれば、「史実」は客観的なものではないし、まして歴史叙述の客観性を保証するものでもない。歴史叙述とは「史実」に客観的に保証された叙述などでありえないことはいうまでもない。そうではなくて「主体的に「史実」ととらえた対象の叙述」あるいは「「史実」という主体的なかかわりにおいて世界と関係する叙述行為」である。対象たる言語を、その対象と主体たる自己との時間性に発現する過去性において再言述する行為および、それによる言語が「歴史叙述」なのである。

にもかかわらず、やはり歴史叙述は「史実」との認定によって、作品の評価が左右される。単に、歴史叙述としての価値が問われるだけではない。ときに「史実」の認定を欠くことはそのまま歴史叙述であることの否定へとつながる。一方、物語は「史実」の認定によっては作品の評価は左右されないであろう。源氏物語の場合も准拠は作品の方法として評価されるとしても、だからといって「史実」からのへだたりは作品の評価を下げはしない。それどころか、「虚構」の方法として肯定的に評価されることもある。歴史叙述の場合に「史実」とのへだたりがそのまま作品の否定的評価につながるのとは大きく異なるわけである。

　では、歴史叙述において「「史実」の認定によって左右される」のは何なのか。また、物語において「「史実」の認定によって左右されない」のは何なのか。歴史叙述のばあいにはあくまでも作品の「部分」であり、それが「全体」へ及ぶとしても、それは結局は「部分」の集積にすぎない。評価の対象となるのはまず作品の各部分なのであり、全体が評価されるのではない。だからこそ、かえって部分の評価が全体の評価を決定することもあり、たとえ一つの部分の「史実」からの離反も、その作品の全体の評価を否定することになる。ところが物語のばあいは、「史実」からの離反によっても評価を左右されないのはその全体なのである。そして、その部分における史実からの離反は、全体のなかでの役割によって評価され、だからこそかえって「虚構」として高く評価される。

　となると、歴史叙述の特色とは、次のようになるだろう。「史実」と認定された（あるいは、そのように志され、また、装われた）言語の部分を全体へ統合したものだと。そして、それを一定の秩序に従って整理したものだと。もちろん、その整理のしかたは多様であって、もっとも一般的なものは、時間軸にそって整理してゆくものである。しかもたいていの場合そのままでは煩雑だから、年月日単位の秩序を設けることになる。また、例えば系図による秩序を用いれば大鏡のような形式になる。今昔物語集や古今著聞集はそのテーマごとに整理のための秩序が設けられていて、編年体史書とは別の面で巧妙に整理されている。そして、これらを通じて言えるのは、これら歴史叙述ではあくまでも部分が中心であって、全体は部分の集積として、部分に従属し、部分の整理のために存するのだということである。たしかに、「史観」というものがあって、それは史書の全体を通しての表現によるかのような印象もあるが、これも実際には部分を取捨選択し、相互に論理的に関連付け、整理するための方法に過ぎない。逆に、いくら「史観」が全体を統一していても、その部分において「史実」とのくいちがいがあるならば、その歴史叙述は価値を値引きされ、それは結局は「史観」自体の評価を下げることにもなってゆくわけなのだ。「史観」を歴史叙述の必要条件とする立場であっても、「史実」とのくいちがいの存在を許容することはない。「史観」は決して「史実」との齟齬を許す条件とはならないのである。

二

ところで、歴史叙述において、全体より部分が重視されるとしたら、その部分は限りなく増殖することもありえるだろう。いや、ありえるどころか、しばしば、さまざまな増補として、その例は少なからず存在するのだ。(6) そして、このように増補が可能になるのは、史家にとって、部分はあっても、全体が存在しない、全体が見えないからなのだ。現に見えている集積の全体を全体として見ない、そして、全体を未完成の幻想の中に見るとき、歴史叙述の書き継ぎ・補作が行われることになる。物語が補作されるのはあきらかに物理的な欠落・未完の部分があると意識された場合であるが（たとえば源氏物語の場合は「雲隠」欠落説や「夢浮橋」中断説）、歴史叙述の場合はそのような意識と無関係に補作がなされる。そして、栄花物語の場合にも、われわれが今一般的に研究の対象としているのは、最初に成立した形態に対して、あきらかに何回かにわたって書き継ぎ・補作がなされた四十巻の形態なのだ。(7) 以上のように、歴史叙述の特色は、部分の全体への優越、部分原理なのだと考えられるのだが、一方で歴史叙述とは逆に、その部分ではなく全体をもってなにかを述べようとする言語作品もあってよい。そして、まさに「物語」がそのようなものなのであり、たとえば源氏物語もその全体性をもって作品像をとらえられ、また評価されるのである。さきに述べたように河海抄はそのことをとらえているのだが、その全体性を「夢」ととらえ、また荘子を引いて「寓言」ととらえるのである。河海抄の方法として、一つ一つの叙述を「史実」とつきあわせていっても、その集積は一向に作品の全体像につながらない。「准拠」はせいぜい第一部を解きあかすのにしか有効でない。にもかかわらず、源氏物語はその不可分の全体性において厳然と存在する。「河海抄」はあれだけ「准拠」に取り組みながら、それを作品全体の論に結び付けえず、「夢浮橋」で作品の全体を論ずるときには、荘子を引きながら源氏物語の全体をまとめて「寓言」つまり「たとえばなし」と言ったのである。「准拠」があかしだてるように、源氏物語は時代小説であるけれど、しかもその全体として、我らが世界の「たとえばなし」なのである。個々の部分によってではなく、その全体によって作品は世界に対応しているのである。これを「物語」とよぶにしても、「寓言」とよぶにしても、全体の部分への優越、全体原理にもとづいた言語作品であるのは確かなのだ。

三

以上にみてきたように、物語はその全体性を中心に形成される作品であるが、歴史叙述は部分性によって形成されるのであった。そこには作品の形成と機構の論理に明白な相違と対立が認められるのである。そして、本節の対象としてきた作品においては、源氏物語があくまでも物語として全体原理によったものであるのにたいして、栄花物語は歴史叙述として部分原理によったものなのであった。たしかに源氏物語は部分的に准拠によって歴史性をはらむと読めるのだが、そのような部分の性格は、この作品が物語である以上、全体へは及ばない。かえって、准拠がその歴史性によって作品の虚構をささえるかにも読めるのである。その点では、源氏物語は作品としてはあくまでも全体原理による物語であって、部分における歴史性にもかかわらず、その全体は歴史叙述と対極的なところにある。源氏物語はその根本的性格において、反歴史的なのである。

一方、栄花物語は、ことに正篇において、たとえば「うたがひ」や「たまのうてな」のような仏教的な巻において例外的な様相を見せるにしても、その基本においては部分が優先される歴史叙述なのである。だからこそ、その部分を外側から統合するために、強固な編年体の時間を主軸にしなければならなかった。そして、この編年体の時間にそって続篇として補作がなされたことこそが、この作品の部分原理を証しだてている。

とすれば、栄花物語はその作品の基本的な性格において、けっして源氏物語の後継ではないのである。たしかに、その文章の表現能力などは、源氏物語のひらいたかな散文の高みがなければ不可能であったかもしれない。また、その人間に対する見方も、なにがしか源氏物語の影響をうけていよう。しかし、それはなにも栄花物語にかぎらず、この時代の女流かな散文圏の作品すべてにみられる性格である。そして、やはりこのような影響は作品の根幹のものではない。作品の総体について言えば、栄花物語はその歴史叙述としての性格において、かえって漢文の史書や日記とつながり、また間接的に土左日記につながり、かえって源氏物語とはへだたったところに成立している。栄花物語はその本来の性格において、源氏物語とは異なった論理によって成立しており、源氏物語から栄花物語への文学史のつながりは細い。かな散文という共通性により予期されるほどには、文学史の流れにおいて、栄花物語は源氏物語を継いではいないのである。おそらく、栄花物語正篇の作者は源氏物語の熱心な読者であったろうが、にもかかわらずかなによって歴史叙述を書こうとしたときには、源氏物語の作品原理ではなく、漢文史書や日記の原理に大きく頼らざるをえなかった。全体が部分を支配する物語の論理によってでなく、部分が全体を支配する歴史叙述の論理によって、栄花物語は成立したのである。

注

（1）玉上琢弥「源氏物語准拠論」（『源氏物語研究』角川書店　S四一）・石田穣二「朱雀院のことと准拠のこと」（『源氏物語論集』桜楓社　S四六）・清水好子『源氏物語論』（塙書房　S四一）。また、山中裕『歴史物語成立序説　源氏物語・栄花物語を中心として』（東京大学出版会　S三七）・野村精一「訓みの表現空間――源氏物語の準拠と来歴――」（山中裕編『平安時代の歴史と文学　文学編』吉川弘文館　S五六）・高橋亨「引用としての准拠――源氏物語における文学と歴史」（同上所収）なども参照。

（2）清水好子『源氏物語の文体と方法』（東京大学出版会　S五五）所収

（3）西村富美子「『河海抄』と「類書」」（天理図書館善本叢書『河海抄　伝兼良筆本』二（八木書店　S六〇）月報）参照。
（4）河海抄「夢浮橋」序については、鷲山茂雄『源氏物語主題論　宇治十帖の世界』第四章（塙書房　S六〇）にふれられている。
（5）角川書店刊の『紫明抄・河海抄』（玉上琢弥編・山本利達・石田穣二校訂　S四三）および天理図書館善本叢書の伝兼良筆本影印（注（3）書）
（6）本章第一節参照。
（7）この点については、本書次節に詳しく扱ったので参照されたい。

第六節　栄花物語の続稿

歴史叙述はしばしば増補される。たとえば中国正史の場合には、史記の欠落部分が三皇本紀として補われる一方で、史記の形式にならって、漢書以下の史書が成立したことがあげられよう。また、日本では、大鏡にならって他の三鏡が成立し、また太平記にならって前太平記などが書かれた例もある。このように歴史叙述に往々見られる増補・補作の問題の一環として、栄花物語続篇の問題を見なければならない。栄花物語の続篇という現象が平安朝の文学史の上でどのように位置づけできるのか、殊にこの作品に影響を与えたと目される作品における「増補」のありかたと比較することによって、その相似または相違の距離をはかることは、この作品の文学史のなかでの定位を図ることにつながるからである。

作品「栄花物語」とは何か

栄花物語は、現在残されている形態としても、二つの大きく異なった形態を示している。つまり、異本系と称される諸本群が三十巻の構成をとり、所謂正篇だけで成り立っているのに対し、いわゆる古本系・流布本系は四十巻の構成をとり、正篇に加えて十巻の続篇とから成り立っている。そして、このような栄花物語の諸本の状況をふまえれば、正篇と続篇は別個に成立したものだとみなさなければならないというわけである。しかし、それならば栄花物語とは何なのか。つまり栄花物語という一個の「作品」とは何なのかという疑問が生じる。具体的に言えば、栄花物語とは正篇と続篇を併せた四十巻を一つの作品とすべきなのか、あるいは続篇を除いた三十巻を一作品とすべきなのかという問題である。

もしも、最初にこの作品の執筆を立案し、相当に複雑であったかとも思われる諸々の過程を踏みながら、少なくとも彼女（たち？）が一定のまとまりを達成したと認めたところまでをもって、栄花物語の一作品としての成立とみるならば、（つまり、作品の作者たちが意図し、完成させたところまでを、作者たちの責任を持ちうる一個の作品として認定するならば）、あくまでも正篇の三十巻のみをもって作品栄花物語とすべきであろう。続篇十巻は、もちろん栄花物語正篇の重大な影響下に成り立ったことは明らかだとしても、だからといって、正篇作者の手になったものでもないのに正篇と一体化させて栄花物語のなかに組み入れてしまうのは適切な扱い方ではないのではないか。別の作品としての「続栄花物語」と扱うべきでないか。

だが次のようにも考えることができよう。つまり、ともかくも（異本系を別にすれば）正篇・続篇の四十巻がひとまとまりの作品として扱われてきたわけだし、ことに近世以後の版本や活字本の出版において、正篇・続篇の四十巻が一つの作品として扱われてきたのだから、栄花物語は続篇まで併せて一つの作品だと考えるべきなのだろうかという考え方である。伝来に於て続篇は独立した一作品として扱われたことはなく、あくまでも正篇と一体のものとして扱われてきたという歴史の経緯を重視しなければならないと考えるのである。

しかし、もしも続篇までの四十巻を一作品として扱うとなると、では異本系の三十巻の本は栄花物語として不完全なものとみなすべきなのだろうか。いや、そもそもこの作品の正篇が一通りまとめあげられたときに、既に作品としては不完全なものであった、ということになるのではないか。続篇を増補されたかたちがこの作品の完成体であるなら、そもそも最初に栄花物語がまとめあげられたときのかたち、栄花物語という作品の最初に企図されたかたちが、その最初から不完全なものであったということになる。かつて近世に見られた説として、続篇が源氏物語の所謂第三部にならって書かれたとみる意見もあったようだが、(1)このような考え方の背後には栄花物語の続篇までふくめた四十巻で完全なものだとの認識があったのだろう。しかし、道長の死をもって擱筆した正篇の作者たちの営為を不完全なものであったととらえるのは、やはり容易に受け入れることのできないものである。結局のところ、栄花物語は、一作品として三十巻なのか、四十巻なのか。あるいは、栄花物語の、現在通常のテキストとして我々が読んでいるかたち――例えば岩波の大系本――は作品として一つなのか、二つなのか。そんな基本にかかわることが必ずしも明確ではないわけである。

しかし、このようなほとんど言葉の遊びとしか考えられないことを論議することになるのも、実は「作品」という概念自体を、文学作品のそれによって使っているからなのである。同じ王朝文学の研究においても、和歌の方面ではそうも行かないのだろうが、少なくとも物語や随筆・日記などの散文作品においては、一つの作品ということはほとんど自明になっている。口承文芸の方からの反省はあるにしても、やはり王朝の散文作品は一個の「作品」の単位で扱われているという事情に変わりはない。そして、実際にも我が王朝文学の散文の達成の高みは、このような近代的な傾きを見せる概念の有効性を保証しているようである。たとえば源氏物語は、作品としてのまとまり、作品としての完結性が疑われることは有り得ない。たしかに完成しているかあるいは未完成であるかということは議論の対象となるが、このように作品としての完成と未完成が議論となりえるのは、結局はその完結性を前提としているからであり、つまりは作品の完結した全体こそが「作品」なのだということを証立てているのである。また、伊勢物語や枕草子はその性格上、章段の出入りの問題はあっても、やはり作品としてのまとまりは明確であろう。伊勢物語の場合には、その成長・成立の過程についての議論に必ずしも見解の一致が得られているわけではないのだろうが、これを純然たる和歌説話集に過ぎない（ということは、説話集の論理に従って形成されている――ちなみに説話集の論理は基本的に歴史叙述の論理と異なるものではない――）大和物語と比較してみるとき、その「をとこ」の語がかえって固有名詞性をもたないことによって作品を統一している。また枕草子の場合にはその感性と文体が作品の統一を確保し、他者の増補を拒んでいる。文学の作品はあくまでも一つのまとまりをもったものとして、その作品の全体が享受と考察の対象となるのであり、従って、文学の作品は（完成しているにせよ、いないにせよ）あくまでも作品の全体としてのまとまりが完結した、閉鎖的な系でなければならない。理想的には、外部から加えられたどのような他者の手も作品のバランスを崩すような、そのような作品でなければならないのである。そして、栄花物語もこのような「作品」概念で扱われてきたわけである。

もっとも、栄花物語は、さきに述べたような問題をはらみながらもその「作品」としてのまとまりが問われなかった。それは、一つにはそもそもこの作品がまとまった作品を目指して論じられることの少なかったことにもよっているのであろう。しかし、それ以上の要因として、この作品がその性格上、文学作品の「作品」概念で扱われるのではなく、何か別の「作品」概念で扱われるべきであることが暗黙に了解されており、また実際にもそのように扱われてきたからであろう。先にも述べたように、作品をまとまった完結系として扱う文学作品の「作品」概念で論じるときには、その作品としての規模とまとまりが問題になるのだが、そもそも作品を閉鎖的な完結体として見ない「作品」概念によるならばそのような問題は生じないのだ。

つまり、我が栄花物語のような歴史叙述の作品の場合には、その「作品」は、物語のような閉鎖的な完結体としての文学作品の「作品」ではありえないということなのだ。栄花物語は歴史叙述の「作品」として、作品の全体としてのまとまりは問題とならない。この作品にとってつねにその享受と観察の基本単位となるのはその部分における個々の記事であって、その記事が史実としてどれほど正確かということに関心の中心が向けられ、文学作品のように、部分がつねに全体の中で位置づけられてゆくというような享受と観察はなされない。この作品は、閉鎖的な完結体としての文学の「作品」ではなく、部分が優先される開放系としての歴史叙述の「作品」なのである。では、歴史叙述の「作品」であるとは、具体的にはどのようなことなのであるのか。

歴史叙述の非完結性

本書第一章で述べたように、栄花物語は必ずしも相互に関係性をもっているわけではない雑多な記事を集積させてなりたっている。そして、その雑多な記事を編年体の時間がまとめあげている。もっともこれが栄花物語独特の性格だなどというのではなく、編年体の歴史叙述に共通した性格であることはいうまでもない。そして、このような編年体の性格は、当然ながらその内容の雑多さと、題材となることのできる対象の広さのゆえに、増補を受ける可能性を常に保持しているであろう。作品の前でも後でも、あるいはその間であっても、本来読み手がその伝本にふれた時にはなかった記事を、適宜の位置に挿入することは容易である。これは物語のような作品では容易ではないことであろう。あるいは、その完成度と完結性の高い作品にあっては、ほとんど不可能であるとさえ言えそうである。ところが、編年体の歴史叙述にあっては、増補は容易なことなのであり、また実際に増補されたときの作品全体の展開における違和感も少ないのである。

もっとも、このような性格は編年体だけに限らない。編年体でない歴史叙述、たとえば紀伝体の場合などにも、たとえばさきにあげた史記の場合のように、実際におこることなのである。つまり、最初にも述べたように、歴史叙述はつねに増補の契機と可能性をはらんでいる。歴史叙述が一定の形式を備えていれば（もっとも、備えていなければまとまった作品としては成立していないはずなのだが）、そしてその題材がなんらかの形で享受者に提供されるならば、歴史叙述を増補することは可能になる。だから、その作品がなんらかの形で欠損し、あるいは未完成部分を残している場合には、物語のような文学的な作品よりもよほど増補されることは容易だった。しかも、この増補への可能性はときに享受者を増補へと誘惑し、今日から見れば作品への冒瀆とさえ感じられるような増補へと誘うことになる。そして、そのようにして増補された例は歴史叙述の世界において、実際に数多く見られることになる。

もちろんその増補のされかたも多様だし、その規模もさまざまであろう。作品に欠落があると感じられた部分を修復する場合、作品に見られない記事を挿入する場合、作品に述べられなかった前史を補う場合、そして、作品の世界に継続する時間を記事で埋めようとする場合である。また、その増補を一応は別作品として、いわば本篇を意識した姉妹作として形成する場合と、その作品自体に手を加え、結果的に異本を形成するにいたる場合とがある。たとえば、大鏡の場合には、一方で記事の増補によって異本群が形成され、他方水鏡が作品の時間の前方に、今鏡や増鏡が時間の後方にというように、姉妹作が形成されている。この大鏡の場合は、増補の複数のあり方がともに起こっている例と言えよう。

さてここで注意すべきなのは、このような増補の可能性にさらされている歴史叙述においては、作品としての認定が、あるいは作品としての完成度の認定がしばしば主観的なゆれにさらされるということなのである。あるものにとっては完成した一個の歴史叙述として認められ、またそれほど積極的でなくともその完成を疑う必要性をみとめないような場合でも、一方ではその完成を不十分に、あるいは不完全に感じるということが起こり得る。たとえその作品の上にその叙述の初めと終わりをそれと確認する刻印を有していて、少なくともその発端や結末が失われたというのでないことがわかった場合でさえも、なお読者がその「完成」を認めないということが起こるのである。つまり、読者に提供されている作品がたとえ作者もふくめた多くの者より完成したものとして認められていても、一方でそれに不満をもつ者のいる場合には、未完成の不完全なものと認定され、そこに増補の行われることがありえるのである。なぜならば、そもそも歴史叙述は完結性をめざして成立するのではなく、たとえ作者によって完成されたものでも、作品に完成の刻印は持つことがないからである（後に詳しく検討するが、栄花物語の場合がこれに当てはまるだろう）。

　このような事態は文学の作品の場合には起こり得ないことだろう。竹取物語や落窪物語のようにとりあえず発端と結末の明白な作品ではそのようなことはあり得ない。源氏物語の場合にはその欠損が想定されることもあり、その巻名さえもささやかれた様であるが、実際には増補にいたる試みよりは、その欠損自体をなんらかの方法で説明しようとする試みが主流となっていったようである。物語の場合には、「後日談」という形で物語世界を継続させることを企てるにしても、そこには新たなる世界の形成の力がやはりなにがしか求められるだろう。しかもその「後日談」の展開の可能性はほとんど享受者の空想の多様さに従って無数にあるのだから、一つの「後日談」がそのまま他の享受者に受け入れられることは難しい。まして、その「後日談」が本篇の魅力にはるかに及ばない場合にはとうてい他の多くの享受者は受け入れないだろう。源氏物語における山路の露や雲隠六帖の扱われ方を一つの例として見てみれば、この事情は了解できる。山路の露や雲隠六帖は確かに源氏物語の続篇であるが、栄花物語の続篇のように源氏物語と緊密に結び付けて扱われることはない。しかも、これは現在だけのことではなく、山路の露や雲隠六帖(2)が成立したころより大勢として一貫したものだったと思われる（一方、第三部を続篇と称することはあるけれども、これを栄花物語の続篇と同列に扱うことはできないし、実際にも、そのような扱い方はされてはいないことはいうまでもない）。

　ところが、歴史叙述の場合には作品の本篇が造りだした作品の機構に従って、入手できた史料を配列すれば取り敢えずは続稿を形成できるのだから、物語の場合よりはよほど増補はたやすい。そして、このように、その題材自体が増補に向けてあらかじめ用意されている歴史叙述の場合には、作品の機構そのものが増補を受け入れるのに適したものとならざるをえない。歴史叙述においては増補は避けられず、その作品に増補を拒むような高い権威がある場合を別にすれば、よく読まれた作品ほど増補にさらされる可能性は高いといえるだろう。いずれにしても、歴史叙述における増補の問題は、作品の性格に宿命的な普遍的問題としてとらえなければならない。栄花物語の場合もこのような事情をふまえて考えなければならないのである。

では、栄花物語の場合には、その増補の具体的様相はどのようになっているのだろうか。

栄花物語の増補

栄花物語の場合にはその正篇と称され、作品の当初の完成形態と目される部分に更に三分の一の分量が続篇として補われることになった。まさに、増補は行われたわけである。そしてこの増補は、歴史叙述の通例に則ったものであって、けっしてこの作品に特有の条件よりなされたものでないことは、以上に述べたことによって明らかであろう。

しかし、現にこのように続篇が増補されているという事態は、この作品の正篇にとってはどのように評価されるものなのであろうか。あるいは、言い換えれば、正篇の著述時においては、このような続稿の可能性はどのように捉えられていたのであろうか。実は、この作品はその正篇の最初と最後を、それぞれ発端と大団円の形にまとめながら、その一方でこの作品が歴史叙述として開放性を特徴とすることを印象づける表現を作品自体の中に持っている。この作品は文学の作品と異なって閉鎖的な完結の性格をもつものではないのであり、さきにも述べたように歴史叙述として作品の外へ向かって開かれた、容易に増補を受け入れる性格の書であることを作品の始めと終わりに明確に宣言している。具体的に見てみよう。

まず、冒頭部。

世始りて後、この国のみかど六十余代にならせ給にけれど、この次第書きつくすべきにあらず。こちよりての

事をぞ記すべき。　（上二七）

日本の歴史が始まってからの六十代余りの時間をふまえたうえでの、この作品の冒頭の位置づけを行っているのであるが、ここでは当然のことながらこれからこの作品が扱おうという時間の外部にも、作品の時間に接続する時間の存在することが前提となっている。作品の始発に先だって歴史の時間は厳然と、作品の存在とは無関係に流れているのであって、この作品はたまたま、より現在に近い側を扱うのだという宣言をするのであるが、それはそのまま、この作品の世界が世界全体の一部に過ぎず、多くの部分を扱っていないのであり、その点では不完全なものであることを認めていることになる。しかも、「たまたま」と言ったのだが、これが実は六国史の存在をふまえてのものであったとすれば、[3]（そして、その蓋然性は大きいのだから）この冒頭の部分は単にこの作品が世界全体に対して不完全だということを述べるにとどまらず、この作品が先だって存在した歴史叙述の続稿であることをも宣言しているということにもなるのである。

いずれにしても、この冒頭部は、作品の世界が実は歴史叙述の対象とすることのできる歴史世界に対して不完全であり、歴史世界は作品に先だって存在していることを明確に認めている。世界は作品に先だって、作品を超える広がりを保持しているのである。作品は世界の広がりの一部分を覆うに過ぎない。しかも、他の歴史叙述と補いあう関係にあり、作品は常に他の作品に対して、世界の中での定位において相対的なのである。だからこの作品の言葉の世界は、それ自体のなかで完結・自立することはできず、つねに他の言葉との関係性においてのみ自己の位置を確かめることができる。このようなことが、この作品の冒頭で確かめられている。これが栄花物語の叙述の意識であり、つまりは歴史叙述の意識なのである。

これを、完結性を特徴とする文学の作品と比べてみるとどうであろうか。たとえば、説話や伊勢物語の各章段もしくは竹取物語が「むかし」で作品世界を始めるときには、たとえ叙述の行われている現在と、あるいは読書の現在との時間の隔たりは確認されているにしても、作品世界の時空そのものは不確定のかなたに投げ出されているのであり、世界はその不確定で自由な領域のなかに、他の世界とは関係を持たずに形成されるのである。世界は作品の冒頭とともに新たに開かれるのであって、作品に先だって存在しているのではない。これは「むかし」で始まるのでなくても、他の始まりかたであっても事情に変わりはない。源氏物語の「いづれの御ときにか」であっても、また狭衣物語の「少年の春はとどまらぬものなりければやよひのついたちにもなりぬ」であっても、冒頭が新たな世界を開くことには変わりはないのである。

さて、上にあげたような冒頭によって作品世界を始めたこの作品は、その世界をどのように閉じているのか。正篇最後の巻の最後の記事は道長一周忌の法事の予定を告げて、この正篇の、殊に後半部が道長を中心としたものだったのにふさわしい終わり方をしているのだが、その前の記事、つまり正篇の終わりから二つ目の記事はつぎのような読者への呼び掛けとなっている。

次〱の有様どももまた〱あるべし。見きゝ給覧人も書きつけ給へかし。

これだけの記述であるが、ここには作品正篇の、あるいはその作者の、作品が増補・続稿されてゆくことへの姿勢が説明の必要もないほどに明確に表れている。史書自体はここでその筆が置かれるのであるが、しかし作品が叙述の対象とした歴史事実の世界はさらに進展してゆくだろう。だからその様子を見たり聞いたりした人はその様子を、やはり歴史の叙述に書き留めよというのである。もっとも、ここでの表現は具体的にどのような形での増補・続稿を言っているのかはかならずしも明白ではない。現に続篇が存在する、そのようなかたちでの、正篇末尾に直接記述を補ってゆくような増補なのか。それとも、この作品の形式をどの程度倣うのかはともかくとして、（あたかも大鏡にたいする今鏡のように）この作品と取り敢えず別の作品としてあらたに筆をおこせといっているのか。しかし、おそらく実際には、具体的にどのような形式での増補と考えての記述ではあるまい。それよりも大切なことは、この作品の叙述のうえに増補を認め、あるいはそれを勧める記述があることなのだ。たとえ作品はここに終わるとしても、歴史の世界はまだ続いてゆくのであり、どのような形にしろ叙述は継続されてゆくことができるのだというのが、この記述よりうかがえる、この作品の作者たちの歴史叙述についての認識なのであり、ひいてはこの作品自体についての認識なのだ。

さて、以上のように作品正篇の冒頭と末尾を見たかぎりは、この作品正篇はその作品自体を完結性と対極にあるもの、当面叙述の対象としなかった世界へも開かれたものとして解釈し、この作品が増補されることについても肯定的だったということは確認できるだろう。経験的に、歴史叙述の増補の可能性を捉えていたのであり、またまさに自己の営為が歴史の叙述だということを了解していたのである。栄花物語の続篇は歴史叙述における増補としてなんら特異なものではないし、また正篇の作者の自己の作品への了解と矛盾するものでもなかった。作品正篇の論理の中から続篇は生まれて来ることのできるものなのだ。だから、続篇の存在の問題は、とりもなおさず正篇の作品の論理の問題なのである。

模倣としての続篇

以上のように、この作品の続篇の存在が正篇の論理によって保証されたものであり、歴史叙述の論理に従ったものであって、歴史叙述の増補は一向に特異なものではなかったとすれば、続篇にとって正篇は何だったのか、また正篇にとって続篇は何だったのか。

続篇が正篇を増補しようとして成立したものであることは言うまでもないだろう。正確に言うならば続篇の中もいくつかの部分に分けることができ、続稿に続稿が加わってゆくことになったようだが、いずれにしても続篇は先行部分に続稿を試みたものであることに変わりはない。そして、その続篇の初発が正篇の増補を目指したものであったことは確かだろう。たとえば、巻第三十一の冒頭が、源氏物語を意識・模倣するかたちで、正篇の続稿であることを確かめているのだということは夙に言われている。

ならば、続篇は正篇の何を模倣しなければならなかったのか。

まずその第一のものは叙述の機構である。そして、叙述の機構の中で、たとえば系譜の機能も模倣すべき対象であったことは、たとえば続篇の冒頭の系譜の記述が証しだてている。

入道殿うせさせ給にしかども、関白殿・内大臣殿・女院・中宮・あまたの殿原おはしませば、いとめでたし。督の殿・皇太后宮のおはしまさぬこそは、口惜しき事なれど、いかでかはさのみ思ふさまにはおはしまさん。（下三四一）

これを正篇の冒頭の天皇家と藤原氏の系譜記述と比べてみると、もちろん作品世界自体の変化にともなって、系譜の重点が天皇家より藤原氏へと移っているという違いはあるが、叙述の節目において作品の緯としての人間の関係を確かめるという点では変わりはない。正篇の叙述の機構を継いでいることがあきらかに見て取れるのである。

しかし、叙述の機構のなかでも、殊に時間の機構が重要なものであることは言うまでもあるまい。続篇の時間の様相を詳細に検討すると、正篇のような厳密さに欠ける点もあるようだが、それも、正篇の時間の機構からの離脱の傾向とはみることができないのであり、あくまでも正篇の時間が続篇の時間のモデルであったことは確かだろう。それは、編年体の時間にかかわる表現としての年紀記載や、「年返りぬ」「かくて」「まことや」の類がしばしば見られることにも表れている。だがなによりも、個々には必ずしもつながりのあるわけではない記事が時間軸に沿って整理されてゆくという叙述のありかた自体が、正篇と続篇の深いつながりのあかしなのである。

第二にはその文体の模倣をあげるべきだろう。例えば、さきに述べた「年返りぬ」「かくて」などの語句は時間にかかわる面での文体の特徴だが、正篇・続篇ともに見られるのであった。

また、正篇でも顕著な特徴であり、そして歴史叙述たる証しでもあった、推量の助動詞や草子地的な記述などの多さは続篇にも踏襲されている。巻第三十一の始めより順次抜きだしてみよう。

○さすが末になりたる心地してあはれなり。

○いとめでたし。

○かみの巻にしるしたれば、新しくも申たてず。

○これより下は何かはとてとゞめつ。

○やむ事なき人の御事は中もかたはらいたく、中〳〵なれど、昔も今も何を栄にか。

○御心にかくのみおぼしめすなるべし。

あるいは、作者が異なると見られる巻第四十より。

○たゞおしはかるべし。

○さしあたりては又いとめでたし。

○遂の事と、あはれにこそ。

一方、正篇の例を巻第三十の三三一頁あたりより抜きだしてみよう。

○六道の仏・芥の御名ども、泣く〳〵皆いひ続け給へれど、えきゝとゞめずなりぬるこそ口惜しけれ。

○かの裟羅林の涅槃の程を詠みたるなるべし。

○あはれに悲しともおろかなり。

○往生の記に入り給めり。

○世になくめでたきや。

もちろん、正篇・続篇それぞれの作者の個人的な文章の相違はあるだろうが、全体として事実の記述に注解を添えてゆくという栄花物語の文体の特徴は正篇より続篇へと継がれているのである。

もっとも正篇の世界が総て続篇に模倣・踏襲されたかというと、決してそうではない。正篇では、その歴史への一般的な関心の一方に、もう一本の大きな軸として、世界をはかないものとして見つつ、その対極に浄土への関心を置いた、深い信仰の一面があったのだが、続篇ではこのような信仰への関心と姿勢はまったくといってよいほど見いだせない。正篇においては、基本的に歴史への関心を中心になりたっていた前半が、死と信仰に彩られる時にその叙述は長大で息のながいものとなっていった。そのエネルギーを支えていたものは踏襲されず、死への関心は持続するが、それを、「うたがひ」や「たまのうてな」「つるのはやし」に形象化するような力はすでに続篇のものではなかったのである。

とはいうものの、とにかくも続篇は正篇の時間と文体を模倣・踏襲し、（何人かの手を経ての結果なのだろうが）十巻の作品として結実している。しかも、この十巻は正篇の三十巻と一体とされ、いつのころからか四十巻の一作品として扱われて来たのだ（確かに三十巻の異本系は存在するが、その三十巻の形態は続篇を拒んだ結果なのだとみることは難しく、それよりは、たまたま十巻の続篇に出会うことのなかった結果なのだと考えるべきであろう）。伝来の途中で何らかのかたちで、続篇は正篇と一体のものとして受け入れられ、そして現在にいたるまでこの形態が認められてきたのであり、この事実こそは、続篇が正篇の模倣に成功したことの証しなのである。

さてこのように、続篇は正篇の模倣として成功し、正篇と一体とされたのだとしたら、作品の正篇は続篇を欠いては不完全なものになったのかというと、けっしてそうではないだろう。続篇は確かに正篇の様相を基盤として成立したのだが、続篇を成立に導いたものはけっして正篇における何らかの欠損によるものではない。欠損によるのではなく、正篇が歴史叙述として普遍的に与えられている非完結性によるのであり、この性格はそれ自体正篇を歴史叙述として成り立たせているものなのだ。そして続篇はまさに正篇のこの性格に立脚して成立したのだから、続篇は正篇になにも与えてはいないのである。歴史叙述たる栄花物語は、続篇と正篇を一体とした四十巻でも一作品であるが、正篇三十巻だけでも、確かに一つの作品なのである。

では、我々はこの栄花物語の続篇に、あるいは続稿という作業にどのような意義をみるべきなのか。確かなことは、平安の後期という時代に多大の関心と共感をもって栄花物語正篇と対し、これを享受した人たちが存在したということである。しかも、続稿という作業に彼らをかりたてたのは、そのとき彼らの読んでいた未完の作品としての栄花物語における、彼らの生きている時間についての歴史叙述の欠落の意識であったろう。歴史叙述を現在へ至る歴史として読むときにおこる不完全への不満が続稿を求めたのだが、このことはつまり正篇が現代史として享受されていたことを意味する。現在に至る歴史を、現代史を完成させることを目指し、そこで増補にとりくむ人々は次々と自分たちの知っている（つまり史料の入手できる）歴史をとりあえず補っていったのであろう。そして、この作品の享受が途絶えたときには、増補もまた途絶えたと思われる。

確かに、巻第四十の末尾は、太平記末尾にも似た予祝によって、かえってその終末を印象づけている。

（藤原忠実ハ）程なく中納言にならせ給て、中将の中納言にて、春の春日の祭の上卿せさせ給。……又の日帰らせ給。御共の人〳〵皆、今日ばかり装束うち乱れ、今少し思やり深く、世にまた三笠の山のかゝる類なく、めでたう思余りて、車ひきとゞめつゝ、道すがら見る人の、

行末もいとゞ栄へぞまさるべき春日の山の松の梢は」など、古めかしき人の思ける。

（下五四六・五四七）

作品はその完結の姿をとってめでたく終わったかに見えなくもない。しかしよく見るならば、この結末は決して大団円ではない。「行末」を語り、若人の未来をことほぐことによって、かえって記述すべき歴史の世界の継続を確

認している。藤原忠実の栄光の未来が書き継がれることが期待されているのである。しかし、その稿を続けるものは現れなかった。そして、中世以降に歴史の遺産としてこの作品が再び見いだされたときには、既に手を加えることのはばかられる骨董品となっていて、読者を増補に導くようなことはなかった。ここに現代史としての栄花物語の享受も断絶したのである。

注

（1）野村尚房「栄花物語事蹟考勘」（『栄花物語古註釈大成』日本図書センター　S五四）に「しかれば、此物語、長元二三の冬のはじめまでの事を洩せり。これ源氏物語雲隠の巻、源氏薨御の事に八年をこむるの心歟。此巻発端に、御堂殿薨御の事を申て、光源氏の事をひけり。かた〳〵心相似たる歟。」とあるのは、栄花物語正続篇を源氏物語「幻」までとそれ以降との関係と相似のものと見る考えが根底にあろう。

（2）中世における「雲隠六帖」ことに「雲隠」については伊井春樹『源氏物語の伝説』（昭和出版　S五一）を参照。

（3）栄花物語と六国史・新国史との関係については、秋山謙蔵「栄華物語の歴史性——六国史と栄華物語の相関——」（文学　S一〇・一二）・坂本太郎『日本の修史と史学』（至文堂　S三三）・山中裕『歴史物語成立序説　源氏物語・栄花物語を中心として』第一章及び第三章（東京大学出版会　S三七）・斎藤浩二「栄花物語の成立と大江匡衡——匡衡の直接関与説への疑問——」（平安朝文学研究　S四二・四）など参照。

第三章　死と信仰

第一節　死をめぐる叙述について

栄花物語には一二一人の人の死が記され、人の死をめぐる記事は、この作品の中でも多くの分量を占めている(1)。この、人の死をめぐる叙述の問題について、考えてみたい。

死の諸相

まず、人の死の記事の中でも、その叙述の簡潔なものより始めよう。たとえば、

かゝる程に、太政大臣殿《貞信公也》、日頃悩しくおぼしたりつるに、天暦三年八月十四日うせさせ給ぬ。この三十六年大臣の位にておはしましけるを、御年今年ぞ七十になり給にける。（巻第一　上三二）

小一条の大臣のかはりの大臣には、在衡の大臣なり給へるを、はかなく悩み給ひて、正月廿七日うせ給ぬ。御年七十八。年のはじめにいと怪しき事なり。さるべき殿ばら御慎みあり。（巻第一　上六〇）

七月十四日師氏の大納言うせ給ぬ。貞信公の御子男君四所おはしましける、皆うせ給ぬ。御年五十五にぞおはしましける。（巻第一　上六二）

これらの場合、死に先立つ病悩や、死を契機としての、その人物についての回顧などを除けば、死の叙述は、「うせ給」「うせさせ給」という報告に過ぎない。さらに、

五月八日のつとめて聞けば、六条の左大臣《重信》・桃園中納言《保光》・清胤僧都といふ人など亡せぬとのゝしれば、「あな

かま。かゝる事は忌むわざなり。殿にな聞かせ奉りそ」と、誰もさかしういひ思つれども、同じ日の未の時ばかりにあさましうならせ給ぬ。　（巻第四　上一四九）

やがてそれに御堂供養とおぼしめしけれど、上の御はらからの大原の入道の君の、二月にうせ給にしかば、上の御おもひにおはしませば、供養は六月にと定めさせ給へり。　（巻第二十二　下一四七）

これらは、死の記事が、他の記事より独立した一つの項として立てられてさえいない例である。この二例のうちの前者の場合、この文全体は、道兼の死を述べたものであるが、ここで問題にしたいのは、重信・保光・清胤の三人の死の記述である。これら三人の死は、道兼の病の重態と対比されるために記されただけで、道兼の病悩と死の叙述の中に従属し、包含されてしまっている。後者の場合には、大原入道の死は、法成寺薬師堂の供養の延期になった理由として、薬師堂についての叙述のうちにくみ込まれてしまっている。この二例の四人の死は、独立した記事をなしてさえいないのである。しかも、死という、作品世界の中での一事件の報告として、これで充分なのだともいえる。「うせ給」という報告は、死についての叙述の最低限の必要条件であって、しかもそれだけで、充分に用件を伝えることも可能である(2)。

死の叙述はわずか数行を費やすのみで可能である。しかし他方では、死をめぐる記事が一つの巻の大半を占めるような例も見いだせる。死の事実を伝えるだけでは満足できない、という場合も少なくない。死そのものが詳述された例を一つあげてみよう。巻第二の、冷泉院女御超子（兼家女）の急死の記事である。天元五年正月の庚申に、女御の兄弟たちも集まり、人々はさまざまの遊びに興じながら、夜を徹する。

「度〳〵鶏も鳴きぬ。院の女御《超子》、あか月方に御脇息に押しかゝりておはしますまゝに、やがて御殿籠り入りにけり(3)。今さらに」など人〳〵聞えさすれど、「鳥も鳴きぬれば、今はさはれ、なおどろかしきこえさせそ」など、人〳〵聞えさするに、はかなき歌ども聞えさせ給はんとて、この男君達「やゝ、ものけたまはる。今さらに何かは御殿籠る、起きさせ給はん」と聞えさするに、すべて御いらへもなくおどろかせ給はねば、よりて「やゝ」と聞えさせ給に、殊の外に見えさせ給へれば、ひきおどろかし奉り給に、やがてひえさせ給へれば、あさましうて、御殿油取り寄せて見奉らせ給へば、うせさせ給へるなりけり。

（上八三〜八四）

まず顕著なことは、眠りについての記述と死についての記述とのあいだに成り立つ比喩の関係である。「御脇息に押しかゝりておはしますまゝに、やがて御殿籠り入」ったので、「起きさせ給はん」と申し上げるが、「おどろかせ給は」ぬと、眠りについての記述がある。しかしそれは、実は眠りではなかった。「殊の外に見えさせ給」い、「やがてひえさせ給」うて、「うせさせ給」うた。死んでいたのである。眠りについての記述と、死についての記述は並び記されているが、この二つの記述は、それぞれが喚起する形象の相似により、結びつけられている。

他方、眠りと死とは、その日常への親しさに対するまったく逆の性格において、対位されてもある。超子の死が、死というものを知らぬかのように、眠りの記述をもって述べられたのは、非日常的な事象が日常的なもののほうへ異化されたのである。そしてこのように、眠りについての叙述が続けられ、死が明らかになるのを延引させることは、眠りと死との対比が劇的な効果を発揮するために、少なからぬ役割を果たす。冷泉院女御超子という、作品の一登場人物の死の、晴天の霹靂様の衝撃を伝え、驚きと悲しみを強調するための、決して稚拙などとはいえない技法なのである。

超子の死がこのように詳しく述べられたのは、そのありさまの作品世界中での特異さによる。病悩による、あらかじめ予想された死とは違う、突然の死の驚きを伝えることが、このような叙述を需めたのだともいえよう。

しかし、巻第七の淑景舎女御の死、巻第十六の堀河女御延子の死の場合も、ともに異様な急死であったが、詳しく記されてはいない。

あはれなる世はいかゞしけん、八月廿余日に聞けば、淑景舎女御うせ給ぬとのゝしる。「あないみじ。こはいかなる事にか。さる事もよにあらじ。日頃悩み給とも聞えざりつるものを」などおぼつかながる人〳〵多かるに、「まことなりけり。御鼻口より血あえさせ給て、たゞ俄にうせ給へるなり」といふ。あさましいみじとは世の常なり。（上二三四〜二三五）

寛仁三年四月ばかりに、堀河の女御明暮涙に沈みて在《おは》しませばにや、御心地も浮き、熱うもおぼされて、例ならぬ様にてあり過させ給程に、いと悩しうおぼされければ、「御風にや」とて、茹でさせ給ひて上らせ給ふに、御口鼻より血あえて、やがて消え入り給ひぬ。（下一一五）

両方とも、「御口鼻より血あえ」という以上には、詳しく記されていない。

このような、急死であった場合と、病悩による死とを通じて、栄花物語の死の叙述の中でも、死者の死んで行くありさまの記述は、一般に簡潔で、超子の場合のように詳しく記されるのは例外的なのである。かえって、東三条女院（巻第七）や寛子（巻第二十五）のように、病悩のさまが詳しく叙述されながら、死のありさまは、「うせさせ給」という程度の記述ですまされている例が見出せる。死の直接的帰結たる遺骸の描写も、わずかに四例しかない。そして、遺骸の様子を記した四例のうち、二例が、眠りを比喩としていることは重要である。(4)

そのうちの一例は、超子の遺骸のさま、すなわち先に引用した部分に続いて書かれている。

白き綾の御衣《ぞ》四つばかりに紅梅の御衣ばかり奉りて、御髪長くうつくしうてかひ添へて臥させ給へり。たゞ御殿籠りたると見えさせ給ふ。

もう一つは、巻第二十六の、嬉子の遺骸についての記述。

殿、御前にも、上の御前にも、御殿油をとり寄せて、近うかゝげて見奉らせ給へば、いさゝかなき人とも覚えさせ給はず、白き御衣の薄らかなる一襲奉りて、まだ御帯もせさせ給へり。御乳《ち》はいとうつくしげにおはしますが、いたう硬《こは》るまで膨らせ給へれば、白う丸に、おかしげにて臥させ給へるに、御髪のいとこちたう多かるをいと緩にひき結はせ給て、御枕上にうち置かれたる程、いとおどろ〳〵しう、寝させ給へるやうなるを、殿・御前・上の御前、今ぞ泣かせ給。（下二一五）

死んでいるとは見えず、眠っているかのようなのである。死骸としての特色を取り立てて述べるのではなく、生きている人と同じように扱うことによって、遺骸の描写は可能となっている。一方、他の二例においても、死者の様子を生きている人との差異を強調して述べるのは、教通室の死の

いとあやしう、所〳〵赤みなどしてうたてげにおはしますは、「世の人のいふ有様にてうせさせ給ぬるにやあらん」と、あはれにゆゝしうおぼすにつけても……（巻第二十一 下一三四）

とあるだけである。

死と眠りとの記述の比喩関係によって、死と死者のありさまがより日常的なものに引き付けて描かれ、死のうたてくあさましい面は緩和される。この緩和によって、超子の場合のような、特異な死のさまを詳しく述べるのも可能になる。一方、さきの淑景舎女御や堀河女御の場合は、その死の特異な面を詳しく述べることは、おそらく出来なかった。死のさまのうたてくあさましい面を強調するような描写の可能性は、栄花物語は持たない。そしてそれは、この作品の有する、いわば節度なのである。

超子の死の場合、そして嬉子の遺骸の描写の場合に、眠りとの比喩関係をもって、詳しい叙述がなされたが、そこでさらに重要なのは、それらの叙述を通して、具体的な形象がかたち造られることである。つまり、登場人物の死という一事件を単に「知る」だけでなく、その死のありさまを「見る」のである。この「見る」ということは、超子や嬉子の場合以外の死の叙述においても、重要な働きをしている。死の叙述が数行にとどまらず、少なからぬ紙幅を費やしているとき、この「見る」ということが関わっているのである。

とはいうものの、栄花物語においては、死者の死のありさまそのものは、さきに述べたように、一部を除いては

ごく簡潔である。にもかかわらず、死をめぐる記事が多くの叙述を含むのは、死に関連して記される前後の記述によっている。たとえば、死と因果関係を持つ病悩が描かれている例は極めて多い。病悩の記述が死へ至る過程として、死そのものの記述へと続けられていくのである。

ただしその場合でも、病者の様子が直接描かれるのは多くなく、しばしばもののけについての叙述が見られる以外には、近親者や僧侶といった、病者を看取る人々についての叙述が多くを占める。そしてまた、病を看取った人々は、病者が死ねば、それを嘆き悲しまねばならない。人の死において、死ぬ当人よりも、かえってそれを見送る人々がよく描かれるのである。

愛別離苦

死をめぐる記事において多くの場合に、死者を見送らねばならない近親者（帝や后妃、大臣などの場合には臣下のものも含め）の悲嘆が描かれ、死をめぐる記事の中で重要な役割を占めている。[5] 人の死が、その人を失わねばならぬ人々の嘆きを通して描かれる。ここでも、まず簡単な記述の例を引こう。

やむごとなき男女うせ給たぐひ多かりと聞ゆる中にも、前摂政殿の前少将（挙賢）・後少将（義孝）、同じ日うち続きうせ給て、母きたの方（代明親王女也）あはれにいみじうおぼし歎く事を、世の中のあはれなる事の例にはいひのゝしりたり。

（巻第二　上七三）

かくてはかなく明けくれて、六月になりぬれば、暑さを歎く程に、三条の太政《おほき》おとゞ（頼忠）いみじう悩ませ給ひて、廿六日うせ給ぬ。この殿は、故小野宮の大臣の二郎頼忠と聞えつる大臣なり。うせ給ぬるを、「あないみじ」と、きゝ思ひおぼせどかひなし。中宮（遵子）・女御殿（諟子）・権中納言（公任）など、さま〴〵いみじうおぼし歎くべし。

（巻第三　上一一七〜一一八）

これらの場合の叙述は、死者の肉親の様子を報告するに過ぎない。死者の死と肉親の悲嘆との記述は、ここではごく簡潔に記されているのだが、この二つの記述の結びつきは、より詳しい叙述の場合でも変わることはない。近親者の悲嘆と哀悼は、人の死をめぐる叙述の中での重要な構成要素として機能するのである。

たとえば、さきに問題にした超子の死の記事の場合にも、引用した部分の記述によって超子の死が確認されたあとは、叙述は近親者の悲嘆の描写によって展開される。男君達があかりを取って見奉り、「うせさせ給」うたことを知るや、父兼家へと知らせが届き、兼家は「すべて物も覚えさせ給はで、惑ひおはしまして見奉らせ給」うた。そして、死者の亡骸の様が記されたあと、兼家の悲しむ様子が描かれる。

殿いみじうかなしきものに思ひきこえさせ給へれば、たゞ思ひやるべし。宮達のいと稚くおはしましますなどに、よろづおぼし続け惑はせ給。……よろづの御とぶらひにつけても、いとゞあやにくにおぼし惑はる。ゆゝしき事どもなれど、すべてさべうおはしますと見えさせ給も悲しういみじうおぼさるれど、さてのみやはとて、後〳〵の御事ども例の作法におぼし掟てさせ給につけても、殿はたゞ涙におぼれてぞ過させ給。（上八四）

「よろづおぼし続け惑」い、「あやにくに」思い、「悲しういみじうおぼ」して、「たゞ涙におぼれてぞ過」すのである。しかも、「涙におぼれ」と、泣く様子を記したのは、単に悲しんでいらっしゃるというのとは異なり、具象的な描写となっている。この超子の死の記事における具象性への指向は、死のありさまの記述や遺骸の描写と同様、遺族についての叙述でも貫かれているのである。

今度は、幾人もの人物に分散されて叙述がなされている例を挙げよう。巻第一の、村上帝の中宮安子の出産による死に続く部分。

宮達まだ稚くおはしませば、何ともおぼしたるまじけれど、おほかたのひゞきにいみじう泣かせ給。式部卿の宮《為平》は、伏し転《まろ》び泣き惑はせ給も理《ことはり》にいみじう。内にも聞しめして、すべて何事もおぼえさせ給はず、御声をだに惜しませ給はず、ゆゝしきまで見えさせ給ふ御有様也。東宮《冷泉院》も、御物のけのこの宮に参りたりたれば、例の御心地におはしませば、いといみじう悲しきことに惑はせ給もあはれに、見奉る人皆涙とゞめがたし。あはれなりともおろかなり。「さてやは」とて、今宮は、侍従の命婦かねてもしかおぼしゝ事なれば、やがて仕うまつる。「あはれ、例のやうに平かにおはしまさましかば、こたびは心ことにいかにめでたからまし」といひ続けて、殿ばら・女房達泣きどよみたる、理にいみじき御事なりかし。（上四四）

幼い皇子皇女、式部卿宮、帝、東宮と、順を追って、殿ばらや女房に至るまで、「伏し転び泣き惑」い、「御声をだに惜しませ給」わず、「泣きどよむ」様子が描かれている。そして、東宮の狂気からの一時的回復や、新生の皇女の乳母の任命も、かえって人々の涙をさそうこととなる。叙述はかなり複雑なものになっているといえよう。

また、この死の原因となった出産において、人々が神仏に祈るさまも、

かゝる程に、おほかたの御心地よりも、例の御事のけはひさへ添ひて苦しがらせ給へば、いとゞ御しつらひし、御誦経など、そこらの僧の声さしあひたる程に、いみじう、宮《安子》は息だにせさせ給はず、なきやうにておはします。そこらの内外《うちと》額《ぬか》をつき、押しこりてどよみたるに、みこいか〳〵と泣き給ふ。（上四三）

と書かれている。「声さしあひたる」「額をつき」などの記述は、少し前の所（四一頁）に、やはり安子のための祈禱について述べた、

……七壇の御修法、長日御修法、おほやけ方・宮方と行はせ給ふ。

などの記述に比べると、やはり具象的な描写への一歩を踏み出している。

このような、叙述の詳細と具象性への指向は、巻第十六より巻第二十九に至る巻々に記された、女性たちの死の記事において絶頂となる。行成女長家室（巻第十六）・公任女教通室（巻第二十一）・斉信女長家室（巻第二十七）、

そして道長の三人の娘、寛子（巻第二十五）・嬉子（巻第二十六）・妍子（巻第二十九）の死の記事である。

嬉子の死の場合（下二一三〜二一四）を例にとれば、たとえば道長が瀕死の嬉子に(6)「児《ちご》をする様につと添ひ臥し給て、泣く〳〵かゝへ奉」る様、僧俗の「願を立て額《ぬか》をつきのゝし」り、「たゞ額《ひたひ》に手をあてゝ起居《たちゐ》礼拝し奉」り、「観音とのみ申のゝしる」様、あるいは死者と「一つにまろがれて」臥す倫子を頼通や教通が介抱せねばならない様など、叙述は詳細を極め、さらに入棺・葬送などの記事へと続いていく。

これらの叙述を通して、病者への看護・祈禱や、死の引き起こす悲嘆・哀傷のさまは鮮明な描写として形成される。そして読み手はこのような描写によって、死をめぐる作品世界の有様を「見る」のである。一つの事件が単に報告されるにとどまらず、目撃されるのである。

作品世界に、人の死に関連して表れることがらの記述は、おのずから死をめぐる記事の一部となる。喪服や葬送(7)など、死者への儀礼もまた、死をめぐる記事の構成要素となる。殊に、葬送の叙述のうちでも、男性の近親者が死者を見送り徒歩で歩むさまの叙述はこの作品にしばしば描かれる。

よろづよりも、式部卿の宮《為平》の御車の後に歩ませ給ふこそ、いといみじう悲しけれ。　（中宮安子　巻第一　上四四）

大納言殿は御車のしりに歩ませ給も、たゞ倒れ惑ひ給さまいみじ。　（花山院女御忯子　巻第二　上九七）

宮達の三所歩み続かせ給へるぞ、いみじうあはれに悲しき。　（三条院　巻第十三　上三九三）

との《顕光》の杖にかゝりてよろぼひ、抱へ奉れどえ在《おは》しましやらねば、……　（小一条院女御延子　巻第十六　下二七）

殿・大納言殿など、えもいはぬものを着させ給て、御車の後《しり》に歩ませ給。　（公任女教通室　巻第二十一　下一三七）

院などの、一夜も今宵も歩ませ給ぞ、おろかならず見えさせ給。　（皇后娍子　巻第二十五　下一八九）

御先に火ひとゝもしばかりにて、御車の後には院在しませば、この殿ばらなどは歩み続かせ給へり。

（小一条院女御寛子　巻第二十五　下一九八）

院は故宮の御供にも、この女御の御送も、ひたゝけて歩ませ給事、又なき事になんおはしましける。

（同　下一九九〜二〇〇）

殿ゝ御前、御車の後に歩ませ給、いとあはれにかたじけなく見えさせ給。……いみじき事は、山座主の杖にかゝりて、え歩みやらで、泣く〳〵仕うまつり給へる程も、よろづおろかならず見えたり。

（尚侍嬉子　巻第二十六　下二一八〜九）

さて御車の後に、大納言殿・中納言殿、さるべき人〳〵は歩ませ給。いへばおろかにて、えまねびやらず。

（斉信女長家室　巻第二十七　下二四五）

殿ゝ御前おはしましもやらねば、肩にかけ奉り、ひきゐ奉る。

（皇太后妍子　巻第二十九　下三一二）

これらの叙述の喚起する、死者を送り歩む姿の描写が、人の死がよびおこす悲しみの情をよく伝える効果を持つのは、その非日常性による。皇子や大臣をはじめ、高貴の人々の徒歩で歩む様は、死をめぐる記事のほかは、作品中に見いだせない。だからこそ、これらの人々が死者のためにあえて歩くのは、「又なき事」なのであり、「おろかならず」「かたじけなく」「えまねびやら」ぬ事だと評される。そしてこの徒歩での歩みのありさまに、登場人物の死者への想いの深さを見ようとする。これは、近親者の感情を直接述べるのではなく、その行動の叙述を通して悲嘆を読者に知らせるための、一つの方法であった(8)。

また、この徒歩で歩む姿の記述は、具象性を喚起するものでもあった。このように死に関連して引き起こされる葬送などの記事、あるいは死に先立つ病悩などの記事に叙述が広げられることにより、死をめぐる叙述はより豊かなものになっていく。死をめぐる記事は「見る」こと、「目撃する」ことを読者に可能となる方向へ構築されている。そして、死をめぐる一連の事件を、単に「知る」だけでなく「見る」ことのできるものとして叙述がなされているからこそ、栄花物語の死をめぐる叙述が、すぐれた具象性をそなえた歴史叙述となっているのである。

また、二百首近い数の哀傷歌(9)が死をめぐる叙述を支えていることも忘れてはならない。和歌によって登場人物の悲嘆が直接的に述べられることも可能となっている。そして和歌によって述べられた心情と、悲しみ嘆く姿の記述とは、効果を相乗させつつ、死者に後れた肉親たちの苦しみを描くのである。仏教語でいうところの愛別離苦が記されたのである。

死の集積と信仰

栄花物語の死をめぐる記事は、死の様子そのものを記すよりは、死者を失う人々に多くの叙述が向けられていた。言いかえれば、人の死は近親者の悲嘆において語られたのである。しかし翻ると、近親者の嘆きと悲しみ、愛別離苦こそが人の死において述べられた、ともいえるだろう。人の死も、愛別離苦も、この作品が示そうとした真実なのである。

栄花物語は、人の世の、時の流れにしたがって変転するさまを描き、その作品世界の中に多くの登場人物の一生を含む。そして、それらの人々の一生が死で終わるのだから、この物語のなかに夥しい人の死が記されるのも当然であろう。だから、一つの死の記事は一人の人物の生涯のものなのはもちろんだが、同時に、一二一人の死の集積の一つとして、人の世が時にしたがい移ろうさまのあらわれなのである。無常の一つの相なのである。愛別離苦もまた、この無常の呼び起こすものにほかならない。そして無常のさまが語られるならば、他方に信仰が叙述されることを求められる。実際に栄花物語では、信仰は重要な問題となる。

本節では人の死をめぐる叙述を考えたのだが、多くの人の死の記事のなかでももっとも重要な記事――道長の死の記事を扱わなかった。道長の死をめぐる記事が、他の場合と異なって信仰の問題と深くかかわっているからである。

注

（1）加納重文「『栄花物語』の性格」（国語国文第四五巻第九号　S五一・九）によれば、栄花物語正篇においては、薨去関係記事が全体の三分の一弱を占めているという。

（2）人の死を記すときに、多くは「うせ給ぬ」「うせさせ給ぬ」など、「うせ」の語を用いるが、一部では「あさましうならせ給ぬ」「むなしくならせ給ぬ」「消え入り給ぬ」「絶えいらせ給ぬ」のように、比喩を用いた例もある。

「なくなりぬ」「なくならせ給ぬ」……元方（巻第一）・綏子（巻第七）・公信北の方（巻第二十七）・茂子（巻第三十七）・赤裳瘡による大量死の記述（巻第三十九）

「かくれ給ぬ」……伊尹（巻第三）

「果てさせ給ぬ」……寛子（巻第二十五）

「絶え入らせ給ぬ」……公任女教通室（巻第二十一）・行成（巻第三十）

「消え入らせ給ぬ」「消え入り給ぬ」……中宮安子（巻第二）・延子（巻第十六）

「やがて冷えさせ給にけり」……定子（巻第七）

「あさましうならせ給ぬ」……道兼（巻第四）・一条院（巻第九）・三条院（巻第十三）

「今はあさましくかひなく見なし奉る」……行成女長家室（巻第十六）

「空しくならせ給ぬ」……東三条女院（巻第七）・一条尼穆子（巻第十二）

「限りになり給ぬ」……斉信女長家室（巻第二十七）

「三月つごもりに花と共に別れさせ給ぬ」……皇后娍子（巻第二十五）

「露にて消え果てさせ給ぬ」……寛子所生皇子（巻第十四）

（3）「度〳〵鶏も」より「入りにけり」までは大系本では会話の括弧にくくられているが、全注釈本では地の文になっている。後者のほうが妥当のように思えるが、ここでは大系本に従っておく。

（4）四例のうちわけは付表を参照。

（5）注（1）論文にこのことの指摘がある。詳細は付表参照。

（6）異本系統本によれば倫子である。

（7）喪服についての記述のうちでも、殊に人の死の直後に近親者等の、平常の服装に重ねる藤衣の描写は、例は少ないが効果的に用いられている。一例を挙げると、中宮安子の葬送の記述のなかに次のようにある。

　すべて御供の男女、いとうるはしき装束どもの上に、えもいはぬ物どもをぞ着たる。（巻第一　上四四～四五）

「いとうるはしき装束」と「えもいはぬ物ども」が鋭く対比されている。同様の例は、嬉子（巻第二十六　下二二四）・妍子（巻第二十九　下三二一）の死についての叙述に見られる。嬉子の場合には、

　それも唐衣うるはしう着たるが上に、また藤の衣を着て、それも涙に絞るばかり也。

とあり、妍子の場合は、

　女房の、日頃衣ども菊や紅葉やとし重ねたる上に、藤の衣の重る程ぞ凶《まが》〳〵しきや。

とある。この妍子の場合には、少しあと（下三二二）に

　花紅葉折りし袂も今はとて藤の衣を着るぞ悲しき

という和歌がある。

（8）葬送に近親者が徒歩で従う描写は、他の作品ではかげろふ日記中の、伊尹薨去についての記事（天禄三年七月）に見られる。

（9）栄花物語中の和歌六二九首のうち、哀傷歌は一九九首を占める。正篇三三二首のうちの一一四首、続篇二九七首のうちの八五首と、ほぼ三分の一近くが哀傷歌である。哀傷歌はほかに、嬉子・寛子両者へのもの二首、不特定の対象へのもの三首、巻第九末尾の義子所生皇子へのもの五首がある。

付表　人の死をめぐる記事　一覧

巻	頁数	死者	①	②	③	④	⑤
一	三一	忠平					
	三五	敦敏			○		一
	三六	元方					
		広平親王					
		祐姫					
	三九	重明親王		○			
		師輔		○			
	四四	中宮安子	○	○	○	○	
	五二	村上天皇		○	○	○	
	五九	師尹		○	○		
	六〇	在衡		○			
		実頼		○			
	六一	師氏					
二	七一	伊尹		○	○		三
	七三	挙賢			○		
		義孝			○		

巻	頁数	死者	①	②	③	④	⑤
	七六	兼道		○	○		
	七八	中宮媓子		○			
	八三	超子	○※		○		
	九七	忯子		○	○	○	
三	一一七	頼忠		○	○		
	一二〇	福足君		○	○		
	一二二	兼家		○	○		
	一二四	円融院	B	○	○	○	三
四	一三三	為光					一
	一四〇	雅信			○		
	一四四	朝光		○			
	一四五	道隆		○			
		済時					
	一四九	重信					
		保光					
		清胤僧都					

①　○印　死をめぐる叙述が具象性をともなって詳細なもの
　　※印　遺骸の描写を持つもの
　　B印　仏教に関連した記述を持つもの
②　○印　病悩についての記述を持つもの
③　○印　近親者・臣下による悲嘆・哀悼が記されているもの
④　○印　葬送の記述を持つもの
⑤　数字は、その人物の死を哀傷した和歌の、栄花物語中での歌数

		道兼	○	○	○	○	一
	一五一	相如			○		一
	一五二	道頼		○			
五	一七九	貴子			○		三
	一九四	成忠		○			
六	二〇三	三条大后昌子			○		
七	二一六	皇后定子	○	○	○	○	七
	二二〇	綏子			○		一
	二二一	道綱室		○	○		
	二三二	東三条女院	○	○	○	○	一
	二三四	為尊親王		○	○		
		淑景舎女御	○	○	○		
八	二四二	御匣殿		○	○		
	二五四	花山院		○	○		一
	二五八	媄子内親王		○	○		
	二九二	伊周	○	○	○		
	二九三	具平親王					
	二九八	敦道親王		○			
九	三〇五	一条院	○	○	○	○	十四
一〇	三二〇	冷泉院			○		
一一	三六三	隆円僧都		○	○		
	三七八	一条尼穆子	○	○	○	○	一
	三八七	四条皇太后遵子		○			
一三	三九三	三条院	○	○	○	○	七

	四〇一	雅通		○			
一四	四二九	寛子所生皇子			○		
	四三〇	敦重親王			○		
一六	二五	延子	○	○	○	○	
	三二	頼定		○	○		
	三四	道綱		○	○		
	三七	行成女長家室	○	○	○	○	四
	四〇	顕光			○		
	四一	三昧僧都			○		
	五四	公任女		○	○		
二〇	一二八	経房		○			
二一	一三四	公任娘教通室	○※	○	○	○	三
二二	一四七	大原入道					
二五	一八七	皇后娍子	○	○	○	○	四
	一九七	寛子	○	○	○	○	二
二六	二一三	嬉子	○※	○	○	○	五
二七	二三九	斉信女長家室	○	○	○	○	七
	二五〇	小式部内侍		○	○		二
	二五一	顕基北の方		○	○		
	二六六	公信北の方			○		五
	二六八	公信		○	○		
二九	二九八	入道顕信	○※	○	○		
	三〇八	妍子	○※	○	○	○	一四
三〇	三二八	御堂	○※B	○	○	○	六

巻	頁数	死者	①	②	③	④	⑤
三一	三三二	行成	○B	○	○		一
三二	三七三	斉信					
三三	三八七	後一条院		○	○	○	二五
	三九四	威子		○	○		二四
三四	四一〇	道家			○		
	四一一	中宮源子			○		六
三五	四二三	通房		○	○		二
三六	四三二	後朱雀院		○	○		一〇
	四三五	定頼					
	四四二	実資					一
	四五一	祇子		○	○		
	四五二	倫子					
三七	四七四	茂平		○	○		
	四七六	東宮若君					
	四七七	長家	○	○	○		
	四七八	頼宗			○		
三八	五〇五	後三条院		○	○		五
三九	五〇九	頼通	B	○	○		
	五一四	上東門院		○	○	○	
	五一七	教通		○			
	五二二	師房		○	○		

巻	頁数	死者	①	②	③	④	⑤
	五二六	敦賢親王					
		能季					
		能季室					
		道永					
		家資					
		惟実					
		惟実室					
		高房					
		経章					
	五三六	民部卿北の方					
		但馬守女					
		春宮亮北の方					
		敦文親王			○		
	五三二	俊家		○			
		能長					
四〇	五三七	中宮賢子		○	○		二
	五三九	実仁親王			○		
	五四〇	尊子					
	五四一	隆姫					
	五四五	瑠璃女御					

第二節　死をめぐる叙述について、ふたたび

時間の把握

栄花物語を、その作品としての全体より見るならば、これをほぼ一貫して支える主軸は編年体の形式である。(1)正篇三十巻においては、年紀の記載や「かくて」の類などを契機として、この形式のもとに叙述は展開され、さらに続篇においてはこれら特徴的な表現の契機を必要としないように、より強固なものとして引きつがれている。そしてこれらの叙述をとおして、事件を一回的なものとしてとらえる編年体特有の時間相を見いだすことができるのである。

しかしこの作品は、編年体の形式と一回性の時間相だけが叙述のための唯一の支えとなっているわけではない。たしかに編年体は栄花物語を支える最重要のものではあるが、なおその秩序を打ち破ろうとするもう一つの力が存するのである。その具体的な発現は端的には巻第十五「うたがひ」に見られるが、そこでは事件を一回性の時間からではなく、継続性・反復性により捉え、さらに永遠の時間相に到達しようとする。(2)そして「うたがひ」の巻によって可能となった叙述の方法は信仰に関連した巻々の叙述を支える力となるのである。「たまのうてな」(3)や「とりのまひ」では、時間進行ではなく空間の広がりよって対象を把握し、「つるのはやし」では釈迦如来への比喩が道長の死の叙述を可能ならしめているが、(4)これらはいずれも「うたがひ」においてその雛形を見ることができる。

ところで、このように栄花物語が編年体によって完全に一貫されていなかったことを見るならば、この作品の編年体の意義をいささか軽いものと見なければならないようにも思える。しかし、信仰への肯定と讃仰の立場より仏事を捉える法成寺グループ以外では編年体の時間の秩序が破られていないことを見るならば、信仰がかかわらない叙述における編年体の意義は、なお軽視できるものではない。そしてこの編年体の秩序を打ち破ったことに、この作品における信仰の意義の重さを見るべきなのである。またそこにこそ、栄花物語という作品が、歴史叙述としての性格のほかに、信仰に深く根ざした作品としての性格を持つことも見ることができるはずなのである。

ではこのような作品の二面性はどのように相互に関係づけるべきなのだろうか。そして歴史叙述としての面より作品全体を捉えるならば、信仰に関連した仏教関係の記事もまた、編年体の秩序よりの逸脱はともかくとして、歴史世界上のできごととして、つまり所詮は信仰世界のできごとも歴史性の範疇に含まれ得るものとして、結局は作品の歴史叙述としての性格に含み込まれるかのようにも見えよう。それならば、信仰から歴史叙述の面を捉え直してみるならばどうなるであろうか？　両者を対等の性格と見る立場より、信仰世界から歴史世界を捉えるならば、どのような作品像が浮かび上がるであろうか？　これらの課題のために、本節においては死の問題を考え、また死と時間との関係を見ることにより、二つの世界が一作品に結実する契機を探ってゆきたい。

ところで、死と時間の関連の問題を考えるにあたって、作品のことば自体によって時間がいかにとらえられているかに関心が持たれる。時間が叙述の機構として重大な働きをすることはもちろんだが、さらに死の問題を考えるためには、作品の叙述が提示する時間観が手がかりになり、そこからこの作品の根底が見通せると思われるのである。

さて、ことばによる時間の把握ははやく作品の冒頭に見られる。つまり栄花物語は次のような文章によって始められるのである。

世始りて後、この国のみかど六十余代にならせ給にけれど、この次第書きつくすべきにあらず。こちよりての事をぞ記すべき。（上二七）

この一文は、この作品についての他の課題でも問題になるのだが、(5)時間の問題を考えるにあたっても、重要な例となる。ここで最初にことば自体によって把握された時間は「世始りて後、この国のみかど六十余代」になるまでの悠久の時間なのである。ただしその時間の間の歴史をすべて記すことはできないので、「こちよりての事」をのみ書くのだというのである。いわば「近代史」述作の表明なのであり、その前提として、作品が扱わない時間の存在を言明しようとする。歴史の事実としては存在しながら作品の叙述に再現されない世界の先行を認め、そこから引き続く時の流れのうえに作品世界を開こうとするのである。すなわち、この冒頭は新たな歴史叙述を始めるためのものでありながら、新たな世界が始まるのだという姿勢をとらない。源氏物語のように豁然と新たな世界を開こうとするのではなくて、世界の始まりを時間の彼方に預けようとする冒頭叙述なのである。これは前章でも述べたように、歴史叙述の部分性に由来する表現なのである。

とすれば、栄花物語にとって編年体の時間とは叙述の対象として取り上げた歴史の範囲にとどまるのではないだろう。六十余代のみかどの歴史のうち、近代に属する部分のみを対象として切り取るのだと宣言するためには、作品世界が対象とする範囲の時間と同様の時間がその先にも流れたのだとしなければならない。つまり作品の編年体の時間は作品の叙述の有無とは関係なく進行するのだととらえることによってのみ、同質の時間の作品世界への先行を認めることができ、このような冒頭の一文は可能となるのである。この作品の歴史叙述の時間は、この一文の把握によるかぎり、作品が創り出すようなものではなく、作品の叙述のかなたに、先験的に存するのだと見なければならない。

時間についてのこのような把握を窺わせてくれる表現は、作品の叙述のなかでさらにほかにも見ることができる。

たとえば、さきの作品冒頭の文章に対して、巻第三十「つるのはやし」の末尾近くには、正篇の作品世界を閉じる役割を果たすかと見える、次のような一文がある。

次〳〵の有様どももまた〳〵あるべし。見き、給覧人も書きつけ給へかし。（下三三八）

ここでは、冒頭の場合とは逆に、作品世界の展開が閉じられた後に引きつがれてゆく歴史が述べられているが、そのためには時間が作品の叙述とともに停止するのではなく、作品を超えて流れ続けるのだという前提が必要となる。だから冒頭の記述とは作品世界の前後の違いはあっても、作品世界を超えて流れる先験的な時間を認めることは同様なのである。

「はかなし」の語義

さて冒頭と巻第三十の記述によって見られたように、時間は作品世界と叙述の展開に対して超然と流れるかのようにとらえられていたわけだが、これをまた異なる面よりとらえる言及として、この作品中に数多く見られる形容詞「はかなし」を用いた表現がある。例として作品の始めより何例かを順次あげていこう。

○はかなう御五十日《いか》なども過ぎもていきて、……（上三二）
○はなかくて年月も過ぎて……（上三二～三三）
○年月もはかなく過ぎもていきて……（上四〇）
○はかなく年もかはりぬ。貞元〻年丙子《ひのえね》のとしといふ。（上七四）
○はかなくて天元三年庚辰《かのえたつ》の年になりぬ。（上八〇）

このような表現は正続両篇にわたって八二例が見られる。しかもその多くが記事の冒頭に位置するのだが、これを同様に記事の冒頭に位置する「かくて」の類に準ずる表現と見、「かくて」の類の機能と考え合わせるならば、編年体の時間の関連性はすでに明らかであろう。しかしそれだけでなく、これらの表現では「年月も過ぎ」あるいは「年もかは」ることが、つまり時間の経過してゆくことが「はかなし」ととらえられているのであり、ここにも作品のことば自体による時間の把握があるといえる。しかもさきにあげた冒頭や巻第三十の場合には時間と作品世界との係わりあいへの言及が見られたのだが、ここではさらにその時間を経過という性格に即して判断し評価しようとしているのである。つまり栄花物語においては時間は作品世界の展開より超然とした先験的なものと扱われるのみならず、その経過が「はかなし」の語によって認識されているのである。

ところで、私たちはともすればこの「はかなし」に無常あるいは悲哀のごとき感情を見てしまいがちである。たとえば作品の性格の日記文学との近似を鋭くとらえた今井源衛の論文「栄花物語」[6]でも、このような表現に着目しながら編年体の問題がとらえられていた。そしてそこでは「時間の流れ全体が、常にいわば叙情によって包み込まれている様な体裁」といい、また「そういう感傷的な年次記述」ともいうのであった。しかし栄花物語に用いられた「はかなし」の語義が「叙情」あるいは「感傷」のような語に置き換えられるものであったかどうかは疑念なしとはしない。たしかに現代語としての「はかない」は大きく情意に傾くのであるが、中古語と現代語の間で多くの形容詞がその語義を変化させ、様態と情意のバランスを変えていることを思えば、「はかなし」についても検討の余地は存する。

たとえば次のような例がある。

はかなく秋は過ぎて冬にもなりぬれば、内辺《わた》りは中宮《妍子》の御方の更衣《ころもがへ》などの有様もものけざやかに、月日の行きかふ程も知られ、めでたかりける。（巻第十　上三二九）

このような文章のなかに感傷や悲哀の感情を見いだすことは困難であろう。「はかなく」季節が移り変わり、ころもがえの時期が到来し、その様子も爽快に、月日の経過も知られてすばらしいことであるというのである。身近な日常の生活感情への関心は枕草子などにも通じるものであり、しかもその色彩は明るい。そしてここでの時間の経過は、その速やかなさまはとらえられていても、感情を催すようなものではなく、「はかなし」の語義は大きく様態に傾き、情意の表明は弱いと見なければならない。

このような例はほかにも見られる。

摂政殿《兼家》は今年六十にならせ給へば、この春御賀あるべき御用意どもおぼしめしつれど、事どもえしあへさせ給はで、十月にと定めさせ給へり。はかなう月日も過ぎもていきて、東三条の院にて御賀あり、御屏風の哥ども、いとさま〴〵にあれど、物騒しうて書きとゞめずなりにけり。（巻第三　上一一四）

ここに述べられたのは兼家の六十の賀であり、明るい題材のものなので、そのなかで用いられる「はかなし」にも悲哀感を読み取ることはできない。単に賀宴の計画より実施へと速やかに進行させる以上の働きを、この「はかなし」より読み取ることはできない。

神無月の日もはかなく暮れぬれば、皆ことゞも果てゝ、院は三条院に、又の日ぞ帰らせ給。さき〴〵の御賀などはいかゞありけん、これはいとめでたし。（巻第七　上二二五）

これは東三条女院四十の賀の記事の一部であり、とらえられた時間は一日のうちの時の経過についてであって、巻第十や巻第三の例よりは小規模のものである。しかし「いとめでたし」と総括される宴のなかで、慶賀の時間が速やかに流れたことを述べるのだから、「はかなし」が様態の把握に傾くことでは同様といえよう。

このように「はかなし」は形容詞の語義として様態に傾きつつ、時間の速やかなさまを示すのだとしても、ではこの時間の経過の様相は対応する事件の密度に関係するのだろうか。――すなわち、帰属する事件の性質が時間にも反映し、事件が「はかな」いもの、取るに足らぬものだから対応する時間も「はかな」いのだというような因果関係の成否が問題となろう。しかし、次のような例を見るならばこのような関係には否定的にならざるを得ない。

する事なき年だにはかなく明け暮るゝに、まいていみじき大事どもありつれば、年も返りぬ。
（巻第十二　上三八六〜三八七）

重要な事件のない年でさえ「はかなく明け暮るゝ」のに、重大な事件のうち続く年はましてのことだというのである。重大な事件があれば時間はより「はかな」く経過するのだから、事件の「はかなさ」と時間の「はかなさ」とは比例しないどころか、反比例するのでさえある。とすれば「はかなし」は時間にのみかかわるのであり、その時間に帰属する事件にはかかわらないのである。

先に述べたように、作品の冒頭などでは時間は作品世界に対して超然とし、先験的なものと扱われていたが、ここでも時間についての把握は同様であろう。作品世界の事件の性格とは関係しないところですでに時間は「はかなし」と断ぜられ、ただ重要な事件に多忙なときにはその「はかなさ」は募るのである。

さてこのように、「はかなし」の語はその語義に関しては情意の表現に乏しく、様態に大きく傾いていた。しかもその評価は帰属する事件の性格によるのでなく、あくまでも作品世界より超然とした先験的な時間に対するものであったと言える。とすればこの「はかなし」を、情意の面を重くとらえた場合のように作品世界全体に及ぶものとすることはできない。作品世界とは切り離したところで与えられる形容なのであり、作品正篇冒頭・末尾の、さきに引用した文章に示された時間観とも軌を一にする。

このように時間がとらえられるためには、まず時間は歴史事実からも歴史叙述のことばと作品世界の展開からも切り離してとらえられることが可能でなければならない。もちろん、近代人の如く「時間」というような観念的な名詞によってとらえられようとするのではないが、それにかわって、生活感により密着した「としつき」や「明け暮れ」により、また動詞「過ぎゆく」や助動詞「ぬ」など、そして形容詞「はかなし」によって、個々の事件やその因果関係を超えた時の流れを、その急速にして確固とした様相においてとらえようとするのである。そして、この時の流れは、それによっていかなる感慨がもたらされるかということとは関係なく、またいかなる力もとどめることのできないものとして扱われていると言えよう。しかも作品のことば自体によるこのような時間の把握は、強固な形式としての編年体の機構の性格にも呼応し、両者は共通の時間認識に支えられている。

このように栄花物語における時間についての「はかなし」の語義は現代語の「はかない」と大きく異なっているのだが、それならばこの作品が、現代語「はかない」が示す情意と無縁であったかというと、決してそうではない。時間の、歴史の流れの感傷、人の世の無常、今井源衛の言をかりれば「万物流転の感」は、この作品から充分に読み取り得、夙に言われているように(7)明暗二面は対照的に取り上げられて明に偏することがない。しかし、そのような読解が可能となるのは、決して「はかなし」などの語が記されることによってではなく、また折々に記される作品の「書き手」の感想によってでもないのであり、なによりもこの作品が叙述の対象として取り上げた事件の、そして作品の根幹となるべき記事の性格によっているのである。そしてこの作品の取り上げたものは、これも今井の言をかりれば、「結婚・出産・幼児の生長・恋愛・結婚・出産・死のくりかえし」なのであり、しかもこれら人の世の営みの帰結点たる死が重い比重を占めていた。死の叙述は加納重文の調査によれば(8)量的にも正篇において約三分の一弱、続篇においても約五分の一を占め、更にその描写の細部も、ことに見送る側の悲哀を描いて執拗であった(9)。まさにこのような題材の性格こそがこの作品の暗い感傷を導き出すのであった。そして、さきに「はかなし」が時間に関連して用いられる例を見たが、死の叙述においてもこの「はかなし」はしばしば用いられるのである。

「はかなし」の諸相

「はかなし」の栄花物語においての用いられ方は、私見により分類すれば次のごとくである。

Ａ　時間の経過に関して用いられる場合……………………八二例
　ａ　このうち記事の冒頭をなす文章に含まれる場合………五四例
　ｂ　死についての記事の中で用いられる場合………………一一例
Ｂ　事物または状態の非充実を述べる場合……………………四四例
Ｃ　「世」とともに用いられる場合………………………………一四例
Ｄ　人の死を述べる場合……………………………………………九例

時間に関してのものがやはり最も多く、これについでは様態の非充実を述べる例が多い。つまりＢは「はかなき御果物」「はかなき御髪の箱硯の筥」あるいは「はかなく奉りたる御衣《ぞ》」のように、事物ないし状態の非時間的な様態に語義を徹し、程度の瑣小・不十分またはとるに足らぬ様などを示す場合である。そしてこのほかに、「世」とともに用いられる一四例と、人の死についての九例とに分類することができる。

死について用いられた例としては、直接に人の死を報告する文章の中の場合および、火葬の様を述べる中で用いられる場合があるが、その実際の例を引いてみよう。

○男子《をのこご》一人ははかなうなり給にけり。（上三〇）
○……いとはかなううせ給にしになん。（上八二）
○……かくはかなき様になり給ぬるは、……（上二九二）

○……はかなく煩ひてうせ給ぬといふめれ。（上三六三〜三六四）

○はかなき雲煙《けぶり》とならせ給ぬ。（下一九九）

ここで注意しておくべきことは、決して「死」というような観念が「はかなし」と形容されているわけではない点である。「うせる」「煩ふ」あるいは「なる」のように事態の推移・変貌をとらえる動詞に「はかなし」の形容が与えられるのであり、死は時間に沿って進行する現象として捉えられている。そもそも「死」とは生の領域より死の領域への時間的な転移であることを思うならば、このように動詞によって捉えられるのも当然のことなのである。

ところで、このように死を直接描く場合のほかにも、時間をとらえる「はかなし」ではあっても、人の死の叙述と密接に結びついた場合が一一例見られる。典型的な例としては、次に掲げるように、葬送の描写の中で死者を見送る一夜があっという間に明ける様子が「はかなし」ととらえられている。

いづれの殿上人・上達部かは残らんとする、数を尽して仕うまつり給。殿上には人たゞ少しぞとまれる。村上といふ所にぞおはしまさせける。その程の有様いはん方なし。夏夜もはかなく明けぬれば、皆帰り参りぬ。（上五三）

これは巻第一「月の宴」の村上天皇葬送の一情景だが、同様の例はほかにも中宮安子・堀河女御延子・伊周などの場合に見られる。

また次の例は死の床についた東三条女院を一条天皇が見舞う、巻第七「とりべ野」の記事よりの一節である。

日もはかなく暮れぬれば、殿、「はや帰らせ給なん。夜さりの御渡り夜更け侍なん」と、いたうそゝのかしきこえ給へば、みかど、「あはれに罪深く心憂きものは、かゝる身にもありけるかな。この御有様を見捨て奉る事のいみじきこと。いふかひなき人だに、かゝる折かゝるやうはあらじかし。心憂かりける身なりや。猶渡らせ給はん所まで」とおぼしの給はすれど、「さるべき事にも候はず」とて、猶疾く帰らせ給べく奏せさせ給へ

ば、院ものは宣はせねど、飽かで帰らせ給はん事を、悲しうおぼされたり。（上二三〇）

これら二つの例は、死の前と後との違いがあるとはいえ、見送るものと去る者との訣別を扱い、そのような場においてこそ時間の経過の「はかなさ」はより強調されるのである。そして時間の流れと人の死とはこの作品においては、同じ「はかなし」との形容をもって捉えられるのみならず、死がクローズアップされるところにおいてこそ時間の速疾は目立つのだった。死は時間の「はかなさ」の把握を強くもとめる役割を果たしたのだともいえよう。

ところで、「世」とともに用いられた「はかなし」もまた死との関連が深く、すべての例が人の死に関係する叙述の中で用いられている。すなわち、人の死の叙述の中で使われた場合はもとより、そうでない場合にも、未来における死の必然性を踏まえて「世」の「はかなさ」をいうのだと読み取れるのである。たとえば、巻第二「花山たづぬる中納言」中の冷泉院女御超子の死の記事では、次のように立て続けに二つの「はかなし」が「世」とともに用いられている。

ゆゝしき事どもなれど、すべてさべうおはしますと見えさせ給も悲しういみじうおぼさるれど、さてのみやはとて、後〳〵の御事ども例の作法におぼし掟てさせ給につけても、殿はたゞ涙におぼれてぞ過《すぐ》させ給。あさましうはかなき世とも疎なり。御忌の程あさましういみじうて過させ給につけても、今は女御の御有様いとゞ恐しうおぼしめして、女御どのとわかみやとはほかに渡し奉らせ給て、世ははかなしといへど、いまだかゝる事は見聞えざりつる御有様なりや、宮〳〵の何事もおぼしたらぬをいとゞ悲しうおぼされけり。（上八四〜八五）

もちろん「はかなき世」というとき、対象は単に人の死にとどまるのでなく、ただこの人の死によって世の中一般の「はかなさ」が認識されるわけである。しかし、人の死と「はかなき世」との結び付きが緊密だとすれば、死は人の世の有様を知るための契機として重要な働きをするのだといえよう。

この例は死と言っても一人物のそれを対象とした叙述であったが、次のような例では特定の人物の死ではなく、人の死一般が「世」の「はかなさ」の認識を喚起している。

世中のあはれにはかなき事を、摂津守為頼朝臣といふ人、

世中にあらましかばと思ふ人なきは多くもなりにけるかな」これをきゝて、春宮の女蔵人小大君、返、

あるはなくなきは数そふ世中にあはれいつまであらんとすらん」とぞ。（巻第四　上一五三）

ここでは、世の中の人々の総体として捉えた為頼のうたに対して、作品の叙述は「世中のあはれにはかなき事」を詠んだうたと把握しているのである。そして、これに返した小大君のうたでは、かかる「世中」の未来の側に自分自身の死をさえも見ようとしているのだが、このような「世」「世中」は過去より未来へと流れ続ける時間の上に捉えられた世界であるといえよう。そうでなければ、「世中」における自らの死などあらかじめ望見できようはずがない。そしてこの例によってとらえられる時間もまた、その性格は正篇の冒頭や末尾に示されたのと共通のものである。自らの死は、事件の有無如何を超えて先験的な時間のかなたに見通すことができるのである。

さて、このように「はかなし」は時間の速疾をとらえるのみならず、さらに人の死や世の中をもとらえていた。しかもこれらは相互に関連しあってもいただろう。これら三様の用法における「はかなし」の語義は、先にも述べたように現代語のごとく情意に傾くのではないが、それだけに対象の時間的な変転の厳しさを様態としてとらえたのだと見なければならない。その点、同じ「はかなし」ではあっても「はかなき御果物」などの場合の無時間性とは大きく異なる。時間に沿って事態の変転するさまを、作品世界に具体的に即してとらえるならば「世」「世中」となるが、さらにそのうちでも端的な事象を求めるならば死をあげることができる。しかし多くの場合この変転の厳しさはこのような具体性を超えたところでとらえられ、時間の性格として把握される。しかもそのような性格として扱われた時間は編年体の機構のためにもふさわしいのであった。だから栄花物語において、編年体の時間は歴史叙述の記事配列の秩序、叙述の機構として機能したのみならず、さらにこの時間を対象としてその性格を把握す

る契機を有し、それは作品の世界観・歴史観にまで関連していたのである。

この作品は、その叙述の対象の中心を「結婚・出産・幼児の生長・恋愛・結婚・出産・死のくりかえし」にもとめた。つまり人間の生活とその端的な帰結点としての死に求めたわけである。しかもこの人の生と死が変転する世界は、「はかなし」のような語によっても把握されたが、この作品はその具体相をも執拗に形象化したのであり、そのことこそが歴史叙述としての意義である。だから栄花物語は人間の生と死の変転の歴史であり、そこにこそ一種の歴史観を見なければならない。

もちろん、だからといってこの作品の歴史の政治史としての面を否定しようというのではないが、政治史を描くに政治史的な視点を必要としなかったのである。人間の生と死を描くことが同時に政治史となり得たのは、一つにはこの時代の外戚政治という政治のあり方自体が可能にしたのだろうが、ことさらに政治史を求める必要はなく、実際に求めもされなかった。ただ、陰謀史の視点を拒んだために拾い落としたものがあったかもしれないが、それは瑕瑾というべきである。

信仰と時間

ところで、「世」と結びついた「はかなし」のうち、ともに花山院に関係する次の二例では、信仰の問題への関係が見られる。

かくあはれ〳〵などありし程に、はかなく寛和二年にもなりぬ。世の中正月より心のどかならず、怪しうもの、さとしなど繁うて、内にも物忌がちにておはします。又いかなる頃にかあらん、世の中の人いみじく道心起して尼法師になり果てぬとのみ聞ゆ。これをみかど聞しめして、はかなき世をおぼし歎かせ給て、「あはれ、弘徽殿いかに罪ふかゝらん。かゝる人はいと罪重くこそあなれ。いかでかの罪を滅さばや」と、おぼし乱るゝ事ども御心のうちにあるべし。（巻第二　上九八）

院ものゝはえあり、おかしうおはしましゝに、まいて今は何事もさばれと、ひたぶるにおぼしめしたるも、はかなき世になどかさはと見えさせ給。（巻第四　上一三六）

巻第二の例は忯子の死をきっかけとして花山天皇の心が出家へと傾いてゆくことを述べた記事であるが、このように人の死が信仰を導き出すのは、他にも公任や道長の場合にも見られるのであった。そしてこの場合には、死と道心を結びあわせるのは「はかなき世」との認識であった(10)。花山帝にとっては忯子の死として端的にあらわれた世のはかなさが道心を催したのであり、世界の変転の厳しさと信仰とが結びあわされたのである。

しかしこのような関連を、逆説的であるが、それ故により鋭く捉え得るのが巻第四の場合である。これは、花山院が一転して修行を放棄し、中務母子を寵愛したり為尊親王を九の御方へ通わせたりして悪行に耽る様を記す記事のうちの一文である。そしてこの個所の理解については、栄花物語標注(11)は

はかなき世に、などかさやうには道心を破戒し給ふらんと他より見ゆる也。

と説明し、栄華物語詳解(12)は

さて、もとより、をかしく花やかなる御本性なるに、今は後世などの事もうち忘れて、何事もまゝよと、頓着もなく思召したるも、かくはかなき世の中に、何故に入りたちし道心をすてゝ、さやうにたはれさせ給ふにかと、心ゆかぬさまに、打みだれて見え給ふとなり。

とする。いずれも「はかなき世」に信仰を放棄したことを非難するのだと捉えている。しかもこの場合の「はかなき世」は、詳解が「後世などの事」というのを考えるならば、具体的には花山院自身の死のことを述べるのだと見られよう。そしてこのような解釈が成り立つためには、この物語の一文の底には「はかなき世」だからこそ信仰が

もとめられるのだとの考え方が潜んでいるのだとしなければならない。つまり「はかなき世」と信仰の強い関連を前提としたところに、このような一文が可能となるのである。

そして、世界の「はかなさ」と信仰とのこのような関連を、個別の事件の問題としてでなく、一般的問題として提示するのが、次の一文である。

世の中にある人、高きも卑しきも、こと〻心と相違ふ物なり。植木静ならんと思へども、風やまず。子孝せんと思へども、親待たず。一切世間に生ある物は皆滅す。寿命無量なりといへども、必ず尽くる期あり。盛あるものは、必ず衰う。会ふものは、離別あり。果報として常なる事なし。あるひは昨日栄へて、今日衰へぬ。春の花、秋の紅葉といへども、春の霞たなびき、秋の霧立ち籠めつれば、こぼれて匂も見えず。たゞ一渡りの風に散りぬれば、庭の塵・水の泡とこそはなるめれ。（上四五七）

ここでは「はかなし」の語は用いられていないが、それでも内容的には世の「はかなさ」や人の死が言及され、時間にしたがっての変転の様が語られている。他の個所で「はかなし」の語によって繰り返し述べられていたことが、ここでは一まとめに総括されているのである。そしてここに個別の事件を超えた普遍的な相として述べられた現象は、その具体相を作品の歴史叙述の展開の中に見ることができる。

そしてこの例は、その置かれた位置に関しても重要な問題にかかわっている。つまりこの例は巻第十五「うたがひ」の巻の末尾近くに位置し、その後には次の叙述によって巻が閉じられている。

たゞこのとの〻御前の御栄花のみこそ、開けそめにし後《のち》、千年の春霞・秋の霧にも立ち隠されず、風も動きなくして、枝も鳴らさねば、薫勝り、世にありがたくめでたきこと、優曇花の如く、水に生ひたる花は、青き蓮世に勝れて、香匂ひたる花は並なきが如し。（上四五七）

両引用文の傍線部をくらべて見るならば。この両文が対比的に扱われていることは明らかだろう。しかも後者は

「うたがひ」の巻を通じて変容されてきた時間が永遠の時間相に至り、それによって道長の信仰に支えられた「後世の栄花」（佐藤謙三[13]）を讃歎するのであるから、それと対比的に扱われた前者の一文に述べられたのは、信仰世界と対立し、そこから厭離すべき現世の無常の世界と言うことになる。しかも、花山院や公任、道長の場合に盛必有衰の現世の世界より信仰の世界への参入があくまでも時の進展に沿っての登場人物個人の経歴として記されたのと異なり、時間を超えたところで対比され、無常は現世における普遍として扱われている。そして普遍的に述べられた無常の世界の具体的な顕現をもとめるならば、厳然とした時間に規制され、世の変転が執拗に繰り返される栄花物語の歴史世界こそがそれなのである。だから、道長の栄花として現出した信仰の世界を讃歎するために、永遠の時間相により、歴史叙述の性格を拒むこの「うたがひ」の末尾より捉え返すならば、栄花物語の歴史叙述の世界は彼岸への救済の道と対比されるべき、厭離すべき此岸の無常の世界にほかならなかったのである。

往生要集は仏典の古典漢語の世界によりつつ欣求浄土とそのための方法を一般的なものとして扱ったが、それに対比するに人間の世界だけでは充分でなく、他の五道への想像力をも援用しなければならなかった。栄花物語正篇は約半世紀をへだてて、往生要集の大きな思想的影響のもとに成立したが、そのことばは専ら女流かな散文により、信仰の世界を道長の栄花として形象化し、それに対比するに厳然と時間に規制される歴史叙述の世界を以てしたのである。しかも、往生要集の場合にはその作品一部の主眼は明白に欣求浄土にあったが、栄花物語の場合にはその分量の点より見るならば歴史叙述こそがその作品としての主眼であるようにも見える。しかし「はかなし」のような語を契機としてたどるならば、時間は叙述の機構としての性格を果たすにとどまらない。そしてこの時間の「はかなさ」を死の叙述の重みとあわせ考えるならば、人間の歴史の世界の変転の厳しさが捉えられ、そこからは信仰への道が望見される。とすれば栄花物語における仏教信仰は単に歴史叙述の一題材にとどまるようなものではない。歴史の叙述と信仰への讃仰はこの作品においてはいずれを因、いずれを果と決し得ないが、両者は密接に結びつき、信仰はこの作品を支えるための力の一つであったろう。そしてこの両者を結びあわせるための契機は、先験的に超然と、厳然と流れるものとしての時間だったのである。

「時間」という観念によって実体化することを拒むならば、時間とはそもそも世界の変転そのものの様として捉えられる。そして時間の流れに束縛され時間のうちに生きるものにとって、自らの死は生の端的な帰結点であり、しかも逃れがたいものである。しかし、自分自身の死はその確実性にもかかわらず、具体的に知ることはできないので、死についての関心は必然的に他者のそれへと向かわざるを得ない。和歌においては、小大君のように自己の死を捉えることができても、散文では他者の死を対象としなければならなかった。そこに栄花物語が多くの死を扱わねばならない所以がある。そして他者の死への関心が、その生への関心へと、つまり他者が時間の中で生きる様へと向かってゆくとすれば、そこにこそ歴史叙述の成立の契機は存するのである。

一方、この死をいかにして乗りこえるかを問うならば、信仰にその道を求めることになろう。しかも浄土信仰は死それ自体を生へと転化させることを、つまり往きて生まれる道の可能性を説いたのである。このように、死は歴史叙述にも信仰にも、両面に関わり合っているので、栄花物語という作品を死の側面より見るならば、歴史の書としての性格も信仰の書としての性格もともに、根底においては実は通じ合っているのである。死への関心は人間にとっては本来的なものであろうが、十世紀以来の浄土信仰（やあるいは弥勒信仰など）の盛行は死の超克を語ることによっておのずからこの関心をより高めたであろう。(14)一方女流かな散文のことばの成熟は、かなによる歴史叙述の成立のためのことばの障碍をすでに取り払っていたろう。これらの条件のもとに、栄花物語がかかる性格の作品として成立することはほとんど必然のことだったと言えるのである。

注

(1) 本書第一章

(2) 本章第三節

(3) 本章第五節

(4) 本章第四節

(5) 本書第五章第三節

(6) 今井源衛「栄花物語」（新訂増補国史大系第二〇巻『栄花物語』月報　吉川弘文館　S三九）

(7) 三条西公正「栄華物語――題名及び巻名に関する提案――」（『岩波講座日本文学』（S六））・松村博司『栄花物語の研究』第三篇第一章（刀江書院　S四二）・河北騰『栄花物語論攷』第二篇第二章（桜楓社　S四八）など。

(8) 加納重文「『栄花物語』の性格」（国語国文　S五一・九）

(9) 本章第一節

(10) 注（4）参照。

(11) 本位田重美・清水彰編『住吉大社蔵佐野久成著栄花物語標注上』（笠間書院　S五六）

(12) 和田英松・佐藤球『栄花物語詳解巻二』（明治書院　M三二）

(13) 佐藤謙三「栄花物語考」（『平安時代文学の研究』角川書店　S三五）

(14) 赤木志津子「源氏物語の世界　附　栄花物語に就いて」（お茶の水女子大学人文科学紀要3　S二八・六）・山中裕『歴史物語成立序説　源氏物語・栄花物語を中心として』第一章（東京大学出版会　S三七）・清水好子『源氏物語論』第七章の五（塙書房　S四一）・武者小路辰子「源氏物語　その生と死」（日本文学　S三八・二　のちに『源氏物語　生と死と』（武蔵野書院　S六三）所収）など参照。

第三節　うたがひの巻の時間について

この作品を史的に理解しようとするとき、その切り込み方は様々に用意されていようが、その一つとしてここで問題としたいのは、浄土信仰を中心とする仏教思想とのかかわりである。――というよりは、京師と叡山という、東西に隣接し、しかもそれぞれに豊穣なことばと思想を保ち、発展させながら九・十世紀を通ってきた世界が、十世紀後半に親密に接触するようになった、この勧学会・二十五三昧会(1)の遺産を、かなによることばの世界がいかに受けとめ得たのか。その解の一つがまさに栄花物語に見出せるはずなのである。

往生要集は浄土への往生の信仰の有効性を立証するべく源信の該博な仏典への知識(2)と仏教漢文の華やかな可能性を動員し、理論書としての論理の透徹はもとよりのこと、往生と極楽浄土の具体相をも具象性に富んだ文章によって描き出していたろう。しかしそこに描かれた往生の相はあくまでも一般的な模範例にとどまり、確定された事実の相において実証されたものではなかった。つまり往生要集においては往生は仏教の教学によって可能性を理論的に保証されたにとどまり、真に信仰の対象として確立されるためには、歴史上に実践の具体例の提示が求められ、そのために書かれねばならなかったのが、盟友慶滋保胤の日本往生極楽記をはじめとする往生伝の類だったのだろう。

しかし、往生伝では確かに往生の具体例を歴史的な事実として提示することには成功したが、その文章は歴史叙述において人物の伝を記すためのものとして簡を旨とし、往生要集の華やかな具象性に習うべくもなかった。紀伝家として駢儷の文には慣れていたろうが、対象が歴史の領域に及ぶときには自ずから対応する文体が自制してしまうのだと言えよう。

一方、かな散文の可能性はまさにこの十世紀末期に頂点に達しようとしていたし、その特質の一つとしての描写における具象性の密度は極楽への往生という事象をも捉えるに充分であったろうと思われる。そして、源氏物語はその最後の世界において浄土への信仰にかかわり、往生を願う人々の姿を相当程度描いていたかと思われるが、それは信仰への讃仰とはならなかった。救済への希求があまりにも深く、このためにかえって救済への可能性を人の世に見いだすことをしなかったのだろうか（とは言いながらも、経を繙く女性たちの姿をしるしたことも事実なのだが——）。

栄花物語は、源氏物語に比べれば単純でもあろうが、浄土への信仰をひたすらもとめ、それ故にこそ現世に救済の実現の可能性を見いだそうとする、そのような思想をかな散文によって捉えようとした作品であったし、そこにこの作品の歴史的意義があった。基本的に歴史叙述たるこの作品が何故に、信仰による救済の問題に関わらざるを得なかったかについては別に考えたが[3]、歴史の書としての性格と信仰の書としての性格をあわせ持とうとしたことにより、信仰に関連する記事においては、その事件を歴史と信仰との二つの立場よりの二重の把握をすることになる。財力と人員動員力による権力のモニュメント法成寺は同時に現世に実現された極楽浄土であるし、一代の権力者道長の死は同時に一仏教徒の死、（そして次節で見るように）釈迦涅槃の似姿としての極楽往生であった。「つるのはやし」に、道長の親族の嘆きとは別に「この世界の尼ども」の哀悼が必要であり、「おむがく」の巻とは別に（第五節で見るように）無名の尼君たちの案内による「たまのうてな」の巻が必要だったのも、その故なのである。これらの巻々の[4]、栄花物語全体より見たときの特異性も、これを成立の問題として解決しようとすべきではないのである。

編年的時間の逸脱

このように一つの作品のうちに、編年体の歴史叙述としての性格に加え、信仰讃仰の性格をも与え、歴史を描くことばとあわせ、往生要集などの仏典によることばを用いようとするのだが、そのために時間についても、相矛盾する二重の性格を有することになる。この作品の歴史叙述の時間は編年体の秩序により、それは対象を一回的なものとして捉える一元的な時間なのである。これに対しこの作品が取り込もうとする仏教信仰の時間においては一回的な事象の生滅の対極に永遠の相を対置し、いわば二元的な時間となっている。これは歴史の時間と信仰の時間との本質的な対立なのであって、しかもこの矛盾する両者をともに作品に受け入れねばならないが、その様相が端的に見られるのが巻第十五「うたがひ」である。つまり道長の出家の記事を中心とするこの巻において、巻第十四までの叙述の基本的な秩序であった一元的な編年体の時間の背後に二元的な時間の可能性を注ぎ入れ、信仰者道長の形象を確立しようとするのである。

ところでこの巻の一面の特異性はすでに指摘されている。(5) つまりこの作品の編年体の秩序を基準としてみるときに明らかに逸脱と見られる現象が見出せるのである。この巻の前後においては、巻第十四「あさみどり」に明記された最後の年紀は寛仁三年の二月であり、一方の巻第十六「もとのしづく」の冒頭には「四月ばかり」のこととして堀河女御延子の死の記事が置かれている。「あさみどり」と「うたがひ」との接続については、「うたがひ」が三月の事件である道長の病悩よりはじまるのは編年体の秩序において不都合ない。そして「うたがひ」が、「かくて」によって編年的な各記事が連ねられるのは前半部のみであって、「三月つごもり」のこととされる、道長が宮たちに衣類を贈った記事（上四四五）で終わっていたとしたら、「もとのしづく」との接続にも問題がなかったはずである。ところが実際にはそれ以後も記事が続き、しかもそのなかには寛仁三年四月以降に属する事件も見られる。もちろん、このような時間的矛盾は他の巻々にも見られ、その場合には、意図的であるかどうかは別にして、誤りとして処理され得るのが通例である。しかし、「うたがひ」の場合には逸脱は他の場合に比して遥かに大規模であり、誤りとして処理することはできず、そのために「道長の仏事善業を総括的にしるした巻」[6]であるが故との把握もなされている。この巻のかかる姿勢は実は本文中にも「年頃し集めさせ給つることゞもを聞こえさする程に」（上四五六）「御代の始よりし集めさせ給へることゞもを記す程」（上四五七）などと示唆されているのであり、このような把握自体は間違っているわけではない。しかし単に仏事善業を総括的に記したというのでは、この作品の編年体の時間秩序そのものは健在で、ただ記事のテーマを狭く限るかわりに対象の時間枠を広めた例外的措置のように見えるかもしれない。実際にはこの巻の特異な性格はその程度のことにとどまるのではなく、巻の後半にいたっては編年体の一元的時間はまったく機能し得ず、異なった時間相と論理によって叙述が進展し、その結果として最終的に二元的な時間による道長像の把握にいたるのである。以下に、その叙述の様相を本文に沿って具体的に見てゆきたい。

上にも述べたようにこの巻の前半は編年体の時間により道長の出家の記事を扱っているのだが、その後、法成寺造営に関する記事より、話題は道長の仏事善業へと移ってゆく。そしてこれにしたがって叙述もまた編年体の時間の秩序から次第に外れてゆくのである。たとえば東大寺での受戒の記事はその叙述の中において出家の年の十月のことと明記され（上四四八）、木幡浄妙寺についての記事には「寛仁三年十月十九日」という年紀が記されているが（上四五二）、これらの記事は編年体の秩序にしたがえば「もとのしづく」の冒頭よりも後に配置されねばならないのであり、編年体の時間よりの逸脱である。

しかし、編年体の一元的な時間よりの逸脱はこのような記事の配列の問題という程度にはとどまらない。記事の内容の面でも、編年体の時間の性格によっては許容できないものを含んでいる。

すでに述べたように、編年体の秩序の上で扱われる記事は歴史の流れの中で一回的に生起する記事を内容とし、それを歴史叙述の時間上に位置づけるというのがこの作品の叙述の史書としての原則なのである。そして「うたがひ」前半の道長の病悩と出家もまた寛仁三年における一回的で繰り返し不能の事件だったし、また叙述の上でもそのように扱われていたはずである。ところが、この巻の後半の記事には、このような原則からはずれた記事が目立つ。例として、道長の法華経信仰を記した記事を取り上げよう。

我御世の始より、法花経の不断経を読ませ給つゝ、内・東宮・宮〲に、皆この事を同じく勤め行はせ給ふ。次〲の殿ばら、摂政殿をはじめ奉りて、皆行はせ給ふ。その験《しるし》あらはにめでたし。これを見給ふて、この御一類の外の殿ばら皆、あるは不断経、あるは朝夕に勤めさせ給ふ。時の受領どもも皆このまねをしつゝ、国の内にても不断経読ませぬなし。かゝる程に、この法《のり》を弘めさせ給ふになりぬれば、御功徳の程想ひやるに限なし。（上四四九）

この記事においてはまず道長による法華経の不断経のことが述べられ、更にその影響による他の人々の法華経信仰の様が記されている。そしてこのように叙述された法華経の不断経その他の信仰の様相は、歴史の流れの上でいつのことと、一時点に特定できる事件としては扱われていない。この記事は、少なくとも道長の権力掌握の頃に始まり、叙述の現在時点にいたる約三十年間にわたり継続されてきたこととして描き始められているが、ここでは事象は一回性のものとは扱われず、編年体の時間の性格とは相容れないものである。編年体の時間の秩序に従えば同じ仏事の叙述といっても、某日誰それの法華三十講が行われたなどというように、一回的な事件として記されねばならない。しかし、この記事がここに書き記される価値を認められたのは、この継続性・反復性の故だった。これが一度だけのことだったならば、あえて「うたがひ」の後半に書き記される価値は認められなかったであろう。

この次の道長の学問奨励の記事も、その性格は同様である。次にその冒頭を掲げてみよう。

この経をかく読ませ給ふのみにあらず、世の始よりして、年ごとの五月には、やがてその月の朔日より始めて晦日までに、無量義経より始めて、普賢経に至るまで、法花経廿八品を、一日に一品を当てさせ給て、論議にせさせ給。（上四四九）

この後には論議の具体的な描写が続けられるのだが、この冒頭部はまず「この経をかく読ませ給ふのみにあらず」と前の記事の内容を要約しながら引き取り、更に「世の始よりして」と、さきに引いた文章に「我御世の始より」と言うのと相似た表現を置いている。そしてこれに続けて「年ごとの五月には」と、毎年五月に恒例のこととして法華三十講を叙述しようとしている。ここに扱われた法華三十講もまた一回的な事件として記されるのではなく、毎年恒例の反復的なものとして示され、またそこにこそ価値が置かれているのである。

ところで、これらの記事の配列が時間によって整理されているのでないことは言うまでもあるまい。法華経の不断経も法華三十講もともに一回的な事件としては記されず、道長の権力掌握以来の継続的・反復的なできごととして述べられているのだから、時間軸上の一時点に特定することはできず、そこには編年体の基準による時間の前後のあり得ようはずがないのである。叙述の進展に当たってはただ、まず法華経の不断経を、そして次に法華三十講をと仏事を列挙してゆく展開があるだけで、その配列に時間が関係することは不可能であり、編年体の時間の秩序が機能できないのも当然だと言えよう。

そして、時間によらず仏事を列挙する配列は、次の木幡浄妙寺の記事の場合も同様である。この記事は、その内部には年紀の記載をも含むのだが、記事自体は次のように始められている。

又木幡といふ所は、太政大臣基経のおとゞ、後の御諡昭宣公なり、そのおとゞの点じ置かせ給へりし所なり。（上四五一）

記事の冒頭部分には、編年体の時間上に記事を位置づけるための年紀の記載も「かくて」の類も見られない。「又」ということばによって始められているが、これは時間の流れとは関係なく、ただ単にさきに挙げた二つの引用文の記事などを引き継いで、次にもまた仏教関係の記事を扱うのだということを示すに過ぎないだろう。しかもその主題については「木幡といふ所は……給へりし所なり」と、「所《ところ》」という空間性のまさった言葉をもって提示している。つまり、時間とは関係なく道長の仏事善業を列挙するという論理にしたがっているのである。

確かに、この木幡浄妙寺の記事、ことにその御堂供養の記事はそれ自体はあくまでも一回的な事件である。また東大寺での受戒の記事も同様である。しかしこれらの記事もさきに挙げた法華経信仰の記事や学問奨励の記事とともに、それが一回的か継続的・反復的かにかかわらず平等のものとして、道長の信仰に関係する記事としてまとめられているから、編年体の秩序が扱いうる記事であるにもかかわらず、編年体の秩序に従えないのである。だからこそ、浄妙寺の記事や、東大寺受戒の記事は法華経信仰や学問奨励の記事とその順序を入れ替えても何ら不都合は起こらないはずである。

時間的表現の排除

このように「うたがひ」後半では記事の配列に関して編年体の時間の秩序は無効になっているのだが、さらに各記事の叙述の細部においても時間的な表現の排除は見られる。法成寺造営工事の記事の場合も見てみよう。

ひゞ《日〻》に多くの人〳〵参りまかで立ち込む。……ある所を見れば、御仏仕うまつるとて、巧匠《かうしよう》多く仏師百人ばかり率ゐて仕うまつる。同じくはこれこそめでたけれと見ゆ。堂の上を見上ぐれば、たくみども二三百人登り居て、大きなる木どもには太き綱をつけて、声を合せて、「えさまさ」と引き上げ騒ぐ。御堂の内を見れば、仏の御座造り耀かす。板敷を見れば、木賊・椋葉・桃の核などして、四五十人が手ごとに居並みて磨き拭ふ。檜皮葺・壁塗・瓦作なども数を尽したり。又年老たる法師・翁などの、三尺ばかりの石を心にまかせて切り調ふるもあり。池を掘るとて四五百人下りたち、又山を畳むとて五六百人登りたち、又大路の方を見れば、力車にえもいはぬ大木どもを綱つけて叫びのゝしり引きもて上る。賀茂河の方を見れば、筏といふものに榑・材木を入れて、棹さして、心地よげに謡ひのゝしりもて上るめり。（上四四六〜四四七）

この記事は工事の有様を描いているのだから、造営の計画着工より完成へと至る時間のうちのある日の情景だとは言い得る。しかしそれならば、その時点を編年体の時間の上に特定できるかといえば、叙述自体はそのような試みを受け入れるようには記されていない。それどころか、日々に多人数が出入りし、賑わっているという冒頭は、毎日反復され、継続されている事柄を書き記そうとする姿勢なのであり、それを仮にある日の情景にかりて描いているのだという以上に、この記事においては時間の重みはない。

一方、その描写の細部では、傍線を付したように「見る」「見ゆ」ということばを使った表現が用いられているが、これによって描写の視点は次々と方向を変え、細部の様子を列挙し、結果として法成寺の空間の広がりが描かれることになっている。このような方法は、小規模なものは他の巻でも見られるが、それを大規模に用いることができたのは、叙述が一元的な時間に規制されていないからなのである。だからこの記事においては反復・継続される事象としての法成寺造営工事が、しかもその空間に重点を置いて描かれている。一元的な時間による叙述のあり方は二重に否定されていると言えよう。

また、道長の仏事善業をまとめて列記し、梅沢本勘物に「入道殿所〻修行事」と称される記事もまた、描写の細部に至るまで、編年体の時間以外の秩序によって成立している。その冒頭に、

大方この事のみならず、年月心しづめさせ給ふ事、数知らず多かり。正月より十二月まで、年のうちのことゞ

もに、一事はづれさせ給ふ事なし。（上四五三）

と始められた叙述は

○正月の御斎会の講師仕うまつるとて……

○二月には、山階寺の涅槃会に参らせ給て……

○三月、志賀の弥勒会に参らせ給ふ。……

○四月、比叡の舎利会は……

○長谷寺の菩薩戒に参らせ給て……

○六月会に山に登らせ給ひては……

○七月は、奈良の文殊会に参らせ給ふ。……

○八月、山の念仏は……

○九月には、東寺の灌頂に参らせ給て……

○十月、山階寺の維摩会に参らせ給ては……

○十一月、山の霜月会の内論議にあはせ給ひては……

○十二月、公《おほやけ》私《わたくし》の御仏名・御読経のいとなみおろかならず。……

と、毎月の仏事が列挙されてゆく。ここでは一月より十二月までの時間が流れているかのようにも見えるが、実際には、編年体の年紀の記載のごとくに特定の一年に属するのではなく、歴史叙述の時間が貫かれてはいない。それどころか、毎年繰り返される月次の行事を列挙したのであるから、「正月」「二月」という表示も月名を順次連ねたのだと言うべきで、それを通して何らかの時間を表そうとしているとは見えない。一節の叙述の目的は仏教関係の行事を、道長の仏事の一部として、しかも継続性・反復性によって価値づけつつ列挙することにあり、そのための秩序として毎月の月名が順次挙げられてゆくのだと見るべきである。だから、挙げるべき仏事のうち、この十二ケ月の秩序に入りきらなかったものは、

この隙〳〵には、日吉《ひえ》の御社の八講行はせ給。又天王寺に参らせ給ては、太子の御有様あはれにおぼさる。（上四五五）

高野に参らせ給ひては、大師の御入定の様を覗き見奉らせ給へば、御髪青やかにて、奉りたる御衣いさゝか塵ばみ煤けず、鮮かに見えたり。（同）

六波羅蜜寺・雲林院の菩提講などの折節の迎講などにもおぼし急がせ給ふ。（同）

などと、月次の序列には位置づけられることなく列記されてゆく。そしてこのように時間軸とは無関係に、一つのテーマにしたがって事象を列挙してゆく形式は長編の物語のものではなく、直接の関係が指摘される三宝絵をはじめ、枕草子や新猿楽記に近いものと考えられよう。

また、この後に来る、次のような叙述も基本的には同質のものと見るべきだろう。

ある時は六観音を造らせ給ひ、ある折は七仏薬師を造らせ給、ある時は八相成道をかゝせ給。ある時は九体の阿弥陀仏を造らせ給ふ。又は十斎の仏を等身に造らせ給、ある時には百体の釈迦を造り、ある時は千手観音を造り、ある時は一万体の不動を造り、ある時は金泥の一切経を書き、供養ぜさせ給ふ。ある時は同じく大威徳を書き、供養ぜさせ給ふ。（上四五五～四五六）

ここに見られる「ある時」「ある折」もまた、時間軸上に位置づけ得る一時点を朧化したというようなものではない。道長の生涯に属するのであればいつでもよい不特定の時点であり、特定することは求められていない。そしてこの場合は、「ある時は……」の繰り返しにより、事象を一回的と反復的とを問わず列挙してゆく技法として理解しなければならない。だからここでも、一事件が一時点に属することを原則とする歴史叙述の時間とは異なった時

間に支配され、造仏写経が列挙されるための秩序は級数的にふえる数字の秩序なのである。叙述のための秩序は描き出される事実のがわには求められず、対象を記すためのことばの側に求められているのである。

ところで、さきに挙げた引用の空海入定（この栄花物語の記事がその最も早い例の一つなのだが）(7)の記事のごとくに真言宗・弥勒信仰に深く関係し、天台の法華経信仰や阿弥陀信仰とは異質のものまで含み込んだ信仰形態は、とかく雑信仰と貶められることになりやすい。しかし鎌倉時代以降の一向専修の信仰とは異なる、ほかならぬ往生要集の著者源信にも顕著に見られる平安時代の諸行往生思想(8)の中では、このような多様な仏事への参加を列挙することも、その信仰の称揚でありこそすれ、否定的に扱われる理由とはなり得ない。だからこの作品の価値観に、あるいは当時の一般的な信仰のありように素直に読もうとするならば、これらの仏事の列挙を総括する「大方この事のみかは、我御寺、我御との、内にせさせ給ことゞもまねび尽すべき方なし」（上四五五）との記述をも、大きな肯定の価値付けの姿勢として受け入れねばならない。

永遠の時間

以上に見てきたように、「うたがひ」の巻の時間の性格は、その叙述が進行するにしたがって異なった様相を呈してきた。前半部では、この作品の基調をなす歴史叙述の編年体の時間軸が前巻に引きつづいて有効なのであったが、道長の仏事にテーマを絞った後半部では、編年体の時間軸は叙述の秩序として無効となっているのだった。

では、この「うたがひ」後半において時間がいかなる様相を示すかを問うとき、まずその特徴の第一は事件が一回的のものと扱われなかった点にある。道長の政権獲得以後の「御世」という限定はあるものの、その二十数年の時間の中では、あるいは毎年のごとく反復され、あるいは絶えることなく継続され、いずれにしても一回性のものではない事象として、事件は時間軸上に特定できないものとして示されるのである。この作品の通例としては編年体の時間軸の上に事件は一回的に生起するのであり、同じく道長の仏事を扱う巻まきではあっても、「おむがく」や「たまのうてな」「とりのまひ」はやはりこの原則に従う一回的な事件であった。そこにこそ、この作品を貫く歴史叙述の時間の重要性があったのに、この巻の後半ではこのような時間とは異質の、継続・反復の時間相が支配的になる。そして記事の配列もこのような時間相に即したものとなり、空間の広がりに重点を置いた叙述が見られ、また十二ケ月の月次や級数的な数字の論理が叙述の秩序として働くのだった。

ところで、かかる時間相によりつつ列挙された仏事は、限られた道長の「御世」であるにもかかわらず、量を誇り、それによって信仰の価値は保証された。しかも「世中像法の末にな」って、「あはれなる末の世にて、仏を造り堂を建て、僧をとぶらひ、力を傾けさせ給ふ」（上四五六）のであれば、その尊さは言うまでもなく、これによって道長は釈迦仏に比喩され、従地涌出品が想起され、巻名もそこに由来したのである。

年頃し集めさせ給つることゞもを聞えさする程に、涌出品の疑ぞ出で来ぬべき。その故は、との丶御出家の間未だ久しからで、し集めさせ給へる仏事、数知らず多かるは、かの品に、成仏を得てよりこの方、四十余年に化度し給へるところの涌出の芇はかりもなし、「父若うして子老いたり、世挙りて信ぜず」といふ事の譬のやうなり。されども、御代の始よりし集めさせ給へることゞもを記す程に、か丶る疑もありぬべし。

（上四五六〜四五七）

道長の仏事はこう総括されるのだが、これが仏事を列挙してきた叙述の結末であるのなら、列挙は単なる列挙にとどまらないだろう。道長の釈迦仏への比喩はその信仰の称揚のためであるが、そのために列挙が続けられたのであるから、叙述の真の目的は単に列挙された個々の事象なのではなく、それら全体の集積であり、その集積の量がこの引用文の比喩を保証するということだったのである。

また、この巻に記された様々な事象は、その時間相を変化させながら叙述が進められてきたが、このように編年体の時間から逸脱する傾向の極点には、一回性の時間を超越した永遠という相があるべきだろう。ここに想起された法華経従地涌出品の一節にしても「久遠成仏」として永遠の時間の問題にかかわるのだから、それを引いた叙述に続いて、永遠の時間相が述べられるのは当然である。実際に、さきの文章に続いて巻のとじめとして記された叙述には、往生要集などをも利用しながら一切世間の盛必有衰の理が述べられ、さらにそれに対比させつつ、道長の栄華の永遠の性格が説かれるにいたっている。(9)

たゞこのとの丶御前の御栄花のみこそ、開けそめにし後、千年の春霞・秋の霧にも立ち隠されず、風も動きなくして、枝を鳴らさねば、薫勝り、世にありがたくめでたきこと、優曇花の如く、水に生ひたる花は、青き蓮世に勝れて、香匂ひたる世は並なきが如し。（上四五七）

道長の「御栄花」の永遠の性格が述べられたこの一文こそが「うたがひ」の巻を閉じているのだが、しかもこの巻は一貫して道長の仏事を記してきたのだから、この最後の一節もその埒内で読まれねばならない。「御栄花」はたとえ世俗の栄華を含むとしても、それも信仰に従属すると見なければならないのである。「との丶御前の御栄花」とは信仰者・弘法者としての栄華であり、しかもその久遠の性格が言われたのだから、道長の信仰はここに可能な限り最高の褒辞を受けていると言えよう。

法華経自体が、迹門における一乗の思想の宣揚とあわせ、本門においては仏陀の歴史性に規制された一回的な性格を否定し、久遠成仏による常住の存在たることを証明しようとした。そして従地涌出品こそは法華経のこのような主張のためのかなめの一つだった。この従地涌出品の釈尊像と道長像とを二重映しとし、それによって道長の信仰者としての価値は肯定され讃仰されたわけだが、これは時間の二元性において歴史的時間を超越する永遠の相を道長像に付与することにより可能となるのであった。また、この作品が叙述の対象とした事件は、どの場合にもすべて一回的に生起し、決して繰り返すことのないものなので、編年体の時間によって処理できたのであるが、この巻の後半では信仰者道長とその仏事の価値を称揚するために、継続的・反復的な時間相が、さらに永遠の時間相が導入され、一回性に基づく編年体の時間は排除されるに至った。

このようにして、この作品に仏教の信仰の書としての論理が導き入れられたので、編年体の時間は絶対的なものではなくなり、歴史の書としての性格は相対化される契機を得た。これによって、「あさみどり」によって再び歴史叙述の編年体の秩序に引き戻された後の巻においても、道長の仏事や往生を、その価値を宣揚しつつ、仏典の論理とことばによりながら描き出すことができるようになったのである。そしてこの道長像をとおして、往生の実践例の、具象性に富んだ形象化を果たし得たのである。

巻第一よりここに至るまで歴史叙述としての性格を強固に保持してきたこの作品に、道長の出家という仏教信仰に関連する記事を契機として、全く対立する信仰の書としての性格を導入しようとするとき、その題材や叙述のためのことばだけでなく、その時間についても全く対立するもの、すなわち仏教的な時間を持ち込まねばならなかった。そしてそのために、かかる「うたがひ」の巻を設けたことは、仏典の世界とかな散文の世界、また歴史叙述と信仰の出会いとしてのきわめて重要な事件だった。

この歴史叙述と信仰との出会いという思想史的なテーマについて、この作品を直接引きつぐ作品は現れず、この作品は結果的に孤立することとなってしまったようである。そしてこのテーマが再び取り上げられるのは、おそらく平家物語などに至ってからのことなのであろうが、そこでは作品形成の方法は自ずから異なり、中世的なものになっていたのだろう。

注

（1）掲げるまでもないが、平安朝における浄土信仰については伊藤真徹『平安浄土教信仰史の研究』（平楽寺書店　S五二）・石田瑞麿『浄土教の展開』（春秋社　S四二）・速水侑『浄土信仰論』（雄山閣出版　S五三）・同『平安貴族社会と仏教』（吉川弘文館　S五八）などの論著を参照。
（2）八木昊恵『恵心教学の基礎的研究』第二部（永田文昌堂　S三七）参照。
（3）本章第二節
（4）本章第四節以降
（5）松村博司『栄花物語の研究』第三篇第二章の三（刀江書院　S三一）・河北騰『栄花物語論攷』第三篇第四章（桜楓社　S四八）など参照。
（6）松村博司『栄花物語全注釈四』巻第十五解説（角川書店　S五一）
（7）松本昭『弘法大師入定説話の研究』第一章（六興出版　S五七）参照。
（8）硲慈弘『日本仏教の開展とその基調』上巻三の一（三省堂　S二三）参照。
（9）永遠の仏の問題については田村芳朗「法華経の仏陀観」（『講座・大乗仏教　4　法華思想』春秋社　S五八）参照。

第四節　道長の死の叙述をめぐって

権勢の盛りに出家した道長は、(1)法成寺の建立造営を中心とする仏教事業に力を注ぎ、ひたすら信仰の道を歩むかと見えた。しかし、晩年にいたり、三人の娘の死という最大の不幸がうち続く。栄花物語正篇後半に描かれた、作中人物道長をめぐる運命はこのように展開したといえよう。その果てに訪れる道長自身の死は巻第三十「つるのはやし」にしるされる。

栄花物語は、この道長の死を往生として描き、極楽往生を一人物の形象の上に具現させる。しかもこの往生によって、作品中の一登場人物の死が歴史叙述として記されたというにとどまらない。救済への最も重要な可能性としての極楽往生は詳細に具象化され、このような信仰の具体相の一つを通して、この作品の持つ、仏法信仰への肯定的態度も鮮やかに示される。そして栄花物語の作品世界にとっても、また道長の人物形象にとっても重要な要素であった、死と信仰という二つの主題が、道長の往生の叙述によって綜合されることともなった。以下、巻第三十の道長の死の叙述について考えたいのだが、まず、それ以前の巻々での死と信仰との関係を見ておきたい。

出家する人々

栄花物語のなかには夥しい人の死と愛別離苦が描かれるが、その一方で信仰に関する記事にもまた多くの筆が費やされる。人の死と信仰はともに、この作品にとって重要な主題である。この作品を通読するとき、人の世における死のもたらす苦しみと救済とは、ともに作品世界に大きな比重を占めるものとして読まれるだろう。これら死の叙述と仏教関係の記事とは、ほとんどの場合、因果関係を持つものとしては示されない。死と信仰の二つの主題の間に何らかの結びつきを読み取るか否かは、もっぱら読み手にまかされているといってよいだろう。

しかし、作品中の人物のうちには、一人の生涯の流れの上に愛別離苦と発菩提心がともに見られる場合もある。愛する人を失う悲しみを因として、信仰へ向かう姿が描かれるのである。そのような人物像として描かれた登場人物の例として、花山院と公任を掲げよう。

巻第二の花山院の出家の場合は、最愛の女御忯子の死が因となる。忯子の死後、帝は忯子のことを思い、妊娠したままで死んだ罪障の深さを嘆く。「いかでかの罪を滅さばや」と思い乱れる。なぜかこの頃、多くの人の出家したことも帝の耳に入る。そして、「この御心の怪しう尊き折多く」「御心のうちの道心限りなく」ていらっしゃると記される。「妻子珍宝及王位」を口癖にしていたが（上九八）、ついにみずからもこの「王位」を振り捨てて出家するに至るのである。

公任の場合も、他の記事（とはいっても、それらも死と信仰に関しての記事が少なくないのだが）を隔てて関係する記事を結びあわせるとき、肉親の死より信仰への歩みが読み取れる。まず、巻第十六に、天王寺参詣の帰途に娘を亡くすことが記される（下五三）。そして「大納言殿、姫宮の御事をあさましうおぼししほり、「本意も遂げなむ」と」考えていた（巻第二十一　下一三六）。しかもその上に、もうひとりのむすめである教通室の死が襲う（巻第二十一）。その後は「よろづ倦《うむ》じはて給て、つくぐ〵と御行にて過させ給」い、「法師と同じさまなる御有様」であったと記される（巻第二十七　下二五二）。

公任の出家の記事は巻第二十七に少なからぬ筆を費やして書かれているが、そのなかで出家への決断に際し、次のような文章が公任自身のことばとして記されている。

あさましう心憂き物は人の心にこそありけれ。世にある人の、あるはかなしき子に後れ、あるは女男のあはれに思に後れ、あるは恥がましき事出で来、あるは幸なくなどして、もとも出家せんにあへぬべき人の思た〻ぬは、たゞかくにこそありけれ。おぼろげに心よからん人の、あべい事にもあらざりけり。か〻れば浄土にも生れ、仏にもなる人は少かりけり。

（巻第二十七　下二五五〜二五六）

愛別離苦と発菩提心の結びつきは明言されている。公任のことばとして記されたこの文章によって、「かなしき子に後れ」出家を果たそうとする公任自身が説明されている。正篇後半における公任の人物像は、愛する二人の娘の死と道心、そして他の肉親の絆を振り切っての出家に尽くされている。

花山院や公任の出家の記事の場合と異なり、巻第十五「うたがひ」に記された道長の出家では、愛別離苦や人の死との関係はなかった。疾病を契機としての、いわば定石どおりの出家であり、しかもその折に、人臣としての栄華を極め、後継者にも恵まれているのだとの述懐さえ見られる（上四四二）。そして、所々の寺院への参詣や法成寺造営などの華やかな叙述が続くことになる。人の死のもたらす悲痛に道長が沈むのはその後のことであり、そこではじめて、道長の信仰が人の死の記事とかかわって叙述されることになる。

人の死に際して命を救おうとしての祈願が叙述されるのは、栄花物語のなかでは普通のことと言える。巻第二十六の尚侍嬉子の死の叙述中に、「よろづに仏神もつらく情なう」（下二一五）と記すのも、現世の利益を求める対象として神仏に向けられたものだろう。しかし、同じ嬉子の死の叙述中に次のような文章も見られる。

殿〻御前は、世中を深く憂き物におぼしめして、「今は里住《さとずみ》さらに〳〵。ふよ《か》う山に住まん」と宣はせて、まことの道心起させ給へり。

（下二二一）

この「まことの道心」をもって、これ以前に描かれた道長の信仰を「まこと」ならざるものと評価しているのだと読むべきではあるまい。道長の出家や仏教事業を、信仰に発するものとして肯定的にとらえるこの作品の態度が、ここにおいてまた、愛別離苦を信仰に転じようとする道長を共感をもって評価しているのだ。道長の信仰のいっそうの深まりを述べることに真の意義がある。巻第十五の出家の記事以来、道長の信仰を肯定的にとらえようとする叙述の流れの上に立つのである。

また、道長の悲嘆を見ての院源座主のいさめのことばも、人の死と信仰とを結びつけて考えようとするのにほかならない（下二二七）。つまり嬉子の死の悲しみをもって信仰に転ぜよ、「真心に念仏」をせよ、それこそが道長のためにも、また死者のためにもなるのだとの「世間の理」なのである。この後の「御堂の御念仏、宵暁もいみじうあはれなり」（下二二八）との叙述も、道長の悲しみと信仰を踏まえているのだと読むときは、籠められた感情は単純ではない。

道長の死

花山院・公任・道長の三人の登場人物について、愛するものの死による愛別離苦と発菩提心との結びつきが見られたが、人の死と信仰という二つの主題の結びつきについて、道長自身の死の叙述では全く異なった様相が見られる。巻第二十九に妍子の死を見送った後の道長は病が悪化し、巻第三十の冒頭より、死を覚悟した人として描かれている。道長の死の叙述は巻第三十の冒頭より始められている。そしてこれ以降に描かれるのは道長の往生、つまり信仰に裏打ちされた死の過程なのである。

もちろん往生としての死というのであれば、この作品中に道長の死のほかに見られぬというのではない。巻第二十九に記された右馬入道顕信の死の叙述は極楽往生として書かれてあるし、また巻第三十には、道長と同日に薨じた行成の死が往生として記されている（下二九七・下三三一〜三三二）。しかし、それらの叙述は道長の場合に比してはるかに単純で簡潔なものである。顕信の場合は、死そのものは「五月十四日にうせ給ぬ」としるされるだけで、その死が往生であることの証しは、死に先立っての夢告なのであった。行成の場合には、「いと苦しうおぼされければ、姫君と行経・信経の君の御手どもを左右に捕へてこそ絶え入り給にけれ」と、その死のありさまは具象化されている。とはいっても、行成の死が極楽往生であることは、道長の場合のように、死の過程そのものの詳細な記述を通して示されるのではない。「年頃道心にて、行いみじうし給つる人」であり、「法華経・念仏数知らぬに、日々の所作に大仏頂をこそ七返読み給」うていたのだから、往生は疑いなかろうというのみなのである。

道長の死の場合もまた往生として叙述されるのだが、顕信や行成の場合に比して、その叙述ははるかに詳細であるし、また複雑な構造によっている。本来、異なった叙述の体系に属する文章が多層的に重ね合わされているのである。他の人々の死の場合に見られるような病悩の様子や、周辺の人々の様子の描写などは道長の死の叙述の場合にも見られる。しかし、それに重ねて極楽往生の様が詳細に描かれ、その叙述を他の人々の場合と異なったものとする。そして、さらにその上に、道長の死と比喩の関係をなすものとして、釈迦如来の入寂のさまが引かれるのである。以下、それらの叙述を追ってみよう。

まず、道長の死の記事の一面をなすのは、他の人の死の記事に見られたのと共通の叙述である。つまり、死に瀕する病者の病悩に苦しむ様子、そして病者を気遣い恢復を祈る人々の描写が中心となる。倫子はもちろん、上東門院彰子・師房室尊子・中宮威子・禎子内親王、さらには帝と東宮の見舞いが次々と記されている。頼通をはじめとする男子、仕える人々や僧侶たちはいうまでもない。道長自身が死を覚悟しているのであれば、嘆きと悲しみをもって臨終を見守るしかない。このような周りの人々の様子の積み重ねによって、道長の死の過程の一面が形作られてゆく。

道長の死が確実となったときの人々の様子の描写、あるいは薨去ののちの葬送の叙述も、他の人々の死の記事に見られたのと共通する。

あはれに内・東宮の御使ぞ隙なき。日頃いみじう忍びさせ給へる殿原・御前達、声も惜ませ給はず。げにいみじや。御堂の内のあやしの法師ばらの物思なげなりつるが、庭のまゝに臥しまろぶ、げにいみじ。（下三三八）

日暮れぬれば、御車にかき乗せ奉りておはしますに、その日つとめてより夜まで雪いみじう降る。さるべき人〳〵、例の装束の上にあやしのものども着て、雪消え敢えず降りかゝりたるも、さま〴〵にあはれに悲し。「よろづ事削ぎて、たゞかたのやうに」と仰せられけれど、事限ありて人の続きたちたる程、十廿丁ばかりありぬべし。（下三三九）

栄花物語中の、他の人々の死の記事と共通する叙述の技法によるとき、それだけでも詳細で迫真的な描写は可能となる。周りの人々の描写を通して死を記述する、このような技法を用いる点では、この道長の死の場合も例外ではない。道長という、作品世界でも希有の人物の病と死が引き起こす波紋の積みかさねは、確実に巻第三十の叙述の流れを形作ってゆく。

臨終の行儀

これら病悩の進行と人々の悲嘆との叙述に重ねあわせて、一方に往生としての死の過程も記されてゆく。そして往生の過程とは、とりもなおさず一人の人物が、病苦と迫り来る死とのさなかにあって、浄土への志を持ち続ける過程なのだ。

「更に〳〵。己《おのれ》をあはれと思はん人は、この度の心地に祈せんは中〳〵恨みんとす。己をば悪道に落ちよとこそはあらめ。たゞ念仏をのみぞ聞くべき。この君達、更に〳〵な寄りいませそ」（下三一九）

と、はじめより往生の意思が道長自身の言葉として記され、実行に移されたことも述べられている。「月頃もすべて御祈絶えてせさせ給はず。たゞこの御堂の内の御仏を見給事を、夜昼営みおぼしめして、安きいも御殿籠らずなど」しておられる（下三二〇）。近親者が見舞いに駆けつけても、わずかのま会った以上は近くに置こうとしない。病床も阿弥陀堂に移され、集まる僧侶たちの役目も、道長の往生を助けることにある。「三時の念仏」は「不断の念仏」へと拡張され、院源座主や入道成信が念仏を奨める。そして道長の姿は、「たゞ今はすべてこの世に心とまるべく見えさせ給はず。この立てたる御屛風の西面をあけさせ給て、九体の阿弥陀仏をまもらへさせ奉らせ給」うのである（下三二六）。

このように道長自身の姿が具象化されようとするとき、これまでに叙述を続けてきた文章の様式と異なる、仏教の典籍に基づく様式と語彙が介入してくる。「いみじき知者も死ぬる折は、三つの愛をこそ起すなれ」。しかし道長はこの世の一切を断ち切っている。「すべて、臨終念仏おぼし続けさせ給」。そしてこのあとに続く文章には、古典漢語に発する対句的技法が用いられている。

仏の相好にあらずより
　外の色を見むとおぼしめさず、
仏法の声にあらずより
　外の余の声を聞かんとおぼしめさず、
後生の事より
　外の事をおぼしめさず。

御目には
　弥陀如来の相好を見奉らせ給
御耳には
　かう尊き念仏をきこしめし
御心には
　極楽をおぼしめしやりて
御手には
　弥陀如来の御手の糸をひかへさせ給て、北枕に西向に臥させ給へり。（下三二七）

信仰の教えに従って臨終の行儀をととのえる道長の姿の中心となるべき描写において、漢語に由来する様式と仏典語彙による文章が、栄花物語の叙述の基調をなす文章に対峙するのである。

同様の例は、この例のしばらく後、道長の臨終の描写にも見られる。

「臨終の折は、風火まづ去る。かるが故に、どうねちして苦多かり。
善根の人は地水まづ去るが故に、緩慢して苦しみなし」とこそはあんめれ（下三二八）

この場合にも、完全なものとは言えぬにしても、対句的技法は見てとれる。[2]ところでこの文章では「とこそはあんめれ」と、引用であることが示されているが、実際にこれら二つの文章がともに典拠を有するものであることは明らかにされている。[3]しかし、どのような典拠より引いてこられたかの問とは別に、作品の叙述の基調をなす文章に対して、敢えて違和を残すままで持ち込まれること自体も一つの問題である。このような仏教典籍の様式の文章が、作品の叙述の流れの上で果たす機能を考えねばならない。

このような文章は、古典漢語に発する様式と仏教典籍に由来する語彙を持つ故に、たとえその典拠が明らかにされていなくとも——そして、実際にこの作品中には、仏典関係であることは推量されながら、直接の典拠を見出せないでいる文章もある——仏教典籍の世界に由来するものであることは明らかに見てとれる。そしてこのような文章は、単に栄花物語の作品の叙述の流れに位置づけられるのみでなく、また直接の典拠となった典籍の上にのみ位置づけられるのでもなく、背後にたつ仏典世界に位置づけられねばならない。諸仏典の言葉の世界全体の上で、意味を理解され、価値づけられねばならないのである。

したがって、このような仏典語を含めて構成された、信仰者としての道長の人物像も、仏典の言葉の世界による意味と価値の判断を与えられる。このような文章が、死の叙述における道長像に肯定的な価値を、信仰の立場より与えるための契機となるのである。そして、歴史叙述における人物像を、このように仏典世界へ結びつけるのを可能にするのは、栄花物語の持つ信仰への肯定的態度にほかならない。一方では、異なった様式の対峙により、叙述の流れに劇的な起伏を与えながら、このような文章は、道長の死の叙述に対しての信仰の立場よりの評価を明かしてゆく。

仏教典籍の言語

道長の往生の叙述は往生要集との関係が深いわけであるが、その往生要集での往生の描写と、栄花物語の道長の場合とを比較してみよう。往生要集の文章の重要な特質は、石田瑞麿によれば「高度の視覚性」にある(4)。まことに往生要集の持つ、視覚的で具象的な描写力には目を見張るものがある。栄花物語に往生要集を多く引くのも、このような文章のすばらしさにこそ起因するのだ、とも石田は指摘する。

往生要集は大文第六に臨終の行儀について記すが、そこでも視覚性の重要さは例外でないだろう。往生要集作者自身による文章も、他の典籍より引用された部分も、死においての作法の描写は詳細で具象的である。栄花物語巻第三十に道長の死が往生として叙述されようとするときに、往生要集に多くよったのも当然である。

しかし、往生要集と栄花物語巻第三十の、それぞれの往生の叙述には大きな違いもある。往生要集においては、あくまでも往生という事象が一般的に叙されているのであり、もっぱら往生を志して死に臨む人や、それを手助けする人の実践のための指針として、具象化された模範例として書かれている。それに対し、栄花物語の場合には往生は、道長という特定の一人物のみに実現されたこととして記されている。歴史上に実現された事実と読み手に認識されるように書かれているのである。作中人物の道長が往生要集の指導するところに従っているかのように見え、一方が他方の実際的適用例ともとらえられるのも、一般的な実践の指針と、個別的な歴史叙述という違いがあるからこそなのだ。同じように往生が詳細かつ具象的に叙述されているといっても、それは異なった領域においてなのである。往生が一個人の死として、個別的な歴史叙述として、道長の死の叙述のように詳細に記された例はほかに見ない。仏教の典籍としての往生要集に多く依り、往生要集に示された往生の具体相を踏まえつつも、歴史叙述という異なった領域に極楽往生を具象化した点において、栄花物語は独自の世界を開いているのである。

道長の往生の叙述の独自性は、日本往生極楽記と比較してみればより明らかになろう。往生極楽記の、信仰に関する著述としての重要性はいうまでもない。この時代の代表的な浄土信仰の書物として、栄花物語中にも言及されているように、この作品の世界にとって無関係なものではない。

往生極楽記は、具体的な往生の例を示そうとした歴史叙述として、その目的は充分に意識されて編まれている。その序には次のように書かれている。

迦才曰。上引経論二教証往生事。実為良験。但衆生智浅。不達聖旨。若不記現往生者。不得勧進其心。誠哉斯言。

一般の人々は理論で説明してもわからないので、実際の往生の例を示してその心を導くのだという。このような目的のために、往生の具体例を集めたはずの往生極楽記のなかにも、栄花物語巻第三十のように詳細に往生のさまを語るものは見られない。一例を挙げようか。

此日僧正沐浴浄衣。向本尊像願曰。西山日暮。南浮露消。不過今夕。必可相迎。言訖右脇以臥。枕前奉安弥陀尊勝画像。以糸繫于仏手。結着我手。其遷化之期。果如前言。

これは仏の手から引いた糸を持つ描写のある点で、栄花物語の道長の場合と共通する例であり、仏の手の糸や仏像などの具体的事物は記されている。しかし往生の叙述全体は、道長の場合の詳細で具象的であるのには及ぶべくもない。対句も「西山日暮南浮露消」とあるのみである。

仏に結ぶ糸にしても、また往生極楽記中のほかの記事に見られる薫香や音楽、さらに孔雀や蓮花などにしても、往生極楽記中に具体的な事物が記されていないのではない。しかし、これら具体的な事物は単にそこに語られる死が極楽往生であり、あるいは、死者に対し来迎が実現されたこととして記されているに過ぎない。栄花物語の道長の場合のように、死の叙述の全体を具象的なものとして描こうとするのではない。往生極楽記の場合には、死を往生として報告すれば足るのであり、詳細で具象的な叙述を目指しはしない。栄花物語中でも、顕信入道や行成の死の記事のほうが、かえって往生極楽記に近いと言えるかもしれない。

さてもう一つ、往生極楽記と栄花物語の道長の死の記事の間に見られる大きな違いについて述べておこう。往生極楽記の場合は、序の中で著者自身が収録した事例を「異相往生」の語で概括しているように、そのほとんどに奇瑞異象あるいは予知夢告が記されている。(5) 音楽や香気はそのなかでも代表的なものである。いっぽう、道長の死の記事の場合には、往生極楽記と異なり、このような異相は重要な役割を果たさない。死を迎えたように思われた後もなお、「御胸より上は、まだ同じ様に温か」で、「御口動かせ給」うていたと記すのも、善根の故に「緩慢して苦しみな」い様の具象化であり、異相といってもことさらに不可思議は強調されていない。まして音楽や香気など、来迎を示す現象は全く見られない。

夢告については三例に見られる。中宮威子と成信入道、そして融碩の夢である（下三三三〜三三四）。しかしこれらの夢告の記事は、道長の病悩より、臨終、そして葬送の一連の叙述の流れの中に記されず、行成の死の記事より後に位置せられている。融碩の夢の記事は次のようである。

又二三日ばかりかねて、永昭僧都・融碩《ユイセキ》なんどが、御枕上にて御念仏しければ、融碩の夢に、九体の中台の御左の方の脇よりいとうつくしきこほうしの出で来て、香炉を持て来て、殿ゝ御前の御枕上に置きつと見て覚めにけり。その夢はまだおはしましゝ折、人〳〵に皆語りけり。

つまり「二三日ばかりかねて」と、道長の生前のことであるのは明言され、この夢について融碩が、「まだおはしましゝ折、人〳〵に皆語」っていたのである。道長の往生を予告する内容のものでありながら、この記事は道長の薨去を記す前に置かれず、他の夢告の記事とともに、死後の記事の中に置かれている。もしこの記事が作品世界の中での時間の前後に従って、道長の生前の記事の中に置かれたならば、他者による予知としての効果はより大きかったろうに、それは避けられている。道長の死の叙述の一貫した流れからは排除され、道長没後における中宮らの夢が記されたときに、それに添えてはじめて記されたのである。

また、融碩の夢を記した後に、このような夢告への評価として往生極楽記の異相夢告の例を思い起こしつつ、さらに道長の死のありさまも回想される。

往生の記などには、人の終の有様・夢などこそは、きゝ置きて往生と定めたれ。往生せさせ給へりと見えたり。「まづうせ給し有様、御腰より上《かみ》は温らせ給て、御念仏極りなくせさせ給しに、功徳の相著《しる》く見えさせ給にきかし」などの給定めさせ給。

このような叙述も、さきの夢告の場合と同様、道長の死を往生と確認するためのものだが、このような異相夢告への評価の記述も、やはり往生の一連の過程を描いた叙述の流れには参与しない。

道長の死を往生と確認するための、夢告や薨去のさまの回想についてのこのような記事は、大きくとらえれば道長の死に関連する記事の一つと言えるが、往生を描写する一連の叙述には含まれない、いわば後日談なのだ。そして、融碩の夢のように、後日談などでないはずのものまでも、後日談と同様に扱われている。往生の証明となるべき記事を、一連の往生の叙述より排除したことは、道長の死の記事の大きな特色なのである。

巻第三十において道長の往生は、信仰者としての道長像、信仰者道長に敬意を奉る人々の描写、そして仏典の指針に従っての道長の死のありさまを描く文章の力のみによって叙述される。浄土へと志す道長の信仰を描く以外に、往生の証しを見いだそうとしない。つまり、道長の死を叙する文章は、その叙述の題材を自ら限定しているわけであるが、この限定によってかえって、緊迫した叙述に成功したのである。融碩の夢などは、このような叙述の中に位置を占めることの出来ない性格の記事だったのだと言えよう。このように題材を限定しながら、仏教典籍に由来する言語様式と語彙を取り込んでゆくことの出来る文章の力によってこそ、道長の往生を歴史叙述上に詳細に描くことが出来たのである。

権者

道長の叙述にあらわれる、仏教典籍に由来する漢語的な様式の文章の例をさきに挙げたが、このような文章は前掲の二つの例にとどまらない。院源座主の願文に多くの仏典語彙の見られるのなどは当然と言えようか。ほかにも仏典の言葉に基づく文章は少なくないが、ことに目立つのは、釈迦如来の入滅がそのまま記された例である。

世中の尼どもは、阿弥陀堂の簀子《すのこ》の下《した》に集り居て、十方世界の諸仏の世に出でさせ給て、機縁すでに尽くれば、必ず滅度に入り給、近く釈迦如来、卅五にして仏道なり給へり、八十にして涅槃に入り給、仏日既に涅槃の山に入り給なば、生死の闇に惑ふべし、たゞしこれは非生に生を唱へ、非滅に滅を現じ給しが如く、まことに滅し給はずは、いかに嬉しからんや。（下三三七）

世界の尊き尼法師さえ集て、「仏の世に出で給て、世をわたし給へる、涅槃の山に隠れ給ぬ。我らが如きいかに惑はんとすらん」など、いひ続け泣くも、いみじう悲し。（下三三八）

今は出でさせ給。無量寿院の南の門の脇の御門より出でさせ給。かの釈迦《尊》入滅の時、かの拘尸那《くしな》ノ城東門より出でさせ給けんに違《たが》ひたることなし。九万二千集たりけんにも劣らずあはれなり。この世界の尼ども、心を尽して参り送り奉れど、そこらある人なればいづれとも知りがたし。（下三三九）

何事もあはれに悲しかりつるに、忠命内供といふ人こそ、鳥辺野にておぼえけれ。後にもり聞えたりし、

　煙絶え雪降りしける鳥辺野は鶴の林の心地こそすれ」となんありける。かの娑羅林の涅槃の程を詠みたるなるべし。長《なが》谷の入道殿《公任》はきゝ給て、「薪尽きといはまほしき」とぞの給ける。（下三三一）

釈尊入滅後は世間皆闇になりにけり。世の灯《ともし》火消えさせ給ぬれば、長き夜の闇をたどる人、いくそばくかはある。（下三三八）

このような巻第三十における釈尊入滅の叙述は、前掲の文章と同様に、仏教典籍の文章の様式を持ち込むことにより、文章の流れに起伏を与えているのはもちろんとして、当然ながら効果はそれだけにとどまらず、道長の死の叙述の中でも独特の、そして重要な機能を果たしている。

　釈尊入滅と道長の死が比喩の関係によって対置されるとき、そこからは両者の相似、信仰における共通点が読み取られなければならない。道長の人物像は、仏法に帰依し、自己の救済を成し遂げた往生者としてのものにとどま

らず、積極的に教えを弘め、信仰の隆盛を導こうとする仏教事業者、仏法の擁護普及を行う者として理解される。「権者」（下三二七、また下二二八）ととらえられるのであって、だからこそ釈尊との比喩も可能なのである。

巻第十五の結尾に、道長の信仰を説いてきた最後にその栄花が讃歎されたが、すでにそこで道長は釈迦に譬うべき仏教事業者として理解されていた。それ以降の巻々にも、仏教事業者としての道長はしばしば見出せる。自己の死を信仰によるものとし、死の否定的側面を乗りこえて極楽往生へ転じたのは、信仰者としての道長の最後の事業なのであり、また「権者」であることの証明であったと言えよう。作品世界の中で、世俗の道長と関係を持たぬ無名の尼たち――信仰の立場よりの道長への敬慕の具象化――が登場して、釈尊入滅のありさまを重ね見て哀悼するのも、信仰者としての道長に対してなのである。

道長の死を往生として描いたときに、そこにはすでに信仰者としての道長への肯定的な評価が含まれていたろう。ことに往生が多くの困難を伴い、実現の稀なものととらえられていたこの時代には、この評価は小さいものではなかったはずである。しかもその上に、釈尊への比喩によって積極的な仏教事業者としての評価が重ねられる。信仰よりの二重の評価が与えられるのである。

一方、尼たちが釈尊に譬えて道長の死を哀悼する叙述は、道長の死における聖俗両面を結ぶ契機となる。道長の死の悲しみは、「内・東宮」より「殿原・御前達」、「あやしの法師ばら」、そして尼たちへと引き継がれてゆく。世俗と信仰とにおいて道長を慕う人々の嘆きがもろともに叙せられたのである。これは道長の死を、世俗の権力者と信仰者との両面より描こうとする、「うたがひ」の巻の方針の再現にほかならない。

栄花物語が描いてきた道長の聖俗両側面を統一しながら、その死を描き、しかもその死を信仰の立場より肯定するために、多層的・複合的な叙述の構成は求められた。各叙述はそれぞれの技法によって異なった面より道長の死を描きながら、しかもそれらは分かちがたく結びあわされて、巻第三十の叙述を形作っている。そしてその死は、否定的なものとして信仰に対立するのでなく、信仰によるものとして描かれ、さらに信仰の勝利の証しともいうべきさまに記述されるが、このとき道長の死の叙述は明るい色彩を帯びる。このようにしてこそ、栄花物語最大の人物の死は描くことが出来た。信仰への肯定を支えとして、詳細に具象化することにより、道長の死は描き得たのである。

注

(1) 道長の人物像については、松村博司『栄花物語の研究』第三篇第二章（刀江書院　S三一）・山中裕『歴史物語成立序説　源氏物語・栄花物語を中心として』第三章第四節（東京大学出版会　S三七）・松原芙佐子「栄花物語における藤原道長の人間造型」（平安朝文学研究二―七　S四四・六）・河北騰「藤原道長論――歴史物語の理解の為に――」（文学語学八七号　S五五・五）などを参照。なお、道長の死を往生として描く意義については、松原論文に裨益されるところ少なくなかった。

(2) この個所は梅沢本を底本とする大系本と異本系との違いが大きいので、古典文庫本『栄花物語異本』（松村博司・吉田幸一共校　S二七）第五冊によって、富岡家旧蔵乙本の該当個所を挙げておく。

　仏のさうがうにあらずよりほかの色をおぼしめさず。御めには弥陀如来のさうがうを見奉らせ、御耳にはかうたうとき念仏をきかせ給、御心には極楽をおぼしやり給て、御手にはいとをひかへ奉らせ給て、きた枕、西むきにふさせ給ておはしますを、……

この場合は、前半が簡略化され、対句的叙述は後半部のみとなっている。

　おちいるおりに、つみ人は地水まづさるゆへにごくねつしておほかり。むさうの人は火風まづさるゆへによくしてくなしとこそあなれ。

こちらは対句の対応がより整備されたかたちになっていると言えよう。

(3) 注（1）松村書第二篇第四章の五・第五章の四

（4）石田瑞麿「『往生要集』における文学との接触」（国語と国文学　S三九・四）・同「往生要集」（『仏教文学の古典』上　有斐閣　S五四）

（5）往生極楽記中の奇瑞異象・予知夢告の内わけの整理は、関口忠男「日本往生極楽記の浄土往生思想をめぐって――平安時代浄土往生思想の一考察――」（『往生伝の研究』古典遺産の会編　S四三）・西口順子「浄土願生者の苦悩――往生伝における奇瑞と夢告――」（同所収）を参照。

第五節　たまのうてなの尼君たち

翁と老法師

栄花物語巻第十七「おむがく」と巻第十八「たまのうてな」の二つの巻は、もっぱら治安二年七月の法成寺金堂供養を中心とする記事に宛てられているが、[1]この二つの巻は、巻第十五、巻第二十二あるいは巻第三十など、信仰に深く関わる他の巻々と同様に、[2]信仰への讃歎と具象的描写とが叙述の基調となっている。そして、巻第十七の冒頭には、この盛儀に先だっての法成寺造営のさまが描かれ、造営の喧噪の中で詠まれたとして挙げられる二首のうたが、この信仰にかかわる二つの巻の冒頭の情景の中心をなす。

御堂供養、治安二年七月十四日と定めさせ給へれば、よろづを静心なく夜を昼におぼし営ませ給ふ。池掘る翁の、あやしき影の写るを見て、

曇なき鏡と磨く池の面に写れる影の恥しきかな」といふをきゝて、頭白き老法師、

かくばかりさやけく照れる夏の日にわが頂の雪ぞ消えせぬ」といふも、「物を思ひ知るにや」と、あはれなり。（下六一）

ところで、この一節の解釈については夙に「栄花物語と仏教」と題する論文[3]で岩野祐吉が詳説している。つまり、岩野によればこの一節は仏教の信仰に深く根ざした文脈として読まれねばならない。すなわち、

○曇りなく鏡と磨く法成寺の池の水面には真如の月が姿を映すのが願わしくもまた当然でもあろうのに、映っているのは老いさらぼえた愚俗のわが姿であると悲しみ嘆いた歌。
○頭白い老法師のわれが、この寄る年波まで浮かび漂ってしまったと消えせぬ後悔を自嘲的に歌った。
○「あやしき影」とは、単に「みすぼらしい」意だけではなく、「仏とはあまりにかけ離れたわがなま浮かびの姿」、「物を思ひ知るにや」は、「物のあはれを弁えているのであろうか」と冷やかに軽蔑したのではなく、老法師の法成寺の仏たちにあやかりたい気持、仏性のゆれうごきに感動し尊敬した。

という。たとえば「くもりなき」のうたがこのように解釈され得るとすれば、天台智顗以来の、天月（そらの月）と池月（池の水に映る月、水月）の比喩[4]がふまえられているのだが、この比喩は巻第十八の尼君たちのうたにもあらわれる。

南の大門より入りて参れば、八月廿余日の程にて、在明の月の澄み昇りたるも、いみじうめでたく見ゆれば、かの霊鷲山のあか月の空思やられたり。池の鏡のやうなるに影とゞめたる月も、いみじうめでたく見ゆれば、若き人、

羨しかばかりすめる池水に影ならべたる在明の月」かたの、尼君、
大空と池の水とにかよひすむ在明の月も西へこそ行け」たけくまの尼君、
池水にすめる在明の月を見て西の光を思やる哉」（下九〇）

さきの巻頭の文章にしてもこの文章にしても、何気ないうたのやりとりであるが、仏教信仰の言葉の世界が背後にある。このような文章が信仰の巻の冒頭に置かれているということは、まことに、岩野の言うように「これから展開される文字通りの大音楽「法成寺供養」の序曲として味わい深く、また作者の用意のほどもうかがわれる」のである。

ところでさきの巻頭の文章について今ひとつ考えねばならない問題は、一首のうたの詠み手である「池掘る翁」

と「頭白き老法師」の人物像である。このふたりの人物像に共通するのは「老い」であるが、この「老い」によって劣位に立った詠み手は、慶賀の対象とのあいだにより明確な対照を形づくるので、賀歌の詠み手として効果的なのである。一節の文章の範囲内では、この二人の人物像にはなんら不都合はないと言えよう。

しかし栄花物語全体より見れば、この二人は特異な登場人物である。栄花物語では、天皇家と藤原氏北家主流、さらにそれに次ぐ上流の貴族層の人々を中心に、その家人や女房、そして上級の僧侶がもっぱら登場人物としてあらわれる。その他の人々は群像としては描かれても、特立された、個性を持つ人物としてはあらわれない。同じ老法師や翁にしても、「又年老たる法師・翁などの、三尺ばかりの石を心にまかせて切り調ふるもあり。」(上四四七)と、群衆として記される例はある。しかしこの巻第十七冒頭の場合には特定の個人として登場し、「池掘る翁」「頭白き老法師」と具象的な形容を含みながら、しかもこの作品の中心となる登場人物の範囲外にあるのは、例外的な人物像であったと言えよう。

この二人の人物の特異さはまた、書かれた言葉としての面より見れば、次のように説明することもできる。つまり、この二人の人物は固有名詞を持たぬのである。栄花物語の登場人物は群衆としてでなく、特立された一人物としてあらわれるときには固有名詞を記される。もちろん、官位や住居名が人物の固有名詞の機能を肩代わりする場合の多いのは言うまでもない。さらに「との」「うへ」などとだけ記される例も少なくないが、それはその人物が作品中で頻繁に登場する、重要な人物であることが条件となって、ごく一般的な普通名詞が固有名詞の代わりとなり得ているのである。ところが、問題の二人の人物が、作品を通じてここだけに、固有名詞を欠いた人物として登場しているのは、やはり例外的と言わねばならない。

次に考えねばならないのは、この特異な二人の人物についての具体的な形容、すなわち「池掘る翁」「頭白き老法師」の記述そのものについてである。ただし、このうち「翁」「頭白き」「老」という「老い」の形容とうたとの関係はすでに述べた。つまり慶賀のうたとしての内容との対比のために、詠み手に劣位の像が与えられたわけなのだ。一方「池掘る」「法師」という形容は、法成寺造営という一節の記事の内容自体より比喩として導かれる。「池」は岩野のいうように仏典語の性格を持つのだが、「池掘る」と記されるときには、造営の描写の一部としての役割をも果たしている。すでに巻第十五にも「池を掘るとて四五百人下りたち、又山を畳むとて五六百人登りたち……」（上四四七）と、造営の記述の中に池を掘ることは記されている。また「法師」は群衆の一部としても登場することに見られるように、信仰に基づく寺院造営とかかわることはいうまでもない。この二人の人物の形容は、法成寺造営の具体的描写とよく照応し、造営の具象的叙述の一部となっている。この二人は栄花物語のほかの部分とは関係を持たず、ただ背景としての法成寺造営の叙述にのみ深く結びついている。すなわちこの二人の人物は、信仰への讃歎としての二首の賀のうたを支えるために、造営の記事の埒内で、うたの詠み手たる人物像として形成されたのであった。

ところでこの二人の人物と、人物像の性格に似た点を持つ人物として、「たまのうてな」の尼君たちがいる。尼君たちの登場する巻としては、ほかに「おむがく」と巻第三十「つるのはやし」があり、それと「たまのうてな」との三つの巻の尼君たちを同一の人物群として結びつけて読み得るのではあるが、そもそもこれら三つの巻はともに信仰に基づく巻として、同一の性格の世界をなす。そして、尼君たちの登場するのはこれら三つの巻の信仰に関する場面だけなのであり、作品中でも信仰の巻々以外の叙述には関係しない。個々の名前も、うたの読み手として一人ずつ特立される必要のあったときにのみ記された。おおむね無名の人々として扱われているが、しかも信仰の巻々、ことに「たまのうてな」では重要なはたらきをしている。

しかし、「おむがく」と「たまのうてな」はともに法成寺金堂の供養を中心とする巻として関係が深く、いわば一組のものなのに、「おむがく」では尼君たちがほとんど登場しない理由も考える必要があろう。「おむがく」では

「これは物も覚えぬ尼君達の、思ひ〳〵に語りつゝ、かゝすれば、いかなる僻事かあらんとかたはらいたし」（下七四）としか登場しない。いずれにしても、「おむがく」「たまのうてな」の二巻の性格をまず問題にしなければならない。

法成寺造営

「おむがく」冒頭の一節に続くのは、法成寺造営についての次のような文章である。

　東《ひむがし》の大門に立ちて、東《ひんがし》の方を見れば、水の面《おも》の間もなく筏をさして、多くの榑《くれ》・材木を持て運び、おほかた御寺の内をばさらにもいはず、院の廻《めぐり》まで、世の中の上下立ちこみたり。（下六一）

冒頭の一節に、二人の人物の言動に注目していたのを、翻って法成寺の広い寺域内外へと目を向けるのだと読める。しかも「東の大門に立ちて」と、視点を一個所に据えて、視覚の強調されるのは、具象的な描写という叙述の基調にしたがっているわけなのだ。

そして、供養の儀式の準備より、試楽のありさま、さらに十四日当日へと書き継がれていくが、その詳細な叙述は巻第八の敦成親王誕生など他の盛儀の記事にも見られるものである。たとえば女房の衣装の描写などは、その色彩豊かな具象性によって盛儀を彩るはずだが、[5]「おむがく」にも次のように、その例は見出せる。

　かくて日うらゝかにさし出づる程に、御方〳〵の女房達の御簾際ども見渡せば、御簾の有様よりはじめ、廻まで世の常ならず珍かなるまで見ゆるに、朽葉・女郎花《をみなへし》・きゝやう・萩などの織物、いとゆふなどの末濃の御き丁、村濃の紐どもして、さまざま心ばへある絵を泥《でい》してかゝせ給へり。えもいはずめでたき袖口ども、衣《きぬ》の褄などのうち出し渡したる見るに、目耀きて何とも見別け難く、そが中にも、紅《くれなゐ》・撫子などの引倍木《ひへぎ》どもの耀き渡れるに、桔梗・女郎花・萩・朽葉・草の香《かう》などの織物・薄物に、あるはいとゆふ結び、唐衣・裳などの言ひ尽すべくもあらぬに、紅の三重《みへ》の袴ども皆綾なり。枇杷どの、宮の御方には、又この色々の織物・薄物どもを同じ数にて、袴の上に重ねさせ給へり。（下六四）

この場合も「目耀きて何とも見別け難く」と視覚の限界を言うことによって、かえって視覚は強調されている。

また、漢語の詩文を利用する例も見られる。

これをいみじく酔《ゑ》い乱れ給へるに、しどけなくひきかけつゝ、さうどき給御有様ども、昨日麗しかりし事どもにもまさり、今めかしくおかしう見えたるに、御声ども様〳〵なるに、文集の楽府の文を覚え給。「織る物は何人ぞ、衣《き》る物は誰ぞ、越渓《エツケイノ》寒女《カンヂヨ》漢宮《カンキウノ》姫《キ》なり、広裁《ヒロキヲバタチ》衫㆓袖《サムシウニ》‐長《ナガキヲバタツ》製㆓裾《コロモノスソニ》㆒、金《コガネノ、》斗熨㆓波《シノシテナミヲ》㆒刀剪㆓雲《カタナキル》㆒《ヲ》、春《ノ》衣《コロモ》一‐対《タイ》直千金、汗沾《アセニウルホヒ》粉汚《フンニケカレテ》不《ズ》㆓再‐著《フタヽビキ》㆒」など様〳〵の御声どもに誦じ給も、耳に留りてめでたく聞ゆ。人にとらすれば本意なくかたじけなしとて、皆各被きつゝぞ引き乱れて出で給ふ程は、「土に曳き泥《でい》を踏んで、惜む心無し」とにこそありけれと見ゆ。かくて乱れよろぼひ給程、絵にかゝまほしくおかしうなん。（下七九）

これは「耳に留りて」と、あたかも誦された詩句を報告するのだという書き方であるが、実際には衣類についてうたうこれら詩句は賜下された衣装の華麗を強調し、叙述の具象性と視覚性に寄与する。だからこそ「汗沾粉汚不再著」の対句のかたわれ「曳土蹋泥無惜心」はわざわざ引き離されて、人々の退出のありさまの比喩として「見ゆ」をもって引かれるのだ。また「絵にかゝまほしく」も視覚の強調だと言えよう。

ところで、ここに引かれてあったのは白詩であるが、漢語の詩文と言っても実際には、仏典よりのものが圧倒的に多い。仏教の典籍よりの利用は文単位と語の場合とがともに見られるが、いずれにしても仏典の漢語が重要な役割を果たしている。栄花物語が先行の諸作品より引き継ぎ、その叙述の基本とするかな散文の文章に対して、異なった体系に属することば――あるいはまた、ことばのひびきの点でも、文字の面でも異質の語――が多く導き入れられ、重要な役割をつとめる。そして、仏典語のこのような重要性は、巻第十五・巻第二十二・巻第三十、あるいはほかの巻の中の比較的短い記事など、信仰に関する文章に常に見られるが、ことに巻第十七・巻第十八の法成寺金堂供養をめぐる記事ではとりわけ大規模である。(6)

「おむがく」冒頭の二首のうたに仏典語の世界が影を落としていると読む岩野祐吉の解釈についてはすでに述べた。さらに、巻第十七より比較的簡単なものから見てゆこう。

よろづに磨きたてさせ給ま丶に、院の内も金剛不壊の勝地と見えてめでたし。（下六一）

「七宝は降りにけり、四をんよりも来る」と見えて、目も及ばぬ御有様なり。（下六一～六二）

迦葉尊者の室《むろ》にも未だあらざりし臥具を敷き、賢護長者の家にもある事稀なる飲食どもなり。宮〳〵の御方〴〵の女房の心地も、かの忉利天上の億千歳の楽しみ、大梵王宮の深禅定の楽も、かくやとめでたし。（下六七）

このように仏典語をもって叙述が形成されているとき、法成寺やそこでの儀式の規模の大きさ、豪華さについて言われているわけだが、また一方では、描かれた事象への信仰よりの肯定的な評価をも果たしている。しかも、このように仏典語によった文章が具象的な叙述を構成するのは、本来仏典語の持っていた卓越した視覚性に由来する。このような文章の特徴を良く発揮した例として、「のどかに院の内の」と始め、金堂の外側より内部、そして遮那仏像はじめ諸仏へと進める一連の叙述（下六八～七一）があるが、その総てを掲げることは出来ないので、ほんの一部を引いてみよう。

池の廻《めぐり》に植木あり。枝ごとに皆羅網か丶れり。はなびら柔かにして、風なけれども動く、緑真珠の葉は瑠璃の色にして、頗梨珠の撓やかなる枝は、池の底に見えたり。柔かなる花ぶさ傾きて落ちぬべし。緑真珠の葉は、盛なるに夏の緑の松の如し。真金葉は、深き秋の紅葉の如し。虎魄葉《クハク》は、仲秋黄葉の如し。白瑠璃の葉は、冬の庭の雪を帯びたるが如し。かやうに様〴〵色〳〵なり。（下六八）

「羅網」「緑真珠」「頗梨珠」「真金葉」「虎魄葉」「白瑠璃」などの漢語語彙が列ねられ、また緑・紅・黄・白と、色彩の豊かな世界が繰り広げられる。しかもこの文章は単に語彙の利用というにとどまらず、一節全体が仏典語の世界によっていることが明らかにされている。(7)

視覚的な具象性を仏典語によって展開する例を見たが、聴覚的な叙述もまた視覚と並んで重要である。

金の鈴《すゞ》柔かに鳴り、日の午《むま》の時ばかりなる程に、鐘《かね》の声しきりに鳴り、響よにすぐれたり。上《かみ》光明王仏の国土、下《しも》金光仏刹を限りて聞ゆらんと覚えたり。この見仏聞法の人〳〵、日にあたり立ちすくみ、頭《かしら》痛く思ふに、物の興覚えず苦しきに、この鐘の声に事成りぬと聞くに、皆心地よろしく、苦しかりつる心とも覚えず。かの天竺の祇園精舎の鐘の音、諸行無常・是生滅法・生滅〻已・寂滅為楽と聞ゆなれば、病の僧この鐘の声きゝて、皆苦しみ失せ、或は浄土に生るなり。その鐘の声に、今日の鐘の音、劣らぬさまなり。（下七〇）

また、金堂の内外を描く一連の叙述中のものではないが、供養の儀式についての文章の一つに次のようなものもある。

楽所のもの丶、音《ね》どもいみじくおもしろし。これ皆法《のり》の声なり。或ハ天人・聖衆の妓楽哥詠するかと聞ゆ。香山大樹緊那羅の瑠璃の琴になずらへて、管絃哥舞の曲には、法性真如の理を調ぶと聞ゆ。（下七二）

これも音の響きを中心に述べる文章となっているが、この場合「天人・聖衆の妓楽哥詠するかと」とあるのなどは、単に聴覚的であるのみではない。奏される音楽は「天人・聖衆の妓楽哥詠する」ように聴覚において比喩されるが、同時に奏する人々が「天人・聖衆」に視覚的に比喩されるとも読める。聴覚と視覚との両方にわたる、二重の比喩関係と読み取れるのである。このことは次のような例からも理解されよう。儀式にあずかる人々を「聖衆」に譬える例の一つであるが、この文章のすぐ前に見られる文章である。

この僧達のさま・姿ども、たゞかの霊山の法会に、菩薩・聖衆の参り集り給けんも、かくはえやと見ゆ。（下七二）

さらに、例は少ないけれど、嗅覚に関する叙述も見出せる。

銀《しろがね》・黄金《こがね》の香《こう》爐に、様〴〵の香を焚きたれば、院内栴檀・沈水の香満ち薫《か》り、色〴〵の花空より四方に飛び紛ふ。（下七二）

このようにして、視覚的な描写に聴覚的あるいは嗅覚的な描写も加わり、交錯して、具象的な叙述を形作ってゆく。

このような文章が叙述の中心となる点では、「たまのうてな」の巻も「おむがく」と同様である。あるいは、ことに仏典語への依存という面では、「たまのうてな」のほうが「おむがく」よりも甚だしいとも言える。「たまのうてな」におけるこのような文章の例としては、巻頭の阿弥陀堂を描く一節よりの引用にとどめよう。

うち連れて、御堂に参りて見奉れば、西よりて北南ざまに東《ひんがし》向に十余間の瓦葺《かはらぶき》の御堂あり。榱《たるき》の端〴〵は黄《こ》金《がね》の色なり。よろづの金物皆かねなり。御前の方の犬防は皆金《きん》の漆のやうに塗りて、違目《ちがひめ》ごとに、螺鈿の花の形を据へて、色〴〵の玉を入れて、上には村濃の組して、網を結ばせ給へり。北南のそばの方《かた》、東の端〴〵の扉毎に、絵をかゝせ給へり。上《かみ》に色紙形をして、詞をかゝせ給へり。遥に仰がれて見え難し。（下八三）

御堂の建物の描写は、たるきや犬防、さらに扉に描かれた絵など、具体的事物の細部にまで及んでいる。そして、これに続く文章には仏典語も用いられている。

行者の智恵のけしきよそ〳〵にして、忍辱の衣を身に著つれば、戒香匂《にほひ》にしみ薫りて、弘誓瓔珞身に懸けつれば、五智の光耀《かゞや》けり。金銀のこまやかなる光透りて、紫磨金の柔かなる膚透きたり。紫金台に安座して、須臾刹那も経ぬ程に、極楽界にいき着きぬ。（下八四）

かかる文章によって作品世界としての法成寺を具象的に描き出してゆくのが、「おむがく」と、そして「たまのうてな」の巻なのである。ここに、写実とは対極に立ちつつ、具象性を貫く叙述によって、一つの世界が形成されたと見なければならない。

叙述の視覚性

巻第十七と巻第十八とを通じて具象的な叙述が展開されるときに、「見る」「見ゆ」など、見ることに関する語が多く記されるのだが、これらの語は叙述の視覚性を強調することに寄与している。引用文に点線を付した「見れば」「見渡せば」「見ゆるに」「見えたるに」「見ゆ」「見えて」「見えたり」「見奉れば」などの例は、二つの巻全体よりすればほんの一部である。

ところで、「たまのうてな」と「おむがく」では、この視点の性格に少なからぬ違いが見られる。しかも、この視点の性格の違いは、巻全体の性格の違いを反映している。「おむがく」では、松村博司が指摘するように(8)、いくつかの異なった種類の視点があって、叙述はしばしばその間を変動転移する。以下に、種類の異なった視点の例を、簡単に示そう。

① 舞台の上にて、さま〴〵の菩薩の舞ども数を尽し、又童べの蝶鳥の舞ども、「たゞ極楽もかくこそは」と、思ひやりよそへられて見る程ぞ、いと思ひやられて、そのゆへいとゞけふの事めでたき。孔雀・鸚鵡《ワウム》・鴛鴦・迦陵頻伽など見えたり。（下七二）

② 殿の御前の御八十《おほん》の賀にやと見奉る。四天王いかめしくしてたゝせ給へり。極楽世界これにつけても、いとゞいかにとゆかしく思ひやり奉る。毘首羯磨もいとかくはえや作り奉らざりけんと見えさせ給。（下七〇）

③　やう〳〵おはしましよる程に、御覧じやらせ給へば、経蔵・鐘楼・南の廊などの朝日に照り耀きたる、御覧じやられたるは、いとあさましく御目も及ばずおはしまして、大門入らせ給程の、左右の船楽龍頭・鷁首舞ひ出でたり。（下六五）

この御堂を御覧ずれば、七宝所成の宮殿なり。（下六八）

やう〳〵仏を見奉らせ給へば、中台尊高く厳しくまし〳〵て、大日如来おはします。（下六九）

④　御堂〳〵の御燈明《あかし》ども参らせ渡したるに、仏の御光も御堂の飾も、てはやされ、めでたく御覧ぜらるゝに、昼はいみじく騒しくおぼされつるに、心のどかなるに、月も隈なくて照り渡りて、御堂〳〵の御燈明に仏の照され給へる程など、近く見奉らせ給。（下七五）

以上の四つのうち、①の場合には視点はことさら特定の人物に託されることはない。あるいは、視点などというよりは、単に視覚を強調しているのだと考えたほうが良い場合も少なくない。また「思ひやりよそへられて見る程ぞ」は、視覚的印象の相似における比喩関係についての確認強調の役割を果たしている。客観性の強い叙述である②の場合は、描写の対象への讃歎の念が敬語を呼び出したのであるが、しかも敬意を奉る主体は明確に示されてはいない。③の場合には、先行の行幸の記事よりの文脈と敬語によって、帝の視点と考えられる。④は、やはり文脈と敬語とによって、三后の宮たちおよび道長自身の視点と読み得る例である。

このように、巻第十七の場合には、視点の設定は多様だが、①のような簡単な技法で一貫させないのはなぜなのだろうか。②の場合には、信仰への讃嘆という感情が敬語を引き出しているが、②のように敬語をともなう視点を通して描かれるときにのみ讃仰の念がこめられている、というのではない。ここまでに引用した文章にも、「めでたし」と記され、また「目も及ばぬ御有様」とあるのも、信仰への讃嘆の念によるものなのである。また、仏典の故事を引き、極楽世界との比喩が記されるのもこの念による。たとえば①では、舞楽のさまを「極楽もかくこそは」と述べて「めでたき」と評価している。具象的な叙述と信仰への讃仰という、この巻の基調にしたがう点では①・②ともに変わりはない。ただ、描写の対象が仏や四天王の像に及んだときに、それらの像を人格として扱って敬語を添えたに過ぎぬのである。

③・④では、問題はいささか異なっている。①・②ともに視点が特定の人物に託されないのに対し、③・④では、登場人物たる帝や宮たちに視点が託され、それらの人物の目をとおして見た情景として描写が行われる。とはいうものの、叙述そのものが、①・②と③・④とで違いがあるのかと言うと、実はそのようなことはあまりない。特定の人物に視点を託されることにより叙述に主観的色彩を生じたり、また視線を限定される事により何らかの効果があらわれたりはほとんどしない。描き出された世界は、特定の人物の視点に託されない場合と異ならない。帝や宮たちに視点を託されるのも、それぞれの場面での便宜によっている。「おむがく」は、法成寺金堂の供養の儀式をめぐる一連の過程を記すとともに、その舞台たる法成寺世界をも詳細に描写するのだが、帝や三后の宮たちもこの金堂供養の叙述の一部として登場するのである。そして、儀式のありさまと並べてその舞台を描くのに、その叙述の視点を手近な登場人物に託すのである。

たとえば、「のどかに院の内の有様を御覧ずれば」（下六八）に始まる、帝に視点を置いて金堂とその仏像を叙する文章は、それに先立つ、帝と東宮の到着の記事と密接に結びついている。行幸・行啓という、この一連の叙述の高潮点を機に、その日の舞台の中心に目を向けて描くという趣向なのであり、時間的展開にしたがった儀式の叙述と、その舞台たる法成寺世界の空間的拡がりの描写とを、綾の如く織りなすための技法なのである。ただし、この金堂の描写そのものには、帝の視点でなければならぬという積極性があるわけではないので、一連の叙述の中に④のような文章も見られる。「記述の視点は、いつの間にか天皇から別人に移動してしまっている」と松村がいうように、視点が帝に定位されず、不特定の視点へとはずれてゆくというようなこともおこるのである。また④を含む、供養の後、行賞をも済ませたあとの夜の叙述も、道長とその息女たる宮たちとのつどいのアンティームな情景に、寺院内の夜の景観を添えて、興趣ある世界を形づくる。この場合も、描き出された法成寺世界は「おむがく」の巻の他の記事での場合とその質にちがいはない。

以上のように、巻第十七において様々に視覚の強調や視点の設定が見られるが、描き出された世界は多様な質を示さない。とすれば、見ることに関するこのような言及はどのような機能を果たすのだろうか。巻第十七の叙述はきわめて具象的なものだが、このような叙述を形成する個々の描写が、さらに一つひとつのことばが具象への力を持つのだから、具象的な世界を描き出すためにはこれらのことばの集積で充分だったはずである。しかも、これら具象性豊かなことばを、一体の世界を描き出すように連ねてゆくためには、おのずから別の力の支えがなければならなかった。そのために、視覚の強調や視点の設定として、見ることへの言及が求められたと言える。つまり、これら具象の力を持つことばの連なりが叙述を展開するとき、叙述の結節点にこれら叙述の具象的な性質を確認することばが置かれ、それによって叙述の展開は支持された。そして、このような叙述の性格の確認が、視覚の強調にとどまらず、更に視点の設定として強化されるときに、法成寺世界を描き出すための長大な叙述が可能となったのである。

一方、視点が一種類に統一されず、様々なものであり得たのは、巻第十七における視点の設定が場面ばめんで処理されているからである。そしてまた、それはこの巻に、視点を統一し、一貫させねばならぬような理由が存在しないからでもあった。

巡拝する尼君たち

多様な視点のあり方を示す巻第十七に対し、巻第十八「たまのうてな」は、全く異なった様相を示す。松村博司が「尼達の法成寺巡拝記の体裁」と規定するように[11]、「たまのうてな」の巻は一貫して尼君たちの視点を通して法成寺世界が描き出されている。冒頭に、

御堂あまたにならせ給まゝに、浄土はかくこそはと見えたり。例の尼君達、明暮参り拝み奉りつゝ、世を過す。尼法師多かる中に、心ある限四五人契りて、この御堂の例時にあふわざをなんしける。（下八三）

と、一巻の内容は概括されているが、ここに巻を始めるにあたって、改めて尼君たちは紹介されているのだとも読めよう。そしてこの後には、「うち連れて、御堂に参りて見奉れば」で始まる、さきに引用した色彩豊かで詳細な叙述が続けられる。

ただし、その一節の文章の末尾に扉の絵について、「遥に仰がれて見え難し」と視覚の限界を説くことによりかえって視覚の強調された一文に関しては、その視点の所属は誰とも明記されていない。視点が誰にも託されない①のような場合かともとれるのだが、実際には冒頭よりの文章の流れを一貫して尼君の視点と読むことは充分に出来よう。そして、この後も尼君たちは繰りかえし登場して、うたを詠んだり、また家に休みに戻ることなどが記される。断続的ながら反覆して登場するので、「仏を見奉れば」（下八五）の例のように視点の主体に全く触れない場合でも、尼君たちに託されていると読める。また「御念仏の折に参りあひたれば、極楽に参りたらん心地す」（下八七）のような文についても、その「参りあ」った主体は尼君たちと読める。そして、「たまのうてな」には尼君たち以外の特定の人物に視点を託す例は見られない。このようにして、視点は一貫して尼君たちに託されていると読

み得、だからこそ「巡拝記」と規定され得るのである。

では、多様な視点をとる巻第十七と、一貫して視点を尼君たちに託す巻第十八との違いは何に由来するのだろうか。この問題は二つの巻の性格のちがいに深くかかわっているので、「おむがく」と「たまのうてな」の各々の巻の性格を考えねばならない。「おむがく」と「たまのうてな」を通じて描き出される法成寺世界は、空間的と時間的との二つのひろがりを持つ。つまり、法成寺寺域という空間的なひろがりと、金堂供養の儀式を中心とする時間的なひろがりである。しかし、この二種にひろがりは二つの巻を通じて均等にひろがっているのではない。「おむがく」の巻がもっぱら時間的なひろがりを主としているのに対し、「たまのうてな」は空間的ひろがりを主として描かれている。

「おむがく」巻の構成を見たいのだが、松村博司の『栄花物語全注釈』に整理があるので、それを引いてみよう。[12]巻の内部の構成は次のようになっている。

(1)　御堂供養の準備
(2)　試楽
(3)　七月十三日夜、三后（太皇太后宮彰子・皇太后妍子・中宮威子）・東宮女御（尚侍嬉子）・一品の宮禎子内親王行啓
　　同十四日、行幸・東宮行啓
(4)　法成寺寺域と金堂内外の有様
　イ、寺域概観――庭・池の有様、池水には堂・経蔵・鐘楼等が投影し、一仏世界を形成している。他の周囲の植木・中洲に架けた橋・雑宝の船・中洲に遊ぶ人工の孔雀鸚鵡の有様
　ロ、金堂の外観

1、扉の絵（八相成道の絵の説明）、柱の蒔絵・梁の天女の彫刻・土間の鋪石等
2、本尊大日如来の相好
3、脇侍の相好
4、仏前の装飾
(5)　会同の僧侶および供養の有様、舞楽
(6)　法会終了、禄の有様
(7)　天皇・東宮の還御
(8)　十四日夜の有様――宮々の還御を明日に延期、夜の勤行の有様、一品の宮の有様
(9)　十五日――宮々法成寺を見学、阿弥陀堂盂蘭盆会、御堂の後宴、三后還御

これを一覧して見てとれるように、「おむがく」の巻は性格の異なった二つの部分にわけられる。まず一つは、(4)の部分に記された、空間的ひろがりをもって示される、法成寺寺域の一部すなわち金堂内外の景である。しかし、この巻の大部分を占めるのは(4)以外の部分、つまり金堂供養を中心とした、時間の流れにそった人々の動きの叙述である。もちろん(4)以外の部分にも法成寺の情景は描かれるが、そのような描写は小断片にとどまり、人々の行動の叙述に添えられ、時間軸に従う叙述の流れによって全体に統合されている。叙述の流れは、準備の段階から、試楽、さらに十三日、十四日、十五日と展開してゆくが、この様な、時間の軸が優位に立つ叙述に包み込まれて、空間のひろがりを記す(4)の一章が存在しているわけなのだ。

これに対し「たまのうてな」は、「おむがく」の(4)と多くの共通点を持ち、空間的なひろがりを叙述の主軸とする。そして描き出されるのは「おむがく」の(4)以外の部分のような人々の言動ではなく、造立された法成寺の堂宇そのものが主役なのである。しかも、「たまのうてな」冒頭に「浄土はかくこそはと見えたり」とあるように、法

成寺のさまを極楽浄土に重ねあわせて見るのもまた、「おむがく」の(4)と共通である。ただし「おむがく」の場合には、細部の描写へと叙述の及ぶのは当日の儀式の中心たる金堂やその仏たちに過ぎなかったが、「たまのうてな」に至っては諸堂宇をはじめとして、金堂以外へも叙述が及ぶ。ことに後半に尼君たちが里人を案内する部分では、厨房や浴場などまでに叙述が及んでいる。

もっとも「たまのうてな」においても、すべての叙述が寺院の景観に費やされているわけではない。たとえば、次のような文章がある。

又長櫃といふ物に、御果物・精進物持て続き参りたれば、御前にて内・東宮よりはじめ、女院・宮〳〵の御方などまで分ち参らせさせ給て、又院の僧房どもに配らせ給。（下九四）

この場合に、帝・東宮・宮々に言及がなされるのは、「おむがく」の盛儀についての一連の叙述につらなり、法成寺世界の時間的流れの側に根ざしている。しかし、このような例は「たまのうてな」ではごく少例にとどまり、一巻の叙述の主軸を担いはしない。

また「たまのうてな」で、建物そのものが主役であるといっても、人物の言動が描かれないというのではない。当面の問題である尼君たちは措くとして、その他にも道長や花の尼が、群衆ではなく個的に特立された登場人物としてあらわれる。たとえば（次節でも取り上げる）花の尼などは、その描写も詳細である。

この尼達の常に例講にあふ事を、僧達皆随喜し申す程に、例の花の尼、露か丶りながら、花持て参りたり。この尼達「いみじき心ざしはあれど、この宮仕こそえすまじけれ」など、言ひあへり。この尼君は、御堂始めの年より、かく花を持て参れば、あはれがらせ給て、今はよろづを知らせ絵なりけり。昔宮仕などしければ、老いたれどみやびかなる様したり。（下九一～九二）

この花の尼も、「おむがく」冒頭の二人の人物や問題の尼君たちと同様に、信仰の巻にのみ関係する無名の人物である。この人物の花を捧る行動は、尼君たちの巡拝の日に、尼君たちの眼前でなされたのだが、しかもこれが唯一回の行動でなく、つねに繰りかえされている行動だとも記されている。そして、このように日頃くり返される行為は、法成寺を舞台とした一事件なのではなく、法成寺の日常的な情景の一部をなす。この花の尼の一節は後夜の懺法の記事の一部をなすのだが、この後夜の懺法や、また黄昏時の念仏の記事（下八七）は、一応時間の軸に関連する面を持つ。とは言っても、後夜の懺法や黄昏の念仏は日々繰りかえされる日課であって、やはり法成寺の日常的な情景なのである。同じく時間的といっても、「たまのうてな」以外の巻では時間軸の上で一回かぎり生起する事件を一方向へ流れる時間の上に位置づけることの出来るものとして扱う歴史叙述の時間が根幹をなすが、花の尼の記事はこのような歴史叙述の時間の上に置かれはしない。ただ、日々くりかえされる一日の時間の上で位置づけられるだけなのだ。

ところで、この一節の後には、次の一節の叙述が続いている。

御前なる阿闍梨、花籠《はなこ》ながらとりて、承仕召して取らする折に、言ふともなくて、この尼、

朝まだき急ぎ折りつる花なれど我よりさきに露ぞ置きける

といへば、阿闍梨うち笑ひて、「かう〳〵なんと申す」と申せば、殿の御前「返しせよ」と宣はすれば、阿闍梨、

君がためつとめて花を折れとてや同じ心に露も置きけん

といふを、僧達「この尼君は、現世後生めでたき尼なり。今は説経の所の座居なども、御堂の尼といひて、所えてこそあなれ」など申。（下九二）

ここに描かれた、二首のうたをめぐる三人の人物――花の尼・道長・阿闍梨の言動は、巡覧の日の一回限りの出来事と見る事ができよう。しかし、一首目のうたに「我よりさきに」と言うにもかかわらず、「露」は花の尼との比喩であるのだから、結局述べられたのは日々花を捧げることとの心に他ならない。花を捧げることを支えている恭虔な信仰の念が言明されたのであるが、この念いは巡覧の二日に限定されるようなものではない。時間の軸の上に限

定される一回かぎりの出来事のようには書かれてあっても、そこに示される感情は時間的に限定されるものではなく、かえって空間的ひろがりによる法成寺世界への信仰による讃仰となっている。

さて、「たまのうてな」の巻において法成寺の寺域が尼君たちの視点により描かれていることは既に述べた。つぎに、この空間的ひろがりを主とする世界を描き出すための、尼君たちの役割――人格化された視点としての機能を考えねばならない。まず尼君たちの言動をしるす文章を引いて見よう（ただし、長文にわたる部分は、適宜に省略して煩を避けることとする）。

◎例の尼君達……（下八三）
◎後の御堂の板敷を見入るれば……（下八四）
◎仏を見奉れば……（下八五）
◎……「然るを我等かばかり仏を見奉る、豈空しからんや」と思て拝み奉る。（下八六～八七）
◎御念仏の折に参りあひたれば、極楽に参りたらん心地す。（下八七）
◎かゝる程に入相《いりあひ》の鐘おどろ〳〵しければ、かたのゝ尼君……（このあとにうた一首）
◎仏の御光いとゞ耀きまさりて、見奉る心地もまばゆし。（以上下八八）
◎この尼達……とうち誦じてまかでぬ。
◎この尼達暗くなりぬれば……（以下、中河辺りの家での会話とうた）
◎……といひて、わざとならず、しどけなく衣《きぬ》の前をとりて参る様ども、さすがにおかしく見ゆ。（以上下八九）
◎観無量寿経の十六の観思出でられて……たゞならず聞ゆ。
◎「かれは三昧堂ぞかし。いざ参らん」とて行けば、……（以上下九〇）

◎……現れ給へらん姿思やられ、めでたく見えさせ給。聞けば法師品の……

◎阿弥陀堂に参りたれば、……

◎「あな嬉し」と思て、御階に上《のぼ》りて仏を見奉れば……と見え給。かの往生要集の文を思出づ。……など誦して、聞けば、六根懺悔の辺りなりけり。

◎あなたうとゝ聞えたり。

◎この尼達の……

◎かくて明うならぬさきにと急ぎまかづれは……常よりも耳とゞまりて、言ひ置き給けん内記のひじりもあはれに覚え給。……げにと見えたり。（以上下九一）

◎かくてまかでゝうちやすみたる程に……（以下、里人の案内を請う事）……率て参りて見する。

◎三昧堂よりはじめて、阿弥陀堂に率て参りて、……

◎廊を渡りて大御堂に参れゝば……普賢経の文をいひ聞かす。（以上下九二）

◎仏を見奉れば……

◎一ゝに言ひ聞かせて、又戌亥の方の別院の上の御前の御堂に率て参りたれば……（以上下九三）

◎かくて又率て行きて見すれば……

◎又見れば、陸奥守《みちのくのかみ》の……

◎又廻りて見れば、かの十方諸仏……

◎そこに立ちとゞまりてきゝ奉れば……

◎……とうち拝み奉りて、又ある所を見れば……

◎ある所を見れば、大般若の……（以上下九四）

◎又ある所を見れば、五大力……
◎ある所を見れば、曼荼羅を……
◎ある所を見れば、薬師経……
◎又ある所を見れば、僧二三十人……
（以上下九五）
◎又ある僧坊を見れば、おかしげなる……
◎又ある僧坊を見れば……浄土もかくこそはと推し量らるゝに、いと尊し。
◎ある所を見れば、湯槽《ゆぶね》の……
◎又ある所を見れば、仏師四五人……
◎かゝる事どもを、里人おぼつかなからず見きゝ、喜びて、「まかでゝ尼君達に必ずよろこび聞えん」とてまかでぬ。
（以上下九六）

あくまでも法成寺寺域の有様を語るのが「たまのうてな」の叙述の課題であったとすれば、尼君たち自身の言動の描写が至って簡単なのは当然と言えよう。中河辺に宿る一節の記事を除けば、その記述は各々数行の分量にとどまり、記された言動も僅かな種類に過ぎない。

法成寺寺域内の様々な堂宇や仏象などを尼君たちが「見奉る」のは、前にも述べたように、作品世界への視点として当然である。また、このような寺域内の様子を浄土と比喩しつつ讃嘆の声を発するのも、この巻の叙述の基調から見れば理解され得よう。

しかし、尼君たちについてもう一つの重要な行動も記されている。つまり、法成寺という一寺域の内での空間的な移動がはっきりと示されている。「参る」「のぼる」「まかづ」のような語がしばしば見られ、また「ある所を見れば」「又ある所を見れば」と畳みかけるのも、空間の移動をふまえた叙述である。彼女らが法成寺寺域の中を移動して行くことは、はっきりと読み取れる。しかも尼君たちは人格化された視点なのだから、とりもなおさず、尼君たちは移動する視点なのである。そして、この視点の移動によって、法成寺世界の空間的ひろがりは個々の細部まで叙述されてゆく。作品の読み手は、尼君たちに従って「たまのうてな」の作品世界たる法成寺寺域を巡り、そして尼君たちの視点を通して、その細部を拝み、覧る。つまり巡拝・巡覧するのである。これが、「たまのうてな」の叙述の機構を巡拝記・巡覧記と称し得る所以であり、また巡拝記・巡覧記であることの機能なのである。

法成寺世界の空間的ひろがり

「たまのうてな」に描き出された世界が空間的ひろがりを主軸とすること、そしてこの様な空間的ひろがりは視点の移動によって叙述されて行くことを述べた。巻第十八の尼君たちの視点は、作品世界を具象的なものとして追体験するために積極的な役割を果たしているのである。

ところが、このような作品世界の空間的ひろがりを描く叙述も、時間に無縁になされているのではない。「たまのうてな」の巻には巻自体の時間の流れが見られ、今まで見て来たようなこの巻の独特の性格に対応する独自さが、その時間の性格にも見られる。しかも、この時間の流れこそが、この「たまのうてな」の巻を栄花物語の正篇三十巻、あるいは正続四十巻のうちに位置づける鍵となっている。

黄昏の念仏や後夜の懺法の記事が、日々の日課として一日の時間の流れと関連することは先に述べた。そして、このような記事は法成寺の情景を一日の特定の時刻に結びつけて描く趣向なのだが、そこに見られる時間の性格が他の巻々の時間の性格と異なることも述べておいた。このような趣向が可能になったのは、尼君たちの言動の継起が時間に無関係ではないからなのである。登場人物としての尼君たちは、法成寺の寺域内を移動しながら所々のさまを見聞し、そして讃嘆するのだが、このような言動の継起はおのずから時間の流れを形づくる。彼女らはこの「たまのうてな」の巻の中で法成寺巡覧の二日間の時を過ごしている。尼君たち自体は、法成寺をその空間的ひろがりの面で具象的に描き出すための視点として、空間的ひろがりの細部を呈示するように機能するのだが、彼女らの言動の描写の継起は、おのずから時間の流れと読みとられる。そして、このような時間の流れを過ごす尼君たちを視点とするとき、一つの空間的位置での情景を、一日の時間のうちでの一定の時刻にむすびつけることが出来、黄昏の念仏や後夜の懺法の興趣ある記事が可能となったのである。

さて、この尼君たちの過ごす二日間の時間は、この作品の他の巻々を貫く歴史叙述の時間の流れの上には、必ずしも位置づけられねばならぬのではない。尼君たちのこのような時間は、「たまのうてな」の巻の範囲の中で充足し、その外側の時間の流れと関連づけられる必要はない。黄昏や後夜という刻限も、ただ一日の時間のうちでの位置づけであって、その範囲の外にはかかわりを持たない。その時間は仏教的秩序の時間である。時間の流れの上の一つの点が、作品を貫く時間全体に対して位置づけられるという、編年体歴史叙述の時間とは異なった性格の時間が支配している。逆に、そのような歴史叙述の時間に規定されないところに「たまのうてな」の世界は形作られていたはずである。

にもかかわらず、この巻の二日間の時間は、前後の巻々を貫く時間の流れの上に置かれるとき、いささかの異和を残しながらも、この流れの中に含み込まれて読まれることになる。このような読みは、「たまのうてな」以前の巻々が形成してきた、歴史叙述としてのこの作品の時間の性質がおのずから要求する読みなのだ。また、「たまのうてな」の巻自体が、そのような読みをあくまでも拒否するというものでないのは、月日次を記した次のような文章によって見てとれる。

南の大門より入りて参れば、八月廿余日の程にて、在明の月の澄み昇りたるも、いみじうめでたく見ゆれば、

かの霊鷲山のあか月の空思やられたり。（下九〇）

しかし、この文章にしても、これだけでは「八月廿余日」という一年の間の特定の時期である事は知れても、それがいかなる年次に属する「八月廿余日」なのかは明かされない。これが、法成寺金堂供養の行われた年の、しかも供養の儀式に引きつづく日々の出来事であると読まれる根拠は、「たまのうてな」の巻の内部にあるのではなく、その前後の巻々の、それら巻々を貫く歴史叙述の時間にあるのだ。そして、この「たまのうてな」が「おむがく」のすぐ後に置かれたことによって、巻第十八の二日間の時間は巻第十七の供養をめぐる日々に相次ぐものとして、歴史叙述としての作品の時間の流れの上に位置づけられる。このようにして、「たまのうてな」にしるされた尼君たちの法成寺巡覧は、栄花物語全体の中に定位することが可能になったのである。

「極楽世界これにつけても、いとゞいかにとゆかしく」（下七〇）、「浄土はかくこそはと」（下八三）、あるいは「極楽に参りたらん心地」（下八七）とあるように、巻第十七・巻第十八の二つの巻は法成寺世界を極楽浄土との比喩関係において見る。極楽浄土が彼岸での理想世界であるのに対応し、法成寺世界は此岸での理想世界として形作られたと言えようか。あるいは、法成寺世界は極楽浄土の映し絵として描かれたともいえよう。いずれにしても、課題は、言語の上に理想世界を具象化させることにあったと見ることが出来る。

ところで、理想世界を具象化させようとする試みにおいて、栄花物語に先立って、恵心僧都の占める地位の重要さは言うまでもない。観経や阿弥陀経をはじめ諸仏典をふまえながら、往生要集や阿弥陀経略記にくり広げられる浄土の描写は目をみはるものがある。しかし、それらの描写を支える叙述の機構は、源信にとっては予め用意されてあったと言える。往生要集は極楽浄土や阿弥陀仏について述べるとき、浄土の「十楽」や四十二の「相好」を数え上げてゆくという、仏教の典籍にしばしば見られる体裁を採る。また阿弥陀経略記の場合は、阿弥陀経本文への注解の一部として浄土の描写も展開されるので、阿弥陀経の本文がおのずから叙述の脊梁となり得たのである。
他方栄花物語に、現世での理想世界として法成寺が描かれようとするとき、個々の描写は源信や静照の文章によることは出来ても、叙述の全体を支える機構はみずから見出されねばならなかった。そして「おむがく」では、時間の流れにしたがって儀式を記してゆく歴史叙述の時間に仏典語による描写を対置して重層的な叙述を形成しながらも、その全体的な展開を支えるのは前者であった。つまり、栄花物語全体を貫く基本たる歴史叙述の機構が「おむがく」の巻を支えているのである。これに対し、「たまのうてな」の巻に法成寺世界が空間的ひろがりの面より描き出されようとするときに、あくまでも時間的展開を主軸とする歴史叙述の機構は有効たり得ない。またもとより、栄花物語中の一章として、個々の描写は仏典語によりつつも、全体を仏典の様式によることも出来ない。この点にこそ、「たまのうてな」の巻が尼君たちの「巡拝記」の体裁を採る所以があった。

注

（1）実際には巻第十八の末尾に、公任初瀬詣の記事など、法成寺関係以外のいくつかの小記事があるのだが、これらの記事は除外し、大部分を占める法成寺関係の記事をのみ問題とする。したがって本節で巻第十八「たまのうてな」というときは、これらの小記事は除外するものとしたい。

（2）巻第十五・巻第十七・巻第十八・巻第二十二・巻第三十の五巻はもっぱら成立の問題として論じられている。おもに、松村博司『栄花物語の研究続篇』「歴史物語の成立」（刀江書院　S三五）・同『栄花物語全注釈四』巻第十五解説（角川書店　S五二）・岩野祐吉「栄花物語の本質に関する試論」（平安文学研究一九輯　S三一・一二）・山中裕『歴史物語成立序説　源氏物語・栄花物語を中心として』第三章第二節（東京大学出版会　S三七）・河北騰『栄花物語新註』解説（笠間書院　S四五）・同「栄花物語の構成と技法」（獨協大学教養諸学研究一〇号　S五一・三）・同「歴史物語の成立」（日本文学　S五一・五）を参照。このうち河北の一つ目と二つ目の研究が最晩期補入説をとり、他は最初期成立説をとる。ただし、成立の時期の如何より、本章ではこれらの諸論考でつねにこの五つの巻が一つのグループとして扱われていることに注目したい。それはこの五つの巻が共通の性格を持つものと了解されているからである。

（3）岩野祐吉「栄花物語と仏教」（平安文学研究三九輯　S四二・一二）。また岩野の「『栄花物語』の読み方―特に仏教との関連において―」（古代文化十六巻一号　S四一）をも参照。

（4）「若執二迹因一為二本因一者。斯不レ知レ迹亦不レ識レ本。如下不レ識二天月一。但観中池月。若光若桂若輪上。」（妙法蓮華経玄義巻第七十　大正新脩大蔵経三十三巻　七六六頁（大正新脩大蔵経刊行会　S三八））・「若執二迹果一為二本果一者。斯不レ知レ迹亦不レ識レ本。従レ本垂レ迹如二月現レ水。払レ迹顕レ本如二撥レ影指レ天。」（同七六七頁）。また栄花物語に時代の近いものとしては、覚運「一実菩提偈」中に「速門実相迹仏体是則猶如二水中月一本門実相本仏体諸仏之本如空月」（大日本仏教全書二四巻　三四九頁（名著普及会　S五三））とある。

（5）栄花物語の服装描写については加藤静子「『栄花物語』謌合の巻をめぐって――続篇第一部と一品宮章子周辺（一）――」（言語と文芸第八十六号　S五三・六）を参照。

（6）松村博司『栄花物語の研究』第二篇第四章の五（刀江書院　S三一）を参照。

（7）石田瑞麿「静照の『極楽遊意』」（仏教文学研究会編『仏教文学研究第六集』法蔵館　S四三）・松村博司『栄花物語全注釈四』巻第十七（角川書店　S五一）〔10〕の補説

（8）『栄花物語全注釈四』巻第十七〔19〕の補説。また同『栄花物語の研究第三』第二篇六（桜楓社　S四二）を参照。

（9）文脈から考えれば、天皇だけでなく、東宮の視点をも含むともとれるが、しばらく松村の読みにしたがっておく。注（8）を参照。

（10）注（8）参照。

（11）『全注釈四』巻第十八解説

（12）『全注釈四』巻第十七解説

第六節　世界の尼・花の尼

栄花物語のなかに、世界の尼というものが登場する。正確に記せば「せかいのあまども」と言い、「せかいのたうとき尼ほうし」と言われる。その「世界」という言葉と「尼」という言葉の組み合わせはやや奇矯の響きがある。王朝のかな散文において類例をほとんど見ないのみならず、この作品の中でも特定の局面でしか現れない表現である。

作品は平安朝、十世紀後半から十一世紀初頭にかけての歴史を、藤原道長という人物を中心に描いてゆく。その点で、栄花物語はあきらかに歴史叙述である。そして、この作品の目的が歴史の叙述にあるのだとしたら、この尼たちの存在は作品本来の性格とは齟齬したものなのである。この作品の登場人物は（僧俗の群衆を別にすれば）歴史叙述の通例に従って、歴史上に実在だと想定されている人物である。上中流貴族の社会に属する人物であり、王朝官人社会に属する人物である。女性の場合もその点では変わりない。女房の場合は所属が某家の女房となるだけの違いである。しかし、この「世界の尼」はそのような人物たちとは異なっている。

世界の尼たちが登場するのはこの作品でも三個所に過ぎない。まずその三個所の記述を確認しなければならないだろう。最初は上東門院彰子の出家の記事である。巻第二十七「ころものたま」、権力者道長の娘にして国母たる女性の出家はそれ自体が盛儀であるから、その様子は詳しく記される。その記述の末尾に、世界の尼たちは唐突に登場している。

かやうに、この世後の世まで、めでたき御有様とぞ。故女院は御悩《なやみ》ありてこそ、尼にはならせ給しか、これは、我御心とおぼしたちならせ給ぞ、聞えさせん方なくめでたき。殿、御前、返〻かたじけなくおぼしめしたり。かくてこの秋、御受戒あるべしとて、無量寿院辰巳の方に、夜を昼になして急がせ給へば、世界の尼ども喜びをなしたり。（下二六六）

ここでの尼たちの「喜び」とは何なのだろう。彼女たちが権力者の家の盛儀を喜び祝っているのでないことは言うまでもない。尼の登場に先立つ草子地的記述でも、東三条院の出家を引き合いに出して、「それすら病悩のための出家であったのに」と言って割り引いている。「わが御心」とは信仰の心に他ならない。その流れで登場する尼たちは、その上東門院の出家への評価もやはり信仰を唯一のものとしているのだろう。

他の二例は巻第三十「つるのはやし」である。この巻は道長の死を描くが、その描写は信仰を基準としたものである。道長の死は信仰者のものとして、極楽への往生であるとともに、釈尊の入寂の似姿として描かれている。その死と葬送にあたって多くの人が法成寺に集うが、そのなかに世界の尼も登場する。

日頃いみじう忍びさせ給へる殿原・御前達、声も惜ませ給はず。げにいみじや。御堂の内のあやしの法師ばらの物思なげなりつるが、庭のまゝに臥しまろぶ、げにいみじ。世界の尊き尼法師さえ集りて、「仏の世に出で給て、世をわたし給へる、涅槃の山に隠れ給ぬ。我らが如きいかに惑はんとすらん」など、いひ続け泣くも、いみじう悲し。（下三二八）

今は出でさせ給。無量寿院の南の門の脇の御門《みかど》より出でさせ給。かの釈迦《尊》入滅の時、かの拘戸那城《ノ》東門より出でさせ給けんに違《たが》ひたることなし。九万二千集りたりけんにも劣らずあはれなり。この世界の尼ども、心を尽して参り送り奉れど、そこらある人なればいづれとも知りがたし。万寿四年十二月四日うせさせ給て、ついたち七日の夜御葬送。御年六十二にならせ給けり。（下三二九）

この二例はともに釈尊の入滅が言及されているのだから、これも信仰の文脈での登場であることははっきりしている。信仰者道長の死を嘆いているのである。

これらの尼たちはこの作品において、道長の仏教事業を中心とする信仰の叙述で登場するのだが、信仰の叙述で登場するのは世界の尼たちだけではない。あとで扱うように「世界」という語と結び付いている三例以外にも尼たちは登場するし、「おむがく」の冒頭では翁や老法師が登場する。(1) これらの人物に共通するのは、歴史の世界に活動する実在の人物とは異なった性格である。歴史叙述であるこの作品に登場するのは、実在の人物のはずである。もちろん史料の制約があって現在では他史料から確認できない場合もあるが、それでも登場人物たちを虚構のものと考えるべき理由はない。登場人物はあたりまえのようにして実在の人物として扱われる。そのなかで、敢えて虚構とは言わないにしても、彼女たちは歴史叙述を担う人物たちとは性格が異なっている。信仰を称揚するためだけに形成され、登場する人物と見えるのである。

これらの人物の例外的性格を考えれば、この巻々を（あるいはこの巻々の一定の部分を）何らかの史料に基づくものと考えて、その叙述を作者以外の手になるものと見ることもできる。しかし、それにしてもこの作品の一部として取り入れられる時にその本来の文章・文体が残されたのだとしたら、作品がその文章・文体を必要としていたわけであるから、相変わらずこの作品にこのような例外的部分がなぜ存在するのかという問題は残る。本節ではこれから取り上げる巻々、叙述、文章を作品本来のもの、作者のものという前提で考えてゆく。

世界

そもそも、「世界の尼」というときに、その「世界」とは何なのだろうか。それは単に「世の中の尼」というような意味ではあるまい。「世界」という語が元来、漢語であり、漢籍以外で使われる場合にも和文にとって違和のある語であることはいうまでもなかろう。現代語でも、「世界」というときには和語「世の中」などとは異なったニュアンスを含むが、王朝の言語にあってはその違和感はもっと強かったろう。しかも「世界」は仏教語彙であったから、同じ漢語の世界でも、仏教臭を伴うものであった。

しかし、この語は仏教漢語であり、和語化されないにしても、和文脈で若干の使用が見られる語彙でもあった。しかも和文脈で用いられる場合、純粋の仏教語として用いられるより、和文脈上の独特の意味を以て使われていたと見える。その中には現代語の「世界」で理解してもさほどおかしく感じられないものもある。

しかし、「世界」の用例の中には現代語の「世界」で理解できないもの、理解するには躊躇を感じるものも混じっている。たとえば竹取物語の「世界のをのこ、たかきもいやしきも」という、すぐに誰でも想起できる用例を考えてみても、これを現代語で「世界の男性」と訳すことは大いにためらわざるをえない。まして、大和物語の六十三段に、男女の別れの場面で男の言う「世界にものしたまふとも忘れず」という例など、現代語の「世界」のままでは到底理解できない。

王朝の古典語の意味として、どのようなものが考えられるのかをいくつかの辞書に当たってみると、「ハ　自己が所属するイの世界から見て、非連続と意識されている地域、空間。都人にとっては、地方や田舎がしばしばそうであるが、異国や仙境のような別天地もまたこの類である。」（角川古語大辞典）、「ロ　イを、自分が属している既知の地域、それ以外の未知の地域などと分けた場合、それぞれの範囲の地域。」（小学館日本国語大辞典）という説明を見ることができる。これほど周到でない説明として、単に「田舎、地方」といった意味を挙げている辞書もある。これは現代語には見られない意味であるが、王朝の「世界」の語義を理解する上で重要であろう。たとえば源氏物語からいくつか用例を挙げると、

○知らぬ世界に、めづらしき愁への限り見つれど……　（明石）

○わが君、かうおぼえなき世界に、仮にても移ろひおはしましたるは……（同（河内本は「さかひ」））
○横さまの罪に当たりて、思ひかけぬ世界に漂よふも、何の罪にかとおぼつかなく……（同）
○遥かなる世界にて、風の音にてもえ聞き伝へたてまつらぬを……（玉鬘）
○若うよりさるあづまの方の遥かなる世界に埋もれて年経ければにや……（東屋）

というように、確かに「田舎、地方」と言ってよい意味で使われていると見える。「知らぬ」「覚えなき」「遥かなる」といった表現がともに用いられているように、これらの例で「世界」が京の都より遠く隔たった場所を指していることは明らかであろう。源氏物語における「世界」の用例数を見ても、「明石」と「玉鬘」の二つの巻に集中していることは重要である。この作品にあって、舞台が京とその周辺、端的に言えば畿外に出るのはこの二つの巻のみである。その舞台を「世界」ということの背景に、京からの空間的隔たりの意識が強く働いている。

しかし、「世界」は単に京と対比しての「田舎、地方」ではないだろう。元来仏教語であった言葉が王朝言語の語彙に移入されるにあたって、仏教的な背景は逓減し失われたにしても、その仏教語彙として持っていた広大無辺感は失われなかったと見える。そもそも仏教が日本人に提示した「世界」の空間は、それ以前にはなかったものである。たとえば「三千大千世界」というように、仏教はおおよそ日本人本来の時空の範囲とは根本的に異なった広さを提示した。だから、「世界」というとき、「世」と言った日本語の空間に比べ、そこに盛られた範囲ははるかに広大なものであったろう。

しかも、「世界」は複数の存在が可能である。「世界」は極めて空間的な語であり、「世」が時間的でもあったのとは異なっている。一方、言葉の発せられる「いまここ」も確かに「世界」内の空間であり得るとしても、敢えてそれを生活に親しくない「世界」で指し示す必要はない。その点で、「世界」を中心たる「いまここ」の場所を含まない、いわばドーナツ状の構造として考える契機をも有する。そして、王朝の文学の世界があくまでも京を中心とする空間を「いまここ」として強固に固定していたのだから、「世界」は当然、京からはずれた地域をも指すことにもなる。光源氏がたとえ明石に移っていようとも、王朝貴族としての彼が基準をあくまでも京に置くかぎりでは、明石は「世界」なのである。また明石入道が地方に住み着いていても、彼の目が京に向いている以上は、やはり明石は「世界」なのであった。「田舎、地方」というような現代語の訳語は、このような「世界」の構造に由来しているのだろう。「東屋」の場合にしても、地方官の継父に従い京からはるか離れた土地で育てられてきた浮舟をとらえている言葉なのであるから、京と地方の対比のもとに、地方が「世界」ととらえられていることに変わりはない。

従って、「世界」とはまず何よりも京の貴族の生活空間よりも広く、また見知らぬ空間と言うことになる。だから、王朝文学の言語が「世界」というときには、王朝人の生活空間からはずれる空間を含むと見るべきである。「世界」の語義をこのようなものと見るとき、この語の王朝かな散文での用例数は興味深い結果を示す。うつほ物語や浜松中納言物語に用例が少なからず見られるのは、いずれも日本国外あるいは異界を舞台とする作品として、この数字は納得できるものであろう。うつほ物語の場合に「俊蔭」に五例が集中して用いられるのも「世界」のこのような語義によっている。

一方、その広大感を念頭に置けば、例えばさきに触れた竹取物語の「世界のをのこ、貴きも賤しきも」というかぐや姫の求婚者たちについての記述も、単に世の中の男たちという程度のことではなく、「広い遥かな場所の男たちまで」ということであろう。

大和物語百六十八段に、殿上人たちに良岑宗貞の便りをもたらす「異様なる」童について、「世界に求むれどなし」と記すのも、そこらを探した程度のことではなく、宗貞の消息を知るための手がかりとしてこの少年を広く手を尽くして探したということである。河原の周辺はもとより、あたり一帯に探せる限りを探し回り、少年の足でそんなに遠くまで行けるはずがないのに、搔い消つように消えて見つからなかったということであろう。宗貞の歌を書き記してあったのが「柏の葉」であったこととも考え合わせて、この記述には、この使いの少年がたまたま宗貞から消息を言付かったというようなことでなく、柳田国男が「神に代りて来る」(「小さき者の声」)というような性格、つまり神性を帯びた存在であることも示唆されているのだろう。[2]

さきに触れた大和物語の六十三段に「世界にものしたまふとも忘れず」という例は、「世界」が「田舎」の意味で使われる例として挙げられるものだが、「たとえどのような遠い場所に行ったとしても」ということであろう。別れを強いられる男女の間の距離感が強調された表現だと考えたい。栄花物語巻第十の「この世界のことゝも見えず、照り満ちて渡る程の有様、推し量るべし」(上三二九)というのも、「広いこの世界」と強調した表現であり、だから「推し量るべし」となるのである。

さて、このような「世界」という言葉の性格をふまえれば、「世界の尼」とはどういうことだろうか。「世界」が単に世の中というのでない以上、一般的に世の中の、つまり京を中心とする地域の尼を指したものではなかろう。単に地理的な関係だけではなかろうが、はるかに広い空間の尼僧たちだと考えられる。この作品が王朝文学の通例として京を中心とする生活空間を対象としてしていたとすれば(そのことについては、別に論じた)[3]、その範囲を超える空間に帰属する尼たちが「世界の尼」だったと見える。しかも彼女たちはその帰属する「世界」に留まっているのではない。道長や彰子の信仰世界へと集まってくる人々なのであり、そこにも信仰心の強調が見て取れる。それは「世界の尊き尼法師さえ集りて」の表現に端的に現れているだろう。だから、この栄花物語の「世界」は法成寺を中心として広がる信仰の空間を捉えていたのであり、また中心へと集まってくる尼たちの行動の方向を捉えていたのである。

尼

しかし、法成寺を中心とする栄花物語の信仰の空間に集う尼僧は、この三例の「世界の尼」にとどまらない。三例のうち二つを占める「つるのはやし」の巻は、先に述べたようにこの物語の最重要人物藤原道長の死を述べるにあたって、それを信仰のものとして描くのを主意としているが、そこで道長の死を悼むための尼僧の描写はこの二例に留まらない。他にも次のような例が見られる。

又御堂の会《ゑ》などに参りこみし尼どもは、数を尽して、たゞこの御堂の辺りを去らず、夜昼額に手を当てゝ念じ奉りたり。「非常《ひざう》もおはしまさば、いかにあはれ」と人知れず、歎きども、あはれなり。（下三二六）

世中の尼どもは、阿弥陀堂の簀子の下に集り居て、十万世界の諸仏の世に出でさせ給て、機縁すでに尽くれば、必ず滅度に入り給、近く釈迦如来、卅五にして仏道なり給へり、八十にして涅槃に入り給、仏日既に涅槃の山に入り給なば、生死の闇に惑ふべし、たゞしこれは非生に生を唱へ、非滅に滅を現じ給しが如く、まことに滅し給はずば、いかに嬉しからんや。（下三二七）

このうち、「御堂の会などに参りこみし尼ども」は、「など」とあるのに従えばたびたび法成寺の、道長が主催する仏教行事に参会したのだと読めるが、ことに「おむがく」「たまのうてな」の尼たちを指すのであろう。この尼たちは「おむがく」でも「これは物も覚えぬ尼君達の、思ひ〳〵に語りつゝ、か、すれば、いかなる僻事（か）あらんとかたはらいたし」（下七四）と、法成寺における仏教行事の見聞記者の役割を果たすが、次の「たまのうてな」に至っては、ほとんど全巻にわたり法成寺の空間がこの尼君たちの眼を通して描かれることになっている。つまり、「たまのうてな」の巻はこの尼たちの巡拝記の体裁で叙述されているのであり、内容的にも時間軸の進展に沿った歴史叙述ではなく、空間軸に沿った法成寺の描写となっている。だから、この尼たちが「たまのうてな」で活躍する描写は遠く歴史叙述のあり様からは離れ、この尼たちの存在も歴史叙述の人物と言うにはほど遠いものになっている。

非歴史叙述的な人物像という点では、「たまのうてな」の尼たちと、「御堂の会などに参りこみし尼ども」に共通性は極めて大きいし、またもう一例の「世中の尼ども」も共通性を欠くものではない。それどころか、道長の終焉という一連の叙述の連関を考えるならば、その像に重なり合うものがあるのも当然のことであろう。

これらの尼たちの存在を一連のものとして見るならば、その信仰への姿勢は一貫したものである。ことに道長の仏教信仰への関わりを大きく持って、その事業に立ち会う証言者として「おむがく」「たまのうてな」では登場してきたが、また道長の極楽往生という信仰上の死に当たっても法成寺境内に、他の僧俗に立ち混じって立ち会い、そして信仰を讃仰する立場から証言するのだと見える。

そもそも、これらの尼たちの讃仰する道長は、世俗の権力者道長の延長線上に捉えられているのではない。この作品が一方で世俗の権力者としての道長の成功を時間を追って捉えてゆくことは言うまでもないことであり、その過程がこの作品正篇の中心となっているのだが、他方で道長は希有の仏教事業者としても捉えられている。その仏教事業は巻第十五で集中的に描かれているが、その描かれ方は「おむがく」「たまのうてな」あるいは「つるのはやし」と共通するものがある。この作品の中でもひとまとまりにして扱われるが、その共通項は仏教信仰である。この作品の世俗の貴族政治の展開から見れば、この作品は摂関家と後宮を中心とした年代記であり、なかんずく道長という権力者を中心とした年代記である。しかしその一方でこれら信仰に関わる巻々から見れば信仰の称揚の書である。この作品はそのような二面性を備えているが、その一面である道長の信仰の証人としての役割をこの尼たちは果たしている。

ところで、「つるのはやし」の登場順から言えば、「御堂の会などに参りこみし尼ども」「世中の尼ども」「世界の尊き尼法師」「この世界の尼ども」と並ぶのである。これらの尼僧に共通する信仰への熱意と信仰者道長を惜しむ姿勢から見て、これらを全く別個の存在として分けるべき理由はない。その点で、これらの「尼」は一体の存在である。しかし、その一体というのはまったく同一と言うことでもない。「たまのうてな」では、彼女たちは場合によっては一人ひとりの人物像も描き分けられていた。しかし彼女たちは単独の登場人物として行動することはない。あくまでも信仰を讃仰する共通の性格に基づいて作品中に存在するのである。そして彼女たちは作品空間で、法成寺にもっとも近いところに存在していた。しかも彼女たちは仏教信仰を奉じる世の尼たちの一部であったろう。彼女たちの周りには「世の尼ども」が存在し、「たまのうてな」の尼たちもそこに属している。そしてさらにこの尼たちの空間的広がりを強調したのが「世界の尼」、つまり「広い世界の尼たち、遠いかなたの場所まで含めた世の中の尼たち」なのである。「たまのうてな」の尼たちもこの「世界の尼」に属しているのである。ただ、「おむがく」以降、道長の死に向かってその広がりは増してゆき、その様相をとらえたのが「世界の尼」という表現だったのである。

この尼君たちに実在の女性の名を宛てようとする試みもある。それらは興味深い試みであり、この作品の理解のためにも有用であろうとは思うが、ではなんらかの結論が導き出せるのかというと、その試みの述べるところに対して、そうであったかも知れないという以上の賛否を述べることはできない。よほどの史料が出現しない限り、この尼君に実在の人物を宛てる考え(4)に対しては、そうでなかったとはいえないと言った消極的なことしか述べようがないのである。

では、これらの尼君が虚構の人物であったかというと、そう言いきることにも大いに躊躇させられる。やはりこのような人物は存在したのであろうし、この作品の成立に随分と関わっているのだろうと、どうしても思える。ただ、その人物像が実在の女性とどのくらい重なるのかは、何とも言えない。作品中にえがかれるような、信仰三昧の尼だったかもしれないが、また信仰生活にあこがれながらも、それに踏み切れない事情を抱えた在俗の女性だったかもしれない。作品中に描かれた尼たちの人物像はどの程度虚構なのかわからない。しかしまた、その程度が分かったとしても、それで作品の理解に影響するとも思えない。

　ここに描かれた尼君の姿はやはりこの作品の成立におおいに関わった女性たち（この作品の成立に関わった人々が女性であったことに異論をあまり聞かない）の自画像であったのだろうと思う。それは、若いときにおそらく宮仕えなども経験したかと思われる女性であろう。

　山の井の尼、
　古《いにしへ》はつらく聞えし鶏《とり》の音の嬉しきさへぞものは悲しき」といへば、尼君達「いかなればつらくはおぼされしぞ」といへば、「いなや、昔おかしき人とうち臥して物語せしに、千夜をも一夜にと思しに、鶏の鳴きしはいかゞつらかりし」といへば、げにとて笑ふ。（下八九～九〇）

とあるのは、やはりこの女性たちの若き日の一端をのぞかせているのだろうと考えたい。そして一定の年齢になってからは仏教の信仰に深い関心を寄せるようになった女性たち。そのような女性たちは、いつの世にも存在する女性たちと同じだったろう。男性にも、信仰に心寄せる人々は、これもいつの時代にも存在したろうが、女性はその行動に社会的な制約が付きまとっただろうことが、かえってその信仰を日常生活に結び付いたものにしたかと思われる。

　しかしその彼女たちはまた社会の上層に属し、一定の教養を備えた人々であったろう。とりたてて天才的な学識を備えるわけではなくとも、意外に深い教養を身につけ、ことに漢字をあまり苦手としない人々であったかと思われる。現代の活字本は元来仮名であった部分まで漢字に改めて本来の印象を過つが、それでもこの作品は当初より相応の漢字を含んだ表記を示していたかと思える（異本系ではやや様相を異にする面もあるが、それでも漢語が多く用いられるという様相に基本的な違いはない）。それは梅沢本の影印を見てもわかる。梅沢本自体は鎌倉期のものと目されるにしても、やはり作品成立のころの表記と大きく異なっていたとは思えない。そしてその表記は平安中期のかな文のものとしては例外的に漢字が、集中的に使用される。それを可能にしたのは、女性たちが相当に漢文を読みこなし、外来語としての漢語に親しんでいたからであろう。その程度は、男性官人たちに比べれば充分なものでなかったかもしれないが、それでも仏教漢文をそれなりに、理解したのだろう。直接に仏教書の白文ではなくとも、読み下しならばわかるという程度だったかもしれない。それでも、決して易しいとは言えないことばを理解しようとしたことは確かであろう。漢文を読むのは紫式部や清少納言だけではあるまい。まして漢語の知識は否応なしに目や耳から入る。たとえ講釈の場の僧侶の説経を通じてでも、漢語の知識から無縁ではあり得ない。和讃のようなものも、文法的にはまぎれもない日本語であるにしても、語彙の面では漢語を多く含む。それは現代の私たちがさらされる英語の圧力ほどではなかろうが、それでも言語は外来語としての漢語に浸食されずにはいない。ことに仏教に深い関心を持つ女性たちにとっては漢語は威信言語であるとともに、知識を得るための必須言語であった。しかも彼女たちの父親や兄弟、夫・恋人たちは多く漢文を操る官人であったろうから、漢語を（紫式部の言うように、机の横からであったとしても）知る機会はあったのである。しかも仏教を理解しようと努めれば、漢詩の朗詠などの断片的な知識よりはもう少し漢語への努力も求められた。そしてこの努力は歓びであった。しかも仏教という言語場は女性に対して閉鎖的ではなかったろう。その結果が、この作品に見られる仏教漢語の様相なのである。(5)

この作品は歴史叙述として、男性たちの官界での活動にも筆が及ぶのだから、まったく和語だけで叙述するのは無理な話だったのかも知れぬが、それでも最小限の漢語に留め、歴史のほとんどを和語で描ききったと評せる。たとえ漢字による史料を用いたとしても、その痕跡は多く残されてはいない。

にもかかわらず、ことは仏教の信仰に及ぶと、場所によっては溢れるほどに漢語を用いるのは、なまの漢語でなくては表現できない感動を表現しようとしたからであろう（それは、現代においても教典がなまの漢語によって多く享受される現象とも一脈通じる問題である）。この作品にとって信仰という題材は漢語の大量使用の契機となっているのである。ここに、信仰という作品の思想史的な側面が、そのまま文体の問題に深く関わった様相を見ることができる。そして、「世界」の語もこのような文体のなかで使われたわけである。

花の尼

このような尼君たちのほかに、この「たまのうてな」の巻には「花の尼」と呼ばれる人物が描かれている。「花の尼」はつぎのようにして作品に描かれる。

> この御堂の御前の池の方には、高欄高くして、その下に薔薇《さうびん》・牡丹《ぼうたん》・唐瞿麦《からなでしこ》・紅蓮花の花を植へさせ給へり。御念仏の折に参りあひたれば、極楽に参りたらん心地す。やう〳〵西日になる程に、黄昏《ワウコン》の御念仏とて、坊ゝより僧達参り集る。遅く参るをば、承仕・堂童子など行きつゝ、そゝのかしまうす。その時になりぬれば、殿の御前おはしましぬ。この殿ばら、又ほかのなどもあまた参り給へり。おかしき男・童べなど仕うまつれり。おはしませば、この御堂の僧達下り候ふ。御念仏始りぬ。殿の御前を始め奉り、僧廿人ばかり廻《めぐ》り給。殿ばら皆高欄に押しかゝりておはす。花籠《はなこ》に花のあれば「例の尼君のか」と仰せられて、散らさせ給。この花を御覧じて、殿ばら「あはれなる尼なり。三時の花の宮仕を仕うまつる。いかに功徳得らん」と宣はすれば、殿の御前も、「いみじき尼なり」との給はす。
> （下八七〜八八）

もっともこの最初のところでは、尼自身は姿を現してはいない。道長をはじめとする人々の話題となっているだけであり、彼女は「花籠の花」を換喩として登場しているに過ぎないわけである。

この尼達の常に例講にあふ事を、僧達皆随喜し申す程に、例の花の尼、露かゝりながら、花持て参りたり。この尼達「いみじき心ざしはあれど、この宮仕こそえすまじけれ」など、言ひあへり。この尼君は御堂始めの年より、かく花を持て参れば、あはれがらせ給て、今はよろづを知らせ給なりけり。昔宮仕などしければ、老いたれどみやびかなる様したり。御前なる阿闍梨、花籠ながらとりて、承仕召して取らする折に、言ふともなくて、この尼、

朝まだき急ぎ折りつる花なれど我よりさきに露ぞ置きける」といへば、阿闍梨うち笑ひて、「かう〳〵なん申す」と申せば、殿の御前「返しせよ」と宣はすれば、阿闍梨、

君がためつとめて花を折れとてや同じ心に露も置きけん」といふを、僧達「この尼君は、現世後生めでたき尼なり。今は説経の所の座居なども、御堂の尼といひて、所えてこそあなれ」など申。（下九一～九二）

ここでは尼は姿を現しているが、結局彼女が姿を示して登場するのはこの一個所だけなのである。しかしここで彼女は道長の仏教事業を称揚する歌を詠み、それに阿闍梨が唱和している。花も露も法成寺を讃仰しているというのである。一方道長も彼女を知遇し、そのために相応の待遇を与えているのも、道長が信仰者を尊重するということを例示するのだから、その点でも実は道長の信仰の称揚の役割を果たしているわけである。

言うまでもなく、この「花の尼」もまた、他の尼たちと同様に、歴史上の実在を証明しようとしても無駄であろう。この尼と道長および阿闍梨の関わる情景が史実であったかどうかの詮索が、この作品が歴史叙述であってみれば、たずねたくなるのも無理のないことかもしれない。道長の歴史的存在は言うまでもない。ともに登場する「殿ばら」にしても阿闍梨にしても、その実在が疑われるような人物ではない。ならば、これらの人物のかかわる情景は歴史的事実なのか。あるいは虚構なのか。「花の尼」が歴史的実在を証明できないなら、この情景は虚構と評価

すべきなのか。

しかし、それは、例えばトゥキュディデスのペロポンネソス戦争史のペリクレスらの演説のようなもので、そのような事柄が無かったとは断じて言えないが、また史家の筆に相当の部分を負っているのではないかという疑いも強く残るわけである。しかもそれを虚妄として排することのできないのは、そこに事実では無くとも何らかの真実が描かれているのだろうと推測できる相当の心証がうち消せないからである。この尼の場合も、「花の尼」自身はあるいは虚構の人物かもしれないにしても、このような人物は存在したのではなかろうかと思わせるものがある。そしてそう思わせるものは、時代の精神の状況なのである。

この尼が暮らすのは、尼たちの中では最も道長に近いところである。道長もこの尼に特別の待遇を与えているらしいことも、本文の記述に見られる。しかし、この尼が道長に近づくことになったのは、世俗の目的のためではない。彼女がこの寺に出入りする目的は仏に花を捧げることにあり、それを日々続けたことが道長の知るところとなったと記されている。花は彼女の信仰心の現れなのであり、道長もまた彼女の信仰心を認めたからこそ、彼女を庇護するのだと読める。日々寺の仏を花で供養し、その花が寺の勤行に用いられる。その勤めは、巡拝の尼たちが「なかなか難しい」と言っているところを見ると、相当の信仰心を持った者にも易しいことではなかったようである。にもかかわらずそれを続け、道長にまで認められるようになった彼女は尼たちにとっても理想の姿であろう。この作品に登場する尼たちは、述べたように、歴史上の登場人物というよりも信仰心の具象化である。その中でも、もっとも理想化された姿がこの花の尼であった。

だから、この場合の「花」は、例えば「折りつればたぶさにけがる立てながら三世の仏に花奉る」などと歌にも詠まれる、まさにそのような「花」である。私たちは「花」といえば、たとえば古今和歌集春の巻の桜の歌を思い起こすだろうか。あるいは夏の巻の橘だろうか。しかしそのような和文脈の「花」とは異なった「花」、仏典語の世界の「花」が、ここでは使われている。両者の「花」は自ずからその文化的背景を異にしている。「行基加百僧末。以閼伽一具。焼香盛花。泛於海上。香花自然指西而去。」（日本往生極楽記）や「供養時異瑞時々現矣。或鮮白蓮花。自然而散法会之庭。或衆細音楽。遍満堂内。或天諸童子捧華而来。或奇妙鳥来狎和鳴。或護世天人合掌敬礼。」（大日本国法華経験記百十二）といった文脈での「花」であり、それが栄花物語の和文脈で使われているとしても、その言葉の価値は仏教漢文の文脈で理解すべきものなのである。「花の尼」という命名は極めて仏教的な言葉によるものなのであって、その語の性格において「世界の尼」と同断である。

だからこの尼が信仰を称揚する和歌の詠み手であることも当然のことである。彼女の歌に詠み込まれた「花」は当然のことながら、仏教語彙の流れをくむものとしてのそれである。結局彼女はその形象の換喩である「花」によって道長の事業としての法成寺を荘厳するとともに、その歌によってその事業を称揚する。ここで彼女は法成寺建設の称揚という時代的雰囲気を代表して述べたのである。その点では彼女は、これも法成寺称揚の歌を詠む巡拝の尼君たちと機能を同じくしているし、また「おむがく」冒頭の老僧と翁の歌の唱和とも機能をおなじくしている。あるいは「たまのうてな」の尼たちの歌とも共通する役割を果たしている。

だとすれば、彼女は尼たちの最も理想化された姿に他ならない。尼君たちの人物を実在の人物に引き当てる試みが、徒労とまではいわないにしても、あまり見込みのないものである以上に、この「花の尼」を実在の人物に引き当てることは、よほどの新史料が見つからない以上厳しいのであろう。その前に、そもそもこの人物が実在の人物なのか、架空の人物なのかを疑うべきであろう。そしてその結論は得られそうにもない。ただ、この栄花物語の歴史叙述という性格にも関わらず、この作品のこの個所に、このような疑いを抱かせるものが内包されていることは注意してよいことである。ことが仏教信仰に関わるときには、この作品は歴史叙述としての原則を踏み外している。そのことを踏まえて考えると、この人物が信仰生活の理想を具象化したものに他ならないと見える。道長が開いた聖地法成寺にその席までも与えられて、仏に奉仕し説教の座に連なることができるこの尼を他の尼君たちは並大抵ではないと考えているが、そこに、この作品に関わった人物を含めたこの時代の女性たちの理想が示されているとみるべきである。

信仰の時代

以上のように論じてきた世界の尼や花の尼の人物像をこの栄花物語という作品の理解の中心に据えるならば、そこに見えてくる作品像は、編年体史書という性格とはずいぶんと異なったものである。この作品の性格を編年体の史書と考え、編年体をこの作品の形成原理だと考えるならば、すべての人物と記事はこの形成原理の上に配置されて、相対化されている。作品世界内の歴史像に順った軽重はあるにしても、この相対化という原則については、どの人物にも記事にも変わりはない。この編年体史書の原則に栄花物語も従っている。そしてこの編年体はその組織そのものが作品を展開させてゆく力を漢文史書から引き継いで強固に持っているから、ことさらにそこに語り手を設定する必要はなかった。その点でこの作品の編年体は禁欲的ですらある。

にもかかわらず、この作品には、自らを自動書記装置と化したかのように執筆される年代記とは異なったものが感じられる。それは、たとえばこの作品でしばしば使われる「はかなし」のような語に示される時間への意識である。「はかなし」自体には現代語の「はかない」ほどの詠嘆の意はないにしても、時間を止めようのないものとして意識し、事物の推移から時間を抽出して抽象的に考える認識が表れている。(6) この認識があるからこそ多様な記事を編年体にまとめることもできたのであるが、その根底にあるのは、いわゆる「無常観」に近いものであろう。その時間への見方は仏教のそれにごく親しいものであろう。このような意識がこの作品の時間観を支えていながら、その叙述にはあからさまに表れない。しかし注意深く見るならば、人間の営為の如何にかかわらず、圧倒的な力で過ぎ去る時間という認識はことばの端々に漏れる。その仏教的世界観はヤヌスの片方の顔のように隠されている。その顔が表にあらわれる時に、それを担ったのが「世界の尼」「花の尼」という、この作品としては異例な人物像だったと考えたい。

正篇成立の時期が道長の死からさほど隔たらぬ頃だと考えれば、時代は勧学会や二十五三昧会における僧侶と官人との交流から約半世紀を経て、貴族の社会に信仰の、殊に浄土信仰の広がりを見せていた。仏教理論の面では源信の一乗要訣が最澄以来の三一権実論争に決着を着けて、あらゆる人に救済の可能性を開いたと言われる。十世紀の末にはその源信の往生要集が、それ自体視覚を中心とした優れた形象力に満ちた文学的営為として成立し、その実践編ともいうべき説話集として慶滋保胤の日本往生極楽記も成立していた。栄花物語の道長往生譚を中心とする信仰にかかわる巻々はこの仏教信仰に根差す往生要集や日本往生極楽記からの文学史的流れの上に成り立っていたと見える。「世界の尼」や「花の尼」はこのような仏教文学の流れが女流文学の流れとふれあったところに形成された人物なのである。

このような信仰の想いに拠れば、「おむがく」「たまのうてな」の二つの巻を割いて描写された法成寺はすでにこの作品にあってはかけがえのない聖地である。もちろん歴史的に見れば摂関家によって建設された寺院の一つに過ぎない法成寺ではあっても、それを特別なものとして扱う視点をこの作品は有している。この法成寺は道長一個の信仰の場であるとともに、道長同様に信仰に沈潜する女性たちにも開かれた信仰の場なのであり、そのことは巡拝の尼君たちが証したし、花の尼も証している。

さきにも述べたようにこの作品のこのような視点は極めて宗教的なものである。そのような宗教的な視点によって、従って近代的な歴史観とは相容れない視点によって見て、法成寺は特別な存在であった。そのような法成寺を称揚し、しかもこの作品を支える女性たちの理想を具象化するのがこの花の尼なのである。だから、この尼が架空の人物である蓋然性は大きいであろうし、あるいはこの人物が実在の人物であったとしても、この作品では激しい理想化を蒙っているであろう。花の尼はなによりもこの作品の中でもっとも理想化された信仰の人物像なのである。

この作品の尼たちは、一方で「世界の尼」のように広い空間から集まってくる群衆としての存在を示していた。遥か遠くから信仰者道長を慕って法成寺に集う人々なのである。「花の尼」はこれとは異なり、道長のそば近くに暮らすことを許された特別の人物として「世界の尼」の対極にある。しかしこの間に巡拝の尼君たちを置くなら、これらの尼たちは別個のものでなく、一続きの存在として見える。これら尼たちはこの時代の信仰する女性たちの似姿であり、作者の自画像もここに含まれるかとも見える。それはこの作品が一面において信仰の書であったことの証なのである。

注

(1) 本章第五節
(2) 森本茂『大和物語全釈』(大学堂書店　H五) 参照。
(3) 拙著『王朝助動詞機能論　あなたなる場・枠構造・遠近法』Iの2・3 (和泉書院　二〇一三)
(4) 岩野祐吉「橘典侍考」(国語と国文学　S三〇・二)・田中恭子「定基僧都の母」(国語と国文学　S六三・三) など。
(5) 栄花物語の漢語については、古田恵美子「『栄花物語』中に引用された『往生要集』訓読文の位相について」(『栄花物語研究第三集』高科書店　H三・五) が示唆するところ多い。
(6) 本章第二節参照。なお、今井源衛「栄花物語」(新訂増補国史大系第二〇巻『栄花物語』月報 (吉川弘文館　S三九)) 参照。

第七節　奇跡の起こる場所

時代

かつて、平安時代の仏教について学び始めたときに、硲慈弘の名著『日本仏教の開展とその基調』(1)を読むことのできたのは、貴重なことであった。それ以前の筆者の教わった仏教の知識では、恵心僧都は法然房源空にいたる浄土教史の通過点に過ぎなかったし、日蓮以前の法華経信仰はほとんど無に等しかった。鎌倉新仏教こそが真の仏教であり、それ以前の仏教は信仰の名に値するものではなかった。そのように教えられていた。井上光貞は次のように言っている(2)。

> しかしながらこのことは、鎌倉仏教の広義における宗教改革としての史的意義を豪《ママ》も損ずるものではないであろう。何となれば、古代の、即ち南都仏教と平安仏教とは、中国仏教としての性格が濃厚であり、かつまた鎮護国家・王法仏法の貴族的国家仏教であつた。これに反し鎌倉の新仏教は、天台宗に淵源する浄土教系及び法華信仰系の諸宗の興起にその中心を求める限りにおいて、それは中国仏教から脱化した日本仏教の誕生であり、貴族的古代国家の羈絆から脱しつゝあつた民衆的仏教の起点であつたからである。しかもそれが単に仏教史上だけの孤立的・偶然的な事象ではなかつたことも、この新仏教の誕生の時期が、古代の被支配階級のなかから生いたつた武士階級が自己の政権をはじめて樹立した、ちようどその時代であつたことにも示されていよ

う。
もちろん、少年少女向けの歴史読み物や中学高校の授業でこの井上の表現のように習うわけではないにしても、その根底には井上の言うような歴史観・仏教観があった。一方硲は平安時代の仏教には独自の論理があったことを明らかにしている。またことに、本覚思想の研究は硲の大きな業績であるが、この本覚思想のもつ汎神論的な哲理の深さ、そして無神論的な堕落に通ずる危うさは、日本人の思想的な問題点を考えさせずにはいないものであった。

実は硲の著書は井上の著書に先だって刊行されているし、それは著者の死後ようやく刊行された遺著であったのだから、わたしは時間を遡り、より古いものをまなぶことによって感銘を受けていたのだった。しかしそこにあったのは単なる時間の差ではなく、仏教をとらえる根本的な姿勢の違いであり、戦後に教育を受けた世代の常識を越えた、平安時代の哲理と実践の信仰の存在を教えられたのであった。

ところで井上は源信の往生要集について、貴族社会の嗜好を反映した著述と考えている。その点ではまさに法然房への通過点に過ぎなかったようでもある。しかし速水侑があきらかにしたように、往生要集は、それ以前に貴族社会をふくめ盛んになっていた空也的な浄土思想に対して、天台の教学からの対抗であり、理論的な浄土思想の業績であったということでは、必ずしも時代の信仰の実際を全面的に反映したものではなかったようである[3]。しかしそれはまた、平安朝の仏教哲理を主導した日本天台の輝かしい業績であり、会津の徳一[4]と伝教大師との論争以来の宿題を解決した一乗要訣[5]とあわせて、哲学上の意義が大きい。源信の活動があったとはいえ、呪術的浄土教が天台教学に裏打ちされた浄土教に転換したわけではないと速水は言う。しかしまた源信と二十五三昧会の活動を通して、ことに往生要集を通して観相念仏を主とし、理論化された浄土信仰は、それ以前の、空也に代表される呪術的で口承念仏中心の浄土信仰とからみあいながらも、少なからぬ影響を貴族社会の信仰に与えることとなった。そしてそこでは、現世と浄土は対立的に示され、二元的な思考が徹底されていた。往生要集の冒頭に厭離穢土と欣求浄土が対立的に示されているように、現世をふくむ穢土は否定されるべきものとされたのである。

しかしその一方で、現世を含むすべてを一元的に肯定しようとする思想が育ちつつあったのもこの時代である。そもそもすべての有情に仏性を認めようという一乗思想の延長線上に、非情にも仏性を認めようとする議論、すなわち草木成仏の議論(6)がおこる。そしてこの思想はさらに、すべてを仏として肯定するまでに発展する。源信のころを過ぎてしばらくして、この全肯定の本覚思想は大きく発展する。天台宗に即していえば、源信の時代は本覚思想を特徴とする中古天台の前夜であった。そしてその後のこの思想の展開において、檀那流とならぶ恵心流の門流が源信を始祖と仰いだのは皮肉なことと言えるかも知れない。本覚思想の哲理は、源信に仮託された枕雙紙のように、全肯定の極致として草木不成仏をとなえるにさえいたるのである(7)。

戒律と破戒

このように平安時代の信仰の様相を前後に大きくわかつのが源信とその同志たちの活動であるが、この源信の主著往生要集を見るに、そこに見出されるのは私たち現代人の杜撰な宗教観から見たときには厳しいとも思える修行の態度である。源信としては決して意図的に厳しくしたわけではなく、かえって広く信仰に人々を導くことを目標としていたようだし、またそれは天台の一乗思想にもかなうことだったはずであるが、それでも継続的な観相念仏の修行と集中力を求める往生の作法は、その後の時代の唱名念仏主体の阿弥陀信仰にくらべ格別の厳しさを感じるのである。まして多くの現代人の、信仰とも呼びがたい仏教とのかかわりからすれば、その真摯さは対極的であるとも言えよう。そしてこの厳しさが、定められた戒律の遵守として表れるのも当然のことであった。往生要集の大文第十の第九には、戒を守ることについての議論が行われている。源信は「かりにも菩提を求め、浄土を願うものは、身命を捨てることがあっても、どうして禁戒をやぶろうか」と言う。一方で経典に、たとえ破戒の僧侶であっても尊重されるべきだという記述があることを認めたうえで、源信は「破戒の僧ですらこのような扱いを受けるのだ。まして持戒の僧についてはいうまでもないではないか」という。決して、破戒もまた持戒と同様によしとするのではなかった。穢土と浄土の二元論の上に築かれた往生要集の理論をふまえれば、あくまでも浄土を志すために戒を守るべきなのであって、穢土に沈潜するがごときは選択の考慮外であったということになる。博引旁証の学僧としては、現に経典にも定められる戒律をなみすることなどできようはずがなかった。これは鎌倉時代の浄土信仰が肉食妻帯を認めるところまでゆくこととは対照的であった。また源信以降に高潮する本覚思想が徹底した一元論で煩悩と菩提との境目をかるがると超えるのとも対照的であった。

このような信仰への厳しさ・真摯さはもとより源信だけのものではありえず、その同志たち、たとえば慶滋保胤にとっても同様だったろう。今昔物語集巻第十九第三語の伝える内記の聖人の僧侶陰陽師を叱った話はかならずしも史実とは言われまいと思えるが、そこには二十五三昧会の人々の雰囲気が伝えられていそうに見える。

源信の場合、たとえば今昔物語集の逸話に母の戒めにより僧侶としての世俗的な栄誉を絶った姿が描かれる。もちろん物語であるからどの程度源信の実像を描いたものなのかは問題となろうが、その教学への姿勢の一端は知りえる。実際にも源信の権少僧都としての経歴ですら、義理を果たすための短期間のものであり、源信はこれをかえって不要の肩書きと目したらしいこと(8)を考え合わせても、物語の伝える人柄はさほど誤ったものとも思えない。内記の聖人の物語もその信仰への姿勢は物語の伝えるものと大きく異なることはなかったろう。ただし、その内記の聖人の場合に、物語の叙述はかれの信仰の原則の厳しさを描きながら、あきらかにその原則主義の融通のなさを揶揄する表現となっていることには注意を要する。内記の聖人寂心の信仰への姿勢は一面で世の尊崇を受けるものではあったが、一方で人々が素直に受け入れるには難しいものでもあったようである。

さて、源信が当時高潮しつつあった浄土思想を天台宗の教学の立場から、その該博な知識と優れた描写力をもって理論化したのが往生要集であったが、この往生要集が示した往生の実践的な具体例を集めたのが日本往生極楽記である。成立順としては極楽記のほうが先に成立したのだが、もとより両著述がともに勧学会から二十五三昧会へと展開する浄土信仰の活動のなかから生まれたのだから、両書は浄土信仰の理論編と実践編をなしていたと理解できるのである。

その往生極楽記において、女性はどのように描かれていたのかを見たい。周知のように往生記は最初に貴人を置いたあとに、僧侶・尼僧・在家男子・在家女子の順に記事を配列する。言うまでもなく女子の往生を可能なこととらえている配列である。もとより天台の一乗思想によれば女子を悟りから排除するはずもなく、実際には天台教学の関心は草木や国土が仏となりえるのかという命題に向かっていた。女子の阿弥陀仏のもとへの往生を可能とするのは当然のことであったろう。

さて、このうち、まず尼僧の人物像がどのように描かれているかを見よう。

尼某甲。光孝天皇之孫也。小年適人有三子。連年而亡。無幾其夫亦亡。寡婦観世無常。出家為尼。日不再食。年垂数周。忽得腰病。起居不便。医曰。身疲労。非肉食不可療之。尼無愛身命。弥念弥陀。其所疾苦自然平復。尼自性柔和。慈悲為心。蚊虻餧身。不敢駈之。（三〇）

尼某甲。大僧都寛忠同産姉也。一生寡婦終以入道。僧都相迎寺辺。晨昏養育。（三一）

尼某甲。伊勢国飯高郡上平郷人也。暮年出家。偏念弥陀。（三二）

この三つの記事のうち、三二話は叙述が簡潔で、その人物像は描かれていないが、他の二つは人物像が描かれている。三一話の尼は一生を結婚せずに独身で通したという。この独身であるということが書かれているのは、それが信仰の立場から見て望ましいからであろう。それはつまり、結婚が信仰の妨げになるという通念を反映しているといってよい。三〇話の尼の場合は、若くして結婚し三人の子供を産んだが、その子供も夫も亡くし、世の無常を想い出家したという。結婚そのものを否定しているわけではないが、家族が愛別離苦のもととなることが示されている。またこの尼は出家後、肉食を拒み、血を吸う虫を逐う事もしないという。ここに示されているのは信仰の立場から言えば理想的であっても、いささか奇矯ともいえる行動である。しかし、ここでは、その結婚に注目しよう。三一話の尼が独身であったのに対して、三〇話の尼は、現代風に言う寡婦であった。結婚の経験があるかどうかということに関しては、両者は異なっていた。ここには結婚というものについての、異なった例が記されている。そしてその両方が、往生にいたる経歴として記されている。そこに共通するものが見いだせるのかいなかを検討してみたい。

三一話の尼は出家前から独身であった。未婚のままに出家したのだと、記されている。出家者が結婚せず、異性と通じないことは戒律として明白である。しかし未婚が出家の条件になるわけではないだろう。三一話の尼が未婚であったことは特筆されているように見える。ここには結婚が出家者に許されないのみならず、在家のものにとっても信仰のために望ましくないと考えられていると見てよいだろう。

一方、三〇話の尼は結婚を経験している。その結婚についてわざわざ記されているのは、それが幸せなものでなかったからである。結婚が望ましくないにしろ、その結婚が信仰へのきっかけになるのであれば、それもまた評価すべきものである。子を失い夫を失い、世の無常を知ることを通して信仰に至ったのであれば、結婚もそれなりに評価されるべきだということになる。結婚生活が望ましいかたちで進展しないことが、かえって信仰のためには望ましいということになる。このようなパターンの物語は女性の場合のみならず、たとえば今昔物語集の寂照（巻第十九第二語）の場合のように、決して少なくない。望ましくない結婚生活が信仰のためには望ましいとすれば、望ましい結婚生活が信仰のうえで望ましくないということになる。逆説的な論理であり、つまるところ結婚というものに対して否定的であるということでは三一話の場合と異なるものではないのである。独身であることは出家者の条件であるが、出家前に未婚であったかどうかは、出家者の戒律にはかかわりがないはずである。しかし、出家者の戒律ということを超えて、結婚が否定的にとらえられている。

次に在家女子の場合を見るに

女弟子伴氏。江州刺史彦真妻也。自少年時常念弥陀。春秋三十有余。以姪妻之。不同牀第。（三七）

女弟子小野氏。山城守喬木女。右大弁佐世妾也。始自小年。心在仏法。語兄僧延教曰。我欲覚知菩提道。幸垂開示。延教抄出観無量寿経及諸経論中要文与之。此女昼夜兼学。拳々無倦。毎至月十五日黄昏。五体投地。西向礼拝唱曰。南無西方日想安養浄土。父母相誡云。小壮之人不必如此。恐労精神。定減形容。（三八）

女弟子藤原氏。心意柔軟。慈悲甚深。常慕極楽。不廃念仏。（三九）

近江国坂田郡女人。姓息長氏。毎年採筑摩江蓮花。供養弥陀仏。偏期極楽。（四〇）

伊勢国飯高郡一老婦。白月十五日偏修仏事。黒月十五日又営世事。其所勤修者。常買香奉供郡中仏寺。毎至春秋。折花相加。兼亦以塩米菓菜等分施諸僧。以為恒事。常願極楽。（四一）

加賀国有一婦女。其夫富人也。良人亡後。志在柏舟。数年寡居。宅中有小池。々中有蓮花。常願曰。此花盛開之時。我正往生西方。便以此花為贄。供養弥陀仏。毎遇花時。以家池花分供郡中諸寺。（四二）

三九話は記述が簡潔で、心優しく、慈悲深かったというのみである。四〇話より四二話は花をもって供養することにつとめたということを特徴としている。花を供養することが信仰の行動として典型的なものとして評価されていたことがうかがえる。いずれも奇矯と言える行動とは言えないだろう。しかし三七話と三八話の女性の行動は奇矯である。三七話の女性は若くより念仏に励み結婚しなかったようである。三十歳代に至り、どのような事情があったのか、甥と結婚したが、実際には同衾することはなかったという。実質的には結婚と言えない関係であったと読みとれる。ここには結婚というもの、もしくは男女の肉体関係に対しての否定的な考えが読みとれる。三八話の女性はさらに激しい行動が記される。若くより経論の抜粋を学び、さらに激しい修行を行って倦まず、両親が精神の消耗を心配するほどだったという。ここでは結婚もしくは異性との交際の有無は記されていないが、この文脈からはとうてい異性との交際があったとは思えない。在家の場合にも男女の交際や結婚という選択に背く生き方が信仰の立場から評価されていたことがうかがえるのである。

このように結婚を含めた男女の関係が信仰と対立するものとして否定的にとらえられるのは男性の場合も同様である。たとえば法華験記を見るに、その第五十九の場合、法華経の行者法空の洞窟を尋ねた比丘良賢は、法空に仕える羅刹女の美麗に欲情し、羅刹女から「破戒無愧の類がこの清浄善根の境界にやってきた」と非難される。そして法空の洞窟を逐われたことにより「我が罪根を恥じ、持経者の徳行を随喜し、いよいよ道心を発して、初めて法華経を読み、戒を持して精進」するに至る。信仰と愛欲が相容れないものであり、愛欲を恥じ、心を入れ替えることによってはじめて信仰を進めることができるというわけである。

さらに、今昔物語集にも異性との関わりを否定的にとらえる説話が見られるのは当然であったろう。次の例は、奇瑞を示すという往生極楽記や法華験記の例とはことなった、いささか風変わりな物語である。巻第十三の第十二語である。

長楽寺僧、於山見入定尼語第十二

今ハ昔、京ノ東山ニ長楽寺ト云フ所有リ。其ノ所ニ仏ノ道ヲ修行スル僧有ケリ。花ヲ採テ仏ニ奉ラムガ為ニ、山深ク入テ峯々谷々ヲ行ク間ニ、日晩レヌ。然レバ、樹ノ下ニ宿シヌ。

亥ノ時許ヨリ、宿セル傍ニ細ク幽ニ貴キ音ヲ以テ法花経ヲ誦スル音ヲ聞ク。僧、「奇異也」ト思テ、終夜聞テ思ハク、「昼ハ此ノ所ニ人无カリツ。仙人ナド有ケルニヤ」ト、心モ不得ズ、貴ク聞キ居タル間ニ、夜漸ク嗟ケ白ラム程ニ、此ノ音ノ聞ユル方ヲ尋テ、漸ク歩ミ寄タルニ、地ヨリ少シ高クテ見ユル者有リ。「何者ノ居タルニカ有ラム」ト見ル程ニ、白々ト嗟ヌ、早ウ、巌ノ苔蒸シ蒼這ヒ懸タル也ケリ。尚ヲ「此ノ経ヲ誦シツル音ハ何方ニカ有ツラム」ト恠ク思テ、「若シ、此ノ巌ニ仙人ノ居テ誦シケルニヤ」ト、悲ク貴クテ、暫ク守リ立ル程ニ、此ノ巌俄ハカニ動ク様ニシテ高カク成ル。「奇異也」ト見ル程ニ、人ニ成テ立テ走ヌ。見レバ、年六十許ナル女法師ニテ有リ。立ツニ随テ、蒼ハ汒々ト成テ皆切レヌ。

僧、此レヲ見テ、恐レ乍ラ「此ハ何ナル事ゾ」ト問ヘバ、此ノ女法師、泣々ク荅テ云ク、「我レハ多ノ年ヲ経テ此ノ所ニ有ツルガ、愛欲ノ心茲ス事无シ。而ルニ、只今、汝ガ来ルヲ見テ、『彼レハ男カ』ト見ツル程ニ、本ノ姿ニ成ヌル事ノ悲キ也。尚、人ノ身許弊キ物无カリケリ。今亦過ギヌル年ヨリ久ク有テゾ本ノ如ク可成キ」ト云テ、泣キ悲ムデ、山深ク歩ビ入ニケリ。

其ノ僧、長楽寺ニ返テ語リケルヲ、其ノ僧ノ弟子ノ聞テ世ニ語リ伝ヘタル也。

此レヲ聞クニ、入定ノ尼ソラ如此シ。何況《イカニイハム》ヤ世間ニ有ル女ノ罪何許ナルラム、可思遣シトナム語リ伝ヘタルトヤ。

ここでも今昔物語集の評者は、例によって女性に偏見のある評言を述べているが、これが女性だけの問題であったわけではあるはずがない。以上のように出家と在家とをふくめ、性的な関係や心情が信仰と対立的に描かれる例を見てきたが、これじたいは男女の交際を否定的にとらえ、信仰への妨げとする仏教の立場からすれば当然のことであったろう。男女の関係を遠ざけることが信仰の堅固に結びつき、一方で性的なものが信仰の妨げになる。とくに入定の尼の物語など、わずかな異性への関心が長年の信仰の成果をだいなしにするというのでは哀れに思えるが、それだけ信仰への道は厳しいということであろう。また信仰の場は清浄であらねばならないという発想も、このような立場からすれば当然のことだろう。これは加藤静子先生より教示を受けたのだが、左経記の法性寺に関する記

述のなかにこのような記事がある。(9)

伝聞、一日本堂乃東ナル堂北面仁、大炊頭為職朝臣乃小舎人童昼寝、其容已如死人、忽令舁出宅之後、不幾死云々、或人云、件童於堂中女犯云、仍係此禍歟云々、

性的な行為によって聖域を汚すものには報いがあってしかるべきだという考えが一般にも存在したということが知れるのである。総じて、性的なものが信仰と対立し矛盾するという二元論的なとらえかたは明白である。したがって、信仰の道を進もうとするものは、過去の男女の関係や性的な信条に対しての悔悟を求められることになる。あたりまえのことではあったが、これが仏教の原則的な二元論の発想だったのであるということを確認しておきたい。

奇跡の物語

さて以上のような、結婚を含む男女間の交際と信仰のかかわりの様相をふまえて、巻第十九の第四十三語はどのように読めばよいのだろうか。巻第十九は本朝仏法部のほぼ末尾にあって、雑多な物語が集められている。それ以前の巻が本朝の仏教に関する説話を整然と分類して配列しているのに、巻第十九のとくにその後半は、そのような巻々に配置しきれない説話を多く含んでいる。第四十三語の前後をみるに、第四十一語は清水寺のお堂から谷底へ子供を取り落としてしまった女の物語で、子供が無事であったためにますます観音を信仰したという話である。一応奇跡の話と読めるが、あまり観音の功徳ということを強調していない。しかし一応は信仰の物語とは読めよう。ところが次の第四十二語は長谷の谷にせり出した小屋にあまりにも多くの人が入り込み祈ったために、小屋ごと谷に落ち、多大の犠牲者を出したという話である。評者はわずかに助かった数名を取り立てて「神の助け観音の護り」と述べているが、ほとんどの人が死んだという結果からみれば、信仰の物語と読むことにはいささか無理があ

るようにも思える。一方第四十四語は捨て子に犬が乳をやる話であり、この犬について物語は「仏菩薩の変化して、児を利益せむがために来たり給たりけるにや」と言っているが、捨て子はそのまま行方知れずになって、話がどう決着したのかも定かでないのだから、信仰の物語と読むにはいささか消化不良となりそうである。無理をして仏法部に収められたという物語が並んでおり、典型的な奇瑞譚といったものとは趣の異なった雑然とした物語が集められているのがこの巻の後半なのである。

さて、その巻第十九の第四十三語である。後半において、棄てられようとしている赤ん坊を引き取った老女におこる奇跡を述べた物語である。

貧女弃子取養女語第四十三

今昔何レノ時ニカ有ケム、女御ニテ御ケル人ノ御許ニ、童ニテ候ケル人ノ、若クシテ形チ美麗ニ、有様微妙クシテ、極タル色好ニテ、人ニ被愛ナドシテ有ケルガ、長ビテハ人ノ許ニ乳母ニテナム有ケル。其ノ養ヒ子ハ僧ニテ貴クテゾ有ケル。其ノ乳母年老テ後ハ、道心有テ法花経ヲ読奉ケリ、亦、万ノ講ヲ聞キ行ナヒナムシケル。

而ル間、講ニ参テ返ケル道ニ、雨ノ痛ウ降ケレバ、人ノ門ニ立入テ雨ノ止ヲ待ツ程ニ、其ノ門ノ内ニ荒タル壺屋立タル所ニ、女房ノ有ガ極ク泣ケレバ、此ノ人「何ナル事ノ有テ泣キ給フゾ」ト問ケレバ、泣ク女「去年ノ子ト、今年ノ子トニ人持テ侍ルガ、身ハ貧クシテ、乳母ハ否不取ズ。田舎ヘ人ノ将行カムト仕ルニ、子ハ二人有リ、可為キ様モ无ク侘シケレバ、一人ヲハ弃テムト思フニ、□悲キ也」ト云フヲ聞テ、哀レニ思テ、「然ラバ一人ヲバ我レニ得サセ給ヘ」ト云ヘバ、「糸喜シキ事也」ト云テ、取セテケレバ、取テ返テ此ヲ養フニ、此ノ人、「此ハ云ツレドモ、乳母ノ无キ事ヲ何ニセム」ト侘シク思テ、我カ不張ヌ乳ヲ終夜吸スレバ、侘シカリケルマ、ニ、「我ガ年来読奉ル所ノ法花経助ケ給ヘ。我レ偏ニ慈悲ヲ莜シテ取リ養フ子也。乳張セ給ヘ」ト心ヲ至シテ念ジケレバ、此ノ人、子産絶テ廿五年ニ成タリケルニ、盛ノ時ノ如ク、其ノ乳俄ニ張テ泛ケレバ、思ノ如ク其ノ児ヲ養ケリ。

「此ル希有ニ哀ナル事ナム有ル」ト其ノ人ノ語ケルヲ、聞継テ皆人貴ビ哀ムデ、此ク語リ伝ヘタルトヤ。

その冒頭、「今は昔」と「いづれの時にかありけむ」[10]は、その時空の設定ということで同じ機能を果たし、重複である。「今は昔」がこの作品の常套の表現であるのだから、ほんらいはこの短い物語は「いづれの時にかありけむ」という表現が元来の冒頭であったといえよう。その表現はいうまでもなく源氏物語や伊勢集を想起させるものであり、この物語が元来どのような人々のなかから生まれたのかを示唆している。文体が完了の助動詞「けり」[11]を基調としていることも特徴的である。今昔物語集の本朝仏法部は「けり」を文体の基調とする説話は少ない。そのなかで巻第十九は例外的に「けり」を多用する説話の多い巻である。この物語も「けり」が多用されているが、このことは、この説話が法華経信仰に基づく奇跡の物語であるが、漢文による仏教説話集を出典とするものではなく、かえって世俗部に多く見られる、非仏教的な題材と日常的な言語の世界により近い性格のものであったことを示している。内容的には信仰による奇跡を描くが、典型的な仏教説話の世界とは異なるところに成立したものなのである。

さて物語であるが、その前半には主人公の女の経歴がわずかな分量の文字数で記されている。その手際は驚くべき要領の良さであるが、そこではこの女がもとは女御に使える童としてはなやかな世界に育ち、若いさかりには美しく、「極めたる色好」として人の執着の対象となり、その後高貴の子の乳母となったということが記されるのである。ことに「極めたる色好」であり、人に「愛せられ」たということは、この物語のなかでどのように理解すればよいのであろうか。「色好」はさきに見たような仏教の男女関係に対する見方を基本とすれば、信仰にとってマイナス要因である。「愛」されたというのも、「愛」ということばが仏教の考え方からすれば必ずしもプラスの価値を持つとはいえないことばであるのだから、この前半の記述には信仰にとってのマイナス要因があからさまに記されているということになる。一方、この女の現在は「道心有りて法花経を読み奉」り、「万の講[12]」を聞いてまわることを日々の暮らしとしていたという。この現在の生活は後半の奇跡への布石として理解できるものである。では若い頃の色好みと現在の信仰とのあいだに回心があったのかというと、そのようなことは記されていない。信仰にマイナス要因であるはずの色好みの時代から現在の法華講巡りの生活へと、なだらかに時間にそって変化したようにしか書かれていない。それは女御に仕える童の時代から色好みの時代への変化と異なった書き方になっていない。この書き方は、時間に沿った変化を記したに過ぎないといってしまえばそれまでだが、やはり信仰の奇跡を描く物語の書き方としてはどうも腑に落ちないのである。生涯不犯道心堅固の女性に起こったというのでなければ、若い頃の色好みからの回心の記述があるはずではないかという疑問がどうしても起こる。主人公のイメージを老尼として読んでしまうのだが、実際には出家したという記述もない。童の時代から現在までがさりげなく書かれているが、だからこそ奇妙なのである。男女の関係を信仰と対立するものと考える二元論的な発想が徹底されていない。信仰の奇跡の物語であり、前後の物語と異なって仏法部のものとしてふさわしいとも言えるものなのに、なぜその前半生が悔悟・回心なく結びつけられているのかという不審なのである。信仰の奇瑞譚として効果的に若い時代の好色を記すなら、回心を記すべきである。そうでなければ、わざわざ若い時代の好色を記す必要はない。にもかかわらずなぜ記すのか。それは、さきに述べたように文体的にも典型的な奇瑞譚とはことなっているこの物語の生まれた世界を示唆する。すなわち、比較的はやくより上流貴族の家に仕え、宮中の生活を経験することもあり、それなりに異性との交際も経験し、やがて年月を経て信仰に関心を持つようになった女性たちが、この物語の主人公に対して自らの似姿を見ることはありそうである。なにかのきっかけとして自らにもこのような奇跡が起こるかも知れないという期待は、信仰への大きな誇りとなる。しかもこれまでの人生を否定するのでなく、そのときどきのさまざまな出来事を肯定したままでの信仰である。信仰への道を志すからといって、それまでの人生を否定するというのは口惜しいことではないか。

すこし時を遡って、栄花物語のなかにもこのような女性の姿を見出すことができる。

この尼達暗くなりぬれば、家〳〵には行かで中河辺りに家ある尼君の許に泊りぬ。物など喰ひてうち臥すとても、たゞこの御堂の有様を、笑ましく嬉しき物に思へり。下つ方に家ある尼ども、「今いくばくにもあらず。かゝる浄土の辺りにこそありて、朝夕に仏をも見奉らめ」とて、この御堂の北南に移り住めば、あるさかしらする物出で来て、「などかこの辺りにしも住み給べき。かの法興院まで造り続けらるべしとて、年頃居たる人〳〵だに皆立ち騒ぐ所に居られたりとも毀たれなんものを」といへば、「さばれ、な知り給そ」と、いひてぞ居ける。「後夜の御せんぼうに参りあはん」と思て、夜の明くるも心もとなく、いつしかと目をさまして聞く程に、鶏の鳴くも嬉しくて、たけくまの尼君、

法を思心の深き秋の夜は鳴く鶏の音ぞ嬉しかりける」山の井の尼、

古はつらく聞えし鶏の音の嬉しきさへぞものは悲しき」といへば、尼君達「いかなればつらくはおぼされしぞ」といへば、「いなや、昔おかしき人とうち臥して物語せしに、千夜をも一夜にと思しに、鶏の鳴きしはいかゞつらかりし」といへば、げにとて笑ふ。この中に若き人一人まじりたり。「夜深く参りて、まだ暗からんにまかでなん」といひて、わざとならず、しどけなく衣の前をとりて参る様ども、さすがにおかしく見ゆ。

（下八九〜九〇）

栄花物語のなかでも仏教的な巻であり、法成寺の空間を巡覧する尼君たちの目を通して描く「たまのうてな」の巻の一節である。(13) この尼君たちは信仰に熱心な人々と描かれているのだが、その尼君たちが宿泊した夜のひとときの様子の描写のなかで、話の流れから若い頃の恋愛の思い出に触れているのである。しかもその経験については、

けっして否定的に、信仰と対立するものとして述べられてはいない。それどころかそれは今の彼女たちにとってよき思い出として肯定的にとらえられていると読める。さらに彼女たちのなかに混じる「若き人」が「しどけなく衣の前を」とる姿が好ましく描かれている。この尼君たちは、栄花物語が道長の仏教事業の最大の仕事である法成寺を讃仰するために機能する人物たちであり、熱心な信仰者として描かれるが、その彼女たちをこの一節ではこのように描いている。信仰を称揚する叙述のなかにあって、いろめかしさが決して否定的にとらえられていないことに注目したいのである。

このような、信仰の叙述にいろめかしい、性的なものを一方的に否定するのでない叙述がまじえられる表現は、さらに遡ると次のような例を見出すことができる。大和物語の良岑宗貞出家の章段の一部である。

小野の小町といふ人、正月に清水にまうでにけり。行ひなどして聞くに、あやしうたふとき法師のこゑにて読経し陀羅尼読む。この小野小町あやしがりて、つれなきやうにて人をやりて見せければ、「蓑ひとつを着たる法師、腰に火打笥など結ひつけたるなむ、隅にゐたる」といひけり。かくてなを聞くに、声いとたふとくめでたう聞ゆれば、ただなる人にはよにあらじ、もし少将大徳にやあらむと思ひにけり。いかがいふとて、「この御寺になむ侍る。いと寒きに、御衣ひとつしばし貸したまへ」とて、

岩のうへに旅寝をすればいと寒し苔の衣をわれにかさなむ

といひやりたりける返りごとに、

世をそむく苔の衣はただひとへかさねばつらしいざふたり寝む

といひたるに、さらに少将なりけりと思ひて、ただにも語らひし仲なれば、あひてものもいはむと思ひていきたれば、かい消つやうにうせにけり。ひと寺求めさすれど、さらに逃げてうせにけり。

（百六十八段）

この章段は出家後の良岑宗貞の厳しい修行を描く説話であり、出家と修行の厳しさを描くが、その一節であるこの

部分でも、宗貞の戒律を守る姿勢は厳格である。その点でこの個所も破戒を描いているのではない。にもかかわらず、小町に対する和歌はエロティックであり、洒落ている。出家前の色好みを裏切らない。ここでもかたくなな信仰を描くのでなく、戒律を守ることに厳格でありながら、それを性的な雰囲気と両立させる描写を行っているのである。それは微妙なバランスに基づいた文学的な表現であり、信仰に関する原則的な立場と異なる発想に基づいた描写だったといえる。

このように文学の世界では、必ずしも信仰と性的なものを対立的にとらえるのでない発想が見られた。ここに挙げた今昔物語集の老女の物語も、また栄花物語や大和物語の叙述も信仰にかかわる叙述に性的な雰囲気が添えられているにとどまるが、もっとあからさまに出家者の破戒を描いた文学作品も少なくない。現に大和物語のこの百六十八段の末尾には子の法師の物語が添えられているが、それは僧侶の恋の物語であった。仏教的な立場からいえば、あからさまな破戒の物語だったのである。そしてわたしたちはもっぱら文学研究の立場から見て、このような文学的表現に驚くどころか、これを人間的として肯定的に評価しがちであろう。すくなくともこのような表現を、信仰に背くものとして否定することはない。あからさまな破戒の物語でさえわたしたちは肯定的にとらえる。まして、ここにあげたような微妙なバランスを保った叙述について否定することは考えられない。しかし、それは絶対的な評価基準であろうはずもない。

革新の始まり・堕落の始まり

このように文学が描く破戒の例を含め、仏教の戒律と破戒の様相を取りあげたものとして、石田瑞麿の研究(14)がある。男女間の交際を否定的にとらえるのが仏教の原則であったが、実際にはこの原則を守ることが決して易しいことではなかったことを、石田は多くの事例を列ねて解き明かしている。それどころか出家者の破戒に寛容であったのが日本の弊風であると指摘し、問題視している。石田は著書『女犯』のあとがきのなかで

戒律の問題としては、殺生や盗みなど、重罪とされたものは外にもある。ただ、出家がこれらを犯した事実は事例としては、姦淫に比較すれば、物のかずではない。性欲の問題はそれだけ身近で、誘惑の度合は強い。その誘惑に勝てなかった出家の姿を洗いざらいぶちまけて、戒律がいかに根づきにくいものであるか、これを書くことによって、痛いほど思い知らされた。逆に出家の世界での自浄努力のはかなさが浮かびあがる結果になったことはなんとも皮肉である。

かてて加えて、律令などの国家法、または武家法などの禁制、それらによる過酷な厳罪・極刑のなかにあって、それでもなお絶えることなく、後から後からと続いておこった女犯の事実に、名ばかりの出家の姿こそが、かえって日本的ではなかったのか、という感慨は禁じえない。日本の仏教史は女犯という視点を通してみるかぎり、敗北の歴史といっていい。『末法燈明記』の説くところ、まさにその予言といえようか。

という。これは信仰の原理的立場からの厳しい発言である。信仰的態度と、そこから逸脱した態度を峻別する基準がそこにはある。石田が挙例するように、この基準に背く様相は平安朝を覆う。そして石田の叙述は明治政府が戒律への不介入を宣するところで終えている。あまりにあきれて筆を投げたわけでもなかろうが、近代に至って様相に逆転があるわけもない。石田の著述を読んでいると、わが民族はよほど好色であるとも思えてくる。しかし、この問題は単に好色であるというようなことに起因するのだろうか。

戒律の重視は二元論的価値基準に支えられる。濁世からのがれ、信仰に則った生き方をしようという動機がなければ戒律はなりたたない。たとえ在家であってもそれは出家と同様である。源信が厭離穢土欣求浄土を勧めるのも二元論的価値基準による。しかし二元論的基準が徹底できなければ、戒律をまもるための動機は不確かなものにな

らざるをえない。一方、すべてに共通性を認める一元論的発想によれば、戒律を守ることも守らないことも、違いはないということになる。戒律を守るもよし、守らずともよしという価値基準では、石田が慨嘆するような事態が続々と現れることも当然であろう。私たちの日本文化はこの一元論的傾向が強いのである。

しかもこの一元論的傾向は戒律の問題にとどまるはずがない。絶対肯定の本覚思想は仏教思想の極致だといわれるが、日本においてこの哲理の徹底化が行われたのは決して偶然ではない。それはこの民族の根底の世界観がおのずから導いた結果であろう。草木も土塊も仏に成りうるのだといわれ、それがおのずから腑に落ちるところが心の底になければこのような哲理は生まれない。さらにつきつめて、草木も土塊もすでに仏なのだと言われれば、ますますそのことばが胸に落ち着く。

しかしそれは哲理だけの問題にとどまらない。哲理の発展と破戒の横行は手を携えて進む。その行き着く状況を硲慈弘は「またやがては一般の太平奢侈の風潮と伴い、中世以来極端に進んだ本覚思想の影響と謬解によって、或いは喫酒囲棊をこととし、或いは貪愛の道に耽るものもまた少なくなく、僧儀の堕落ようやく甚だしきものがあった」と言っている(15)。硲はこれを、本覚思想を基調とする中古天台の終焉について述べているのだが、その中古天台の終焉と近古天台の始発を特徴付けたのが、硲が「厳粛なる戒律主義を標榜し」というような、安楽派による戒律の重視であったのは故なしとはしない。

ともあれ、平安朝後期の時期は仏教をめぐる世界でも日本化が進んだ時代であった。その日本化は哲理の面では本覚思想の高揚という形で現れたが、それと同時に戒律の衰退という現象としても現れた。そのようななかでは、観相念仏主体の源信の著述は影響は大きく、現に藤原道長のように往生要集の臨終の行儀を実践しようという努力もあったにしろ(16)、その理論がそのまま定着するわけにはいかなかった。源信以後の浄土信仰は密教と混淆し、本覚思想と絡み合いながら法然のころに至り、口承念仏の絶対化のもと、戒律はさらにゆらぐもののようである(17)。

そのようななかにあって、さきに挙げた大和物語や栄花物語の叙述はいずれも僧侶尼僧のいさめを破っているわけではないが、にもかかわらず好色の雰囲気を保っている。文学的表現を評価する立場からすれば、大和物語の宗貞法師の場合も、このためにかえって道心堅固が印象づけられることにもなると理解できる。今昔物語集の尼の奇跡も、回心の記述がないにしても、この奇跡の感動がなにほども減殺されることもなかろうと思われる。しかし、仏教的立場から言えば、この好色の雰囲気の描き方はやはり信仰と矛盾するものと評価されざるを得ない。たしかに、破戒が描かれるわけではなく、文学的表現としては絶妙なバランスを保っていると見えるが、これもさきに引いた石田のような考え方からすれば、否定されるべきなのだろう。しかし、僧侶の恋愛や密通や妻帯を当然のこととする考えからすれば、つつましやかともとれる。これをどのように評価すればよいのだろうか。一方で、結婚を含める異性との接触を否定的にとらえ、文学作品でも往生極楽記に記されていたような考え方もあった。しかしそれとはいささか異なった心性で信仰に対した人々もいたということである。栄花物語「たまのうてな」の尼君にはそのような心性がうかがえる。そしてこのような心性で信仰に対する人々のほうが実は一般的だったかもしれないという疑いも、その後の日本仏教と性の関係のありかたを想起すれば、生じる。そう考えれば今昔巻第十九第四十一語において、「きわめたる色好み」の若人がそのまま老いて、その信仰心で奇跡を起こす老女となるのもなんの違和感もないということになる。

源信が往生要集で提示した極楽浄土への道は厳しいものであった。盟友慶滋保胤の描く往生者も源信的理念に相応したものであったと見える。そして源信的な浄土信仰の影響は強い。現に栄花物語には往生要集からの影響が強く見て取れる。しかしその作品のなかに、信仰心を持ちながらも、一方で若い人が相応に色めかしいことを好ましく思う叙述が見られる。実際の信仰の世界のありかたは多様であり、肯定的にとらえれば、柔軟で余裕があった。これを肯定するか否定するかはともかくとして、この時代の信仰の心性を理解するためには、堅固な道心が好色の雰囲気と併存しうるあり方を理解することが求められる。そしてそのような心性の表現は大和物語や栄花物語、そして今昔物語集の説話など、文学作品こそが描き出したのである。

このような心性は、特別に道心堅固な人のものでなく、市井に暮らすありふれた人々にふさわしいものであった。その多くは信仰への心を持ちながらも、厳しい戒律を持し、すべてを棄てて山野に向かうことはできない。もちろんそのような人々だからこそ、自分たちにできないことを成し遂げる人々の話に心動かされただろう。そのような物語は日本往生極楽記や法華験記、今昔物語集にも集積されることになった。しかしその一方で信仰と性的な雰囲気の共存を許す発想が、雰囲気にとどまらないことを許容する、石田が否定的にとらえる姿勢にもつながる。

多くの人々は信仰心を抱きながらも、山野に入るわけではなく、日々の生活を送る。今昔物語集の老女も、彼女がずっと暮らしてきたであろう町で、講巡りのくらしのなかで赤子を得たのであり、そして後半は彼女の自宅を舞台にして展開する。その普段の生活の場所で奇跡[18]が起こるのがこの物語であった。平凡な生活のなかでも奇跡が起こりうるということを示したのである。だからこの物語は、たしかに法華経信仰による奇跡の物語ではあるが、典型的な仏教説話の形式からははずれている。その言語も漢文的なものでなく、和文的なものであり、言い換えれば日常的なうわさばなしの言語なのであった。その点でこの物語は法華経説話としてのしかるべき位置に置けるものではなかったのかもしれない。雑多な説話が配置される巻第十九末尾に置かれたのはそんなところに理由があるのだろう。法華経奇瑞譚の典型からははみだした物語であるが、それだけに主人公の姿は寺に集まる多くの人々の姿に通じるものがあった。生身の人間が信仰する姿である。ここに人間的な仏教がはじまる。あるいは日本人的な仏教がはじまるのだというべきか。それは仏教が日本的に発展してゆく革新の始まりであった。しかしそれは、仏教の日本的な堕落の始まりでもあったのである。

注

（1）硲慈弘『日本仏教の開展とその基調』（三省堂　S二三）
（2）井上光貞『新訂日本浄土教成立史の研究』新訂版の序（山川出版社　S五〇　初版S三一）
（3）速水侑『平安貴族社会と仏教』第二章第一節「空也出現をめぐる諸問題」（吉川弘文館　S五〇）・同『浄土信仰論』各論第二章「摂関期の浄土信仰」（雄山閣　S五三）
（4）徳一を称揚する立場からの専著として高橋富雄『徳一と最澄　もう一つの正統仏教』（中央公論社　一九九〇）を参照されたい。
（5）島地大等（『天台教学史』第四編第十三章第二節（隆文館　S五二　硲慈弘による例言はS四））は言う。「一乗要決三巻　これはいわゆる三一権実問題に関する著作にして、かつて宗祖伝教の南都仏教と論難したるゆえんのもの、ここに至ってほぼ解決せられたりというも不可なかるべし。」
（6）草木成仏義の意義については、新川哲雄『安念の非情成仏義研究』序論「非情成仏論の意義――問題の所在――」（学習院大学　H4）に詳しい。
（7）「枕雙紙」（『恵心僧都全集第三』思文閣出版　S四六　復刻原本S二）および「三十四箇事書」（日本思想大系『天台本覚論』岩波書店　S四八　田村芳朗担当）。なお思想大系本の解説および補注「草木成仏の事」を参照。
（8）速水侑『源信』第七の第一「横川の僧都」（吉川弘文館　人物叢書　一九八八）参照。
（9）増補史料大成『左経記』（臨川書店　S四〇）寛仁二年閏四月廿八日の条参照。
（10）小峯和明『今昔物語集の形成と構造』Ⅲ「語りの物語」第一章（笠間書院　S六〇）に触れるところがある。なお、巻十九については「和文語の進出の著しい巻」と指摘される（佐藤武義『今昔物語集の語彙と語法』第四章第二節明治書院　S五九）。
（11）今昔物語集の「けり」をめぐる問題については、拙著『王朝助動詞機能論　あなたなる場・枠構造・遠近法』Ⅱの3～5（和泉書院　二〇一三）を参照されたい。
（12）法華講については高木豊『平安時代法華仏教史研究』第四章「法華講会の成立と展開」（平楽寺書店　S四八・六）に詳しい。

（13）栄花物語「たまのうてな」の巻の尼については、本章第五・六節を参照されたい。
（14）石田瑞麿『女犯』（筑摩書房　一九九五）
（15）硲慈弘『天台宗史概説』第十六章「安楽派の興立と復古派の対抗」（大蔵出版　S四四　大久保良順補注）
（16）速水侑『浄土信仰論』第三章「院政期の浄土信仰」参照。
（17）注（14）書第三章「中世における僧の女犯」のうち、「専修念仏停止の事件」の項を参照。
（18）新日本古典文学大系『今昔物語集四』（小峯和明校注　岩波書店　一九九四）の巻第十九解説は「話題がかなり俗世間の日常性に傾いてきている」という。

〔付記〕今昔物語集は古典文学大系、大和物語は新編日本古典文学全集、日本往生極楽記・法華験記は日本思想大系によった。

第四章　技法と思想

第一節　系譜記述の問題

叙述の緯としての人物関係

栄花物語の作品全体を貫く主軸は歴史叙述の時間である。編年体の時間[1]がこの作品を支えるための経《たていと》としての機能を果たしているのである。とは言うものの、このたていとだけを頼りにして作品が形造られているわけではあるまい。比較的単純な機構によって組み立てられた栄花物語とは言え、時間軸だけによって作品を支えきれるとは思えない。確かにたていととしての時間軸は記事や場面の継起のうちに顕現の契機を見出しながら、様々の話題を一個の作品へとまとめあげているのだが、他方ではその話題のひろがりを支えるための潜在的な緯《よこいと》も探られねばならない。作品の叙述の機構を理解するための一環として、本節においては作品より、このよこいとをほぐし出すことを試みたいのである。

ところで、時間軸が作品のたていとをなしているのだが、このたていとに対するよこいととしての機能を果たすものが何かを考えるとき、常識的には「空間」の概念を想起しがちである。しかしながら、この作品に於いては実際には空間とよべるようなものは大きな役割を荷ったりはしていないようである。歴史叙述一般においては地理的空間のひろがりがしばしば重要な役割を示すが、栄花物語の場合には、作品世界のひろがりは地理的に限られたものであった。太宰府を例外として、ほとんど五畿内とその周辺に終始し、しかも京以外の土地を扱う例の多くは信仰に関連してであった。作品世界の舞台の大部分を京師に置くこの作品では、地理的なひろがりは重要な役割りを果たしてはいない。

他方、この作品に大きな影響を与えた源氏物語では具象的な場面において空間のひろがりと奥行きを如実に示す描写がしばしば見られるが(2)、栄花物語の文章はそのような叙述の可能性を僅かにしかうけ承いではいない。巻第十八「たまのうてな」において法成寺内部の空間的ひろがりを伝えようとする例もあるが(3)、「たまのうてな」の巻は作品全体より見ればやはり特異な巻だったと言える。他の巻々では空間のひろがりの具象性は源氏物語のように重要な意義は持たないのである。

以上のように、栄花物語ではその対象とする地理的範囲も狭いものだったし、空間のひろがりの具象的描写も乏しかった。とすれば、この作品のよこいと称すべきものは「空間」という概念とは別にさぐるべきなのだろう。しばらく、作品の実際の文章に沿って考えてゆこう。

「はつはな」の巻の敦成親王誕生の記事より、一条帝の土御門殿への行幸のうちの一情景を取りあげよう（なお、この一文は既に山中裕によって取り上げられているので(4)、以下その読解を前提として考えてゆきたい）。

殿、若宮抱き奉らせ給て、御前に率て奉らせ給。御声いと若し。弁宰相の君、御剣《はかし》とりて参り給。母屋の中のと《戸》の西に、とのゝ上のおはします方にぞ、若宮はおはしまさせ給。上の見奉らせ給御心地、思ひ遣りきこえさすべし。これにつけても、「一のみこ《敦康》の生れ給へりし折、とみにも見ず聞かざりしはや。猶ずち《術》なし。かゝる筋にはたゞ頼しう思人のあらんこそ、かひ〴〵しうあるべかめれ。いみじき国王の位なりとも、後見もてはやす人なからんは、わりなかるべきわざかな」と、おぼさるゝよりも、行末までの御有様どものおぼし続けられて、まづ人知れずあはれにおぼしめされけり。（巻第八　上二六九）

よろこびにつつまれた土御門殿に、道長の一家とともに彰子の生んだ第二皇子敦成を前にして、なお帝の想いは定子所生の敦康親王へと及ぶ。そして、二皇子の「行末までの御有様ども」を「あはれ」と、帝は思はぬわけにはゆかなかったと記される。ただしこの一節では、強力な後見の有無による二皇子の運命の落差を納得せざるをえぬとされ、それ以外のことがらに言葉は及ばぬのだから、道長の栄華は称揚を拒否されているのではない。とは言え、敦康・敦成両皇子の運命がこの一節に対比され、道長の外孫誕生の記事のさ中に、敦康親王の不運な存在が想起されていることも確かなことなのだ。

二皇子をとりまいて様々の血族・姻族がひろがり、皇子たちの各々の運命を即ち己がものとする人々の関係が網をなしてひろがるが、これら人々の動静はこの一節に先立って栄花物語の作品中に記されて来たし、またこの一節の後もしばらくは書きつづけられねばならない。そして、これらの人物たちの動静の基本は中関白家と道長との対立であり、栄花物語正篇前半の作品世界の中でも最も重要な人物関係の構図の一つであったことは言うまでもない(5)。このような構図が背景にあっての文章の一節であるだけに、この二人の皇子を対照する叙述より一条帝の苦衷が読み取れるのは当然として、更に政権の帰趨をめぐって広い範囲へと及ぼされる波及が読み取られねばならぬのである。この巻の現在時点における敦成親王誕生の政治的意味、すなわち道長の権勢が確固としたものとなり、伊周の勢力挽回の可能性はほとんど潰えたという影響が理解される手がかりはこの一節によって与えられている。

この作品では人物の心裏を写す場合には所謂推量の助動詞「べし」を用いて記述の客観性を保留する例がしばしば見られるのだが、この一節の場合には「まづ人知れずあはれにおぼしめされけり」と、助動詞「けり」によって事態の定位を確認したのも、敦成親王誕生の影響を確かめておかねばならなかったからだろう。このような感傷的な方法によってしか述べ得なかったのかもしれないが、皇子誕生の頌賀だけに終始できなかったのである。しかもこの一節は、「摂関政治の所謂、外戚の権威という問題について、」「その本質を見事に把えてい(6)」たのでもある。

栄花物語は作品世界の歴史的な、あるいは政治的な展開を専ら人と人との関係としてとらえるわけで、このこと自体は、この作品に至るまでのかな散文の達成した所、殊に源氏物語の影響下にあって当然のことだったろう。作品世界の展開のために、人と人との様々の関係、すなわち対立しあるいは協調する関係が重要な働きをしていた。そしてこのような関係をふまえながら、一方の人々を中心とする記事の中で対立者の様子を寸描し、あるいは、一方の側に関する記事につづけて他方の人々の記事を記すとき、対立する両者は作品世界の中で相対化されることとなる。敦成親王誕生の一連の記事の中でも引用した部分はその一例だったし、またそれらの記事の後に置かれた、次のように始まって伊周の述懐を記す一節も同様の例である。

かくて若宮のいと物あざやかにめでたう、山の端よりさし出でたる望月などのやうにおはしますを、そち殿《伊周》のわたりには、胸つぶれいみじう覚え給て、人知れぬ年頃の御心の中のあらまし事ども、むげに違ひぬる様におぼされて、……（巻第八　上二七七）

このような例は他にも多く見出せるだろう。作品正篇の半ば以後に見られる人物関係の構図としては、小一条院(7)をめぐっての、顕光・延子と道長・寛子との対立が重要であるが、この構図を背景にした記事の中にも、同様の例は見ることができる。次の例は巻第十三「ゆふしで」の小一条院と寛子の婚姻の記事の中の一節で、小一条院が寛子とともにいながら延子を想起するという、さきの引用の場合と同じ技法に依ったものである。

女君十九ばかりにやおはしますらんと覚えたる御けはひ有様、いとかひありておぼさるべし。それにつけても堀河の女御《顕光女》思ひ出でられ給ふも心苦し。かの女御も御かたちよく、心ばせおはすれば、年頃いみじう思ひきこえさせ給へれど、たゞ今はあたらしき御有様、今少しいたはしうおぼしめさるゝも、我ながら理知るさまにおぼさる。（上四〇四）

また、このあとに露顕の儀をしるす叙述よりの同様の例。

入らせ給へば、大殿油昼のやうに明きに、女房三四人、五六人づゝうち群れて、えもいはぬ有様どもにて、こほりふたがりたる扇どもをさし隠して並み候程、いみじうおどろ〳〵しきものから、恥しげなり。御しつらひ有様耀くと見ゆ。院の御心地、年頃堀河の辺りの有様、御目移りにまづおぼし出でらるべし。（上四〇六）

そして、このように顕光親子を道長一家に対立させる構図はこれ以後の叙述を通じて熟してゆき、顕光・延子両者の死が記された後も有効性を失わず、二人は道長の娘たちの病床にもののけとして現れ、道長との対立の構図の忘れ去られることを許さぬだろう。

ところで、以上に見て来たのは道長と中関白家との場合も、顕光・延子との場合も、皇位の継承をめぐって政権の帰趨を争うのだったが、栄花物語に描かれる人物の関係がこのようなものに限られないことは言うまでもない。たとえば、公任や行成・斉信の娘たちと道長の子息たちの結婚が重い比重をもって記された例に見られるように、藤氏や源氏の各家の間の様々な結びつきも多く取り上げられている。この作品の多くの登場人物はみな、このようにして肉親や他人との様々の関係を背景に負うのである。そして、これらの人物たちの織りなす関係と関係とのひろがりが、作品世界のひろがりとして、一つひとつの記事の背景となる。人と人との関係が叙述の上に明記されている場合はもとよりのこと、さしあたっては一人物・一家族についてのみ記す記事の場合にも、人物関係の網のようなひろがりが背景をなす。人々のおりなす人物関係がよこいととして、時間軸のたていとともに、作品世界の展開を支えるのである。

系譜の潜在と系譜記述の顕在

この作品の叙述は基本的に編年体によっているので各記事の時間的位置づけはおおむね明瞭であるが、それらの記事に登場する人物たちの、他の人々との様々な関係はすべて記されるわけではない。もちろん、それらの関係のうち当の記事に扱われたものはそこに明示されたわけだが、それはこの人物をめぐってそれ以前の叙述を通して示されて来た様々の人物関係のうちでは、ほんの一部分に過ぎない。登場人物は様々な人物関係を背景に背負うが、この背景は概して潜在的なのである。そしてこの潜在的な人物関係の構図を了解していなければ、この作品中のよこいとの軸に於ける人物の位置づけは知り得ない。しかも、この作品では血縁と婚姻との関係が人物関係の中心となるのだから、潜在的に了解されるべき人物関係の構図は、いわば系譜をなしているのである。

ここで一例、潜在的な人物関係の構図を了解していなければ読み解けない文章を見てみよう。巻第二十九「たまのかざり」の妍子病悩の記事でも、他の人物の病悩の場合と同様にもののけが登場する。その一文を掲げてみよう。[8]

枇杷殿には、御もの丶けを人のかり移せど、その程御心地よろしうもならせ給はず、たゞ同じ事つれなくおはしますに、いとあやしき事なり。御もの丶けは、堀川のおとゞ《顕光》の御けはひに、女御さし続き出で給て、言ひ続け給事どもいと恐し。又、「督の殿丶御けはひにや」と見ゆるもさし申させ給へれば、上の御前あはれにいみじう泣かせ給ふ。それはとかく思きこえさせ給にあらねど、道異《こと》にならせ給ぬる人はかくのみあるわざなるぞ、あはれに心憂きや。（下二九九）

ここに登場するもののけのうち、顕光父子については説明の要はないだろう。小一条院をめぐる道長一家との対立の構図が彼らの死後もなお無効とならないことは先に述べたが、これもその一例なのである。一方、「督の殿」嬉子のもののけは今までに一度も記されたことのなかったのが、ここにはじめて、しかも実の姉の病床を舞台にして登場する。この奇怪な一節の理解のために大系本の頭注は岡本保孝の栄花物語抄を引くが、ここでもそれにならおう。

嬉子にて、後朱雀の女御にて有し也。妍子の御兄弟なれど、妍子のうみ給ふ一品宮の御朱雀に寵をうれば、おのが世にあらばさやうの事もあるまじきにと、ねたくおぼす也。

つまり、嬉子の死後に、妍子所生の三条院皇女禎子内親王が東宮の女御となったことが因となったと理解される。ただし、このような栄花物語抄の理解の手がかりは栄花物語の文章自体には与えられていず、そこにはただものの けの登場と、妍子・嬉子両者の母倫子の受けたショック、そして「あはれに心憂き」という総括がしるされるのみである。禎子内親王に関しては作品本文には全く触れるところがない。栄花物語抄のような理解がなりたつためには、この作品本文以前の叙述に書かれてある人物関係の構図、ことに巻第二十八「わかみづ」の禎子内親王の東宮御参りの記事を踏まえなければならない。潜在的な人物関係の系譜の了解されていることを前提としてはじめて、栄花物語抄の解釈が可能となるのである。

さて次に、この人物関係の構図、殊に潜在的な系譜の形成を考えねばならないが、そこには二つの過程が見出せるようだ。まず第一の場合を取り上げるが、この場合には新たなる人物関係が生じたときに、独立した記事としてしるされる。たとえば、さきに見た一条帝と敦康・敦成両親王をめぐる関係の場合など、この両親王の誕生が各々一まとまりの、しかも少なからぬ紙筆を費やす記事の中で述べられたので、これらの記事によっておのずから親子兄弟の関係や外戚との関係も知り得ることになる（敦康親王誕生の記事は巻第五「浦〳〵の別」上一八八～二〇〇）。記事に先立って存在した、帝を中心に中関白家や道長の一家が取りまく系譜に、誕生の記事を通して皇子たちは自動的に編入されるわけである。このように新たな人物関係が独立した一記事によって紹介される例は、作品中に多く見られる。しかし、すべての人物関係がこのような方法によって告げ知らされるわけではない。人物関係を明らかにするための第二の方法として、潜在的な系譜を、叙述のうえに顕在化する系譜記述として書きとめ、人物関係を既定のものとして紹介する場合も少なくない。

たとえば、この作品の冒頭(9)、作品世界の始発においては、作品の叙述はそれ以前には存在しないのだから予め了解されている系譜などあり得ないはずである。しかも、人と人との関係による作品世界の拡りのよこいとが求められることは、作品冒頭といえども例外ではない。そのために「世始りて後、この国のみかど六十余代にならせ給にけれど、この次第書きつくすべきにあらず。こちよりての事をぞ記すべき」（上二七）と、作品の叙述と世界との開始が草子地的記載によって告げられたのちに、ただちに時間軸のたていとに沿った叙述をつづけることはできず、その前に天皇家と藤原氏北家主流との両家の系譜が語られねばならない。

説明のために、大系本によって記事の内容と配列を表にして見よう（上表）。

	大系本標目・内容	行数
①	序　作品述作についての草子地的記載	2
②	宇多天皇・醍醐天皇とその御子	4
③	太政大臣基経・中納言長良　長良と基経との親子関係について	3.5
④	基経の四人の男子と女子　基経をめぐる系譜記述	4
⑤	朱雀天皇と昌子内親王　醍醐・朱雀両帝をめぐる系譜記述	9
⑥	村上天皇　村上帝の人柄とその後宮の様子	14
⑦	忠平の子息達　忠平をめぐる系譜記述	5.5
⑧	師輔らの子女達　師輔・実頼・師尹の子女の数を記す	6.5
⑨	村上天皇の女御達　村上帝後宮の女御・更衣を列挙	7.5
⑩	広平親王御誕生　元方のむすめ皇子を生む	9
⑪	安子懐妊	4.5
⑫	忠平薨去	8.5
⑬	憲平親王（冷泉院）御誕生　師輔のむすめ安子皇子を生む	6

また、文章中に占める言葉の量を、行単位で記す。

①は前述したように作品を始めるための、いわば序文をなすが、これにつづく②～⑤は天皇家と藤原家主流の各々の三代にわたる系譜の記述である。そして、このような系譜記述ののちに、⑥の冒頭に「かくて今のうへ《村上》の御心ばへあらまほしく」と、村上天皇の人柄と後宮の様子が記される。しかしこの⑥の後にはまた⑦⑧と系譜記述が置かれる。しかも⑦に「たゞ今の太政大臣にては」、⑧は「さればたゞ今は、この太政大臣の御子ども」と、⑥⑦⑧はすべて「今」の語によって始められるのは、この三つの記事が時間軸に沿って配列されているのではないから

であろう。また⑥及び⑨は村上天皇後宮のあり様を記すが、これも、系譜記述ではないとは言え、天皇をめぐる婚姻を述べるのだから人と人との関係のよこいとを顕示するものである。栄花物語の、冒頭につづく②〜⑨の記事はもっぱら人物の関係の紹介と設定にあてられ、時間軸に従っての記事が始まるのはようやく⑩からなのである。そして②〜⑨に設定された人物関係はこれ以後の叙述に顕示されなくとも、おのずから了解されているものとして、作品世界が展開してゆく。

もちろん、作品のこれ以後の叙述においても、新しい登場人物が加わったり、新しい人物関係が生じたりするごとに、潜在する人物関係の構図のうちに登記されねばならない。ただし、栄花物語正篇は巻の進むのに比例して、作品世界の時間の進行に対しての記事の密度が増してゆくので、重要な人物関係、すなわち婚姻・誕生等々の人と人との関係はその発生の時点で独立した記事として記されることが多くなる。つまり、潜在的な系譜を形成する方法のうち第一のものが次第に優勢となり、第二の方法即ち明示された系譜記述は少なくなってゆく。しかしそれは、系譜的関係を中心とする人物どうしの関係のよこいとの役割の減少することは意味しない。系譜は文章に顕現せず、潜在の度あいを増してゆくが、作品の読解のためにはつねにその機能を求められてゆくのである。

ところで、我が国における系図類の実際の作成は、洞院公定の尊卑分脈をはじめとして、すべて男系を専一になされて来たようである。栄花物語に関するものでも、近世における何種類かの栄花物語系図(10)や刊本付載の系図以来、現行活字本に付された系図にいたるまで、男系を中心とすることにかわりがなかったのは、やはり系図作成の伝統にしたがったからだろう。

しかし、女子を通じての血縁のつながりが第一に政治権力を保証してゆく外戚政治の世界を描く栄花物語にあっては、作品読解に求められる系譜のうち女系による関係が重要な働きをする。また、外戚政治という事を別にしても、女系の人物関係にはらわれる関心は少なくない。男系を専一とする系譜は歴史の時間の流れにそっての世代の継承を記すことが主な目的となっているのだろうが、この作品のために求められる系譜は決して世代の継承が主目的とならず、作品世界のよこいととなるべき人物関係を明かすためなのだ。そして、このように女系を通じての系譜が重んぜられることは、作品中に顕在的な系譜記述にも見てとれる。以下、実際の例を見てみよう。

この大将殿は、堀河どの、三郎、あるが中にめでたきおぼえおはしき。今に世に捨てられ給はず。母上は、九条殿の御女《むすめ》登華殿の内侍のかみ《登子》の御腹に、延喜のみかどの御子の重明の式部卿の御女《むすめ》におはします。その姫君にて、よにおかしげなる御おぼえおはす。　（巻第二　上九一）

か丶る程に、一条の大納言の御姫君したて丶参らせ給。この姫君は、小野宮の大臣《おとゞ》清慎公の御太郎敦敏の少将の御女の腹に、男君・女君とおはしけるなり、手かきのすけまさ《佐理》の兵部卿の御妹の君の御腹なりけり。父殿は九条どの丶九郎君、為光と聞ゆ。　（同　上九四）

ともに「花山たづぬる中納言」の巻の、花山院の女御姫子と忯子の入内の記事のうちの、各々の系譜を記述する部分であるが、ともに母方の曽祖父へまでさかのぼって記されているし、忯子の場合には母方の伯父にも筆が及んでいる。母方の親族を明らかにする点に於いて、父系中心の系図のように左傍に「母何某女」と小書きされるのに対し、その詳しさは比較すべくもない。一方、父方は祖父までしかしるされないのである。

また、次に掲げるのは巻第十「ひかげのかづら」の教通と公任女との結婚の記事のうち、公任女を紹介するための系譜記述を含む部分である。

か丶る程に、大殿の左衛門督《教通》を、女《むすめ》おはする殿ばらけしきだち給へど、おぼし定めぬ程に、四条の大納言《公任》の御女二所を、中姫君は四条宮《遵子頼忠女》に、生れ給ひけるよりとり放ちきこえ給て、姫宮とてかしづききこえ給。大い君をぞ大納言世になき物とかしづきゝこえ給。母上は、村上の先帝の九宮《昭平》、まちおさの入道少将《童名マチヲサ君也》たかみつの御女の御腹に、女宮のいみじうめでたしといはれ給ひしを、あはたどの《道兼》の取り奉りて、この大納言を婿どり奉り給へりしなりければ、母上さばかり物清くおはします。されど年頃尼にておはしませば、大納言殿はやまめのやうにておはすれど、ほか心もおはせねば、たゞこの姫君をいみじきものに思ひきこえさせ給へるに、この左衛門督の君をと思ひきこえさせ給て、ほのめかしきこえ給ひけるに、心よげなる御けしきなれば、おぼし立ちて急がせ給。

（上三三七〜三三八）

この長大な系譜記述においては、公任女にとっての母方の、祖父母はもとより二人の曽祖父にまで筆が及び、更に母親の養親道兼や妹の養親四条宮も言及される。公任女をめぐる親族のひろがりが、殊に母方に詳しく述べられているのである。

また、母系を介しての血縁の関係を念頭に置かなければ十分に読解できない記事も見られるが、さきに引いた妍子病悩の記事などはその良い例であろう。倫子・妍子・禎子・嬉子の女性四人の三代にわたる血縁を考えねば、「上の御前あはれにいみじう泣かせ給ふ」という事態も、「あはれに心憂き」という評も理解できない。栄花物語の読書のために求められる系譜は女系にも大きな部分を割くのであり、伝統的な系図作成の方式に従った男系専一のものとは異なったものでなければならないのである。

系譜記述の方法

以上に、この作品のよこいとたる、人と人との関係の重要さについて述べ、さらに潜在的に了解されるべき系譜及び顕在的に記された系譜記述について述べてきたが、この作品の系譜記述については既に時枝誠記「栄花物語を読む——その文面から系図を読みとるための国語学的方法——」(11)に論じられている。そして、系譜記述の具体的な読解については、この論文に詳しく追究されており、本節もまたその成果を前提としているのである。

また、栄花物語の系譜記述の作品における重要さについても、同論文の中に次のように述べられている。

「栄花」の編年的記録の部分は、更にこれを分けて、

一　編年的日誌に属する部分（天皇の即位・退位、人物の叙位・任官、生没年）

二　系図の文章的表現の部分

の二とすることが出来る。この中で、日誌的記録は、六国史を始め、編年体史書のすべてが具備するもので、別に異とするに足らないが、「栄花」が、多くの系図的表現を含んでゐることは、注意してよいことではないかと思ふ。……「栄花」の作者は、藤原氏の権力の移動と、系図との間に不可分の関係を認め、当時の貴族が、この半ば生理的条件に支配された系図関係に一家の運命をゆだね、これを一大事と見、それに一喜一憂した生活態度に、異常な関心を持つてゐたのではないかと想像されることである。「栄花」において系図が語られることには、重要な意味があるのである。

栄花物語に系譜記述が求められる理由は、ここに時枝の言うだけにとどまらぬだろうが、その点については既に述べて来たので再び触れる要はないだろう。

系譜記述の、作品全体に占める位置づけについては時枝は次のように述べている。つまり、栄花物語の叙述はまず「編年的記録の部分」と「物語的叙述の部分」とにわかれ、「編年的記録の部分」が更に「編年的日誌に属する部分」と「系図の文章的表現の部分」にわかれるとする。一方本節では、系譜記述を他の叙述すべてに対するものとして扱ってきたのであるが、それは系譜的人物関係が「物語的叙述の部分」に於いても、また「編年的日誌に属する部分」でも、潜在的に機能を果たしていると考えるからである。

ところで、系譜記述が叙述の他の部分より井然とわかち得るかの如く、時枝も述べ、本節にも扱ってきた。しかし実際には、系譜記述の文章が他の内容の文章の中に包み込まれ、融合してしまっている場合も少なくない。たと

えば公任女の系譜を述べる一節では、最初は教通への配偶の候補者のことを語っていたのが、文を終止させることなく系譜記述へと移ってゆく。そして長大・複雑な系譜記述のあとはまた、とぎれることなく教通と公任女との結婚の報告へと流れ込んでゆくのである。

また次のような例もある。これは巻第五「浦〳〵の別」の、伊周・隆家の配流に関連しての記事である。

さても此御事は、越後前守平の親信と云人の子、いと数多《あまた》有ける中に、右馬助孝義といひて、哥うたひ、折ふしの陪従などに召さるゝ有けり、それが申出たる事也ければ、「公家《オホヤケ》の御ためにうしろやすき事申出でたり」とて、加階給はせたりければ、よろこびいひに父がもとにいきたりければ、親信朝臣「いづこにたがもとゝてこゝには来つるぞ。おはけなくつれ無も有かな。かうやうの事は、我らが程の子などのいひ出づべきにあらず。かゝることは、ゑびす・町女などこそいへ。あさましう心憂きことを云出て、人の御胸を焼きこがし歎を負ふ、よきこと成や」とて、いとはしたなくいひのゝしりければ、あまへて出にけり。（上一七七）

この一節の記事のうち傍線の部分が系譜記述をなす。しかし、この系譜記述は独立した文章とならずに、事件を記す文章のながれのうちに完全に包み込まれてしまっている。この記事の眼目は、密告者としての息子に対して、それを良しとしない父親という構図にあるが、その理解のためには親信と孝義の父子の関係が了解されていなければならない。しかも、親信父子は受領階層の人々として、この作品の登場人物としては副次的なので、その系譜はこれまでに記されることはなかった。このために、親信父子を中心とする一節の記事の文章の最初に系譜記述を挿入しなければならなかったのである。

さて最後に、人物の系譜的関係を示す最小の単位でありながら、系譜記述以外の叙述に頻出し、系譜記述と称することの憚られる例を見てみよう。ここでは説明のために道長の長子頼通を例として取りあげてみる。頼通がこの作品に最初に登場するのは巻第四「みはてぬゆめ」における誕生の記事である。

大納言どの《道長》は、土御門の上も宮の御方も、皆男君をぞ生み奉らせ給ひける。とのゝ若君をば、たづ君とぞつけ奉らせ給ける。宮の御方をば、院の御前の乳母《と》よりわきよろづに扱ひ知らせ給て、いはぎみ《頼宗也》とつけ奉り給へり。

（上一三九～一四〇）

鷹司殿倫子所生の頼通と、高松殿明子所生の頼宗との、道長の二人の息男の誕生を記すが、この記事によって道長と頼通との系譜的関係も設定された。

この後、頼通が登場する時に、その時々の官職名で、「春宮権大夫」「左衛門督」「大納言殿」「大将殿」「内大臣殿」さらに「摂政殿」「関白殿」などと呼ばれるのは、この作品としては通例のことである。また巻第八「はつはな」の冒頭、頼通が春日使に立った記事と、それに続くいくつかの記事で「春日の使の少将」「使の君」としるされたり、具平親王息女隆姫との結婚の記事では「おとこ君」と呼ばれたりもする。

しかし、次のような呼称によっても頼通は示されることがある。

殿の上の御腹のたづぎみ　（巻第七　上二二五）
とのゝ若君たづ君　（巻第八　上二三九）
とのゝ三位殿　（同　上二七九）
とのゝ左衛門督　（同　上二八〇）
殿の大納言殿　（巻第十二　上三六五）
大とのゝ大将殿　（同　上三七五）
とのゝ太郎ぎみ　（同　上三八三）
とのゝ大将　（同　上三八七）

これらの呼称に含まれた「との」「大との」は道長をさすのであり、「殿の上」は倫子をさす。とすれば、これら頼通を示す呼称自体のうちに、彼の父母の呼称が含み込まれていることになる。「殿の大納言殿」を例にとるならば、頼通は単に「大納言殿」と呼ばれることもあるのだから、「殿の」と付け加えることによって「道長の」あるいは「道長の子息である所の」ということが強調されているわけである。頼通は「殿の大納言殿」と呼ばれることにより、その呼称のうちに父親道長を含み、助詞「の」を介して道長との父子の関係が顕示されてしまっている。つまり道長との系譜的関係が、頼通を示すための呼称のうえに刻印されている。

もちろん、「殿の大納言殿」という呼称自体を系譜記述と見なし得るわけではないが、ここに頼通を取りまく系譜的な人物関係の一部が露出している。「頼通」という実名を用いず、（後に「宇治殿」と呼ばれる例の如くに）その居宅の名を以って号されることもなく、その官職名をもって呼ばれるときには、普通名詞に固有名詞の役割を果たさせようとするのであるから、誰を指すのか不明確になり、あるいは他の人物と混同される恐れも生じるだろうが、その場合に「殿の」とその父親を示すことによって、指し示される人物は明確になるだろう。また道長の子息であることを示すことにより、その政治力の庇護下にあることも示されている。その点、道長を襲って摂政となり、ともかくも一家の長となってからは「殿の何々」と呼ばれることがなくなるのも当然である。ともあれ、どのような理由によるにしても、「殿の大納言殿」のような呼び方のうちに、頼通と父道長との系譜的関係が顕示され、系譜記述的とも称し得る人物呼称となっているとは言えるだろう。

このような人物呼称は、当然ながら、頼通以外の人物にも見られる。男性の場合では、様々の面で未だ自立せず、父母の庇護下にある若い人々の場合にしばしばその例が見られる。たとえば具平親王はその幼時に「麗景殿御方の七宮」のような例が見え、道綱の男兼経には「傅殿の少将」の例がある。また頼通の男通房は「関白殿の若君」「殿の中将」「殿の大納言」などと呼ばれ、師実も「殿の少将殿」「殿の大納言」と称されるなど、実際の例は正篇・続篇を通じて見られるのである。

一方、女子の場合には、その社会的な扱いの外に、実名を用いることを男性以上に忌むこともあって、「誰それの姫君」「何某のむすめ」、更に「何のおとどの北の方」「某の妻《め》」のような例が少なくない。いずれにしても、人物呼称のうちに系譜的関係の顕示を含む例は、男女を問わずこの作品に少なくないのである。

時枝誠記も言うように、栄花物語では系譜記述は重要な役割を果たすが、これは作品の表面にあらわれた叙述の上だけでのことではなく、その重要さは作品を潜在的に支える機構に由来するのであった。系譜的な人物関係がよこいととして作品を支えるために重要な働きをするが、潜在的な系譜の形成のためには、関係の発生を記事として報告するという方法だけでなく、顕在的な系譜記述によってもなされるのだった。しかも系譜記述は独立した文章をなすだけでなく、他の叙述の文章の間に挿入されたり、更には人物呼称の中に含み込まれていたりするのは以上に見てきたとおりである。ただし、栄花物語の読み手は、その読書のために求められる系譜をすべて了解しながら読み進めることができるとは限らない。主要な登場人物だけでも極めて多数にのぼるこの作品では、それらの人物の関係をすべて暗誦するのは易しいことではない。しかもそれらの人物を示すのに、実名によるだけでなく、官職や居宅を以って示し、また排行など肉親との関係を呼称に明示する方法によったりするので、（殊に現代の如く詳細な注を施した本で読むのでないときは）必要な注記をともなった系図を持ち、参照するのでなければ、その人物が誰なのかさえ茫としてわからなくなってしまう。栄花物語の読書のために系図が求められるのは、この作品において人物関係が果たす役割に由来するのであり、系図を参照することにより、人物を他の人物との系譜的関係の網の上に位置づけることができるのである。作品のよこいととしての人物関係と、系譜記述の機能と、そして作品の読書のために編纂される系図の問題とはすべて関連しあっている。

ところで、栄花物語にとっては、以上のように系譜記述や系図は重要な働きをするが、このような働きはこの作品だけに限られるのではない。たとえばうつほ物語[12]や源氏物語でも系譜的人間関係が重要な役割を果たすが、それはこれらの作品もまた人と人との複雑な関係が織りなすものだったからであり、人物の関係を描き出すためにこれらの作品が切りひらいたことばのうえに、栄花物語も可能になったのである。また、殊に源氏物語は享受・研究史の早い時期にすでに、作品のための系図の編纂がなされていたようでもある[13]。

一方、栄花物語のあとに歴史叙述として成立する大鏡の場合には、その作品の形式を「紀伝体」と称されながらも、「大臣列伝」の構成を支えているのは基本的に、藤原氏北家嫡流の系譜であった[14]。しかも、系譜のひろがりを男系に限らないために、女系を介して大臣たちの子孫にあたる皇子たち・皇女たちが、藤原の氏姓を冒さないにもかかわらず、「大臣列伝」の中で紹介されることとなっている。栄花物語の場合には、系譜が重要な働きをするとは言え、作品の主軸はあくまでも時間軸であったが、大鏡の場合には、少なくとも大臣列伝はその構成の主軸を系譜に置いていた。しかも大臣列伝が大鏡全体の根幹なのだから、藤氏主流の系譜の役割りは極めて大きかったと言えよう。

これらの例を見る限り、作品における系譜の重要性は栄花物語に孤立した現象ではなかったと見ることができる。歴史叙述であると、虚構による作り物語であるとを問わず、作品世界を人の世に設定する限りは、系譜は重要な働きをする契機を持つ。殊に栄花物語のように数多くの人物が登場する作品では、系譜の重要さ、つまり潜在的な系譜的人物関係や顕示される系譜記述の意義は、本考に見てきたように大きかったのである。

ところで、本節においては、栄花物語の作品内部の機構をあくまでも対象として論じて来たのであるが、その成立の事情をめぐっても、実際の著述の過程で系図の参照されていた可能性が示唆されている[15]ことを付け加えて、本節を閉じることにしよう。

注

（1）編年体の問題については、本書第一章参照。また、杉本一樹「栄花物語正篇の構造について」（山中裕編『平安時代の歴史と文学　歴史編』（吉川弘文館　S五六）所収）参照。
（2）石田穣二「源氏物語における聴覚的印象」（『源氏物語論集』桜楓社　S四六）・清水好子「野分の段の遠近法について」（『源氏物語の文体と方法』東京大学出版会　S五五）などを参照。
（3）本書第三章第五節を参照。
（4）山中裕『平安人物志』第五章五（東京大学出版会　S四九）
（5）この作品に於ける中関白家については、河北騰『栄花物語研究』第二篇（桜楓社　S四三）に詳しい。
（6）注（4）参照。なおこの作品と外戚政治の関連については山中裕『平安朝文学の史的研究』第三章第五節（吉川弘文館　S五二）・同「栄花物語と摂関政治―特に後宮を中心として―」（日本学士院紀要三四ノ三　S五二・三）・岩野祐吉「摂関政治と『栄花物語』」（『摂関時代史の研究』古代学協会編　吉川弘文館　S四〇）など参照。
（7）この作品における小一条院とその周辺の人々については、松原芙佐子「栄花物語における小一条院の人間造型」（『平安朝文学研究　作家と作品』早稲田大学平安朝文学研究会編　有精堂出版　S四六）を参照。
（8）この一文の問題については、松村博司『栄花物語全注釈六』巻第二十九（角川書店　S五〇）の補説に詳しい。
（9）作品冒頭の問題については諸説あるが、平田俊春「『栄華物語』と『大鏡』に描かれた摂関政治の形成」（『摂関時代史の研究』所収）にまとめられている。また注（6）岩野論文・河北騰『歴史物語の新研究』第一部第三章（明治書院　S五七）など参照。
（10）松村博司『栄花物語の研究第三』第一篇五（桜楓社　S四二）参照。
（11）時枝誠記博士論文集第二冊『文法・文章論』（岩波書店　S五〇）所収（初出は国語と国文学　S三九・一〇）
（12）原田芳起『宇津保物語研究　考説編』第二部第六章（風間書房　S五二）
（13）池田亀鑑『源氏物語大成』巻七第二部第六章（中央公論社　S二八）・常盤井和子『源氏物語古系図の研究』（笠間書院　S四八）・伊井春樹『源氏物語注釈史の研究　室町前期』第五章第一節（桜楓社　S五五）など。
（14）松本治久「大鏡の構成」（『大鏡の構成』桜楓社　S四四）。なお、波多郁太郎「栄華物語の研究」（『日本文学講座第三巻』改造社　S九）には、折口信夫「古代研究」をふまえて、系図と「世継」の関係への言及がある。

(15)　座談会「物語風史書『栄花物語』をめぐって」（松村博司・山中裕　日本古典評釈全注釈叢書月報一八（『栄花物語全注釈八』附録（角川書店　S五六））所載）

〔付記〕栄花物語抄は『栄花物語古註釈大成』に拠ったが、句読点は適宜に改めた。

第二節　はつはなの巻の「むらさきささめき」の一節をめぐって

紫さゝめき

栄花物語の巻第八「はつはな」中の敦成親王誕生の一連の記事に、紫式部日記の文章が大量に利用されているのは周知の事実である。(1) このことについて、事実関係の問題をこえて、その利用の手際についての厳しい評価を加えたのは白井たつ子の「『紫式部日記』と『栄花物語』「はつはな」との比較の問題」である。この白井による評価を手がかりに考えてゆきたいのだが、まず、白井が問題にした栄花物語の文章を引用してみよう。

上達部ども殿をはじめ奉りて、だうち《攤》給に、かみ《紙》の程の論きゝにくゝらうがはし。謂などあり。されど物騒しさに紛れたる、尋ぬれど、しどけなう事しげゝれば、え書き続け侍らぬ。「女房盃」などある程に、如何はなど思やすらはる。

珍しき光さしそふ盃はもちながらこそ千代をめぐらめ

とぞ、紫さゝめき思ふに、四条大納言《公任》簾《す》のもとに居給へれば、歌よりもいひ出でん程の声遣《こはづか》ひ、恥しさをぞ思べかめる。（上二六五）

この文章は、栄花物語の文章としてもいささか整わないものである。本来一人称の視点よりしるされてあった紫式部日記の「私」の言動思念を栄花物語に移すにあたっての、三人称への変換がうまくなされていない。また、和歌の詠者の表示も、「むらさきささめき」が「めづらしき」の和歌の後に置かれているのも異様である。栄花物語では和歌の詠み手は和歌に先立って記されるのが普通であるし、省略される場合でも、和歌に先立つ文脈から充分に読み取れるようになっている。「むらさきささめき」のような例は栄花物語の文章としてはやはり異様なものだと言えよう。そして、白井の論においてもその点が衝かれたのだった。次に白井の論を引用する。

　このようなぎこちなさを見せることになったのは、抑々、『栄花物語』の作者が、『紫式部日記』の記述に大きく凭掛り、採用すべき記述の選択を、厳しく行わなかったためではないかと思う。公的な行事等の有様について記されている部分をその儘借用した勢で、ついうっかり、紫式部個人の思惑や行為について述べた言葉までを、取り入れてしまっているのである。新しいジャンルに慣れないゆえの、こなれの悪さや失敗はいたし方ないとしても、『栄花物語』の作者には、やはり、資料批判とか題材の選択とかを厳密に行ったり、借り用いたところを巧みに定着させたりする才能が、欠けていたのではあるまいか。

また、敦成親王誕生の記事の中から、次のような文章も白井により問題とされている。

「け恐しかべき夜のけはひなめり」と見て、事果つるまゝに、宰相君といひ合せて隠れなんとするに、東面にとの、君達・宰相中将《経房》など入りて騒しければ、二人御木丁の後にゐ隠れたるを、二人ながら捉へさせ給へり。「歌一つ仕うまつれ」と宣はするに、いとわびしう恐しければ、

　いかにいかゞ数へやるべき八千年のあまり久しき君が御代をば

「あはれ仕うまつれるかな」と、二度《ふたゝび》ばかり誦ぜさせ給て、いと疾く宣はせたる、

　あしたづの齢しあらば君が代の千歳の数もかぞへとりてん

「さばかり酔《ゑ》はせ給へれど、おぼす事の筋なれば、かく続けさせ給へる」と見えたり。　（上二七二）

この場合も、二首の和歌の詠み手が明示されていないのは、この作品の文章としては例外的である。[2]「あしたづの」

のうたの方は、その敬語の用い方から見て、道長と読み取ることが可能だと説明することもできよう。しかしそれは、やはり紫式部日記との関係を知っていて可能となる読みであって、栄花物語に対するだけでは、この一節に先立つ文脈をたどって来たとしても、判読は容易ではない。それにこの作品では、道長の場合でも敬語だけから主格の判読をもとめられることはなく、主語を明示するのを例としている。敦成親王誕生の一連の記事でも、この一節以外では、「との」「殿のおまえ」などによって、道長であることは明記されている。この一節は栄花物語の文章としては奇妙なものだったと言えよう。白井によって「破綻」と評される所以である。

しかしながら、逆に言えば、この作品が紫式部日記を利用した文章の中でも、この二つの節をのぞいた他の部分はけっこう手際よく改変されているということでもある。もしも紫式部日記が残されていなかったとしたら、栄花物語の文章からではその正確な復元は不可能である、という程度には、栄花物語の文章になりおおせている。

では、なぜこの二個所だけは、その改変に失敗したのであろうか。しかし、その答えも既に白井によって与えられている。

勿論、『栄花物語』の中には、多数の歌が記載されているし、この歌の場合、若君誕生をことほぎ、道長家の繁栄や当日の盛会のさまなどを讃美した内容を持つものであるから、とり入れられて不思議はないという風にも考えられる。しかし、歌を記すということになれば、必ずその詠者は誰かということが問題になろう。賀歌であるから、歌の内容としては、『栄花物語』にふさわしいものであったかも知れないが、『栄花物語』の目的からいって、ここに紫式部を登場させることが、適当であったといえるであろうか。……とにかく、この箇所で、その歌までを『紫式部日記』から引き写し、『栄花物語』に使用する必要があったかどうかということについては、疑問が感じられてならない。

栄花物語に利用するにあたっては、紫式部日記中に存在する「私」自身の言動思念に関しての記述は一切排除される方針であり、この方針によって、一人称による叙述を三人称に改変するというやっかいな作業を避けようとした。にもかかわらず、そこに含まれる和歌についてだけは捨て去るに忍びず、この故に、紫式部日記では一人称の「私」によって記された和歌の詠み手の言動をも、栄花物語中に残さざるを得なかった。しかも、この和歌の詠み手の言動の描写を、三人称のそれに正確に整えるのが栄花物語作者の力量に余ったのだろうことは認めねばならない。とすれば、問題は、白井も言うように、なぜこれ程までにして紫式部日記の「私」の和歌が、そして唱和した道長の和歌が栄花物語中に持ち込まれねばならなかったのだろうかということである。その点を考えねばならない。

栄花物語中には、次のような例も見出せる。これは巻第九「いはかげ」の例である。

九月ばかりに弁すけなり《資業 有国七男》、一品宮に参りて、山寺に一日まかりたりしに、岩蔭の在しまし所見参らせしかば、あはれに思給へられて、

岩蔭の煙を霧に分きかねてその夕ぐれの心地せしかな　（上三〇八）

これは、一条院の崩御の後、その死を哀傷する一連の記事の一つ、資業のうたを中心とする一節であるが、これも栄花物語の文章としてはいささか整わないものだと言える。この一節も、松村博司の指摘にあるように(3)、何らかの史料に依って形成されたのだろうが、直接資料となったであろう文献は残されていないようである。この文章も、所謂目睹回想の助動詞「き」や謙譲の敬語動詞「給ふ」を用いるなど、一人称的な口吻が濃厚で、栄花物語の文章として異様なのは、一人称の視点よりしるされた和歌の詞書としての原史料の面影を留めているからだろうか。ともあれ、ここで何よりも注目したいのは、この場合にもやはり和歌が関係しているということである。一人称の「私」に依って叙述のなされた、日記文学や和歌の詞書の文章を、この作品の叙述の基調にしたがって三人称に矯めなおそうとするのに、その技術に限界があったことはそれとして、その限界を踏み越えてまで、和歌を中心とするこれらの文章を栄花物語が取り込まねばならなかった理由は存在しなければならない。そして、その理由を探る

ためには、この作品において和歌の果たす役割、また、和歌の詠み手の設定・記載のあり様を見なければならない。

登場人物としての女房

この作品の登場人物はごく限られた階層に属する人々である。天皇を中心とする皇族、摂関家や、公卿・上達部とその一家、それに準ずる上級の貴族、さらに僧侶のうちの上級の者などが中心となる。中級貴族となると、もう記事の中心人物として扱われることがなく、この作品に登場するとしても、他の人物を中心とする話題のなかで、脇役としての役割を果たすことが多い。それよりも下級の人々は群像としては描かれても、一人ひとり特立された人物としては扱われない。もちろん例外はあるし、これから問題にしようとするのもその例外的な場合なのではあるが、おおむね、この作品の登場人物はこのような基準にしたがっている。

問題の「むらさきささめき」の「むらさき」つまり紫式部は、この作品の世界の中では一介の女房に過ぎぬのだが、紫式部に限らず女房たちは、この作品では特立された登場人物としてはほとんど扱われない。たとえ登場する場合も脇役以上には出ないのである。その例としては、この敦成親王誕生の一連の記事の中で女房たちがどのように扱われているかを見ても理解できよう。

> 女房皆白き装束どもなり。御湯どのゝ湯巻《いまき》など皆同じ事なり。御湯殿は讃岐の宰相の君、御むかへ湯は大納言《入道弁》の君《時通女》なり。宮は殿抱き奉らせ給ふ。御剣《はかし》小宰相君、虎の頭は宮の内侍とりて御先に参る。（上二六三）

これは御湯殿の儀の記事である。

> 若宮の御前の小き御台六、御皿よりはじめ、よろづうつくしき御箸の台の洲浜など、いとおかし。大宮の御まかなひ、弁宰相君、女房、皆髪上げて釵子挿したり。若宮の御まかなひ、大納言の君なり。東の御簾少し上げ

て、弁内侍・中務命婦・大輔命婦・中将君など、さるべき限取り続き参らせ給。讃岐守大江きよみち《清通》がめ、左衛門佐源為善が妻《め》、日頃参りたりつる、今宵ぞ色聴《ゆる》されける。　（上二七一）

これは御五十日の儀の記事である。両例ともに、ここに名を記されているのは各々の儀式の中で役目を務める人々に限られている。儀式の中で殊に目立つ役目を仰せつかるわけでもない紫式部などは、その名を記されるべき人物ではなかった。

　このような栄花物語の場合に比べて、その史料となった紫式部日記の場合には、作者の同僚たる数多くの女房たちの名が見られる。それも、弁の宰相の君について物語絵の姫君みたいなと言うような、私的で印象的な情景に限らない。栄花物語に取り入れられても良いかと思われるような儀式の情景の中にも、女房たちは少なからず登場する。これら女房たちの記述が栄花物語に取り入れられるにあたってどのように扱われたかを見れば、栄花物語における女房たちの地位は見てとれる。たとえば紫式部日記に

　髪あげたる女房は、源式部加賀守しげふんが女小左衛門故備中守みちときが女小兵衛左京のかみあきまさが女とぞいひける大輔伊勢の祭主すけちかが女大馬左衛門大夫よりのぶが女小馬左衛門佐道のぶが女小兵部蔵人なるちかただが女小木工木工允平ののぶよしといひ侍るなる人の女なりかたちなどをかしき人のかぎりにて、さしむかひつつゐわたりたりしは、いとみるかひこそ侍りしか。

とあったものが

　髪上げたる女房、若き人〳〵のきたなげなきどもなれば、見るかひありておかしうなん。　（上二六五）

と、女房たちの一人ひとりの名はすべて削り落とされている。栄花物語にとって、これらの女房たちの名は、殊更に記しとめねばならぬものの外だったわけである。

　もう一組、同様の例をあげよう。紫式部日記には、

またの夜、月いとおもしろし。ころさへをかしきに、わかき人は、舟にのりてあそぶ。色色なるをりよりも、おなじさまに装束きたるやうだい、髪のほど、くもりなくみゆ。小大輔・源式部・宮城の侍従・五節の弁・右近・小兵衛・小衛門・馬・やすらひ・伊勢人など端ちかくゐたるを、左の宰相の中将経房・殿の中将の君教通いざなひいで給ひて、左の宰相の中将兼隆に棹さゝせて、舟にのせたまふ。

とあるのに対して、栄花物語では以下のようになっている。

その夜は物のどやかにて、女房達船に乗りて遊び、左宰相中将《経房高明公四男》、との丶少将君《教通》など、乗りまじりてありき給ふ。

（上二六五～二六六）

この場合にも、紫式部日記に一人ひとりの名が記されているのに対し、栄花物語の場合は「女房たち」と群像としての扱いになっている。紫式部の言動が詳細に描かれている問題の文章は、和歌という問題を別にすれば、栄花物語の敦成親王誕生の記事の中でも特異なものなのだった。

では紫式部という登場人物は栄花物語のなかで、この「はつはな」の二つの例以外では、どのようなあらわれ方をするのだろうか。[4] 紫式部はこの作品中、「はつはな」の二例を除いて四個所に登場するのであるが、まず、和歌に関係しての登場の場合から取り上げる。

御忌果て丶、宮には枇杷殿へ渡らせ給折、藤式部《紫式部》、

ありし世は夢に見なして涙さへとまらぬ宿ぞ悲しかりける

（巻第九　上三〇八）

はかなくて司召《つかさめし》の程にもなりぬれば、世には司召との丶しるにも、中宮世の中をおぼし出づる御けしきなれば、藤式部、

雲の上を雲のよそにて思ひやる月は変らず天の下にて

あはれにつきせぬ御事どもなりや。

（巻第十　上三二三）

これらは共に一条院哀傷の和歌を中心とする。ここでは和歌とその詠み手の名をしるすだけで、叙述は言動思念へと及ばない。一節の文章に占める和歌の比重は更に大きいと言えよう。

次に、和歌と関係しない場合を掲げる。

若宮の御乳母頼成《よりしげ》が妻は、煩ひてまかでにけり。その後は讃岐守よりつねが女の、宰相中将の子生みたる、又大宮の御方の紫式部が女の越後弁、左衛門督《兼隆》の御子生みたる、それぞ仕うまつりける。

（巻第二十六　下二二八）

禄の辛櫃御前に舁き立て、禄賜はる程など、絵に書きたる様におかしうめでたし。後一条院の御産屋に紫式部のいひ続けたる、同じ事なり。

（巻第三十九　下五一六）

巻第二十六「楚王のゆめ」の場合は、一節の記事の話題の中心は親仁親王の乳母の人事であり、紫式部は乳母の一人越後弁（大弐三位）の近親者として、系譜記述の一部としてしるされているに過ぎない。巻第三十九「布引の瀧」の場合は、紫式部は歴史叙述の現在時点の人物なのでなく、引き合いに出された著述（まちがいなく紫式部日記のことなのだろう）の著者として記されている。両例とも、紫式部は直接の登場人物としてその言動が描かれているというのではなかった。以上のようにして六つの場合を見渡してみるとき、紫式部という登場人物は、和歌に関連するのでなければ一つの記事の中心に立つことはなかったと言うことができる。

このような扱われ方は、同じ女房層の他の登場人物たちの場合も同様である。和泉式部なども、二親王との恋愛に関連して登場する場面を除いては、すべて和歌に関係して登場する。赤染衛門にいたっては、和歌の詠み手として以外には登場しない。男性の場合でも、さきの例の弁資業などは、この作品中に和歌の詠み手としてしか登場しない人物である。巻第三十二「謌合」に登場する時にも、やはり和歌の詠者としてであった。これら女房や官人たちは栄花物語では、おおむね特立された人物として話題を荷う登場人物の範囲の外にあったと言えよう。ただ、和歌と関連する場合には例外的に扱われたのである。

無名の詠者

それにしても、紫式部や弁資業の如き女房・官人の場合には、その名は記されているし、またそれを手がかりとしてこの作品に描かれた貴族社会内での地位や環境を知ることもできる。ところが、次のような例の場合は、和歌の詠み手はどこの誰とも知りえない。

豊の明の夜、荒れたる宿に月の漏りたりければ、里人、誰《たれ》と知らず、
　珍しき豊の明の光には荒れたる宿の内さへぞ照る
（巻第十二　上三八五）

ある人思ひやりきこえさせて、独りごちけれど、その人知らず、
　日の本を照しし君が岩蔭の夜半の煙となるぞ悲しき
（巻第十三　上三九三〜三九四）

夜もすがら人〴〵、所の御有様、女房の衣《きぬ》の色さへ見えわかるゝ月なれば、おのづからものゝ心知りたる人はあはれに堪えがたく、世の常なきことをさへとり重ね思続けて、女房の車を見て思ひけり、
　藤衣返す〴〵も悲しきは涙のかゝるみゆきなりけり
　花紅葉折りし袂も今はとて藤の衣を著るぞ悲しき
などぞ、人知れず我心どもをやりける。
（巻第二十九　下三一一〜三一二）

それぞれ、大嘗会への慶賀、三条院への哀悼、妍子への哀悼の記事であるが、いずれの場合も和歌の詠み手は名をしるされず、どのような人物なのかもほとんど述べられていない。もちろん、これらの文章を単なる和歌の詞書として見るならば、詠み人知らずも不思議ではないかも知れない。しかし、歴史叙述としての栄花物語においては、

やはり異例の登場人物だったと言える。群像としてならば無名の人々が登場するのも少なくないが、これらの例のように無色透明、しかも一人の人物として特立された人々の登場は、和歌を詠む場面に限られる。「たれともしらず」などと扱われる人物たちを特徴づけるのは、和歌より他にないのである。

このような人物たちが、どこのだれと知られる必要を認められずに扱われ、和歌を詠むより外に何ら記されるべき役割を持たぬのだとしたら、結局は、これらの人物自体にはこの作品中に書きとめられるための理由は存在しないわけである。これらの人物が登場するのは和歌が記されるためであり、和歌こそが記事の中心となっている。ただ、歌集ではなく歴史叙述である栄花物語に和歌を書きしるしておくためには、何らかの形で詠み手を設定しなければならなかったので、和歌を作品中に置くことだけを目的に、これらの人物が登場する。求められたのは和歌の詠み手ではなく、和歌そのものだったのである。

以上のように、和歌それ自体が主役であって、詠み手の人物は、和歌を作品中に存在させるために求められたのだという例は栄花物語中に少なくなかった。「誰とも知らず」のような例はもちろんのこと、はっきりと詠み手の名がしるされる女房などの場合でも、結局は和歌こそが求められたのであって、人物には重点が置かれていない。そして、このような例は栄花物語中にも数多く、「はつはな」の巻に於ける紫式部の場合も、そのような例の一つなのである。紫式部の言動思念の描写は目的となっていず、その敦成親王誕生慶賀の和歌こそが求められていたのである。

では、この作品は何故、それ程までにして和歌を記載しようとするのだろうか。

和歌の機能

伊勢物語や大和物語などのうた物語をはじめとして、物語と日記とを問わず、かな散文による平安朝の文学作品において和歌の果たしていた役割の重要さについては言うまでもなかろう。たとえば源氏物語などは、散文による心理描写の可能性に比類のない高さを示すが、それでいてなお人物の心情表白に和歌の果たす役割は大きい。殊に「幻」の巻のごとき、和歌に依らねば形づくれない世界さえ存在していた(5)。

栄花物語の文章は源氏物語のような心理描写の能力を具えていない。栄花物語の文章のこのような性質は、一方では時の流れを追いつづける叙述を厭くことなく継続させる強さとなっているが、また他方では、この作品の単調さの一因ともなっている。文章の、このように客観性に傾く性格が何に由来するのかは別に考えねばならぬのであり、作者の能力の限界というような結論に短絡することはつつしみたいのであるが、いずれにしても散文部分が、源氏物語のような奥深い心理描写の能力に欠けることは、事実として確認しなければならない。時に、具象性豊かな描写を通して人物の心理をうかび上がらせようとする場面もないではないが、人物の心情に関する記述は概して単調・単純であったと言える。

しかし、この作品が作品世界を叙事的にのみ形成しようとしているのかというと、決してそうではないのであって、やはり発場人物の心情には関心を持ち、またそれを能うかぎり読み手に読み取らせようと試みる(6)。そして、このような試みを専ら引き受けるのが和歌なのである。栄花物語の和歌の数六二九首は、源氏物語の七九五首にくらべても、その作品全体の規模の差を考慮すれば少ないとは言えない。源氏物語の、和歌と散文とが相乗しつつ描き出す人の思念の複雑さと深さにくらべれば、栄花物語ははるかに単純・類型的ではあろうが、読み手にうったえる力は決して軽いものではなかったろう。散文部分が心理描写に乏しい分だけ、かえって和歌にかけられた比重は大きかったのである。

栄花物語の和歌のかかるあり様は、先に掲げた引用例にも見られるが、更に、印象深いものを見てみよう。かくてまかでさせ給て、九月は石山詣とて女房達あまたいそぎの〻しる。院の御前は仏の御帳の帷、石山の僧に法服・かづけ物など急がせ給ものから、ⓐ怪しう、心細うのみおぼさる〻事多かり。その御けしきを見奉りて、ⓑ候ふ人〴〵もうたてゆ〻しきまで思歎くべし。京出でさせ給て、栗田口・関山の程、鹿の声物心細う聞ゆ。よろづあはれにおぼしめされて、

あまた〻びゆきあふ坂の関水に今は限の影ぞ悲しき

との給はすれば、御車に候ひ給宣旨の君、

年を経てゆきあふ坂の験《しるし》ありて千年の影をせきもとめなん

とぞ申給。（上二二三）

これは巻第七「とりべ野」の、東三条女院の石山詣の記事の一部である。この一節の文章のうち、傍線ⓐⓑの部分は、女院やつき従う人々の心情の説明となっているのだが、その記述は概括的でまた単純である。ことに女院の心情を述べたⓐは、「あまたたび」の和歌に対応するが、この和歌は女院自身の心より発したことばとして「心細う」の内実を語り、読み手にうったえる。これに対し、宣旨の君の和歌は賀のうたの体裁を示すようだ。女院の四十の賀をひかえて千歳を祈る頌賀のうたとしての体裁を整えてあるが、それだけに、自哀傷とも言うべき女院の和歌と並べられたときに、その間のアンバランスは明瞭だろう。一方、傍線ⓑにしるされた人々の歎きとも一見矛盾する和歌の内容なのである。しかし、「よろづあはれに」に代表されるような感情を基調とするこの一節の叙述の中で、「としをへて」の和歌の示す不調和に、かえって人々の困惑を読み取ることは可能だろう。この和歌の裏面に読み

取られる感情は傍線ⓑに述べられたような想いに対応し、文脈の上に賀歌は賀歌たり得なくなっている。

このあと、女院の四十の賀、そして病悩と死へと展開する叙述の伏線となる一節であり、この作品の運命観の一端を垣間見ることもできるのだが、この一節の奥行きはほとんど二首の和歌に依っていると言えよう。そしてこの一節の文章から、また二首の和歌の記載の行間からどれ程の深さを読み取るかは読み手の責任にゆだねられているのである。

もう一例、この作品の和歌のうち、ほぼ三分の一が哀傷歌というのも、この作品の関心の方向の一つを示唆して興味深いが、ここでは一条院崩御に対する哀傷の例を見てみよう。一条院崩御の記事は巻第九「いはかげ」に見られるが、その哀傷のうたは、「いはかげ」はもちろん、巻第十「ひかげのかづら」にまで及んで数多く記されている。先に引用した弁賢業の和歌や紫式部の和歌も、この一条院追慕の和歌の記載の一部であったが、その前後には、同様の、和歌を中心とした記事が列ねられている。一条院の死をめぐっての人々の心情は、哀傷歌の集積を以って示されるのである。ここでは、散文の部分は省略して、和歌と、記載された詠者の名だけを掲げてみよう。(7)

按察大納言

七夕《たなばた》を過ぎにし君と思ひせば今日は嬉しき秋にぞあらまし

右京命婦

侘つゝもありつるものを七夕のたゞ思ひやれ明日いかにせん

たか松の中将

いづこにか君をば置きてかへりけんそこはかとだに思ほえぬかな

公信の内蔵頭

かへりても同じ山路を尋ねつゝ似たる煙や立つとこそ見め

見るまゝに露ぞこぼるゝ後れにし心も知らぬ撫子の花
宮の御前
影だにもとまらざりける雲の上を玉の台《うてな》と誰か言ひけん
宮の御前
ありし世は夢に見なして涙さへとまらぬ宿ぞ悲しかりける
藤式部
岩蔭の煙を霧に分きかねてその夕ぐれの心地せしかな
弁すけなり
くりかへし悲しきものは君まさぬ宿の宿守る身にこそありけれ
飯室
君まさぬ宿に住むらん人よりもよその袂は乾くよもなし
故関白殿の僧都君
君まさぬ宿には月ぞひとりすむ古き宮人立ちもとまらで
との丶御前
去年の今日今宵の月を見し折にかゝらむものと思ひかけきや
侍従中納言
雲の上を雲のよそにて思ひやる月は変らず天の下にて
藤式部
宮の御前

逢ふことを今は泣き寝の夢ならでいつかは君をまたは見るべき

このように集積された和歌は、その一首一首の持つ特色や優劣は問題ではないし、また多くの場合、既に述べたように、詠み手が誰であるかも問題ではない。たとえば「わびつゝも」の和歌の詠者右京命婦という人物は、作品のここ一個所に登場するのみで、弁資業などと同様の、和歌の詠み手としてしか登場しない人物の一人である。一方、宮の御前すなわち中宮彰子などは、一条院の死を歎く人物として最もふさわしいだろうが、実際の叙述では他の詠み手たちと殊更異なった扱いは受けていないし、その和歌もまた他のものと格別の違いはない。これらの和歌はその一首一首が単独に読まれるべきでなく、その集積の総てを貫く心情、一条院への哀悼追慕の情こそを読み取ることが求められているわけなのだ。

このように、作品中にしるされた事件をめぐっての、人々の心情を抒するための和歌の役割は、もちろん哀傷の場合に限らない。哀傷歌とは対照的な賀歌の場合、作品中に約五十首が見られるが、その実例としては問題の敦成親王誕生への紫式部のうたをはじめとして、先に掲げた引用例の中に見られるだろう。また栄花物語中には、哀傷や賀のうた以外にも、他の心情をしるすための和歌も多く見られる。たとえば「はつはな」の巻の冒頭は頼通の元服、そして春日の使に立った記事にあてられているが、そこに記された道長のうた、

若菜摘む春日の野辺に雪降れば心づかひを今日さへぞやる

なども、この作品の散文部分では抒することのできない、道長の親としての「心遣い」をよく表していると言えよう。このような例は、作品中に枚挙の暇がない。

栄花物語は歴史叙述として当然ながら客観的な叙述を進めるが、それだけに満足せず、登場人物の心情を描くことをも希求する。しかし、作品の叙述のための散文部分にはこの希求を満たす力は備えられていない。この矛盾によって、この作品では和歌が重要な機能を果たすこととなる。ただし、心情の描出を専ら和歌にまかせる以上、そ

の深さと広がりは、和歌が可能とする範囲を出られないわけではあるが、本来この作品が呈示しようとする世界は心情の面においても複雑なものではなかった。この点もまた、この作品での和歌の重要さを支えていたようだ。以上のように、栄花物語で和歌の果たす機能を見、またその詠み手の処理をも併せ見て来たのだが、これによって問題の敦成親王誕生の記事中の文章についても理解が可能となろう。紫式部のうたが敢えて記されてあるのは、単なる気まぐれでなければ筆の勢いでもなく、この作品全体を貫く叙述の基調の一つのあらわれであった。親王誕生の一連の叙述のうち、和歌を中心とする部分を抜いたとしても、よろこびに涌き立つ道長一家のありさまは充分に描かれているし、その叙述のためには紫式部日記の文章をも大過なく利用できていたのである。しかし、紫式部日記中の三首の賀のうたは、和歌を重視するこの作品の叙述の基調よりすれば、利用することを断念はできぬものであった。ましてその一首が道長のものであれば、なおさらのことだったろう。

「はつはな」の紫式部のうたの例において、あるいはまた資業による一条院哀悼のうたの例において、文章の整合を犯してまでも敢えて和歌が作品中に取り込まれていることは、この栄花物語という作品の中での和歌の重要さを考慮しなければ理解できない。「むらさきささめき」の一節、そして道長のうたを含む一節の存在は、この作品の文章の基本的な性格より理解しなければならない。そして、この作品で和歌の果たす機能の重要さを確認しておかねばならないのである。

注

（1）今小路覚瑞『紫式部日記の研究』（有精堂出版　S五二）・白井たつ子「『紫式部日記』と『栄花物語』「はつはな」との比較の問題」（文芸研究五三　S四一・六　日本文学研究資料叢書『歴史物語I』（有精堂出版　S四六）に再収）・河北騰『栄花物語論攷』第二篇第一章（四）（桜楓社　S四八）・山中裕『歴史物語成立序説　源氏物語・栄花

物語を中心として』第三章第三節（東京大学出版会　S三七）・中山昌「栄花物語と紫式部」（目白学園女子短期大学研究紀要一〇　S四八・一〇、また『栄花物語研究序編』第二章（教育出版センター　S五一））・前田惟義「栄花物語「初花の巻」に見られる作者の執筆態度について――いかに紫式部日記を取用したか――」（平安文学研究五六輯　S五一・一〇）松村博司「栄花物語〈初花〉における紫式部日記への添加・書き替えについて」（『講座平安文学論究第七輯』風間書院　一九九〇）・倉本一宏「『栄花物語』の人物呼称に関する一考察――特に『紫式部日記』との関連について――」（山中裕編『栄花物語研究第三集』高科書店　一九九一）・池田節子「『紫式部日記』の日記的部分の表現『栄花物語』「はつはな」と比較して」（国語と国文学　H七・四）など。なお、松村博司の著書・注釈書には詳細な言及がある。また、両作品の関係に関連しては、紫式部日記研究の立場より専ら首欠説の可否についての議論もある。

（2）本節は、梅沢本を底本とする大系本『栄花物語』に拠って論を進めているので、当面諸本の間の異同には触れないが、この文章については論点にかかわる重要な異同があるので、参考として異本系の文章を、富岡鉄斎旧蔵乙本を底本とする古典文庫『栄花物語異本』（松村博司・吉田幸一共校　S二七）に拠って掲げておく。

けおそろしかるべきよのけはひなめりとみて、ことはつるまゝに、藤式部君、さい相の君といひあはせて、かくれなどするに、東おもてに、との、君たち、宰相中将などいりてさはがしければ、二人御き丁のうしろにゐかくれたるを、とりはらはせ給て、ふたりながらすへさせ給へり。うたひとつづゝつかうまつれ、ゆるさむとの給はするに、いとわびしうおそろしければ、きこゆ。

いかにいかゞかぞへやるべき八千とせのあまり久しき君が御代をば

あはれつかうまつれるかなと、ふたゝびばかりずむぜさせ給て、いととくのたまはせける。

あしたづのよはひしあらば君が代の千とせのかずもかぞへとりてん

さばかりゑはせ給へれど、おぼす事のすゑなれば、かくつゞけさせ給へる、あはれにみえたり。

この場合には、「いかにいかゞ」の和歌の詠み手は「藤式部君」と明示されていることになるが、これは異本系に於ける補入と考えられる。この問題については松村博司『栄花物語全注釈二』巻第八49校異考（角川書店　S五六）を参照。

なお、この部分については本位田重美・清水彰編『住吉大社蔵佐野久成著栄花物語標注上』（笠間書院　S五六）に以下のようにあるので、その説の当否は別にして、ここに紹介しておく。

……紫式部日記の文として見る時は自分の上を云るにて、自づから明知せらるゝ文法なるを、爰の本文として見る時は誰か事とも聞えす、拙文も亦甚し。此物語是迄の文にかく拙きはなきを思へば、若しや後人の彼日記によりて加へたるには非じかとさへ思はるゝ也。

(3)　大系本頭注（上三〇八の一三）など参照。
(4)　注（1）中山論文を参照。
(5)　小町谷照彦「「幻」の方法についての試論――和歌による作品論へのアプローチ――」（日本文学　S四〇・六）など参照。
(6)　栄花物語の心情の重要さについては多く論じられているが、その詳細は加納重文「『栄花物語』の物語認識――『源氏物語』の物語論に関連して――」（女子大国文八四　S五三・一二）を参照。
(7)　和歌の詠み手の名については、ここでは栄花物語の記載をそのまま掲げたが、「七夕を」のうたなどは他資料（「大弐高遠集」など）によれば、所伝に相異があるようである。詳細は『栄花物語全注釈三』巻第九9補説を参照。

〔付記〕紫式部日記本文の引用は萩谷朴『紫式部日記全注釈上下』によった。

第三節　名の集積・うたの集積

人の集積

栄花物語の登場人物はごく限られた階層に属する人々である。特立された登場人物としては、天皇を中心とする皇族、摂関家や、公卿・上達部とその一家、それに準ずる上級の貴族、さらに僧侶のうちの上級の者などが中心となる。これらの人物たちの動向が作品世界を展開させてゆくのである。

しかし、これら特立された登場人物の背後に、一人ひとりの個性を表明することなく、集団として、群衆として記される人物たちもまた、しばしば描かれている。特に明るくはなやかな盛儀の場面（また法会などもこれに準じ、あるいは実際にはこの作品では、盛儀の第一のものとさえ称しうる扱いをうけているだろう）に、道長をはじめとする主要人物たちが立つ場面の背景に、女房や公卿、僧侶の集団が登場し、さらにそれ以下の階層の無名の人々の集合が、数十・数百の数量を以って描かれることもある。また特立されて扱われる登場人物にしても、時によっては集団として扱われもする。いずれにしても、一人ひとりの人物として特立される場合とは別に、人物が集合として、群衆として登場することの意義は認めねばならないだろう。

さて、人物の集団の像は明るい盛儀の場面にしばしば見られるのだが、その実例として、ここでは巻第二十「御賀」を取り上げてみよう。「御賀」の巻は栄花物語の正篇三十巻中では最小の巻（続篇にもこれより短い巻は「くものふるまひ」だけなのだが）であり、その大部分は倫子六十の賀の記事に割かれ、その叙述は詳細である。梅沢本にして九丁、岩波大系本では八頁に過ぎない巻のほとんどをあてて描かれる賀宴は、この作品の盛儀の叙述の典型的なものの一つである。

　この賀宴の行われた治安三年と言う時期は、道長一家にとって、子女は皆成人し、殊に一家より大皇太后・皇太后・中宮が並び立つという栄華の絶頂の時であり、一家にとっては最も明るい日々だったろう。この後は道長の一家にも次第に種々の不幸が訪れることになるのだからましてのことである。そして栄花物語の叙述もまた状況にふさわしく明るい輝きを志す。巻頭にまず、

　治安三年十月十三日、殿の上の御賀なり。土御門殿を日頃いみじう造りみがゝせ給へれば、常よりも見所あり、おもしろき事限なし。春秋の花の匂ぞ盛ならねど、所〳〵の草前栽の霜枯れ、山の紅葉《もみぢ》色を尽しても殊更めき、わざと作りたてさせ給へらんやうに見えたり。庭の砂子などもほかのには似ず見ゆ。（下一一二）

と、冬十月なお見所ありと述べ、例によって最初より視覚の印象を強調する。

　この巻のはじめの一文につづくのは一家の女性たちの土御門殿への到着である。彰子をはじめ、皇太后妍子・中宮威子・尚侍嬉子・一品宮禎子内親王が一同に会する様が描かれるが、これらの人々につき従う女房たちもかなりの人数になるわけであろう。たとえば妍子にしたがう女房にしても、「女房車《くるま》多からず」などと言いながら「十五ばかり」とあるのだから、三四十名はくだらぬのだろう。それに続く中宮威子の一行についても「御供の女房車、前の車の如し」など、行啓の記事にすでに女房たちの集団が描かれる。そして、彼女たちが各々の場に居並ぶ様は殊に詳述される。

　上の御方の女房、さき〳〵は宮の女房に劣らぬ様の装束《さうぞく》を、上の御前などなまかたはらいたくおぼしめすに、今日は所をえ、装束《さうぞ》きたる、理《ことはり》に見え、おかし。大宮《上東門院》の女房は、寝殿の北面、西の渡殿かけて打出でたり。皇

太后宮《妍子》のは西の対の東面なり。殿の上の御方は寝殿の東面、中宮《威子》の御方は東の対の西面、督《かん》のとのゝ《嬉子》御方の女房、東の対西南かけて打出したり。御方〲の女房こぼれ出でたるなりども、千年の籬の菊を匂はし、四方《よも》の山の紅葉の錦をたち重ね、すべてまねぶべきにあらず。色〱の織物・錦・唐綾など、すべて色をかへ手を尽したり。袖口には銀《しろがね》・黄金《こがね》の置口、繡物《ぬいもの》・螺鈿をしたり。御き丁ども色〱様〲なり。この宮あの宮、同じ色一つ様にもあらず、聞えさせ合せ給へらんやうに見えて、様かはりいみじうめでたし。敷島やこゝの事とは見えず、高麗《こま》・唐土《もろこし》などにやとまでぞ見えける。　（下一二二）

「御方々」の女房たちが各々の場所を占め、出衣を行う様である。男性たちの場合には、これ程に詳細・具象的に描かれはしないが、それでも、次のように集団として扱われる記述は見出せる。

よろづの事六十をせさせ給へるに、僧も六十人を選び召したり。……僧綱は寝殿の南の廂、凡僧は東《ひんがし》の渡殿に候ふ。　（下一二三〜一二四）

殿ばら・殿上人、寝殿の前の平張に皆着き給へり。　（下一二四）

また、舞楽の後に舞の師正方がかづけ物をもてはやし舞う場面でも、道長・頼通につづいて「そこらの殿ばら」の衣服をかづける様が記されている。

……この御衣《ぞ》の袖に頭《かしら》をさし入れて頸にかけて、ありつる御衣をば肩にかけて落さで舞ふ程、「さはいへど父よしもちが子とはあんめり」と、殿ばら興じの給はせて、そこらの殿ばら御衣ぬがせ給へば、皆はえ被《かづ》き敢えねば、たゞこの君の舞ひ給ふ所の庭にぬぎ集めさせ給へれば、木の下《もと》に色〱の紅葉の散り積りたると見えて、いみじうおかし。　（下一二五）

この作品に珍しく、官位の低い右近将監正方が特立されて登場するのも、この賀宴の描写をはなやかにするためであり、この場面の真の主人公はかづけ物を与える側なのだが、その与える側も道長や頼通という個の人物から、殿ばらの集団へと拡大されてゆくのである。

　ところで、この倫子六十賀の記事の中心をなし印象的なのは舞楽の様子の叙述の部分であり、この一文もその一部なのだが、その舞人たちは次のように紹介されている。

　ことゞも果つる際に、万歳楽、家の子の君達、舞人にて四人舞ひ給ふ。左衛門督《兼隆》の御子の右馬頭兼房の君・前《隆》帥《家》の子の四位少将経輔・同じ兄君の蔵人少将良頼・左兵衛督《公信》御子右近少将実康。良頼は、帥中納言《経房》の御子源少将実基さゝれたりつるが、俄に悩む事ありて、えまいらずなりぬるかはりに召されたるなりけり。賀殿は源大納言《俊賢》の御子の右近少将顕基・皇太后宮権大夫の御子左近少将資房・朝任《雅信公子》の源宰相御子の右近少将師良・近江守なりまさ《済政》の朝臣の子の右馬助すけみち《資通》などなり。資通は蔵人の侍従にて、五位にて舞ふべきを、侍従は衛府ならねば、俄に右馬助にはなさせ給へるなりけり。　（下一二四）

万歳楽にしても賀殿にしても、その舞人はこの場合には集団として示されるのでなく、一人ひとりの名がしるされ、それら四人の集合として記されている。とは言え各々の人物の描写がその個性においてなされているというわけではないので、特立された人物像と言うよりは、集団の形象に近い性格を持っていると言えるだろう。背景に男女の群像をひかえて舞の場にあらわれる少年たちも、その一人ひとりの個性よりは、まず四人一セットとして紹介されるのである。

　このようにして、女房たち、僧侶や殿ばらが集団として、群衆として示され、また舞人の名の紹介に筆を費やすとき、土御門殿の所々を詳細に描くのとあいまって、この倫子六十賀の場は作品の叙述の上にひろがりを持つ。そして、この歴史叙述の読み手は、単に倫子六十賀の盛儀を過去の一事件として知るだけでなく、その場に立ち合うかのごとく、場面のひろがりと具象に接することができるのである。

　さて、以上に見たのは集団・集合の描写の巻第二十における例であるが、もちろんこの巻第二十に限られるものでなく、栄花物語全体にこの集団の形象が見られることは言うまでもない。そして、このような集団の描写はこの作品に特有のものでもなく、歴史叙述としての性格を持つ作品にしばしば見られる現象として、その例を見出すのは易しいのである。

名の集積

集団の描写は一作品の個別の問題を越えて、歴史叙述に共通する問題である。叙述が単なる概括的な報告にあきたらず、具象的な描写へと及ぼうとするとき、集団の形象が叙述の上に、しばしば重要な働きをする。

ところで、この集団の表現に関して、日本の文学作品の古代より中世への流れの上での跡付けは、小松茂人の「日本文藝に於ける集団の表現(1)」で行われている。該論考は平家物語をはじめとする軍記物を主たる対象に据えながら、古事記、日本書紀あるいは万葉集の長歌の例へと遡り、更に文選所収作品による影響にまで論を及ぼし、各々の作品における集団の表現の諸相と特質を闡明しようとする。ただし、小松の関心は専ら戦闘をめぐる叙述にあるため、栄花物語のような作品に論の及びようがなかったのであるが、集団の表現の重要さが歴史叙述の性格を持つ作品に共有のものであることを知り得る。そしてまた、栄花物語に於ける集団の表現の具体相の理解のためにも、示唆される所は少なくないのである。

さて、小松が取り上げる集団の表現の方法の一つに、集団の構成員の名を列挙する叙述がある。つまり集団を、その数量において「何十騎」「何百人」というように記すのではなく、一人ひとりの名をしるしてゆくのである。栄花物語においても、先に掲げた「御賀」の巻の例はこの技法によるものと言えよう。小松が掲げるものとしては軍記物の「何々揃」の例もあるが、ここでは日本書紀天武紀よりの一文を小松にならって引用しよう（ただし、引用文は小松所引のものによらず、岩波大系本に拠ることにする)。

是日、発途入東国。事急不待駕而行之。儵遇県犬養連大伴鞍馬、因以御駕。乃皇后載輿従之。逮于津振川、車駕始至。便乗焉。是時、元従者、草壁皇子・忍壁皇子、及舎人朴井連雄君・県犬養連大伴・佐伯連大目・大伴連友国・稚桜部臣五百瀬・書首根摩呂・書直智徳・山背直小林・山背部小田・安斗連智徳・調首淡海之類、廿有余人、女孺十有余人也。　(巻第二十八・元年六月の条)

吉野を脱出し東下する大海人皇子の一行についての叙述であるが、つき従う人々については「元従者……廿有余人、女孺十有余人」と、その数量を概括的に述べるだけでなく、一三の人の名を記し、集団の描写を具体的なものにしている。

ところで、このように一人ひとりの名を掲げるにしても、また単に集団であることを述べ、あるいは人数だけを記す場合にしても、これらの叙述の由来を作品の歴史叙述としての性格による記録であると理解すれば問題は簡単である。もちろん、このような集団の表現に記録としての目的と機能を見ることは相応に正しいのであり、その点には疑問はない。しかし、作品におけることばの機能は、必ずしもただ一つの側面からだけ規定されているとは限らない。

作品の叙述を、それに対応する歴史事実との関係に主眼を置いてとらえ、この関係をめぐる伝達の機能をとらえるならば、叙述のことばを記録として理解することは正しいと言える。また、人の名を一つひとつ記録すると言う姿勢は、作品の歴史叙述としての真実性を保証することにもなるだろう。しかし、この一叙述が一連の場面の中に、あるいは一連の叙述の中に位置づけられるときには、それら叙述のことば相互の関係の全体の中で機能を果たすことも否定できない。殊に、本来概括的な報告を基調とする叙述に於いて記録として記載された集団の表現も、歴史叙述がその描写に具象性をもとめようとするときには、自ずから異なった役割を開いて行ったかと思える。しかもこの機能の可能性は作品の展開を通じて、また歴史叙述たる諸作品の形成の伝統を通じて熟してゆくこともあったようである。小松の論考はまさにこの点を追究したものであったろう。

さて、このように人の名を列挙してゆくことの役割を、記録としての意義の圏外にさぐらねばならないが、その最も見やすい特質に着目してみよう。集団に属する人物の名を一人ひとり列挙し、集積してゆくとき、単に集団であることを報告する場合に比べて、はるかに多くの紙筆を費やし、ことばを費やしているだろう。たとえばこの紀の例の場合を取れば、一三名の名を列挙することにより、単に「元従者二皇子及舎人廿有余人女孺十有余人也」と言った具合にその数量だけを報告する場合に比べて、同じ大海人皇子の一行を記すにしても費やされる紙筆は比較にならない。集団が大きければ大きい程、そしてその集団を概括的にしるすのでなく、その一人ひとりの名を列挙しようとする指向が強ければ強いほど、それに比例して求められることばの量は多くなるのである。

このような事はあまりにも当然なことなのであるが、しかも人の名の列挙・集積の意義はまさにこの事実に由来する。つまり、作品世界中での集団の描写の厚み、叙述を通して描き出される存在としての厚みは、この集団の表現を形成するために費やされたことば自体の、読み手に直接うったえかける厚みに対応するのである。

集団が単に一言のことばを以って集団であることを報告されるに過ぎない場合には、それらの人々が集団であることは確かに読み手に知らされるが、その具体性は読み手の視野より遠ざかり、存在の厚みは持たれず、鮮明さも保たれない。そして、このような概括的な集団の記述は、特立されて登場するたった一人の人物像に対しても拮抗し得ないであろう。主要な登場人物を中心とする叙述の背景としてのみ集団の描写がもとめられる場合には、その像の厚みや具体性を減却したこのような記述の方があるいは有効かも知れない。しかし、人物の集団の描写が、その集団を構成する人々の同質性は保持しながらも、しかも厚みとひろがりを如実に読み手に感じ取らせねばならぬときがあり、その場合には、それら集団の人々の名をつらねてゆき、叙述の質的な達成ではなく、ことばの量的な集積によることは、手近で確実な方法だったわけである。もちろん、このような量的な表現は、人の名の羅列を許し、また求めさえすると言う、歴史叙述としての作品の性格が前提となってはじめて可能なのだが、それだけにかえって、記録であることを当然のこととする歴史叙述の場合には有効な技法だったと言えよう。

このような技法は、叙述の質的な達成のみを作品評価の基準とする立場からは認めることのできぬものだろうが、歴史叙述の特性に即した視点より見るならば、有効な方法として評価しなければならない。そしてこのような技法の可能性を発揮した著名な例として、たとえば平家物語中の「公卿揃」や「源氏揃」を、更には百四十余の人の名を列挙する大平記「番場自害事」の凄惨な情景をただちに想起することができるのである。

衣裳の集積

では栄花物語においては、人の名の集積の技法はどのような様相を示すであろうか。前述のように「御賀」の巻の例などは、その一例と言えるだろう。舞人たる少年たちの名を連ねることは、もちろん記録としての機能も果たしているのだが、同時に倫子六十賀の記事のメイン・ハイライトたる舞楽の場に具体的なひろがりを与えることに寄与している。

とは言え、栄花物語の正篇三十巻を見わたすかぎり、このような人の名の集積の例はほとんど見出せない（続篇については後述する）。人物の集団を告げ、またその数量を「二三十人」というように記す例は枚挙に暇ないのに、その構成員の名を列挙する技法は用いられない。「御賀」の巻においても、集団の記述には極めて富んでいながら、人の名をつらねる叙述は先の例の他は見られず、「御方々の女房」にしても「殿ばら・殿上人」にしても、無名のままに集団として居並ぶのである。とすれば、栄花物語の集団は概括的に報告されるのみで、その記述は具体性を帯びないのだろうか。

たとえば、次のような例がある。巻第十「ひかげのかづら」の三条帝の大嘗会御禊の記事と、巻第十二「たまのむらぎく」の後一条帝大嘗会御禊の記事よりの例である。

その車の有様言へばおろかなり。あるは家形《やかた》を造りて、檜皮《ひはだ》を葺き、あるは唐土《もろこし》の船の形を造りて、乗人の袖なりよりはじめて、それにやがて合せたり。袖には置口にて蒔絵をしたり。山を畳み、海を湛へ、筋をやり、すべておほかた引き渡して行く程、目も耀きてえも見分かずなりにしか。車一つが衣《きぬ》の数、すべて十五ぞ著たる。あるは唐錦などをぞ著せさせ給へる。この世界のこと、も見えず、照り満ちて渡る程の有様、推し量るべし。殿原・君達の馬・車、弓・胡簶《やなぐひ》までの有様こそ、世に珍かに、まだ見聞えぬことゞもなりけれ。（上三二九）

殿ばら・君達の馬・鞍・弓・胡簶の飾までいといみじ。女御代には、高松どの、姫君出でさせ給へり。その車の袖口数知らず多く重り耀けり。（上三八三）

前者は女御代を中心とする一団の車を詳述して叙述は長くなっているが、両者とも共通の題材を扱い、その表現にも似たものを見出せる。これらの例は女房や君だちを集団として示すのだが、叙述はその人物だけでなく、付随する事柄へと、換喩的に遷移して行く。つまり人物の集団そのものへ照明をあてるかわりに、女房の衣装や、衛府の武官としての「殿ばら・君達」の馬や武具などをクローズ・アップして示すのである。殊に女御代一行を描く叙述には直接に女房を指すことばは見られない。記されているのはただ車と出衣の描写だけなのだが、その叙述の量感によって背後に女房の集団を読み取ることのできるのは、この作品に於いて女房たちの集団を描くときにしばしばその衣装の描写を伴い、女房の集団の表現と女性の衣装の描写が強く結びつけられているからである。

ところで、女房たちの装束を記すにも、極く簡潔なものより詳細なものまで見出せ、一様ではない。簡潔なものとしては、次のようなものがある。

女房の同き大海の摺裳・織物の唐衣など、昔より今に同様なれども、是はいかにしたるぞとまで見えける。（巻第六　上二〇一）

女房所〳〵にうち群れつゝ七八人づゝ押し凝りて候ふ。色聴されたるはさる物にて、平唐衣・無文など、さま〴〵おかしう見えたり（巻第八　上二五二）

そこらの女房えもいはぬなり装束にて、えならぬ織ものゝ唐衣を著、おどろ〳〵しき大海の摺裳どもを引き掛け渡して、扇どもを挿し隠し、うち群れ〳〵居ては、何事にかあらん、うち言いつゝさゝめき笑ふも、恥しきまで思ほされて、この御方に渡らせ給折は、心懸想せさせ給けり。（巻第八　上二八七〜二八八）

東の対の御しつらひあざやかにめでたきに、寝殿を見れば御簾いと青やかなるに、朽木形の青紫に匂へるより、女房の衣の褄、袖口重り、猶外よりは匂まさりて見ゆるは、大方この宮の女房は、衣《きぬ》の数をいと多う著させ給へばなるべし。（巻第二十八　下二八〇）

このうちの三つ目の例の妍子の女房たちなどは、「御年も大人びさせ給ひ御有様などもなべてならず」とされる東宮（後の三条院）に「心懸想」をさせると言うのだから、なかなかの迫力である。ともあれ、この場合でも「えならぬ織ものゝ唐衣」「おどろ〳〵しき大海の摺裳」というような記述にとどまり、人物が集団として扱われるのに応じて、衣装もまたその一つひとつに照明をあてるようなことをせず、ひとまとまりに扱われている。

ところが、女房の衣装を記す場合でも、詳細なものでは、その様々な模様や色合いが列挙されてゆくことになる。女房たち自身はひとまとまりの集団にとどまるのに、その衣装については十把一からげでなく、一つひとつに照明があてられる。例としては、巻第十七「おむがく」の法成寺供養の記事中の女房の衣装の描写なども詳しいものであるが（下六四）、ここでは、頼通が道長に勘当される原因となった枇杷殿大饗の記事のものを、巻第二十四「わかばえ」より引用しよう（なお、上達部の装束についての描写がとなり合って記されているので、ともに掲げることとする）。

皆御茵に居給て、北向に居させ給へれば、御下襲の尻どもは、高欄にうちかけつゝ、居させ給へり。掻練襲、柳・桜・葡萄染、若うおはする殿ばらは紅梅などにても著給へり。色々に見え耀き照り渡りたる程、いみじうおかし。おはしまし居て、この御簾際を誰も御覧じ渡せば、この女房のなりどもは、柳・桜・山吹・紅梅・萌黄の五色をとりかはしつゝ、一人に三色づゝを著させ給へるなりけり。一人は一色を五ゝ、三色著たるは十五づゝ、あるは六づゝ、七づゝ、多く著たるは十八廿にてぞありける。この色〳〵を著かはしつゝ、並み居たるなりけり。あるは唐綾を著たるもあり。あるは織物・固文《かたもん》・浮文など、色〳〵に従ひつゝぞ著ためる。表著《うはぎ》は五重などにしたり。あるは柳などの一重は皆打ちたるもあめり。唐衣どもの色、皆又この同じ色どもをとりかはしつゝ、著たり。裳は皆おはうみ《大海》なり。御几帳ども、紅梅・萌黄・桜などの末濃にて、皆絵書きたり。紐ども青く耀けり。この単は皆青葉なりけり。（下一七七）

この叙述においては、登場人物たる上達部や女房は集団の人物像に徹し、個々の人物が像を結ぶことはないが、その装束は、かさねの色目の名や絹織物の種々の名などが具体的に記され、並べられてゆく。そして、人物は集団をなし鮮明な像を結ばないにもかかわらず、その衣類の描写は具体的であり、言うなれば、人物自体にかわってその衣類が具象性の獲得を果たしているのである。しかもこれら服飾に関することばの集積は、人の名を列挙する場合と同様に、記録としての役割をも果たしながら[2]、同時に、人物の集団に厚みを与え、またその場面を拡がりを持つものとする。ことばの濫費なのであるが、またことばの量による表現なのでもある。

うたの集積

ことばの量による表現の問題を扱うときに、栄花物語において忘れることのできないのは、和歌の集積である。つまり、一つの場面において幾首もの和歌が続けて記される例が、この作品にはしばしば見られるのである。このような例を再び「御賀」の巻より引いて見よう。

やうやう夜に入る程に、上達部南の簀子にて遊び給ふ。昼の楽よりも、これはおもしろき事限なし。月も疾く出でゝ遥に見やらるゝに、所々の柱松《はしらまつ》明、又手ごとにともしたるなどいみじう明きに、又殿ばらの御かはらけもあまたゝびになりて、さか月の光もさやかに見ゆる程に、

按察四条大納言公任

よろづ世と今日ぞ聞えんかた〴〵にみ山の松の声をあはせて

とのゝ御前道長

ありなれし契も絶えで今さらに心かけじに千代といふらん

小野宮右大臣実資

雛鶴のおりゐる山を見つるかなこれや千歳のためしなるらん

関白左大臣頼通

君がため千代八重かさね菊の花行末遠く今日こそは見れ

内大臣教通

数ふればまだ行末ぞ遥なる千代を限れる君が齢は

中宮大夫斉信

枝しげみかた〴〵祈る千代なれば常盤《ときは》の松もいとゞのどけく

侍従大納言行成

珍しき今日のまとゐは君がため千代に八千代にたゞかくしこそ

春宮大夫頼宗

紫の雲の中よりさし出づる月の光をのどけかりける

中宮権大夫能信

今日こそは残久しきよろづ世の数知りそむる始めなりけれ

これより下は、夜更けぬればとゞめつ。（下一二六）

これらの和歌は、典型的な賀歌として、倫子六十の頌賀の役割を、一方では果たしているだろう。しかしその頌賀の内容自体は九首の和歌に共通するのだから、これもまた記録という評価法を別にすれば、ことばの濫費だったと言えよう。その点ではこのような和歌の集積は、人の名や服飾の名の集積と問題の性格は似ている。和歌の集積を記録としてのみ見れば問題は単純なのだが、人の名に作品のことばの埒内で果たす機能があったことを思えば、この和歌の集積も、記録であることをふまえ、記録性から離れて果たす機能を考えねばならない。

ところでこの一節の中には九首の和歌が記されて、一節の叙述の中心となっているが、これらの和歌に添って、和歌の傍に詠者の名がしるされている。九人の人の名が並置され、この一場面に集められたのであり、和歌の集積の中に人の名の集積は隠されていると言えよう。しかも和歌はその詠み手と換喩の関係をなすのであるから、この一節もまた人物の集団の表現、ことに人の名の列挙によって具体化された集団の表現に近いものを見ることができる。単に「上達部」と概括された人物の集団は、このようにしてそこに属する人の名が明らかにされてゆく。

しかし、和歌は人物に依りながらも人物から離れ、独立して記載され得るのだから、これを人物像の一部と言いきることは正しくない。和歌はその詠み手を押し除けて一場面の中心となり、人物の名は和歌に導かれて、和歌の詠み手であることによってこそ、叙述の上に記されているのだとも見られるからである。と言うわけで、和歌の集積は人物の集団の描写とかかわりながらも、人物から離れ、一場面の叙述の中心となっているわけだが、それだけに叙述における役割りは大きい。一連の盛儀の記事の一部をなす和歌の場面において、その登場人物にかわって叙述の中心となり、「とどめつ」などと言いながらも、一首づつ記された和歌は、その記録としての性格によって叙述に真実性を与えるとともに、ことばの量による表現として、盛儀の一場面のひろがりを具体的なものとして押し広げているのである。

ところで、このようなうたの集積が、作品中にどれくらいあるかを示そう。ここでは、詞書き程度の簡単な説明を挟むのみで、五首以上の和歌が連ねられている場合に限ることにする。

巻第十	長和元年大嘗会悠紀・主基歌	一九首	（上三三〇）
巻第十二	長和五年大嘗会悠紀・主基歌	五首	（上三八四）
巻第十三	堀河女御のうた	五首	（上四〇八）
同	摂政頼通大饗屏風歌	八首	（上四一一）
巻第十五	道長出家の際の贈答	六首	（上四四五）
巻第十九	土御門殿歌合	二八首	（下一一五）
巻第二十	倫子六十賀宴	九首	（下一二六）
巻第二十三	駒競後宴	一七首	（下一六一）
巻第二十七	公任出家の際の贈答	五首	（下二五八）

巻第二十九	十月十六日妍子哀悼のうた	六首	（下三一四）
巻第三十一	彰子天王寺参詣の折のうた	一七首	（下三五三）
同	斎院庚申	五首（内一首は連歌）	（下三六一）
巻第三十二	高陽院水閣歌合	二〇首	（下三七四）
巻第三十三	後一条院哀悼のうた	五首	（下三八九）
同	斎院退下の際のうた	五首	（下三九〇）
同	後一条院哀悼のうた	六首	（下三九一）
同	威子哀悼のうた	六首	（下三九五）
同	章子・馨子両内親王上東門院へ渡るおりのうた	一〇首	（下三九六）
巻第三十六	永承六年内裏根合	一〇首	（下四四九）
同	皇后宮春秋歌合	一八首	（下四六一）
巻第三十八	後三条院天王寺御幸の折のうた	四五首	（下五〇〇）
同	後三条院哀悼のうた	五首	（下五〇六）
巻第三十九	師実布引の瀧御覧の折のうた	九首	（下五二〇）

正篇一〇件・続篇一三件であるが、(3) これに正続両篇の全体の分量を考慮に入れるならば、かなりのかたよりが認められるだろう。たしかに正篇でも少なからず和歌の集積が見られるし、「御賀」の巻の九首の和歌もその一例だったが、続篇の場合は密度においてそれに数倍する。その件数も多く、また後三条院の天王寺御幸の記事の場合の四五首の例のように長大なものが見られ、和歌の集積の果たす役割は大きい。

そして、このような和歌の集積の多さに比例して、続篇では正篇に比して、服飾についての叙述もまた多い。このことは、与謝野晶子の「栄華物語解題」において夙に指摘された所だが、更に詳しく分析されているので、(4)ここではただ一例を掲げるにとどめよう。巻第三十六「根あはせ」より、章子内親王立后の記事の一部である。ここでも女房たちは集団のままだが、その衣服は詳しく描写されている。

その夜の御饌《おもの》参る御まかなひは、殿ゝ上宮仕うまつり給。蔵人六人髪上げて参る。女房は、その夜は朽葉の単がさね、桔梗の表著、女郎花の唐衣、萩の裳、又の日は紅の単がさね、女郎花の表著、萩の唐衣、紫苑の裳、又の日は桔梗・朽葉・女郎花・紫苑などを、六人づゝ、織り単がさね、やがて同じ色の織ものゝ、表著、裳、唐衣は栄へぬべき色どもを更へつゝ著たり。様〴〵の浮線綾、二重文など、心〳〵に挑みたり。色聴されぬはかねして羅鈿し、絵書き、繡《ぬひ》物など、いみじう物狂をしきまでし尽したり。筋遣り、口置き、袴の剛きにかねして、繡物にも打袴をしたる人もあり。その心ばへある哥を繡物にもしたり。劣らじと挑みたり。　（下四四一）

更に注目すべきことは、正篇に於いてはあまり用いられることのなかった人の名の列挙・集積の技法が、続篇ではしばしば見られることである。

「事なりぬ」など、物見る人〳〵嬉しくて、こと〴〵なく見る程に、院の人〳〵、済政朝臣・行任朝臣・章任・頼国・範国・惟任・定任・能通・泰憲・むねなか・憲輔・良資・成資、これならぬもいと多く候ふ。誰も〳〵まばゆきまで装束たり。殿上人、隆国（民部卿俊賢男）の頭中将・経輔の右中弁（左大）・実基（中納言経房男）の中将・実康の右京大夫（左馬頭）・師良の兵部大輔・行経（大納言行成男）の少将・経季（右衛門督経道男）の蔵人少将、上達部、春宮大夫頼宗・権大納言長家・左衛門督師房・右衛門督（中納言懐平男）経道・右兵衛督（大納言時中男）朝任・三位中将（頼宗男）兼頼、あるは直衣・袍衣《うゑのきぬ》、数多《あまた》は狩衣装束いひやる方なきに、織物・打物・錦・繡物など、心〳〵にめでたくおかしく見ゆる程に、讃岐守頼国朝臣の仕うまつりたる御車に奉りておはします。　（下三四九）

長元八年五月、卅講果て丶、関白殿哥合せさせ給。殿上の人〳〵を分たせ給。左方は蔵人頭経輔・済政・資業・良頼春宮亮・良経の左馬頭・行経少将・中宮大進義通・経季少将・経長弁・経成少納言・信長侍従・範国・資任・憲房・経尹・実綱、蔵人は俊経・季通・貞章なり。右方は実経朝臣・兼房中宮亮・資通の弁・俊家の中将・通基の四位侍従・師経内蔵頭・行任・挙周・為善・国成・良宗の右衛門佐・資綱少将・経家少納言・経季左衛門佐・参河守経信・定季信《信乃イ如考》権守、蔵人は茂清・家任・頼家とか丶せ給て……　（下三七四）

前者は巻第三十一「殿上の花見」より彰子の住吉・岩清水詣の記事、後者は巻第三十二「謌合」より高陽院水閣歌合の記事であり、このうち前者には、概括的であるが衣装の描写も見られる。

このように、和歌の集積と言い、服飾描写と言い、あるいは人の名の列挙と言い、続篇においてはことばの量による表現が大きな役割を果たしている。ただし、このような量的表現は、松村博司が「既成の文を利用したと思はれる挿入的文体[5]」というような個所に多く見られるのであるが、たとえこれらことばの集積が原史料以来のものだったとしても、栄花物語続篇の作品の側に持ち込みを許容する論理が無ければ作品の叙述として定着しないのだから、やはりこれらことばの集積による量的表現は、続篇の叙述の基本的性格にかかわっていたのだろう。

正篇に於いてもことばの集積が大きな役割を果たすことは今までに述べて来たのだが、それでも正篇においては、「はつはな」と紫式部日記とを比較して見ればわかるように、作品自体の基準による調整がなされていた。紫式部日記にいくつもの女房の名を列挙していたのを、ただ「女房達」と概括的な記述に置きかえたり、詳細な服飾描写を適当に略すなど、栄花物語正篇自体の基準が行われ、量的表現は適度の抑制をも受けていたのである[6]。

一方、続篇は正篇の築き上げた編年体の機構を自明のものとして、時間秩序の上に記事を連ねてゆくが、その記事の多くは概括的で具象性を目指さぬ簡略なものであった。しかし、それらの記事の間に挟み込まれる盛儀の記事は、打ってかわって詳細を極め、殊にことばの量による表現に満ちていた。つまり、平安朝のかな散文の峰の頂きより遠ざかるにつれて、具象的な描写を果たすための質的な可能性は衰退するが、これに反比例して、量的な表現を叙述に許容する度合いは増加したのだと見られよう。

　ところで、以上に見て来た集団の表現の例は、女房日記など、平安朝におけるかな散文の作品にも見ることができる。様々な歌合日記をはじめ、紫式部日記や枕草子「関白殿二月二十一日に……」の段などには、女房たちの集団や服飾の描写を見ることができるし、そのうちには極めて詳細なものもある。[7]うたの集積はうつほ物語にその顕著な例を見出せるだろう。これらの作品の一部は、栄花物語の原史料として、直接的な関係も問題にされるのだが、真の問題は、これらの作品によって盛儀の場面における叙述の可能性が開けていたということなのである。記録という回路を通って量による表現を成しとげようとすることばの流れがあったのであり、歴史叙述としての栄花物語もまた記録性に依りつつ、この流れに乗ることにより、人物の集団の像の形成を可能にしたのだった。

　もちろん、盛儀の場面にひろがりと具象性を与えるのは人物の集団の描写だけではない。たとえば、先に述べたように、和歌の集積は人の名と結びつき、人物との比喩的関係を保つが、和歌自体は人物よりは、場面全体のひろがりの方へ機能づけられていたろう。また、人物像とはそのままでは結びつかない描写が、集団の表現や和歌の集積と補いあって盛儀の場面を形作る例も多い。「御賀」の巻に於いても、土御門殿の庭の詳細な叙述は、倫子六十の賀の記事の重要な構成要素の一つだったのである。そして、このような叙述が補いあって、巻第二十の盛儀の場面をひろがりをもって描き出し、そこに集う群衆の厚みを描き出すときにこそ、わが登場人物、道長一家の人々も、これらの背景の前ではなやぐのだった。

注

（1）「文化」十一の二（S一九・二）に掲載。なお、その一部は加筆修正のうえ、「軍記物における集団の表現」として

『中世軍記物の研究』（桜楓社　S四六）に収められている。
（2）この服飾の記録などに着目しながら、栄花物語が禎子内親王への「歴史と人間の教科書」であったとする見解が、河北騰により提唱されている。（「歴史物語の成立――栄花物語の構成と技法――」（日本文学　S五一・五）
（3）これらのうち歌合関係の例については、松村博司『栄花物語の研究第三』第二篇四（桜楓社　S四二）、中山昌「栄花物語と歌合」（目白学園女子短大研究紀要九　S四八・三）を参照。
（4）加藤静子「『栄花物語』謌合の巻をめぐって――続篇第一部と一品宮章子周辺（一）――」（言語と文芸八六　S五三・六）
（5）松村博司『栄花物語の研究』第五篇一（刀江書院　S三二）
（6）今小路覚瑞『紫式部日記の研究』（有精堂出版　S五二）における両作品の対照表を参照。
（7）原田敦子「晴儀の記録の系譜と紫式部日記」（平安文学研究四九輯　S四七・一二）を参照。
〔付記〕日本書紀の引用は日本古典文学大系本（坂本太郎他校注）によったが、振りがな・返り点などは適宜に省略した。

第四節　政治的意志の否定

儒教的政治観

栄花物語に関しての文献とは一般に認識されていないように見える研究の一つに、清水好子の『源氏物語論』がある。この著述自体は、言うまでもなく源氏物語についての研究文献の中でも最も重要なものであるし、殊にこの作品の准拠の問題に関しては、必見のものであることは、今ここでいうまでもない。

ただ、栄花物語研究の立場より見て気にかかるのは、この著述の中に次のような一節が含まれていることなのである。つまり、この著述の「第七章　源氏物語執筆の意義―日本文学史の一章として―」中に「五　栄花物語への道」として、栄花物語への言及が見られるのである。しかもその前節が「四　歴史への傾斜」とあるのであれば、既に清水の述べる文学史的見通しはその目次からだけでも明らかであるだろう。中世源氏物語研究の准拠論をふまえ、源氏物語の虚実皮膜の間に歴史への意志を見ようとした清水の鋭い透察の視野のはてに、栄花物語の存在が入ったことは、栄花物語の文学史的定位という課題のためにまことに意義が深い。しかも栄花物語のまさに本質（の少なくとも一端）をなす「歴史」という点に関して、源氏物語との関係が述べられ、また対比されたのだから、栄花物語という作品の性格を考える上でも重要なものであるだろう。

もちろん、清水のこの著述以外にも、源氏物語と栄花物語の関係を扱った考察は少なくない。しかしそこでは多く、源氏物語の「虚構」であることに関心が集中され、その結果として、源氏物語への栄花物語の相似や、虚構への傾きが評価されることとなったかと思われる。あるいは、「螢」の巻の物語論との関係で、栄花物語に言及される時にも、そのポイントは物語論の「虚構」の解釈にあったようである。

これに対し、清水の源氏物語の論[1]は作品の「歴史」を重視する。殊に、（大室幹雄によって「孔子以前の大儒者、学者のパトロンとしての周公像」と称される）周公旦の人物像の上に、源氏物語が形成されたのだとするならば、清水の研究はまさに東アジアの思想史の広大な展開の上にこの作品を価値づける視野を提供するものだとさえ言えるだろう。そしてこのような源氏物語の考究との関連で栄花物語が言及されるのだとすれば、栄花物語もまた、この広い視野の上での何らかの位置づけが考えられねばならないはずである。実際、この著述の中で栄花物語に与えられた「日本的」との評は、まさにこのような視野の上に出て来たはずなのである。

ところで清水は、周公旦の准拠を通しての作者の思想を、「儒教的理想主義」ととらえる。これは源氏物語の「歴史」の持つ政治的な性格を重視するとらえ方である。もちろん「政治」とは言っても、第一に、それは近現代の、もしくは西欧の政治理念に基づくものとは自ずから異なっていよう。そして第二に、唐代半ばより兆し、程朱によって一つの典型を見た儒学の政治観とも異なったものではあるだろう。しかし、私たちの「政治」「儒学」についての一般的な認識とは違っても、源氏物語作者も含めて、平安貴族たちが（と言うことほ、律令官人たちが、とも言い得るのだが）受け入れた儒学的政治観・世界観が背景にあったわけなのである。確かに、既に実際の行動の指針とはなり得ず、実際の政治はその理念から大きく隔たった所でなされていたのではあろうが、だからこそ、清水の指摘するように、政治的「理想」のために、秦漢的儒学思想は源氏物語の「准拠」として機能したのであろう。そしてこれらの准拠を背景として、政治的世界は描きえたわけである。

だから、そこに登場する人物たちは概ね、（少なくとも第一部の世界においては）皆政治的な人物であった。桐壺帝にしても、左大臣や右大臣にしても、そして藤壺にしても、政治的意志を持った人物として造形されていた。ことに桐壺帝の政治的意志は（その死後のものであるにもかかわらず）「明石」の決定的局面において絶大な役割を果たしている。宇治十帖に至るとその人物たちは政治性を失うかにも見えるのではあるが、それも、その世界の政治的安定という背景を設けなければ形成できなかっただろう。脇役にまわった夕霧はかえってその政治的意志を明確にしているし、そのために、主人公たちに大きな波瀾をもたらしている。そして他ならぬ光源氏の場合には、しばしば俗界よりの離脱を語りはするのだが、それはあくまでも彼の多面的人物像の一面であり、作品の展開を通じて彼の政治的意志の人間としての側面は大きかった。源氏物語はこのように、人間の政治的意志を作品展開の大きな力となし得ていたのである。そしてこの政治というポイントによって、源氏物語は「日本紀」の世界に、そして中国史書の世界にかかわっていたのである。

兼家と政治的意志

これに対し、栄花物語の場合はどうだったのだろうか。もちろん、政治を描かないのではない。清水の言うように、栄花物語は外戚政治の本質をよくとらえていることは疑いない。しかし、その描かれ方はどうであったか。儒学的な理念をもとめることは、無いものねだりである。まして、近代的政治批判は言うまでもない。ここで考えねばならないのは、その政治的意志の描かれ方、扱われ方なのである。

この栄花物語という作品の政治の描き方、政治的意志の扱い方の特質を示す一例として、兼通・兼家の兄弟の政争を見ることができる。もちろんこの作品の視点は、当然ながら道長へと至る九条家主流の一環としての兼家の側に据えられており、この点において我らが史家とその一党の政治的立場は明瞭である。その立場の偏向は今更問題ではないのであり、真の問題はこのような立場による叙述が、具体的にどのような表現に具現化されているかなのである。以下、順次見てゆきたい。(2)

九条殿の三郎君《兼家》は、この頃東三条の右大将大納言など聞ゆ。冷泉院の女御《超子三条院母后》いと時めかせ給を嬉しき事におぼしめさるべし。中姫君の御事をいかでとおぼしめす程に、上の御けしきありて宣はせければ、いかでとおぼさるれど、この関白殿、もとよりこの二所の御中よろしからずのみおはしますに、中宮《兼通女》かくて候はせ給へば、つゝましくおぼさるゝなるべし。（上七三）

ここでまず注意しなければならないのは、この一節を形成する三つの文のうち、第一の、系譜記述に属する部分を除いた、兼家の外戚へのもくろみを語っている二つの文が、ともに「べし」でとらえられていることである。この作品は草子地的な記述や推量の助動詞、さらに地の文の「侍り」なども使って作品世界の遠近法を機能させるが、この遠近法の中で叙述はより不明確な方向へとぼかされている。これは、兼家の思惟を作品の叙述が確定的なものとして保証することを避けているのであり、それだけ兼家の意志もまた不確かなものとして扱われることになっている。また、この詮子入内への計画が、まず円融帝の意向にもとづくものとして述べられていることにも注意しなければならない。ここでは、詮子入内は兼家の一方的意志によるものではないのである。「べし」の使用という叙述の形式面と円融帝の意向という内容面との二重の措置によって、兼家の詮子入内についての意志は朧化されているのである。

この東三条殿、関白殿との御中ことに悪しきを、世の人あやしきことに思きこえたり。「いかでこの大将をなくなしてばや」とぞ、御心にかゝりて大殿はおぼしけれど、いかでかは。ⓐ東三条殿は、「猶いかでこの中ひめぎみ《東三条院也》を内に参らせん。いひもていけば何の恐しかるべきぞ」とおぼしとりて、人知れずおぼし急ぎけり。されどそのけしき人に見せ聞かせ給はず。この堀河殿と東三条殿とは、たゞ閑院をぞ隔てたりければ、東三条に参る馬車をば、大殿《関白殿》には「それ参りたり、かれまうづなり」といふ事を聞しめして、「それかれこそ追従するものはあなれ」など、くせ〴〵しうの給はすれば、いと恐しき事にて、夜などぞ忍びて参る人もありける。ⓑさるべき仏神の御催にや、東三条殿、「猶いかで今日明日もこの女君参らせん」などおぼし立つと、自ら大殿聞しめして、「いとめざましき事なり。中宮《媓子》のかくておはしますに、この大納言のかく思ひかくるもあさましうこそ。いかによろづに我を呪ふらん」など言ふ事をさへ、常にの給はせければ、ⓒ大納言殿いと煩しくおぼし絶えて、「さりとも自ら」とおぼしけり。　（上七三〜七四）

これは、先の引用の叙述を承けての、詮子入内の問題であるが、ここでは一応、ⓐにおいて兼家の意志は明瞭に示されている。先の引用の叙述を見る限り、兼家の方からの一方的発案としてはあつかわれていないにしても、ここでは兼家の意志も固まり、兼通の妨害をはねかえそうとする決意も読み取れる。しかしこの意志も、ⓑで繰り返し述べられる所では、「さるべき仏神の御催にや」と、その意志の責任は兼家本人の外へと転じられている。

しかし、この叙述でより目だつのは、兼通の側の意志・行動である。兼家に対して「なくなしてばや」「いとめざましき事」と感じ、「くせ〴〵しう」「恐しき事」とさえ評される。この結果として、ⓒにあるように、兼家の意志は断念に至り、兼通の政治的意志がより目立つこととなったのである。一方、試みを断念した兼家は、「さりともおのづから」と、自己の意志以外のところへ期待を向けることになる。

この後兼家は大将と大納言の官を奪われるのであるが、その辺の動向も周知のことであるから省略し、ただ兼通の悪意と兼家の受身を確認しておこう。そして、この兼通自身は死に至り、しかも政権は頼忠へと委譲されるのであるが、それについては次のように述べられている。

かゝる程に、堀川殿御心地いとゞ重りて、頼しげなきよしを世に申す。さいつ頃内に参らせ給て、東三条の大将をばなくなし奉り給てき。今一度とて内に参らせ給て、よろづを奏し固めて出でさせ給にけり。何事な覧とゆかしけれど、また音なし。かくて十一月四日准三宮の位にならせ給ぬ。同月の八日うせ給ぬ。御年五十三なり。忠義公と御いみなを聞ゆ。あはれにいみじ。かくいくばくもおはしまさゞりけるに、東三条の大納言をあさましう歎かせ奉り給ひけるも心憂し。小野宮の頼忠の大臣に世は譲るべき由一日奏し給しかば、そのまゝにとみかどおぼしめして、同じ月の十一日、関白の宣旨蒙り給て、世の中皆うつりぬ。あさましく、思はずなる事に、世に申思へり。（上七六～七七）

ここにも描かれた兼通の執念は、王朝政治史のエピソードとしても著名なものなのだが、この作品の叙述という問題に即して見ても、兼通の悪意に満ちた政治的意志が強調されているのは確かだろう。一方の兼家は、ひたすら受身の姿勢で「あさましう歎」くに過ぎない。しかもこの歎きすらも、兼通を主格にした使役の表現で述べられている。事態の主導権はひたすら兼通にあり、兼家は兼通のなすがままとなっている。しかもここでは、この処置の不当であることは、兼家本人によって主張されるのではなく、世の人々の思いとして表明されている。「あさましく思はずなる事」と評され、思いもかけなかった程の、あるべからざる処置が行われたと考えられているが、しかもこの評は当事者ではない世間一般の人々の目を通しても甚だ不都合なものなのである。

ところが、さすがにこのような兼家の処遇は兼通の死後は長続きせず、兼家は大臣に任ぜられる。

はかなく月日も過ぎて冬になりぬ。年号かはりて天元〻年といふ。十月二日除目ありて、関白殿《頼忠》太政大臣にならせ給ぬ。左大臣に雅信の大臣なり給ぬ。東三条どの、罪もおはせぬを、かく怪しくておはする、心得ぬ事なれば、太政大臣度〲奏し給て、やがてこの度右大臣になり給ぬ。「これはたゞ仏神のし給ふ」とおぼさるべし。（上七七～七八）

一度は兼通の政治的意志によって排除された政界の中枢への復活であるが、ここで兼家を右大臣に押し上げた力は全く兼家本人のものではないと扱われている。まず第一に頼忠の要請の力であり、またそれを許した天皇の人事権の力なのである。そして「べし」を通して述べられた兼家の心中では、ひたすら仏神の意志であったとされている。兼家自身の政治的意志とは別の所で、すべては決定されたのである。

　これに対し、詮子入内に関しては、兼家も意志的である。この作品の叙述の中で兼家の姿が最も意志的であるのが、この一節であると評してよい程である。

　内には中宮《媓子　兼通女》のおはしませば、誰もおぼし憚れど、堀河どの丶御心掟のあさましく心づきなさに、東三条の大臣中宮に怖ぢ奉り給はず、中姫君参らせ奉り給ふ。大との丶「姫君をこそ、まづ」とおぼしつれど、堀河どの丶御心をおぼし憚る程に、右の大臣はつ丶ましからずおぼしたちて、参らせ奉り給、理に見えたり。参らせ給へるかひありて、たゞ今はいと時におはします。中宮をかくつ丶ましからず、ないがしろにもてなしきこえ給も、「昔の御情なさを思ひ給ふにこそは」と、理におぼさる。（上七八）

詮子の入内自体は、兼家が外戚政治に於いて権力を志向するならば必然的な政治的行動である。そしてそこに政治的な意志を見ることを避けることができないが、この場合に、叙述は苦渋に満ちた弁解をともなったものとなる。兼家の珍しく意志的な行動が中宮媓子を「ないがしろ」に扱うものだと認めた上で、その責任を兼家本人に求めず、なき兼通へと責任の所在は転嫁されている。そしてこの転嫁は、生前の兼通の不法な措置を考えれば「理に」考えられると、中宮媓子でさえ納得せざるを得ない。僅かに兼家の意志を認めながら、しかもそれを結局は兼家本人の責任の外へと移してしまうこの作品の論理に注意しなければならない。

　さてこの後、媓子は薨去し、空位となった中宮の席を頼忠の女遵子が襲うことになるが、それについてはつぎのように述べられる。

　三月十一日中宮立ち給はんとて、太政おとゞ《頼忠》急ぎ騒がせ給。これにつけても右のおとゞ《兼家》あさましうのみよろづ聞しめさる丶程に、后た丶せ給ぬ。いへばおろかにめでたし。太政大臣のし給ふも理なり。みかどの御心掟を、世人も目もあやにあさましき事に申思へり。一の御子おはする女御《詮子》を措きながら、かく御子もおはせぬ女御《遵子》の后に居給ひぬる事、安からぬ事に世の人なやみ申て、素腹の后とぞつけ奉りたりける。されどかくて居させ給ぬるのみこそめでたけれ。（上八五）

これは、兼家側の意向とは当然対立する事態なのであるが、ここでは「世人」の非難の声が、頼忠のみならず円融帝にまで向けられていることに注意したい。「世人」によって代弁されている、そしてこの作品の叙述が認める方向と齟齬する政治的意志であれば、「みかどの御心掟」でさえ非難を免れないのである。そして、このような処置に対する兼家本人の反応は次のようなものである。

東三条の大臣「命あらば」とはおぼしながら、猶飽かずあさましき事におぼしめす。院の女御の御事をおぼし歎くに、又「この御事を世人も見思ふらん事」と、なべての世さへ珍かにおぼしめして、かの堀河の大臣の御しわざはなにゝかはありける、此度《こたみ》のみかどの御心掟は、ゆゝしう心憂く思ひきこえさせ給ふも疎なり。「かばかりの人笑はれにて、世にあらでもあらばや」とおぼしながら、「さりともかうて止むやうあらじ。人の有様をば、我こそ見果てめ」と強うおぼして、女御《超子》の御事のゝち、いとゞ御門さしがちにて、男君達すべてさべきことゞもにも出でまじらはせ給はず。（上八五～八六）

もちろん、政権への意志を持たぬのではなく、また事態への不愉快を感じないのでもないが、それも兼家の内部へと内向し、それとともに行動の点でもまた、閉じこもりがちとなる。自分自身は何もしようとせず、ひたすら未来を（つまり、神仏の意志を）信じ、待つのである。兼通との対立の場合も、頼忠との対立の場合も、そして、この後に来る義懐一派との確執においても、兼家は意志的に行動することはない、これが栄花物語に描かれた兼家像なのである。

史実としてはこの後、兼家の側の決定的な策謀によって、花山帝とその周辺勢力の払拭に成功し、権力の座に至るのだが、その点をこの作品がどのように扱ったか（あるいは、扱わなかったか）については今更述べる必要もないだろう。兼家の権力への道は、結局この作品に於いては政治的意志によるものとは扱われていない。ただただ「皆あべい事」（上一〇〇）なのである。この作品においては、兼家の権力は自明のものであるが、そこへ至る道において兼家のなすことはと言えば、兼通に遠慮しながら、その死後に詮子を入内させたことを除けば、ひたすら待つことと、そして希望を保持することに終始しているだけのように見える。しかも詮子の入内という、外戚政治におけるポイントとなる政略についても、当初は帝よりの要請として立案され、多くの弁解を加えながらでなければ実行されなかった。明確な政治的意志に基づいた行動は、ついに見られない。

このような兼家象は、史実として認められる政治家の姿とは大きくかけ離れたものであろう。策謀に加え、息子を守るために武装兵士までも用意する兼家の姿を描く大鏡の叙述などとの対比により、この作品についての評価は消極的なものとなるのであった。そのような評価については、今全く顧慮する必要はないのであるが、ただ、この対比によっても提示されるこの作品の叙述の特色は、兼家～道長ラインへの偏向に基づいた曲筆と見るのではなく、政治的情勢の中で生きる一人物の人物像の特質として確かめておきたいのである。栄花物語の兼家像には、政治的意志も行動も認められないのである。

道長と政治的意志

さて、この作品の叙述の主軸は師輔～兼家～道長のラインにあるのだから、兼家に見られたような政治的意志を持たぬ人物像は道長に引きつがれていても不思議ではない。実際、道長の場合にもやはり、積極的な政治的意志と行動の叙述は見出だせず、人物像の様相は兼家の場合と基本的に同じだと考えることができる。ただし、道長は何と言ってもこの作品中の最重要人物である。それだけ多くの筆を割いてその人物が描かれることになっている。そしてこの事は当然、その敵対勢力の叙述の厚みをも伴っている。だから、前に兼家とその敵対勢力の叙述を通して見たこの作品の政治に対する扱い方の確認のためにも、道長の政権獲得の過程を検証しておくことは無駄ではないだろう。

五郎君三位中将《道長》にて、御かたちよりはじめ、御心ざまなど、兄君達をいかに見奉りおぼすにかあらん、ひきたがへ、さま〴〵いみじうらう〳〵じうおゝしう、道心もおはし、わが御方に心よせある人などを心ことにおぼし顧みはぐゝませ給へり。御心ざますべてなべてならず、あべき限の御心ざまなり。后の宮も、とりわき思ひきこえ給ひて、我御子と聞え給ひて、心ことに何事も思ひきこえさせ給へり。（上一〇六）

道長のこの作品への最初の登場はこのようなものであるが、ここではもっぱらその人柄への温かい肯定のみが目立っている。この人物への肯定は、未来について直接言及することの少ないこの作品が珍しく設けた、作品世界の未来への予見の役割を果たすのではある。また、詮子の行為も後日道長にとって絶大な援護になるという点で、政治的に重要なものである。しかし、ここで道長の明るい未来を提示するのは、本来政治家の力量を評価する上で必ずしも絶対的条件とはなり得ないものだろうし、まして道長の政治への意志は全く語られない。

そしてこれ以後、道長は折にふれその動向を言及されないわけではない。しかし、兼家後の政界が専ら道隆・道兼の兄弟間の対抗を中心に展開したこともあり、道長は脇役にまわることになる。実際に巻第三・巻第四を通して見ても、少壮政治家道長の描かれる紙幅は甚だ少なく、伊周の方がはるかに多くの筆を割かれているというのが実態である。確かに、実際の政治世界でも彼の果たす役割が大きなものでなかったという事情はあろうが、それにしても、この作品全体における道長の重要性を考えれば、この叙述の少なさは不審と言ってもよいのではないか。なぜ少壮政治家としての道長の人物像をもっと印象深いものにしなかったのか。この作品の作者の筆力をもってすれば、それは不可能なこととは思えないのである。しかし、それ以上に不思議なことは、このような道長の扱われ方が、一向に奇妙なものに感じられないことである。この作品の全体を通して理解することのできる、この作品の性格が、この巻第三・巻第四の部分に、重い道長の印象を期待させないのである。そしてこの点こそが、この作品に於ける政治の扱い方を理解する上でのポイントとなる。とは言っても、この間の政治的展開が描かれないのではない。それどころか、道隆政権より道長政権への転換期の動向は詳しく描かれているし、そこに我々は権力をめぐる人物たちの葛藤と暗闘を見ることもできる。ただ、それが肝腎の道長を除外した形で展開していることが重要なのである。

では、この間の政治的展開を通じて実際に描かれているのは何なのか。その詳細は既に充分知られていることだから、一つ一つの記事を追うことは避け、ただ要点をまとめると次のようになろう。つまり、この政治的抗争を通じての叙述の中心は伊周の動向なのである。殊に巻第四においては、極めて意志的に活動する伊周の姿が目立ち、しかもこの政治的意志が道隆のそれを引きつぐものであったという点も考えれば、中関白家の政治的意志が叙述の中心をなすのだと考えてもよいだろう。一方この中関白家に対抗する勢力の方は、道長はさきに述べたように登場することが少ないのだが、一党の首領道兼にしても、その政治的な意志と行動は描かれていない。もっとも道兼自身はこの巻において非運に倒れるのであるから、その事情については詳しく述べられている。しかしそこでの道兼は、不祥を恐れ、あるいは病気に苦しむ存在であり、決して意志的政治家の姿ではない。しかもこの道兼についての叙述には、つねに伊周の策謀の姿がからめられて展開してゆくのだから、やはり巻第四の中心人物は伊周だと言ってよいだろう。

さて、それならば伊周はどのように描かれているのか。この作品の叙述が道長寄りのものである以上、伊周の描写が好意的なものであるはずはないのだが、実際にはどうなのだろうか。

内大臣の御まつりごとは、との丶御病の間とこそ宣旨あるに、やがてうせ給ひぬれば、「この殿いかなる事にか」と、世の人、世のはかなさよりもこれを大事にさゞめき騒ぐ。内大臣殿は、たゞ我のみよろづにまつりごちおぼいたれど、大方の世にはかなううち傾きいふ人〳〵多かり。大との丶御葬送、賀茂の祭過してあるべし。その程もいと折悪しういとをしげなり。か丶る御思ひなれども、あべきことゞも皆おぼし掟て、人の衣袴の丈伸べ縮《しじ》め制せさせ給ふ。「たゞ今はいとか丶らで、知らず顔にてもまづ御忌の程は過させ給へかし」と、もどかしう聞え思ふ人〳〵あるべし。（上一四五）

もっぱら「世の人」の言葉によって否定的言辞が述べられるという方法をとっているが、その対象となっている伊周像は精力的なものである。そして、その精力的な政治への取りくみ自体が非難されているわけである。正当な政治行為でさえこのように扱われるのであるから、祈禱などの策謀は当然ながら、強く非難されるのは言うまでもない。

結局、この間の政治情勢の展開の叙述は否定的評価をもって扱われる伊周の行動が中心であり、政治的意志に沿って行動するのも彼とその一党である。しかも事態は伊周一党の努力にもかかわらず（と言うよりは、このような悪あがきをするからこそ）、彼らの思うようには展開しない。彼らの策謀をうち破るのは、決してより大きな意志的行動ではなく、おのずからなる情勢の推移なのである。そして、政権の帰趨が道長に帰したのち、巻第五に伊周とその一党は最終的に決定的な敗北を喫するのであるが、それも作品の叙述の上では、花山院襲撃という不法を敢えて犯した伊周一党の責任が強く問われている。そして巻第四の最後近くの所では、次のように予測されている。

た丶《立》む月にぞ祭との丶しるに、世の人口安からず、「祭果て丶なん花山院の御事など出でくべし」などいふめり。「あなもの狂し。盗人あさりすべしなどこそいふめれ」など、様〴〵いひあつかふもいかゞと、いとをしげになん見え聞ゆめる。いかなるべき御事にかと、心苦しうこそは侍れ。（上一五七〜一五八）

「世の人」によって語られる「出でくべし」の表現が事件そのものを主語に据えることによって、伊周たちに対する攻撃の主体はここでは隠されてしまっている。まして、道長の意志の存否については、全く触れられない。だから、巻第五に描かれる伊周・隆家の流罪という処分は、あれ程までに筆を尽くし、源氏物語の筆法なども利用しながら、その意志の主体は「宣旨」「宣命」などに抽象化され、具体的な所在は伏せられたままなのである。王朝権力の暴力装置の生々しい末端機構のみが詳しく描かれ、その背後の意志が描かれることはない。

このように、敗者の政治的意志と行動は詳しく叙述されるが、この敗者への容赦ない追及については、肝腎の権力の意志は隠されたままなのであり、ここに、この作品の叙述の特色は明瞭に見て取れる。つまり、敗者の政治的意志は描かれても、勝者の政治的意志は描かれない。なぜならば、勝者たる兼家~道長ラインの肯定はこの作品にとって自明なことであるが、この勝者たちの政治的意志を肯定する論理をこの作品は持たないからである。そしてそれは、政治的意志自体を肯定する論理をこの作品が持ち合わせていないからなのである。敗者の政治的意志は、否定的に扱えば良いのであるから、描くことは可能だが、勝者の政治的意志を描くことは、論理的に肯定できないものを肯定的に描くという矛盾した課題を負うことになり、決して実行できない。詮子入内に関する兼家についての例のように、その責任の一切を敗者の側に転嫁できる時にのみ例外的に可能となるのである。しかも、権力自体は、しばしば「世の人」の言辞によって示唆され、また「仏神」の意志が語られるように、本来あるべき帰趨は当初より決しているのであり、所詮政治的意志によって左右できるものではない。だから、兼家や道長の人物像に見られる、政治的意志と行動の欠如と言うことは、彼らの政権への歩みとはかえって矛盾することはないわけである。この作品では勝者は政治的意志を持つ必要はなく、実際に持つことはない。例えば、大鏡に語られる、伊周との競射を試みる道長像などは、当然この作品の受け入れるところとはならない。一方敗者は政治的意志を強烈に保持するが、その努力はつねに水泡に帰することとなる。これがこの作品の政治に関する論理なのである。そしてこれらの論理をまとめるとすれば、それは政治的意志の否定と言うことに他ならない。

作品の政治倫理

このように栄花物語は政治的意志に関しては、そのようなものが存在し、それに基づく行動のあり得ることも認めるのだが、その価値評価という点になると、あきらかに否定的なのであった。だから、政権を最終的に獲得する兼家や道長は政治的に、意志的に活動することなく、意識的行動はつねに敗北してゆく者の、いわば悪あがきに過ぎないのである。そして、政権を獲得する側には政治的な意志も行動も必要ないが、それでもおのずからそこへと政権は帰してゆく。それがこの作品における歴史の必然なのである。では、これ以降の道長の政権獲得後の歴史は一体どのようなものであろうか。そこでも当然、道長は意志的な政治家でない。政治的意志を持って、そして否定的に扱われながら活動するのは伊周や顕光なのである。法成寺造営などへの強い意志が描かれはするが、それは政治的な意志ではなく、かえってそれを否定するものである。

もっとも、道長の政治的意志は描かれないにしても、それはそのまま政治が描かれないということを意味するのではない。それどころか、彼の子女たちの動向はおのずから外戚政治の展開を描き出す結果になっている。清水好子も言うように、この作品は外戚政治をよく描き出すのである。

しかし、それならばこの外戚政治を描くことがこの作品の目的であったのかどうかといえば、必ずしもそうとは言えないであろう。この作品が描こうとしたのは、何よりも道長一家を中心とする（天皇家も含めた）家族群の動向であり、その中での幸運なのである。そして例えば、彰子の二度目の懐妊の記事に、

右のおとゞ《顕光公》、内のおとゞ《公季公》「こはかゝるべきことかは、我等も同じ筋にはあらずや。かうことの外なる恥しき

宿世なり」とおぼさるべし。（上二七九）

とあるように、客観的に見れば外戚政治における重大事件であっても、この作品本来の歴史観より言えば「宿世」の問題なのであり、意志的行為としての政治の過程ではない。にもかかわらず、家族の歴史を描くことが、結果的に政治を描くことになっているが、これは本来の目的ではなく、関心は他の所にあったのだろう。目的は家族間の交渉の歴史を描き、一家族の栄光の歴史を描くことにあったにしても、それが外戚政治を構成している以上、政治を描いてしまうのは当然なのである。

この作品は、基本的に政治に対しては否定的であり、結果的に政治的に行動せざるを得ないのがこの世の姿だとは認めても、積極的な政治的意志を肯定しようとはしない。これは一つの倫理的判断なのであり、また歴史観・世界観でもあった。だから、この作品においては政治は決して叙述の中心とはなり得ないし、世界は政治的意志によって動くものではない。世界を動かすのは諸家族の人間的なつながりなのであるが、その行くえもおのずから定められている。ただ、敗者の空しい政治的意志が働くときにだけ、世界は政治的になるが、それは世界のあるべき姿ではないのである。では、なぜ政治を拒もうとするのだろうか。そもそも政治に利用されながらも、政治から排除された所に生きるのが女性たちであった以上、かえって政治と正面から取りくんだ源氏物語作者の方が不可解な存在だったろう。枕草子の場合にも、政治的なものは概ね拒まれていると言ってもよいのではないか。枕草子作者の場合には、敗者の側に立った以上、扱い方が異なるのは当然なのだが、政治的世界が排除されているのは確かだろう。かえって、それこそが作者の政治的立場の表明だったのだろうが、いずれにしても政治は描かれなかったのである。栄花物語の作者たちの場合は、その政治的立場はまた異なっているが、政治的なものの拒否という点では軌を一にしている。

そして、このような政治観・権力観はこの作品を取りまいた女性たち、女房たちに概ね共通のものだったのではないか。源氏物語作者のような人から見れば随分と甘い、不十分なものだったかもしれないが、実際に多くの同僚たちの認識は栄花物語のようなものではなかったろうか。確かに栄花物語は源氏物語の築いた成果をふまえて成立したが、その歴史観は大きく異なったものであった。そして、ここに、私たちはこの時代の女性たちの政治に対する一般的な見方を、源氏物語ではなく、栄花物語に見てよいように思われる。これが清水のいう「日本的」の一つの面だったのだろう。しかも、このような政治観が現在の私たちの中にまで生きているのではないかということを考えてみるならば、「日本的」政治観は一作品の問題にとどまらないかもしれないのである。

注

（1）清水好子『源氏物語論』（塙書房　S四一）

（2）本考の題材とした部分については赤木志津子『御堂関白　藤原道長　栄華と権勢への執念』（秀英出版　S四四）・松原芙佐子「栄花物語における藤原道長の人間造型」（平安朝文学研究二―七　S四四・六）など参照。

第五節　花山院出家の叙述における「さとし」について

栄花物語を考えるにあたって気になることばに、花山帝出奔の顚末のなかの「さとし」[1]の語がある。物語を読むものにとって、なによりも源氏物語の「さとし」が想起される語でもあり、栄花物語についての諸注釈書にも注が付されている。作品中の一つのことばにすぎず、なにほどの問題もなさそうにも見えるのであるが、そのことばについていささか考えてみたい。

栄花物語の「さとし」と源氏物語

問題の個所は以下のような文章である。

かくあはれ〳〵などありし程に、はかなく寛和二年にもなりぬ。世の中正月より心のどかならず、怪しうもの、さとしなど繁うて、内にも御物忌がちにておはします。又いかなる頃にかあらん、世の中の人いみじく道心起して尼法師になり果てぬとのみ聞ゆ。これをみかど聞しめして、はかなき世をおぼし歎かせ給て、「あはれ、弘徽殿いかに罪ふかゝらん。かゝる人はいと罪重くこそあなれ。いかでかの罪を滅さばや」と、おぼし乱るゝ事ども御心のうちにあるべし。（巻第二　上九八）

忯子の没後、花山帝の心が次第に出家へと傾く様子を描いている。このなかで、寛和二年の早々より「もの、さとし」が多いということが記されている。それとともに世の多くの人が出家を果たしているということが述べられ、それらが相まって忯子の罪が思いやられ、それが出家への志へと繫がってゆく。この巻のこれ以降の部分は花山院の出家を中心に展開していく。大鏡との比較によって古くからとかくの議論の対象となってきたのだが、ここではこの作品が花山院の出家を仏教信仰を評価する立場から描いているのだということを押さえておけばよい。

さて、この「さとし」であるが、和田英松の栄華物語詳解は次のように注している。

○怪しう云々』怪異などしきりにあらはれて、災異さては、世の変動の兆候あるべきよし、天よりさとし知らしむとなり。この寛和二年の春には、太政官の正庁に虹見はれ、同母屋に鴿とびあつまり、校書殿に鷺集まりたるをもて、有名なる安倍晴明に占わせたる事、本朝世紀、日本紀略などに見えたり。

つまり、さとしは「怪異」「災異」であり、「世の変動」について「天」より諭し知らしめるというのである。さらに和田は本朝世紀および日本紀略を挙げて、寛和二年初頭にあった「さとし」について漢文史書にも見えていると言っている。そこで実際にこれらの書物について見るに、日本紀略に

〔二月〕○十六日甲寅……今日、官正庁戸内虹見。有レ占。

〔三月〕○廿七日乙未。地震。

とあり、また本朝世紀に

〔二月〕○十六日甲寅。天晴。……今日。未点恠立。官正庁東第二間庇内有レ虵也。天文博士安倍朝臣晴明占云。非二盗兵事一。就二官事一有二遠行者一歟。期恠日以後卅日内。及来四月七月明年四月節中並庚申日也。於二恠所一修二攘法一。無二其咎一乎。丑未辰年人。

○廿七日乙丑。天晴。……今日。未二剋。鴿入二正庁母屋内一。集二右大臣倚子前机前一。指レ西歩行。飛二去従同屋第二戸一。天文博士安倍晴明占云。廿七日乙丑。時加レ未。見レ恠時。三月節。伝送臨レ午為レ用。将勾陣。中河魁朱雀。終神后天一。卦遇二重審一。推レ之非奏下自二午申方一闘戦事上。恠所辰午亥年人有二口舌事一歟。期恠日以後二

十五日内。及来四月五月七月節中並庚申日也。於㆓恠所㆒致㆓攘法㆒。無㆓其咎㆒乎。

〔三月〕〇廿七日乙未。天晴。……巳時。有㆓小振動事㆒。

とある。

この部分の注解を現在一般に普及している代表的な注釈書について見るに、大系本補注では

世の中が落着かない様子で、怪しく神仏のお告げなどが度々起り、帝も御謹慎に過される日が多い。源氏、薄雲（薄雲女院崩御のところ）に、「その年、おほかた世の中騒しくて、おほやけざまに物のさとし繁く、のどかならで」などとあるのと同趣の表現であるが、史実を検しても、寛和二年春には怪異の記録が多い。

としてやはり日本紀略や本朝世紀を引くこと詳解と同様であるが、源氏「薄雲」との共通性を述べている。全注釈も同趣旨であると言ってよい。小学館全集は「天変地異、不思議な夢などによって、神仏が発する警告」として、やはり日本紀略・本朝世紀を引く。

ところで大系も指摘するように、「さとし」という言葉について考えるにあたって、まず想起されるのが源氏物語の「明石」や「薄雲」の例である。ことに「薄雲」の

その年、おほかた世の中騒がしくて、公ざまに物のさとししげく、のどかならで、天つ空にも、例に違へる月日星の光見え、雲のたたずまひありとのみ世の人おどろくこと多くて、道々の勘文ども奉れるにも、あやしく世になべてならぬことどもまじりたり。内の大臣のみなむ、御心の中にわづらはしく思し知ることありける。

という叙述には、問題の花山帝出家に関する一節の叙述に表現も重なり、問題の一節への影響も認められる。「明石」の場合は激しい雨や雷という気象が「さとし」なのであり、「薄雲」の場合は天文の現象が「さとし」とされている。天文にしても気象にしても、「さとし」という言葉がさすものは中国的な災異として不自然ではない。たとえば漢書や晋書を見ると、陰陽五行思想に基づく災異瑞祥が多く記されている。天体現象は漢書の場合では天

文志に、天変地異のたぐいは五行志に記されている。「大雨」「風雨」「震電」などは枚挙のいとまもない。一方、星に関する異変は天文志に記されている。五行志に記された災害が、けっして私たちのように災害そのものに関心があって記されているのではないように、天文志の天体に関する記事も天体の動きそのものに関心があって記されているのではない。いずれの場合も、その背後にあるものの意思に実は主な関心がある。中国の史書を傍らに置いて源氏物語のこの個所を読む限り、「さとし」は中国的な災異を表現したものと読めるのである。したがって、今井源衛がこの個所について、「天変地異は天帝が天子の悪政を戒めるものとするのは、中国のいわゆる易姓革命の思想である」と述べ(2)、あわせて漢書楚元王伝を引いているのも、中国の災異思想に基づくものと理解したからにほかならないだろう。

このような記事は日本の漢文史書にも多く記されている。日本人が史書の災異瑞祥記事に強い関心をもったことは、柳宏吉による続日本紀と日本紀略との比較研究(3)により知ることができる。すなわち、日本紀略が続日本紀をもとにして省略編纂されるときに、災異瑞祥記事は他の記事に比してより多くの割合で、省略されずに日本紀略に取り入れられているのである。

このように、源氏物語にしるされたような現象は中国においても史書にしばしば取りあげられるのであり、日本の漢文史書でも源氏物語の「さとし」のような気象や天文の記事はすくなくないのであった。源氏物語のこのような例を見るかぎり、紫式部は「さとし」ということばで漢文史書の天文気象の災異を指していたのだと見えるのである。

このように源氏物語の「さとし」を参考にして栄花物語巻第二の花山院をめぐる記事の「さとし」を考えるなら、和田のように漢文史書の災異の記事を指摘することは適切なことのように見えるのである。「さとし」とは漢文史書的な災異記事を和語によって指すのだと見える。しかし、栄花物語の他の記事を含め、源氏物語以外の作品の

「さとし」を見ると、はたしてそのような理解でよいのかに迷いが生じる。栄花物語の「さとし」の例を見ていこう。

御叔父の殿ばら、世の中を安からず歎きおぼしさゝめきたるは、粟田殿を恐しきものに思ひきこえたるになん。又女院の御心掟も、粟田殿知らせ給べき御ことゞもありて、そのけはひ得たるにやあるらん、世の人残るなく参りこむ程に、内大臣殿の御歎さへありて、さま〴〵物おぼし歎く程に、粟田殿夢見騒しうおはしまし、ものゝさとしなどすればにや、御心地も浮きたる様におぼされて、陰陽師などに物を問はせ給にも、「所を替へさせ給へ」と申めれば、さるべき所などおぼし求めさせ給へど、又「御よろこび」など一つ口ならずさま〴〵占ひ申すを、怪しうおぼさる。このとの、内にかやうのもの、さとし・御慎みある事を、内大臣殿聞かせ給て、御祈いよ〳〵いみじう。「かくたゆむ世なき御祈りの験にや」と、物恐ろしげに申思ひたれば、粟田殿四月つごもりにほかへ渡らせ給ふ。（巻第四　上一四六）

これは道隆没後、権力が道兼に移ろうとする時期にあたり、伊周とその周辺が道兼を呪詛し、その効果か、道兼について「もののさとし」が現れることについて述べられている。

ここでまず、さきに見た源氏物語の「さとし」と異なっているのが、「もののさとし」が道兼の個人にかかわるものとして、徹底して描かれていることである。源氏物語の「明石」や「薄雲」の「さとし」は国家にかかわることとして読める。描かれている気象・天文の現象は個人のものではありえない。そして気象・天文の叙述は中国的な災異を十分に想起させるものだったので、中国儒学の国家観にも関わる読み方を可能にするものであった。

それに比べると栄花物語のこの部分は、そこに描かれている権力の帰趨は国家にかかわるものであったとはいえ、「さとし」自体は中国的な災異を想起させるものではなかった。ここでの「もののさとし」は道兼の身辺で起こっている現象と読みとれる。その現象は「との、内に」と述べられているのだから、道兼の屋敷のなかで起こっているのだと読める。ただしその現象がどのようなものかはわからない。「粟田殿夢見騒しうおはしまし、もの、さとしなどすればにや」とあるのは「夢見」と「もののさとし」を異なったものとして並べていると読むべきか、あるいは「夢見」のなかに「もののさとし」が示されていると読むべきなのかが明確ではない。しかし少なくともその「もののさとし」は源氏物語のような国家に関わり、気象・天文のような多くのひとによって認識される現象ではなく、個人の身辺で起こり、個人として対応に悩み、陰陽師に占わせるという規模のものであると読みとれるのである。またその対応策として、居所を他に移すことが述べられ、また「慎み」ということばが記されていることに注意しておきたい。

次に、

かゝる程に、御心地例ならずのみおはしますうちにも、物のさとしなどもうたてあるやうなれば、御物忌がちなり。御もの、けもなべてならぬわたりにしおはしませば、宮の御前も、「物恐し」などおぼされて、心よからぬ御有様にのみおはしませば、殿の御前も上も、これを尽きせず歎かせ給ふ程に、年今幾ばくにもあらねば、心慌しきやうなるに、いと悩しうのみおぼしめさる、にぞ、「いかにせまし」とおぼしやすらはせ給ふ。（巻第十一　上三七三）

ここでは、「もののさとし」が良くないので、「物忌」がちであると記されている。三条天皇に関しての記述であり、天皇についてであるということでは、花山天皇の場合と共通する。また「物忌」について述べられているのも共通している。そして「さとし」についての記述のあとには、三条天皇がいまいる枇杷殿がもののけの多い場所であるということが記されている。特定の場所で起こる「さとし」であるということ、そしてその対処として、花山院の例の場合と同様に「物忌」が記されていることを指摘できる。

もう一例

かくて、内大臣殿の上、今年廿四ばかりにや、この程に君達五六人ばかりになり給へるを、又今年もたゞにもあらで過させ給へるが、今日明日にならせ給にたれば、例の小二条にこそは住ませ給へるに、もの、さとしなど、人〳〵の夢にも騒しう、又自らもいともの心細くおぼされて、いかにとあはれにのみおぼし乱るゝに、渡らせ給とても、「又こゝを見むとすらんや」と、うち泣かせ給もゆゝし。御前なる人〳〵は、恐しう思きこえさせたり。殿ゝ人〳〵は更なり、よその人も、この御有様を夢などに見つゝ聞えさすれば、大納言殿・尼上など、静心なくおぼさるゝに、渡らせ給ぬれば、いとゞ御修法・御読経様〴〵よろづせさせ給。

（巻第二十一　下一三二）

ここでは「もののさとし」がどのように表れているのかが明確である。話題になっているのは教通室の様子であり、彼女の出産にあたっての不安が記されているが、その「もののさとし」は、彼女以外の夢に現れているのである。ある人物についての「さとし」が他の人の夢にあらわれるということが、ここからは読みとれる。そして本人も心細くしていることが述べられる。そのあとに「この御有様」を親しい関係者だけでなく、「よそ」の人も夢にみると記されている。

ところで、この「もののさとし」の記述の前に「例の小二条にこそは住ませ給へるに」とあるが、この小二条殿にいることと、「もののさとし」との関係はどのようなことになるのだろうか。この場所にいることと「もののさとし」には因果関係があるようにも読めるが、また現在の所在を述べたに過ぎないとも読める。この問題は記憶にとどめておきたい。なぜならば、さきの三条院の場合にもあったように、「さとし」はしばしば特定の場所にかかわって現れるからである。

さて、以上のように問題の「さとし」以外の三例を見たのだが、そのうち一例は問題としている花山天皇についての「さとし」と共通点が大きかった。他の二例の「さとし」は国家にかかわる現象というよりは、個人の問題と考えるほうがよさそうである。また夢告との関わりもうかがえるという点に特徴があったといえよう。特に、居宅という特定の場所に関わって「さとし」が現れていることは特徴的である。

かな散文作品の「さとし」の個人的性格

では、平安朝の他のかな文学における「さとし」はどのようになっているのか。まずうつほ物語の例、実正の実忠への言である。

「いとうれしくものしたまへる。遅くおはせば、御迎へにまうでむとなむ。ここはいとかく便なきを、日ごろ侍る所にもののさとしなどせしかば、先つ頃、二条殿になむまかり渡りて侍るに、そこにおはして、聞こえしやうに、内に入りておはしませ」（国譲中）

ここで実正が述べるのはまったくの個人的事情といってよいだろう。「もののさとし」は特定の場所にかかわることであり、その場所から移動すれば、その「もののさとし」を避けることができると考えているように受け止められる。これは栄花物語でも見られた考え方である。

次にかげろふ日記の例である。

五月に、帝の御服《ぶく》ぬぎにまかでたまふに、さきのごと、こなたになどあるを、「夢にものしく見えし」など言ひて、あなたにまかでたまへり。さて、しばしば夢のさとしありければ、「ちがふるわざもがな」とて、七月、月のいと明きに、かくのたまへり。

見し夢をちがへわびぬる秋の夜ぞ寝がたきものと思ひ知りぬる

御返り、

さもこそはちがふる夢はかたからめあはでほど経る身さへ憂きかな（上巻　安和元年）

まず登子に「ものしく見え」たことが述べられ、それに続いて「夢のさとし」が記されている。両者は別のものでなく、一連のものと考えてよいだろう。「夢のさとし」というかたちで「さとし」について述べられているのだから、「夢」と「さとし」との深い結びつきは明白である。「さとし」が「夢」のかたちで表れることがあるということを確認できる。栄花物語にも「さとし」と「夢」の関係が窺われる記述があったことを想起したい。

もう一例。

さながら八月になりぬ。ついたちの日、雨降り暮らす。時雨だちたるに、未の時ばかりに晴れて、くつくつぼうし、いとかしがましきまで鳴くを聞くにも、「われだにものは」と言はる。いかなるにかあらむ、あやしうも心細う、涙浮かぶ日なり。たたむ月に死ぬべしといふさとしもしたれば、この月にやとも思ふ。……つごもりになりぬれば、ちぎりし経営《けいめい》多く過ぎぬれど、いまはなにごともおぼえず、つつしめといふ月日近うなりにけることを、あはれとばかり思ひつつ経る。（下巻　天禄三年）

ここでは「さとし」はどのような形で示されたのかはわからないが、ここでの「さとし」も作者個人の身のうえにおこることとの予兆であった。朔日の記述を読むと死の予兆であったと読めるが、晦日の記述では一ケ月の期限で「つつしみ」が求められたのであり、この「つつしみ」により凶事は避けられるとの占卜があったと考えるのが自然であろう。

以上は源氏物語以前の作品であるが、後期物語にも「さとし」の例は見られる。まず夜の寝覚の例から挙げよう。二つの例はともに巻第一のものであり、中君個人に関するものである。

……七月一日、いとおどろ〳〵しきもののさとししたり。おぼしおどろきて、物問はせたまへば、「中の姫君の御年あたりて、重くつつしみたまふべし」となむ、あまたの陰陽師かんがへ申したり。「御かたち、有様のめでたくすぐれて、この世には経たまふまじきにや」と、あやふくゆゆしう見たてまつりたまふに、かかれば、おぼし騒ぎて、近くなりぬる御いそぎに添へても、この御祈りはさまざまに始めたまふ。

ここでも「さとし」自体の内実はわからないが、それを陰陽師に問い、その答えが「つつしみ」「御祈り」であったことに注意したい。

かの姫君、恐ろしくいみじとおぼしけるに、やがてまどひたちにける御心地、日を経て、いといみじく苦しげにのみなりまさらせたまへば、いとど、恐ろしかりし物忌のさとしよりかくわづらひたまへば、いみじくおぼされて、ただこの御扱ひをしたまふに、……

これはさきの「さとし」への言及である。ここでは「物忌のさとし」と、「物忌」という語と組み合わせて使われている。

次に浜松中納言物語の、ともに巻第一よりの例である。

①……そのころ河陽県に、えも言はずいみじきさとしあり。雍州のうちに参らむとおもほし立つより、心たがひ、消え入るくせのつき給へれば、あはれにかなしき御こころざしをも、ひたぶるに聞こしめしなさむよりは、ありとばかりも聞こしめさむと、泣く泣く申しのがれて、かくて宿世なほやすからず、恐ろしき世に、つひにいかになりぬべき身ならむ、とおぼしさわぎて、そのころかしこき陰陽師に、忍びてもの問ひ給ふに、いみじうおどろおどろしう占ひ申して、「ところを避りて、いみじうかたきものを忌ませ給へ」と申したれば、この世は后の御ありきなどもさすがやすくて、皇子をば内裏に入れたてまつりて、河陽県をぞ、いみじうかたき御物忌とさしこめて、つゆばかりも人に知らせず、親しき人三四人ばかりにて、内裏のほど一日ばかり避りて、さんいうといふところに、みそかに渡り給ひぬ。

②后も、かゝるべうてや、おどろ〳〵しきさとしもありて、おぼえぬところに来にけるにこそ、宮のうちならま

しかば、いみじうとも、かからましやはと、おぼしまどはるれど、……

この二例はおなじ「さとし」を指している。「えも言はずいみじきさとし」は河陽県の后の個人の身に起こっているのだと読める。そしてその対処法として、居所を変えて物忌を行うのだという。居所を変えるという対処法は栄花物語にも見られるものだった。それが「かしこき陰陽師[4]」の占によるものだったことにも注目したい。「さとし」への対処のためには、特に記されていない場合にも陰陽師の力を借りたのではないかと推測できる。

つぎに狭衣物語を、旧教育大蔵本を底本とする古典集成本によって見てみよう[5]。巻二の例である。

宮の御かたち、このごろはいとど盛りに整ほりまさらせたまうて、まことに、光るとはこれを言ふべきにやと見えさせたまふを、「帝と申すとも、かかる人世にはおはしましけりと、さはいふとも御目はおどろかせたまひなむかし」と、見たてまつるかぎりは言ひあはせつつ心もとながるに、宮の御夢に、あやしう心得ずもの恐ろしきさまに、うちしきり見えさせたまふを、「いかになりぬべきにか」と人知れず心細くおぼしめさるれど、「かうこそ」なども母宮にも聞こえさせたまはで過ぐさせたまふに、殿の内におびたたしきもののさとしのあるを、物問はせたまへば、源氏の宮の御年あたらせたまひて、重くつつしませたまふべきよしを、あまた申したるを、いと恐ろしうおぼしめしおどろきて、さまざまの御祈りども、心ことに始めなどせさせたまふに、殿の御夢にも、「賀茂より」とて、禰宜とおぼしき人参りて、榊にさしたる文を源氏の宮の御方に参らするを、……

ここでは源氏の宮の夢について述べられ、それに続いて「おびたたしきもののさとし」が述べられている。「さとし」は「殿の内」という特定の場所におけるものであり、そのさとしについて、おそらくは陰陽師に「物問」はせたのであろう。そしてその結果は重い「つつしみ」と「御祈り」であった。これらは他の作品にも、また後述のような記録類にも共通して見られるものである。ただし、これに引き続いて賀茂の社よりの夢告が述べられるので、は、特徴的であると言えよう。

もう一例は特異である。

嵯峨の院にも、おぼし離れにし方様のことなれど、なのめにもいかでかはおぼされむ。「命の長かりけるがうれしきこと」とよろこばせたまふに、斎宮もあやしうさとしがちにて、宮もなやましげにしたまふよし聞こゆれば、嵯峨の院などもおぼし嘆くに、天照神《あまてるかみ》の御気配、いちしるく現れ出でたまひて、さださだとのたまはすることどもありけり。

これは巻四の、狭衣が帝位につくに至る重要な天照御神の夢告の叙述の一環であり、作品中の国家の重大事にかかわるものであるという点では、源氏物語「薄雲」と共通であって、他の作品の「さとし」とは異なっている。この部分の前には「月、日、天つ星の気色、雲のたたずまひも静かならず」とあり、「薄雲」の表現との共通性も強い。ただし、その「さとし」の主体も天照御神であるとするならば、源氏物語「薄雲」の「さとし」との違いも大きく、かな散文作品中でも特異であったと言えよう。

以上のように、かな散文の作品を通して「さとし」を見ると、狭衣物語の一例を例外として、共通点が確認できよう。その「さとし」の実体は夢であることがあきらかな場合もある一方で、明白でなく、ただある人物の身辺・居所にかかわって起こるものである場合もある。その主体は概して明確でない。だからこそ、「もの」の「さとし」であったと言えそうである。陰陽師に判断を仰ぐことが記されることもある。そしてその対処法としては、「物忌み」「慎み」であったり、居所の移動であったり、またときに加持祈禱によって対処したりというものであった。そして、栄花物語の「さとし」の例も他のかな散文の「さとし」と異なることはなかったと言えそうである。これらのさとしは中国的な災異とは大きく異なり、また源氏物語の「さとし」とも異なったものであった。

平安中期語としての「恠」と「さとし」

ところで、「さとし」という和語については、森正人の研究が画期的なものとして重要である。森が「モノノケ・モノノサトシ・物恠・恠異」と題する論文[6]で「恠」「物恠」を検討し、これを音読みすれば「クヱ」「モックヱ」であるが、元来「さとし」「もののさとし」に宛てるための表記であり、すなわち訓読みでは「サトシ」「モノノサトシ」と読むべきものであることを闡明した意義は大きい。そこで今昔物語集の「恠」「怪」について見てみよう。その数は多くないが、震旦部と本朝部に見られる。ところが、その指し示すものは震旦部と本朝部ではあきらかに異なっている。震旦部では

其ノ時、養由、心ニ思ハク、「天ニハ日一出ル、此レ、人ノ業力ニ依テ有ル事也。而ルニ今、十ノ日俄ニ出タリ。九ノ日ハ、必ズ、此レ、国ノ為ニ怪ヲ致セルナラム」ト思テ、養由、弓ヲ取テ箭ヲ矯テ、天ニ向テ日ヲ射ルニ、九ノ日ヲ射落シタリ。（巻第十　養由天現十日時射落九日語第十六）

ここでは「恠」は天変として表れ、天空の太陽の異変なのであるから、天下に影響を与え、その異変は特定の狭い空間でおこることではない。そして「国のために恠をいたせるならむ」と言われているように、その「さとし」は個人に関わることではなく、国家にかかわることと扱われている。その天変を弓箭で解決するというのは本来の災異のありかたからすれば奇妙なはなしではあるが、それでも「恠」が国家にかかわるということでは、中国の本来の災異のありかたに近いとはいえよう。そもそも震旦部なのであり、その出典は不明であるようだが、中国的な災異の観念を残していると言えよう。

ところが本朝部の「恠」の性格はまったく異なっている。

①而ル間、彼ノ□ガ家ニ怪ヲ為シタリケレバ、其時ノ止事無キ陰陽師ニ物ヲ問ニ、極テ重ク可慎キ由ヲ占ヒタリ。其ノ可慎キ日共ヲ書出シテ取セタリケレバ、其日ハ門ヲ強ク差シテ、物忌シテ居タリケルニ、……

（巻第二十四　以陰陽術殺人語第十八）

②今昔、能登国、〔鳳至郡ニ〕鳳至ノ孫トテ、其ニ住者有ケリ。其ガ初ハ貧クシテ、便無テ有ケル時ニ、家ニ怪ヲシタリケレバ、陰陽師ニ其吉凶ヲ問フニ、ト《ウラナヒ》テ云ク、「病事可有、重ク可慎。悪ク犯セバ命被奪ナムトス」ト。鳳至ノ孫、此ヲ聞テ大キニ恐テ、陰陽師ノ教ニ随テ、其怪ノ所ヲ去テ物忌ヲセント為ニ、憑シク行宿テ物忌可為所モ無ニ合テ、「中々家ノ内ニ有ラバ、屋モ倒レテ、被打圧ムズラントモ不知。……主、「然テハ、我、此浪ニ被漂倒テ可死ニテ、怪シケルゾ。必ズ可死報ノ有テ、「所ヲ去テ忌」トモ云テ、此ク浜辺ニモ出居タルニコソ有ケレ。今ハ、逃トモ不逃得。此テ只死ナン徳ニハ、仏ヲ念ジ奉ム」ト云テ、手ヲ合テ居ヌ。……其ヲ取テ開テ見レバ、通天ノ犀ノ角艶ズ微妙キ帯有。此ヲ見テ、希有ノ態哉ト思テ云ク、「此ヲ天道ノ給ハントテ、此怪ハ有ケル也ケリ。今ハ去来返ナン」トテ、其帯ヲ取テ家ニ返ヌ。

（巻第二十六　能登国鳳至孫得帯語第十二）

③家豊ニシテ、万ヅ楽シクテ過ケル程ニ、其ノ家ニ怪ヲシタリケレバ、賀茂ノ忠行ト云フ陰陽師ニ、其ノ怪ノ吉凶ヲ問ヒニ遣タリケルニ、「某月某日、物忌ヲ固クセヨ。盗人事ニ依テ命ヲ亡サム物ゾ」ト占ナヒタリケレバ、法師大キニ怖レ思ヒケル程ニ、其ノ日ニ成ニケレバ、門ヲ閉テ人モ不通ハサズシテ、極ク物忌固クシテ有ケル程ニ、此ノ物忌度々ニ成テ、其ノ物忌ノ日ノ夕暮方ニ、門ヲ叩ク者有リ。怖レテ答モセデ有ケルヲ、責メテ叩ケレバ、人ヲ以テ、「此レハ誰ガ御スルゾ。固キ物忌ゾ」ト云セタリケレバ、「平ノ貞盛ガ只今陸奥ノ国ヨリ上タル也」ト云フ。

（巻第二十九　平貞盛朝臣於法師家射取盗人語第五）

このように見てみると三つの例を通じてそのパターンが一致することがわかる。つまり、その暮らすところに

「恠」があり、陰陽師に問うと「物忌」を求められるのである。さきに見たかな散文作品においてもしばしば「さとし」は特定の場所において起こるものであったし、また「物忌」が行われていた。そしてなによりも、その「さとし」が個人の身の上に関するものであったのも、この三つの今昔物語集本朝部の「恠」と共通するのである。今昔物語集本朝部の「恠」は震旦部の「恠」よりも、かな散文作品の「さとし」に近いといえるのである。

森がのべるように「恠」が「さとし」に対応する表記であり、すなわち「さとし」をさすのだとしたら、ここに「さとし」ということばが当時の人々の日常的な、つまり中国的な文字言語に左右されない場面でどのようなものを指して用いられていたのかが表れていると言ってよかろう。震旦部の一例を重視するなら、「恠」すなわち「さとし」は本来中国的な災異を指すことばであるとも言えそうだが、やはり「恠」および「さとし」の多くに共通する性格が、十世紀から十二世紀にかけての平安中期の時代の人々の共通理解であったと考えるべきであろう。

「恠」と「物忌」、そして陰陽師

「さとし」に対応する漢字表記としての「恠」にふれたので、古記録の「恠」についても見てみよう。史料編纂所の古記録データベースで検索した結果であるが、貞信公記においても、一方で、

十二日、幣使立間、雨快下　臨時使立、是為吉、白虹恠可慎給、又天文署《異》兼祈雨等也、右大将（藤原仲平）為上、宜陽殿板敷鳴恠、可慎子午年公卿、（承平元年六月）

のように国家の運営に関わるものと考えられる「恠」も見られる。また「白虹」などは災異として典型的なものと言えそうである。しかし、その恠に対して「可慎給」「可慎子午年公卿」と、天皇や公卿の「慎」すなわち物忌みによって対処しようとしていることは注意すべきであろう。また、

三日、請座主（玄鑒）〇令修法、依有恠異夢想也、令義海師為室（源頎子）病修法、（延長二年十月）

十二日、癸酉、金剛般若読経始、請僧十口、依物恠・夢想頻示也、（延長三年六月）

九日、丁酉、……七寺誦経、依枕上恠也、（延長三年閏十二月）

のように、忠平個人に関する「恠」「物恠」「恠異」の例も見られる。しかもこの場合、その二例は「夢想」とあわせて記されていることに注意したい。ここでは「恠」と「夢想」が並立されているのか、それとも「夢想」自体が「恠」なのかは明らかではないが、「恠」と「夢」との関係が深いことが推測できる。同様の例は九暦に

同六年十二月十六日、庚子、天陰、辰時以前降雨、……其饗精進也、其故者頃月宅内物恠頻示、為払不祥、自去十日七箇日間修小善、因之不用魚鳥、但饗所東廊也、須用東台、而依為法堂不用也、（承平六年十二月十六日）

小右記に

十八日、……従今日百个日修諷誦祇薗、日別用紙一帖、消除物恠為息災延命也、（寛仁四年十二月十八日）

などと、他の古記録にも見ることができる。このような「恠」「物恠」などに関して、山下克明は『平安時代の宗教文化と陰陽道』(7)において

災・怪異は上述のように本来為政者の不徳・失政にたいする天譴とみなされたが、これを「もの」の啓示とした日本的思考は、貴族の日常レベルで周辺に発生する不可解な自然現象をも怪異とみなし、個人及びその所属する集団の咎徴を示すものとしたから、平安中期には半ば日常的に陰陽師の占いが行われるようになった。

と述べている。実際にここに挙げた古記録の例は忠平や師輔・実資の身辺におこる「恠」「物恠」について述べているので、山下が述べる怪異に相当すると言える。そしてその対策としては神仏への奉幣祈禱であったり、物忌であったりする。「恠」や「災異」と「物忌」の関係については、小坂眞二が詳しくその実状を報告している。すな

わち「物忌と陰陽道の六壬式占――その指期法・指方法・指年法――」(8)において、物忌について、「怪異や悪夢の際に陰陽師の六壬式占で占申されるいわゆる物忌期の日に行われる貴族らの謹慎行為」と述べている。怪異に対して陰陽師によって占が行われ、物忌・謹慎などが行われるわけである。その際に日時が指定され（指期）、また対象となる人物が十二支で示される（指年）。かな散文における「さとし」「もののさとし」と「つつしみ」「物忌」の関係はこの小坂の説明に当てはまるし、今昔物語集の「恠」にも当てはまる。また栄華物語詳解で和田が指摘した本朝世紀の記事も、そこに述べられている対応策は小坂が述べる占申のありかたに当てはまるのである。「さとし」についても、「恠」についても、そこに明示されていなくても、陰陽師が関わったのだと考えてよいだろう。「さとし」「恠」は中国的な陰陽思想が日本的な陰陽道へと変貌しながら定着してゆく過程とかかわる語だったのである。

ところで、天皇の場合はどうであろうか。天皇は現代風にいえば公人であり、その動静はたしかに国家に直結する。そのような観点から小坂も天皇の場合の「恠」については他の場合と分けて論じている。すなわち、「国家・天皇に関わる大怪占」と、官衙・氏・家族などの社会集団に関わる「小怪占」に分け

大怪占・小怪占ともに陰陽道の六壬式占で特徴的に占申（指）される物忌期には、大怪占・大怪並占の場合、天皇が、自身の慎が占申された時のほか、神祟や疾疫・兵革などが占申された時にも物忌を行う。また怪所（怪国・怪社寺）の長官や指年の人も、病事・口舌が占申された時物忌を行ったと思われる。小怪占の場合には、怪所集団の首長や集団構成員の指年の人、あるいは怪所の長官や指年の人が、病事・口舌が占申された時に物忌を行う。

と述べている。陰陽道研究の立場によれば、「恠」およびそれに対応する物忌などの対応策は一様ではなく、また時代推移もある。しかし平安朝に入ってしばらくして成立したらしい物忌においては、関係する集団の長が物忌を行うことによって「恠」に対応するという点では天皇もまた例外でなく、個人の謹慎行為によって集団の問題を解

決しようとしているということでは、貴族以下の物忌と本質的に異なることはない。ただ、その公人としてのありかたにより、国家レベルの「恠」についても謹慎行為が求められたということになる。したがって、国家による場合もその対策のパターンは個人による場合と大同小異であって、これを国家によるものと個人によるものにわけることはできても、その本質において異なるものではないといえよう。山下が「その所属する集団」というもののなかには国家を含めることも可能であるように思える。

ただし天皇の物忌がすべて国家にかかわる「恠」によってなされたのでなく、天皇個人に属する「恠」にも物忌を行ったわけで、したがって、栄花物語巻第二における「さとし」とその対応である花山院の物忌がどのようなレベルのものであったのかは、判断は難しいといわねばならない。

源氏物語の「さとし」の異質性

さて、天皇もしくは国家にかかわる「恠」と物忌の関係は以上のようなものであったが、ではこのような日本陰陽道の「恠」への対応と中国的な災異思想との違いはどのようなものなのだろうか。たとえば漢文史書においては、元来は中国的な災異として記されたのだろうと思える記事がしばしば見いだせる。そのような記事は六国史から日本紀略などの私撰史書まで引き継がれるが、その思想的内実の変化はわかりにくい。森が指摘するような続日本後紀における「物恠」の語の出現がその変化の時期を暗示しているとは言えそうである。

変化の時期は明確にしえないが、元来中国的な陰陽五行思想にもとづく「災異」であったものが、その対象の範囲も変化させながら日本的な「恠」へと変貌し、物忌という対応策を一般化させていったという歴史の経緯があったのである。あるいはその対応策は物忌だけではなく、神仏への奉幣祈禱であったり、居所の移動であったりしたにしても、その本質に変わりはない。もとより中国でも個人に関わる占術は行われていた。災異思想も本来はそれら占術と無関係に発生したわけではないだろう。しかし漢代儒学として災異思想が完成するとき、そこには厳しい政治性・倫理性が伴っていた。またその政治性・倫理性の裏返しとして、災異を語るものは権力による生命の危機と背中合わせでもあった。そのような倫理性が日本的な「恠」の問題には見いだせない。そしてかな散文にあらわれる「さとし」の語がさし示すものはおおむね、山下の言うような変貌をとげたあとの、日本的な「恠」であった。栄花物語の「さとし」もそのようなものとして理解すべきものである。花山院にかかわる「さとし」もその例外ではない。花山院の「さとし」が「物忌」と組み合わされているのはその表れであったといえる。

さてここに、一つの問題が残っている。それは源氏物語の「さとし」をどう考えるべきなのかということである。あらためて源氏物語の「さとし」を検討してみたい。「さとし」は「明石」と「薄雲」に集中的にあらわれるが、「薄雲」の例はさきに挙げたので、ここではさきに「明石」の場合を見たい。関連する部分は長大なので、「さとし」の語があらわるる個所のみを四箇条にわけて掲出しよう。

①「京にも、この雨風、あやしき**物のさとし**なりとて、仁王会など行はるべしとなむ聞こえはべりし。内裏に参りたまふ上達部なども、すべて道閉ぢて、政《まつりごと》も絶えてなむはべる」など、はかばかしうもあらず、かたくなしう語りなせど、京の方のことと思せばいぶかしうて、御前に召し出でて問はせたまふ。

②良清しのびやかに伝へ申す。君思しまはすに、夢現さまざま静かならず、**さとし**のやうなることどもを、来し方行く末おぼしあはせて、「世の人の聞き伝へん後の譏りも安からざるべきを憚りて、まことの神の助けにもあらむを背くものならば、またこれよりまさりて、人笑はれなる目をや見む。

③その年、朝廷《おほやけ》に**物のさとし**しきりて、もの騒がしきこと多かり。三月十三日、雷鳴りひらめき雨風騒がしき夜、帝の御夢に、院の帝、御前の御階の下に立たせたまひて、御気色いとあしうて睨みきこえさせたまふを、かし

こまりておはします。聞こえさせたまふことども多かり。源氏の御事なりけんかし。いと恐ろしういとほしと思して、后に聞こえさせたまひければ、「雨など降り、空乱れたる夜は、思ひなしなることはさぞはべる。軽々しきやうに、思し驚くまじきこと」と聞こえたまふ。睨みたまひしに見あはせたまふと見しけにや、御目わづらひたまひてたへがたう悩みたまふ。御つつしみ、内裏にも宮にも限りなくせさせたまふ。

④去年より、后も御物の怪《け》なやみたまひ、さまざまの物のさとししきり騒がしきを、いみじき御つつしみどもをしたまふしるしにやよろしうおはしましける御目のなやみさへこのごろ重くならせたまひて、もの心細く思されければ、七月二十余日のほどに、また重ねて京へ帰りたまふべき宣旨くだる。

この「明石」の「さとし」のうち、②の一例は源氏が夢告などを「さとしのようなもの」ととらえている場面だが、それ以外は京における朱雀帝とその周辺における「さとし」の描写である。このうち①は仁王会、③④は「つつしみ」が「さとし」への対処として述べられているのは、「恠」への実際の対処法と合致し、源氏物語の「さとし」が他のかな散文と同様に、日本的な「恠」として理解されていたかと読みとれる。しかしこの「明石」の「さとし」は仁王会のような神仏への祈禱もまた「つつしみ」つまり謹慎行為によっても解決はできなかったのだと描かれている。その点でこの「さとし」を作品中の人物たちが日本的に理解していたのだとは言えても、作品そのものが日本的な意味での「恠」として記したのだとは言えない。それどころか朱雀院は自らの政治の反省を迫られる結果となっている。源氏について「まことに犯しなきにてかく沈むならば」と言う、重鎮たるべき弟への処置の不当性の反省に、これら「さとし」はつながってゆく。まさにここでの「さとし」は、山下の言葉を借りれば「為政者の不徳・失政にたいする天譴」として描かれていると読める。だからこれら「もののさとし」を日本的に解決することはできなかった。描かれた事態はきわめて政治的であり、政治的局面で「さとし」は働いている。

「薄雲」の場合には「さとし」は太政大臣・薄雲女院という重要人物の死と関連させて描かれる。式部卿宮の死も述べられている。十分に政治的な動揺に結びつく局面に「さとし」は表れているのである。このなかで「さとし」について「道々の勘文どもたてまつれるにも、あやしく世になべてならぬことどもまじりたり」と記される。国家の政治にかかわるかたちで「さとし」は表れているのである。

また「さとし」の語は動詞として夜居の僧のことばにも表れる。

> 天変頻りにさとし、世の中静かならぬはこのけなり。いときなくものの心知ろしめすまじかりつるほどこそはべりつれ、やうやう御齢足りおはしまして、何ごともわきまへさせたまふべき時にいたりて咎をも示すなり。よろづのこと、親の御世よりはじまるにこそはべるなれ。何の罪とも知ろしめさぬが恐ろしきにより、思ひたまへ消ちてしことを、さらに心より出だしはべりぬること

これは、自らの「罪」を知らぬ者に対して「天」が「とが」を示すことが「さとし」であるということを述べる。僧の発言として仏教的な発想も加わり、これが作品自体の「さとし」の理解を述べているのでないことには注意が必要である。したがって国家の政治を述べているのではないが、その一方で「物忌」や祈禱で処理できることとして「さとし」を考えているのでもない。実際にこの夜居の僧の上奏により帝位はゆらぎかけるわけで、冷泉帝は史書のなかに指針を求めることになるのである。

しかしこのような一連の「薄雲」の「さとし」をめぐる事態を通じて、それ以前にこころに政治の迷いもあったかに見える源氏は「里にもえまかでたまはでつとさぶらひたまふ」というような勤務を経て、世の後見を続けることとなったと読める。政治は危機に直面していたのであり、「さとし」はその表現であったと理解できる。この帝王の成長と為政者の成熟の局面で、今井源衛の言うように「さとし」は中国的な災異として記されることによって機能したと言える。中国的な災異思想の政治性・倫理性は、直截的ではないが、ここでも反映されていると読めるのである。

このように、源氏物語の「さとし」は中国的な「災異」そのものとは言えないにしても、その政治的・倫理的な性格は濃厚であった。どちらの場合も天皇は自らがどうあるべきかを「さとし」によって問われている。「明石」の朱雀帝は人事によって源氏の復権を実現し、「薄雲」の冷泉帝は学問によって帝位にふさわしく成長する。源氏物語では「さとし」は厳しい政治的・倫理的局面を描くために機能している。このような「さとし」は他に類例がない。したがって、かな散文の「さとし」はもとより、「さとし」と訓読され得るかと思われる「恠」「物恠」とも性格は異なっていた。源氏物語の「さとし」はきわめて異例のことばであったと言えよう。

さかのぼれば、三善清行は昌泰延喜の辛酉にあたって革命を語って、相当に強引な論説を行いながらも中国的な災異瑞祥に触れていた。一方、漢文史書では、災異瑞祥には大きな関心が払われていた。日本三代実録の末尾は、そこになんらかの表現意図があったのか、あるいは史書の例に倣い用意された材料を並べたに過ぎないのかは定かではないが、光孝天皇の崩御の局面に災異を書き連ねた。中国的な災異に触れる表現が日本の文献に見られないわけではない。しかしそれは少数にとどまり、おおむね「さとし」「恠」その他怪異の記述は「物忌」「慎み」あるいは神仏への祈願をして処理されたと記される。それは個人の吉凶の問題であった。これは当時の人々のおおかたの意識を反映したものだったと言える。

さきに山下の言を引いたように、中国的な災異は日本的な怪異へと変貌し、平安朝の中期以降には怪異は個人およびその集団にかかわるものと考えられるようになっていた。かな散文の「さとし」もこのような怪異をふまえて理解できるものであった。ただしこのようななかで、源氏物語の「さとし」は中国的な性格をはらみ、異質であった。一方、栄花物語の「さとし」は源氏物語のような中国的な災異観を思い起こさせるものとは異なり、当時の日本的な「さとし」「恠」のありかたとして、十分に理解できるものであったと言える。本節が問題にした花山院の出家の顚末の「さとし」にもそれは言える。たしかに問題の文章には、表現面で源氏物語「薄雲」の影響は明らかであろう。しかし表現面に影響が見られたとしても、それは「さとし」の理解まで共通であることにはつながらない。栄花物語の「さとし」に源氏物語の「さとし」を引き当てて理解することには慎重であらねばならない。

ところでこうしてみると、源氏物語が中国的な災異を「さとし」の語で表現したのは、平安朝の「さとし」の一般的な使い方からは相当にはずれたものであった。その言葉を、中国的な、あるいは漢文史書的な災異に当てはめたのは、源氏物語作者の独特な扱い方であった。では、なぜ源氏物語がこのような「さとし」の書き方をしたのか。そのことを考えるとき、わたしは清水好子の『源氏物語論』[9]を想起せずにはいられない。源氏物語の背景に作者の儒教的理想主義を想定し、源氏物語を中国的とする。そしてそれと対比して、栄花物語を日本的とする。花山院の「さとし」の例を考えながら、あらためて清水の論の意義を確認することになった。

もっとも、中国でも個人を対象とする占卜がなかったわけではない[10]。たとえば史記日者伝に見られるように、市井に売卜するものはあった。しかしまた史記日者伝に見られるように、その売卜は一方で儒教的な理想主義に発展し、売卜者の言は国家の儒者をして顔色なからしめるものがあった。儒教の成熟にあたって、その根幹にあったのは「天」もしくは「天帝」[11]の観念である。これは、セム語族が生んだ人格神ほどではないにしても、一神教的絶対性が濃厚であった。この「天」「天帝」の観念を中心にして、陰陽五行思想の災異説や讖緯説が盛行し、日本にももたらされた。しかし、この「天」をわが民族は理解できない。その結果として日本的な陰陽道が成立することは、さきに挙げた山下克明の言のとおりである。六国史後半以降の史書や貴族の日記に見られる「恠」「物恠」にしても、かな散文作品の「さとし」にしても、中国的な儒教思想とは縁遠いところにある観念として理解しなければならない。本節が問題にした花山院にかかわる「さとし」も、たしかに天皇にかかわるものであったが、それでも国家にかかわる中国的な災異として理解することは適切ではないし、源氏物語の「さとし」と同一視することも適切ではなかったといわざるを得ないのである。

注

（1）筆者はこの部分の「さとし」を中国の讖緯思想の影響を受けたものと長く考えていたが、誤りといわざるをえない。なお、平安朝における讖緯思想の影響については、安居香山『緯書』解説八（明徳出版社　S四四）・同『中国神秘思想の日本への展開』五「日本の歴史を動かした中国神秘思想」（大正大学出版部　S五八）・中村璋八「陰陽道と讖緯思想」（安居香山編『讖緯思想の綜合的研究』国書刊行会　S五九）・大谷光男「平安時代の天文資料と讖緯」（同所収）など参照。

（2）今井源衛「漢籍・史書・仏典引用一覧」（新編日本古典文学全集『源氏物語二』（小学館　一九九四））。なお、今井は漢書楚元王伝を引くが、そこに該伝における劉向の災異についての所説は多く皇帝による人事に触れることには注意したい。また、古屋明子「『源氏物語』の天譴思想について」（学芸国語国文学第三七号　H一七・三）を参照。

（3）柳宏吉「日本紀略の続日本紀後半部分抄録について」（日本歴史二九三号　S四七・一〇）

（4）新編古典全集本の頭注はこの「陰陽師」を陰陽寮の職制としてのそれと注するが、かならずしもそうとは言えまい。陰陽師の実際については山下克明『平安時代の宗教文化と陰陽道』第一部第一章「陰陽師再考」（岩田書店　一九九六）に詳しい。

（5）狭衣物語におけるこれら二例は、内閣文庫本を底本とする大系本、深川本を底本とする全集本、また狭衣物語諸本集成に翻刻された伝為明筆本・伝為家筆本・伝慈鎮筆本・紅梅文庫本・飛鳥井雅章筆本でもほぼ同様である。なお、大系本では巻第一の、天稚御子出現を聞き宮中にかけつけた堀川大殿のことばのなかに「ただ、「かれ、神のさとしにや」と思ひ給へらるゝ」という一節がある。「さとし」の主体を「神」とすることは注目されるが、「さとし」そのものの出現が書かれているわけではない。なお、全集本は同様であるが、伝為家筆本は「はたた（か見せ消ち）れかためのさとしにや」、伝慈鎮筆本は「たゝかれかためのさとしにや」、紅梅文庫本は「たゝかれかさとしにや」とある。

（6）森正人「モノノケ・モノノサトシ・物恠・恠異――憑霊と怪異現象とにかかわる語誌――」（国語国文学研究（熊

本大）第二七号　H三・九）
（7）注（4）山下書
（8）小坂眞二「物忌と陰陽道の六壬式占――その指期法・指方法・指年法――」（財団法人古代学協会編『後期摂関時代史の研究』吉川弘文館　H二）
（9）清水好子『源氏物語論』（塙書房　S四一）
（10）中国古代の占術については李零『中国方術考』（東方出版社　二〇〇一）に詳しい。
（11）「天」の日本的理解については水口幹記『日本古代漢籍受容の史的研究』第I部第五章「表象としての〈白雉進献〉」（汲古書院　H一七）を参照されたい。水口は言う。「「天つ神」「神」を中国的「天」に重ね合わせるかのように見せた。しかし、いくら意味変容を蒙っていようとも、中国的「天」はそれとして設定されなくてはならない。中国的「天」はあくまでも中国的「天」であり続けなくてはならないのであって、「天つ神」「神」と全くの同義となることは決してできないのである。このジレンマを抱えているからこそ、中国的「天」は曖昧で不分明なものにならざるをえないのである」「ともかく、以上のようにして中国的「天」・天命思想は受容された。もはやそれは中国での天命思想の役割を担っていない、いわば日本化された天命思想であった」。

〔付記〕本文の引用は、阿部秋生校訂『完本源氏物語』、新日本古典文学大系『今昔物語集』、新編日本古典文学全集の『うつほ物語』『蜻蛉日記』『夜の寝覚』『浜松中納言物語』、新潮古典集成『狭衣物語』、国史大系『日本紀略』『本朝世紀』、大日本古記録『貞信公記』『九暦』『御堂関白記』『小右記』によった。

第五章　ことばと文体

第一節　日記文学の文体と栄花物語

栄花物語を一読、即座に気付かされるのはその文体的特徴である。そこにあふれているのは極めて主観的な、背後に言語主体の思念や感情を読み取らせてしまうかのごとき表現なのである。そこには作者の生の口吻に直に接しているかのような錯覚に陥らせるものがある。栄花物語の文体は王朝かな散文として、あくまでもその基調はアオリストとして機能する動詞終止形などによる、主体を滅却して客観性に徹しようとする形式なのだが、その一方で（第二・三節で述べるように）助動詞や疑問表現・終助詞・知覚動詞、また所謂「作者の言葉」などの主観的・主体的な表現が繁用されるのであった。だから、「歴史物語」がかな散文による歴史の叙述を指すのだとして、客観的な歴史の事実の叙述を期待するときに、そこには予想外の主観性に満ちた言葉の氾濫を見いだすことになる。

例として作品の最初の巻より抽出してみたいが、その冒頭に既にこのような表現を見いだすことになる。

世始まりて後、この国のみかど六十余代にならせ給にけれど、この次第書きつくすべきにあらず。こちよりての事をぞ記すべき。（上二七）

作者はまず己のわざの可能性を計り、次に何をなすかの宣言をしていると読める。その表現には言語主体の存在を読み取らせるものがある。そのあと、しばらくは叙述は「けり」を多用した系譜の記述を続けるが、系譜記述のあとに通常の記事が並ぶようになると、そこにも主観的な表現がしばしば見られるようになる。

○……一のみこ生れ給へるものか。（上三一）

○……一の御子のおはするを、うれしく頼しき事におぼしめす、理なり。（同）

○……人思ひきこえさせためる。（上三二）

○……けしからぬ心なるや。（同）

○……さばかりめでたき事ありなんや。（同）

○……これは嬉しくおぼさるべし。（同）

○いみじくゆゝしきまでにぞ聞ゆる。（同）

大系本で四ページに七個所、助詞・助動詞による強調や推量の表現に形容詞・形容動詞による主観的な価値づけの表現が加わる。さらに、「まこと、元方民部卿のむすめも参り給へり」（上三〇）の「まこと」も文末の用法ではないが表現の根は同じものであろう。

また、この作品の場合は「けり」も主体性を強く帯びて使われている。本来王朝言語における「けり」は通常考えられているよりも主観の表出の機能は強いのであるが、この作品の場合もその世界の奥行きをはかるための遠近法において、遠景を表すために使われている[1]。動詞終止形などの叙述の基調による主筋に対して、副次的であったり、付随的であったりする記述のために「けり」は用いられる。その点で「けり」は推量の助動詞「めり」「べし」と相似た用いられ方をする。「めり」「べし」もまた副次的な記述にしばしば使われるのであるが、次の例はこの三つの助動詞の機能の近さを見せてくれる。巻第一の村上天皇没後の代変わりでの皇太子の位の行方を述べた記事であり、守平親王の立太子のために争いに破れた為平親王と源高明を描いた内容である。遠景の記事と言ってよい。

事どもゝ皆はてゝ、少し心のどかになりてぞ、東宮の御事あるべかめる。式部卿宮わたりには、人知れず大臣の御けしきを待ちおぼせど、あへて音なければ、「いかなればにか」と御胸つぶるべし。源氏のおとゞ、「もしさもあらずば、あさましうも口惜しうもあべきかな」と、物思ひにおぼされけり。（上五三）

ここでは「べし」「めり」「けり」の三つの助動詞がともに、しかも共通性を持った働きのために使われているのである。

また、これは作品中に同種の記事を見ない特殊な例だが、巻第三の師輔の子女について述べた系譜記述が「べし」によって記されていること（上一一七）も、「べし」と「けり」の機能の近さを証したてるだろう。系譜記述は通常「けり」によって記されるのである。

この作品は基本的に、客観的な叙述の基調に副次的に助動詞や疑問表現などによる主観的・主体的な記述を対置させるこのような文体でずっと展開されてゆくのであって、その文体の様相は続篇に至っても変わりはない。例として、巻第四十の巻末より挙げてみよう。

○彼源氏の耀く日の宮の尼になり給願文読み上げゝん心地して、やむ事なくめでたし。（下五四四）

○あはれなる事のみこそ多く。（下五四五）

○……殿ゝ申させ給に従はせ給も理にぞ。（下五四六）

○……女房の衣のこぼれ出でたる程、絵にかゝまほし。（同）

○木津河など渡らせ給程、えもいはずおもしろうおかしかりけり。（下五四七）

この作品末尾の部分は、その冒頭より数十年を隔てて書かれ、またその作者も当然ながら同一ではありえないが、それでも文体の基本的性格は一貫しているのであった。

では、このような文体は王朝のかな散文の歴史の上で、その由来をどこに見いだすのだろうか。王朝の文体史の上でどのような位置を占めるのだろうか。歴史を仮名で書くこと自体はこの作品より始まったのだから、おなじ仮名の史書の先蹤は見いだせない。文体の淵源を探るには、他のジャンルに目を向けざるを得ない。

物語の文体

「歴史物語」が「物語」であるとしたら、作業は物語の文体の歴史に目を向けるべきだろうか。実際に栄花物語に先行する作品として源氏物語を見てみると、そこにもこのような主観的・主体的な表現の使用が見られる。総じて栄花物語ほど多用するわけではないし、また巻ごと、あるいは部分ごとにその使用の様相は異なっているようだが、源氏物語の文体においても主観的・主体的な表現の役割は大きい。これはしばしば（古注釈の用語にならって）「草子地」とよばれる部分に見られるし、また推量の助動詞「めり」に着目した阿久沢忠の研究でも数量的に示されている。阿久沢によれば源氏物語の地の文の「めり」は二八七例に及び、しかもその数量の多さはそれ以前の作品とは異なっていて、かえって堤中納言物語、浜松中納言物語や栄花物語にその性格は引き継がれているという。

では源氏物語よりさらに物語の文体史を遡るとどうだろうか。落窪物語の場合には推量表現や疑問表現など主観的・主体的な表現は少なくない。落窪物語は物語の文体の歴史の転換点であり、源氏物語以降の文体を切り開いたと見える。

ところがそれをさらに遡ると様相は全く異なっている。竹取物語にしてもうつほ物語にしても、そこには主観的・主体的な表現ははなはだ少ない。そこでは事象はたいていの場合、確実なものとして客観的に叙述されている。竹取物語の場合で見れば、主体の現在とのきずなはわずかに枠構造をなす「けり」、そして「それよりなむ、すこしうれしきことをば、「かひあり」とはいひける」のような語源解釈に過ぎない。うつほ物語の場合も、ときに「べし」による推量表現や「見ゆ」による記述などがないわけではないが、それは稀にしか見られない。

またたとえば、次のような例もうつほ物語と栄花物語の文体の違いをよく表している。うつほ物語「ふきあげの下」の「みかどよりはじめたてまつりて、こゑもをしまずなん。」という一文の文末に関して、野口元大は校注古典叢書本の頭注に「ここでは「なん」の言いさし、文体やや不調和。誤りあるか。」と言っている。うつほ物語ではこのような表現は稀な、その文体にそぐわないものであるわけだが、栄花物語では「をかしくめでたき世の有様ども書き続けまほしけれど、何かはとてなん」「いみじくあはれに悲しくなん」などと、しばしば見られる強調表現なのである。

一方歌物語の場合は、推量や疑問・反語などの主観的・主体的表現のみならず、「けり」の使用を見てもその文体は独特であり、栄花物語の文体はもとより、つくり物語の文体とも接点は見いだせない。「けり」を叙述の基調とする歌物語の文体はいわば袋小路なのであり、だから十一世紀の物語世界へと展開できなかったのである。

土左日記の文体

このように主観的・主体的な表現の先蹤をもとめて物語の歴史の上に見いだせないとしたら、あとは日記に目を向けるしかないだろう。そして、実際に主観的・主体的な表現、言語主体の口吻を直接感じさせるような文体は日記に見いだすことができる。日記の初発たる土左日記の文体を見るとき、そこには推量の表現や疑問表現、あるいは反語による強調などが多く使われている。漢文の影響の見える文体の基調(5)に主観性・主体性のための口語的表現が挟み込まれている。もちろん、日記が取り上げる帰還の旅の一家の様子は客観的に描かれるのだが、その間にしばしば主観をあらわにし、あるいは判断の相対的性格を示す助動詞が用いられたりする。たとえば、

○この人、国に必ずしもいひつかふ者にもあらざなり。

○守がらにやあらむ、国人の心の常として、今はとて見えざなるを、心ある者は、恥ぢずになむ来ける。

○異人々のものありけれど、さかしきもなかるべし。

のように、疑問表現をもって原因を探り、あるいはいわゆる伝聞・推定の助動詞により情報の確実さを相対化し、「けり」によって補足し、また「たいしたものもないに違いない」と評価づけをして記述を省略したりする表現を客観的な事実の描写に交えてゆく。その冒頭に

男もすなる日記といふものを、女もしてみむとて、するなり。それの年の、十二月の、二十日あまり一日の日の、戌の時に門出す。そのよし、いささかに、ものに書きつく。

と言い、末尾に

忘れ難く、口惜しきこと多かれど、え尽くさず。とまれかうまれ、疾く破りてむ。

というのも、言語主体の作品への姿勢の表明に外ならない。たしかに、ここで述べられているような女性の執筆ということも、また原稿の廃棄の意志にしてもいずれも虚構ではあるだろう。にもかかわらず、主体の作品形成への意識は明瞭であり、したがってこれらの記述は言語の主体を明瞭に読み取らせずにはいない。また、男たちが新しい国守に招かれた十二月二十六日の記事や、一月二十日の記事の阿倍仲麿の故事の部分に「けり」を集中させるのも栄花物語に通じる用法である。

このようにこの作品は、その言語は背後に主体の存在をはっきりと示すことを厭わないし、また敢えてそれを試みてさえいるのである。これは竹取物語やうつほ物語が作品の叙述を言語そのものが語るかのように展開させているのとは全く異なった様相なのであり、そこに初期のかな散文における日記とつくり物語の文体の相違が存する。

では土左日記はなぜこのような文体を採るのか、その点については別に述べた(6)のでここでは要点にとどめるが、それは「事実」との関係による。この作品は、その枠組みはたしかに虚構なのであろうが、この枠のなかで語られているのはけっして絵空事の世界ではない。そこに提示されているのは女性や子供の日常生活の世界なのである。

この日常生活の場においてこそ和歌はその命脈を保っていた。作者はこの世界を和歌の場としての現実性をもって再現しようとしている。しかもそこで必要なのは、現実の世界の忠実な記述ではない。日常の生活はその構造のいぶきをもって人に接している、その構造自体が再現できなければならない。また、その構造自体の再現が成功するなら、個々の細部の記述に現実の事実の裏打ちは必ずしも必須ではない。そこに虚構のかかわる契機がある。現実の忠実な再現よりは虚構された現実性の構造がかえって「事実」を読み取らせるというのは一見奇妙なことだが、文学はこの現実と現実性の矛盾のはざまに動態を示してきたのではないか。土左日記作者は最初に意識的にこのはざまで仕事をしようとしたのである。だから、女性仮託にしても亡児の設定にしても、仮に虚構だったとしても、それは現実性の再現のためのたくらみだと言える。そこで目指されていたのは個々の事実の再現ではなく、現実の日常生活の構造の再現だったのだ。非日常といえる旅の風景さえ日常の屛風の絵の記述によって描かれたのである。(7)

ところが我々の日常生活において、我々を取り巻く世界は決して一様にその姿を示すのではない。我々は世界の全てを自信を以て断定してはいない。ときに「だろう」と言い、「ようだ」と言い、「かもしれない」と言い、また疑いの気持ちを抱いて把握する。また、だからこそ我々は事実の報告に感想を添え、注釈を添え、意見を添える。これが我々の存在が言語にたち現れるときの構造であり、言語によって捉えられたこの世界の構造なのである。これを我が国語において初めて意識的に再現しようとしたのが土左日記であった。作品世界を、その言葉自体が描くかのように客観的に描くのではなく、客観的な描写の間に主観的・主体的な表現を差し挟むのは、作品世界を「事実」として、現実性を伴ったものとして描くためなのだつた。

ところで、絵空事の世界なら客観的な事実として自信をもって描けるのに、「事実」を描くためにはかえって主体の主観性と主体性を確認しながら描かねばならないというのは逆説的なように聞こえるかも知れない。対象の描写の具体化・具象化のためには、客観性に安住するのでなく、かえって主観性の深化が必要だったのだ。しかしそれはさきに述べたように、文学の言語が虚構にとどまるのではなく「事実」にかかわり、現実性をその叙述に獲得しようとするかぎり避けることのできない宿命なのであった。あるいは、弁証法による動態の必然だったのだ。この必然は、栄花物語が歴史の叙述として、歴史の事実にかかわるときにも避けられないものだったのである。

たしかに、栄花物語が描こうとしているのは土左日記が描こうとしたものとは異なっている。土左日記は和歌の場としての日常生活を描こうとした。そこに登場するのは和歌への関心を別にすれば全く無名の人々であった(8)。一家の主の老人さえ揶揄の内に無名性へとおとしめられている。真の主人公は日々の生活のなかでのありふれた和歌である。この主題はあきらかに歌人としての作者の営為の一環をなしている。一方、栄花物語が描こうとするのは歴史の世界である。そこに見られるのは日常の無名の人々の生活からは際だった非常の出来事である。また、主人公となるのは帝や后を初めとする名の通った人物たちである。さらに正篇にかぎれば、何と言っても道長の際だった栄光だった。

にもかかわらずこの両作品の描こうとした世界は共通性を持っている。それは言うまでもなく「事実」への深い関わりである。栄花物語の場合は歴史叙述として、そこに描かれたのは現実のものでなければならない。現実性の保証にこそこの作品の真価がかかっている。だから作品の歴史世界の主体からみた構造を再現しなければならない。ここに、栄花物語が主観的・主体的な表現を多用しなければならない所以があった。

栄花物語の文章に繁用される主観的・主体的な表現の淵源をたずねて遡って土左日記に至った。かな散文による文学の初発に鼎立するつくり物語・歌物語・日記のうち、日記にその淵源を見いだしたのだが、土左日記と栄花物語の文体的な親しさは既に指摘されている(9)。もちろん、この二つの作品はそのかな散文の歴史の上での位置の違いに従って、相違点も大きい。たとえば、土左日記に言われる漢文訓読語の影響は、栄花物語の場合は仏教的な記事を除いては見られないだろう。しかし、本考が考察の焦点としている主観的・主体的な記述に関しては、この両作品のあいだに通じるものは大きかったのである。

ところが、この両作品のあいだにはこの文体的共通性とは別に似通った点がある。[10]栄花物語が編年体の歴史叙述として、強固な時間組織を持っていることはいうまでもない。明確な年紀や月日の記載の意識を持ち、編年体の時間軸のうえに記事を排列してゆくことがこの作品の叙述の基本となっている。そして、この軸の上に排列される記事はその隣り合った記事との間に必ずしも内容的な関連性を持ってはいない。この作品は道長家の歴史を重視しつつも、かならずしもそれに捉われることなく、当時の上流貴族社会の中でおこった様々な出来事を描いてゆく。そこに歴史叙述としてのこの作品の面目があった。だから、この作品は内容面でのつながり、内部的な論理では整理できない雑多な記事を叙述の対象として描かねばならなかった。そこでこれらの記事を整理する秩序が必要であり、それは編年体の時間秩序だったのである。

この秩序自体は元来かな散文のなかから発生したものではありえず、その由来が中国の言語にあることは疑いない。その中国的論理をかな散文に持ち込むことによって、栄花物語は日本語による歴史の叙述を果たしたのであって、そのことの意義は大きい。この時間の秩序がなければ栄花物語という作品は成立し得なかった。

このような時間の秩序をかな散文の歴史を遡って探したときに、土左日記を除いては栄花物語の先蹤となる作品は見いだせない。「かくて」が多用されることで栄花物語と共通するうつほ物語やかげろふ日記にしても、その記事の内容は一貫した論理を持つものであり、栄花物語のように相互に関連性のない記事を排列するような機能をこれらの作品の時間は果たしていない。

一方土左日記の場合には、その月日の記載の形式も確固としたものであるし、またその記事も一貫した論理に従って関連付けられたものではない。土左日記の記事は土佐より京への帰還の旅の途上の出来事という点で共通だが、それぞれの記事にはほとんど関連性がないし、一貫して登場する人物もほとんどいない。わずかに亡児の追憶にかかわる人物が繰り返し登場し、だからこそこの亡児の追悼が誤って主題視されたりもしたのであろう。この作品の記事のほとんどは、元来作者の本業であった屏風歌の世界の延長線の上に形作られている、一つ一つは閉じられた場面なのであり、その点は和歌をふくまない記事にしても変わりはない。

これらの記事は、だから内部の論理によって相互に結び付けられる契機を持たず、外部からの枠組みがなければ一個の作品としては形成できなかった。ここに、土左日記において月日次の記載が果たしている機能があり、日記という形式が果たしている機能があったのである。そして、日記という形式をこの作品が求めた根拠が、栄花物語に編年体の形式を求めた根拠と基本的に同一であったことは明らかであろう。相互に内部論理のつながりを持たず、内側から作品を形成する契機をもたない記事の群を外部から強固にまとめあげる形式としての時間秩序が、この両作品に共通するのであった。

ところで、この両作品の扱うそれぞれの記事がともに内部論理のつながりをもたないことは、それ自体これらの作品がその叙述の対象を「事実」の世界に選んでいたことに深くかかわっている。土左日記の場合は日常生活であり、栄花物語の場合は歴史世界であったが、ともにその世界は現実の「事実」の世界であった。しかも、虚構の世界がその世界としてのまとまりのために論理的な一貫性をもたざるを得ない（一貫した論理を持たずしかも「事実」の世界に依拠しない現代の小説や映画が難解であることを想起したい）のに対して、現実の世界はかえって一貫した論理を持つことなどありえない。現実の「事実」の世界は、人はしばしばそれを物語化して振り返るが、実際には雑多な、必ずしも関連付けて解釈できない出来事の集合なのである。これを言い換えれば、虚構の世界が全体性を構成の原理とするのに対して、現実の「事実」の世界は部分性を構成の原理とするのである。

とすれば、この二つの作品が現実の「事実」の世界に目を向けて、しかもその現実性をもって描こうとしたという試みが、これらの作品の時間秩序と文体の共通性をもたらしたといえるだろう。一方は和歌を中心とする生活の場をとらえ、一方は歴史の事実の世界をとえらていた。その点では大きな違いを持ち、規模も違い、またジャンルを異にするのだが、しかも栄花物語の形式の淵源を尋ねるときに、先駆としての土左日記の意義は大きいのであった。

このように、土左日記と栄花物語は形式面での共通性が大きかったのだが、だからと言って土左日記が栄花物語に直接影響を与えたとは考えられない。両作品に形式面での相似が認められたからといって、それはなんら影響の関係を証しはしないのである。だから、この相似がかな散文の歴史のどのような回路を通じてもたらされたのかを考えなければならないだろう。時間形式の点については第一章で論じたし、またこの時代における圧倒的な古典中国語の影響を考えればおのずから想像もつくから、ここでは扱わない。問題は、本節の対象である主観的・主体的な表現である。そしてこの問題を考えるときに、文学史のうえに二つの回路を考えなければならないだろう。

かげろふ日記の文体

土左日記からの文体史の展開を考えるのだから、当然このあとの日記の文体の推移を見なければならない。そして土左日記のあとに日記としてはかげろふ日記が続くのだが、実際にかげろふ日記にも土左日記ほどでないにしても、主体的・主観的な表現はしばしば使われている。二三の例を挙げよう。

これを、「いまこれより」といひたれば、痴れたるやうなりや、かくぞある。

人知れずいまやいまやと待つほどにかへりこぬこそわびしかりけれ

とありければ……　（上巻）

作者と兼家との手紙のやりとりのなかでの、兼家の和歌についての作者の評価である。主観的に兼家の性格を強調している。

見るべき人見よとなめりとさへ思ふに、いみじう悲しうて、ありつるやうに置きて、とばかりあるほどに、ものしためり。目も見あはせず、思ひ入りてあれば、……（上巻）

作者の父の地方赴任に際しての記述であるが、兼家の来訪に「めり」が添えられている。「めり」による認識の相対化は「目も見あはせず」に響いているのだが、その相対化は日常生活の夫婦の態度の具体的な描写のために機能している。

またの日、霜のいと白きに、詣でもし帰りもするなめり、脛を布の端して引きめぐらかしたるものども、ありきちがひ、騒ぐめり。蔀さしあげたるところに宿りて、湯わかしなどするほどに見れば、さまざまなる人のいきちがふ、おのがじしは思ふことこそはあらめと見ゆ。（上巻）

ここでは、初瀬詣の途中の光景が描かれている。作者にとっては珍しい庶民の生活を描くのであり、その珍しさがそのまま「めり」や「見ゆ」による相対化を要求したのである。

このようにかげろふ日記においても主観的・主体的な表現はそれぞれの局面で機能を果たしている。作品自体は、作者の結婚と離婚という明確な主題を持っているのだから、歴史叙述である栄花物語はもとより、土左日記ともその作品の性格は大きく異なっている。その時間秩序は作者の生活の年輪という内部論理で一貫されていて、雑多な記事を集積する土左日記や栄花物語とは異なっている。しかし、この作品もその世界を「事実」に置くことは自覚的に強烈である。それは作品の序文を見るだけでも明らかであろう。いまさら引用するまでもあるまいが、「古物語＝そらごと」への対抗意識にこの自覚は現れている。この作品も「事実」への関わりは大きかったし、そこから推量の助動詞や疑問表現などを用いる文体が由来している。かげろふ日記は土左日記から栄花物語への文体の歴史の回路の一環なのである。

紫式部日記の文体

土左日記からかげろふ日記へ下ったのだから、次にその延長の上に紫式部日記を検討すべきだろう。文体の歴史の回路としても重要であるが、それだけでなく紫式部日記は周知のように栄花物語の直接の史料となったという点でも考察に値する。(11)栄花物語「はつはな」が紫式部日記を史料としたことによって、当然ながら該当部分はその題材を共通のものとすることになっているし、しかも栄花物語が紫式部日記をそのまま引用したのではなく、栄花物語なりの作品の秩序に矯め直しているのだから、両者の文体を比較するのに適している。

では、この二つの作品は主観的・主体的な表現に関してどのような相違を見せるのか、次のような例を見てみよう。（以下、紫＝紫式部日記・栄＝栄花物語）

おほかたのことどもは、ひと日の同じこと。上達部の禄は、御簾のうちより、女の装束、宮の御衣などそへていだす。殿上人、頭二人をはじめて、寄りつつとる。おほやけの禄は、大袿、衾、腰差など、例のおほやけざまなるべし。（紫）

大かたの事どもは、一夜の同じ事也。上達部の禄は、御簾の内より出させ給へば、左右の頭二人取り次ぎて奉る。例の女の装束に宮の御衣をぞ添へたべき。殿上人は常の事と、公方のは、大袿・衾・腰差など、例の公ざまなるべし。（栄　上二六六）

栄花物語では助動詞「べし」による推量表現が二個所に使われている。このうち「例の公ざまなるべし」は紫式部日記より引き継いだものであるが、「添へたべき」の方は紫式部日記では「そへていだす」であり、「べし」は使われていない。栄花物語の「べし」に紫式部日記から採ったものと、栄花物語が新たに加えたものの両方が見られるということになる。このうち紫式部日記からそのまま、前後の表現ともども引き継いでいるのは当然と言えば当然なのだが、さらに栄花物語があらたに主観性の表現を加える例が少なくない。次もそのような例である。

琴・笛の音などには、たどたどしき若人たちの、読経あらそひ、今様うたどもも、ところにつけては、をかしかりけり。（紫）

そこはかとなき若君達などは、読経争ひ、今様歌ども声を合せなどしつゝ、論じあはて給もおかしう聞ゆ。（栄　上二六〇）

紫式部日記も「をかしかりけり」の「けり」に主観性がにじむのだが、栄花物語の「聞ゆ」は主観性がより強く、背後に言語主体の存在を想定させる表現となっているだろう。言語主体の存在は本来なら日記のほうにはっきり表現されてしかるべきで、歴史叙述でこのような表現が強化されるのは奇異に感じられるかもしれないが、さらに次のような例もある。

御湯殿は酉の刻とか。火ともして、宮のしもべ、みどりのころもの上に白き当色着て、御湯まゐる。その桶すゑたる台など、みな白きおほひしたり。（紫）

御湯殿酉時とぞある。その儀式有様はえ言ひ続けず。火ともして、宮の下部ども、緑の衣の上に白き当色どもにて湯参る。よろづの物に白き覆どもしたり。（栄　上二六三）

この場合も述べられている内容はほぼ一致し、表現も共通の部分が多いが、栄花物語では「その儀式有様はえ言ひ続けず」と、はっきりと言語主体を想定できる表現が加えられている。いわゆる「作者の言葉」であり、前後の記述の主観性を強調する機能を果たしているといえよう。

ところが、これらの例とは逆の場合も見られる。

……うちには、御湯殿の儀式など、かねてまうけさせたまふべし。（紫）

御湯どの、事など、儀式いみじう事整へさせ給。　（栄　上二六二）

禄ども、上達部には、女の装束に、御衣、御襁褓やそひたらむ。　（紫）

上達部には女の装束、御襁褓など添へたり。　（栄　上二六五）

もとはあった推量表現や疑問表現が栄花物語では除かれているのである。栄花物語が紫式部日記を史料とするにあたって、日記の作者の具体的な存在を読み取らせる個所が多く除かれていることは周知のことだが、さらに部分的にも主観性の表現が省かれていることがあるわけである。

とすれば、紫式部日記を栄花物語巻第八に取り込むにあたって、主観性・主体性の表現は、一方で補われることもあるが、他方省かれる場合もあったわけである。そして、結果としては両作品はこれらの表現を活発に使用することで共通している。もちろん、この二つの作品はジャンルも異なっているし、その文体も同じものではありえないが、これら主観性の表現に関しては大きな違いはなかった。しかも、栄花物語は紫式部日記を史料として使いながらも、個々の表現をそのままで取り込まなかったのは、作品自体の文体の論理、文章のリズムに従って史料を整理したからであり、その点で主観的・主体的な表現も例外でなかった。これは、単に栄花物語が紫式部日記から必要な部分を史料として利用したにとどまらず、紫式部日記の、そして土左日記以来の日記の文体を受け継いでいたことの一つの証となろう。「事実」を記述するにあたって、その真実性の保証のための注解として主観性・主体性の表現を添えてゆくという日記の文体の歴史の流れのうえに栄花物語は文体を形成したのである。

日記的文体の意義

以上のように、栄花物語は日記の文体と共通する性格を持っていたのだが、しかも決定的な違いがある。それは、ここに問題にしてきた主観的・主体的な表現がその背後に言語主体の存在を読み取らせる、その主体についての扱い方である。日記の場合には、その叙述の背後に言語主体の存在の読み取れるのは普通のことである。読者はなんらかの機会に具体的な言語主体の形象を与えられ、たいていの場合にはそれを作者と認識する。そのことを一向に奇異なこととは感じない。土左日記の冒頭の女性仮託のような込み入った技巧がこらされるにしても、その点で変わりはない。「仮託」という言い方自体、冒頭の表現の背後の言語主体を作者と認識しなければ出てこない。

ところが、栄花物語の場合には日記のような言語主体の具体的な形象は与えられない。叙述の基調の客観的な表現には言語主体を読み取る契機は欠けているが、そこに挟み込まれる主観的・主体的な表現は背後に言語主体を読み取らせる契機となる。しかもこの作品は言語主体が明確な人物像となることを避ける。この点がこの作品の文体の日記と決定的に異なったところである。しかもあふれるほどの主観的・主体的な表現を使いながら、日記のように具体的な言語主体の像を与えないため、個々の表現はその帰属する焦点を欠く。そのためにこの作品の文体は動的な緊張を欠いて平板なものとなり、「主情的」なものととらえられるのである。

しかしこのような文体は、この作品が歴史叙述としての客観性の装いを保ちながら、しかもその真実性を保証してゆくためには必然のものであった。日記的な真実性の保証のためには、主観的・主体的な表現は欠くことはできない。しかし、歴史叙述としての客観性のためには、言語主体が具体的な一点へと形象を絞り込むことも避けなければならない。ここには言語表現としての矛盾があり、その矛盾がこの文体を平板なものにしている。しかしこの文体は、この作品のように客観性と真実性のバランスを求めるならば、避けられないものだった。

ではこの作品の文体のように主観的・主体的な表現が具体的な主体の表現の一歩手前で踏みとどまる文体はこの作品が初めてのものだつたかというと、それは決してそうではない。客観的な描写を中心とする物語の文体の間に主観性・主体性の表現を挟み込むことはすでに行われていた。それはさきに触れたように落窪物語および源氏物語の文体である。

竹取物語やうつほ物語の客観的な文体に主観的な表現を持ち込んだのは、まず落窪物語である。この作品では、しばしば叙述のあいだに推量表現や疑問表現の挟み込まれる例が見られる。ことに、真実性をもとめられる具象的な場面にこれらの表現が効果的に使われる場合がある。それは日記が切り開いた日常性の具象の描写を物語に持ち込む試みだった。そして、これをさらに源氏物語が徹底させた。さらに述べたようにこの作品ではたとえば推量表現も多く使われるが、それだけではなく、疑問表現やいわゆる「草子地」など、背後に言語主体を読み取らせる表現は少なくない。しかも濫用に陥らず、効果的に使うところにこの作品の芸術性の高さの一つの所以があるのだろうが、それは客観に徹した表現と主観性の表現との矛盾を文章表現の緊張感へと高めたことによっているのだ。そこでは、たとえば助動詞「めり」「べし」や「けり」等々は動詞の終止形と対置されて叙述に様々な彩りを与え、個々の表現は叙述全体のなかで機能している。

源氏物語の文章自体は希有の達成として模倣を許さないだろうが、ここに現れた文体の歴史の動向、つまり物語における主体的・主観的な表現の活用は、王朝のかな散文に新たな可能性を与えるものであった。初期の物語に欠けていたものを日記から獲得した落窪物語から源氏物語への流れは、土左日記から栄花物語にいたる文体の歴史のもう一つの回路だったのである。

ともあれ、このように二つの回路を通じて日記的な文体を取り入れながら栄花物語の文体は形成された。しかしその文体は、さきほども述べたように客観性と真実性の矛盾に満ちたものであった。しかも雑多な記事の羅列をもとめる作品世界は、その矛盾を緊張に高めることを許さない。矛盾を矛盾としてかかえたまま長大な叙述を続けるのは、相当に粘り強いエネルギーを求められる作業のはずである。いっそのこと、この矛盾を一気に解決する手だてをとることができればよい。これは魅力的な誘惑だろう。そのためには、日記にならって言語主体の具体的な形象を設定してしまえばよいではないか。この解決法をとった作品が栄花物語後の文体の歴史の上に、大鏡として登場するのは必然だった。ただし栄花物語自体が既に巻第十八「たまのうてな」という極度に具象性をもとめられた巻で、言語主体の三人称化によって視点としての尼君たちの人物像を形成して、矛盾の解決をはかっていたのだが。

注

(1) 本書第三章参照。
(2) 中野幸一「草子地攷」(早大教育学部学術研究一七〜二〇　S四四―四六)・榎本正純『源氏物語の草子地　諸注と研究』(笠間書院　S五七)・井爪康之『源氏物語注釈史の研究』第二編(新典社　一九九三)など参照。
(3) 阿久沢忠「源氏物語における助動詞「めり」の性格」(文学論藻五七　S五七・一二)
(4) 阪倉篤義「『竹取物語』の構成と文章」(『文章と表現』角川書店　S五〇)
(5) 築島裕「土佐日記と漢文訓読」(日本文学研究資料叢書『平安朝日記Ⅰ』有精堂出版　S四六)参照。また、同『平安時代の漢文訓読語につきての研究』第六章第三節(東京大学出版会　S三八)参照。
(6) 拙著『王朝助動詞機能論　あなたなる場・枠構造・遠近法』Ⅲの1(和泉書院　H二五)
(7) 近藤一一「土佐日記に於ける自然――その主観性について――」(国語国文学報九　S三四・一)・片桐洋一「松鶴図淵源考」(『古今和歌集の研究』明治書院　一九九一)参照。
(8) 本書第一章第三節参照。
(9) 野村精一「虚構、または方法について――散文空間論への途」(国文学解釈と鑑賞　S五四・一二)
(10) 本書第一章第三節参照。
(11) 本書第四章第二節およびその注(1)参照。

〔付記〕土左日記、かげろふ日記、紫式部日記は日本古典文学全集本によった。

第二節　歴史叙述としての栄花物語の文体

栄花物語という一個の作品を成り立たせるための根幹となる構造は編年体の歴史叙述の形式である。この栄花物語の編年体の研究(1)は杉本一樹・曽根正人・池田尚隆・福長進らによって進められたのであるが、その基本的方向は一致し、栄花物語研究の方向性をしめしている。もちろん、その構造分析の方法も一様ではないし、また細部の認識には論者によって食い違いもあるだろう。また、編年体の形式が作品に対して果たす役割についても、その重みや性格について認識の相違も見られよう。しかし、この作品を編年体ととらえたうえで、その構造を探っていこうとする方向については、一致していたと思われる。

すなわち、栄花物語はその記事を基本的に直線的な時間軸にそって配列してゆくのであり、この時間の機構こそがこの作品の形式面での最大の特色なのである。その具体的な様相については、前記の各論文にゆずらねばならないのだが、この編年体の形式がこの作品に独特のものでないことは言うまでもあるまい。その点では、この作品の編年体の機構は、作品の独自性を示すというよりは、作品が歴史叙述の普遍的な形式をふまえたものなのであり、編年体の形式による幾多の史書の一端に連なることをしめしている。洋の東西と、時の今昔を問わず、歴史が語られようとするときに、ことに書記言語によって記録されようとするときに、あたかも人間の生得の言語能力の一環でもあるかのように、普遍的に表れる形式、すなわち年代記の形式に、この作品は属しているのである。だから、この作品の編年体の時間を論じることは、そのまま歴史叙述の普遍的な形式の問題を論じることにもなっているわけである。

そうは言ってもこの編年体の時間秩序に関係する形式面において、この作品に特徴的なものが見いだせないわけではないだろう。しかし、その特徴は決してこの作品の編年性を否定するものでないことは確認しておかねばならない。あくまでも強固な編年の形式の上で許容される変異だとみなせるのである。実際に、先行する編年の史書としては中国のものか、または中国のものに基本的に倣った六国史などしかなかったのであり、しかも新たなかな散文という異なった言語で史書を叙述しようとするのであるから、その形式面においても、またこの形式面に引きずられるかたちで内容面においても、漢文史書とは異なっていて、かえって物語などの仮名による文学作品に共通する特徴が指摘できるのは当然のことである。たとえば、（これも上述のような研究において着目されたこの作品の特徴のひとつだろうが、）漢文史書より引き継いだ漢字表記による年紀の記載のほかに、「かくて」の類のように、先行の物語や日記文学で多用されたものも含んでいるというような現象が見られる。しかし、そのような特徴はけっしてこの作品の史書としての性格を否定する根拠とはなりえないのである（ちなみに、小松英雄『仮名文の原理』(2)に扱われた土左日記の日付表示の機能についての論は、栄花物語の年紀記載の機能の一面に関して示唆的であろう）。

叙述の諸特質

さて、以上のようにこの作品の基本的な形式を編年体の歴史叙述として確認するとして、これに付随する叙述の性格に触れて置かねばならない。

まず第一は、人と人との関係の記載である。ある歴史叙述が人間の歴史を扱うのである以上、そこで語られるのは登場する人と人との交渉・葛藤の時間的推移である。この推移を叙述するために編年体の時間が秩序として求められるだが、その具体的な記述は、登場する人物たちの様々な行動が中心となる。そして、そこに記述される人々の行動が意味を持つのは、その行動の底に人物と人物の関係の構図がふまえられているからである。その構図のありかたは、殊にその史書が対象とした歴史世界の性格に左右されて、様々である。この作品のように、人と人との血族・姻族の関係が大きく働く世界を対象としている場合には、家族あるいは氏族の系譜が重要な役割を果たすことになる。そして、この系譜の関係は時として具体的に記述されもするのだが、実際に記述されていないところでも、果たしている役割の重要性に変わりはない。編年の軸が目に見えるかたちで作品の経の役割を果たすのだとしたら、この系譜的な人物の関係の構図は、目に見えないところで作品の緯の役割を果たしているということになる。

第二に着目されるのは、記事相互の関係である。言うまでもなく、この作品の各記事は編年体の時間によって整理されているのだが、その記事は宮廷と貴族たちの世界の多岐にわたっている。その記事は、さきに述べたように編年体の時間軸の経と、系譜記述にあらわれるような人間の関係の緯によって作品の中に位置づけられている。このとに、作品の内部における各記事の配列については、編年体の時間軸の秩序によって整理されている。一方、各記事の相互の間には、（少なくとも我々現代人が当時の歴史世界の像を再現しようとしてこの作品を読むときには）関係性の粗密によって、結び付きの強弱が感じられる。たとえば、人物Aのある記事と、同じく人物Aを中心としたもう一つの記事とは、その関係は当然密接である。しかし、この二つの記事が時間的に続いて起こったのではない場合には、この作品では編年体の通例として、その間に起こった別の記事で隔てられることになる。取り敢えず人物Aをめぐる話題とは関係のない記事が、二つの記事の間に入ってくる事もしばしばである。この叙述の方法では、人物Aを中心とした話題の進展がとらえにくく、その結果として「平板」の非難も受けるのだが、この作品は基本的に編年体の時間の秩序を崩そうとはしない。この作品の各部分の記事は、それぞれに独立性が強く、内容的な一貫性に拘束されず、ただ編年の時間軸に拘束されて作品内に位置づけられるわけである。

このような、栄花物語の記事の性格を作品の表現に即して論じたのは福長進である(3)。福長はこの作品の各記事の相互独立的な性格を「諸事象は、内部論理によって意味づけられ、秩序立てられていくのではなく、作者の持する決定的な史観や現実の生活感覚によって個々に意味付与がなされ、時間軸の上に時間的先後関係によって整序だてられているに過ぎないのである。また作者の側から一方的な意味付与がなされるから、絶えず作品世界を分断する要素が入り込んでくるのである」と述べている。そして、このような事態がおこる原因として、この作品の叙述を、ことに作者の執筆の作業に即して、福長は次のようにとらえる。「栄花物語の歴史叙述は、作者が時間軸にそって平行移動して行き、諸事象と事象現在で対面没入することによって、個々一回的になされる。その結果、叙述の均質化、作者からの一方的な意味付与による諸事象の独立化傾向が現出するのである」。叙述の上の各記事が、相互に意味付けられて展開するような（例えば源氏物語のような）作品とは異なった、作品の叙述のあり方が捉えられている。しかも、福長の場合には、「作者」の歴史に対する意識にまでも踏み込んで論じているかに見え、そこにはまた異論はありえようが、編年体の時間と各記事の独立の様相は、この作品の歴史叙述のありかたとして確認されたといってよいであろう。

推量の助動詞と「けり」

ところで、以上に述べた栄花物語の特質は基本的に編年体の史書に普遍的なものであったし、王朝の言語状況に即して言えば、漢文史書より受け継いだものだと言ってよいであろう。これは歴史叙述としての形式の重要な一面なのだが、さらに別の一面、つまり文体の問題にふれなければならない。

この作品は歴史叙述として成立しているわけだが、歴史の叙述のありかたにおいても、作品全体を通して顕著な史論を打ち出そうとしたものでないことは、いうまでもあるまい。作品自体の歴史を見るための（たとえば、九条家を中心に摂関政治をとらえてゆくといった）視点はないわけではない。それは、この作品の叙述を支えた世界観・歴史観ではあるのだが、その世界観自体が作品を通じて主張されているわけではない。この作品がその叙述を通じて述べようとしているのはあくまでも歴史の事実なのであって、述べられた事実から抽出される何物かではない。同時にこの作品は、歴史に対する主張（例えば、小一条院の東宮退位における道長への批判）の欠如が否定的にとらえられる。しかし、この作品の忠実な読者ならば、そこに述べられた個々の記事自体へ関心を向けるはずである。だから、今この作品の歴史叙述のことばを考えるにしても、それは、作品のかな文の文体が歴史の事実をどのように描き出しているのかということでなければならない。

ところで、この作品に先立つかな文の作品は、その文体の根幹を助動詞「けり」に置いていると見える。もちろん全ての文末が「けり」でまとめられるわけではないにしても、「けり」によってまとめられた叙述が基調をなしているのが、たとえば竹取物語や伊勢物語の文体であったといえよう。そして、この文末の「けり」が、冒頭の「今は昔」「昔」とあいまって、作品世界を「あなたなる場」[4]へと確定して行く。あるいは、対象の事象を確定されたものとして迎え取ってゆくのだと見える。ことに、伊勢物語の場合には、その文末の多くが「けり」で確定されて行く。竹取物語の場合には実際には「けり」は数量的には多用されているわけではないが、それでも、助動詞を用いず動詞が裸のままで結ぶ文末の間にあって、もっぱら場面の変換をとらえる「ぬ」などとともに、「けり」は竹取物語の空間を明確にする役割を果たしているとみえる。[5]このような「けり」の役割は落窪物語やうつほ物語にも引き継がれていよう。そしてこのような物語の文体は源氏物語を通ることによって大きく改変されたようだが、栄花物語の文体は「けり」を中心としたものとは異なったものとなっている。

栄花物語の文体の特徴は、地の文における推量の助動詞の多用である。しかもそれは、単に数量的に多いというのではない。単に数の面だけをとれば、必ずしも多いとは言えないかもしれない。問題は、作品の叙述の機構のなかで推量の助動詞が重要な働きを果たしていることなのである。伊勢物語や竹取物語のような物語の地の文の文体ではあくまでも補助的な役割しか果たさず、決してその文章の叙述の基調をなすことはなかった推量の助動詞が、「けり」とあいまって、あるいは「けり」以上に重要な役割を果たしている。この特徴は、「たまのうてな」のような特殊な巻を別にすれば、作品の全体にわたって見られるのだから、引用はどの部分でもよいのだが、作品の早い部分からとにかく一例を挙げてみよう。

かゝる程に、太政大臣殿、月頃悩しくおぼしたりつるに、天暦三年八月十四日うせさせ給ぬ。……世の中のことを、実頼の左大臣仕うまつり給。九条殿二の人にておはすれど、猶九条殿をぞ一くるしき二に、人思ひきこえさせためる。（上三一・三二）

作品最初の巻は系譜記述が連ねられてゆくのだが、その後に、この作品の世界の始動をいくつかの記事が導く、そのなかに忠平の死が語られる。そして当然ながらこの重要人物の死がもたらす人々の動静が語られる。それは、歴史の事実の叙述であり、その最後に忠平の後継者として実頼が政権を担当していることを述べている。表層の事実としては以上のようなものだが、この作品の叙述はそれだけでは終わらない。この作品の世界の今後の展開をにらみながら、九条殿師輔に触れる。しかもそれは単に師輔の地位についての叙述にとどまらない。この師輔を、あきらかに実頼と比較して、世の人々がどのように思っているのかという事なのであるが、その実、「人」がどのように考えているかを事実として報告することが目的なのではない。「人」に仮託しながら、作品自体が登場人物の師輔を評価しようとするのであり、つまりは作品世界におけるこの人物の重要性の説明となっている。だからこの記事は、忠平の死がもたらした人々の動静を事実として報告した部分に、作者たちの解釈・評価を交えた説明を加えているという構造になっているのである。そして、この説明の部分の文末は推量の助動詞「めり」によって統べられている。

以上の例のすぐあとには、ほかならぬ師輔の娘安子が村上帝の皇子を生んだ記事がある。これはさきに安子の懐妊が記されていたのを受けての記事なのであるが、その事実が報告されるだけではこの作品の叙述は終わることができず、そのあとにこの、九条家の発展にとっては重大な事件が関係する人々にとってどのような意義を持つものなのかが、これらの人々の心中を忖度するかたちで説明されている。

九条殿には御産屋の程の儀式有様など、まねびやらん方なし。大臣の御心の中思やるに、さばかりめでたき事ありなんや。小野宮のおとゞも、一の御子よりは、これは嬉しくおぼさるべし。御かどの御心の中にも、よろづ思ひなく、あひかなはせ給へるさまに、めでたうおぼされけり。（上三二）

ここでも、三例のうち、村上帝の部分以外の二つには「む」「べし」と、推量の助動詞が使われている。この作品の歴史叙述のうち、説明的な部分で推量の助動詞が果たす役割の一端が見て取れよう。必ず、というのではないが、この作品ではこれ以降の部分でも同様の性格の叙述にはしばしば推量の助動詞が用いられてゆくのである。

このように、客観を旨としての事実の報告と、それについての主観を加えた説明との組み合わせは以後のこの作品の叙述の基本型となる。もちろん、その組み合わせ方はさまざまに錯綜した様相を示すのだし、またその形式面でも、推量の助動詞に限らず、「見ゆ」「聞こゆ」のような知覚認識にかかわる動詞、「めでたし」などの形容詞・形容動詞、更に、通常物語の地の文では用いられないという補助動詞「侍り」まで動員して展開されてゆく。(6) その様相をもう一例だけ見ておこう。同じく巻第一の、村上帝葬送の記事。

よろづ御後の事どもいといみじ。御葬送の夜は、司召ありて、百官を押しかへして、この道かの道と分ちあてさせ給ふに、常の司召はよろこびこそありしか、これはみな涙を流すも、げにゆゝしく悲しうなん見えける。いづれの殿上人・上達部かは残らんとする、数を尽して仕うまつり給。殿上には人たゞ少しぞとまれる。村上といふ所にぞおはしまさせける。その程の有様いはん方なし。夏夜もはかなく明けぬれば、皆帰り参りぬ。いみじけれどもおりゐのみかどの御事は、たゞ人のやうにこそありけれは、これはいと〳〵珍かなる見物にぞ、世人申思ひける。その後次〳〵の御事ども、いみじうめでたき御事と申せども、同じさまにて月日も過ぎぬ。宮〻御方〴〵の墨染どもあはれにかなし。同じ諒闇なれど、これはいと〳〵おどろ〳〵しければ、たゞ一天下の人烏のやうなり。四方山の椎柴残らじと見ゆるも、あはれになん。（上五二〜五三）

ここでは、事実の報告よりもそれに対する批評・説明の部分のほうに叙述の力がかかっているように見える。記事自体が天皇の死という重大事にかかっているからであるが、見方を変えれば、記事が重大なほど説明に力がかかることじたいが、この作品の文体の性格をよく表しているともいえるだろう。

以上のように、動詞や「けり」によって歴史世界を確定・報告して行く文体と並んで、その事実とその背景を解釈・説明してゆくために、形容詞・形容動詞や推量の助動詞などによる文体が存在し、相互にモザイク状にからみあって、それぞれに役割を果たしているのがこの作品の文体なのである。

ところで、そこに「歴史事実の報告者が書き手に報告し、それを書き手が歴史のことばによって読み手に伝える」という構図がこの作品の中に見いだせるのだが(7)、実は必ずしも作品の中にこのような構図を見ることは必要ではない。このような構図は作品自体が意図的に表現しようとしているものと考えることは必要なく、またかりに（大鏡の場合のように）意図的なものであったとしても、それは決してこの構図が作品に本質的であることには結び付かず、この作品のモザイク状の文体の様相が結果的にこのような構図があるかのように見せてしまうのだと考える方がよさそうである。なぜならば、このような構図は、本来二元的な作品の文体を一元的に理解しようとするときに見える錯覚なのであり、作品の構造の本質はこのような一元的な構図のなかではなく、二元的な文体の対立のなかにあるからなのである。そしてこの二元的な文体のありかたは歴史叙述の本質的で普遍的な特性によるものなのであり、けっしてこの作品だけのものではない。歴史叙述の特性としての二元的な文体の性格が、この作品では動詞や「けり」の文体と、形容詞・形容動詞や推量の助動詞を特色とする文体との対立としてあらわれているのである。

これらの表現は従来、この作品の主情的な性格によるとみなされており、それはそれで間違いではなく、この作品の性格とその時代、作者とその背後の読者たちの個性もここに表れている。しかし、それは文体の具体的な表れ方の説明ではあっても、なぜ文体が二元的なのかの説明にはならない。栄花物語が二元的な文体を持つことは、決してこの作品の個別の性格から来るものではなく、歴史叙述としての普遍的な性格に由来するものなのである。

では、歴史叙述における文体の二元性とは、どのようなことなのであろうか。

含羞の文体

歴史叙述が単に事実の報告でとどまることができず、その説明を求められるというのは、しばしば見られる現象である。例えば史記の場合でも、巻の閉じめには「太史公曰」に始まる論賛が付されているが、これなども史家による説明の一例だろう。H・ヴァインリヒ(8)によれば、このような現象はまた西欧諸言語においても見られるもののようである。もっとも、ヴァインリヒは歴史叙述における説明の要素を積極的なものとして見ようとしているが、かならずしもそうとも言えないだろう。記事を単に報告するだけでなく、それに説明を加えることにより、その記事が評価を与えられ、つまりはその記事が叙述に値したものであることが証し立てられるのだが、それはかえって、史家の置かれた消極的な立場の反映と見ることもできる。

つまり、史家はつねに、自分の記した記事が史実に反するとの非難を受ける危険にさらされており、それは歴史叙述をなすものにとっての最も重いくびきである。そしてこの非難の可能性から自らの作品を守るために、単に事実を報告するだけでなく、あるいは史料の出所を語り（例えば鷗外の「渋江抽斎」のように）、あるいは（例えば大鏡における語り手の具象化のように）その叙述の意義をほのめかし、あるいはこの作品のように、作品世界における事実の意味を説明するのである。それは歴史叙述の宿命的に持つ、事実と非事実の判定の恐怖から発した、ほとんど強迫症的な含羞をはらんだ多弁にすら見える現象なのである。

そして栄花物語も、事実の報告に加えて説明をしようとするのだが、この作品の説明は史家の意見を積極的に打ち出そうとするようなものではない。自分はこう解釈すると積極的に述べるようなことはなく、たとえば「めでたし」のような評語を加え、あるいは読者に「思ひやるべし」と訴え、あるいは先の例で見たように、登場人物の心の中を忖度するような形式で説明を加えて行く。だから、一見これらの記述も作品世界を描いた叙述の一部のように見えるのだが、実は史料に立脚した報告ではないのであり、史家の判断に基づいた説明なのである。そこで、この説明の部分は報告の部分に比して、より強く非事実の非難の危険にさらされることになり、この不安は主体から発した叙述のことばと、史実の再現としての叙述された世界への乖離として表れる。つまり、そこに記された内容が歴史の事実と一致しない可能性を認めてしまう。たとえば、そこに描かれた事件に「めでたし」の評を加える場合、あるいは「人」に仮託して説明する場合に、それらの批評・説明の内容の確実性を敢えて保留することにより、非事実との非難をあらかじめ避けるのである。

報告の部分はいささかも非事実の疑いを許容できないのだから、叙述することばは叙述された世界と相即していなければならず、そこではことばは確定をめざして「けり」で統べられ、あるいは付属語を一切拒むかたちで、動詞だけで決然と終えられる。しかし、報告の部分が強くことばと世界の相即を表現しただけに、説明の部分では叙述されたことばは、その叙述の内容を保証することにためらい、言葉と世界とは非事実の不安のために乖離する。叙述した内容を事実として断定することなく、場合によっては疑いも加えられるものとして表現されるのである。

そして、そのような表現のために、推量の助動詞は求められたわけなのだ。

注

(1) 杉本一樹「栄花物語正篇の構造について」（山中裕編『平安時代の歴史と文学　歴史編』吉川弘文館　S五六）・曽根正人「栄花物語の定子記述について」（同所収）・池田尚隆「栄花物語の方法——その〈編年体〉を中心として——」（国語と国文学　S六一・三）など。
(2) 小松英雄『仮名文の原理』（笠間書院　S六三）
(3) 福長進「栄花物語の歴史叙述——「今」の表現性をめぐって——」（国語と国文学　S六〇・七　また、『歴史物語の創造』第Ⅰ部第三章（笠間書院　H二三））
(4) 拙著『王朝助動詞機能論　あなたなる場・枠構造・遠近法』Ⅱ（和泉書院　H二五）
(5) 阪倉篤義「竹取物語における「文体」の問題」（国語国文　S三一・一一）、また同「『竹取物語』の構成と文章」（『文章と表現』角川書店　S五〇）
(6) 本章次節参照。
(7) 注（6）に同じ。
(8) H・ヴァインリヒ『時制論　文学テキストの分析』（脇阪豊ほか訳　紀伊國屋書店　S五七）

第三節　正篇における歴史叙述のことば

「侍り」

「歴史」の名を冠して一線を画するとは言え、栄花物語は一般に「物語」であると考えられている。そして「物語」であるということを前提として、その文章の様式についても虚構の物語の通例に沿うことを期待されるのだが、実際にはその文章にはつくり物語の文章とはことなった点が少なからず見うけられる。当山公子による係り結びについての検討は、この作品の文章の、源氏物語などよりはうた物語に近い面を指摘し、松本範子による文末表現の調査もまた物語としては異例の結果を示している(1)。そして、これらの研究と同様に、栄花物語の文章のつくり物語の文章とは異なる一面を示すものとして、一二例に及ぶ地の文の「侍り」を挙げることができるだろう。

ところでこの地の文の「侍り」については松村博司によって取り上げられている(2)。しかし、この松村の研究は、その取り上げ方が典拠の問題の一部だったことにも見られるとおり、地の文の「侍り」の存在を作品以前の原史料の問題としてとらえるのである。このような考え方の根底には「侍り」をこの作品の文章の中で異質のものとする見方があり、あくまでも栄花物語の文章を虚構の物語と同質たるべきとする前提をもって立論されたわけである。

しかし、栄花物語の文章が必ずしも虚構の物語と同質たるべきでないとしたら、地の文の「侍り」もまた、栄花物語の文章の特性を示しつつ、あくまでもこの作品の文章の中にその位置を占め得るもの、つまり作品の文章の全体の中で決して異質ではないものとして考察されねばならない。「侍り」自体はたとえ作品以前の原史料に由来するのだとしても、作品の中にその存在を許容し得る論理は別に探られねばならない。

ところで、地の文の「侍り」を考えるうえで、その出現の様相についての特徴は注目に値するだろう。「侍り」一二例のうちの少なからぬ例において、二つの特色が見うけられる。一つは、既に松村が「聞書的な所に多く用ゐられてゐる」と指摘するように、ことばの伝達に関する言及にともなわれて出現する場合であり、もう一つは記事や巻の末尾を構成する一連の文章に含まれて出現する場合である。この二つの特徴は実は相互に関連すると考えられるのだが、以下この特徴に着目しながら、「侍り」の実際の例を見てゆくこととする。まず、第一の例を取り上げよう。

いとさこそなくとも、いづれの御方とかや、いみじくしたてゝ参り給へりけるはしも、なこその関もあらまほしくぞおぼされける。御おぼえも日頃に劣りにけりとぞ聞え侍し。（巻第一　上三三〜三四）

広幡の御息所のうたを中心とする一節の記事の中の文章であり、このあとは「宣耀殿の女御は……」と別の話題へと移るのだから、記事末尾の一文に「侍り」は位置する。「聞え侍し」と、この一記事の話題が作品の書き手へともたらされた過程を「聞え」で示し、「聞書的」と称してよいのだろう。内容もまたうた語りと見なしうるものであり、「聞書的」であるにふさわしいと言える（なお、この「聞え侍し」は梅沢本では「聞えし」と書かれた「え」と「し」の間に補入符号「○」を書き、「侍」はその傍に記されている。最初書き落としたものを補入した体裁である。単なる書写上のミスとも考えられるが、あるいは巻第一の書写者のこの「侍」への異和感が幾分かかわった現象だったかも知れない。なお、異本系富岡本は「聞え侍けり」となっている）。

た《立》ゝむ月にぞ祭とのゝしるに、世の人口安からず、「祭果てゝなん花山院の御事など出でくべし」などいふめり。「あなもの狂《ぐるを》し。盗人あさりすべしなどこそいふめれ」など、様〴〵いひあつかふもいかゞと、いとをし

げになん見え聞ゆめる。いかなるべき御事にかと、心苦しうこそは侍れ。（巻第四　上一五七〜一五八）

巻第四を通じて、道隆・道兼の病没より道長と伊周との葛藤へと展開した作品世界の流れが、伊周・隆家による花山院待伏せの事件や大元帥法の発覚を契機として破局を迎えようとするところにこの一節は置かれている。しかも、この後に暗部屋女御入内と定子懐妊の記事が付け加えられるとは言え、この巻の話題の中心たる政争は次の巻「浦〳〵の別」の冒頭の「かくて祭果てぬれば」に引きつがれるのであり、この文章は巻第五に述べられるべきことを予測することによって、この一連の話題を巻から巻へと引きつぐ重要な役割を果たしている。たしかにこの場合も「いふ」や「見え聞ゆ」と知覚・伝達についての語句は見られるのだが、さきの引用が独立性の強い挿話だったのと異なり、一連の記事の連関に組み込まれているのだから、この部分だけを「聞書的」として関連する記事から切り離すことはできない。他の記事とともに一連の文脈を形成する以上は、その叙述に見られる現象は文脈全体のうえに置いて説明されねばならない。

ところでこの記事は、大系本標目が「風評」とするように、確かな事実としては何一つしるされていない。しかも、「風評」の内容を確実性を欠くものとして「出でくべし」「などこそいふめれ」と言うだけでなく、このような風評の存在そのものへも「などいふめり」と判断の保留を示し、あるいはそのような風評が引きおこす感想「いとをしげ」にまで「見え聞ゆめる」と断定的な確認を避けるのである。この風評の記事に至るまでの経緯は動詞終止形を基調とする文章により、確定されたものとして述べられてきたが、その波紋の至るところには、あるいは「見え聞ゆ」など知覚・伝達に関することばを挟み、あるいは所謂推量の助動詞を添えて事実の確述を避けようとする。確かな事実から確実性を保留された事実へと叙述が流れるのは栄花物語にしばしば見られる筆法であるが、ここでは巻第四全体を通しての規模においてなされたと言えよう。そして「侍り」はこのような引用文の文章の末尾に現れるのである。

さて、この二つの例はその性格に違いが見られ、にもかかわらず両例とも「侍り」は「見る」「聞こゆ」「いふ」など、知覚・伝達に関することばにともなわれていた。また後者では所謂推量の助動詞と併せ用いられることも見たが、これらの現象はこの作品の地の文の「侍り」の他の例でも見ることができる。本節の課題のためには当然このような現象の意味を問わねばならないが、その前に他の一〇例についても簡単に見ておきたい。

かくて帰らせ給ぬれば、ひとり笑《ゑ》みして、恋しう覚えさせ給まゝには、「あひなき事、少将やこなたにや」と、いとゞうつくしうおぼしめしまはすも、痴がましうぞ見えさせ給ひけるとぞ侍りし。（上三五七）

これは巻第十一「つぼみ花」の巻末の文章である。もし「侍りし」がなければ「とぞ」で巻を終わらせることになり、これは他の作品にもしばしば見られる形式なのだが、それに「侍りし」を加えたことに栄花物語の特殊性があるのだろう。しかし、他の作品が巻末を「とぞ」などでしめくくる現象(3)との関連性は考慮しなければなるまい。またここでも「見ゆ」と、知覚に関することばが見られる。

中宮よりぞ、「御衣《ぞ》に添へて」と書き来し、
雛鶴の白妙衣今日よりは千年の秋にたちや重ねん」などぞほのきゝ侍りし。（上三六二）

巻第十二「たまのむらぎく」の教通室出産の記事である。このあとには「かくて」(4)が来るのだから、記事と記事の境目になっていると言えよう。この場合にも「聞く」が見られる（なお、異本系富岡本は「ほのきゝし」と、「侍り」を欠いている）。

されど院の女御は知り給はじ。さやうにぞ大宮など心寄せきこえさせ給ふやうにぞきゝ侍りしかば、世の人、大宮の御心寄をぞ、煩しげに申すめりし。（上四三三）

巻第十四「あさみどり」の、顕光一家の家族間の紛争を記す記事である。「侍り」を含む一節はこの場合には記事の中途にあるが、引用した部分を含んで記事の全体が推量の助動詞を基調に叙述されている。記事の話題は確定さ

れた事実としては扱われず、なかば風評に近いものとさえ見ることができるのは、引用の部分に「世の人」が登場することによっても知り得よう。「侍り」は「聞く」にともなわれている。

大納言うち泣かせ給て、

妹背山よそに聞くだに露けきに子恋の森を思ひやらなん」いみじうあはれにおぼしたりとなんきゝ侍し。（下九七）

巻第十八「たまのうてな」巻末である。この場合も「聞く」にともなわれている。

同じ頃、内の大い殿、大井に御祓しにおはしましたりける程に、日暮れて月いと明う出でたり。「秋の夜の月に向ふ」といふ事を詠ませ給に、右大弁定頼の君、

月の出づる峯をうつせる大井河このわたりをや桂といふらん」と宣はせければ、たゞこれを興じてやませ給にけりとぞ、人語り侍し。（下一一八）

巻第十九「御裳ぎ」の巻末である。うた語り風で、「語る」という、ことばの伝達に関する語にともなわれる（異本系富岡本は「人かたり侍しとぞ」。また大系本は「秋の夜」の下に富岡本により「の」を補う）。

親子の契のあはれなる事、かの君のわづらはせでさやうにもものし給はましかば、いかにいとをしからましと、いみじうあはれにこそきゝ侍しか。（下一二八）

巻第二十「御賀」巻末である。「まし」及び「聞く」が見られる（なお異本系などでは[5]この後に、「つくしにおはせぬ人のぞうおはして、あしかりけるなどぞきゝはべりし」のような一文を持つが、その場合も「聞く」にともなわれた「侍り」が巻末に来ることに変わりはない。「かの君の」の下、大系本は陽明文庫本により「わづらはせで」、全注釈は西本願寺本により「わづらはで」を補っている）。

やゝ堪え難げに御けしきども見ゆるもおはすべければ、心苦しとて、御禄どもとり出でさせ給ふ。暗ければ見

えねど、いみじうせさせ給へりとぞきゝ侍し。殿ばら出でのゝしらせ給ふ。（下一八〇）

巻第二十四「わかばえ」の枇杷殿大饗の一連の記事のうち、宴が一段落した場面の叙述である。「見ゆ」「聞く」が用いられている。

「内の大殿は、『母なき子ども数多《あまた》もて扱ふ。親は一人召すべかりける』など、興なげにこそおぼしの給はす」と人語り侍しか。そはさる事にやとぞ。（下一八三）

同じく「わかばえ」の、頼通・通房父子についての記事の末尾に、教通の感想を添えた一文である。「語り」にともなわれる。

この女御の御服奉りける日とて、院の詠ませ給へると人の語り侍し、まことにや、おぼつかなし。

別れにし春のかたみの藤衣たち重ねきる我ぞ悲しき。（下二〇一～二〇二）

巻第二十五「みねの月」の寛子薨去の記事よりの一節である。ここでも「語る」にともなわれる（なお「人の語り侍し」の上に、大系本では兼好法師真蹟本により[6]「院の詠ませ給へると」を、全注釈は富岡本により「院の御歌とて」を補う）。

世中の布といふ物、すべて今日に尽きぬらんと見えたり。僧どもの添へ物・布施など、すべて中〱なれば書き尽さず。いみじう世に珍かに侍めりしか。（下三三七）

巻第三十「つるのはやし」の道長の四十九日の法事の記事である。「見ゆ」「書く」「めり」などの語が用いられている。

知覚・伝達の語句

以上によって、地の文の「侍り」が用いられるとき、その周辺の文章にいくつかの特徴が見られることを確認できたろう。「見ゆ」「聞く」「語る」「書く」など知覚・伝達に関する語句は総ての例に見られ、また四例では推量の助動詞と併せ用いられていた。そして三例を除いては巻末や記事末尾の文章に含まれるのでもあった。地の文の「侍り」は無原則に用いられているのでなく、作品の叙述が何らかの特徴を示すときに用いられるのであり、「侍り」が求められた理由もこれらの特徴を考えることにより知り得るだろう。

まず、知覚・伝達の語句の問題から考えよう。「侍り」と関連して知覚・伝達の語句が見られたわけだが、それらはすべて、どのようなものを対象とし、どのようなものに帰属しての知覚・伝達なのだろうか。言うまでもなく、聞いたり、見たり、また語ったり書いたりするのはすべて栄花物語の作品そのものを中心としてである。知覚の対象となるのは作品が描き出そうとする歴史の事実であり、また伝達されるのは作品の歴史叙述のことばなのだった。

例えば巻第十一の例において「痴がましうぞ見えさせ給ひけるとぞ侍りし」と記されているが、この一文の背後には、事実とその報告をめぐる人物間の構図が見てとれる。「痴がまし」と形容される対象（ここでは一条尼上）が歴史事実に属するものとして存在し、それを対象として「見ゆ」と言う知覚がはたらくわけである。この「見ゆ」の主格はことばにあらわには設定されていないが、敢えて問うならば書き手とは別の、第三者たる報告者と考えられよう。なぜならば「痴がましうぞ見えさせ給」という知覚認識は「けり」で承けることによって書き手への報告となり、更にそれを書き手が「とぞ」に依って作品の叙述へと定着させるという構図をとるからである。では「侍り」を直接ともなう形だけでも五例見える「聞く」の場合にはどうだろうか。巻第十八の「いみじうあはれにおぼしたりとなんき丶侍し」を例としよう。この場合には話題となる事実と報告者との間については不問とされている。「いみじうあはれにおぼしたり」は報告者による報告なのであり、また同時に報告されるべき事実の様相なのでもあって、報告とその対象は相即して乖離することがない。このような報告を「となんき丶侍し」と承けるのであるから、問題となるのは報告者より書き手へと報告の至る過程であり、これを書き手の側よりとらえるときに「聞く」ということばは記されることになる。

一方、この「聞く」に関するのと同じ構図を報告者を主格として示すのが「語る」である。たとえば巻第十九の「たゞこれを興じてやませ給にけりとぞ人語り侍し」の場合、「たゞこれを興じてやませ給にけり」は報告者の報告であり、また同時に報告された事実の様相でもある。そしてここでは報告者は「人」として叙述の上に顕現し、その報告を「語る」のである。

さて、同様にことばの伝達について述べる「書く」の場合には「見ゆ」や「聞く」「語る」とは異なった面を作品をめぐる構図より照し出す。巻第三十に見られる「すべて中〳〵なれば書き尽さず」を例にとれば、ここでは介在する報告者は見出せず、歴史の事実への評言としての「すべて中〳〵なれば」は書き手に属するものと見て一向に問題はなかろう。ここで問題とされるのは書き手と書き手より発しながら書き手から離れ作品の叙述に定着されたことばとの関係なのであって、それを書き手を主格とする行為としてとらえるときに、「書く」という語によって表されるのである。

以上に見た例はいずれも動詞によるものだったが、これとは別に助動詞に依る場合も考えねばならない。即ち、以上に挙げた例のうちいくつかにおいて、「侍り」によって統べられる文と併せ、推量の助動詞によるものも見られた。そしてこれら推量の助動詞「めり」や「べし」「じ」などを、栄花物語の叙述の基調をなす動詞終止形に比べて見るとき、その判断はより主観的であるだろう。動詞終止形によって記される場合には、その判断はあくまでも客観的なものとして、対象たる歴史の事実と叙述のことばとを相即不離のものとして示し、その間隙を感じとらせることがない。ところが「めり」や「べし」などは叙述のことばがとらえようとする対象を確定されたものとしては表さず、判断は主観性の強いものと感じられる。

たとえば「されど院の女御は知り給はじ」と、巻第十四の引用に記されるとき、「されど院の女御は知り給はず」とするのに比べて、歴史の事実としての確定は保留されたことになる。と同時に、推量の助動詞を用いたこのような叙述の背後には保留の主観を担う主体、即ち書き手の存在が強く感じとられることにもなる。この場合には、先の動詞の例のように事実と書き手の間に報告者が介在することなく、事実と書き手は直接対峙することとなるが、推量の助動詞はこの間隙を照らし出すのである。ちなみに、「侍り」に過去の助動詞が接続するとき、「けり」ではなく、より情動性の強い「き」が用いられることも、(7) 推量の助動詞の問題に通じるものがある。つまり判断の主観性を目指すという点で「侍りき」は推量の助動詞と相似た機能を果たし、相携えて用いられることも確認しておきたい。

さて以上のように「侍り」を取りまく文章の語句によって、歴史の事実と叙述、そして報告者や書き手とその相互の関係が示されるのを見たが、歴史叙述のことばを取りまく構図のうち未だ扱っていないもの、即ち書き手より発せられたことばの向かう方向としての歴史叙述の読み手が残されている。そしてこの読み手の存在を想起させ、書き手より作品のことばへと向かう方向の延長線上を照らし出すものが「侍り」なのである。

ところで、「侍り」については阪倉篤義が「「侍り」の性格」の中で次のように述べているのに拠るべきだろう。(8)

要するに「侍り」は、話手の、自ら謹しみ深くへり下る態度に基く、絶対謙称に近い表現であつた。ここに於て主体の敬意が問題になるとすれば、それは寧ろ漠然と何かしら大きなものに向けられてゐるとでも言はなければならない。特に限定された聞手に対する敬意といふことは、こゝに於ては、尚必ずしも直接には意識に上つてゐなかつたと思はれる。たゞこれが特定の聞手に対する話手の敬意の表現の如くに見えるに就いては、次のやうな事情を考へることが出来る。一つは、これが対話文といふ、直接の聞手を予想する言葉に専ら用ゐられたことである。その為に、明確でない話手の敬意の対象が、特に聞手といふ一点に限定して考へられたのであつた。更に今一つ重要な点は、一般に敬語に於ける、素材と話手、乃至は素材間の関係の規定の表現に於ては、常にそれらと聞手との上下尊卑が顧慮せられてゐるといふ事実である。　（傍点原文）

つまり「侍り」はまずことばの主体の謙る姿勢を示すのであり、ついでこれが具体的なことばの場に置かれるときに、敬意の対象として聞き手を浮かびあがらせると見られる。

歴史の事実 ⇔ 見ゆ
報告者 ⇔ 語る
報　告 ⇔ 聞く
書き手 ⇔ 書く
（以上）――べし・めり・じ・き

歴史のことば ⇔ 読み手 ――侍り

このような「侍り」の性格は、栄花物語の地の文に用いられたときにも保たれていると見るべきだろう。また口頭語の場合を比喩的に準えるのだとは言え、敬語をめぐる場の構図は想起されて然るべきである。つまり栄花物語においても、ことばの主体としての書き手の敬意の姿勢が（その敬意の由来は後に問うとして）この「侍り」にこめられていると読みとれるのであり、その敬意の対象としてことばの受け手を見出すこともできるのだが、それを書かれたことばとしての作品に即してとらえるならば、読み手と称するべきだろう。

さて、以上のようなことばをめぐる構図を整理するなら上のように図示できよう。

この構図は先に検討した結果を統合・整理したものであるから、実際の例にあってはこのような構図の全体が明瞭にあらわれるわけではない。まして、現実にこれらの構図が先験的に既存し、それによって述作されるという過程の事実があるわけではない。ただ、叙述をとおしてそのような過程が踏まれるかのように読み取られるだけなのである。しかし、さきの引用の例において、その叙述から右の構図のいずれかが読み取られたことも確かなのだ。そして、さきの例はすべて地の文の「侍り」を含んだ場合だったが、それ以外にもこのような構図に触れる言及がこの作品には少なくない。

その第一の、典型的な実例は作品の冒頭にはやくも見出せる。つまり栄花物語は次のような一文により始められる。

世始りて後、この国のみかど六十余代にならせ給にけれど、この次第書きつくすべきにあらず。こちよりての事をぞ記すべき。（上二七）

ここでも、「書く」「記す」の語によって書き手と歴史叙述のことばとの関係は明示されているが、また「この国のみかど六十余代」を「書き尽すべきにあらず」として省略するとき、歴史の事実と叙述との間の溝も照らし出されている。そして、かかる作品述作についての言明はおのずから先の構図を浮かび上がらせるための契機をなすのである。

ことばをめぐる構図への言及は、この冒頭の一文の外にも、この作品には多く見られるが、巻第一および巻第二の例を以下に挙げてみよう。

○をかしくめでたき世の有様ども書き続けまほしけれど、何かはとてなん。（上四〇）
○かくいふことは応和四年四月廿九日、いへばおろかなりや。思やるべし。（上四三）
○その折にあさましうおぼされたりける御けしきの、世語になりたるなるべし。（上四九）

○あさましういみじう心憂き事には、たゞ今世にこの事よりほかに申言ふ事なし。（上九三）

○あさましき事どもつぎ〳〵の巻にあるべし。（上一〇〇）

などのほか、更にしばしば用いられる「いはん方なし」「まねびつくすべくもあらず」のたぐいの評語や、「かくて」の類としての「かくいふ程に」[9]なども同じ問題にかかわっている。このように栄花物語には、その叙述のことばの構図をめぐる言及は多く、地の文の「侍り」もかかる言及の中で用いられ、ただこの構図の一方の終結点たる読み手を照し出すことにおいて特徴的であった。「書く」「語る」や「めり」などとは異なった働きをするのではあるが、それでも「侍り」はこのような言及の内部で機能し、このような言及の問題を考えることによって以外、地の文の「侍り」を考える方法はない。

真実性の表現

作品の叙述のことばをめぐる言及は栄花物語に限られるものではない。知られているように、作品や巻の冒頭・末尾、あるいは記事や場面の転換点にかかる言及が置かれる例は他の作品でも多く見られる。たとえばはやく土左日記において、その冒頭に「をとこもすなる日記といふものを、をむなもしてみむとてするなり」と、作品の述作への言及を見ることができる。またその結尾に「疾く破りてむ」[10]と言うのも、逆説的にではあるが叙述のことばの、物としての結実を想起させるだろう。またかげろふ日記においても、序や跋と称される部分に同様の言及は見出せる。しかも土左日記と言いかげろふ日記と言い、ともに物語ではなく、叙述の背後に対応する事実を期待されがちな作品であることは、栄花物語を考えるうえで示唆的である。事実性にかかわってこれらの作品は栄花物語との間に性格の近いものをもつといわねばならない。

しかし本考の課題を考えるにあたって、より関心が持たれるのは源氏物語「帚木」の場合である。つまり「帚木」の巻の冒頭に記された「作者の詞」や「草子地」の例であり、言うまでもなく「夕顔」巻末と照応するものであるが、ここにはまた物語における「歴史」の問題が示されるからなのである。

「帚木」冒頭の一連の叙述と「歴史」との関連の問題は、准拠にも関連してはやく宗祇が示唆したところであり[11]、また藤村潔[12]によっても詳しく論じられた。即ち「帚木」冒頭の一文は[13]その巻序による限り「桐壺」の巻を「帚木」の巻へ、あるいは帚木三帖の巻々へと引きつぐ役割を果たす。しかも「桐壺」の巻は藤村が池田勉[14]の論を引いて指摘するように、様々な准拠によって「歴史」に接近し、「歴史」を装うことにより歴史の事実性を作品の真実牲へと転化するのであった。一方帚木三帖の場合には、「夕顔」の「なにがしの院」における河原院などの准拠を指摘できないわけではないが、「かくろへごと」としてその世界を最も私的な生活にもとめるので、公的な場面に満ちた「桐壺」の場合とは事情が異なる。もっとも帚木三帖の叙述は、その描写は具象的・迫真的であり、それだけで作品世界は真実性を保証され、自足し、充実するかと思えるのに、なおそれだけでは充分とされなかったようである。「光る源氏名のみ……」と「作者の詞」が記され、更に「まだ中将などに……」と「草子地」が記される「帚木」冒頭は「夕顔」末尾と相俟って、「語り伝へ」「聞き伝へ」などのことばを通して、過去の事実がその報告を介して書き手に至り、更にそれを作品のことばに定着するのだという、さきに図示した構図に酷似するものを浮かび上がらせる。つまりここに歴史のことばをめぐる構図が透かし見えるのである。もちろんこれが比喩的な装いであることは違いなく、藤村の言うように「物語は事実の中から語り手が任意に取捨選択して抜き出したものだという虚構」なのだが、にもかかわらず歴史の伝承による事実性の保証を装っていることは確かなのだ。しかもそれが「桐壺」より帚木三帖への変換点にあたっているとき、准拠とは別の面から歴史の事実性にかかわり、それによって作品の真実性を図っているのである。

そして源氏物語の他のいくつかの巻の巻頭・巻末にも、「帚木」冒頭の場合のように大規模ではないにしても、同様の構図を垣間見せる叙述が見られ、しかも異文が対立し揺れ動く部分まで考慮するならば、地の文でありながら「侍り」を見出すこともできるのである[15]。

それにしても、源氏物語における作品の真実性は決して歴史の事実性と同一ではない。「あるものかとみれはなくなき物かとすれはある物」（雨夜談抄）と宗祇がとらえる所以でもある。一方栄花物語はどうだろうか。虚構の物語ではなくあくまでも歴史叙述たる栄花物語では、作品の真実性と事実性は一致しなければならない。即ち歴史叙述は対象とした事実を正確に反映していることを求められ、その達成によってのみ作品の真実性が保証される。しかし逆に言えば、歴史叙述の作品はその事実性に疑いを挟まれる可能性をつねにはらみ、しかもそれが真実性への疑いに直結している。それは虚構の物語と異なって、歴史叙述に課せられた宿命であって、その作品がいかに文学としての相貌を得ようと、この宿命はのがれることができない。このように事実性への疑いを挟まれるという宿命の栄花物語においての発現は、はやく大鏡の如き作品にも見て取れようが[16]、また栄花物語研究の動向も事実の反映の正確さ奈何に大きくとらえられている。

ではこのような宿命にさらされる歴史叙述の作品として、その文章にはどのような形式が可能であったろうか。その可能性の一つは現に栄花物語として実現されている。そしてこの作品では動詞終止形が叙述の基調をなすが、それだけでは一貫されず、しばしばそれ以外の性格の叙述が挟まれ、その点にこそ本章の課題はあるわけである。しかしもう一つの可能性として、動詞終止形の基調で押し通すことも考えることができる。つまりさきに見たような、作品のことばをめぐる言及や、推量の助動詞を用いた叙述を置かない文章によって叙述を進めるのである。これによって、歴史の事実の叙述のことばへの反映については、その相対性への言及は全くなされず、そのために事実反映の誤りという歴史叙述としての弱点が存しないかのようにふるまうことができる。確実な歴史事実を確定された作品世界へと再現しているのだという原則をあくまでもくずさないのである。

実際の栄花物語においてもこのように動詞終止形を基調とし、確定されたものとして歴史を書きしるす叙述が多くの部分を占める。そして歴史叙述の趨勢として、その叙述に事実反映の誤りを認めるということはあり得ない（なお老婆心ながら言いそえればこのことは、現在の歴史研究の成果によって誤りが指摘できるという現象とは全く別の問題に属する）。にもかかわらず、栄花物語は歴史叙述としての真実性の保証については、そこに疑いを向けられる可能性をつねに宿命的に背負わねばならない。このような宿命に対処するためにこの作品が採ったのは、作品世界のすべてを確定されたものとしては扱わないという方法なのであった。

この作品の採ったかかる方法の一つとして、実際の例に関連して前に言及した、「べし」「めり」など推量の助動詞を用いた叙述がある。つまり前述のように対象となる事実の確実さを保留するのであり、同時に叙述のことばを客観的なものでなく主観を帯びたものとして示すのであった。そしてこの場合には、歴史の叙述の対象は完全に確定し得るものとしては扱われず、確定できる部分とできない部分が綾をなすものとして扱われる。歴史叙述に確実性のみをもとめる立場からすれば責任の回避のようにも見えるが、これもまた歴史の叙述の一方法であり、歴史観であったといえよう。

それにしても、「べし」や「めり」による叙述ではことばの主体が対象の事実に直接対して、それに判断を下すのだという構図に関しては動詞終止形の場合と異なることがない。それどころか、対象の確実さを相対的なものとして保留した判断は、そのまま主観性の強さとしてことばの主体にはねかえるので、「けり」「給へり」の場合よりも主体は一面において重い責任を負うことになってしまう。対象の様相と主体の判断が不可分のものとして呈示される助動詞[17]による限りは逃れられないことなのである。

対象の確実性を保留しながら、なお判断の主観的の誹りを避けるためには、対象の事実とことばの主体との間の距たりを推量の助動詞などとは別の方法で表さねばならない。そこで先に図示したような構図によりつつ、事実についての報告の伝達とそのためのことばの運用としてこの距たりをとらえ、「聞く」や「語る」「書く」などの語を用いることによって事実と叙述との間の距たりを客観的なものとして呈示する。またこのうち、ことばの主体に属する「聞く」や「書く」の場合であっても、その行為自体は客観的なものとして動詞によってとらえられることにかわりない。このため対象の確実性の保留の責任は、作品をめぐる構図に属するものでありながら作品の叙述そのものによって客観的なものとしてとらえられた行為が背負うことになり、「べし」や「めり」の場合のようにことばの主体が負うことは免れるのである。このようにしてことばをめぐる様々の過程の構図は、歴史の事実と叙述のことば、またことばの主体などとの距たりを明らかにし、ことばへの事実の反映の相対性を明らかにする。作品のことばをめぐる構図をより広く強固なものとし、しかも作品の読み手までをもまき込むために「侍り」が用いられたわけである。

もちろん、作品が受ける真実性への疑いは、このような記述によってすべて保証されるわけではない。また言うまでもなく、そこに示された構図がそのまま作品の実際の述作過程を示すと見る必要もない。しかし栄花物語が叙述の基調で一貫されず、このような疑いを顧慮するかの如き姿勢でその叙述が進められるのも確かであり、そこには歴史叙述の作品として宿命的に負わねばならない疑いに無関心ではあり得ない作品自らの姿が見出せるのである。そしてこのために、作品の冒頭をはじめ巻の切れ目や記事の切れ目などの叙述の節目にことばの構図についての言及を置き、「侍り」もまたそのような言及の中で用いられた。しかも「侍り」が示す謙譲の態度は、そのまま歴史の叙述が事実性に関して宿命的に課せられた弱点に由来し、この故に史家は読み手に屈折した卑下の姿勢を示すかのようである。そして、このようなことばの構図は、前節で見たような歴史叙述のことばの二元性によるのであった。

もしうつほ物語のような文章のみを基盤として歴史叙述が実現されたならば、事実性への疑いを顧慮しないものがあらわれたかも知れない。源氏物語の場合はあり得べき歴史叙述の姿を摸しながら、実はその歴史叙述は存しなかったと思われる。栄花物語はその後に出現し、大きな影響を受けつつ歴史叙述として形成されながら、その文章はなお日記やうた物語などつくり物語以外の文章の流れを取り込んでいたと見える。地の文の「侍り」もまたその一例だった。たとえその相似が偶然のものであり、直接の模倣ではなかったとしても、事実性の束縛ということを考えれば内的には必然のことだったと言える。いずれにしても文章史上に、ひいては平安朝文学史の全体の流れのうえに位置づけられねばならない現象なのである。

一方、大鏡のように更に後に出て歴史にかかわった作品では（実はその形式の先駆は栄花物語の一部にも見られるのだが）[18]、事実についての報告者を具体的な登場人物として設定する途を採り、かなによる歴史叙述としては以後この形式が主流となったようである。事実とことばをめぐる構図は、栄花物語の場合のように単に読み手により読み取られるものであるにとどまらない。大鏡では具象的・具体的な人物として設定されるに至るのだが、これもまた真実性としての事実性の保証の方法の一つにほかならなかったのである。

注

（1）当山公子「栄花物語における係結の現象」（国文（お茶の水女子大）一八　S三八・二）・松本範子「栄花物語の文末表現の一考察――栄花物語の成立に関して――」（国文（お茶の水女子大）二九　S四三・七）。また野村精一「日記文学の文体」（日本文学　S五八・六）を参照。

（2）松村博司『栄花物語の研究』第二篇第四章「正篇の典拠」（刀江書院　S三一）中の一節。ほかに、野村精一「異文と異訓――源氏物語の表現空間（三）――」（紫式部学会編『源氏物語とその影響　研究と資料』古代文学論叢6　武蔵野書院　S四九）をも参照。

（3）野村精一「作品の終局と言語の終末――源氏物語の表現空間（五）――」（『源氏物語の表現と構造』論集中古文学1　笠間書院　S四九）・石田穣二「物語の太尾の形式について」（文学論藻五四　S五四・一二）を参照。また松村博司『栄花物語全注釈四』巻第十九の〔21〕語釈「人語り侍りし」の項（角川書店　S五一）をも参照。
（4）本書第一章第四節参照。
（5）松村博司『栄花物語全注釈四』巻第二十の〔8〕校異考（角川書店　S五一）参照。
（6）兼好法師真蹟本については松村博司『栄花物語の研究続篇』「続諸本の研究三」及び「余篇二」（刀江書院　S三五）を参照。
（7）「侍り」と「き」の関係については根来司『平安女流文学の文章の研究―枕草子、源氏物語、紫式部日記を中心として―』Ⅱの第三（笠間書院　S四四）、同『平安女流文学の文章の研究続篇』Ⅱの第三（笠間書院　S四八）に論がある。
（8）阪倉篤義「「侍り」の性格」（国語国文　S二七・一一）。なお、森野宗明「古代の敬語Ⅱ」（『講座国語史5敬語史』第三章　大修館書店　S四六）・布山清吉『「侍り」の国語学的研究』（桜楓社　S五七）などをも参照。
（9）注（4）参照。
（10）野村精一「序・扱の研究と解釈」（『一冊の講座　蜻蛉日記』有精堂出版　S五六）参照。
（11）拙稿「『源氏物語』における地の文と会話文のはざま――古注釈家の「帚木」読解に沿って――」（研究と資料八　S五七・一二）参照。
（12）藤村潔『源氏物語の構造』Ⅲの一の3（桜楓社　S四一）
（13）「帚木」冒頭については藤村の論のほか、石田穣二「帚木の冒頭をめぐって――あるいは帚木と若紫――」（『源氏物語・枕草子研究と資料』武蔵野書院　S四八）・吉岡曠「物語の冒頭」（学習院大学国語国文学会誌一三　S五四・三）をも参照。
（14）池田勉『源氏物語試論』「源氏物語「桐壺」の作品構造をめぐって」（古川書房　S四九）。また清水好子『源氏物語論』（塙書房　S四一）参照。
（15）注（3）参照。また井上誠之助「源氏物語に於ける「侍り」・「給ふ」・「給ふる」覚書」（国語と国文学　S四二・

一〇）をも参照。

(16) 平田俊春『平安時代の研究』「大鏡と栄華物語との関係及び大鏡の著作年代について」（山一書店　S一八）を参照。

(17) 小松光三『国語助動詞意味論』（笠間書院　S五五）参照。

(18) 本書第三章第五節参照。

〔付記〕異本系富岡本は古典文庫本『栄花物語異本』（松村博司・吉田幸一共校　S二七）によった。

第四節　中関白家・花山院関係記事の文体的特徴と「けり」

筆者は栄花物語の「けり」の様相について論じたことがあった。(1) この作品は王朝の他の多くのかな文学作品と同じように、動詞の終止形を叙述の基調としているのであるが、その中に一部、「けり」の多用される記事が混じっているのであった。その現象の根拠についても、その基本的な点を筆者は論じておいたのだが、ここでは、それら「けり」の多用される記事のうち、殊に中関白家関係の記事の問題を取り上げてみたい。

この作品の「けり」の多用は基本的に叙述の空間的奥行きに関わり、いわば遠近法をなすのであった。つまり、この作品が本来叙述の対象とするような記事が作品世界の近景をなすのに対して、遠景をなすような記事に「けり」が多用される。それは、あるいは身分的にこの作品が描く上流貴族たちの階層からはずれる人々が登場する記事であったり、京とその周辺から地理的にはずれる地域の記事であったり、あるいはスキャンダルのように心理的に遠景に押しやられる記事であったのである。

その中で、上流の貴族階層乃至それ以上の階層に属しながら、その記事に「けり」がしばしば多用される人物の例があった。その一部はスキャンダルに関する記事として処理できないわけではないが、すべての記事をそのようにして説明することはできない。そのような人物として、伊周を始めとする中関白家をあげることができるのである。(2)

中関白家叙述と「けり」

もちろん、中関白家ないし伊周に関する記事がことごとく「けり」に特徴付けられるというのではない。中関白家の人々の中でも道隆や定子には「けり」は用いられない。しかしときに、ことに伊周・隆家に関する記事に「けり」で強く特徴付けられたものが見受けられるのである。

一例をあげよう。

かゝる程に、一条殿をば今は女御こそは知らせ給へ。かのとの、女君達は鷹司なる所にぞ住み給ふに、内大臣殿忍びつゝおはし通ひけり。寝殿のうへとは三君をぞ聞えける。御かたちも心もやむ事なうおはすとて、父大臣いみじうかしづき奉り給ひき。「女子はかたちをこそ」といふ事にてぞ、かしづきゝこえ給ひける。その寝殿の御方に内大臣殿は通ひ給けるになんありける。（上一五五〜一五六）

巻第四「みはてぬゆめ」である。伊周が為光の三君に通うようになったという、これだけでは単純な結婚の記事である。ただし、この記事の場合にはこのあと、伊周と三君の関係が背景となって伊周・隆家の花山院襲撃事件につながっていくわけであるから、大スキャンダルの一環であり、「けり」の使用もこの点から説明できる。

ところが、次のような記事の場合には、スキャンダルという説明もできないだろう。

帥殿も中納言殿も、宮の内におはしませば、思のまゝにえ参り給はず。夜忍びて参り給ては、人には知られ給はで、二三日などぞやがて候ひ給ける。宮達の御有様の様〴〵うつくしうおはしますに、よろづをおぼし慰めつゝぞ過し給ける。この程に上渡らせ給折など、さべきには忍びて御物語など宣はせ、奏し給べし。中納言は大殿に常に参り給て、又見え給はぬ折は、度〳〵まつはしきこえ給つゝ、にくからぬものに思きこえさせ給て、

「この君はにくき心やはある。帥殿のかしこさの余りの心にひかる、にこそ」などぞ思ほしめしける。（上二四一）

巻第八ということだから、伊周兄弟が政治の中心であった頃からは時を隔て、配流より京へ召還された後の記事であり、既に道長の女彰子の入内を見、その皇子出産が大きな扱いを受ける巻のなかでの、伊周兄弟の扱われ方である。既に作品世界の中心を占めている道長家の周辺を取り巻く、その他の貴族たちの一員であり、この作品の通例として、そのような貴族たちの叙述に「けり」は使われない。たしかに、中関白家没落以後の作品世界は道長一家の動向が中心的位置を占めるが、だからといって道長家以外の貴族たちが文体的に背景に押しやられるようなことはない。単に前景道長家の背景というだけで「けり」を以て叙述されるのであれば、この作品にはもっと「けり」が遍在するはずである。なのに、中関白家以外の貴族には「けり」が多用されるようなことはない。中関白家だけにこのような現象が見られるのか、その構造を見なければならないだろう。

ここで、付表A「伊周関係記事一覧」を見ていただきたい（五一二頁）。伊周が没する巻第八までの中関白家関係の記事を挙げた。それぞれの記事を、岩波書店刊日本古典文学大系本の記事小見出し名によって示し、巻ごとに、大系本の頁数を添えて掲示してある。

この表を見てわかる通り、伊周や隆家の記事は、この作品の叙述にまんべんなく表れるのではない。巻第四・巻第五・巻第八といった特定の巻に集中的にあらわれるのであり、「けり」が多用される記事もこれらの巻の中にあらわれる。だから、伊周関係の記事の「けり」の様相についても、これらの巻の特性に関連させて考えなければならない。伊周関係の記事と、それ以外の記事との関係について考え、伊周関係の記事が叙述の背景として扱われなければならない所以を考えなければならないのである。しかも、巻第四・巻第五・巻第八の各々は巻の性格も異にしているのだから、それらの巻のそれぞれの性格を考えてゆかねばならない。

巻の第四と第五は隣接した巻であり、編年体の形式による叙述として当然ながら、その内容も継続している。しかし、その叙述の様相は対照的であり、巻第四では「けり」を用いる記事が目立つのに、巻第五では一部を除いて見られないという現象もそのことと関わっているのである。

はつはなの中関白家

巻第四の叙述は、道長に焦点をあてながらも、形式的にはどの登場人物をも特立することなく、基本的に同じ文体で描いてゆく。このあたりの巻では、注意深く読むなら道長に肯定的な評価を与えたり、他の人物の評価に道長が引き合いに出されたりなどするにしても、道長が叙述の上で特立された扱いを受けることはないのに気付く。それは巻第十五を頂点とする後半の巻と違うのであり、いずれの人物もその叙述の上で特別扱いは受けない。貴族たちの誰も文体的に異なった扱いは受けず、それは伊周や隆家も例外ではない。

ただし、その終盤で花山院と伊周兄弟との為光女をめぐる事件を扱うときに、はじめてその記述は特別の扱いを受けるのだった。スキャンダルを捉え、その叙述には「けり」により、背景への押しやりと否定的取り扱いの刻印を押したのだ。だから、巻第四の終盤では伊周兄弟は文体的に否定的な価値をもって描かれた。

ところが、巻第五で伊周たちの配流を詳しく描こうとしたときに、その詳細な叙述はこの作品の本来の文体でよくなすところではなかった。そのため、文体は（よく知られているように）源氏物語を模倣せざるをえず、しかも配流の処分の推進者たちについては、この作品の本来的な反政治性の故に描くことはできないので、伊周たちはかえって前景へでることになってしまった。一度、背景へと押しやられた人物が、また前景へと、しかも一巻の主人公へとその取り扱われ方を逆転したのである。そしてこの巻の文体が伊周らを主人公として扱ったために、その評価を否定的なものから離脱させ、そしてこの評価の傾向がこの文体の特性を強化したのである。

このような現象に対しては、基本的に道長を中心に歴史世界を描いてゆこうとする姿勢とは矛盾した、敗者中関白家に対する作者の同情を読み取る考えもあるだろうが、必ずしも、これらの叙述の背後にそのような同情的な心情を考える必要はない。巻第五において伊周や隆家を叙述の中心に据えることがまず求められたのであり、特定の人物を中心にかかる困難な情況を（高明の場合と異なって詳しく）描こうとすれば、（さきに述べたように特定の先行作品に依拠しつつ）作品としては異例の文体を取らねばならなかった。同情はこのような文体の意図せずに導くものだったと考えたい。

では、なぜこの巻の叙述において伊周や隆家が主人公でなければならなかったのか。なぜ、伊周たち中関白家の人々の動向にほとんどの筆を割くような叙述がとられたのか。この作品の叙述は、もちろん主流と扱われる人々と傍流の人々との差はあっても、対立する人々の一方だけを専ら叙述するようなことはしない。ことに、敗者として消えて行く側を専ら描くようなことは、この巻第五と、後に述べる巻第二とを除いては見られない。この作品の通常の叙述では、対立する両方の人々の動向を描いて行くのだが、ここではそのような作品の叙述のあり方とは異なった叙述になっている。これは、この作品が政治的対立を勝者の側から描くことを好まないからであり、あからさまな権力闘争の描写を好まないからである。たとえば他の巻における兼家や道長にしても、その勝利と栄光は自ずから与えられたものとして描かれ、決して意志的に獲得したものとは描かれない。(5) ここに、この事件が敗者の様相のみによって描かれる所以がある。だから、この伊周たちの配流の事件に対する道長たちの反応や動向は、いわば勝者となった人々の様子は描かれない。敗者への衝撃が激烈であるだけに、勝者を描くことも生々しすぎてできないのである。このために、この事件への道長の反応は描かれない。それどころか、この巻第五の冒頭の長徳二年四月より巻第六の冒頭の長保元年冬までの道長の動向はほとんど描かれないのである。この巻では政治的対立の緊張関係は描かれず、これが巻第四との際だった叙述と文体の相違を引き出している。このようにして、編年体によって対立する人々をともに描いてゆく歴史叙述の相対的な文体はここでは避けられ、それによって物語的な文体が組み込まれることになったのである。

では、巻第八(6)はどうなのだろうか。この巻は、その名も示すように、道長家の栄光のための巻である。彰子の敦成親王出産を中心として、その前後の、道長の権力の確立が語られる。巻第五における中関白家勢力の追い落としによって権力を独占したとはいえ、その時点で一人の娘も後宮に入れていないという情況は道長の権力にとっての大きな弱点であったはずである。その点で、道長権力は確立されていたとはいえない。単に公卿のなかでの第一位を占めているというのでは、それは現在の権力にすぎない。外戚の地位を築かなくては未来への展望は開けないのである。だから、巻第六「かゞやく藤壺」に描かれた彰子の入内は道長権力にとって大きな階梯であったし、巻第八の皇子誕生はそれ以上の、道長にとって決定的な権力の確立だったはずである。

ならば、この巻は道長一家の情況を他の登場人物についての叙述から特立して扱っているかというと、そんなことはない。巻第五のように（あるいは巻第十五のように）、対象を特定の人物に絞り込み、文体も作品の通常のものとは異なったものにしているというようなことはない。あくまでも編年体の歴史の叙述を貫くのであり、例えば紫式部日記を利用した部分でも、その形式はこの作品の通例の形式に適合するように改められている。巻第五の中関白家が絶対的な扱いを受けていたのに対し、巻第八の道長家はあくまでも相対的な扱いを受けている。

では、なぜこの巻が相対的な扱いの叙述によって記され、巻第五のような描き方をされなかったのか、――それは説明する必要のないことである。このような描き方は基本的に（一部の例外を除いては）作品の一貫している基調なのであって、この基調を破る必要がない以上は、このような描き方がなされている理由を考える必要はない。相対的な編年体の叙述の根拠はこの作品の性格の全体にあるわけで、それを作品の一部の部分に求めることはできない。もし、説明が求められるとしたら、それはこの基調が破られているときであるが、この巻ではこの基調は破られず、かえって紫式部日記を組み込むときにもその基調は守られるように注意が払われたのである。しかるべき人物にしかるべき好運がもたらされたことを描くのに、何を遠慮する必要があるか。巻第五のように敗者へのあからさまな打撃があったわけではないのだから。

にもかかわらず、この巻の道長の好運が無事安泰のものであるというわけではない。外孫たる皇子の誕生という道長の未来の展望を脅かすものがないのではない。そもそも、敦成親王は一条帝の第一皇子だったのではない。実際にはその可能性はないといってよいだろうし、実際になかったのだが、敦康親王の存在は道長の血統以外への皇統の展開の可能性を開いている。まして、敦成誕生以前においては、この可能性は切実なものであった。この事実は道長政権にとってのアキレス腱であったろう。そしてこの可能性は中関白家復活の可能性でもある。だからこそ、敦成誕生は道長にとって非常の歓びだったのである。

とすれば、敦成誕生を中心とする巻第八の世界は意想外の緊張のもとに展開するものだったわけである。この緊張は、巻第五以降も巻第八にいたるまで伏在していたものだが、この巻において解決の展望が開ける、その時にあたって、かえってあらわに感じられるものであったろう。ここに、この巻第八において伊周たちに「けり」が多用される所以があったのである。つまり、敦成親王の誕生は道長家の歓びではあるが、それはそのまま伊周たちの失望という形で表れる。作品世界を単に道長の物語としてではなく、異なった立場の人々の葛藤をめぐる歴史叙述として描こうとする限り、作品はこの伊周たちの失望を描かざるをえない。しかも、この巻が取り上げる範囲には御匣殿や伊周の死といった、中関白家の不幸の記事が含まれているのだから、この対立する勢力の緊張と葛藤は明らかになるのも当然である。しかも、あえてこれら中関白家関係の記事が、敦成親王誕生の記事と同じ巻に構成されているという事実にも注目したい。巻第八には、敦成・敦良両親王誕生という表のテーマとともに、いわば伊周たちの最後のあがきともいうべきモチーフが語られているのである。

実際、敦成親王誕生という事件に対しての伊周の反応は、作品中に次のように描かれている。

かくて若宮のいと物あざやかにめでたう、山の端よりさし出でたる望月などのやうにおはしますを、そち殿のわたりには、胸つぶれいみじう覚え給て、人知れぬ年頃の御心の中のあらまし事ども、、むげに違ひぬる様におぼされて、「猶この世には人笑はれにて止みぬべき身にこそあめれ。あさましうもある哉。珍かなる夢など見てし後は、さりともと頼もしう、異なる事なき人の例の果見てなどこそはいふなれば、さりともとのみ、そのまゝに精進・いもゐをしつゝあり過し、ひたみちに仏神を頼み奉りてこそありつれ。今はかうにこそあめれ」と、御心の中の物歎きにおぼされて、「あいな頼みにてのみ世を過さんは、いとおこがましき事など出で来て、いとゞ生けるかひなき有様にこそあべかめれ。如何すべき」など、御叔父のあきのぶ・みちのぶなどにうち語らひ給へば、「げに世の有様はさのみこそおはしますめれ。さりとて又如何はせさせ給はんとする。たゞ御命だに平かにておはしまさばとこそは頼みきこえさすれ」など、あはれなる事どもをうち泣きつゝ聞えさすれば、殿も「かくてつく〴〵と罪をのみ作り積むも、いとあぢきなくこそあべけれ。ものゝ因果知らぬ身にもあらぬものから、何事を待つにかあらんと思に、いとはかなしや。猶今は出家して、暫し行ひて、後の世の頼みをだにやと思ふに、ひたみちに起したる道心にもあらずなどして、山林に居て経読み行ひをすとも、この世のことゞもを思忘るべきやうもなし。さてよろづに攀縁しつゝ、せん念誦・読経はかひはあらんとすらんやはと思に、まだえ思ひたゝぬなり」などいひ続けさせ給ふ。いみじうあはれなる事なりかし。中納言・僧都の君なども、世も同じうおぼしながら、あさはかに中〳〵心安げに見え給。この殿ぞよろづに世と共におぼし乱れたる世の憂さなめれば、いとゞ心苦しうなん。

（上二七七～二七八）

ここでは、叙述は専ら会話の進行で構成され、最後に付加された隆家たちの叙述を別にすれば、長大な一文で述べられているので、「けり」は使われていない。そのかわりに、伊周らの心情の不安定さを表現するためか、「めり」や「べし」など推量の助動詞が多用されているのである。そして、これらの叙述は敦成の誕生が与える伊周らへの打撃をこの作品がはっきりと把握していたことを明らかにしている。この巻は確かに、権力の未来をめぐる道長と伊周の緊張を踏まえて叙述されていたのである。

この緊張はしかも巻の冒頭近くから、おそらく意図的に描かれている。古典大系本の区分に従って記事を追うなら、その冒頭は頼道の元服という道長家の歓びで開かれるが、その次には敦康親王をめぐる記事が記されている。

> 内には宮〳〵のあまたおはしますを、みかどなん、一宮をば中宮の御子に聞えつけさせ給うて、この御方がちにもてなしきこえさせ給、女一宮・二宮などのいとうつくしうおはしますを、疎ならず見奉らせ給つゝ、昔をあはれに思ひ出できこえさせ給はぬ時なし。（上二四〇）

一条帝が敦康を彰子に附嘱したという記述には、次期の皇太子をめぐる帝の意志が読み取れよう。そしてこの帝の意志はそのまま現在の権力構造を変化させる契機となるものなのだ。既にこの記事に、外戚政治をめぐる緊張は示唆されている。

そしてこの巻の三つ目の記事は帝が伊周の妹の御匣殿に通じたという記事である。伊周にとっては再び権力への足がかりを得たといってもよいだろう。

> 故関白殿の四の御方は、御匣殿とこそは聞ゆるを、この一宮の御事を故宮よろづに聞えつけさせ給しかば、たゞこの宮の母代によろづ後見きこえさせ給とて、上なども繁う渡らせ給に、自らほの見奉りなどせさせ給ける程に、その程をいかゞありけん、睦じげにおはしますなどいふ事、自ら漏り聞えぬ。中宮はよろづまだ若うおはしまして、何事もおぼし入れぬ御有様なれど、かの御かたにはこの御事を煩しげにつゝめくめり。帥殿も中納言殿も、「あはれなりける御宿世かな」と覚して、人知れぬ御祈りなどせさせ給べし。上もいと〳〵あは

れにおぼしめしたるべし。御匣殿もよろづ峯の朝霧に又かく思ほし歎かるべし。　（上二四〇）

注目したいのはこの文章の後半、伊周らの反応を述べる部分である。そこでは叙述の文末は推量の助動詞「めり」「べし」で終えられている。(7)

この引用に続くのは、さきに引用した「帥殿も中納言殿も」の文章である。この「故関白殿の」の文章より、さきに引いた「内には宮〳〵の」の文章へ、さらに「帥殿も中納言殿も」の文章へという一連の叙述の展開を通して見るなら、まず伊周らに有利な結果を予想させる一条帝の動向が記され、これに対する伊周らの反応が、助動詞の「べし」や「けり」を以て記されるということになるのである。これら一連の記事の後半は伊周たちの政治的な意志を述べる部分である。道長の権力への対立的な動きを述べている記述なのである。道長の権力の確立を描くこの巻のテーマに対して、この記述は暗部とならざるをえない。遠景とならざるをえない。このため、記述に「けり」を用いることになるのである。

もっとも、このように描かれた伊周の希望のうち、御匣殿への帝の愛は御匣殿の死によって、あっけなく終わってしまう。そしてもう一つの希望である敦康親王の皇位への可能性も敦成親王の誕生によって挫折してしまう。だから「かくて若宮の」の文章が見られたわけだが、伊周らのあがきはまだ続く。伊周は敦成を呪詛するに及び、その失敗の結果、籠居へと追い込まれる。

かゝる程に帥殿の辺りより、若宮をうたて申思ひ給へるさまの事、この頃出で来て、いときゝにくき事多かるべし。まことにしもあらざらめど、それにつけてもけしからぬ事ども出で来て、帥殿いとゞ世中すゞろはしうおぼし嘆きけり。「明順が知る事なり」など、大殿にも召して仰せられて、「かくあるまじき心な持たりそ。かく稚うおはしますとも、さべうて生れ給へらば、四天王守り奉り給らん。たゞのわれらだに、人の悪しうするにはもはら死なぬわざなり。況やおぼろげの御果報にてこそ、人の言ひ思はん事によらせ給はめ、真人達は、かくては天の責を蒙りなん。我ともかくもいふべき事ならず」とばかり、御前に召して宣はせけるに、いといみじう恐ろしうかたじけなしと、畏まりて、ともかくもえ述べ申さでまかでにけり。その後やがて心地悪しうなりて、五六日ばかりありて死にけり。　（上二八三）

これにつけても、帥殿世をつゝましきものにおぼしまさる。同じ死といへども、明順も折心憂くなりぬる事を、世の人口安からずいひ思ひけるに、帥殿、いかにか世をありにくゝ、憂きものになんおぼし乱れければにや、御心地例にもあらずのみおぼされて、御台なども参らぬにはあらで、なか〳〵常よりも物を急がしう参りなどせさせ給けるに、例ならぬ御有様を、上も殿も恐しき事におぼし歎きけり。この年頃御ありきなかりつる程に、古今・後撰・拾遺などをぞ、皆まうけ給へりける。それにつけても猶人よりけに、ことに御才の限なければなりけり。　（上二八三〜二八四）

ここでも「けり」は多用されているのだが、これはそれ自体としてもスキャンダルといえる事件だから「けり」が多用されるのは当然と言える。とはいえ、この巻の緊張関係の上に位置づけられる記事であることもいうまでもあるまい。

そしてこの巻第八は象徴的な終わり方をする。巻末自体は一条帝の譲位の意思を述べるごく短い記事で終えられるのだが、その前の記事は敦康親王の元服の記事である。それ自体は慶事であるはずなのだが、しかも「けり」が多用されている。巻第八を通して敦康もその存在は叙述の遠景へと押し込められている。ここに道長政権は永続性を確立し、中関白家は完全に歴史の傍流へと押しやられたことが象徴的に述べられているのである。

内の一宮御元服せさせ給て、式部卿にとおぼせど、それは東宮の一宮さておはします。中務にても二宮おはすれば、たゞ今あきたるまゝに、今上の一宮をば帥宮とぞ聞えける。御才深う、心深くおはしますにつけても、上はあはれに人知れぬ私物に思ひきこえさせたまて、よろづに、「飽かずあはれなるわざかな。かうやは思ひし」とのみぞ、うちまもりきこえさせ給へる。御心ざしのあるまゝにとて、一品にぞなし奉らせ給ける。よろづを次第のまゝにおぼしめしながら、はかぐ〳〵しき御後見もなければ、その方にもむげにおぼし絶えはてぬるにつけても、返〳〵「口惜しき御宿世にもありけるかな」とのみぞ悲しうおぼしめしける。中宮は御けしきを見奉らせ給て、「ともかくも世におはしまさん折は、猶いかでかこの宮の御事をさもあらせ奉らばや」とのみぞ、心苦しうおぼしめしける。（上二九六〜二九七）

敦康を式部卿にも中務卿にもできなかったということに（その事情は作品の述べることに史実との齟齬があるのではなおさら）、敦康の苦しい立場が示されていよう。しかも、敦康を皇太子にという帝や彰子の意思が述べられるのだが、これが道長の権力の指向と相反するのであれば、このような記事は「けり」をもってでなければ記述できなかったわけなのだ。

このように、道長の権力の道程の要になる巻第八という巻において、伊周をはじめとする中関白家の人々は道長に対して緊張関係を作り出すのであり、そのために彼らを描く記事はしばしば「けり」が多用されたのであった。だから、この場合の「けり」の多用はそれぞれの記事の性格だけがもたらすものではなく、作品の前半の歴史世界の権力闘争の流れ全体が関わっていたわけである。そして伊周はじめ中関白家の人々にこのような緊張を強いる力を与えたのは、皇位継承と権力への異議申し立てに外ならない。この力は、あくまでも道長の権力獲得を政治の正統として歴史を描いている栄花物語作者にも無視できないものであった。それだけ、これらの人々は（道長家の人々を別にすれば）作品の中でも特別の扱いを受ける重要な人々だったわけである。

そして、このような特殊性を端的に示しているのが、巻第五の文体である。その文体が求められた理由についてはさきに述べたのだが、しかもそのような、作品としては例外的な文体によってでも描かねばならなかった程度に、中関白家の人々の存在は重かったといえよう。しかも「浦〳〵の別」の巻が、かつて議論された(8)この作品の歴史性と文学性の問題にかかわっていたことを思い返せば、これらの人々は作品の歴史の世界に描くことができなかったにもかかわらず、別の方法で描かれることを求めたのであった。そしてその方法が「文学的な」文体によるものなのは、歴史が勝者を記すのに対して文学は敗者を描くという、古来の法則に則ってのことなのだともいえようか。

巻第八は道長家の歓びの巻であるはずなのに、その明るさで終始するわけではない。その様相の一部は、以上に述べたように、伊周たちの存在そのものが示している。しかし、この巻の影の部分は、伊周たちの姿だけが示しているのではない。たとえば、次のようなさりげない、全体の作品の流れからすればほとんど視野に入らないような記事はどうであろうか。

　世の中ともすればいと騒しう、人死などす。さるは、みかどの御心もいとうるはしうおはしまし、とのゝ御政も悪しうもおはしまさねど、世の末になりぬればなめり。年ごとには世の中心地起りて、人もなくなり、あはれなる事どものみ多かり。（上二四八）

大系本の小見出しに「疫病流行」とする記事であるが、諸記録にも相当する記述が見出だせないもののようであり、これだけの記述でどのような事実を記そうとしたのかはわからない。この記事がこの位置に記されねばならない根拠は不明としか言いようがないのだから、史実としての正否を探ってもしようがない。この記事から読み取らねばならないのは、歴史事実ではなく、ここに記された不安の感情である。帝や道長の為政にもかかわらずの、社会を覆う不安がここでは述べられている。この不安は巻第八に限らず、作品の全体の通奏低音となっていると見られるが、この巻のここで記されたことの重要性を感じ取りたい。慶事が重なればこそ、この不安も募るのである。この不安がこの作品の奥底を流れる感情なのであり、また時代精神でもあったといえよう。このような不安の上に描かれるなら、伊周らの動向も、社会への波紋は意外に大きいのである。

巻第八で、かかる社会の不安に結び付く記事は、政治的動向としての伊周関係の記事だけではない。この巻で大きく取り上げられ、しかも伊周らと同様に、しばしば「けり」を多用される人物として花山院をあげることができる[9]。花山院関係の記事については、付表B「花山院関係記事一覧」を見ていただきたいが（五一三頁）、この人物が専ら巻第二・巻第四・巻第八に多く登場することが知られよう。巻第二については後で触れるとして、これも不安に満ちた巻第四に多く登場する、その様相については言うまでもあるまい。スキャンダルに関わり、その頂点が伊周兄弟と交差して、中関白家没落の契機となったことはさきにも触れた。この人物が巻第八にも多く描かれるのである。

花山院

もっとも、編年体の歴史叙述であるこの作品は、対象とする歴史事実があった以上は、その位置に記さざるをえないのであり、そこに何らかの意義を見いだそうとするのは、深読みのそしりを招くことにもなりえる。実際、この巻で花山院は崩御（上二五四）するのだが、その史実が寛弘五年二月のことである以上、この巻以外に位置づけることはできない。しかし、花山院崩御の記事はまさにこの位置に記さざるをえなかったとしても、賀茂祭見物の記事（上二四四）や鶏合（上二四七）の記事は、必ずしもこの作品の叙述の上に描かれなければならない記事ではあるまい。単に史料が入手できたからここに記されたのか、あるいはそれに留まらない意図を見いだせるのかはついに決着をつけることのできない問題ではある。ただ、これらの記事がここにしるされることにより、この巻での花山院の存在が大きなものとなっていることは事実であろう。その崩御だけが述べられるのに比べれば、この巻での花山院の印象ははるかに強いものになっている。

さらに、この巻での花山院の印象の強さは、その崩御の記述にも及んでいる。死そのものの記述はともかくとして、それに付随して語られる女宮たちの運命はほとんど奇怪とも言うべきものであろう。

この女腹・親腹に、あまたの御子達おはするに、各女宮二人づゝぞおはしける。「われ死ぬるものならば、まづこの女宮達をなん、忌のうちに皆とり持て行くべき」といふ事をのみ宣はすれば、御匣殿も女も、さまぐに涙流し給。親腹の弟宮をば、その同胞の兵部の命婦にぞ生れ給けるまゝに、「これは汝が子にせよ。我は知らず」と宣はせければ、やがてしか思てぞ養ひ奉りける。……　（上二五四）

まことに御忌の程、この兵部命婦の養い宮を放ち奉りて、女宮達は片端より皆亡せ給にければ、よき人の御心はいと恐しき物にぞ思きこえさせける。「兵部命婦のをば『我知らず』と宣はせければ、おぼし放ちてけるなるべし」とぞいひつゝ、泣き歎きける。　（上二五四～二五五）

では、このような奇怪な記事も含めて、この巻で花山院をかくも重く扱うのは、どのような根拠に基づいてのことなのだろうか。伊周らとともに、この巻で花山院が重く扱われ、しかも「けり」を用いて遠景に位置づけつつ取り上げられるのはどうしてだろうか。花山院と伊周は共通した扱いを受けているが、それはなぜなのか。その所以を探って、巻第二へと遡らねばならない。

巻第二における花山院の出家の叙述はその真相に触れていないとされ、(10)そしてときにこのことが栄花物語の評価を低くすることにもつながっている。だが、この作品は現在の帝の出奔・出家というう異常な事件を、その裏面をさぐって納得しようとするのではなかった。この事件を評価しようとしたのであり、そのために作品の、あるいは作者の価値体系に位置づけようとした。しかし、この作品の本来の歴史叙述の文章ではそれはできることではなかった。ここに、文体の逸脱が求められることになる。実際、巻第二の終末、花山院の出家の記述は、次第にその文体を歴史叙述のそれから逸脱させてゆき、ついに仏典的文体へと至るのである。

さても花山院は三界の火宅を出でさせ給て、四衢道のなかの露地におはしまし歩ませ給ひつらん御足の裏には千輻輪の文おはしまして、御足の跡にはいろ〳〵の蓮開け、御位上品上生にのぼらせ給はむは知らず、この世には九重の宮のうちの灯火消えて、たのみ仕うまつる男女は暗きよに惑ひ、あはれに悲しくなん。（上一〇〇）

このような文体はこの後、作品の正篇後半に至って、道長の仏教事業を述べ、道長の死を述べるときにしばしば大がかりに見ることになるのだが、この仏典的文体が道長関係以外の記事に見られるのはここだけであろう。作品はこのような文体によってこの異常な事件を評価し、肯定し、賛美しているのである。文体の逸脱はその機能を果たしているのである。

もちろん、他の史料でこの事件の仕掛人とされる兼家もその息子たちも登場しない。ここでは政治的な土俵での騙すものと騙されるものという関係の相対性は無視されている。描かれているのは、花山帝の感情という絶対的世界なのであって、だからこそ歴史の文体では描けなかったのである。思想と修辞に満ちた仏典的な文体の援用が、この異常な事件を描くための作品の解決策であった。そして、異常な事件への対応としての文体の逸脱という方法は、巻第五における中関白家の場合と共通している。

花山院も、伊周たちも、ともに文体の逸脱によって一時期絶対的叙述の主人公であった。しかも、それらの叙述は秘められた権力闘争の犠牲者のそれであった。もちろん、他の史料が描いたような事情はこの作品の叙述においてはまったく視野の外にあって、知られてはいない。ただし、これらの主人公が逸脱した文体によってしか描けないような異常な事情によって王統と権力の中枢から外れたことは明らかである。伊周ら中関白家の場合には、このことはしばしば（ことに敦康親王の処遇をめぐって）はっきりと捉えられていた。それが、巻第八という緊張の巻でことに際だち、ときに「けり」で遠景に位置づけられながら登場する根拠となったのである。

花山院の場合には、彼自身はすでに王位への復帰の可能性などは考えられない。その点は敦康親王などとは明らかに異なっている。それでも、巻第二に一度は作品の世界の中心であったことを背景として、たとえば次のような、作品の通常の叙述の地理的範囲をはずれた記事が見られる。これは単に一僧侶の出家修行の報告であるはずがない。あれほど異常な事情で王位を去った、そして一度は逸脱した文体の主人公となった人物の行方がいやおうなしに気にかかるからなのだ。だから、畿内の範囲を越えてその行動が関心を引いたのだった。

かの花山院は、去年の冬、山にて御受戒せさせ給て、その後熊野に詣らせ給ひて、まだ帰らせ給はざんなり。「いかでかかる御ありきをしならはせ給ひけん」と、あさましうあはれにかたじけなかりける御宿世と見えたり。（上一一〇）

花山院所〴〵あくがれありかせ給て、熊の丶道に御心地悩しうおぼされけるに、海人の塩やくを御覧じて、

旅の空よはの煙とのぼりなばあまの藻塩火たくかとや見ん」と宣はせける。旅の程にかやうの事多くいひ集めさせ給へれど、はか〴〵しき人し御供になかりければ、皆忘れにけり。さてありき巡らせ給て、円城寺といふ所におはしまして、桜のいみじうおもしろきを見廻らせ給て、ひとりごたせ給ひける、

木のもとをすみかとすれば自ら花見る人になりぬべきかな」とぞ。あはれなる御有様も、いみじうかたじけなくなん。（上一二九～一三〇）

もっとも、この後に花山院が登場するとき、王位継承にからめてしるされることはない。巻第四においても、専らスキャンダルの面で登場していたのだし、巻第六の冒頭では彰子の裳着に際して和歌を詠む（上一九九）のは、かえって道長の権力の強化に資している。巻第八でも敦康のようにはっきりと王統を主張するわけではないが、かつての異常な王位喪失を背景に、そのスキャンダラスな形象によってこの巻の不安を増幅する。そしてこの不安はそ

のまま道長の権力の相対化をもたらす。「との、御政も悪しうもおはしまさねど」の言葉を引き出すのである。

しかも、花山院のスキャンダルは更に重要な叙述を導き出す。花山院が中務とそのむすめの親娘に通じたことは「あさまし」い（上一三六）スキャンダルであった。この巻に、中務とその娘の生んだ二人の皇子を冷泉帝の御子と扱うことになった記事が見られるが、そこで次の様な系譜の記述が述べられている。

花山院は、冷泉院の一の御子、たゞ今の東宮は二宮、故弾正宮は三の御子、今の帥宮四の御子にぞおはしますかし。されば内に参らせ給て、事の由奏せさせ給て、吉日して宣旨下させ給。親腹の御子をば五の宮、女腹の御子をば六宮とて、各皆なべての宮達の得給ふ程の御封ども賜らせ給ふ。（上二四七）

ここでは花山院と冷泉院のみならず、東宮にまで記述は及んでいる。ここに、とかく道長家の歓びの影に立ちがちな皇太子の存在が確認され、円融院の皇統と並ぶ冷泉院の皇統の存在が確認されている。花山院のスキャンダルを追う中で、彼を巡る忘れられた潜在的な王位の可能性が想起されずにいないのであった。

以上のように、伊周らの中関白家の人々も、花山院も、巻第八に描かれた道長の栄光を相対化せずにいなかった。それは、巻第二や巻第五で彼らが一度は逸脱した文体の主人公であったことに示されるように、潜在的な皇統と権力にかかわる人々だったことによって起こった現象なのである。だからこれらの人々は、どんな内容の記事に登場するかにかかわりなく、巻第八の緊張した構造を形作るのであった。そして緊張とは対立するものの対峙にほかならない。その一方をあくまでも主流に立つものとして価値評価した以上は、その主流を近景として、それに対するものを遠景に位置づけずにはおけない。この作品の場合なら、この遠景への位置づけは「けり」によってしばしば刻印されたのである。

注

（1）　拙著『王朝助動詞機能論　あなたなる場・枠構造・遠近法』Ⅰの2（和泉書院　H二五）
（2）　山中裕『平安朝文学の史的研究』第三章第三節及び第五節（吉川弘文館　S五二）・同「『栄花物語』と中関白家」（『栄花物語研究第三集』高科書店　一九九一）・同『平安人物志』第五章（東京大学出版会　S四九）・河北騰『栄花物語研究』第二篇第三章（桜楓社　S四三）など参照。
（3）　注（2）文献のほか、河北騰『栄花物語研究』第二篇第二章参照。
（4）　山中裕『歴史物語成立序説　源氏物語・栄花物語を中心として』第二章第五節（東京大学出版会　S三七）参照。
（5）　本書第四章第四節
（6）　河北騰『栄花物語論攷』第二篇第一章（桜楓社　S四八）
（7）　本章第一節参照。
（8）　注（4）山中書第三章第一節・河北騰『栄花物語研究』第一篇第二章（桜楓社　S四三）参照。
（9）　今井源衛『花山院の生涯』（桜楓社　S四三）参照。また、河北騰『栄花物語研究』第二篇第一章・中村康夫「花山天皇出家事件と為平親王の野心――栄花物語と大鏡との比較から――」（『講座平安文学論究第七輯』風間書房　一九九〇）・久保木寿子「和泉式部のモラリティとその形成基盤」（日本文学　H九・六）など参照。
（10）　本書は史実との比較は関心の外にあるが、注（9）書のほか、宮城栄昌「花山天皇出家の真相」（日本上古史研究六巻一一号　S三七・一一）・加藤静子「『大鏡』花山帝紀をめぐって」（相模国文一五　S六三・三）・中村康夫「花山天皇出家事件と為平親王の野心――栄花物語と大鏡との比較から――」（『講座平安文学論究第七輯』）・松本治久「『大鏡』花山天皇御出家の記事の検討――諸書との記事の相違から」（武蔵野女子大学紀要二九号　H六・三）・同「『大鏡』花山天皇御出家の背景」（武蔵野日本文学三　S六・四）などを参照。

付表

A　伊周関係記事一覧

☆は「けり」の多用される記事
★は「けり」について注意すべき記事
※は推量の助動詞の用いられる記事

	頁数	記事内容
巻第三	一〇四	道隆の北の方高内侍
	一〇五	大千代君と小千代君
	一一一	道隆の姫君と男君たち
	一二〇	道隆の子隆家・隆円
巻第四	一三二	道兼・道長・道頼・伊周等の昇進
	一三三	伊周の子松君
	一三八	伊周大納言、済時・道兼左右大臣
	一三九	隆家、六条右大臣女と結婚
	一四〇	伊周内大臣となる
	一四三	伊周の子と兄弟
	一四四	内大臣伊周内覧の宣旨
	一四五	内大臣伊周の政治と世評
	一四六	伊周、高階成忠に祈禱せしむ
	一四七	伊周政権推移を嘆く
	一五〇	※伊周法験をよろこぶ
	一五五	☆伊周、為光女三の君に通ず
	一五六	☆花山院、為光女四の君に通い給う事により、伊周・隆家、院を射奉る
		☆伊周の不法発覚

	頁数	記事内容
巻第四	一五七	※捜盗の風評
巻第五	一六一	伊周一家の悲嘆
	一六二	内大臣家の召使暇をとる
	一六三	伊周・隆家配流の宣命
	一六四	伊周密に木幡に詣ず
	一六六	伊周さらに北野に詣ず
		伊周邸の検索
	一六七	伊周邸に帰る
	一六八	伊周、中宮・母と別を惜しむ
	一六九	伊周・隆家配所に赴く
		隆家大江山にて歌を詠む
	一七〇	伊周、山崎関戸の院に病む
	一七一	伊周・隆家の配所を播磨・但馬に改む
		伊周の母貴子、関戸の院より帰京
		伊周、明石にて歌を詠む
	一七二	隆家の歌、隆家配所に着く
	一七四	★伊周配所を逃れ京に入る
	一七五	伊周の入京発覚、筑紫に配流
	一七七	伊周の行動に対する世評

	一七八	大弐有国、伊周を厚遇
	一八〇	隆家の感慨
	一九〇	若宮誕生により召還の議起る 伊周・隆家に召還の宣旨下る ★隆家入京
	一九一	隆家と北の方の贈答歌 隆家、中宮御所に参る
	一九四	伊周筑紫を立つ、成忠薨去 伊周入京、中宮御所に参る
	一九五	伊周・隆家、母貴子の墓に詣ず
巻第六	二〇三	※帝・中宮・伊周・女院の御心々
巻第七	二三四	★淑景舎女御の頓死
巻第八	二四〇	※一条帝、道隆四女御匣殿に通じ給う
	二四一	☆伊周・隆家の有様
	二四二	☆道隆女御匣殿の懐妊、同逝去
	二四五	伊周准大臣となり、封戸を賜わる
	二七七	※伊周不遇を嘆く
	二八三	☆伊周の周辺敦成親王を呪詛 ☆伊周籠居
	二八五	伊周病悩
	二八八	伊周病重くなり、遺言の事
	二九一	伊周一家の人々の容姿と伊周の容貌、才学
	二九二	伊周の薨去、家族の悲嘆
	二九六	☆敦康親王御元服

B　花山院関係記事一覧

	頁数	記事内容
巻第一	五四	伊尹女懐子入内、同懐妊により退去
	五五	女御懐子、師貞親王を生み奉る
	五九	冷泉天皇御譲位、東宮御即位
巻第二	八九	御譲位・御即位・立太子
	九〇	上皇堀河院に留御、新帝の御性格 頼忠女諟子入内 為平式部卿宮女婉子入内 閑院大将朝光女姫子入内
	九二	女御姫子寵幸 女御姫子の寵幸俄かに衰う
	九三	済時女・為光女等、天皇に召さる
	九四	為光女忯子入内、時めき給う 忯子懐妊、里邸へ退出
	九七	女御忯子卒去 故女御の葬送、天皇の御悲嘆
	九八	花山天皇出家の思し召し 帝密かに宮中を出で給う
	一〇〇	花山院御出家後の有様
巻第三	一一〇	花山院熊野に御修行
巻第四	一二九	☆花山院御修行中の御歌
	一三四	花山院、乳母子中務を寵遇

	頁数	記事内容
巻第四	一三五	花山院、弾正宮を九の御方に通わせ給う
	一三六	花山院と弾正の宮の秀句
		※花山院、中務の女をも寵遇
	一五六	☆花山院、為光女四の君に通い給う事により、伊周・隆家、院を射奉る
巻第六	一九九	道長女彰子の裳着
巻第八	二四四	花山院・帥宮賀茂祭御見物
	二四六	花山院の二皇子を、冷泉院御子とし給う
	二四七	☆花山院の鶏合
	二五四	☆花山院御悩・崩御
		花山院御葬送、兵部の命婦の歌
		☆花山院皇女の早世

第五節　歴史物語の終焉
――増鏡における文体の危機について――

歴史物語は平安朝の中期に発生し、最終的に南北朝時代に入る頃にその歴史を閉じた。歴史物語は、現存の作品としては栄花物語・大鏡・今鏡・水鏡・増鏡がおもなものであるが、増鏡によってこのジャンルの歴史は閉じられた。従来、その理由はもっぱら貴族社会の崩壊によって説明されており、それは確かなことではあるが、具体的に貴族社会の崩壊がなぜ歴史物語の終焉につながったのかは説明されていない。貴族社会崩壊後の戦乱を歴史物語はどうして描けなかったのか。

おなじように王朝の文学の隆盛の時期に典型化されたジャンルであっても、和歌はこの時期を乗り越えてゆき、かえって裾野は広がってゆくのだった。一方、歴史物語とおなじ散文作品であるつくり物語の歴史は、実質的には鎌倉時代末期以前に終焉を迎えていた。擬古物語がつくられはしても、歴史物語における増鏡のような終焉の輝きは見られなかったのである。

なぜ、歴史物語が南北朝に増鏡という作品を最後にその歴史を閉じたのか。しかも、なぜ増鏡の閉幕が建武の中興であったのか。その原因はほかならぬ歴史物語の文体、その言語の内部に胚胎されていたのである。その発現の具体的様相を以下に見てみようとするのだが、そのためには、まず歴史物語の文体史をたどらねばならない。

歴史物語の文体史

ここで対象とする歴史物語としては栄花物語と四鏡の五作品が挙げられる。そのうち水鏡は、大鏡の対象とした時代以前の叙述を補うことを目的とし、しかも扶桑略記に多くをよっているという特殊な事情により[1]、ここでは考察の対象からはずすこととする。他の四作品に共通する歴史物語としての性格の特色は、仮名文による、貴族社会を対象とした、現代史であるということである。

さて、この歴史物語の歴史は、作品の成立順ということを規準にすれば、まず栄花物語が成立し、それに次いで大鏡が成立したということになる。しかし、大鏡は栄花物語を意識しながら成立したと目され、実際にもこの両作品には対照的な性格がみられるのだから、歴史物語の文体と叙述はこの両作品の二元のうえに考えることができる。そして、この二元の上に歴史物語を考えれば、その歴史は整理することができるのである。

では、この対照的な性格とはどのようなものであるのか。端的に言えば、まず第一は、栄花物語のかな散文による歴史叙述の文体と、大鏡の反王朝の文体の対立である。栄花物語が多様な文末終止によって報告と説明の複雑に入り交じった文体を展開するのに対して、大鏡はもっと直截に事実を報告して行く。大鏡の文体それ自体は和漢混淆文ではないが、その叙述の性格は王朝のかな散文の文章とは遠い性格を持ち、かえって和漢混淆文[2]の叙述の性格に近いものを持っている。そして、この文体の対立は叙述の形式ともからみあっている。つまり、栄花物語の編年体と大鏡の系譜的構成秩序である。栄花物語は編年体の秩序で基本的に貫かれているが、大鏡の形式は比喩的に紀伝体とよばれながら、実際は人物本位の逸話を藤原氏の系譜の秩序にそって整理したものにほかならない[3]。

第二の対立は、作品の内容面における世界観・政治観・人間観の対立である。栄花物語の世界観が宿命的なものであり、そこでは人間の意志はかえって忌避されることすらあるのに対して、大鏡の世界観は意志的なものである。大鏡では、渡辺実(4)のいうように、意志こそが人間をささえるものである。この対立は、女性的な世界観と男性的な世界観の対立とも考えられるが、しかもこの世界観の対立は、第一の、王朝的な屈折の文体と直截的な反女流の文体との対立とも密接にからみあっているわけである。

では、このあと、歴史物語の歴史はどのように展開してゆくのか。今鏡も増鏡も、大鏡にならって長命な老人に自己の見聞を語らせるという形式をとるのだから、この三つの鏡物に影響・関連の関係があることは確かである。しかし、この作品の大枠の形式を別にし、作品の文体と叙述を見るならば、単純に大鏡から今鏡や増鏡へと展開したとはみなせない。そもそも、作品の語り手として設定された老人にしてからが、大鏡では男性であったのに、他の二作品では老女となっている。大鏡についてしばしば言われる男性的な歴史観は、今鏡や増鏡が引き継ごうとしたものでなかったことはこんなところにも現れている。

それでも、今鏡の関心は大鏡を継いで、人物中心のものであったために、形式の面では大鏡に近いものである。ただ、大鏡はその大部分を藤原氏北家主流の系譜一つによっていたのに対し、今鏡では複数の系譜――天皇家・藤原氏・源氏など――が叙述を支えている。これは、対象とした歴史世界たる貴族社会自体の変貌にも対応し、藤原氏に権力の集中する大鏡の時代とはちがって、院や源氏の力が藤原氏の力を脅かすようになった権力の多極化を作品の形式はそのままで表したわけなのだ。

ところが、増鏡の関心はすでに個々の人物には無い。増鏡の主たる関心は宮廷の人事と行事の推移である。しかもその人間観は大鏡の「反平安朝」的な意志的人間観ではなく、運命の展開を受け入れて行こうとする王朝的人間観なのであり、しかもその人間観はまず王朝の女性たちが形作ったものであったはずだ。だから、増鏡は表向きをどのように大鏡の後継と装おうとも、その形式も文体も大鏡の遺産によることはできない。それが意図的であるか否かはともかくとして、作品の世界観と人間観を王朝女流のそれにもとめる以上は、増鏡はかえって叙述の方法を栄花物語の遺産によらねばならないのである。王朝からの脱却を目指した大鏡の文体によることはできない。真に王朝的な文体による歴史叙述を目指さねばならない。増鏡の栄花物語的なかな散文の文体は、王朝的な歴史叙述としてのアイデンティティの証なのである。

実際に、増鏡はその冒頭に語り手を具象化する点を除けば、ほとんど栄花物語の形式と文体を踏襲している。例えば、記事冒頭の「かくて」の類や年紀記載などの表現は栄花物語を継いだ編年体の表象である。

〇その年の春のころ

〇かくて此御門

〇おなじき三年三月十三日

〇かくて今年は暮れぬ

その他、「さて」や「年もかへりぬ」のような表現が仮名文の編年体歴史叙述を特色づける。

しかし、より注意しなければならないのは、その文体の特徴である。推量の助動詞を多用して叙述を相対化し、また形容詞での評語や、登場人物の心中の忖度などの表現によって歴史の叙述に対する説明を多く加えて行く文体である。本来叙述の中心であるべき事実の報告に対して、過剰ともとれる説明を加えてゆくのが栄花物語の文体の特徴だが、この文体が増鏡の文体にも引き継がれている。一例を「草枕」より挙げよう。(5)

新院は、世をしろしめす事かはらねば、よろづ御心のまゝに、日ごろゆかしう思されし所々、いつしか御幸しげう、花やかにて過ぐさせ給。いとあらまほしげなり。本院は、猶いとあやしかりける御身の宿世を、人の思ふらん事もすさまじう思しむすぼゝれて、世を背かんのまうけにて、尊号をも返たてまつらせ給へば、兵仗をもとゞめむとて、御随身ども召して、禄かづけ、暇たまはるほど、いと心細しと思ひあへり。大かたのありさま、うち思ひめぐらすもいと忍びがたき事多くて、内外、人〴〵、袖どもうるゐわたる。院もいとあはれなる御気色にて、心強からず。今年卅三にぞをはします。故院の、四十九にて御髪おろし給しをだに、さこそは誰も〳〵惜しみきこえしか。東の御方も、後れきこえじと御心づかひし給。さならぬ女房・上達部の中にも、とりわきむつましうつかまつる人、三、四人ばかり、御供仕まつるべき用意すめれば、ほど〳〵につけて、わたくしも物心細う思ひ歎く家〳〵あるべし。かゝる事ども、東にも驚き聞えて、例の陣の定めなどやうに、これかれ東の武士ども、寄り合ひ〳〵評定しけり。（三四七〜三四八）

後宇多帝の践祚をめぐる後深草・亀山両院の状況をしるす記事であるが、叙述は事実の報告そのものよりも、それをとりまく波紋の説明に費やされている。まさに栄花物語的な文体の典型である。しかも、この一節において助動詞「けり」は、鎌倉の様子を述べた最後の一文にあることにも注目して置きたい。

そして、このような栄花物語的な文体が叙述の基調をなす増鏡は、その末尾では、冒頭の大鏡模倣の語り手設定はすでに忘れ去られ、今鏡ならば忘れずに書き記されていたような作品の筆記者と語り手の老女の別れのような場面は欠けている。(6) 作品の冒頭は大鏡を模しながら、その終結はまさに栄花物語的に終えられているわけである。

ただし、このように増鏡は栄花物語に近いものを持っているとしても、その作品の意義は決定的に異なっている。栄花物語は漢文史書を意識しつつも、王朝の女性たちの常識的・正統的な歴史理解の書として、それ自体充足したものであった。だからこそ、そのアンチテーゼとして、大鏡の歴史観が対置されなければならなかったのである。増鏡は、すでに国語による史書として大鏡のほかにも愚管抄や平家物語など多様な史書の存在に対置して書かれたのだから、その世界観はいやおうなしに他の世界観から相対化されずにはいない。しかし、ともかくもこの書物をこのような文体で書き記したことにより、脅かされる貴族社会のアイデンティティは確保される。女流の流れを汲むかな散文の文体で書き記されることが、貴族の歴史であることを保証するのである。

文体の危機

にもかかわらず、増鏡が対象とした歴史世界は、貴族社会だけで完結したものではありえない。すでに時代は栄花物語のそれではないのである。東国の武士の世界の干渉は、事実を描くことを志す歴史叙述の性格として、描くのを拒むことは許されない。しかも、この武士たちの干渉が、かな散文の文体を突き崩す力となるのである。

　武士たちの存在はかな散文にどのようにあらわれるのだろうか。たとえば、東国政権やそれを支える武士階層、なかんずく北条氏は総じて「あづま」の一語で捉えられる。ほとんど方角を指す過ぎない語によって朧化されている。より具体的に個々の人物を取り上げねばならないときには「平四郎時政といふ物」「梶原平三景時といふ武士」などの婉曲表現によってとらえられる。対象との、いわば心理的な距離が表現されているわけなのだ。とはいうものの、この表現自体は、かな散文のみの現象としてとらえることはできない。たとえば和漢混淆文による神皇正統記にも、「源義貞ト云者」や「アヅマ」などの表現は使われている。貴族たちが武士をとらえる場合にどのような表現によるかの一般的傾向とは言えても、かな散文独自の現象とはいえない。

　増鏡における武士のあつかいかたは、次のような文章にこそ表れている。さきに挙げた「草枕」の文章に続く部分。

　この比は、ありし時頼朝臣の子、時宗といふぞ相模守、世の中はからふ主なりける。故時頼朝臣は、康元元年に頭おろして後、忍びて諸国を修行しありきけり。それも国々のありさま、人の愁へなど、くはしくあなぐり見聞かんの謀にてありける。あやしの宿りにたち寄りては、其家主がありさまを問ひきく。ことはりある愁へなどの埋もれたるを聞きひらきては、「我はあやしき身なれど、むかし、よろしき主、持ちたてまつりし、いまだ世にやをはすると、消息たてまつらん。持てまうでてきこえ給へ」などいへば、「なでう事なき修行者の、なにばかり」とは思ひながら、いひあはせて、その文を持ちて、しか〴〵と教へしまゝにいひてみれば、入道殿の消息なりけり。「あなかま〳〵」とて、ながく愁へなきやうには、はからひつ。仏神などの現はれ給へるかとて、みな額をつきて悦けり。かやうの事、すべて数知らずありしほどに、国〴〵も心づかひをのみしけり。最明寺の入道とぞいひける。

（三四八〜三四九）

説話的な傾きのある記事であり、現在の執権時宗に関連してその父時頼について記すのであるが、この文章をさきに引用した文章と比較してみれば、その文体の相違は明白である。事実はただ事実として報告されるのを基調とし、それに説明が付け加えられることはない。そして、ほとんどの文の文末は助動詞の「けり」でまとめられている。国語の文章における助動詞「けり」の意義に就いてはいうまでもないが、たとえば栄花物語の文体は「けり」を基調とするのとは対極的なところに成立していた。そしてその文体を継いだ増鏡の文体がどのようなものであるかもさきに見たとおりである。

しかも、実はさきに引用した文章でも、その最後で「東の武士」にふれた一文では、その末尾は「けり」でまとめられているのである。京の貴族社会についての記事では用いられなかった「けり」が、その対象を東国に移したときには用いられ、その文末は「けり」でまとめられるわけなのだ。

ただし、この「けり」の多用はこの話題そのものが説話的なものだったからかとも考えられる。説話世界の題材を取り込んだために説話の文体もまた取り入れられたのだと。しかし、ならばなぜ説話的な話題を取り入れるときに、それを増鏡本来の文体に馴化しないのかが問題となろう。また、「新島守」の東国武士についての記事のように、説話的なものとはいえない部分でも、やはり他の部分とことなって「けり」が多用されているのである。本来増鏡が歴史物語として意図した叙述の対象たる京の貴族社会から、その叙述がはずれてくるとき、その文体も基調を維持できなくなるのだが、そこには、王朝のかな散文の文章の重大な特異性がかかわっているのである。

王朝のかな散文は、源氏物語に端的に示されるその表現能力の質的な高さにもかかわらず（あるいは、だからこそ、ともいうべきか）その文章が叙述の対象にできる範囲は狭いものであった。その叙述の対象は京および畿内の貴族社会であり、せいぜいが密接にその延長線上に位置する世界に限られる。たとえば源氏物語においても、「明石」のように畿外であっても入道の家庭という京の社会に連なる世界では、その文体は充分に維持される。しかし、「玉鬘」前半のように、京の貴族社会から孤絶した世界が舞台になるときには、その文体は維持されず、説話的な文体に依拠することになるのである。王朝かな散文の成熟以前の竹取物語や歌物語の文体に戻るのである。このように、王朝のかな散文は対象とすることのできる世界は限定された、狭いものなのであった。そして、かな散文のこのような性格によるかぎり、歴史叙述もまた、限られた空間と世界しか対象にできない。たとえば栄花物語において、藤原隆家のような重要人物の重大な事件であっても、はるか九州でおこった刀伊の侵入は書き記さないのである。

栄花物語はそのような文体で叙述を貫くことは可能であったが、増鏡ではそれは不可能である。歴史叙述は必然的にその対象とする歴史世界に拘束されるが、その歴史世界は栄花物語とは決定的に異なったものとなっている。作品世界は畿内の貴族社会で完結できない。直接に関係の無い事柄は無視しておくにしても、たとえば皇位の継承には鎌倉の意思が優先するし、一方の鎌倉の内部事情は将軍の候補者の問題として京に係わって来る。さきに引用した文章はその具体例であった。しかし承久の乱や正中・元弘の動乱は京からしかけ関東の直接の力の行使を招いたのだから無視のしようがない。おまけに文永・弘安の役も、その影響は刀伊の侵入の比ではない。王朝のかな散文で叙述することのできない対象が、しかも作品の叙述の対象として無視できない重さで、描かれることを求めているわけである。

　このような対象を描くときに増鏡が基調とした栄花物語的な文体は有効ではない。ただ、増鏡が採用した編年体の機構は時間の軸によって多様な題材を整理し、まとめあげる力をもっているので、たとえ異質の文体であっても作品の中に取り込むことは不可能ではない。栄花物語において、仏教関係の記事では仏教漢文に依拠する文体が取り入れられたのも、この編年体の機能による。編年体の機構は多様な要素を多様なまま取り込む柔軟性を特性としているのだから、必要に応じて異質な要素の取り込みを許すのである。増鏡の場合に、さきにあげたような、本来作品の文体にとって異質な要素を持った文章を作品の中に存在させるのも、この編年体の機構の力なのだ。

　たしかに、このようにして異質な文体の記事をかかえこんでいても、作品としては破綻せず、ともかくも成り立っている。にもかかわらず、作品の文体はやはり危機にさらされているであろう。栄花物語に於いての仏教関係の記事は、作品自体の内部の論理によって取り込まれたのだから、文体的に異質ではあっても作品を危機にさらすことはない。仏教漢文の文体は栄花物語の主たる文体と異質なものではあっても、時代の言語状況のなかにあって、けっして王朝のかな散文と対立的ではない。また、仏教漢文に依拠する文体は決して歴史の文体ではないのだから、作品の中では歴史叙述の機構と文体に従属させられる。ところが、取り入れられる異質の文体が別の歴史の文体であるならば、この異質の文体は異質の歴史叙述の論理を作品に持ち込むことになり、それはそのまま作品の論理を、文体と機構を脅かすものになるのだ。時代は既に武士の世界を歴史叙述の対象としてあつかうことは充分可能になっていた。いくつかの作品は文学史上の重要作品としての重みを持って、既に存在していた。その論理が作品の中に侵入する。増鏡の直面している文体の危機はここにある。同じ歴史叙述として成熟しつつある作品群を背後にもつ文体が作品のなかに入り込んでくるのであるから、その状況は栄花物語と比較はできない。あるいは軍記に、あるいは愚管抄のような史書に対して、その文体をアイデンティティの証として存立する作品に、その対立する作

品の文体が侵入する契機が生じている。(7)

しかも、叙述の対象となる歴史の事実の世界は、増鏡の最後に描かれた建武の中興のあとはどのようになってゆくのか。京の町に武士たちはみちみち、貴族たちの一部は吉野の山奥へ、さらに他の地方へと流れてゆくことになる。王朝のかな散文が対象とする世界はもうどこにもない。たとえ細々と行われる儀式を書き連ねたとしても、それはもう一定の広がりを持った歴史世界の叙述ではない。かな散文による歴史叙述が建武の中興で終焉にいたったのは、その言語の性格が導く必然だった。増鏡の「新島守」や「むら時雨」以下三巻にあらわれた、異質の文体の侵入という言語状況は、まさに終焉に臨んだ言語の危機的様相だった。

散文の終焉と和歌

このようにして、文体の危機に直面しながら歴史物語は終焉を迎えた。かな散文による歴史叙述はその歴史を終えたのだが、これは同時に王朝のかな散文全体の終焉でもあっただろう。「けり」を基調とする説話の文体を超えて、多彩な表現性を獲得し、日記文学や物語や歴史叙述を作り上げた言語がその歴史を閉じたのである。

しかし、これは王朝の文化と言語の終焉ではない。王朝の文化と言語の中で、強い生命力をもって生き延びてゆくものはなになのか、その答えが実は歴史物語の終焉の状況の中に告げ知らされている。歴史世界に武士勢力がかかわり、貴族社会が動乱に巻き込まれて行くことによる、叙述の文体の危機への対応の中にその答えが見て取れるのだ。(8)

例えば、登場人物として武士をいやおうなしに受け入れざるをえなくなったとき、和歌は受容の契機としての役割をはたしている。「新島守」の前半は武士政権の淵源より始まって、承久の乱までが取り上げられる。その始めの部分に、鎌倉幕府の淵源を語る叙述で以下のように記される。

頼朝うちほゝゑみ、

橋本の君になにをか渡すべき

といへば、梶原平三景時といふ武士、とりあへず、

たゞ杣山のくれであらばや

いとあひだちなしや。(二六七)

連歌そのものの出来が関心を呼んだのでないことはあきらかだ。和歌を引用することによって、とりあえず文化の中に定位し、「あひだちなし」によって評価を与え、これによって作品の登場人物として、京の文化に接点を有するものとして受容されたわけである。

以上の例は外部のものを内部に受け入れるために和歌が役割をはたす例であったが、これと逆に、王朝文化の内部のものが外部の世界に出て行くのを描くためにも、和歌によらねばならなかった。

例えば、「新島守」の後半。先述のようにこの巻の前半では増鏡本来のかな散文の文体は異質な文体へと取って替わられている。そして、後半では承久の乱の後始末として後鳥羽院の隠岐への配流が記述されるが、その対象は地理的に本来王朝のかな散文が対象として扱える範囲から逸脱している。五畿内の貴族の生活圏からはるかに離れた孤島での生活を描かねばならないのだが、その巻後半に目につくのは、和歌の過剰である。隠岐の生活の苦難は、巻名の由来である和歌

我こそは新島もりよ隠岐の海の荒き浪かぜ心して吹け

など、十数首の和歌の羅列によって表現される。

「久米のさら山」における後醍醐天皇の配流の旅もまた、和歌および和歌的表現によって記される。「かくて、君

は遥かに赴かせ給」に始まる旅は、
○しるべする道こそあらずなりぬとも淀のわたりは忘れしもせじ
○命あればこやの軒ばの月も見つ又いかならん行末の空
○かの行平の中納言、「関吹こゆる」といひけんは、……
○大倉谷と云所すこし過ぐる程にぞ、人丸の塚はありける。
○野中の清水・ふたみの浦・高砂の松など、名ある所〳〵御覧じわたさるゝも、……

などの、一七首の和歌と歌枕などの表現によって描かれてゆく。和歌を中心とする歌日記の叙述が京と隠岐との地理的隔絶と後醍醐帝の苦悩を描き出すのである。

和歌は、散文の脆弱な性格とは対照的な強固な言語形式として、多様な状況に対応してゆく。歌枕というかたちで地名を受け入れ、地理的世界をひろげてゆくのも、その一つの例である。しかも、和歌は中心核としてさまざまな散文の文脈をまわりに集めて行くこともできる。和歌の羅列が、そのまわりに文脈を結集し、苦渋の旅を描くこともできたのだが、これが「久米のさら山」の言語状況なのだ。和歌の力によってようやく配流の旅は描くことができたのである。和歌によらなければ、貴族社会の直面した活動空間の拡大には対応できなかったのである。

王朝女流のかな散文の文体による歴史叙述として貴族社会の歴史のアイデンティティを表現しようとした増鏡は、しかし事実の世界からの武士世界の介入により、異質の歴史の文体の侵入を許し、文体の危機を招いた。もし、この侵入をそのまま受け入れてゆけば、結局はまったく異質の歴史叙述になるほかはない。そこにあるものは軍記ではあっても歴史物語ではないだろう。そこでは歴史物語は消滅しているのである。

しかも、この事実の世界の変貌は貴族社会そのものの地理空間の広がりをも変えてしまうのだ。この状況に対応しようとするとき、増鏡の文体は和歌の羅列によって対応しようとした。たしかにこの作品はこの方法によってなんとか空間的広がりに対応したが、この広がりが更に際限なく拡大してゆくならば、同じ方法によるかぎり、和歌を羅列し続けて行くほかにはない。しかし、そこに残されているのは、単なる和歌集ではないか。そこでは、歴史物語は解体してしまっているわけなのだ。

このようにして、歴史物語は終焉を迎えざるをえなかった。王朝のかな散文による歴史叙述はその歴史を閉じたのである。しかも、これはまた王朝のかな散文そのものの終焉でもあった。つくり物語は歴史叙述とことなって、作品を成立させるための強力な内的求心力を必要とするものであったから、そのような求心力が尽きたのちには、わずかに模倣的な作品が生み出されたに過ぎなかった。文体の生命力は尽きていたといえよう。日記文学においては、既にとはずがたりが放浪遍歴の人生を和歌の羅列に解体し、ジャンルの歴史を終息させた。増鏡は王朝のかな散文による作品形成の最後の試みであり、しかも、その内部には文体の危機と解体の兆候をあらわに見せているのだった。ここに、かな散文の歴史は完全に終わったといえる。南北朝の動乱は王朝のかな散文の歴史を終息させたのである。

ただし、かな散文の終焉は王朝の文化の終焉ではない。堅固な形式としての和歌は（連歌という形式も含めて）生き残ってゆくし、それどころか、社会階層の面でも空間的広がりの面でも享受の世界を広げてゆきさえする。そして和歌の享受は伊勢物語や源氏物語の享受に連なって行く。かな散文の終焉の後に、かえって王朝の文化は広がってゆくことになった。

ならば、散文はどうなるのか。すでに平安時代においても、きわめて狭い範囲を対象とするかな散文の一方で、説話的な文体が存在した。たとえば大鏡や今昔物語集はこの文体による成果である。しかも、説話的な文体は広い範囲を対象とできる一般性の文体である。そしてこの文体が普遍性の言語たる東アジア共通文語＝古典中国語と結び付くことによって和漢混淆文が生み出される。しかも、鎌倉期にはこの和漢混淆文が歴史叙述の文体の中心となった。たとえば愚管抄や神皇正統記、そして軍記である。平安末期以後の歴史世界の広がりに対しては、和漢混淆文の一般性と普遍性によってでなくては歴史叙述は困難になっていた。増鏡が和漢混淆文と対照的な文体で歴史叙述を志しながら、危機をはらんだまま解体したのは、以上に見たとおりである。建武の中興以後の歴史世界は王朝のかな散文ではとても手におえないほどに拡大して行く。たとえば、皇子と廷臣が九州の地で奮戦し、また戦死するようなことが起こって来る。南北朝の争乱を描く歴史叙述が和漢混淆文による太平記であるのは必然のことだったのだ。

注

（1）平田俊春『私撰国史の批判的研究』第三篇第五章「水鏡の批判」（国書刊行会　S五七）

（2）和漢混淆文の性格については遠藤好英「方丈記の文構造——和漢の混淆——」（文芸研究三五　S三五・七）・山田俊雄「和漢混淆文」（『岩波講座日本語一〇　文体』S五二）など参照。

（3）福長進「系譜と逸話——『大鏡』の歴史叙述——」（文学　S六二・一〇　また、『歴史物語の創造』第Ⅱ部第一章第三章（笠間書院　H二三））

（4）渡辺実『平安朝文章史』第十二節「平安への訣別——大鏡」（東京大学出版会　S五六）

（5）本章第二節

（6）この現象については、作品の未完成として処理しようとする説がある。吉岡幹子「増鏡の最終部分に関する疑問」（名古屋大学国語国文学　S四四・一二）・西沢正二「『増鏡』未完成説の試み」（国語と国文学　S四九・一一　改稿のうえ、『『増鏡』研究序説』第二章第一節（桜楓社　S五七））参照。

（7）異質の文体の混在については、山下宏明「『増鏡』の世界」（名古屋大学文学部研究論集文学二三　S五一・三）が触れている。ただし、これを「『今鏡』などの平板な世継を越えた『増鏡』」という評価には従えない。

（8）　増鏡の和歌については武井啓子「増鏡作者の創作意識に関する考察――和歌と文章の関連――」（文芸論叢第六号S四五・二）・井上宗雄「『増鏡』と和歌」（鑑賞日本古典文学『大鏡・増鏡』角川書店　S五一）・西沢正二「『増鏡』の方法――和歌的世界を通して――」（文芸研究九六　S五六・一）・石原清志「増鏡の和歌――その抒情性をめぐって――」（国文学論叢二八　S五八・三）など参照。ことに武井は争乱の叙述と和歌の関連に言及している。

〔付記〕増鏡の引用は日本古典文学大系本によった。

索引

事項索引

あ行

か行

さ行

た行

な行

は行

人名索引

あ 行

か 行

書名索引

初出一覧

第一章　編年的時間

第一節　編年的時間の思想性と機能性（「編年的時間の思想性と機能性――日本紀略の四時記載をめぐって――」日本文学　第五五巻九号　平成一八年九月）

第二節　日本紀略内部の異質性について（「日本紀略内部の異質性について」都留文科大学研究紀要　第六三集　平成一八年三月）

第三節　土左日記の時間と栄花物語（「『土左日記』の「ある人」について――作中歌詠者設定の一問題――」平安文学研究　第六八輯　昭和五七年一二月、「『土左日記』の時間と『栄花物語』」山中裕編『栄花物語研究　第二集』高科書店刊　昭和六三年五月）

第四節　栄花物語の「かくて」の機能（「『栄花物語』正篇における歴史叙述の時間――「かくて」の機能をめぐって――」国語と国文学　第五八巻九号　昭和五六年九月）

第五節　「ゆくさき」と「ゆくすゑ」（「「ゆくさき」と「ゆくすゑ」――『栄花物語』の考察（十）――」研究と資料　第一八輯　昭和六二年一二月）

第二章　物語の全体性と歴史叙述の部分性

第一節　作品の全体性と部分性（「時間と文体の幻想」叢書江戸文庫『前太平記（下）』月報　国書刊行会刊　平成元年五月　前半を加筆修正）

第二節　固有名詞と歌物語（「固有名詞と歌物語」日本文学　第四七巻五号　平成九年五月）
第三節　物語の辺境――竹河の時間における全体性の頽落――（「物語の辺境――「竹河」の時間をめぐって――」研究と資料　第二七輯　平成四年七月）
第四節　蜻蛉後半の虚無――精神の頽廃と時間の停滞――（「「蜻蛉」後半の虚無」水鳥　第二号　平成五年一一月）
第五節　源氏物語の反歴史性と栄花物語（「『源氏物語』の反＝歴史性と『栄花物語』」『講座平安文学論究　第七輯』風間書房刊　平成二年七月）
第六節　栄花物語の続稿（「『栄花物語』の続稿」山中裕編『栄花物語研究　第三集』高科書店刊　平成三年五月）

第三章　死と信仰

第一節　死をめぐる叙述について（「『栄花物語』の考察（一）――死をめぐる叙述について――」研究と資料　第一輯　昭和五四年四月）
第二節　死をめぐる叙述について、ふたたび（「死をめぐる叙述について、ふたたび――『栄花物語』の考察（七）――」研究と資料　第一〇輯　昭和五八年一二月）
第三節　うたがひの巻の時間について（「「うたがひ」の巻の時間について――『栄花物語』の考察（八）――」研究と資料　第一二輯　昭和五九年一二月）
第四節　道長の死の叙述をめぐって（「道長の死の叙述をめぐって――『栄花物語』の考察（二）――」研究と資料　第三輯　昭和五五年七月）
第五節　たまのうてなの尼君たち（「「たまのうてな」の尼君たち――『栄花物語』の考察（三）――」研究と資料　第四輯　昭和五五年一二月）

第六節　世界の尼・花の尼（「世界の尼・花の尼」山中裕編『新　栄花物語研究』風間書房刊　平成一四年一〇月）
第七節　奇跡の起こる場所（「奇跡の起こる場所――今昔物語集巻第十九第四十三語を読む――」藤本勝義編『王朝文学と仏教・神道・陰陽道』竹林舎刊　平成一九年五月）

第四章　技法と思想

第一節　系譜記述の問題（「系譜記述の問題――『栄花物語』の考察（六）――」研究と資料　第七輯　昭和五七年七月）
第二節　はつはなの巻の「むらさきささめき」の一節をめぐって（「「はつはな」の巻の「むらさきささめき」の一節をめぐって――『栄花物語』の考察（四）――」研究と資料　第五輯　昭和五六年七月）
第三節　名の集積・うたの集積（「名の集積・うたの集積――『栄花物語』の考察（五）――」研究と資料　第六輯　昭和五六年一二月）
第四節　政治的意志の否定（「政治的意志の否定について――『栄花物語』の考察（九）――」研究と資料　第一五輯　昭和六一年七月）
第五節　花山院出家の叙述における「さとし」について（「栄花物語花山院出家叙述の「さとし」」山中裕・久下裕久編『栄花物語の新研究』新典社刊　平成一九年五月）

第五章　ことばと文体

第一節　日記文学の文体と栄花物語（歴史物語講座第2巻『栄花物語』各論5「栄花物語と日記文学」風間書房刊　平成九年五月）

第二節　歴史叙述としての栄花物語の文体（山中裕編『王朝歴史物語の世界』Ⅳ「『栄花物語』の位相」１「『栄花物語』の歴史叙述」吉川弘文館刊　平成三年六月）

第三節　正篇における歴史叙述のことば（「『栄花物語』正篇における歴史叙述のことば」平安文学研究　第七〇輯昭和五八年一二月）

第四節　中関白家・花山院関係記事の文体的特徴と「けり」（インターネット上に公開したことはあるが、印刷媒体としては未発表）

第五節　歴史物語の終焉――増鏡における文体の危機について――（「歴史物語の終焉――『増鏡』における文体の危機について――」日本文学　第四一巻六号　平成三年六月）

あとがき

むかし、学部二年のすえに源氏物語を読んでおもしろく、続けて平安時代の文学作品を読み漁っていた頃、研究室の森藤侃子先生が話し相手になって下さり、栄花物語の存在を教えられた。読んでみると、そこに描かれる夥しい人の死、そして時間の力に圧倒された。非常勤講師としていらっしゃった武者小路辰子先生も、あまり評価の良くないこの作品に夢中になっている変な学生をおもしろがって下さった。結果として、栄花物語をテーマとして卒業論文を書くことになった。それは memento mori の練習であったと思う。

爾来多くの時間がたち、お世話になった山中裕先生も武者小路辰子先生も鬼籍に入られた。今年の二月には老母が死に、老母の晩年に寄り添ってくれた老猫も五月には世を去った。これとは別に、傷ましいとしか言いようのない若い死をも、見ることとなった。また、「研究と資料」誌の畏友丸山隆司氏の永逝もあった。このように死が身近にあった年に、栄花物語の研究を一書になす作業をすることとなった。

この書が成り立つにあたって、野村精一先生のご指導についてはいうまでもない。また、加藤静子先生にもひとかたならぬお世話になった。歴史物語研究会の方々にもいろいろと教えられた。

老眼乱視に白内障と、世界が見えているようで見えていない老人の頼りない校正の不備を補って下さった和泉書院の編集部にずいぶんと助けられた。前著に引き続き、廣橋研三社長にはお礼の申し上げようもない。

平成二十七年十二月

■著者紹介

渡瀬　茂（わたせ　しげる）

昭和二六年七月に兵庫県尼崎市、いにしえの津の国は神崎の里のわたりに生まれる。戦後転勤族の子弟として関東に移り、東京都立石神井高等学校および東京都立大学人文学部に学ぶ。学習塾、中高等学校、看護学校、短期大学、大学などの教壇に立ち、国語や国文学を教えた。現在は姫路大学（旧近大姫路大学）教育学部に勤務し、「日本語表現法Ⅱ」「国語Ⅰ（国語）」「文学」「比較文化論」を担当。兵庫県姫路市大塩町および和歌山県橋本市に在住。

著書『王朝助動詞機能論　あなたなる場・枠構造・遠近法』（和泉書院　二〇一三）

研究叢書471

栄花物語新攷
思想・時間・機構

二〇一六年四月一日初版第一刷発行
（検印省略）

著　者　渡瀬　茂
発行者　廣橋研三
印刷所　亜細亜印刷
製本所　渋谷文泉閣
発行所　有限会社和泉書院
大阪市天王寺区上之宮町七－六
〒五四三－〇〇三七
電話　〇六－六七七一－一四六七
振替　〇〇九七〇－八－一五〇四三

ISBN978-4-7576-0779-8 C3395

―― 研究叢書 ――

431 八雲御抄の研究 名所部 用意部 本文篇・研究篇・索引篇 片桐洋一 編 二〇〇〇〇円

432 源氏物語の享受 注釈・梗概・絵画・華道 岩坪健 著 一六〇〇〇円

433 古代日本神話の物語論的研究 植田麦 著 八五〇〇円

434 都市と周縁のことば 紀伊半島沿岸グロットグラム 岸江信介・太田有多子 中井精一・鳥谷善史 編著 九〇〇〇円

435 枕草子及び尾張国歌枕研究 榊原邦彦 著 一三〇〇〇円

436 近世中期歌舞伎の諸相 佐藤知乃 著 一三〇〇〇円

437 論集 文学と音楽史 詩歌管絃の世界 磯水絵 編 一五〇〇〇円

438 中世歌謡評釈 閑吟集開花 真鍋昌弘 著 一五〇〇〇円

439 鹿島 鍋島家 鹿陽和歌集 翻刻と解題 島津忠夫 監修 松尾和義 編著 一三〇〇〇円

440 形式語研究論集 藤田保幸 編 一三〇〇〇円

（価格は税別）

──研究叢書──

書名	著者	番号	価格
近世武家社会における待遇表現体系の研究 桑名藩下級武士による『桑名日記』を例として	佐藤志帆子著	451	一〇〇〇〇円
平安後期歌書と漢文学 真名序・跋・歌会注釈	鈴木徳男・北山円正著	452	七五〇〇円
天野桃隣と太白堂の系譜並びに南部畔李の俳諧	松尾真知子著	453	八五〇〇円
現代日本語の受身構文タイプとテクストジャンル	志波彩子著	454	一〇〇〇〇円
対称詞体系の歴史的研究	永田高志著	455	七〇〇〇円
心敬十体和歌 評釈と研究	島津忠夫監修	456	一八〇〇〇円
語源辞書 松永貞徳『和句解』本文と研究	土居文人著	457	一一〇〇〇円
拾遺和歌集論攷	中周子著	458	一〇〇〇〇円
『西鶴諸国はなし』の研究	宮澤照恵著	459	一三五〇〇円
蘭書訳述語攷叢	吉野政治著	460	一三〇〇〇円

（価格は税別）